존재의 물결과 타자의 문학

'우리가 모르는 세계'의 정치와 문학

지은이

나병철 羅秉哲, Na Byung-chul

연세대학교 국문학과를 졸업하고 같은 대학교 대학원 국문학과를 졸업하였다. 현재 한국교
원대학교 국어교육과 명예교수이다. 저서로는 『소설의 이해』, 『환상과 리얼리티』, 『은유로서
의 네이션과 트랜스내셔널 연대』, 『친밀한 권력과 낯선 타자』, 『문학과 시각성과 보이지 않
는 비밀』, 『반복의 문학과 진실의 이중주』, 『정동정치와 언택트 문학』 등이 있다. 역서로는
『문화의 위치』(호미 바바), 『냉전시대 한국의 문학과 영화』(테드 휴즈), 『서비스 이코노미』(이진
경), 『프롤레타리아의 물결』(박선영), 『해체론과 변증법』(마이클 라이언), 『포스트모더니즘 이후
의 정치와 문화』(마이클 라이언), 『문학교육론』(제임스 그리블) 등이 있다.

존재의 물결과 타자의 문학
'우리가 모르는 세계'의 정치와 문학

초판발행 2025년 7월 10일

지은이 나병철

펴낸이 박성모
펴낸곳 소명출판
출판등록 제1998-000017호
　　　주소 서울시 서초구 사임당로14길 15 서광빌딩 2층
　　　전화 02-585-7840
　　　팩스 02-585-7848
　　이메일 somyungbooks@daum.net
홈페이지 www.somyong.co.kr

　　ISBN 979-11-5905-559-1 93800
　　정가 43,000원

존재의 물결과 타자의 문학

'우리가 모르는 세계'의 정치와 문학

The Wave of Being and the Literature of the Other

지은이

나병철

1. 사상과 물결 존재론적 다가섬

21세기에 들어서면서 우리는 두 개의 안개 같은 미궁에 빠져들게 되었다. 하나는 기후 위기의 오염된 안개이며 다른 하나는 역사적 시야의 농무濃霧이다. 이상고온과 미세먼지는 비단 지구상의 기후 변화에서만 감지되는 것이 아니다. 우리는 불확실하고 불투명한 농무와 싸워야 하는 '예보가 불가능한' 정치적 상황에 부딪히게 되었다.

월러스틴은 이런 '역사의 미로'의 사회 상황을 '우리가 아는 세계의 종언'이라고 표현했다. 21세기에 우리가 아는 지구에서 멀어지고 있듯이, 그와 비슷한 정도로 사람들은 기존의 아는 역사에서 멀어지고 있다. 다만 안개와도 같은 불확실한 세계에서도 분명한 것은 한 가지 사실이다. 과거의 '아는 세계'에서처럼 지금의 '모르는 세계'에서도 또 다른 진실의 실천이 요구된다는 점이다.

이 책에서는 그런 또 다른 진실의 실천을 우리가 모르는 세계의 정치라고 부를 것이다. 역사의 방향을 잘 모르는 탈정치와 탈진실의 상황에서 어떻게 정치가 가능할 것인가. 기후 위기가 근대적 시공간의 오염을 정화할 것을 요구하듯이, 새로운 정치 역시 역사의 미세먼지를 제거하는 일을 필요로 한다. '역사적 미로에서 길찾기'는 어두운 안개를 뚫기 위해 새롭고 창조적인 대응 방법을 요구할 것이다.

20세기까지의 인식 가능한 세계란 지식인이 현장에서 맹활약을 떨치던 시대를 말한다. 그때까지 일반 대중들은 대개 지식인과 사상가의 담론을 통해 세계를 인식하고 있었다. 이 책에서는 그처럼 지식인과 대중이 만났던 시대의 정치적 담론을 사상이라는 단어로 함축해 나타낼 것이다.

월러스틴이 말한 우리가 아는 세계란 사상들이 뭇별처럼 빛나던 시대였다. 칸트의 이성적 사상이든 마르크스의 변혁적 사유이든, 어둠을 밝히는 사상의 빛이 있었기 때문에 우리는 미래에 대한 신념으로 움직일 수 있었다. 반면에 사상의 뭇별들이 안개에 휩싸인 세상에서는 다시 길을 찾기 위해 새로운 힘의 창출이 필요해졌다.

사상은 미래를 약속하며 사람들이 연대하고 움직이게 만들었다. 그러나 미래가 자본주의에 의해 선점된 지금은 사상이 사람들을 약동시키지 못한다. 자본주의가 만든 '미리 와있는 미래'는 너무도 강력해서 어떤 사상도 그 자리에 침투하지 못한다. 우리가 모르는 세계란 그로 인해 새 세상을 향한 사람들의 움직임이 둔화된 시대이다.

이 책은 그런 미로에 대응하기 위해 과감한 사유의 전환과 도전적인 신조어가 필요함을 주장한다. 사상은 책들과 서재에 그대로 남아 있는데 왜 현장에서 사람들을 움직이지 못하는 것일까. 이 책은 사회모순을 인식해도 사람들이 움직이지 못하는 것은 존재론적 문제 때문임을 강조한다. 사람들을 다시 운동하게 하는 새로운 힘의 생성은 인식론과 결합하는 존재론적 문제로 다루어져야 할 것이다.

그런 맥락에서 우리는 사상과 대비되는 새로운 힘을 물결이라는 은유로 나타낼 것이다.[1] 그리고 보다 구체적으로 인식론적 사상과 대비시켜 존재의 물결이라는 신조어를 사용할 것이다. 존재의 물결은 사상이 제공

---

1   '물결'이라는 은유적 용어는 박선영의 『프롤레타리아의 물결』에서 중요한 암시를 받았다. 박선영, 나병철 역, 『프롤레타리아의 물결』, 소명출판, 2022, 35~57쪽.

했던 미래의 신념을 대신해 수행적인 존재론적 에너지를 확산시킨다. 우리시대는 존재의 물결이 위축된 시대인 동시에 책장 속의 사상들을 현장으로 불러내기 위해 물결의 회생이 선차적으로 절실해진 세상이다.

존재의 물결이란 지금까지 우리가 보물처럼 간직하고 있었으나 어느 순간 잃어버린 것을 말한다. 변혁운동의 황금시대는 사상의 시대로 불리지만 수행적 차원에서는 존재의 물결에 의해 추동되고 있었다. 예컨대 1970~1980년대의 문학과 대중문화가 일으킨 물결, 마당극의 신바람,[2] 그리고 그에 열광한 청년과 민중의 능동성 같은 것이다. 그 시대의 변혁운동의 강렬한 흐름은 존재의 물결의 역동적인 능동성을 의미했다.

민중사상의 신념은 존재의 물결과 결합함으로써 빛을 발할 수 있었다. 반면에 오늘날의 사상의 무력화와 민중의 상실은 마당극의 신바람도 청년의 활력도 잃어버린 시대를 뜻한다. 우리시대의 청년의 위기와 민중의 해체는 존재의 물결의 상실과 연관이 있다.[3] 오늘날은 사상은 남아 있지만 물결의 쇠퇴로 인해 능동성과 운동성을 상실한 시대이다. 존재의 물결이 일지 않으면 사상은 잘 운동하지 못하며, 그 때문에 지금은 사상의 실천력을 위해 물결의 회생이 절실한 시대가 되었다. 사상의 위력의 상실은 정동권력[4]에 의한 물결의 퇴조에 원인이 있기 때문에, 서재로 숨어든 사상에 새로운 숨을 불어 넣기 위해서 정동적 물결을 다시 일으켜야 하는 것이다.

물결과 사상은 대비되는 동시에 교차되는 철학적 위상을 갖고 있다. 근

---

2   '신바람'이란 억압의 고통을 넘어서려는 활력적인 능동적 정동의 움직임을 말한다.
3   '사상'과 '물결'을 '기획적인 것'과 '수행적인 것'의 결합으로 보면서, 한국적 변혁운동인 민중운동을 인식론(사상)과 존재론(물결)의 접합으로 보는 것이 이 책의 중요한 관점이다.
4   일상의 사람들을 수동적 정동에 예속시켜 존재론적 활력을 거세시키는 권력을 말한다.

대를 이끈 메타담론, 특히 인식론적 사상에 대서사라는 별칭을 붙인다면, 그와 대비되는 물결은 미시서사로 부를 수 있을 것이다. 이 책에서는 그런 구분을 함축하면서 특히 아는 것^{사상}과 움직이는 것^{물결}, 기획하는 것과 수행하는 것의 차이를 유의할 것이다. 물결과 사상은 그처럼 하나가 아니지만 또한 둘도 아니며[5] 서로 교차되어야 역동성을 얻는다. 과거에 사상적 기획이 사람들의 물결을 일으켰다면, 지금은 물결이 다시 일어나야 진리를 실천하는 연대가 회생한다.

월러스틴은 오늘날의 불확실성의 상황을 어두운 숲에서 길을 헤매는 것으로 비유했다.[6] 그런 불투명성은 더 좋은 세상을 약속한 사상들이 무력화된 현실과 연관이 있다. 자유주의는 점진적 개혁을 통해 불평등성의 완화를 약속했지만, 신자유주의는 오히려 더 고통스런 양극화 세계를 만들었다. 또한 근대 세계체제에 도전한 이단적 사상들^{마르크스주의 등}은 모두 자유주의적으로 포섭되어 책갈피로 숨어들었다.[7]

월러스틴의 논의는 옛 사상들이 사람들을 움직이는 물결이 되지 못하는 무능성에 대한 진단이다. 그는 그 대안으로 자유의지의 윤리적 에너지를 강조하고 있다. 월러스틴은 안개 속에서는 자유의지의 에너지가 옛 사상의 이념적 확실성을 앞지름을 주목한다. 역사적 미래의 이념이 철도의 선로처럼 확실하다면 인간의 도덕적인 개입의 여지는 적어진다. 반면에

---

5 원효가 말한 불일불이(不一不二)의 기적이 물결과 사상의 관계에도 적용된다고 할 수 있다. 원효의 불일불이의 사유에 대해서는 이도흠, 『화쟁기호학, 이론과 실재』, 한양대출판부, 2001, 108~114쪽 참조.
6 이매뉴얼 월러스틴, 백승욱 역, 『우리가 아는 세계의 종언』, 창비, 2001, 7쪽.
7 신자유주의는 '우리가 아는 세계'의 이념과 사상들을 대부분 체제 안에 순치시켜 무력화하고 있다. 비판적 사상은 물론 자유주의 이념마저도 오늘날의 역사적 거세에서 예외가 아니다. 공산권의 몰락은 자유주의의 승리 선언으로 이어졌지만 사회주의의 붕괴는 역설적으로 자유주의적 이념의 붕괴를 초래했다. 위의 책, 12쪽.

21세기의 불확실성의 세계는 혼돈의 미로인 동시에 윤리적 에너지의 개입과 창조를 요구하고 있다.

이 책에서는 월러스틴의 진단을 받아들여 과거를 사상의 세계로, 21세기를 윤리적 에너지의 시대로 논의할 것이다. 그러나 월러스틴의 논법과는 다르게 사상의 시대가 끝난 것이 아니라 윤리적 실천력을 통해 새롭게 부활할 것임을 말할 것이다. 우리는 윤리적 무의식을 통해 회생한 새로운 위대한 신념들을 사상 이후의 사상이라고 부를 수 있을 것이다. '사상 이후의 사상'은 윤리적 회생을 통해, 보다 구체적으로는 존재의 물결의 부활을 통해 창안될 수 있다.

월러스틴이 말한 자유의지는 결코 옛 이념과 사상의 대안이 되지 못한다. 우리는 자유의지 대신에 확실성 부재의 시대에 부재원인으로 작동하는 또 다른 윤리를 주목할 것이다. 자유의지는 개인의 내면에 갇혀 있기 때문에 사람들의 연대와 물결을 회생시키기 어렵다. 반면에 부재의 시대에 부재원인으로서의 새로운 윤리는 사상 대신 사람들을 움직이는 물결을 일으킬 수 있다. 지금 우리에게 시급한 것은 창조적인 물결을 일으키는 부재원인의 새로운 윤리이다. 더욱이 부재원인이 생성한 물결은 신자유주의의 진열장에 감금된 사상들을 쇄신하고 회생시킬 수 있다. 그 때문에 신무기로서 부재원인과 존재의 물결만이 '사상 이후의 사상'의 시대를 열 수 있을 것이다.

스피노자는 자유의지란 원인을 모르는 상태에서 자신이 자유롭게 선택했다고 오해한 것이라고 말했다.[8] 그는 윤리의 근거를 그런 자유의지 대신 내재원인[9]에서 찾았다. 스피노자가 말한 내재원인은 결정론적 인과

---

8   스피노자, 조현진 역, 『에티카』, 책세상, 2006, 70쪽.
9   위의 책, 66쪽.

율이 아니라 라캉의 실재계처럼 상징계^{현실의 구조}에는 부재하는 부재원인이다.

내재원인은 한용운의 님처럼 체제에 부재하는 동시에 우리의 무의식과 실재계에 (윤리의 원인으로) 존재한다. 내재원인과 부재원인은 세상^{상징계}이 침묵과 안개에 휩싸였을 때 새로운 운동의 동인이 된다. 부재원인으로서의 윤리는 불확실성의 시대에 부재로써 존재를 입증하는 역설을 통해 회생의 열망을 자극할 수 있다. 한용운의 님이 부재와 침묵의 현실에서 정동적 물결을 일으켰듯이, 내재원인과 부재원인은 오늘날의 불확실한 세계에서 또 다른 물결을 일으킬 수 있다. 이 책에서는 퇴조한 사상적 신념의 대안으로 한용운의 님과도 같은 '부재원인'과 '대상 a'[10]를 중시할 것이다.[11] 오늘날은 윤리의 근거로서 대상 a가 부재하는 듯이 보이지만 아직 깊은 심연에 잔존하기에 회생의 열망에 불을 붙여야 하는 것이다,

대상 a란 떠나간 님을 기억하는 사랑과 윤리의 추동력으로서 순수욕망[12]의 근거이다. 지금은 식민지에서 해방되어 한용운의 '님의 침묵'의 시대가 지나갔지만, 그보다도 더 우울한 '사상의 침묵'의 시대를 맞고 있다. 송경동은 진보 사이트도 밤샘 토론도 그대로이지만 우리는 무언가를 잃어버린 침묵의 시대에 살고 있다고 말한다.[13] 사상이 침묵한다는 것은 내면과 거

---

10 대상 a란 억압적인 상징계에 진입하는 과정에서 잃어버린 화해의 기억의 잔여물을 말한다.

11 절박한 인식과 충동의 원인이 없는 자유의지는 능동성의 힘도 감염력도 부족하다. 반면에 부재원인(대상 a)은 님처럼 아무 데도 없으면서 모든 곳에 다 있기 때문에 그 윤리적 충동은 순식간에 연대의 물결로 번져간다. 부재원인은 님에 대한 사랑처럼 절박한 충동의 근거인 동시에 체제와 이념의 인과적 사슬에서 벗어난 자유의 위치이기도 하다.

12 순수욕망이란 대상 a에 대한 열망으로서 이는 윤리의 근거가 된다. 알렌카 주판치치, 이성민 역, 『실재의 윤리』, 도서출판b, 2004, 12·43쪽.

13 송경동, 「혁명」, 『사소한 물음들에 답함』, 창비, 2009, 132쪽.

리에서 물결을 일으키지 못한다는 뜻이다. 무언가가 사라진 시대, 진정성眞情性의 근거인 정동적 알맹이가 빠진 사상의 침묵의 시대[14]에는, 다시 한번 물결을 일으키기 위해 새로운 또 다른 님, 즉 '부재원인'과 '대상 a'의 재작동이 필요하다.[15]

우리시대는 진보 서적과 정치 토론이 그대로인데도 아무도 주체적으로 움직이지 못하는 세상이다. 그 점에서 오늘날의 능동적 주체의 부재는 인식론적 무지보다는 존재론적 빈곤함의 문제일 것이다. 우리시대의 주체의 상실은 특정 계층의 몰락이 아니라 만연된 존재론적 빈곤함 때문이다. 존재론적 몰락이란 모두가 자본주의에 예속되어 인격적으로 빈곤한 자아로 살아가는 상황을 뜻한다. 그런 존재론적 빈약함에서 벗어나려면 체제에 예속된 사람들존재자들이 타자와의 만남을 회생시켜 부재원인대상 a을 재작동시켜야 한다. 오늘날 새로운 주체의 생성은 존재자와 타자, 그리고 지식인과 하위계층의 만남을 필요로 한다. 이 책에서는 그런 지식인과 하층민 (그리고 존재자와 타자)의 이접적 교감의 순간에 나타나는 부재원인실재계의 작동을 물결이라고 부를 것이다. 오늘날은 부재원인의 샘물이 가라앉아 물결이 잘 일지 않는 시대이지만, 심연에서 아주 말라붙은 것은 아니기에 물결의 회생에 희망을 거는 것이다.

우리시대에 부재원인의 샘물이 가라앉은 것은 신자유주의 정동권력에

---

14 정동적 알맹이가 빠져나가면 사상이 그대로인 듯이 보여도 실천력을 상실해 침묵의 시대를 만든다.

15 라캉의 실재계적 대상 a는 스피노자의 내재원인과 교차된다. 대상 a는 사상들의 총체성의 신념을 대신하는 실재계적 부재원인이다. 이 책에서는 사상적 퇴조의 시대에는 진정성의 알맹이, 즉 부재원인과 대상 a를 둘러싼 싸움이 사상을 대신하고 회생시킴을 주목할 것이다. 부재원인과 대상 a를 강조하는 것은 미래의 약속 대신 **수행적 실천력**을 앞세우는 것이다. 우리는 그런 **존재론적 방식**으로 신자유주의에서 서재로 물러선 옛 사상들을 갱신된 형태로 부활시켜야 한다.

의해 존재론적 지형도가 무력화된 때문이다. 정동권력은 유사 대상 a를 통해 심연의 진정성의 샘물을 잠재우며 타자와의 교감의 정동을 약화시켰다. 우리는 그런 과정을 지식인과 타자의 만남을 결렬시키는 전략으로서 신자유주의의 존재론적 젠트리피케이션으로 부를 수 있다. 현존의 유토피아^{환상}로써 부재원인을 잊게 하는 유사 대상 a를 유포시키면서, 부재를 통해 존재를 증명하는 대상 a의 운동을 철거하는 것, 이것이 바로 존재론적 젠트리피케이션이다. 존재론적 젠트리피케이션은 지식인과 타자가 만나는 틈새 공간을 철거하고 그 자리에 캐슬^{유사 대상 a}이 들어서게 함으로써, 가슴 속의 대상 a를 철거시키고 존재의 물결이 일지 못하게 만들었다.

과거에 사상의 시대가 가능했던 것은 지식인과 대중의 만남이 활력적이었기 때문이다. 보다 구체적으로 말해 그때에는 지식인과 민중, 존재자와 타자의 만남이 역동적이었다. 그런 유동적인 존재론적 지형도는 심연에서의 부재원인과 대상 a의 역동성에 상응한다. 반면에 오늘날 하층민이 역사의 주체가 되지 못하는 것은 사상가와 타자가 결별을 강요당하고 있기 때문이다. 캐슬^{그리고 신상품}로 자본주의가 미래를 선점한 상황과 젠트리피케이션에 의한 지식인과 타자의 결별은 표리를 이루고 있다. 신자유주의의 자본주의적 젠트리피케이션은 캐슬과 펜트하우스로 미래를 점령하면서 하층민 타자를 내쫓는다. 그로 인해 지식인과 타자, 중간층과 하층민이 멀어지면, 대상 a의 침전과 존재론적 빈곤함[16] 속에서 사상적 신념이 작동하지 못하게 된다. 월러스틴은 사상적 퇴조의 원인으로 세계의 복잡성을 말하지만, 우리는 왜곡된 존재론적 지형도, 사상가와 타자 사이의 강요된 거리, 그 단순하고 딱딱해진 존재론적 상황을 주목한다.

---

16 존재의 물결의 쇠퇴를 말한다.

사상가와 타자의 결별은 반격의 공간으로서 타자 위치에서의 틈새의 상실로 증명된다. 과거와 오늘의 결정적 차이는 사상가와 타자^{지식인과 하층민}가 어우러진 문학, 공장, 문화공간의 틈새가 없어졌다는 점이다. 틈새의 상실은 지식인과 타자가 함께 생성했던 민중적 행위자와 연대의 상실이다. 반격의 틈새가 사라지면 지식인도 하층민도 진리 실천을 위한 활동 공간을 잃고 미로 속에서 연대를 상실한다. 그 때문에 안개 같은 미궁의 해결책은 상실된 틈새 공간의 회생에 있다고 할 수 있다. 이 책은 연대의 해체를 극복하는 틈새에서의 물결의 회생을 역사의 미로의 해결책으로 제시할 것이다.

새로운 권력은 지식인과 타자의 공동의 터전, 즉 문화, 현장, 공론장의 틈새를 박탈하는 존재론적 방식으로 등장했다. 역사의 미로를 만드는 그런 존재론적 권력의 등장은 전 세계적인 현상이었다. 러셀 저코비에 의하면, 과거의 지식인은 지금과 달리 보헤미아[17]에 살며 대중들과 함께 하고 있었다. 그러나 젠트리피케이션에 의해 공동 터전이 철거되고 지식인이 사람들로부터 멀어지면서 자기 자신의 존재 자체가 사라지게 되었다.[18] 이 책은 우리의 경우 저코비의 주장에서 더 나아가 젠트리피케이션이 특히 하층민 타자를 내쫓음으로써 오늘날 사상이 무력화된 시대가 되었음을 강조한다.

우리시대의 젠트리피케이션은 단순한 개발을 넘어서서 존재론적 문제의 중요성을 알려준다. 타자의 주거지와 공동 터전을 철거하고 들어선 캐

---

17 보헤미아(Bohemia)는 원래 체코 공화국을 구성하는 지방의 하나로 체코의 중서부 지역에 해당하는 곳이다. 여기서 유래한 '보헤미안'은 사회적 관습에 구애받지 않는 방랑자와 자유분방한 예술가, 지식인을 뜻하는 단어로 사용되고 있다.
18 저코비, 유나영 역, 『마지막 지식인』, 교유서가, 2022, 57~115쪽.

슬은 유사 대상 a로 작동되며 오늘날의 고착된 감성의 분할을 상징하고 있다. 이제 보이는 것은 캐슬이며 보이지 않는 것은 지하 벙커의 기생충^{타자}인 세상, 하층민이 냄새로만 감지되는 세계가 도래한 것이다. 이런 고착된 감성의 분할은 과거와 달리 해체와 역전이 매우 힘든 존재론적 지형도를 나타낸다. 젠트리피케이션에 의한 틈새의 상실, 그리고 스카이 캐슬의 유혹은, 사람들의 가슴을 뛰게 했던 대상 a를 침전시켜 존재 자체를 권력의 분할에 예속시킨 것이다.

감성의 분할의 고착화의 결정적인 효과는 타자의 추방과 함께 물결을 상실한 사상을 서재에 갇히게 만든 일이다. 이제 지식인의 이념은 책 속의 활자로 돌아가고 현장에서 존재의 물결로 운동하지 못하게 되었다. 그처럼 사상이 침묵하고 물결이 사라진 곳에서 대신 연출되는 것은, 〈기생충〉과 〈오징어 게임〉이 보여주는 조용한 정동적 유령의 세계, 즉 능동적 정동이 상실되고 사람들의 연대가 해체된 우리시대의 우울한 초상화이다.

그러나 우울한 세계에서도 희망이 모두 사라진 것은 아니다. 〈기생충〉의 모스 부호와 〈오징어 게임〉의 분노의 응시는 오늘날에도 심연의 샘물이 아주 말라붙지 않았음을 암시한다. 스크린과 OTT의 모스 부호와 응시의 눈빛은 실상은 우리 모두의 침전된 대상 a를 향해 날아오고 있는 것이라고 할 수 있다. 그 같은 대중문화와 미학, 문학을 통한 정동적 비밀 교신은 상실한 틈새 공간을 회생시켜 다시 한번 분할을 해체하고 물결을 일으키는 운동으로 이어져야 한다.

과거에는 인식론적 사상이 사람들을 끌어모으고 열광시키며 거리의 물결을 일으켰다. 그처럼 사상이 물결을 일으키는 역동적 과정은 문학작품, 정동적 공론장, 노학연대 등 곳곳의 틈새의 작동을 통해 가능할 수 있었다.[19] 그러나 이제 지식인과 하층민^{그리고 존재자와 타자}이 어우러지는 공간은 잘 발견되지 않으며, 틈새의 상실로 존재의 물결이 희미해져 사상이 사회에 파장을 일으킬 수 없게 되었다. 그 때문에 우리시대에는 틈새의 복원과 분할의 해체, 물결의 회생이 변혁운동 부활의 출발점이 될 수밖에 없다. 예전에는 문학과 문화의 틈새에서 물결을 일으켜 사람들이 가만히 있지 못하게 만들었지만, 지금은 모두가 가만히 있게 만드는 정동권력그리고 감성의 분할에 포위됐기 때문에, 포위망을 뚫고 곳곳에서 틈새를 회생시키는 일 자체가 미학의 목표가 되었다. 그런 미학적 틈새는 희망버스와 촛불집회에서 보듯이 변혁운동에서도 운동 자체의 중요한 출발점이 되고 있다.

우리시대는 틈새 공간의 모세혈관에 다시 혈액이 흐르게 하는 지난한 진지전이 필요한 시대이다. 머리로 인식하지만 몸으로 실천하지 않는 시대에는 질식할 듯한 신체에 피가 돌도록 곳곳의 틈새를 회생시켜야 한다. 이 책은 그런 틈새의 비정규전을 월러스틴의 윤리적 관점을 증강시킨 존재론적 차원의 도전적 모험으로 강조할 것이다. 그와 함께 월러스틴에서 더 나아가 윤리적 진지전과 모세혈관이 다시 한번 사상의 대동맥에 접합되어야 함을 말할 것이다. 사상의 대동맥이 회생되지 않는다면 모세혈관에 피가 흘러도 촛불집회처럼 또다시 정동권력에 의해 잠재워질 수 있기 때문이다. 우리는 '촛불을 넘어선 물결'과 '옛 사상을 넘어선 신사상'의 재동맹을 모색해야 한다. 모세혈관과 대동맥, 존재의 물결과 인식론적 사상의 연동성 때문에, 사상의 시대에 물결이 필요했듯이 물결의 시대[20]에도 '사상 이후의 사상'이 재발명되어야 하는 것이다.

---

19   특히 문학은 자기 자신이 틈새이면서 지식인(그리고 중간층)이 타자와 틈새에서 만나는 내용을 통해 물결을 일으켰다. 그러나 지금은 타자가 고립되었기 때문에 사람들이 다시 타자에게 다가서게 만들어 틈새를 생성하는 일 자체가 미학적 과제가 되었다.

20   물결의 회생이 선차적으로 필요한 시대를 말한다.

2. '은폐된 타자'에서 '추방된 타자'로 민중의 존재론

우리가 모르는 세계란 지식인과 타자의 결별이 만성화된 세계이다. 한국의 경우 그런 '낯선 세계'의 시작은 민중의 상실에서 시작되었다. 변혁운동이 약화된 시대에 민중의 상실은 월러스틴의 진단만큼 충격적이었다. 민중의 소멸은 월러스틴이 말한 사상의 위기와 연관이 있지만, 보다 구체적으로는 지식인이 민중으로부터 멀어지면서 시작되었다.

민중은 정체성의 개념이 아니라 비판적 사상가와 타자의 만남, 즉 존재의 물결의 산물이다. 민중의 상실에 대한 오해와 딜레마는 민중을 정체성의 개념으로 생각하는 데서 생겨난다. 반면에 민중을 존재의 물결로 이해하면, 민주화가 됐는데 왜 민중이 사라졌는지, 민중을 상실한 시대에 어떻게 비판 사상을 부활시킬지 암시받을 수 있다. 이 책은 민중을 귀환시킬 수는 없지만 존재의 물결을 회생시켜 90%들을 다시 일어서게 할 수 있음을 논의할 것이다.

식민지 권력은 하층민을 내쫓았지만 그럴수록 지식인은 내면에서 민중에게 다가서고 있었다. 독재정치 시대에도 핍박받는 지식인은 착취에 시달리는 하층민의 곁에 머물고 있었다. 아이러니한 것은 민주화에 성공하면서 신자유주의에 의해 지식인과 민중의 결별이 시작되었다는 것이다. 형식적 민주주의는 확대되는 자본주의를 변혁하지 못한 반면, 신자유주의는 존재론적 젠트리피케이션[21]을 통해 지식인과 민중이 만나는 틈새 공간문학, 공론장, 대중문화을 사라지게 했다. 더욱이 정동마저 식민화한 자본주의의 미시적 확산은 90%들존재자들이 타자로부터 멀어지게 만들었다. 민중

---

21 지식인과 민중이 만나던 틈새 공간을 철거하고 그 자리에 캐슬이 들어서게 만들어 지식인과 하층민 (그리고 존재자와 타자)의 존재론적 결별을 강요한 권력 장치를 말함.

의 상실은 결국 틈새 공간의 철거이자 존재의 물결의 상실이며, 타자로부터 멀어진 90%들의 자아의 빈곤화와 표리를 이룬다.

1990년대 전반의 김소진의 소설들은 민중의 상실에 직면한 지식인의 고뇌를 잘 보여준다. 「그리운 동방」, 「비운의 육손이 형」 연작에서 지식인 '나'와 민중 출신의 아내는 '좋은 세상'에 대한 회의에 빠진다. 어려움 속에서도 아내와 '나'의 사랑이 여전한 것은 지식인과 민중의 진정성이 변화되지 않았음을 나타낸다. 하지만 아내는 희망을 걸었던 조명등 공장의 노조운동에 실패하고, '나'는 가장 인간적였던 하층민 광수 형이 비정한 주검으로 '출고'되는 것을 막지 못한다. 아내는 노동자를 회유하는 정동권력에 부딪혔고, '나'는 책의 매출에 신경을 쓰는 사이에 타자가 물건처럼 버려지는 상황에 직면했다. 이 소설은 민중의 해체가 결코 지식인과 하층민의 본심이 변질된 때문이 아님을 보여준다. 지식인과 민중의 진정성과는 상관없이 신자유주의의 정동권력에 의해 양자 사이에 거리가 생기며 민중의 해체가 시작된 것이다.

변화된 세상은 단지 사상의 신념이 약화된 세상이 아니라 정동적으로 빈곤해진 세계였다. 정동권력이란 존재론적 젠트리피케이션을 통해 세상을 캐슬과 절벽 저쪽의 세계로 이분화시키는 장치이다. 이런 세계에서는 비판적 지식인마저 안온한 일상에 정체되는 반면 하층민 타자는 셔터가 내려진 세계로 추방된다. 그처럼 보이는 것캐슬과 보이지 않는 것셔터 저편이 고착된 세계란 틈새 공간이 철거되면서 지식인과 타자의 만남이 결렬된 세상이다. 그로 인해 존재의 물결이 생성되지 않기 때문에 책갈피에 남아 있는 사상이 운동성을 잃어버린 것이다.

「그리운 동방」에서 '나'는 이론 대신 광수 형과 함께했던 동방의 기억에 빠져든다. 동방은 유년기의 존재론적 순수기억의 잔여물로서 지금은 간신히 남겨진 실재계적 대상 a이다. 순수기억을 통해 대상 a를 회생시키려는 '나'의 노력은 이제 '무엇을 할 것인가'보다 '어떻게 일어설 것인가'가 중요해졌음을 암시한다. '좋은 세상'은 이념이나 이론이 아니라 정동적 기억을 통해 쓰러진 자아를 회생시켜야 다가갈 수 있었다. 존재론적 정동권력에 대한 대응은 대상 a를 회생시켜 존재의 물결을 일으키는 데 있었다.

김소진은 사상을 부활시키려면 존재의 물결을 회생시키면서 지식인과 타자의 존재론적 거리를 극복해야 함을 암시한다. 민중의 상실을 넘어서려는 김소진의 문학은 그동안 당연시했던 근대사상의 신념을 재고하게 만든다. 마르크스는 자본주의를 변혁하려면 세계 자체의 원리를 인식할 것을 주장했다.[22] 그러나 사상의 신념과 민중의 신뢰는 결코 '우리가 아는 세계'의 인식론적 특권이 아니다. 인식론 사상의 신념이란 물결 속의 교감의 산물이며, 굳건한 민중사상의 주체란 존재의 물결의 행위자들이기도 했다.

민중의 상실은 사상의 신념을 떠받치던 그런 존재론적 지형도의 와해에 다름이 아니다. 그 때문에 자아^{지식인}와 타자를 횡단하는 물결의 회생만이 대상 a의 재작동을 통해 민중이 사라진 자리를 채워준다. 그처럼 비어 있는 민중의 자리를 존재의 물결로 다시 채울 때만 비로소 사상이 또 한 번 부활할 수 있다.

여기서 밝혀진 사상과 물결의 연동성은 근대 이후의 정치적 기획의 문제를 재고하게 해준다. 의심할 수 없던 사상의 위력은 수행적 차원에서 함께 손잡고 일어서는 물결의 행위력과 연동되어 있었다. 우리가 아는 세

22　마르크스, 이진우 역, 『공산당 선언』, 책세상, 2002, 7쪽.

계란 사상이 물결을 껴안은 시대이며, 잘 모르는 세계란 사상의 껍질에서 물결이 썰물처럼 빠져나간 세상이다. 사상의 시대에도 실제로 사상을 움직인 것은 물결이었고, 오늘날의 사상의 퇴조란 물결의 어둡고 조용한 침잠에 다름이 아니다.

그런 맥락에서 이 책은 식민지시대부터 지금까지의 변혁적 기획을 사상과 물결의 결합으로 재조명했다. 식민지시대 변혁운동과 문학운동은 아나키즘, 민족주의, 사회주의 같은 비판적 사상들에 의해 추동되고 있었다. 특히 사회주의는 세계적인 두 번째 공산주의 유령이 식민지 조선에 도착함으로써 사회 전체에 파문을 일으켰다. 그러나 식민지에서의 사회주의는 가혹한 정치적 탄압 때문에 역사적 신념이 장벽에 부딪힐 수밖에 없었다. 하층민은 식민 권력의 인격적 폭행에 시달렸고 혹독한 존재론적 폭력은 소수의 노동자에게도 행사되었다. 타자가 정치적 주체로 나서기 힘든 이런 상황을 두셀은 식민지적 타자의 은폐라고 불렀다.[23]

불확실성에 직면한 식민지 사회주의는 은폐된 타자를 드러내며 존재의 물결을 일으키는 일이 절실하게 필요했다. 존재의 물결을 일으키는 문제는 사회주의뿐만 아니라 아나키즘과 급진적 민족주의의 경우에도 마찬가지였다. 박선영은 이점을 주목하며 세계적인 사회주의가 식민지 조선으로 여행하면서 다양한 사상들을 횡단하는 '프롤레타리아의 물결'로 변주되었다고 논의했다.[24]

식민지에서는 혁명만큼 물결의 생성이 초기부터 모험적 과제였으며 운동가들은 스스로 사상과 물결의 연동성을 입증했다. 즉 사상이 힘겹게 장벽을 뚫는 과정은 물결의 고취를 이루는 진행이었던 것이다. 이 책에서

---

23   엔리케 두셀, 박병규 역, 『1942년 타자의 은폐』, 그린비, 2011, 14~15·72쪽.
24   박선영, 앞의 책, 44~50쪽.

는 그런 사상가들의 힘든 고투와 물결의 역설적 성취를 문학을 통해 증명해 보일 것이다. 문학은 처음부터 역사적 주체를 앞세우기보다는 타자의 위치에서 물결을 일으키는 과정을 핵심적으로 보여준다.[25] 사상이 가장 절망적인 장벽에 부딪혔을 때 『고향』, 『인간문제』, 「경영」, 「맥」 같은 최고의 작품이 탄생된 점은 물결의 역설적 승리를 입증해준다. 결과적으로 식민지 사회운동에서는 사상이 제국의 장벽을 뚫지 못한 반면 억압을 통해 더 고조된 물결은 중요한 성취를 이루었다.

1970~1980년대는 식민지시대에 비해 사상의 확실성이 보다 구체적 감각을 얻을 수 있는 사회였다. 그러나 분단과 신식민지적 상황은 여전히 민중적 타자를 은폐된 상태에 있게 만들었다. 마르크스는 눈앞의 세계 자체의 인식에서 해방의 신념이 나온다고 말했지만, 우리에게는 은폐된 타자와 만나기 위해 또다시 존재의 물결이 필요했다. 1970~1980년대에 식민지시대처럼 사상운동 못지않게 문학과 대중문화의 분출이 중요했던 것은 그 때문이다.

그런 창조적 물결의 필요성은 행동적 사상가일수록 더욱 절실했다. 냉전의 족쇄 때문에 변혁운동가들은 수행성의 공간에 더 다가서야 했고, 사상과 물결의 결합을 통해 비로소 변혁의 에너지를 증폭시킬 수 있었다. 이 시기에는 능동적인 행동을 외치는 사상일수록 억압 속에서 물결을 일으키는 문학이 더욱 필요했다. 역설적으로 사상의 억압은 창조적 실천을 위한 구성적 요소로 작용하고 있었다. 냉전의 압력 때문에 산업화시대에

---

25 문학은 사상의 부수물이 아니라 존재의 물결을 추동하는 역할을 한다. 역사적으로 우리 사회운동에서 문학이 중요한 역할을 한 것은 우연이 아니다. 문학의 역동성이 요구된 것은 제국과 독재체제의 폭력에 직면한 타자가 주체로 생성되기 위해 존재의 물결이 필요했기 때문이다.

는 식민지시대보다 수행적 공간에서의 창의적인 물결_{실천}이 더 요구된 것이다. 이 시기에 '프롤레타리아의 물결'이 '민중의 물결'로 변주된 것 역시 사상의 원전_{마르크스 레닌주의}을 감추고 수행성의 공간에서 변혁의 행위자들을 창조해낸 산물이었다.

사상가는 그런 행위자들을 역사의 주체로 삼았지만 그들_{민중}은 소설의 주인공으로서 정동적 물결을 일으킨 타자들이기도 했다. 이남희는 민중이란 '역사 주체성 위기'의 극복을 위해 '큰 주체'에 안에서 미리 호명된 주체라고 논의했다.[26] 그러나 그런 모순된 결정론을 극복하게 한 것은 소설이 입증하고 증폭시킨 타자성의 존재의 물결이었다. 1970~1980년대는 사상의 시대인 동시에 소설과 문학의 시대이기도 했다. 만일 문학이 증명한 존재의 물결이 없었다면 민중적 주체는 호명된 주체에 머물 수도 있었을 것이다. 반면에 사상가가 물결의 행위자와 손을 잡음으로써 저항적 실천은 전 사회로 확장되었으며, 여기서는 비천한 타자들의 정동적 감염력이 변혁운동의 원동력이었다. 냉전기 사상의 제한된 밀담[27]을 창조적 기회로 뒤집은 이 정동적 물결이야말로 민중사상을 움직인 수행적 추동력이었다. 그처럼 사상을 움직인 민중의 물결은 과거_{식민지시대}의 좌절된 운동이 심연에 물결로 각인되어 정동적 기억_{순수기억}을 통해 귀환한 것이기도 했다.[28]

---

26 이남희, 유리·이경희 역, 『민중만들기』, 후마니타스, 2015, 87·459~460쪽. 이남희에 의하면, 민중은 선천적으로 혁명적 기질을 지닌 동시에 지식인의 안내를 필요로 하는 존재였으며, 여기에는 상반되는 두 가지 요소의 분리와 긴장이 내재했다. 그런 긴장을 돌파하려는 지식인의 시도가 민중을 역사적 주체로 불러들인 (호명한) 근원으로 작용했다.

27 냉전의 감시로 인해 민중사상은 식민지시대와 달리 사회주의를 겉으로 표방할 수 없었다.

28 박선영, 앞의 책, 14·39쪽.

식민지와 신식민지에서 사상 못지않게 물결이 중요했던 것은 동일성 권력에 의해 은폐된 타자를 귀환시키기 위해서였다. 가라타니 고진은 서양 철학이 타자를 무시하고 동일성의 체계를 축조한 진행을 건축에의 의지라고 불렀다.[29] 우리는 거기서 더 나아가 제국과 독재 권력이 타자를 내쫓으며 근대문명을 건축한 과정을 젠트리피케이션의 의지라고 말할 수 있다. 젠트리피케이션에서는 건축의 진행과는 달리 단순한 타자의 무시가 아니라 폭력적인 타자의 배제가 행해진다. 다만 식민지와 독재체제 아래서는 타자에게 폭력이 행해질수록 지식인이 하층민에게 다가섰기 때문에, 타자는 완전히 추방되기보다 은폐된 상태에 있었다. 지식인이 타자의 정동적 초대에 응답하며 은폐된 타자가 회생하는 과정은 타자의 위치에서 존재의 물결이 이는 순간이었다.

은폐된 타자는 상징계에서는 집이 없었지만 존재의 물결이 이는 순간 집 없는 집인 실재계적 정동 공동체에 안길 수 있었다. 정동적 공동체[30]란 네이션nation의 실재계 차원으로서 민중의 집 없는 집이다.[31] 그런 맥락에서 독재권력 아래서의 민중적 민족문학은 국민국가상징계 내의 상상력이기보다는 정동적 공동체의 연대망을 생성하려는 시도였다 할 수 있다. 민중적 민족문학으로 불리는 사상은 수행적 차원에서는 상징계국민국가와 상상계상상적 공동체를 넘어선 실재계적 물결이었다고 볼 수 있다. 실재계적

---

29 가라타니 고진, 김재희 역, 『은유로서의 건축』, 한나래, 1998, 42·51~52쪽.
30 정동적 공동체는 스피노자가 말한 능동적 정동에 근거한 공동체이면서 실재계 차원의 잠재적 상태에 있는 물밑의 연대망이다. 정동적 공동체에서 존재의 물결이 생성될 때 경직된 상징계를 변화시키려는 실재계적 변혁운동이 일어날 수 있다. 스피노자는 내재원인을 알 때 능동적 정동이 생성된다고 논의했는데 스피노자의 내재원인은 라캉의 실재계에 상응한다.
31 네이션의 세 가지 차원은 상징계적 국민국가와 상상계적 이데올로기(민족주의), 그리고 실재계 차원의 정동적 공동체이다.

물결은 상상계적인 이데올로기는 물론 상징계적인 국민국가의 상상력을 넘어선다. 여기에는 상징계를 변혁하려는 사상적 기획과 접합되며 실재계에서 물결을 일으키려는 수행적 차원의 연대가 있을 뿐이다. 그 때문에 민족적 자주성을 주장하되 배타적으로 경직된 동일성의 기제는 작동될 수 없었다. 자주성을 강조하는 사상은 민중적 민족의 이름으로 기획되었지만, 실제 운동은 실재계 차원의 네이션, 즉 정동적 공동체의 존재를 입증하는 타자성의 물결로 수행된 것이다.

민중적 민족문학이 사상을 통해 억압적 체제에 저항하는 진행은 수행적 물결 속에서 정동적 공동체를 형성하는 과정에 상응한다. 예컨대 「난장이가 쏘아올린 작은 공」과 「아홉 켤레의 구두로 남은 사내」는 폭력적인 젠트리피케이션에 의해 타자의 집이 철거되는 풍경을 비판적으로 보여준다. 그와 동시에 두 작품은 그런 상황에 대응해 지식인과 타자가 다가서며 존재의 물결과 정동적 공동체_{집 없는 집}를 생성하려는 과정을 드러낸다. 「삼포 가는 길」 역시 산업화에 의해 공사판이 된 고향의 상실과 함께 마음속에 집 없는 집 삼포가 생성되는 과정을 보여준다. 민중적 민족문학은 젠트리피케이션의 권력에 대항하는 동시에 쫓겨난 민중들이 집 없는 집 정동적 공동체에서 연대하게 만들었다. 체제에 저항하는 민족문학이 기획한 민중의 세상은 민족적 동일성을 넘어선 타자성의 연대, 즉 실재계에 잠재하는 미래의 세상으로서 정동적 공동체에 근거했다.

하지만 민중의 정동적 공동체의 역동성은 20세기 말에 딜레마에 부딪혔다. 1990년대 이후의 신자유주의의 정동권력에 의해 자본주의적 동일성이 고착화되며 정동적 공동체가 와해되기 시작한 것이다. 새로운 정동권력과 존재권력^{마수미32}은 정동적 무의식과 지각체계에 작용해 타자와 연관된 실재계적 상상력을 마비시켰다. 그런 상황 속에서 지식인과 중간층은 하층민의 정동적 초대에 침묵하게 되었고 결국 타자를 배제하는 감성의 분할이 굳어지게 되었다. 즉 스카이 캐슬과 펜트하우스만 보이고 반지하와 지하 벙커는 보이지 않는 세상이 도래한 것이다. 이제 젠트리피케이션에 의해 타자가 쫓겨날 뿐 아니라 지식인과 중간층마저 가슴에서 하층민을 외면하는 타자의 추방의 시대가 되었다. 타자의 추방의 시대는 「벌레들」^{김애란}에서처럼 집이 철거된 하층민을 내면에서 다시 한번 내쫓는 존재론적 젠트리피케이션의 세상이다.

3. '사상 이후의 사상'과 '민주화 이후의 민주화'

타자가 추방된 시대는 지식인과 타자가 교감하던 틈새 공간이 사라진 세계이다. 문학, 정동적 공론장, 순수기억 등의 틈새 공간이란 감성의 분할이 역류할 수 있는 장소이다. 그런 틈새가 사라지면 승자가 캐슬을 차지하고 루저^{타자}가 절벽 아래로 추방되면서 존재의 물결이 잘 생성되지 않는다. 그 때문에 타자의 추방시대에는 감성의 분할을 해체하고 다시 물결을 회생시키는 틈새의 부활이 매우 중요하다. 이 책은 상실된 틈새 공간의 회복을 고착된 분할의 세상을 해체하고 경직된 감성적 비민주주의를 타개하는 해결책으로 제시할 것이다.

실제로 우리시대 문학의 존재론적 모험은 예전과 달라졌다. 과거에 존재의 물결을 입증했던 문학과 대중문화는 이제 틈새의 회생을 시도하는 지난한 모험으로 변주되고 있다. 「내 여자의 열매」^{한강}, 「아, 하세요 펠리

---

32 존재권력은 사람들의 지각체계를 교란시켜 체제에 따르게 하는 존재론적 권력이다. 브라이언 마수미, 최성희·김지영 역, 『존재권력』, 갈무리, 2021.

컨」^{박민규}에서 「미조의 시대」^{이수서}, 「반 뗀 라 지?」^{김이설}, 「소유의 문법」^{최윤}에 이르는 소설들은, 추방된 타자의 진정성의 샘물을 증명하는 틈새에 우리를 다시 초대하는 작품들이다. 예컨대 「미조의 시대」에서 미조의 엄마는 시를 쓰며 루저를 배제하는 감성의 분할에 대응하는 틈새를 만든다. 엄마는 '팔리지 않아 버린 떡'이라는 시를 쓰는데, '떡'이란 망각된 대상 a이며 그녀는 아득한 샘물^{대상 a}을 퍼 올리는 중이다. 「소유의 문법」에서도 배제된 타자 자폐아의 고함은 소유에 물신화된 계곡 마을에서 감성의 분할을 역류시키는 틈새를 생성한다. '나'의 자폐아 딸의 고함은 마을 사람들에게는 소음일 뿐이었지만, '나' 자신에게는 재난을 피하게 하는 자연의 소리로 들려오고 있었다.

감성의 분할을 역류시키는 미학적 틈새의 생성은 21세기의 틈새적 변혁운동에서도 찾아 볼 수 있다. 희망버스와 촛불집회의 특징은 과거의 거리의 투쟁과는 달리 틈새 공간에서의 미학적 저항이라는 점이다. 과거에는 사상가들이 가두의 행렬을 이끌었지만 촛불집회에서는 정태춘과 소녀시대의 노래를 들으며 다중적 개인들이 틈새 공간^{광장}에서 물결을 일으킨다. 틈새 공간에서의 미학적 변혁운동은 쓰러진 가슴들을 일으키면서 다양한 영역의 사람들이 어우러지게 해준다.

그러나 촛불집회의 유동적인 장점은 정치적 파괴력의 한계이기도 했다. 황정은은 촛불집회가 소수자들을 다 끌어안지 못함을 말했으며 송경동은 촛불이 들불이 되지 못하는 아쉬움을 토로했다. 황정은의 불안과 송경동의 불만은 우리의 주제인 '물결과 사상의 결합'을 통해 해결할 수 있다.

촛불이 들불로 진화한다는 것은 물결을 통해 '사상 이후의 사상'을 생성하는 과정이다. 사상 이후의 사상이란 여러 영역을 횡단하는 물결을 회생시켜 미래에 대한 신념을 부활시키는 것을 말한다. 존재의 물결이 회생하면 다시 한번 미래에 대한 위대한 신념을 지닌 사상이 출현할 수 있다. 순하고 유연한 촛불의 한계는 강력한 사상과의 결합이 없다는 점이다. 촛불은 다양한 타자의 개입을 통해 잠재적 파고를 높이며 들불로 진화하는 동시에 유동성을 품은 갱신된 사상들과 결합되어야 한다. 그것을 위해서는 존재의 물결을 일으키는 광장 같은 틈새의 회생과 함께, 사상가와 타자가 다시 다가서는 다양한 틈새적 영역이 부활해야 한다.

그 일을 통한 새로운 '사상 이후의 사상'은 '민주화 이후의 민주화'이기도 하다. 과거에는 진보적 사상을 외치며 독재체제를 민주정치로 바꾸려 시도했다. 반면에 지금은 물결을 일으켜 게임판이 된 민주주의^{대의 민주주의}를 치료하면서 틈새에서 순수정치의 파도를 생성시켜야 한다. 광장의 물결을 순수 민주주의 정치[33]로 고양시키는 것이야말로 새로운 물결과 사상의 결합일 것이다. 우리가 모르는 시대의 정치와 문학이란 물결을 통해 유연해진 순수 정치사상의 귀환이다. 그에 호응하는 '민주화 이후의 민주화'는 선거에 의존할 뿐 아니라 틈새에서 피어난 순수정치의 꽃을 포용하는 세계이다. 사상 이후의 사상이 목적론의 지배 기표를 넘어서듯이 민주화 이후의 민주화는 대리적 재현을 넘어선다. 순수 민주주의 정치란 다양한 사상들을 목적론에서 해방시키며 물결을 통해 자기구성적 연대에 참여하게 하는 것이다.

자기구성적 연대란 상징계의 대리적 재현에 의존하지 않고 자기지시적 운동을 통해 능동적 주체의 연대를 생성하는 것을 말한다. 자기지시적 운동은 데리다가 『법의 힘』에서 말한 타자성의 존재론적 전위, 즉 법과

---

33 순수 민주주의란 대의 민주주의 대신 자기구성적 연대를 통해 다양한 사상들의 이념을 민주주의적으로 실천하는 것을 말한다.

윤리 사이에서 끝없이 해체를 지속하는 물결과도 비슷하다. 해체의 물결과 존재의 물결은 상징계^법와 실재계^{윤리} 사이의 틈새에서 작동되는 타자의 존재론적 운동이다. 그런 존재의 물결은 유동성을 통해 새롭게 회생한 '사상 이후의 사상'을 끌어안고 나아간다. 유동성의 운동은 고착성의 위험이 있는 옛 사상들을 갱신하며 순수정치의 능동성과 여러 영역들의 교차성을 열어준다.[34] 이 책은 그런 순수정치의 물결을 통해 사회주의와 탈식민주의, 페미니즘, 생태주의가 함께 어울려질 미래의 정치를 암시하려 했다. 그 같은 유동적인 '사상 이후의 사상'을 통해서만 모두가 열망하는 '민주주의 이후의 민주주의'가 열릴 수 있을 것이다.

이 책은 한국이 또 한 번의 민주주의의 시련에 직면한 시기에 쓰여졌다. 군인들이 헌법기관을 짓밟는 모습은 우리에게 민주화의 유산뿐 아니라 미처 청산되지 않은 폭력의 유산이 남아 있음을 생각하게 했다. 비슷한 시기에 국가폭력에 저항하는 소설을 쓴 한강이 노벨문학상을 받게 된 것은 또 하나의 문학과 폭력의 전쟁이었다. 폭력의 귀환을 아무 힘도 없는 듯한 문학이 가로막고 있는 아이러니는, 과거를 그린 문학이 미래를 향해 던져지는 이정표임을 암시해주고 있다. 그와 동시에 우리가 그 역사의 이정표를 따라 이미 두 번째 민주주의를 향한 길에 들어섰음을 시사하고 있다. 이제 두 번째 민주주의는 다시는 폭력이 되살아나지 못하도록 문학이 암시하는 순수정치의 물결이 넘쳐나는 사회를 향해 나아가야 한다.

존재의 물결에 대한 토론에 참여해준 한국교원대학교 정은주, 홍진일, 이은숙, 주영하, 최미란 선생님께 고마움을 전한다. 이 책을 펴내는 데 뜨

---

34   과거에는 사상이 먼저 물결과 결합했지만 지금은 물결이 선차적으로 생성되어 여러 사상들을 혁신하며 순수정치를 작동시킨다.

거운 격려를 아끼지 않으신 소명출판 박성모 사장님께 진심으로 감사드린다. 아울러 이 책을 정성껏 꾸며주신 소명출판 편집부 여러분께도 깊은 사의를 표한다.

2025년 6월

나병철

차례

제7장

실재계적
물결로서의 혁명
459

제1장

사상의 뭇별들과
물결의 도전

1. 우리가 아는 세계와 모르는 세계

밤하늘의 별자리가 여행자들의 지도였던 시대는 총체성이 신의 은총처럼 빛나던 세계였다.[1] 그런 총체성의 지도가 흐려진 뒤에도 별들의 운행은 존재의 운명의 예언자로서 삶의 행로와 함께하고 있었다. 근대가 시작되었다는 것은 밤하늘을 향한 점성가의 예언이 마력을 잃고 뭇별 같은 사상들이 미래를 말하게 되었음을 뜻한다.

그처럼 명멸하는 사상들이 미래에 대한 확신을 준 시대가 바로 우리가 아는 세계이다.[2] 근대란 다양한 사상들이 미래에 대해 말하며 각축을 벌이는 경쟁의 장이다. 사상들이 경쟁적으로 논쟁을 벌일 수 있었던 것은 사람들이 사상가가 말하는 더 좋은 세상을 신뢰했기 때문이다. 근대의 공간에서 살게 되었다는 것은 낡은 종교를 대신해 새로운 사상의 신념을 믿게 되었다는 뜻이다.

사상이란 은총의 총체성을 대신해 인간이 주조한 총체성을 말하는 담론이다. 그러나 사람들은 사상가를 신뢰했지만 실제 현실에서는 유토피아의 오아시스보다 황무지 같은 고통의 삶이 더 많았다. 그 때문에 사상은 현실의 고통과 미래의 신념을 연결하는 담론을 필요로 했다. 사상의 시대는 또 다른 근대의 대표적 담론 소설이 필요한 시대이기도 했다. 사상의 빛에 이끌리면서도 끝없이 유리벽에 부딪히며 아이러니하게 숨겨진 영혼의 별을 확인하는 것이 소설[3]이다. 이성을 신뢰한 사상의 시대는 배반당한 유토피아를 정동적으로 만회하는 소설의 시대이기도 했다.

---

1   루카치, 김경식 역, 『소설의 이론』, 문예출판사, 2007, 27쪽.
2   월러스틴, 백승욱 역, 『우리가 아는 세계의 종언』, 창비, 2001, 11~13·33~34쪽.
3   루카치, 앞의 책, 104쪽.

그러나 20세기 후반 이후 사상의 시대에 그늘이 드리워지기 시작했다. 사회주의의 몰락 이후 사상들에 이끌리던 사람들은 하나의 매력적인 행선지를 향한 여행으로 전회했다. 후쿠야마가 『역사의 종언』에서 말한 그런 매혹의 행선지가 바로 신자유주의이다. 신자유주의는 사상과 소설을 무력화한 대신 테크놀로지의 상품화를 통해 놀라운 눈부신 세계를 보여주었다. 이제 미래의 서사는 사상가와 소설가 대신 과학자와 경제학자의 담론이 되었다.

하지만 새로운 세계의 역설은 화려한 신상품이 쏟아질수록 점점 더 차별과 불평등성이 만연된 세상이 도래한 점이다. 더욱더 불행한 것은 평등과 정의를 주장하던 과거의 사상들이 불평등한 세상을 변화시킨다는 신념을 주지 못하게 된 것이다. 차별과 불평등성은 심화되었지만 아무도 변화의 희망을 갖지 못하는 세상, 이것이 지금 모두가 경험하고 있는 우리가 모르는 세계의 풍경이다.

'우리가 모르는 세계'는 근대 사상이 유효기간이 다했거나^{리오타르} 과거보다 복잡한 국면에 직면한 때문^{월러스틴}으로 진단되었다.[4] 그러나 보다 중요한 것은 문제의 중심에 신자유주의라는 폭주하는 자본주의가 놓여 있다는 점이다. 우리는 지금의 '모르는 세계'를 자본주의의 과도한 폭주가 낳은 필연적인 증상으로 파악해야 한다.

자본주의가 순수해질수록 사람들은 더욱더 불순한 세상을 살게 된다. 순도 높은 자본주의의 폭주는 자본의 세상에서 타자가 추방되는 현상으로 증명된다. 개발에 사로잡힌 자본주의의 타자는 자연이며 화폐 만능의 자본가의 타자는 하층민이다. 신자유주의는 그 두 가지 타자를 추방함으

---

4   월러스틴, 앞의 책, 14쪽.

로써 자신의 순도를 높이는 동시에 지금 같은 위기의 시대를 만들었다.

기후 위기에 의해 미세먼지로 뒤덮힌 세상은 역사의 시야가 농무濃霧에 가려진 세상과 다르지 않다. 대기 중의 미세먼지가 신체를 오염시키듯이 역사의 분진은 정동을 혼탁하게 만든다. 양자의 증상의 원인은 타자의 추방에 있다. 타자의 추방은 자연이 잘 보이지 않게 만든 동시에 정동적 도착 속에서 역사를 '잘 모르는 세계'로 만들었다.

우리는 타자의 추방을 신자유주의의 존재론적 권력의 횡포로 파악해야 한다. 기후가 몸살을 앓듯이 역사가 중병에 시달리는 것은 자본주의의 존재론적 권력이 타자를 내쫓았기 때문이다. 타자의 추방은 사람들을 존재론적 오류에 시달리게 하며 비판 사상에서 정동적 알맹이를 적출해버린다. 타자가 추방되고 하층민이 배제되면 90%들은 수동적으로 체제에 예속되면서 정동적으로 무력화된다. 일상의 사람들이 정동적으로 빈곤해지면 비판 사상은 책갈피로 숨어든 채 껍질로만 남겨진다.

존재론적 권력의 핵심은 그런 방식으로 비판적 사상가와 사회적 타자가 결별하게 만드는 데 있다. 그 같은 특별한 권력행사의 방식은 러셀 저코비가 말한 '젠트리피케이션'으로 잘 설명될 수 있다. 저코비에 의하면, 지식인은 한때 대중과 함께 보헤미아에 살고 있었지만·젠트리피케이션으로 거처를 잃으면서 사람들로부터 멀어지게 되었다.[5] 미국과 캐나다에서 1950년대까지 번성했던 보헤미안 공동체는 1970~1980년대의 젠트리피게이션에 의해 부티크와 콘도미니엄이 생겨나면서 사라지게 되었다. 부유하고 화려한 건물들이 수수한 주택과 카페를 제거해 지식인과 대중의 만남을 어렵게 만든 것이다.

---

5   러셀 저코비, 유나영 역, 『마지막 지식인』, 교유서가, 2022, 25~90쪽.

한국의 경우 그와 유사한 변화는 1990년대를 거치면서 일어났다. 이 시기에는 저코비에서 더 나아가 젠트리피케이션이 하층민을 추방함으로써 지식인의 내면 자체에서 타자가 사라진 현상이 주목된다. 그전까지 지식인을 설레게 했던 문학적 공론장과 빈민가의 야학, 공단의 현장은 모두 없어졌다. 지식인과 함께 하던 그런 공간의 상실과 함께 타자는 셔터 저 편으로 추방되었다. 이제 민중은 역사의 주체가 아니기 때문에 하층민은 번화가에서 쫓겨났을 뿐 아니라 지식인의 가슴에서 추방된 셈이었다. 우리는 사상가와의 정동적 결별을 동반한 그런 타자의 추방을 **존재론적 젠트리피케이션**이라고 부를 수 있다. 타자와 결별한 지식인은 출세주의와 명예욕에 빠져들면서 점점 영혼 자체가 메말라갔다. 그와 함께 중간층 역시 젠트리피케이션으로 타자가 추방된 곳에 들어선 스카이 캐슬과 펜트하우스를 선망하면서 하층민을 외면하게 되었다.

저코비가 말한 젠트리피케이션은 자본주의가 타자의 운명을 결정하는 근원적인 상황을 암시한다. 자본주의의 경제적 착취는 물질적 수탈뿐 아니라 존재론적 배제를 통해서도 자행된다. 우리는 자본주의적 폭력에 수반되는 존재론적 방식을 **젠트리피케이션**이라고 명명할 수 있다. 젠트리피케이션은 자본주의적 개발 과정에서 물질적 수탈에 병행되는 존재론적 폭력, 즉 타자 말소의 근원 상황을 강력히 암시한다. 근대 사회에서 타자의 배제가 치명적인 것은 사회 변혁을 위해 앞장서야 할 행위자들을 존재론적으로 무력화시키기 때문이다.

그런데 한국의 경우 젠트리피케이션에 의한 위기는 1990년대가 처음이 아니다. 자본에 의한 젠트리피케이션이란 근대화의 신화를 위해 필연적으로 수반되는 타자의 배제를 말한다. 우리가 경험한 그런 젠트리피케이션은 식민지시대부터 시작되었으며 개발의 시대인 1970년대에도 반복되었다.

중요한 것은 식민지시대 및 개발의 시대와 1990년대 이후의 젠트리피케이션에는 본질적 차이가 있다는 점이다. 식민지와 독재정치시대의 권력은 경제적 젠트리피케이션을 통해 하층민을 수탈했다. 「만세전」의 주인공 이인화는 식민지의 도시가 번듯해진 대신 그곳에 살던 조선인들이 내쫓겼음을 알게 된다. 이런 젠트리피케이션을 통한 자본주의적 근대화는 1970년대에도 반복된다. 「난장이가 쏘아올린 작은 공」에서 행복동의 난장이는 철거 계고장을 받은 후 절망 속에서 굴뚝 안으로 떨어져 죽음을 맞는다.

그러나 경제적 젠트리피케이션의 시대는 아직 비판적 사상이 세상을 변화시킨다는 믿음이 사라지지 않은 때였다. 이인화가 조선인 추방에 분노하고 행복동의 지섭이 난장이 곁에 있듯이, 지식인이 사회적 타자에게 가까이 다가서 있었기 때문이다. 권력은 물질적으로 수탈할 뿐 아니라 타자를 내쫓는다. 그러나 식민지와 산업화시대에 민중의 추방의 순간은 지식인이 타자에게 절박하게 다가서는 순간이기도 했다. 그 때문에 투명인간처럼 내쫓긴 타자는 「고향」^{현진건}에서처럼 지식인과 교감하며 소설 속에 모습을 드러내고 있었다.

그처럼 경제적 착취와 추방은 타자의 존재 자체를 추방하지는 못했다. 하지만 신자유주의는 하층민의 존재 자체를 내쫓음으로써 지식인과 소설가의 담론 속에서도 타자가 되돌아오지 못하게 만들었다. 예컨대 김애란의 「벌레들」²⁰⁰⁸에서 주인공 '나'는 설레는 마음으로 장미빌라에 입주한 후 철거지역에서 몰려오는 벌레들에게 시달린다. '나'는 상승의 욕망을 충족시키는 장미빌라에 입주했지만 바로 옆 낭떠러지에 철거지역이 있음을 알게 된다. 벌레들은 장미빌라의 평온함을 깨뜨리는 추락의 공포의 무의식으로부터 기어오는 것이라고 할 수 있다. 철거지역이 환기하는 벌레의 무의식은 장미빌라의 욕망이 흡수하지 못한 잔여물을 지우려는 심리와 연관이 있다.

신자유주의는 장미빌라의 바로 옆에 철거민의 낭떠러지가 있음을 환기시킴으로써 질서를 유지하는 체제이다. 「난장이가 쏘아올린 작은 공」이 철거민을 동정하게 한다면 「벌레들」은 그들을 내면에서 비정하게 내쫓아야 (추락의 공포에서 벗어나) 행복감을 지킬 수 있는 세계를 보여준다. 철거민은 이미 주거지에서 추방당한 사람들이지만 장미빌라 입주민의 내면에서 다시 한번 내쫓기는 운명을 맞고 있다. 이처럼 경제적 철거에 이어 사람들의 마음에서 또 한 번 추방하는 것이 바로 존재론적 젠트리피케이션이다.

「만세전」과 「난장이가 쏘아올린 작은 공」의 경우 하층민은 도시에서 추방당했지만 지식인과 중간층의 마음속에 잔여물로 남아 있었다. 하층민의 벌거벗은 얼굴과 대면하는 순간은 그들의 심연의 잔여물이 동요하는 순간이기도 했다. 그 때문에 차별받는 타자와 손잡고 '좋은 세상'을 만들려는 비판적 사상들이 미래에 대한 신념을 말할 수 있었던 것이다.

반면에 「벌레들」은 경제적 추방에 이어 존재 자체가 사람들의 내면에서 추방당하는 타자들을 암시하고 있다. 이처럼 중간층과 지식인의 내면에서 타자의 잔여물이 지워지면 차별받는 사람들과 손잡고 미래로 나아가려는 사상들이 확실한 신념을 잃게 된다. 타자의 존재론적 추방은 사상을 무력화하면서 미래가 불확실한 세계를 만들고 있는 것이다.

「만세전」과 「난장이가 쏘아올린 작은 공」에는 타자를 추방하려 하지만 존재론적 추방이 완전하지 않은 세계가 그려진다.[6] 타자는 이인화와 지섭의 내면에 남아 있기 때문에 전부 추방된 것이 아니라 보이지 않게 은폐된 것이라고 할 수 있다. 타자가 은폐된 세상에서는 비판적 사상이 하층민들과 손잡고 새로운 세상으로 나아가려는 모험을 시도할 수 있다. 이것이 모두의 마음 속에 사상의 확실성이 남아 있던 우리가 아는 세계의 풍경이다.

반면에 「벌레들」은 공간적으로 추방된 타자를 내면에서 또 한 번 몰아내야 일상의 행복을 지킬 수 있는 세계를 그리고 있다. 그런 세계가 바로 존재론적 젠트리피케이션에 의해 타자를 추방하는 체제이다. 타자가 추방된 세상에서는 지식인과 하층민이 손을 잡을 수 없기 때문에 비판적 사상에 대한 신념은 무력화된다. 이처럼 사상적 신념의 확실성이 사라진 것이 우리가 모르는 세계의 풍경이다.

레비나스는 타자와 교감하며 미래로 나아가는 것을 윤리라고 불렀다. 우리는 그런 윤리에 근거해 타자와 손잡고 심연의 잔여물을 동요시키며 미래로 움직이는 것을 존재의 물결이라고 부를 수 있다. 존재의 물결은 사상적 기획이 수행적 차원에서 실천으로 이어지게 해준다. 타자가 은폐된 세상에서는 비판적 사상이 타자와 손잡기 위해 존재의 물결을 일으키며 실천으로 나아갈 수 있었다. 사상가는 타자의 정동적 초대에 응답하며 은폐된 타자를 귀환시켜 존재의 물결을 일으킬 수 있었다. 「고향」^{현진건}의 지식인은 유랑인의 쫓겨난 사연을 듣는 순간 그에게 다가서며 존재의 물결을 느끼고 있었다. 존재의 물결의 순간은 은폐된 타자가 회생해 지식인과 교감하는 시간이다. 그 때문에 사상이 사람들을 움직이는 과정과 존재의 물결이 일어나는 실천의 진행은 구분될 수 없었다.

---

6   「만세전」에는 「난쏘공」과 달리 민족적인 차별이 나타나기 때문에 존재론적 차별이 더 심화된 듯하다. 그러나 여기서도 피식민 지식인의 내면에 타자가 남아 있기 때문에 하층민들은 완전히 추방된 것은 아니라고 할 수 있다.

그러나 타자가 추방되면 사상이 서재로 숨어들고 지식인의 영혼이 빈곤해지는 세계가 도래한다. 「그리운 동방」김소진에서 지식인은 민중과의 괴리감으로 좋은 세상에 대한 회의를 느끼며 「무엇을 할 것인가」를 읽어도 활력이 생기지 않는다. 이제 지식인의 내면의 잔여물이 얼어붙고 타자와 거리가 생겨나 존재의 물결이 잠잠해져 버렸다. 그 원인은 민중을 무용한 존재로 추방하고 사상가를 지식 판매자로 만든 신자유주의의 젠트리피케이션에 있다. 존재론적 젠트리피케이션에 의한 지식인과 타자의 결별은 존재의 빈곤화와 사상의 무력화를 동시에 초래한다. 이런 세상에서는 타자를 회생시키고 사상을 부활시키기 위해 다시 존재의 물결을 일으키는 정동정치가 절실해진다. 우리가 모르는 세계에서는 존재의 물결을 일으키는 사건을 발생시켜야 빈곤한 사상을 부활시키며 미래에 대한 신념을 회생시킬 수 있다.

이제까지 우리는 사상 자체가 스스로 확실성과 실천력을 지닌다고 믿어 왔다. 그러나 사상의 실천력은 존재의 물결을 일으키는 사건과 구분되지 않는다. 인식론적 사상은 존재론적 물결과 결합해야만 실천이 될 수 있다. 다만 이전과 지금의 세계에서 그 결합과 실천의 방법은 다를 수밖에 없다. 우리가 아는 세계에서는 사상이 존재의 물결을 일으키고 은폐된 타자와 교감하며 실천의 행동으로 나아갈 수 있었다. 반면에 우리가 모르는 세계에서는 존재의 물결을 일으켜 추방된 타자를 귀환시켜야만 무력화된 사상도 회생할 수 있다. 사상과 물결은 서로 연동되어 있지만 그 결합의 방식은 달라졌다. 양자의 차이는 민중운동과 희망버스, 민주화 운동과 촛불집회의 차이이다. 그 둘 사이에는 타자의 은폐와 타자의 추방이라는 두 개의 젠트리피케이션이 놓여 있다. 경제적 젠트리피케이션에 대항하는 것이 과거의 민중운동이었다면,[7] 존재론적 젠트리피케이션에 저항

하는 것은 멀어진 타자에게 다시 가까이 다가서는 희망버스와 촛불집회
이다.

2. 사상과 물결 역사적 주체와 타자의 존재론

우리가 아는 세계에서 모르는 세계로의 이행은 존재의 물결의 필요성
을 점점 더 커지게 만든다. 이제까지 우리가 사상에 대해서만 말하면서
물결을 간과한 것은 모든 사람이 '아는 세계'에 있었기 때문이다. 그러나
사상은 저절로 실행으로 이어지지 않으며 존재의 물결을 일으켜야만 구
체적 실천이 될 수 있다. 우리가 모르는 세계의 도래는 물결의 실행력을
새롭게 되돌아보게 하고 있다.

존재의 물결의 실행력은 윤리가 지닌 '미래를 여는 실천력'과 긴밀한
연관이 있다. 가라타니 고진은 인식론 자체가 실천이 될 수는 없으며 윤
리가 자율성의 공간을 만들어야 주체의 실천이 가능하다고 말한다. 만일
인식이 실천을 결정한다면 세계는 필연적인 결정론에 귀속될 것이다. 필
연적인 결정론에서 실천이란 미리 도착해 있는 열차에 탑승하는 일일 뿐
이다. 그와 달리 실천은 인식된 세계에 기계적으로 대응하는 것이 아니라
자율적인 주체가 세계 속에서 스스로 실행하는 것이다. 인식론적 사상 자
체로는 그런 자율적 실행의 방법이 모호하며 탄압에 부딪힐 때는 더욱더

7　과거에도 존재론적 차별이 있었지만 인식론적 사상은 흔히 경제적 착취를 더 중시했
　　다. 예전의 민중운동이 존재론적 차별을 수반하는 경제적 차별에 저항하는 변혁운동이
　　었다면, 희망버스와 촛불집회에서는 존재론적 젠트리피케이션에 대항하는 정동적 고
　　양 자체가 운동의 출발점이 되었다.

그렇다. 결정론적 목적론의 열차에 탑승하지 않는 인식 주체는 스스로 움직일 수 있는 방도가 그다지 분명하지 않은 것이다.

머릿속의 생각이 신체를 움직이지 못하는 인식과 실천의 단절은 근대의 오래된 딜레마이다. 윤리란 그런 딜레마를 해결하며 신체를 움직이지 않을 수 없게 만드는 에너지와 추동력이다. 정동적 호소력을 강조하는 레비나스와 스피노자의 윤리는 신체 자체를 움직이게 하는 원리를 말해준다. 존재의 물결[8] 역시 사상가가 타자의 정동적 초대에 응하며 다가서는 실행력의 비밀을 강조한다. 그런 맥락에서 사상에 실천력을 부여하는 존재의 물결은 윤리의 물결이라고도 할 수 있다. 존재의 물결은 윤리에서 더 나아가 고착된 동일성 체제를 뒤흔들며 존재론적 전이[9]를 일으킨다. 윤리와 존재의 물결은 체제의 타자의 위치에서 어떻게 가슴과 신체의 움직임이 일어나는지 그 비밀을 말해준다.

다만 존재의 물결로서의 윤리는 주체 내면의 지상명령'타자를 수단이 아니라 목적으로 대하라!'으로 환원되지는 않는다.[10] 가라타니의 『윤리 21』의 한계는 바로 그 점과 연관이 있다. 존재의 물결은 주체가 아니라 타자의 존재론이며 개인적 자아의 결단이 아니라 존재자와 타자의 이중주[11]이다. 가라타니도 칸트를 따라 윤리가 타자와의 관계임을 인정한다. 즉 그는 구조에 예속된 주체 대신 타자에 응답하는 윤리적 주체를 강조한다.[12] 그러나 내면의 윤리적 응답에는 타자의 정동적 초청에 부응하는 대화[13]와 호응의

---

8 '존재의 물결'의 존재론적 특성에 대해서는 2장에서 자세히 논의할 것이다.
9 존재론적 전이란 상상계·상징계에서 실재계로 전환되는 것을 말한다.
10 가라타니 고진은 칸트의 윤리적 지상명령을 실천의 원리로 말하고 있다.
11 능동적 주체는 존재자와 타자의 교감 속에서만 생성된다.
12 가라타니 고진, 송태욱 역, 『윤리 21』, 사회평론, 2001, 7~8쪽.
13 레비나스는 윤리적 경험에서 자아와 타자의 대화적 관계를 강조한다. 윤리적 대화의

능동적 관계가 없다. 그 때문에 내면의 명령이 울리는 개인 주체의 공간에서는 함께 몸을 움직이는 실천의 물결이 일어나기 어렵다. 실천적 주체의 출현은 내면의 응답^{가라타니} 대신 존재자와 타자^{그리고 지식인과 하층민}가 다가서며 물결의 주체를 생성할 때 비로소 가능해진다.

타자를 존중하는 지식인의 사상은 인식의 진리를 통해 그런 존재의 물결을 자극한다.[14] 그와 함께 지식인은 사상의 인식에 따르는 순간 타자에게 다가서서 정동적 부름에 응하며 물결을 경험한다. 그런 이중적 과정에서 후자의 이자적인 물결의 생성이 없다면 어떤 사상의 실행도 없다. 존재의 물결이란 이인화와 쫓겨난 민중, 지섭과 난장이의 교감이며, 그런 지식인과 타자^{그리고 존재자와 타자}의 교감이 있어야만 사상은 수행적 차원에서 능동적인 실천이 된다.

사상은 수행적 실천이 되는 순간 스스로 물결이 된다고 할 수 있다. 그처럼 사상과 물결은 실천의 차원에서 서로 연결되어 있지만 그 담론의 용법은 각각 다르다. 사상이 역사적 주체를 내세운다면 물결은 타자와의 교감을 강조한다. 사상가들은 착취받은 존재들이 역사의 주체로서 새로운 세상을 만드는 데 앞장서야 한다고 말한다. 반면에 물결은 쫓겨난 하층민과 조우하며 심연의 잔여물을 동요시켜 타자를 배제한 동일성 권력을 뒤흔든다.

세상을 바꾸는 운동에서 사상이 거시적인 기획의 차원이라면 물결은 미시적인 수행적 차원이다. 후자의 지난한 미시적 과정이 없다면 사상가도 하층민도 실천에 앞장서는 주체가 될 수 없다. 이기영의 『고향』에

관계에서는 물 자체의 위치에 있는 타자가 주도권을 갖고 있다. 레비나스, 김도형·문성원·손영창 역, 『전체성과 무한』, 그린비, 2018, 86쪽.

14 이 때문에 가라타니의 논의와는 달리 인식론적 사상도 매우 중요하다.

서 지식인 김희준의 사상은 야학과 두레를 하며 농민들과 물결을 경험함으로써 비로소 민중운동의 주체를 생성한다.[15] 그런 타자와의 교섭이 실행되지 않으면 사상가 혼자서는 존재의 물결도 주체의 생성도 일으킬 수 없다. 예컨대 「그리운 동방」에서의 지식인의 허무감은 존재론적 젠트리피케이션에 의해 민중타자와의 거리가 생겨나 존재의 물결을 일으키기 어려워졌기 때문이다.

동일성에 고착된 세계를 흔들면서 미결정적 타자의 위치에서 세상을 움직이게 하는 것이 바로 존재의 물결이다. 그런 존재의 물결은 사상가와 타자가 서로 다가서 있는 존재론적 지형에서만 가능하다. 우리가 아는 세계, 즉 사상의 시대란 아직 존재론적 젠트리피케이션이 실행되기 전의 세상이다. 그때에는 사상가가 타자의 정동적 초청에 응답하며 곧바로 달려가 물결을 경험할 수 있었다. 그 과정에서 타자가 주체로 전회되는 진행이 생성되기 때문에[16] 사상은 역사적 주체를 미리 말할 수 있었던 것이다.

구체적으로 말하면, 사상이 먼저 기획되지만 수행적 과정에서는 물결이 일어나며 사상이 실행된다. 미시적으로 보면 역사적 주체는 물결이 일어나기 전에 미리 존재한다고 말할 수 없다. 그보다는 윤리적 교감의 이중주 속에서 존재의 물결을 일으켜 고착된 체제를 뒤흔드는 순간 비로소 역사적 주체가 나타난다.

타자와의 교감인 점에서 우리의 주제 물결은 레바나스의 윤리와 비슷하다. 레바나스는 하이데거의 존재의 탈은폐를 비판하며 타자와의 이중주대화의 교감을 강조한다.[17] 미래를 향한 존재의 고양은 하이데거의 존재

---

15 우리의 주제 물결은 동일성을 해체하는 진행이면서 **존재론적 생성**의 과정이기도 하다.
16 새로운 세상을 건설할 단계가 아니라도 물결을 통해 억압적 세상을 뒤흔들기 때문에 타자에서 주체로의 전회가 시작된다.

의 빛으로 타자를 구원하는 일이 아니다. 존재의 빛은 실존적인 고양이지만 그것에는 동일성의 권력에서 벗어나오려는 위치가 없다. 반면에 물 자체_{실재계}[18]의 위치에 있는 타자와의 교감만이 동일성의 전체주의를 흔들며 존재를 고양시킨다.[19] 레비나스는 해방된 미래에 이르는 과정에서는 존재의 빛이 아니라 타자가 주도권을 갖고 있다고 말한다.

타자는 아무런 보호막도 없는 존재이지만 **실재계**_{물 자체}[20]에 위치하기 때문에 전체주의적인 동일성 권력에 대응할 수 있다. 체제의 동일성 권력은 지배 기표_{자본, 국가, 부권}에 예속된 상징계를 만든다. 반면에 그런 체제에 동화될 수 없는 실재계_界에 접촉한 타자와의 교감은 동일성 체제를 흔드는 물결을 만들 수 있다.

다만 이 과정에서 레비나스가 간과한 것은 타자도 현실에서는 체제의 권력에 의해 은폐되어 있다는 점이다. 우리가 존재의 은폐에 앞서 먼저 유의해야 할 것은 타자의 은폐이다. 타자의 은폐를 해결하지 않으면 존재의 탈은폐란 머릿속의 관념일 뿐이다. 체제의 권력은 동화될 수 없는 타자를 은폐함으로써 동일성의 눈부신 성채_{城砦}를 만든다. 엔리케 두셀은 자본주의라는 여섯 번째 태양[21]이 흡혈귀처럼 타자의 희생을 요구하며 근대성의 신화를 만들었다고 말한다. 서구가 근대성의 동일성 신화를 만

17　레비나스, 김도형·문성원·손영창 역, 『전체성과 무한』, 그린비, 2018, 86쪽.
18　물 자체는 라캉의 실재계이며 이 영역이 바로 타자가 접촉하고 있는 위치이다.
19　레비나스, 앞의 책, 86~87쪽.
20　타자란 상징계에 나타난 실재계의 위치이다. 그 때문에 타자와 교섭하는 존재론적 운동(타자의 존재론)은 고착된 상징계를 뒤흔드는 물결을 만들 수 있다. 여기에 대해서는 2장 2절에서 자세히 논의할 것이다.
21　여섯 번째 태양이란 아메리카 인디오의 용어로 제국의 침략에 의해 세계의 종말이 오고 자본이라는 여섯 번째 태양이 시작된 것을 말한다. 엔리케 두셀, 박병규 역, 『1492년, 타자의 은폐』, 그린비, 2011, 177쪽.

드는 과정은 비서구 지역에서 타자를 은폐하는 과정과 일치한다.[22]

레비나스와 우리의 차이는 동일성에 저항하는 절대적 타자성의 윤리와 비서구적 지역에서 은폐된 타자와 만나는 존재의 물결의 차이이다. 서구에서도 불평등과 차별이 격화되면 타자는 존재를 유린당하지만 은폐된 타자의 존재론적 고통의 경험은 비서구 지역에서 현저해진다. 타자의 은폐는 근대 일반의 상황으로 볼 수 있으나 그 어둠이 가장 실감나는 것은 식민지의 폭력적인 현실이다.[23]

제국의 지배를 경험한 비서구 지역에서는 타자와의 만남레비나스이란 은폐된 타자와 만나는 것이다. 여기서는 은폐된 타자를 드러내는 과정이 타자와 교감하는 과정과 구분되지 않는다. 레비나스처럼 타자와 교감하는 윤리이면서 은폐된 타자를 드러내어 동일성 체제를 뒤흔드는 것, 이것이 바로 존재의 물결이다. 존재의 물결이 중요한 것은 비서구 지역에서의 타자 윤리란 항상 은폐된 타자를 드러내는 과정이기 때문이다. 신기루 같은 근대성 신화에 가려져 보이지 않게 배제된 것이 비서구 지역의 타자였다. 그런 비서구 지역의 근대성 신화의 폭력에 대항해 실재계적 윤리의 진실을 입증하는 것이 존재의 물결이라고 할 수 있다. 하이데거가 서구에서의 존재 망각에 대응해 존재의 빛을 말했다면, 우리는 비서구를 포함한 전체 세계에서 존재론적 폭력에 대항하는 존재의 물결을 주장해야 한다.

더욱이 비서구 지역마저 자본주의적 세계화에 지배된 오늘날에는 존재의 물결이 타자 생존의 사활의 문제가 되었다. 신자유주의적 세계화란

---

22   위의 책, 195~199쪽. 두셀은 마르크스의 논의에 자신의 존재론을 접합시키며 이렇게 논의한다.

23   서구에서는 존재론적 폭력이 착취에 동반되었지만 비서구 지역에서는 착취가 폭력의 일부였다고 할 수 있다.

어둠 속에서 일어나는 타자성의 물결을 잠재워 저항적 사상을 무력화시키는 운동에 다름이 아니다. 그 때문에 자본주의적 세계화에 의해 물결이 침전된 지금의 현실에서는 존재의 물결을 회생시켜 사상의 신념을 부활시키는 일이 '모르는 세계'가 된 자본의 신화에 대응하는 길이 되었다.

3. 제국의 폭력과 존재의 물결

엔리케 두셀은 제국이 식민지의 타자를 은폐하는 과정에서 어떻게 잔혹한 폭력이 행사되었는지 자세하게 보여준다.[24] 식민지에서 폭력이 심화된 것은 근대성의 신화를 위해 타자의 은폐를 극단화한 비극적 상황의 결과일 것이다. 식민지는 단지 경제적 젠트리피케이션만 일어나는 장소가 아니다. 마르크스는 본원적 축적 과정에서는 경제적 착취가 정치적 폭력과 함께 일어난다고 논의했다.[25] 생산자를 생산수단에서 분리시키는 강제적인 정치적 폭력에 의해 자본주의적인 경제적 착취가 시작된 것이다. 그런데 식민지에서는 그런 정치적 폭력이 본원적 축적에서뿐 아니라 전 시기를 통해 일어난다. 일본 제국은 토지조사사업을 통해 소작권을 빼앗음으로써 경제적 수탈을 폭력화하고 농민을 토지에서 쫓아냈다. 농민을 토지에서 유리시키는 과정은 노동자를 만드는 과정이기보다는 본토에서 하층민 타자를 쫓아내는 진행이었다. 식민지에서는 젠트리피케이션이 도시만 아니라 농촌에서도 일어나고 있었으며, 그런 정치적 폭력이 전시기에 걸쳐 계속 행사되고 있었다. 농민의 존재 자체를 황폐하게 만든

---

24   엔리케 두셀, 박병규 역, 앞의 책, 59~72·177~201쪽.
25   마르크스, 김수행 역, 『자본론』 I(하), 비봉출판사, 2001, 979~1008쪽.

'농촌의 젠트리피케이션'은 경제적 착취와 정치적 폭력이 결탁한 식민지 특유의 상황을 말해준다.

더욱이 식민지의 정치적 폭력은 상당 부분 법적 차원을 넘어선[26] 존재론적 폭력으로 나타난다. 존재론적 폭력은 현장에서의 수탈과 함께 지배자가 내면에서 상상적으로 일으키는 폭력이다. 예컨대 일본 제국은 조선인을 경제적으로 수탈했을 뿐 아니라 존재 자체를 강등시켜 보이지 않는 철창[27] 안에 가두고 있었다. 「만세전」은 조선인이 경제적 젠트리피케이션뿐만 아니라 내면에서 자행되는 상상적 폭력에 직면한 상황을 보여준다. 부산으로 가는 연락선 목욕탕에서 이인화는 일본인이 조선 농민들을 인신매매하는 대화를 엿듣는다. 이인화는 목욕탕의 김에 자신이 가려졌을 때 그들의 말을 듣는데, 이처럼 그가 보이지 않게 되었을 때 일본인의 폭력적인 내면이 보이기 시작한다. 제국의 상상적 폭력은 피식민자가 보이지 않고 일본인들의 시선이 공모할 때 본모습을 드러낸다. 피식민자의 존재가 지워진 곳에는 인간보다 못한 비천한 인격체가 놓여 있었다. 제국은 상상적 세계에서 조선인을 '인간-동물'의 철창에 가둔 후에 경제적 착취의 폭력을 자행했다.

그러나 제국이 하층민의 존재를 지우는 순간 이인화의 내면에는 오히려 타자가 또렷하게 각인되고 있었다. 일본인은 환각에 도취된 듯이 인격체를 지우고 인간-동물을 보고 있었다, 그러나 이인화는 그들에게 보이지 않는 유령 같은 피식민자로서 일인의 상판대기를 응시했다. 그 순간 지워진 인격체가 오히려 강렬하게 내면에 각인되는 반전이 일어난다. 이

---

26 혹은 많은 경우에 법과 결탁해서 단순한 법적 차원을 넘어선 존재론적 폭력으로 나타난다.

27 이혜령, 『한국소설과 골상학적 타자들』, 소명출판, 2007, 38쪽.

인화는 일인들이 비천하게 강등시킨 농민들을 내면에 들어온 인격적 타자로서 더 뼈아프게 감지한다.[28]

존재론적 폭력의 세계란 내면에서 상상적으로 타자의 흔적을 지우고 왜곡하는 사회이다. 그러나 제국이 존재론적 폭력을 가할수록 조선인 사상가는 타자에게 다가서기 때문에, 지식인과 타자의 교감이 가능한 식민지는 역설적으로 사상의 신념이 매우 분명한 세계였다. 비록 강압에 의해 좌절될 수는 있었지만, 식민지란 불투명성 속에서도 사상의 확실성을 믿는 '우리가 아는 세계'였다. 다만 존재론적 폭력의 주체 제국인에게는 목욕탕의 김처럼 '모르는 세계'였다.[29]

과거나 지금이나 '모르는 세계'에서는 권력을 가진 쪽에서 폭력이 행사된다. 제국인에게 잘 모르는 불안한 대상인 인종적 타자란 폭력적으로 비하하고 이용해야 할 존재였다.[30] 존재론적 폭력을 행사한다는 것은 물리적 힘이 우월한 동시에 윤리적 무지의 상태에 있다는 뜻이다. 타자와의 교감이 레비나스적인 윤리라면 그런 능력이 결핍된 채 타자를 비하하고 폭력을 가하는 것은 윤리적인 무지를 입증하는 순간이었다.

그런 무지의 폭력에 대응하는 과정에서는 사상뿐 아니라 물결의 수행력이 매우 중요했다. 제국인의 무지와 폭력의 순간은 피식민자에게 틈새

---

28 식민지시대의 경제적 젠트리피케이션은 **존재론적 폭력**을 수반했지만 그런 폭력은 오히려 지식인과 타자의 교감을 자극했기 때문에 아직 **존재론적 젠트리피케이션**이 관철되지는 않은 셈이었다.

29 제국의 폭력은 모르는 타자를 강제적 권력으로 동일성에 포섭하거나 배제하려는 윤리적 무지에서 생겨난다.

30 사이드는 제국인이 매혹과 경멸 사이에서 동요한다고 말하고 있는데, 매혹(구경거리)과 경멸은 똑같이 타자의 타자성을 지우고 보이지 않는 철창에 감금한 결과이다. 이는 타자와 교감하지 못하는 윤리적 무지의 상태를 의미한다. 사이드, 박홍규 역, 『오리엔탈리즘』, 교보문고, 1991, 106·127쪽 참조.

가 만들어지는 시간이기도 했다. 폭력은 타자를 완전히 제어할 수 없기 때문에 사상가의 내면에는 '쫓겨난 타자'의 잔여물이 생생히 자리잡고 있었다. 「고향」에서처럼 폭력에 의해 일그러진 타자의 얼굴은 지식인의 내면에 강한 동요를 일으키고 있었다. 깊은 동요 속에서 일어난 존재의 물결은 은폐되었던 '조선의 얼굴'을 회생시키는 순간에 다름이 아니다. '조선의 얼굴'을 감지하는 순간은 타자와 지식인이 교감하는 물결 속에서 주체의 생성이 시작되는 시간이다.[31]

은폐된 타자를 귀환시키고 교감하는 창조적인 활동을 우리는 존재의 물결이라고 불렀다. 식민지시대는 사상의 신념이 뚜렷한 동시에 그것의 실행 과정에서 타자와 교감하는 물결이 창조적으로 분출된 때였다. 식민지 조선에서는 사상의 신념과는 별도로 제국의 폭력이 서구나 러시아에 비해 사상의 기동전을 어렵게 만들었다. 그로 인해 마르크스의 시대나 러시아 혁명 때와 달리 사상의 송곳이 적을 뚫지 못했지만, 신념은 사라지지 않았고 존재의 물결은 더 활력을 얻고 있었다. 사상은 장벽에 부딪힘으로써 성공하기 어려워졌으나, 역설적으로 제국의 존재론적 무지폭력의 허점를 틈 타 윤리적 승리는 공명을 얻었다.

식민지시대가 서구보다도 존재의 물결윤리적 물결이 더 생생하고 활력적이었음은 두 가지 측면에서 입증된다. 하나는 아나키즘, 마르크스주의, 민족주의, 페미니즘 등의 다양한 사상들을 관류하는 유동적인 물결이 만들어진 점이다. 다른 하나는 그런 물결이 일어나면서 사상들이 논쟁하고

---

31 제국의 폭력은 타자를 쫓아내고 사상가의 무기를 가로막는 장벽이었지만, 그처럼 확실성이 좌절에 부딪혔을 때 조선인은 사상의 교리 대신 윤리적 창조력을 발휘하기 시작했다. 폭력이라는 **타자에 대한 무지**의 진공에서 사상의 송곳을 대신해서 은폐된 타자를 드러내는 윤리적 물결이 오히려 활력을 얻은 것이다.

교섭하는 중에 문학을 창조적으로 활성화시킨 점이다.

　박선영은 『프롤레타리아의 물결』에서 식민지시대에 다양한 진보적 사상들을 관류하는 창조적인 물결이 만들어졌음을 논의했다.[32] 일본의 아나볼 논쟁에서처럼 아나키즘과 마르크스주의는 손잡기 어려웠으며, 한국에서도 카프 내에서 아나키스트를 내쫓는 논전이 벌어졌다. 그러나 넓게 보면 아나키즘과 마르크스주의는 제국에 저항하는 두 가지 사상으로서 '타자의 은폐'에 맞서는 큰 흐름을 만들었다. 마찬가지로 사회주의와 민족주의는 논쟁적 관계에 있었지만 식민지적 폭력에 대항하는 넓은 강의 흐름으로 합류하고 있었다. 제국의 폭력은 사상의 송곳을 저지하는 동시에 피식민자에 대한 윤리적 무지를 노출함으로써, 타자성의 반발을 일으키며 타자의 위치에 근거한 사상들을 횡단하는 물결을 자극하고 있었다. 결과적으로 타자를 내쫓는 폭력은 사상들을 관통하는 존재의 물결의 구성적 요인이 된 셈이었다.

　그처럼 사상들을 관류하는 유동적인 물결은 창조적인 문학의 활력으로 입증되었다. 예컨대 식민지시대 리얼리즘은 사상적 교본이기보다는 사상이 일으킨 물결의 표현이었다. 이기영의 『고향』은 경제적 착취와 존재론적 폭력이 결탁한 식민지 농촌 현실에 대항해 지식인과 농민이 다가서며 일으킨 물결을 보여준다. 마찬가지로 현진건의 「고향」 역시 민족주의자와 유랑인의 만남을 통해 존재론적 물결의 동요를 표현하고 있다. 또한 염상섭의 『사랑과 죄』는 민족주의자와 사회주의자, 니힐리스트가 서로 연대하며 강렬한 물결을 일으키는 전개를 보여준다.

　다양한 사상들을 관류하며 그 흐름을 문학을 통해 표현하는 전개는 식

32　박선영, 나병철 역, 『프롤레타리아의 물결』, 소명출판, 2002, 140~147쪽.

민지에서의 정동적 공동체[33]의 존재를 입증했다. 식민지시대의 아나키즘과 마르크스주의, 좌파 민족주의는 사상적 기획으로서 전복의 운동에 성공했다고 볼 수 없다. 그러나 잔인한 '타자의 은폐'에 대항하는 물결을 일으키며 물밑의 독립된 정동적 공동체의 존재를 증명하고 있었다. 김화산과 임화, 염상섭은 사상적으로 완전히 일치할 수 없었지만 피식민자의 정동적 공동체를 표현하는 깊은 물결 속에서 만나고 있었다. 이 유동적인 물결 공동체는 문학의 성운星雲들로 표현된 실재계적 소우주로서 상징계의 억압과 상상계적 폭력에 대응하는 정동적 반격을 암시했다.

물결을 일으키는 실재계적 정동 공동체의 존재는 저항의 의미를 새롭게 되새기게 해준다. 식민지와 신식민지에서 타자와의 교감이 물결을 일으킨다는 것은 고착된 동일성 권력을 뒤흔든다는 뜻이다. 사상적 기획의 차원에서는 체제를 뒤집는 투쟁이 저항이지만 물결의 차원에서는 존재론적·인식론적 전회가 저항이다. 제국의 폭력이 타자를 배제하며 사람들을 동일성 체제상징계와 상상계에 고착시키려 했다면, 그에 대한 저항은 존재의 물결을 통해 실재계적 타자성의 전회의 운동을 일으키는 것이었다. 정동적 공동체의 존재는 사상운동의 폭발이 없어도 곳곳에서 물결의 생성을 열망하는 항시적인 저항이 잠재했음을 의미한다.

더욱이 전회의 운동으로서 물결은 현실에서 중단되었어도 심연에서 지속되기 때문에 그 잔여물의 힘으로 선적 시간을 넘어서 되돌아온다. 식민지에서는 비록 사상운동이 실패했지만 그때의 사상과 연계된 존재의 물결은 후대까지 전해지는 흔적을 남겼다.[34] 실제로 식민지시대의 프롤

---

33 정동적 공동체에 대해서는 5절에서 자세히 설명할 것임.
34 존재의 물결은 당대에 중단될 수도 있지만 심연에 잔여물을 남기고 다음 세대에 유산을 물려주기 때문에 실패는 내적인 승리이기도 하다.

레타리아의 물결은 1970~1980년대에 민중의 물결로 귀환했다.[35]

그처럼 당장은 성취하지 못했어도 잔여물이 순수기억에 각인되어 정동적 유산을 남긴 점에서 물결의 저항은 승리한 셈이었다. 선적인 시간에서는 실패했지만 정동적 시간성[36]을 통해서는 끝없이 지속되는 흐름을 만든 것이다. 지금까지도 남아 있는 물결의 깊은 흔적, 즉 존재의 물결이 일으킨 '동일성에서 타자로'의 위치 전환, 그 **코페르니쿠스적 전회**가 바로 우리가 새롭게 주목해야 할 저항의 의미이다. 정치적 적수에 대한 저항은 사상뿐 아니라 물결에 의해서도 수행되고 있었으며, 사상적 실패를 넘어서서 윤리적 승리를 입증한 것이 바로 존재의 물결이었다.

그런 새로운 저항은 오늘날의 존재론적 권력 하에서 특별한 의미를 얻는다. 식민지와 산업화시대가 타자의 은폐의 시대였다면 신자유주의는 타자의 추방의 시대이다. 이제 타자에 대한 폭력은 잘 보이지 않는 동시에 정동적 차원에서 더욱 심화되었다. 정동적 폭력을 통해 타자를 추방하는 시대에는 물결이 호소하는 코페르니쿠스적 저항의 의미가 더욱 중요해진다. 타자가 추방되면 정동적 물결을 잃은 사상이 무력화되기 때문에 존재론적 전회 자체가 저항의 출발점이 되는 것이다. 이제 존재론적 전회는 존재의 물결을 일으킬 뿐 아니라 무력화된 사상 자체를 회생시킨다. 그렇게 함으로써 존재론과 인식론, 물결과 사상의 재결합을 다시 한번 호소하고 증명하는 것이다.

---

35 박선영, 앞의 책, 39쪽.
36 정동적 시간성이란 순수기억에 각인된 사건과 물결이 선적인 시간을 넘어서 창조적으로 되돌아오는 흐름을 말한다.

4. 인식론과 존재론의 결합

젠트리피케이션에 저항하는 코페르니쿠스적 전회

이제 존재의 물결에 내포된 '코페르니쿠스적 저항'의 의미에 대해 살펴보자. 저항적 사상들을 코페르니쿠스적 전회로 살펴본 견해에는 가라타니 고진의 '은유적 건축'의 해체에 관한 논의가 있다. 우리는 그런 은유적 건축의 해체를 넘어서서 젠트리피케이션에 맞서는 존재의 물결을 보다 능동적인 저항으로 논의할 수 있다.

플라톤은 견고한 토대 위에서 체계적인 지식을 구축하려 했던 철학자들을 건축가에 비유했다. 플라톤을 뒤따랐던 데카르트, 칸트, 헤겔 역시 확고한 기반 위에 지식의 대건축물을 축조하려 했다. 가라타니 고진은 이런 서양 철학의 주류적 흐름을 건축에의 의지^{은유로서의 건축}라고 불렀다.[37]

그런데 플라톤은 은유로서의 건축가를 찬양한 반면 세속적인 노동자로서의 건축가는 경멸했다. 그것은 현실에서 실제로 건축이 만들어지는 과정에서는 우연성과 가변성이 작용하기 때문이었다. 은유로서의 건축가가 이상적인 설계자라면 실제의 건축은 현실의 맥락에서 세속적 타자와 교감한 산물이다.[38] 그런 세속적 타자를 무시하고 플라톤식의 건축의 축조를 추종한 서양적 철학의 흐름은 독아론^{獨我論}적 형이상학이라고 할 수 있다.

타자에 대한 무시는 자아의 확실성에 기반한 데카르트의 철학에서도 발견된다. 데카르트는 『방법서설』에서 '내가 의심한다는 생각 자체는 의심할 수 없다'는 확실성에 이르렀다. 데카르트주의는 그런 확실성에 기초

---

37   가라타니 고진, 김재희 역, 『은유로서의 건축』, 한나래, 1998, 42~43쪽.
38   위의 책, 51~52쪽.

해 내면에 갇힌 자아에서 출발하면서 외부의 타자를 무시했다.[39] 데카르트주의뿐 아니라 일반적으로 서양의 형이상학 자체가 자아의 내면에서 시작한다고 볼 수 있다. 플라톤의 건축에의 의지와 데카르트주의의 내면의 자아는 똑같이 타자를 배제하는 독아론에서 출발한다.

가라타니의 '은유로서의 건축'은 왜 서양철학과 근대문명이 세속적 타자를 중시하는 비트겐슈타인의 반격에 부딪혔는지 말해준다. 그러나 근대에 이르러 제국주의로 발전한 서양 문명의 축적은 건축에의 의지와 세속적 타자의 배제만으로는 설명되지 않는다. 확실한 내적 자아에 기초해 원시적 사고를 내쫓은 서양의 근대문명은 실제로는 외부의 타자를 폭력적으로 제거하는 방식에 기초하고 있었다.

엔리케 두셀은 데카르트의 '생각하는 자아'가 타민족과 여성, 하층민의 폭력적 희생을 은폐한 결과라고 주장한다.[40] 데카르트는 세속적 타자를 배제하기 이전에 이미 타민족과 여성, 하층민을 폭력적으로 배제한 특권화된 지평에서 출발한 것이다. 서양의 근대성의 지평이 감추고 있는 그런 폭력과 은폐는 식민지 상황에서 매우 분명하게 나타난다.

「만세전」에서 이인화는 일본의 근대적 도시의 건축이 조선인을 사지로 내쫓은 폭력적 산물임을 깨닫는다. 제국의 근대적 건축에 은폐되어 잘 보이지 않는 타자에 대한 폭력은 피식민자의 존재가 지워졌을 때 비로소 보이게 된다. 피식민 타자가 목욕탕의 김처럼 사라졌을 때 조선인을 인간-동물로 강등시키는 제국의 폭력이 시야에 나타나는 것이다.

---

39 가라타니 고진, 송태욱 역, 『탐구』 1, 새물결, 1998, 18쪽. 가라타니는 데카르트가 데카르트주의와는 달리 자신의 속한 공동체(언어게임)를 의심하는 데까지 나아갔음을 강조하기도 한다.
40 엔리케 두셀, 박병규 역, 앞의 책, 14·72쪽.

이런 폭력을 동반한 타자의 은폐는 '건축에의 의지'보다는 '젠트리피케이션'의 은유가 더 어울린다. 건축에의 의지는 타자의 망각이지만 젠트리피케이션의 의지는 타자에 대한 폭력이다. 제국의 근대화 기획은 단순히 타자를 무시하고 건축을 세우는 의지이기보다는 이민족 타자의 존재와 문화를 강제로 철거시켜야 가능한 계획이었다. 은유로서의 건축과 은유로서의 젠트리피케이션의 차이는 타자의 폭력적인 철거와 추방에 있다. 제국은 조선인을 이역으로 내쫓았을 뿐 아니라 자신들의 상상적 영토에서 인간 이하의 존재로 배제했다.[41]

우리는 앞에서 그런 젠트리피케이션의 의미와 그에 저항하는 존재의 물결을 살펴봤다. 식민지적 젠트리피케이션이 피식민자^{타자}의 존재의 철거라면, 젠트리피케이션에 대한 저항이란 타자의 물결을 통한 존재론적 전회의 열망이다. 제국의 젠트리피케이션이란 경제적인 동시에 상상적 폭력이기 때문에, 권력의 상징계·상상계에서 타자성의 실재계로 이동하는 전회의 물결이 매우 중요해지는 것이다.

식민지에서 해방의 영감을 준 사회주의는 그 자체로 고착된 동일성 체제^{건축}를 해체하려는 열망을 포함했다. 가라타니는 그처럼 경직된 건축에의 의지에 저항하는 사상을 은유로서의 코페르니쿠스적 전회라고 지칭했다. 그러나 타자를 폭력적으로 배제한 식민지에서는 그것만으로는 충분하지 않았다. 우리는 한발 더 나아가, 타자를 내쫓는 젠트리피케이션에 저항하는 물결을 동반했을 때 비로소 사상이 진정한 코페르니쿠스적인 전회를 수행한다고 주장할 수 있다.

---

41 데카르트는 확실성의 토대를 만들기 위해 타자를 무시했지만(건축에의 의지), 일본 제국인은 조선인 피식민자를 인간-동물로 강등시키며 식민주의의 토대를 축조했다(젠트리피케니션의 의지).

코페르니쿠스적인 전회란 지구 중심의 사고에서 태양의 주위를 도는 사고로의 전환이다. 물리학에서 정치학으로 우리의 사유를 넓이면 특이한 은유가 작동된다. 젠트리피케이션이 동일성 중심 체제를 만들며 타자를 (폭력적으로) 내쫓는다면, 코페르니쿠스적인 전회는 타자에게 다가가 그 위치에서 실재^{태양}의 주위를 도는 운동으로 전환한다.

이 과정에서 우리의 젠트리피케이션의 은유가 건축의 은유를 넘어서는 철학적 근거는 존재론적 차원에 있다. 가라타니에 의하면, 칸트는 건축에의 의지^{체계적인 철학}의 완결자인 동시에 근원적 토대 대신 물 자체^{실재}를 도는 코페르니쿠스적 전회를 처음 시작했다. 건축에의 의지가 자기중심적 표상에 갇힌 천동설이라면 코페르니쿠스적 전회는 알 수 없는 물 자체^{실재}의 주위를 도는 지동설이다. 그런데 칸트의 한계는 물 자체, 즉 실재를 알 수 없는 빈방으로 남겨둔 데 있었다. 반면에 마르크스는 실재의 위치에서 프롤레타리아를 발견했고, 니체는 힘에의 의지, 비트겐슈타인은 세속적 타자를 말했다.

그러나 여기서 중요한 것은 '전회'를 위해서는 사상이 물결을 동반해야 한다는 점이다. 가라타니의 논의가 간과한 것은 사상이 촉발시킨 존재의 물결을 통한 코페르니쿠스적 전회였다. 코페르니쿠스적 전회는 사상을 통해서만 일어나지 않으며 수행적 과정에서의 존재의 물결도 매우 중요하다. 마르크스주의처럼 물질적 현실의 구체적 타자를 주목하는 경우[42]에도 그것이 프로젝트의 차원에서 묶인다면 토대주의와 비슷한 문제가 발생한다. 플라톤은 사상 자체가 토대주의였을 뿐 아니라 그것의 수행적 차원을 비하했다. 그런데 그런 토대주의에 저항하는 사상^{마르크스주의} 역시 수

---

42 마르크스주의는 프롤레타리아라는 구체적 현실의 타자를 주목하고 있다.

행적 차원을 간과하면 또 다른 교리주의가 생겨난다. 수행적 차원이란 어떤 동일성으로도 묶을 수 없는 미결정적 타자의 위치를 중시하는 활동이다. 타자의 실재계와 연관된 미결정적인 가변성과 복잡성을 간과한다면 사상의 확실성은 실행력을 상실할 수 있다. 사상은 타자가 접촉한 실재계적 가변성을 관류하는 존재의 물결을 동반해야만 강렬한 실천이 될 수 있다. 사상가가 손잡아야 할 타자가 폭력적으로 은폐되어 있는 식민지에서는 더욱더 그렇다고 할 수 있다.

젠트리피케이션의 은유는 어둠 속의 타자의 반격을 위한 존재의 물결의 필요성을 강조한다. 즉 식민지적 젠트리피케이션에 대항하는 타자의 위치는 코페르니쿠스적 전회에서 물결의 중요성을 아주 구체적으로 알려준다. 예컨대 민족주의적 소설 「고향」에서 지식인 '내'가 유랑인의 손을 잡고 함께 전회의 물결을 일으키게 한 것은 사상이 아니라 쫓겨난 타자의 얼굴이었다. 또한 사회주의적 작품 「낙동강」에서도 박성운이 하층민 속에서 물결을 공감한 것 역시 사상보다는 낙동강을 건너며 이주민들 타자들이 부르던 낙동강 노래였다.[43] 식민지에서는 사상이 쫓겨난 타자의 위치에서 물결을 일으켜야만 비로소 사상으로 작동될 수 있었던 것이다.

진정한 코페르니쿠스적 전회는 사상과 물결, 인식론과 존재론이 만나는 순간이다.[44] 토대주의가 규칙적인 언어게임이라면 코페르니쿠스적인 전회는 목숨을 건 도약을 필요로 하는 실천이다. '전회'를 위해서는 상징계에 국한된 인식의 지평을 실재계로 전환시키는 인식론적 전환이 요구

---

43 박성운은 서북간도로 쫓겨갈 때 부르던 노래를 감옥에서 나와 강을 건너며 다시 부르고 있다. 조명희, 「낙동강」, 『카프대표소설선』 I, 사계절, 1988, 265·268쪽.
44 식민지에서는 물론 일반적으로 코페르니쿠스적 전회는 사상과 물결의 결합을 통해 가능하다고 할 수 있다.

된다. 그러나 그와 함께 동일성 규칙에 매인 수동적 존재에서 규칙 밖의 실재로 도약하는 필사적 과정, 즉 능동적 존재로의 전회^{존재론적 전회}가 필요하다. 우리는 후자의 과정을 동일성의 구속을 뒤흔드는 존재의 물결로 표현했다. 그런 존재의 물결은 건축의 해체로는 불충분하며 젠트리피케이션에 저항하는 타자의 존재론으로만 설명이 가능하다.

예컨대 「고향」에서 지식인과 민중의 만남의 순간은 제국의 열차의 궤도에서 탈출하는 코페르니쿠스적 전회, 곧 실재계적 도약의 순간이다. 여기서는 지식인이 조선의 얼굴이라는 실재를 보는 인식론적 전환과 함께, 유랑민이 물결을 감지하며 아리랑이라는 지하방송에 접속하는 존재론적 전회가 일어난다. 아리랑의 지하방송은 상징계에는 어디에도 없지만 실재계적 정동 공동체에 뚜렷이 존재한다. 「고향」에서처럼 지식인의 사상은 타자와 만나는 물결 속에서 비로소 필사적인 인식론적·존재론적 전회를 시작한다.

인식론적·존재론적 전환인 점에서 코페르니쿠스적 전회에는 마르크스와 니체, 비트겐슈타인뿐 아니라 응당 존재론적 철학자들도 포함된다. 예컨대 하이데거, 레비나스, 스피노자 등이다. 하이데거가 말한 존재의 진리란 존재와 존재자의 차이를 드러내는 것이다. 존재자가 현존하는 개개의 인간과 사물들이라면 존재는 현존에 고착되지 않고 다른 기표들^{혹은 존재자들}과 차이의 운동 속에 있는 것이다. 존재의 진리는 불안하고 고립된 존재자에서 벗어나 내적인 연결 관계 속에서 존재의 빛을 느끼게 해준다. 데리다는 존재의 진리가 이름^{언어}을 갖는 점에서 차연의 전단계라고 말했지만 존재의 진리의 과정에는 이미 데리다의 차연이 작동하고 있다.[45] 반

---

45 데리다, 권택영 역, 「차연」, 권택영, 『후기구조주의 문학이론』, 민음사, 1991, 294~296쪽.

면에 서양철학의 원조인 플라톤은 존재자의 존재성을 이데아로 간주하고 그 위에 지식의 체계를 구축했다.[46] 서양의 독아론이나 토대주의가 차연을 금지하는 존재 망각인 것은 그 때문이다. 우리는 존재 망각에서 벗어나려는 하이데거의 존재론을 코페르니쿠스적 전회의 시도로 인정하는 동시에, 거기서 더 나아가 타자의 위치에서 물결을 일으켜 전회의 모험을 실천적 과정으로 만들어야 한다.

하이데거는 존재 망각이 심화된 것은 기술 사회가 자연과 인간을 도구적인 부품으로 전락시킨 때문이라고 주장했다. 그러나 좀 더 정확히 말하면 기술을 인간의 도구화에 이용하는 근대의 권력 체제가 문제일 것이다. 예컨대 카메라는 예술영화를 위해 사용될 수 있지만 제국은 이 기술을 타민족을 시각적으로 핍박하는 도구로 이용했다. 루신은 중국인의 공개 처형 장면을 담은 슬라이드 영화를 본 후에 총에 맞은 듯한 충격을 느꼈다고 고백했다.[47]

존재의 망각과 은폐는 기술 자체^{하이데거}보다는 기술을 타자를 억압하고 말살하는 데 이용한 자본과 권력에 의한 것이다. 제국은 타자의 존재를 은폐하고 도구나 인간-동물로 강등시켰으며 기계는 그런 타자의 말살을 심화시켰다. 존재 망각의 결정체인 제국과 자본의 경직된 동일성 체제는, 공장에서 타자의 피를 흡혈귀처럼 착취하고 이민족을 젠트리피케이션으로 추방함으로써, 즉 타자의 은폐의 효과로 견고해진다.

하이데거가 간과한 것은 폭력의 희생자인 타자이다. 하이데거의 존재의 빛은 실존적 고뇌를 통해 한순간 진리에 이르게 하지만 그것이 해방의 빛은 아니다. 존재 망각에서 벗어난 탈은폐^{차이의 운동}가 해방된 삶이 되

46 가라타니 고진, 김재희 역, 앞의 책, 170쪽.
47 레이 초우, 정재서 역,『원시적 열정』, 이산, 2004, 20~31쪽.

려면 동일성 체제에서 배제된 고통받는 타자와의 교감이 필수적이다. 은폐된 타자와의 교감은 존재 망각에서 벗어나기 위해 동일성 체제의 고착성에서 탈출하는 존재론적·인식론적 전회를 시작하게 만든다. 그런 코페르니쿠스적 전회를 통해 실재의 태양을 도는 운동이 진행되어야만 차이의 운동과 존재의 진리를 향한 진정한 움직임이 나타난다. 그처럼 은폐된 타자와 교감하면서 존재론적·인식론적 전회를 일으키는 것을 존재의 물결이라고 할 수 있다.

엔리케 두셀은 하이데거를 넘어선 레비나스의 관점에 의거해 타자의 위치에서 자본이라는 여섯 번째 태양을 비판했다.[48] 여섯 번째 태양자본[49] 아래서는 존재자와 기표들이 자본이라는 초월적 기표 밑에 굳어버린다. 그런 고착된 동일성에서 전회하는 '타자성의 물결'과 '실재의 태양을 도는 운동'은 경직된 상징계의 인식론과 존재론에서 탈출하는 방식이다. 고착된 상징계의 인식론과 존재론이 토대주의라면 실재계를 도는 사유는 인식의 해방과 함께 능동적 존재를 회생시킨다. 두셀은 그런 코페르니쿠스적 전회를 식민지적 젠트리피케이션에 대항하는 해방철학으로 본 셈이다.

인식론적·존재론적 전회의 계기는 스피노자의 철학에서도 발견된다. 코페르니쿠스적 전회를 시작한 칸트는 물 자체를 도는 운동을 암시했다. 칸트의 물 자체는 라캉의 실재계이자 스피노자의 내재원인이기도 하다. 물 자체, 실재계, 내재원인의 공통점은 상징계의 구조적인 인과성에 예속되지 않은 원인을 갖는다는 점이다. 알튀세는 그런 특별한 인식론을 스피

---

48 엔리케 두셀, 박병규 역, 앞의 책, 48·88쪽.
49 자본은 동일성 체제를 고착시키는 천동설의 중심이다. 여섯 번째 태양은 실제로는 상징계의 초월적 기표이다.

노자에 의지해 구조에 부재하는 부재원인이라고 불렀다.[50] 예컨대 어떤 구조의 작동 원인은 그 구조를 지배하는 특정 요인^{자본, 제국, 부권}이 아니라 개개의 구조의 요소들과 관계하는 내재적인 실재^{역사적 운동}의 차원에 있다. 이는 스피노자가 자연과 인간이 신에 지배되지 않으며 신이란 각각에 내재한 원인이라고 말한 것과도 같다. 내재원인에 대한 인식은 신 같은 자본^{여섯 번째 태양}에 지배되는 고착된 현실을 실재^{내재원인}의 태양을 도는 지구라는 행성으로 전회시키는 것과 다르지 않다.[51]

부재원인이란 스피노자의 내재원인이자 코페르니쿠스적 전회를 통해서만 가능한 실재계의 인식론이다. 그 점에서 스피노자는 타자에 대해 말하지 않았지만 칸트에 앞서 코페르니쿠스적 전회를 보여준 선구자라고 할 수 있다. 스피노자의 윤리학이 오늘날 빛을 발하는 것은 존재론과 인식론을 결합시킨 코페르니쿠스적 전회를 암시했기 때문이다.

그런 맥락에서 프레드릭 제임슨은 스피노자의 내재원인과 라캉의 실재계를 구식무기 총체성을 대신할 새로운 인식론이라고 주장했다. 이런 제임슨의 논의는 총체성의 인식론적 사상^{마르크스주의}을 버린 것이 아니라 존재론과 결합시켜 혁신한 것이라고 할 수 있다. 루카치는 총체성을 진리라고 말했지만, 총체성의 진리는 상징계의 기표로 재현되지 않으며, 내재원인 및 실재계와 관계할 때만 비로소 암시된다. 제임슨의 도발적인 논의는 인식론과 존재론을 결합시킨 코페르니쿠스적 전회를 통해서만 이해

---

50 알튀세르, 김지엽 역, 『자본론을 읽는다』, 두레, 1991, 239~240쪽. 알튀세는 구조의 효과에 대한 **원인의 부재**는 구조 외부의 외재성(어떤 본질)이 아니라 효과들 속에서 갖는 **내재성**을 의미한다고 논의한다.

51 그런 맥락에서 알튀세는 마르크스의 철학을 부재원인의 사유로 보고 그 원조가 스피노자라고 말한다: 그러나 알튀세는 스피노자와는 달리 구조의 인식과 실천의 윤리를 내재원인으로 연결시키지는 못한다.

될 수 있다. 총체성 대신 내재원인^{그리고 실재계}을 말하는 것은 상징계에서 실재계로 전회할 때만 역사적 변혁의 인식과 실천이 가능함을 주장하는 것이다. 우리는 스피노자와 제임슨의 논의에 덧붙여, 자본이라는 여섯 번째 태양^{초월적 기표}이 젠트리피케이션을 통해 타자를 은폐하고 내쫓는 것이 고착된 동일성 체제^{상징계}이며, 은폐된 타자와 교감하며 코페르니쿠스적 전회를 통해 일곱 번째 실재의 태양[52]을 도는 것이 급진적 사상^{마르크스주의}과 존재의 물결[53]이라고 말할 수 있다.

5. 상상적 공동체를 넘어선 정동적 공동체

우리가 알고 있는 사상 중에서 가장 잘 모르는 사상은 민족주의이다. 근대적 세계를 형성한 제일 강력하고 지속적인 사상은 민족주의일 것이다. 오늘날 급진적 민족주의는 약화되었지만 보수적인 배타적 민족주의는 여전히 맹위를 떨치고 있다. 그런데 지금 눈에 보이는 민족주의는 보이지 않는 전체의 한 극단일 뿐이며, 근대 사상의 행렬에서 민족 이념은 우리가 아는 것 이상으로 폭넓은 스펙트럼을 갖고 있었다. 민족주의는 배타적 이념으로 발전되면서 국가주의와 제국주의로 나아갔지만, 반대로 진보적인 아나키즘이나 마르크스주의와 접합되기도 했다. 특히 후자의 잘 알려지지 않은 급진적 민족주의는 우리가 경험한 식민지의 복합적 상

---

52 가짜 태양이 아니라 실재계의 태양을 말한다.
53 이런 존재의 물결은 문학적 서사를 통해 매우 잘 표현될 수 있다. 제임슨도 내재원인은 재현될 수 없지만 재현불가능한 것을 재현하는 서사를 통해 표현될 수 있음을 강조하고 있다. 프레드릭 제임슨, 이경덕·서강목 역, 『정치적 무의식』, 민음사, 2015, 41·102~103쪽.

황에서 특징적으로 나타났다.

식민지에서 민족주의가 진보적 사상과 결합되는 것은 제국의 폭력적인 동일성 체제를 해체하기 위해서이다. 앞에서 우리는 마르크스주의가 자본주의의 고착된 동일성 체제를 전복시키는 코페르니쿠스적 전회의 사상임을 살펴봤다. 코페르니쿠스적 전회란 자본과 제국 같은 지배 기표에 예속된 체제를 타자가 접촉한 실재의 태양을 도는 운동으로 해체하는 것을 말한다. 민족주의가 아나키즘이나 마르크스주의와 연대하는 것은 그런 전복적 전회의 추동력을 얻기 위해서이다.

우리가 몰랐던 그런 민족주의와 급진 사상의 접합은 사회운동의 사상적 기획과 수행적 물결의 복합성을 통해서만 이해될 수 있다. 이미 살폈듯이, 물결의 실행력은 어떤 사상이 타자성의 전복적 힘을 발휘하게 하기 위해 매우 중요하다. 더 나아가 다른 방향을 지닌 사상이라 할지라도 물결의 실행력은 사상들을 관류하는 유동적인 흐름을 만들 수 있다.

예컨대 『사랑과 죄』염상섭에서 이해춘이 민족주의와 사회주의의 접합을 주장할 수 있었던 것은 타자의 위치에서 수행적 물결을 중시했기 때문이다. 여기서 핵심은 식민지에서는 민족주의 역시 수행적 차원에서 타자성의 물결을 일으킨다는 점이다. 타자의 위치에서의 물결과 무관한 민족 이념, 가령 서구의 민족주의는 진보적 사상과 결합하기 어려운 측면이 있었다. 반면에 식민지 민족주의는 은폐된 타자의 위치에서 물결을 일으키기 때문에 전복적 전회를 꾀하는 사회주의와 결합될 수 있었다.

민족주의는 사회주의와 달리 사상적 기획의 차원에서는 전회의 운동이 분명하지 않았다. 그 때문에 『사랑과 죄』에서 사회주의자 적토는 민족주의자 이해춘에게 '낡은 비단 두루마기'라고 비판했던 것이다.[54] 그러나 이해춘은 민족주의가 자본주의 태반을 버릴 수 없는 듯 해도 식민지 청년의 위치에서는 적토와 다른 민족주의^{수목 두루마기}를 입을 수밖에 없음을 강변한다. 수목 두루마기란 자본과 제국의 타자인 민중의 위치로서, 이해춘은 민족주의가 수행적 차원에서 피식민 타자^{민중}의 위치에 서서 전복적 전회를 꾀할 수밖에 없음을 말한 것이다.

염상섭은 수행성의 차원을 매우 잘 이해한 사상가였다. 그는 사상적 기획엔 없지만 수행적으로는 타자의 위치가 불가피한 식민지 민족주의의 급진성을 주장하고 있었다.[55] 염상섭의 진보성은 그런 통찰을 통해 통상적인 민족주의를 넘어서서 식민지 조선의 민족운동의 전복성을 깊이 간파한 데 있었다.[56]

염상섭의 어떤 논의들은 사회주의는 유물론적이고 민족주의는 유심적이라고 말하는 것처럼 보이기도 했다. 그러나 실상은 민족사상 역시 핍박받는 타자가 인종적 물질성에 근거해 일어서는 해방적 사유였으며, 염상섭 역시 이점을 놓치지 않았다. 식민지에서는 정신처럼 보이는 민족성이 물질적 하부구조이기도 했으며,[57] 식민지란 계급적 토대와 인종적 토대가 중첩되어 있는 공간이었다. 「민족·사회운동의 유심적 재고찰」에서 염상섭이 말하는 자연 이법 역시 물질성에 근거한 정신적 지향을 암시하고

---

54 염상섭, 『사랑과 죄』, 민음사, 1987, 211쪽.
55 실제로 3·1운동이 보여줬듯이 보듯이 식민지 민족운동은 (배타성에 흐르지 않는) 동일성을 넘어선 수행적 전회의 물결을 통해 제국의 식민주의를 전복시키려 시도할 수 있었다.
56 염상섭은 아나키즘과 민족주의를 결합시켰을 뿐 아니라 식민지 민족운동 자체의 전복성을 잘 간파하고 있었다.
57 파농은 '식민지의 경제구조(물질적 토대)는 상부구조(인종성)'라고 말하고 있는데 우리는 민족성 자체가 상부구조인 동시에 경제적으로 착취받는 (하부구조적인) 물질적 요인이라고 부언할 수 있다. 파농, 남경태 역, 『대지의 저주받은 사람들』, 그린비, 2010, 54쪽.

있다.[58] 염상섭의 자연 이법이란 스피노자의 윤리적 내재원인과도 유사한 것으로서, 피식민자와 프롤레타리아는 비슷하게 자연 이법으로의 회귀의 열망을 갖고 있기 때문에, 민족운동과 사회운동은 자연 이법이라는 내재원인을 관통하는 과정에서 접합 요건을 만들 수 있게 된다. 민족주의와 사회주의는 기획의 차원에서는 서로 만날 수 없지만, '자연 이법에의 복귀'라는 내재적인 수행적 차원에서는 전회의 운동 속에서 만날 수 있는 것이다.[59]

당시에는 사회주의와 민족주의만 있었지 계급과 인종이 중첩된 사상은 없었다. 그러나 사상에는 없지만 현실에 존재하는 궁핍한 피식민자[인종적·계급적 피지배자]의 위치를 존중하면, 타자성의 능동적 정동[60]을 통한 전회의 운동은 계급사상과 민족사상을 관류할 수 있었다. 민족주의자가 일어서려는 것은 '비단 두루마기'를 입으려는 것이 아니라 자연 이법과 내재원인으로 회귀하려는 것, 즉 제국의 상징계-상상계의 억압에서 벗어나 실재계[내재원인]로 전회를 꾀하려는 것이다. 염상섭은 가라타니의 코페르니쿠스적 저항의 목록에 피식민자의 민족주의를 새로이 추가하고 있었다. 그에 근거해 피식민 타자의 해방운동은 비슷한 전회를 꾀하는 하층민 타자의 유물변증법과 평행적으로 손을 잡을 수 있는 것이다.[61]

흥미로운 것은 그런 민족운동의 전복적 전회성 때문에 식민지에서는 사회주의 이전에 코페르니쿠스적인 전회의 운동이 시도될 수 있었다는

58 염상섭, 「민족·사회운동의 유심적 재고찰」, 『염상섭 전집』 12, 민음사, 1987, 100~106쪽.
59 위의 책, 103~104쪽.
60 스피노자의 윤리는 능동적 정동을 갖는 것이며 윤리적 능동성은 내재원인을 알 때 생성된다. 염상섭의 피식민자와 프롤레타리아의 '자연 이법에의 복귀' 역시 비슷한 맥락을 갖는 것으로 볼 수 있다.
61 염상섭, 「민족·사회운동의 유심적 재고찰」, 앞의 책, 105~106쪽.

점이다. 고착된 상징계^{동일성} 체제에서 실재계의 위치로 코페르니쿠스적 전회를 수행하는 것은 급진적 사상과 존재의 물결이다. 그런데 우리의 경우 식민 권력의 동일성 체제를 전복시키려는 운동은 급진적 사상이 전면화되기 전에 존재의 물결을 통해 시도되었다. 확실한 신념의 사상보다는 타자의 위치에서 존재의 물결을 일으킨 탈식민적 전복의 시도가 바로 3·1운동이었다. 3·1운동은 수행적 차원에서 존재의 물결을 일으킴으로써 민족운동의 전복적 전회성을 입증하고 있었다.[62]

3·1운동은 타자를 배제하는 제국의 동일성 체제에서 실재계적 진실로의 전회를 요구하는 물결을 일으켰다. 운동의 목표는 민족해방이었지만 깊은 근원에서는 실재계적 존재의 물결이 추동력으로 작용하고 있었다. 이 존재의 물결은 비폭력적인 에로스적 연대^{카치아피카스}[63]를 통해 필사적 도약[64]을 꾀하는 전복적 전회의 운동으로 표현되었다.

만일 만세운동이 제국의 폭력에 대한 대항폭력에 그쳤다면 새로운 존재론적·인식론적 도약은 이루어지지 않았을 것이다. 대항폭력은 흔히 강압적 상징계에 대한 또 다른 상징계의 저항으로, 그리고 체제에 대한 선적인 인과적 시간 선상의 대항으로 행사된다. 반면에 실재계를 지향한 3·1운동의 생명적 도약의 운동은, 동학혁명과 의병 투쟁, 농민운동의 순수기억의 창조적 분출[65]을 통해,[66] 선적 시간을 넘어 실재계적인 정동적

---

62 3·1운동의 지도자 중 일부는 사회주의에 영향을 받았으며, 운동의 과정과 결과에서도 사회주의적인 요소를 발견할 수 있다. 그러나 3·1운동 자체가 사회주의가 주도한 운동은 아니었다.

63 조지 카치아피카스, 원영수 역, 『한국의 민중봉기』, 오월의봄, 2015, 18~20·59·105~106쪽.

64 에로스적 연대는 조직과 구호에 의한 단결과는 달리 필사적 도약(목숨을 건 도약)을 통해 능동적 정동으로 전회하는 진행을 나타낸다.

시간성[67]을 표현했다. 3·1운동의 특이성은 역사상 최초의 정동적 시간성의 변혁운동이었다는 점일 것이다. 정동적 시간성의 운동이라는 것은 상징계의 선적인 인과적 요인으로는 운동의 과정을 충분히 설명할 수 없다는 뜻이다.[68] 그런 정동적 시간성의 운동이 대항폭력 없이도 급진적 저항이 될 수 있는 것은, 인과적 시간성^{상징계}을 횡단하는 실재계적 도약의 (영원회귀적인)[69] 힘을 통해 직선적 시간의 폭력에 대항할 수 있기 때문이다. 실재계적 혁명 3·1운동은 상징계적인 선적 인과율을 넘어섰을 뿐 아니라 제국의 억압적인 직선적 시간을 폭파시킨 사건이었다.

3·1운동은 국가^{네이션의 상징계 차원}의 회복에 실패했기 때문에 선형적 시간에서는 제국에 승리했다고 말하기 어렵다. 그러나 정동적 시간성을 통해 실재계적 전회를 시도하는 과정에서 존재론적 팽창을 얻는 성취를 이룰 수 있었다. 3·1운동의 능동적인 존재의 팽창이란 식민주의를 전복시키려는 중에 체제^{상징계}에서 실재계로의 전회를 통해 스스로를 존재론적으로 고양시킨 성과를 말한다.[70]

---

65 3·1운동은 이전에 있었던 동학혁명 등의 순수기억이 창조적으로 분출된 것으로서 전 민족의 연대를 보여줬기 때문에 새로운 **근대로 진입하는 사건**이 되었다. 이제 3·1운동은 그 자체가 특별한 순수기억으로서 다음의 역사에서 또 다른 운동으로 분출되게 된다.

66 박선영, 앞의 책, 65쪽.

67 3·1운동의 인과적인 선적 시간에서의 요인은 여러 가지지만 근원에서는 존재에 각인된 정동적 기억(정동적 시간성)이 중요한 추동력이었다. 정동적 시간성이란 심연의 특별한 순수기억이 현재의 상황과 조우하며 선적인 시간을 뛰어 넘어 창조적으로 분출되는 진행을 말한다.

68 변혁운동은 선적이 인과율과 정동적 시간성의 결합으로 생성되는데 3·1운동은 후자의 요인이 더 우세했다고 할 수 있다.

69 영원회귀는 들뢰즈의 반복이라는 현대적 개념으로 설명할 수 있는데, 반복이란 특이성이 끊임없이 창조적으로 되돌아오는 것을 말한다.

70 식민주의에 의해 (선적인 시간에서) 보이지 않게 된 사람들이 물결을 일으키며 식민지

그런 존재론적 성취로 인해 민족의식에 새로운 도약이 일어나며 운동이 끝났어도 그 실재의 물결이 가슴에서 계속되고 있었다. 이처럼 대항폭력을 넘어선 전회의 운동은 혁명이 중단되었어도 깊은 심연에 실재계적 잔여물을 남기게 된다. 3·1운동은 전민족적 운동의 정동적 연대망을 작동시키며 실재계적 잔여물을 남김으로써 우리 민족이 본격적인 근대로 도약하는 혁명적 계기가 되었다.

정동적 연대의 실재계적 잔여물은 영토를 잃은 식민지 민족이 특별한 방식으로 근대의 장에서 능동성을 발휘할 근거를 마련해 주었다. 실재계적 시간[71]의 혁명이자 (묘지에서 빠져 나오는) 불꽃 같은 생명적 도약베르그송[72]의 물결은, 영토 회복에 실패한 후에도 그 대신 심연의 잔여물과 순수기억의 지속성을 통해 물밑의 연대망을 형성할 수 있게 했다.[73] 그처럼 수면 밑에서 잠재적인 실재계적 연대망을 생성함으로써, 3·1운동은 특별한 방식으로 식민지적 질곡을 뚫고 근대의 장에 진입하며 역사적 도약을 입증했다.

3·1운동이 남긴 심연의 잔여물이란 모두의 존재의 핵심에 각인된 전민족적 기억의 성좌로서의 순수기억을 말한다. 운동이 끝난 후 거리의 물결은 어려워졌지만 기억의 성운을 움켜쥐고 존재의 능동적 열망을 입증하려는 물밑의 연대망은 계속되고 있었다. 우리는 이런 기억의 성좌의 생성, 그리고 수면 밑의 지속적 연대망을, 영토를 잃은 민족이 새로운 역사

적 시간을 폭파시키고 존재를 드러내게 된 것이 바로 3·1운동이었다. 이는 상상계, 상징계에서 실재계로의 전회의 운동을 통해 존재론적으로 고양되는 과정이었다.

71 3·1운동은 운동이 끝난 후에도 특별한 순수기억으로 심연에서 실재계적 잔여물로 작동되며 '지속'의 시간성을 만들었다.

72 물리적 방해를 뚫고 불꽃처럼 분출되는 생명체를 말함. 3·1운동은 타자를 인간-동물로 보는 동일성 체제에서 생명적 도약을 시도한 코페르니쿠스적 전회의 사건이었다.

73 베르그송은 생명적 도약의 원리인 순수기억을 존재의 지속의 원리로 말하고 있다.

의 장에서 근대적 네이션의 네트워크를 확립한 징표로 주장할 수 있을 것이다.

그 같은 존재론적 성취는 만세운동 이후 민족의식에 새로운 정동적·존재론적 도약이 이루어졌음을 뜻했다. 흔히 3·1운동 이후의 사회주의의 약진을 말하지만 그 만큼이나 중요한 것은 민족주의 자체가 급진화되었다는 점이다. 민족주의는 이광수처럼 순응적으로 변화되기도 했지만 현진건이나 염상섭처럼 급진화되기도 했다. 이 민족의식의 급진화 과정이야말로 한국이 식민지적 억압 상황에서도 능동적으로 근대의 장에 진입했던 특별한 과정을 말해주는 것이었다. 그 같은 특별한 타자성의 근대성은 이미 서구적 근대의 극복을 포함한 식민지 민족의 고유한 근대성의 시작이었다.

앤더슨은 근대 민족주의를 상상적 공동체로 부르며 텅 빈 동질적 시간이 달력처럼 계속되는 것에 비유했다.[74] 일일 베스트셀러인 신문은 그런 상상적 공통체의 중요한 증거이다.[75] 상상적 민족 공동체에서는 신문을 볼 때처럼 매 순간 만난 적이 없는 셀 수 없는 사람들과 함께 앞으로 나아가는 듯이 느낀다.

그러나 앤더슨의 상상적 공동체는 3·1운동 이후 근대 민족의식의 급진적 도약을 설명할 수 없다. 상상적 공동체에는 텅 빈 동질성을 채우는 기억의 성운과 별자리가 없기 때문이다. 반면에 1919년 이후 우리의 민족의식의 경우 동질성의 빈 공백은 3·1운동의 성좌와 존재론적 순수기

---

74 베네딕트 앤더슨, 서지원 역, 『상상된 공동체』, 길, 2018, 51~53쪽.
75 위의 책, 51·62~65쪽. 앤더슨은 신문과 소설을 상상적 공동체를 재현하는 기본구조의 예로 말하고 있지만, 소설이 일으키는 존재의 물결은 상상적 공동체의 개념으로는 충분히 설명될 수 없을 것이다.

억으로 채워지게 되었다.

벤야민은 현재의 공백을 채우는 성좌에 의해 기억이 충만한 현재로 창조되며 직선적 시간을 폭파하는 추동력이 생긴다고 논의했다.[76] 직선적인 시간이 제국의 동일성 체제라면 성좌로 채워진 현재의 창조는 실재를 향한 생명적 도약일 것이다. 벤야민이 존재의 물결과 순수기억의 도약을 통한 전복적 운동을 말한 것은 사회주의를 염두에 둔 주장이었다. 그러나 우리의 경우 비슷한 전복적 전회가 3·1운동 이후의 급진적 민족사상을 통해 나타나고 있었다. 순수기억으로서 3·1운동의 성좌는 실재를 향한 전회를 지향하게 함으로써 근대적 민족의식을 어떤 민족보다도 급진적이고 능동적인 물결로 표현하게 해 준 것이다.

텅 빈 동질적 시간이 상상적 공동체라면, 동질적 시간을 성좌[3·1운동]로 채우는 민족의식은 직선적 시간을 폭파하려는 정동적 공동체[77]였다. 앤더슨의 상상적 공동체는 선적인 시간에서 어떤 목표를 지향하느냐에 따라 여러 가지로 변주된다. 다양하게 변주되는 상상적 공동체의 공통점은 전복적 운동으로서 존재의 물결을 일으키기 어렵다는 점이다.

반면에 정동적 공동체에서는 동질적 시간을 순수기억의 성좌로 채우는 순간 실재계적[내재원인의] 연대의 기억을 통해 능동적 정동이 회귀한다. 그 순간 직선적인 동질적 시간을 폭파시키며 실재계와 내재원인[스피노자][78]의 진실을 지향하는 능동적 연대가 다시 나타날 수 있다. 이 정동적 공동

---

76 벤야민, 이태동 역, 「역사철학테제」, 『문예비평과 이론』, 문예출판사, 1987, 303~306쪽.
77 스피노자는 내재원인을 알 때 능동적 정동이 고양되며 이상적인 공동체를 형성할 수 있다고 말했다. 실재계적 정동 공동체는 그런 공동체를 형성할 수 있는 물밑에서의 잠재적인 연대를 의미한다. 진은영, 「감응과 구성의 정치학」, 『코뮨주의 선언』, 교양인, 2007, 287~301·321쪽.
78 제임슨이 말했듯이 내재원인은 실재계와 같은 차원에 있다. 프레드릭 제임슨, 이경덕·서강목 역, 앞의 책, 41·101쪽.

체의 작동으로서 능동적 정동의 연대는 제국의 동일성 체제[79]를 뒤흔들며 코페르니쿠스적 전회를 열망하는 물결을 일으킨다. 그 때문에 새로운 정동적 공동체로서의 민족의식은 벤야민이 유념하고 있는 진보적 사상들과 결합될 수 있었다.

그 같은 정동적 공동체의 잠재적 급진성은 선형적 시간성을 넘어서는 타자의 위치에 근거한다. 상상적 공동체에는 타자의 위치가 없지만 정동적 공동체에는 타자의 위치[80]에서의 정동적 도약과 존재의 물결이 있다. 상상적 공동체의 사건이 매일매일의 선적인 시간 위에 기록된다면 타자성의 존재의 물결은 순수기억으로 지속된다. 그 때문에 앤더슨의 상상적 공동체의 증거가 하루의 생명을 지닌 신문인 반면, 식민지의 정동적 공동체를 입증하는 것은 3·1운동 이후 꽃핀 타자의 문학이었다. 타자의 문학은 내면의 물결을 일으켜 선적인 역사를 해체하면서 시대를 관통하는 영속적인 생명력을 지닌다.

타자의 위치란 실재계로의 전회를 추동하는 틈새의 영역이다. 그런 타자의 위치가 없는 앤더슨의 상상적 공동체는 일종의 상상계적 이데올로기이다. 반면에 우리의 정동적 공동체는 타자성의 존재의 물결을 생성하며 실재계를 지향하는 민족적 연대nation였다. 상상적 공동체를 움직이는 것은 구성원들의 합의된 목표이며 사람들은 민족주의에 의해 호명된다. 반면에 정동적 공동체에서는 타자성의 순간 텅 빈 동질성이 순수기억의 성좌로 채워지며 모두가 능동적으로 일어서는 실재를 향한 물결이 일어난다. 그런 정동적 공동체의 존재는 식민지의 근대적 민족사상이 어떻게 좁은 민족 관념의 한계를 넘어섰는지 설득력 있게 말해준다.

---

79 동일성 체제는 동질적인 선적 시간의 진행에서 나타난다.
80 타자의 위치란 실재계에 접촉하고 있는 틈새이다.

근대적 네이션은 국민국가와 민족주의로도 설명되지만 보다 더 중요한 것은 실재계적 네이션이다. 실재계적 네이션으로서 정동적 공동체는 국가의 지배 기표나 민족주의적 호명이 아니라 능동적 정동의 연대로서 작동된다. 우리는 영토^{국내의 국가}를 잃은 상태에서[81] 물밑에 실재계적인 정동적 네이션을 갖고 있었다. 정동적 네이션은 은유적 공공성^{뒷골목, 열차 칸, 술자리의 담론}[82]을 통해 표현되기 때문에 그 자체로서 또 다른 상징계를 만들 수는 없었다. 그러나 더 적극적으로 문학작품, 독서서클, 대중강연, 학생모임, 전단지, 야학 등을 통해 그 존재를 입증하고 있었다. 이 활동들은 상징계와 실재계 사이의 틈새 공간을 생성하며 물밑의 정동적 공동체의 존재를 증명했다. 그런 실재계적 정동 공동체는 경직된 상상계와 상징계를 해체하는 근거로서, 식민지의 민족사상이 독립된 네이션을 열망하는 동시에 자기 자신의 지평^{민족}을 넘어서는 잠재력을 지녔음을 나타내고 있었다.

네이션의 실재계 차원으로서 정동적 공동체의 존재는 다양한 사상들이 물결 속에서 합류할 수 있었던 비밀을 알려준다. 정동적 공동체는 민족주의와 진보적 사상의 결합은 물론 여러 사상들을 관류하는 물결을 생성하는 근거로 작동되었다. 식민지적 질곡에 처한 절박한 시기에 지식인과 민중의 만남을 통한 사상의 전파는 매우 중요했다. 그러나 논쟁적인 사상들의 각기 다른 방향은 민중들의 해방을 향한 큰 움직임을 모두 설명할 수 없다. 민중들의 강물과 같은 큰 흐름은 존재의 물결을 생성한 틈새 공간, 그리고 그 물결의 진원지였던 정동적 공동체를 전제로만 이해된

---

81 해외에 임시정부가 세워졌지만 국내에는 국가기구가 없는 상태였다.

82 나병철, 『소설의 귀환과 도전적 서사』, 소명출판, 50쪽; 윤해동, 「식민지 근대와 공공성－변용하는 공공성의 지평」, 윤해동·황병주 편, 『식민지 공공성』, 책과함께, 2010, 43~47쪽.

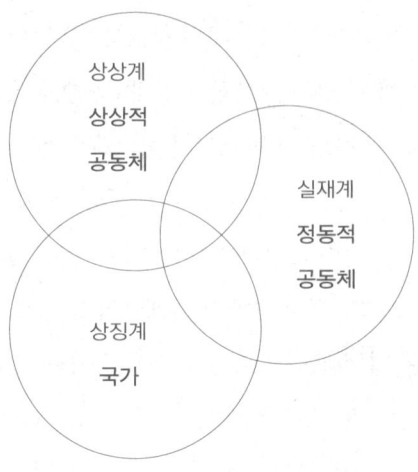

근대적 네이션의 세 영역

다. 사상들의 위치는 달랐지만 실천의 차원에서 틈새 공간[83]과 정동적 공동체를 흐르는 혈액으로 만날 수 있었던 것이다. 당시의 사상적 기획들이 가슴을 뛰게 하는 대동맥이었다면, 정동적 공동체는 수행적 차원에서 곳곳의 보이지 않는 모세혈관으로 작동되고 있었다. 정동적 공동체는 도처의 잠재적 연대망인 동시에 사람들이 신체를 능동적으로 움직이도록 모세혈관에 혈액을 흐르게 했다. 그런 물밑의 정동적 공동체의 존재는 여러 사상들을 교차시키고 물결을 일으키며 변혁운동의 폭발적인 원동력이 되었다.

근대적 네이션을 라캉의 보르메오의 매듭에 대응시키면 위의 도표로 표현될 수 있다. 정동적 공동체는 실재계적 전회의 운동으로서 존재의 물결을 일으켜 경직된 상징계와 상상계를 해체하는 흐름을 만들 수 있다. 그처럼 전회의 물결을 일으킬 수 있기 때문에 아나키즘이나 사회주의 같

---

83 지식인과 민중이 만나는 곳곳의 틈새 공간은 사상이 실천이 되는 수행적 차원, 즉 민중들이 서로 신체를 움직여 연대하게 하는 정동적 공동체의 작동을 입증했다.

은 사상적 대동맥의 모세혈관으로 작동될 수 있었던 것이다. 「낙동강」, 『고향』, 『인간문제』에서 보듯이, 표면적으로 민족주의와 연대하지 않은 사회주의 작품에서도 민족의식이 중요하게 그려진 것은 그 때문이다.

상상적 공동체에서 정동적 공동체에 걸쳐진 스펙트럼은 근대 사회에서 민족주의의 매우 폭넓은 진폭을 보여준다. 구체적으로 우리의 식민지 시대의 경우를 예로 들면 아래와 같이 표시될 수 있다. 여기서 상상적 공동체를 넘어선 정동적 공동체는 근대적 네이션의 실재계 차원인 동시에 (실재계적) 타자의 위치에서 민족 동일성^{상징계와 상상계}의 한계를 넘는 물결의 근원이기도 하다. 그런 실재계적 물결의 **수행성**은 식민지 민족사상이 좁은 민족주의 **프로젝트**를 넘어서서 진보적 사상들과 접합되었던 비결을 암시해 준다.

일본 제국		이광수
제국주의	국가주의	문화민족주의
상상적 공동체		

현진건	염상섭	홍명희
비타협적 민족사상		급진적 민족사상
정동적 공동체		

6. 민중적 민족사상의 대동맥과
정동적 공동체의 모세혈관

전회의 물결과 정동적 공동체를 염두에 두면 그에 근거한 민족사상이 급진적 사상들과 결합하는 것은 놀라운 일이 아니다. 민족 사상가였던 염상섭이 「노동운동의 경향과 노동의 진의」[1920], 「이중해방」[1920],[84] 「만세전」[85]에서 아나키즘의 깊은 영향을 드러낸 일은 대표적인 경우일 것이다. 인상적인 것은 이런 민족주의와 아나키즘의 연대가 염상섭뿐 아니라 광범위한 세계적 차원의 역사를 갖고 있다는 점이다.

가령 앞서 살핀 앤더슨은 이론적 한계를 넘어서서 반식민 투쟁에서의 아나키즘과 민족주의[86]의 국제적 연합을 강조했다. 앤더슨은 쿠바와 필리핀에서 일어난 반식민 운동에서 아나키즘과 급진적 민족주의의 제휴가 있었음을 피력하고 있다.[87] 다만 이런 앤더슨의 주장은 상상적 공동체보다는 정동적 공동체의 개념으로 훨씬 잘 설명될 수 있다. 은유적으로 정동적 공동체란 비판적·급진적 사상의 대동맥들이 만날 수 있게 하는 모세혈관과도 같았다. 아나키즘과 급진적 민족주의의 대동맥은 위치가 다르지만 식민지인의 신체적 모세혈관에서 만날 수 있었던 것이다.

아나키즘에 비해 마르크스주의는 식민지 시기에 민족주의와 만날 수 없을 듯 보였다. 그러나 염상섭은 『사랑과 죄』와 『삼대』에서 사회주의자

---

84 박선영, 앞의 책, 247~250쪽 참조.
85 권철호, 「「만세전」과 초기 염상섭의 아나키즘적 정치미학」, 『민족문학사연구』 제52호, 민족문학사연구소, 2013.8, 172~204쪽 참조.
86 여기서의 민족주의는 상상적 공동체를 넘어선 역할을 했다고 볼 수 있다.
87 황종연, 「과학과 반항」, 『저수하의 시간, 염상섭을 읽다』, 130쪽; 베네딕트 앤더슨, 서지원 역, 『세 깃발 아래서』, 길, 2009.

를 주요 인물로 등장시켜 자신의 동반적 여행자[88]의 위치를 과시했다. 염상섭은 마르크스주의의 신봉자는 아니었지만 급진적 민족주의의 근거인 정동적 공동체의 모세혈관[89]에서 마르크스주의 대동맥의 피가 흐름을 발견했던 것이다.

더욱더 흥미로운 것은 마르크스주의 쪽에서도 진보적 민족사상에 다가서는 움직임이 나타난 점이다. 예컨대 마르크스주의자 임화가 1930년대 말 이후에 계급문학에서 민족문학으로 선회하는 움직임을 보인 점은 획기적이었다. 임화는 1939년 문학사 기술을 계기로 사회주의 리얼리즘에 비판적 리얼리즘까지 포함하는 민족문학 개념을 형성하기 시작했다. 이어 해방 직후에는 '조선문학가동맹'의 문학이념을 정립하면서 본격적으로 민족문학론을 주장했다. 임화의 민족문학론은 '인민통일전선론'에 기초해 계급적 개념 대신 인민을 주체로 내세운 유연한 문학론이었다. 이는 노동계급의 해방을 제국주의와 봉건유제로부터의 민족해방과 뗄 수 없는 관계로 본 것이었다. 인민에는 노동자, 농민, 소시민이 포함되며 그중 노동자 계급이 영도성을 지닌다. 그런 인민이 반제와 반봉건, 반자본의 과제를 해결하고 새로운 민족 결성의 중심이 된다는 것이다.[90]

---

88 박선영, 앞의 책, 127~140쪽. 동반적 여행자(fellow travelers)는 트로츠키가 『문학과 혁명』에서 당의 동맹원은 아니면서 혁명을 도운 작가를 포풋츠키(poputchiki)로 지칭한 데서 유래한 용어이다. 이 용어는 1930년대 초에 카프에 의해 동반자나 수반자로 번역되기도 했다. 그러나 염상섭은 그에 앞서 1926년에 보리스 필냑크(동반적 여행자)의 강연을 들은 후 포풋츠키를 자신을 포함한 심퍼사이저로 소개한 바 있다. 따라서 동반적 여행자란 동반자 작가보다 더 포괄적인 의미를 지니며, 염상섭은 동반자 작가로 불리지는 않았지만 카프의 동반적 여행자였다고 할 수 있다.

89 이는 피식민자의 신체의 모세혈관이기도 하다.

90 신두원, 「계급문학, 민족문학, 세계문학—임화의 경우」, 『민족문학사연구』 제21호, 민족문학사연구소, 2002.12, 50쪽.

이런 임화의 민족문학론은 마르크스주의에 급진적 민족사상을 결합시킨 것으로 볼 수 있다. 임화가 자본주의에 대항하는 마르크스주의를 포기한 것은 아니지만 시급한 과제인 반제와 반봉건을 염두에 두고 인민을 중심으로 민족해방을 주장한 것이다. 이는 사회주의 사상을 수행적 차원_{모세혈관}에서 현실의 맥락을 중시하며 변주시킨 것으로 이해된다.

그런 임화의 사상적 기획의 수행적 변주는 문학론의 형태로 제기된 점에서 더 큰 의미를 지닌다.[91] 흔히 문학을 사상의 미학적 부수물로 여기지만 문학이 강조된 이념에는 그 이상의 중요한 의미가 포함되어 있다.[92] 사상은 의례 역사적 주체에 대해 말하지만 문학은 아무리 급진적이라도 고통받는 타자와의 교감에서 시작한다.[93] 『고향』과 『인간문제』에서 보듯이, 사회주의와 결부된 문학도 제국에 의해 폭력적으로 은폐된 타자에게 다가가는 일에서 출발할 수밖에 없는 것이다. 더욱이 해방 직후 같은 불확실성에 직면한 상황에서는 확실성의 신념을 앞세우는 교의적 사상보다는 수행적 과정에서의 물결을 유념해야 했다. 임화가 계급문학 대신 인민의 문학을 주장하면서 문학의 입장에서 사유했다는 것은 그런 수행성을 염두에 두었음을 말해준다. 임화는 염상섭보다 더 정치적인 사상가였

---

91 임화가 문학가였기 때문에 문학론(인민의 문학, 문예통일전선)을 중요하게 표방한 것이지만, 우리가 해방 직후나 1970~1980년대의 사회운동을 민족문학운동으로 기억하는 것은 문학의 특별한 위치를 말해주며, 그것은 당대의 사회운동이 그만큼 수행적 차원에 다가섰음을 반증하는 점이기도 하다.

92 이점은 식민지시대 사회주의 운동에서 문학이 활력을 얻었던 사실에까지 소급해서 말해질 수 있다. 예컨대 식민지시대 진보적 문학을 사상의 부수물이 아닌 '탈중심화된 역사적 블록'('프롤레타리아 물결')으로 보는 관점은 문학이 표현한 수행적 차원의 중요성을 잘 말해준다. 사상의 억압 속에서도 문학이 활력을 얻었다는 사실은, 제국의 폭력에 부딪혀 송곳 같은 집중성을 얻지는 못했어도, 이데올로기적 동원 대신 수행적 물결을 통해 많은 사람들을 연대시켰음을 암시한다. 박선영, 앞의 책 참조.

93 이것이 사상의 기획적 차원과 문학의 수행적 차원의 차이이다.

지만 사회운동을 문학가의 감각으로 접근하며 염상섭 못지않게 수행성에 유념하고 있었다.

임화가 말한 문예통일전선 역시 현단계에서 필요한 수행적 실천에 유념한 전략이었다고 할 수 있다. 임화는 노동자 계급 헤게모니를 중시하면서도 문예통일전선을 위해서는 그것을 전제조건으로 내세워서는 안된다고 말했다. 그는 노동자 계급의 혁명성이 갈수록 강화될 것이지만 인민의 문학이 형성되기 위해서는 수행적 차원에서 전제조건이 될 수 없다고 생각했다.[94] 노동자 계급이 처음부터 혁명성을 지니는 것이 아니라 인민이 주체로 생성되는 과정에서 노동자 위치의 주도권이 드러나게 되는 것이다.

임화는 인민이 주체가 되는 사상을 말했지만 그가 말한 노동자와 농민은 현실에서는 고통받는 타자은폐된 타자였다고 볼 수 있다. 그 때문에 노동자의 혁명성을 미리 앞세우면 민주주의 변혁을 위해 필요한 세력을 결집시키는 문예통일전선이 형성될 수 없는 것이다. 임화의 민족문학론은 사상가그리고 소시민가 하층민노동자 타자에게 다가가 인민노동자, 지식인, 소시민의 동맹의 주체를 생성하는 문학을 주장한 것으로 재해석할 수 있다. 그 과정에서 노동자가 주도권을 갖기 때문에 점차 노동자의 혁명성이 드러나고 동맹자와 수반자의 신뢰도 깊어지는 것이다.

여기서 중요한 것은 그런 방식으로 인민이 '동원된 주체'가 아니라 '생성의 주체'가 될 수 있었다는 점이다. 임화의 인민은 주체로 호명되는 것이 아니라 문학에서처럼 물결을 일으키며 주체성을 생성해가는 존재였다. 계급문학에서 민족문학으로의 선회는 수행적 차원을 중시한 기획이

---

94   임화는 노동자 계급의 혁명성이 수행적 과정에서 밝혀질 것이며 그로 인해 동맹자와 수반자의 신뢰가 깊어질 것이라고 생각했다.

었으며, 그것을 표현한 문학은 진짜로 해방된 세상을 향한 인민의 물결이었다고 할 수 있다.[95] 임화의 민족문학론이 표현한 인민의 물결은 박선영이 말한 식민지시대 '프롤레타리아 물결'의 변주로 볼 수 있다. 두 시기의 유동적 물결의 공통점은 사상의 대동맥을 중시하면서도 그 혈관들이 물결을 일으키며 정동적 공동체의 모세혈관에서 합류할 수 있음을 입증한 점이었다.

이처럼 수행적 차원을 중시하는 사상은 1970~1980년대의 민중적 민족문학론에서도 발견된다. 이 시기의 민족문학론 역시 마르크스주의와 급진적 민족사상이 연합된 형식으로 전개된 것으로 볼 수 있다. 이처럼 이질적일 수도 있는 두 사상이 결합한 것은 운동과 실천을 중시해 현실의 구체적 맥락에 유념했기 때문이라 할 수 있다. 또한 문학이 중요한 역할을 한 것 역시 작품이 표현한 수행적 차원의 민중의 물결이 이 시기의 변혁운동에 중요한 요소였음을 말해준다.

1970~1980년대의 민중적 민족문학은 임화의 인민적 민족문학의 귀환인 동시에 식민지시대의 프롤레타리아 물결의 회귀라고 볼 수 있다. 프롤레타리아 물결이 아나키즘과 사회주의, 급진적 민족주의의 포괄적 연합이었다면, 이후 두 시기의 민족문학은 사상 자체가 접합의 형식을 지닌 특이한 담론적 발명이었다고 할 수 있다. 포괄적 연대로서의 프롤레타리아의 물결은 보다 집중력 있는 해방기의 인민의 물결과 산업화시대의 민중의 물결로 되돌아온 셈이다.

임화의 인민의 문학이 반제, 반봉건, 반자본을 내세웠다면 1970~1980년대 백낙청의 민중적 민족문학은 탈분단[96]과 자본주의적 근대의 극

---

95 만일 인민 대신 노동자 계급을 내세웠다면 날카로움을 얻을 수는 있어도 그 끝은 진짜로 해방된 세상은 아닐 것이다.

복을 강조했다. 또한 인민적 민족문학이 노동자, 농민, 소시민의 연대를 주장했듯이 민중적 민족문학은 노동자, 농민, 진보적 지식인, 소시민의 연대를 내세웠다. 인민의 문학과 민중적 민족문학의 중요한 차이는 1970~1980년대의 산업발전 속에서 노동운동과 학생운동이 활발해진 점을 들 수 있다.

더욱이 1970~1980년대의 민족문학은 프롤레타리아의 물결이나 인민의 물결과는 달리 정치적으로 성공을 거두었다. 그런 성과의 요인으로는 식민지 시기에 비해 정치적 탄압 속에서도 곳곳에 보다 역동적인 틈새공간[97]을 형성한 점을 들 수 있다. 또한 과거의 포괄적 연합과는 달리 민족문학이 주도하는 운동의 집중성이 효과적이었던 점을 말할 수 있다. 그와 함께 무엇보다도 수행적 차원에서 민중의 물결이 대다수 사람들의 호응을 얻은 점을 꼽아야 한다.

수행적 차원의 성과는 식민지시대부터의 특징이었지만 산업화시대에 와서 승리의 원동력으로 더욱 고조되었다. 과거부터의 우리 변혁운동의 특징인 수행적 차원의 승리는 두 가지 측면에서 말해질 수 있다. 먼저 수행성의 승리란 문학적 역동성이 앞세워지면서 사상적 기획이 목적론으로 흐르지 않게 유동성을 부여한 성과를 뜻한다. 사상적 담론은 아무리 진보적이라도 역사적 주체를 호명하면서 목적론으로 향할 수 있는 위험을 지닌다. 그런 호명된 주체와 목적론적 기획은 운동의 참여자 이외에 대다수의 사람들을 움직일 수 없다. 반면에 문학은 주체를 호명하는 대신 은폐된 타자가 존재의 물결을 일으키는 과정을 보여줌으로써 많은 사람

---

96 탈분단의 과제에는 미국 주도 하의 냉전 질서와 신식민지적 상황을 넘어서는 일이 포함된다.
97 문학적 계간지와, 정동적 공론장, 야학, 노학연대 등을 말한다.

들의 심연을 동요시킨다.

또 하나는 식민지시대는 물론 산업화시대에도 지식인이 하층민 타자에게 밀접하게 다가서 있었다는 점이다. 1970~1980년대의 민중적 연대로 노동자, 농민, 지식인, 소시민을 말하지만, 여기서 노동자 중심 못잖게 중요한 것은 지식인과 타자, 중간층와 하층민^{존재자와 타자}의 만남이다. 지식인과 하층민, 존재자와 타자의 교감에 의해서만 민중의 물결 속에서 상징계를 넘어선 실재의 진실에 다가설 수 있는 것이다.

수행적 차원의 승리는 호명된 주체나 목적론적 사상의 함정을 피한 우리 변혁운동의 강력한 특징이다. 교조적 마르크스주의나 민족주의는 흔히 주체를 소환하며 사람들을 동원한다. 당연히 민중적 민족사상 역시 그런 위험에서 자유롭지 않았다. 그러나 '문학의 활발함', 그리고 '지식인과 타자의 접속'은 그런 위험을 넘어서서 실재의 진실을 향한 물결을 일으킬 수 있었다.

실제로 1970~1980년대 문학은 역사적 주체 대신 은폐된 타자를 드러내며 존재의 물결을 일으키는 과정을 보여줬다. 예컨대 「몰개월의 새」는 막장에 몰린 성 노동자와 베트남 군사 노동자의 교감을 통해 독재정권의 죽음정치에 저항하는 생명적 존재의 물결을 일으켰다. 또한 「아홉 켤레의 구두로 남은 사내」는 지식인과 소시민이 하층민^{타자}에게 다가서는 나체화의 순간을 통해 우리의 심연을 동요시켰다.

이런 타자의 위치에서의 존재의 물결은 1980년대의 노동소설에서도 마찬가지이다. 예컨대 노동소설의 최고작 「쇳물처럼」¹⁹⁸⁷과 「내딛는 첫발은」¹⁹⁸⁸은 단지 노동자 계급의 연대를 찬양하는 작품이 아니었다. 이 소설들에서는 가장 소심하고 우유부단한 천 씨와 정식이 주인공으로 등장한다. 이런 설정에서 중요한 것은 변혁운동이 처음부터 혁명성을 지닌 노동자에 의해 이끌어지는 것이 아님을 보여준 점이다. 노동자 계급의 혁명성은 유일한 전제조건이 아니며 타자의 위치에서 변혁의 대열이 형성되는 과정이 보다 더 중요한 것이다.[98]

두 소설에서 유념할 것은 파업과 저항에서 물러선 천 씨와 정식이 단순히 자본가에게 동화된 인물이 아니었다는 점이다. 그들은 가난과 모멸을 견디며 자신의 존재를 지우고 없는 듯이 살아가는 은폐된 타자였다. 두 소설은 아무런 저항력도 없는 은폐된 타자가 불현듯 대열에 가담하는 순간 존재의 물결이 일어나며 능동적 주체가 생성되는 과정을 보여준다. 이런 타자의 위치에서의 존재의 물결은 노동소설과 변혁운동이 이데올로기적 호명이 아니라 존재론적·인식론적 전회의 과정임을 증명하고 있다.

우리는 민중을 노동자 주도의 정체성의 개념이 아니라 타자의 위치에서 물결을 일으키는 생성의 주체로 재해석해야 한다. 그처럼 호명된 주체 대신 물결과 전회를 생성하는 주체만이 대다수의 호응을 얻으며 변혁운동을 성공시킬 수 있다. 민족문학과 변혁운동은 그런 수행적 차원의 승리를 통해 민주화 운동에 성공할 수 있었다.

또 하나 중요한 것은 승리를 얻은 민족문학이 결코 근대 민족 관념에 갇힌 제한된 사회운동이 아니었다는 점이다. 앞에서 살핀 식민지의 민족운동의 특별한 '전복적 전회성'은 민중적 민족문학에도 그대로 적용된다. 즉 우리의 민족문학이 근대적 국민국가(민족국가)의 경계를 넘어 보다 근본적인 전복의 운동이 된 비밀은 정동적 공동체와 연관해 말해질 수 있다. 우리 민족문학은 앤더슨의 상상적 공동체가 아니라 실재계적 물결을

---

98 이점은 임화의 견해와도 같다.

일으키는 정동적 공동체에 근거한 변혁운동이었다. 정동적 공동체는 타자의 위치에서 존재의 물결을 일으키는 실재계적 진실의 근거이다. 민중적 민족문학 역시 민중과 민족을 앞세우면서도 영웅적 주인공보다는 은폐된 타자의 위치에서 운동의 주체를 생성하기 위해 물결을 일으키며 출발한다. 그 때문에 민족문학은 민족과 민중의 해방에 유념하면서도 미리 주체를 소환하지 않고 타자의 위치에서 동일성 체제를 뒤흔드는 것을 핵심적 과정으로 한다. 여기서는 또 다른 동일성^{민족 관념}으로 환원되는 과정은 처음부터 배제된다. 이처럼 민족문학을 민족 주체의 소환 대신 정동적 공동체에서 물결을 일으켜 주체를 생성하는 진행으로 보면, 민중적 민족운동의 과정은 실재계적 타자성의 힘으로 좁은 민족 관념^{상징계, 상상계}을 넘어설 수 있다.

그런 열린 수행성의 승리[99] 역시 이미 언급한 두 가지 측면과 연관이 있다. 즉 문학이 중심이 된 특징과 지식인과 타자의 다가섬의 문제이다. 그 두 측면은 이제까지 말해지지 않은 비밀, 즉 정동적 공동체를 역동적으로 작동시키는 요인이기도 하다. 지금까지의 민족운동과 민중운동의 딜레마는 사상적 기획의 차원에 제한된 논의에서 기인된 것이었다. 그러나 민족문학은 역설적으로 민족의 지평을 넘어선 민족운동으로 수행성의 승리를 얻을 수 있었다. 민중적 민족사상이 경화된 상징계를 거부하는 변혁운동의 대동맥이었다면 정동적 공동체는 실핏줄처럼 실재계에 퍼져 있는 그물망이었다고 할 수 있다. 모세혈관에 혈액이 흐르며 사람들의 신체를 움직였기 때문에 열린 세상을 향한 민중적 민족운동의 승리가 가능했던 것이다. 그것은 민족의 자주성을 중시하되 타자^{민중}의 위치에서 좁은

---

99 좁은 민족 관념을 넘어서는 유동성을 말한다.

민족의 지평을 넘어서는 열린 실재계적 공동체의 승리였다.

이제 민족문학의 성취에 대한 온당한 평가를 위해서 과감한 전환이 필요하다. 즉 사회운동을 사상과 물결의 결합으로 보고, 그에 근거한 수행적 차원의 승리를 중시할 때, 민족운동이 자기 자신의 지평을 넘어 **정동적 공동체의 승리**로 입증되는 비밀을 인정할 수 있다. 식민지시대 민족사상이 알려진 지평을 넘어섰듯이 1970~1980년대의 민중적 민족운동 역시 표상할 수 있는 (한정된) 차원을 넘어서서 움직이고 있었다. 그것의 근거인 정동적 공동체는 민족운동의 대동맥에 생명성을 부여하는 모세혈관인 동시에 좁은 민족적 상징계로 환원될 수 없는 탈경계적인 실재계적 연대망으로 작동되고 있었다.

프롤레타리아의 물결의 일부	
김호산, 권구현	카프문학
아나키즘	마르크스주의

인민, 민중의 물결
임화, 1970~1980년대 민족문학
민중적 민족사상

7. 포스트모더니즘과 마르크스의 유령, 정동정치

1990년대 이후 신자유주의의 정동의 식민화는 지식인과 타자의 만남을 결렬시키는 방식으로 진행되었다. 그로 인한 타자의 추방은 『마지막 지식인』러셀 저코비이 암시하고 「벌레들」김애란이 명료화시킨 **존재론적 젠트리피케이션**의 형태로 나타났다. 존재론적 젠트리피케이션이란 철거로 인해 쫓겨난 하층민 타자를 지식인과 중간층의 내면에서 다시 한번 추방하는 것을 말한다. 거기서 발생한 정동적 공동체의 위기는 존재의 물결의 약화와 함께 오늘날의 변혁운동을 위축시킨 직접적인 원인이 되고 있다. 정동적 공동체의 모세혈관에 산 혈액이 흐르지 않게 됨으로써 진보적 변혁의 사상은 지식인의 은거와 함께 서재의 책갈피로 숨어들게 된 것이다.

그처럼 오늘날의 사상의 위기는 존재론적 젠트리피케이션에 의한 실재계적 모세혈관^{정동적 공동체}의 상실에 원인이 있다. 그동안 비판적 사상과 대서사의 위기에 대해서는 많은 이론가들의 다양한 진단과 처방이 내려졌다. 그러나 그들이 놓치고 있는 것은 사상가와 타자가 만나는 틈새 공간과 정동적 공동체라는 모세혈관의 해체이다. 이제 20세기 말 이후의 여러 논의들과 우리의 관점 사이에는 어떤 차이가 있는지 살펴보자.

리오타르는 20세기 말 이후의 사상의 무력화가 '대서사에 대한 불신'이자 '포스트모던의 조건'이라고 말했다. 대서사란 메타 담론을 통해 근대 과학을 정당화하며 윤리적·정치적 목적을 지향하는 서사를 말한다. 오늘날 그런 대서사의 시대가 끝난 것은 새로운 포스트모던 과학이 지식을 컴퓨터 언어로 만들며 사회의 컴퓨터화를 초래했기 때문이다. 컴퓨터화된 사회에서는 지식이 자본주의 경제체제에 편입되기 때문에 과거의 사상^{그리고 대서사}이 설 자리가 없어진다. 리오타르는 자본주의 전체를 비판하는 사상 대신 체계 자체에서 체계를 넘는 미결정적 배리^{paralogism}[100]를 새로운 정당화 방식으로 주장한다. 이런 논의는 부분적인 타당성을 지니면서도 '배리'에 자본주의 비판을 포함시키지 않는 한 또 다른 무용성을 낳는 한계를 드러낸다.

---

100 리오타르, 유정완·이삼출·민승기 역, 『포스트모던의 조건』, 민음사, 1991, 117·149~164쪽.

흥미로운 것은 리오타르가 말한 대서사의 무력화와 함께 탈근대 사상 및 탈구조주의가 성행하기 시작한 점이다. 흔히 리오타르의 '포스트모던의 조건'과 탈근대적 탈구조주의가 서로 혼돈되는 착시를 일으키는 것은 그 때문이다. 하지만 엄밀히 말해 다양한 탈구조주의의 전개는 리오타르의 시대적 진단의 오류와는 큰 연관성이 없다.

데리다, 푸코, 들뢰즈 같은 탈구조주의자들은 직선적인 역사주의를 비판하는 니체의 사유에서 강렬한 영감을 얻었다. 미래에 대한 신념을 말하는 사상들이 불신받는 시대에 모든 형이상학을 비판하는 니체주의는 대안으로 여겨졌다. 데리다의 해체론은 니체의 토대주의 비판의 연장선상에 있으며, 푸코의 권력의 계보학은 니체의 용어를 직접 차용한 것이었다. 또한 들뢰즈의 '반복'이란 니체의 영원회귀 사상의 현대적인 재해석이다. 탈구조주의는 리오타르를 넘어서 미시적 차원의 비판의식을 포함하기 때문에 이론적인 활력을 얻을 수 있었다. 이 도전적인 철학은 토대주의를 비판하는 과정에서 다양한 미시이론을 창안함으로써 자본주의적 미시권력의 비판에서 유용한 신무기가 되었다.

이처럼 탈구조주의는 미시권력에 대한 첨단의 무기가 되었지만 옛 비판 사상의 대안이 될 수는 없었다. 미시적으로 변화된 자본주의가 여전히 거대한 몸체를 갖고 있기 때문에, 탈구조주의의 미시이론에는 어떻게든 거시적 사상이 접합되어야 하는 것이다. 진보적 사상은 아직도 유효하며 미시권력에 대처하기 위해 탈구조주의적 참조사항을 보충해야 할 뿐이다. 사상의 무력화는 유효기한_{리오타르} 때문이 아니라 상부구조마저 자본화하며 정동을 식민화하는 미시권력에 원인이 있다고 할 수 있다.[101] 그런

---

101 급진적 사상의 공격을 받은 자본주의는 인지와 소통 영역에서 사상을 움직이는 정동을 식민화해 사상들이 책갈피로 숨어들게 만들었다. 오늘날 리오타르가 지적한 사회의 컴

인지와 소통 영역의 정동적 식민화는 자본주의의 폭주와 확장에 의한 것이기 때문에 옛 사상의 자본주의 비판은 여전히 유효한 셈이다.

새로운 정동의 식민화는 마르크스의 자본주의 비판이 무용해진 것이 아니라 정동의 영역까지 확장되어야 함을 암시한다. 후쿠야마는 『역사의 종말』에서 마르크스에 대한 진혼곡을 울리며 약속의 땅과 매혹의 행선지를 선전했다. 그러나 매력적인 자본주의 열차가 견제 없이 폭주하면 정동의 영역까지 점령함으로써 활력을 잃은 디스토피아적 사회를 만들게 된다. 신자유주의 화려한 캐슬 사회에서는 차별과 불평등의 심화로 인해 마르크스의 유령이 다시 나타나지 않을 수 없었다. 데리다가 말했듯이, 마르크스에 대한 만가挽歌가 불리는 시대에도 『햄릿』에서처럼 애도가 불가능한 상황 때문에 마르크스의 유령이 다시 출몰하게 된 것이다.[102] 『햄릿』에서 선왕의 유령이 자신을 살해한 체제의 변화를 원하듯이, 마르크스의 유령은 사회주의를 매장한 자본주의적 폭주에 변혁을 요구하고 있다.

우리는 '마르크스의 유령(들)'의 출현을 마르크스 사상의 창조적 변주와 귀환으로 재해석해야 한다. 마르크스의 유령은 제임슨의 말처럼 대서사가 무의식그리고 정동의 차원에서 작동되고 있음[103]을 알리며 돌아왔다. 무의식과 정동의 차원에서 대서사가 작동되고 있다는 것은 체제나 저항에서 메타 담론이 미시이론과 손을 잡았다는 뜻이다. 이제 자본주의체제가 무의식을 식민화하는 미시권력이 되었기 때문에 마르크스의 유령은 옛 사상저항이 미시적 탈구조주의와 결합하며 회귀하게 만들었다.

구체적으로 '마르크스의 유령의 귀환'에는 마이클 라이언의 문화이론,

퓨터화는 인지와 소통 영역을 자본화하고 상품화하는 데 기여하고 있을 뿐이다.
102　데리다, 양운덕 역, 『마르크스의 유령들』, 한뜻, 1996, 11~32쪽.
103　제임슨, 「『포스트모던의 조건』에 관하여」, 리오타르, 앞의 책, 18쪽.

네그리의 자율주의^{아우토노미아 운동}, 라클라우의 민중 헤게모니론 등이 있다. 떠도는 유령에 살아 있는 신체를 부여한 신사상들은 모두 마르크스주의와 탈구조주의를 창조적으로 결합시킨 이론들이다. 그렇다면 도전적인 신이론들은 '우리가 모르는 세계'에서 월러스틴의 난제를 뚫고 '사상을 넘어선 사상'으로 활약할 수 있을까.

라이언은 마르크스주의와 해체론을 결합하며 혁명적인 탈구조주의 문화형식의 생성을 주장했다. 새로운 사회는 물질적 토대^{마르크스주의}와 사고^{비판적 합리주의}를 직접 바꾸는 일로는 성취되지 않는다. 그보다는 물질성과 사고를 연결하는 새로운 탈구조주의적 문화형식들을 끊임없이 창조해 나가야 한다. 탈구조주의적 문화형식들은 구조주의를 넘어서서 체제^{구조}를 변화시키는 구조 너머의 힘^{force}을 부단히 생성한다. 라이언의 문화이론은 자본주의에 대항하며 구조적으로 고착된 헤게모니 권력^{문화권력}에 맞서는 탈구조주의적 힘을 강조하고 있다. 마르크스주의는 라이언의 탈구조주의적 변주에 의해 한 번의 혁명에서 끝없는 문화적 진지전으로 변용되었다. 마르크스의 사상 자체가 수행적 차원을 중시한 사유이지만 라이언은 변화된 신자유주의의 미시권력에 맞춰 문화적 차원에서의 끈질긴 저항을 강조한다.

그러나 라이언의 한계는 구체적인 문화적 맥락의 투쟁을 강조하면서도 변화된 현실에서 새로운 연대의 원리를 말하지 않은 점이다. 그에 반해 네그리와 라클라우는 투쟁의 영역이 총체화할 수 없게 확장된 현실에서 어떻게 다시 연대를 회생시킬지 답변을 주고 있다. 네그리의 다중과 라클라우의 민중 헤게모니는 '프롤레타리아'^{마르크스}와 '당'^{레닌}을 대체한 새로운 변혁의 주체에 대한 논의이다.

네그리의 자율주의와 다중의 혁명은 마르크스주의에 스피노자와 들뢰즈를 결합시킨 이론이다. 네그리가 주목한 것은 확대된 자본의 '사회적 공장'과 '인지·소통·정동 영역의 상품화'이다. 그는 그런 변화에 새롭게 대응하기 위해 과거의 민중^{people} 대신 다중^{multitude}을 변혁의 주체로 내세운다. 민중이 사회적 차이들을 하나의 정체성으로 종합한다면 다중은 동일성으로 환원될 수 없는 특이성^{singularity}의 연대이다.[104] 다중은 계급·인종·젠더 영역을 횡단할 뿐 아니라 다양한 소수자들을 모두 포괄할 수 있는 개념이다. 다중이 과거의 집합적 주체와 다른 것은, 개인이 연대해 집단이 되는 것이 아니라 서로 연대하는 순간 특이성^{차이}의 주체가 된다는 점이다. 특이성의 연대는 일자^{동일성}로 환원되지 않는 다수성의 정치적 실존 형태로서 스피노자의 다중 개념에 근거를 두고 있다.[105] 다중을 이루는 개체들은 공통의 요소와 정동을 교류하는 순간 특이성으로 고양되며 연대를 생성한다.

민중 대신 다중이 변혁의 주체가 된 것은 일상으로 확대된 자본의 삶권력에 대응하는 정치^{삶정치}가 필요하기 때문이다. 마르크스는 인식론을 중시했지만 소통과 정동의 영역에서 삶권력에 대응하는 정치는 매우 존재론적인 투쟁이다. 네그리는 인지·소통·정동 영역의 노동이 잔혹한 모멸과 소외를 만들면서도 긍정적인 사회적 변혁을 위한 강력한 잠재력을 지닌다고 말한다. 즉 삶권력 자체에 역설적으로 저항의 기제가 내재하는 것이다. 이제 공장에서의 프롤레타리아의 투쟁은 삶권력 영역에서의 다중의 연대로 전이되었다. 더욱이 삶권력 영역의 노동들은 단지 경제적인 것에 국한되지 않기 때문에 직접적으로 새로운 문화적·정치적 힘을 생산하며 삶정치로 전환될 수 있다.[106]

104 안토니오 네그리, 조정환·정남영·서창현 역, 『다중』, 세종서적, 2008, 135~136쪽.
105 빠올로 비르노, 김상운 역, 『다중』, 갈무리, 2004, 38·250~262쪽.

그러나 네그리는 다중이 연대하려면 사회 전체에 만연된 '정동의 식민화'를 극복해야 함을 간과한다. 특이성의 연대는 저절로 실행될 수 있는 것이 아니라 하층민은 물론 일상의 사람들까지 예속화하는 정동권력에서 벗어날 때 비로소 가능해진다. 네그리는 삶권력 영역의 노동에서 긍정적인 잠재력을 보지만 현실은 오히려 정반대이다. 〈다음 소희〉^{정주리 감독}에서 보듯이 정동 노동자야말로 사회가 잘 순항하고 있다는 환상을 만들기 위해 자신의 감정과 존재를 훼손시켜야 하는 위치이다. 과거의 노동자들은 착취에 시달리면서도 벌거벗은 얼굴로 호소하며 민중의 물결을 만들 수 있었다. 반면에 정동의 상품화는 벌거벗은 얼굴을 추방함으로써 고통받는 타자가 90%들과 교감하며 윤리적으로 반격하는 일을 불가능하게 만들었다.

그런 맥락에서 정동권력에 맞서기 위해 실천적인 민중적 이성과 정동을 강조하는 것이 라클라우와 무페의 헤게모니론이다. 무페는 신자유주의에 대항해 다양한 영역을 관류하는 헤게모니를 만들기 위해 공통적인 정동^{에로스}에 근거한 연대가 필요하다고 주장한다.[107] 라클라우 역시 같은 맥락에서 총체화할 수 없도록 넓어진 주체 위치들을 접합하기 위한 민중 헤게모니론을 강조한다.

라클라우는 네그리가 구체적 현실에서의 갈등과 대립을 축소시키고 단순화된 공통요소에 근거해 실현성이 낮은 운동을 말한다고 비판한다.[108] 반면에 민중 헤게모니론은 현장의 실천을 중시하며 과거의 총체성

---

106 네그리, 앞의 책, 100쪽.
107 샹탈 무페, 이승원 역, 『녹색민주주의 혁명을 향하여』, 문학세계사, 2023, 56~57쪽.
108 어네스토 라클라우, 강수영 역, 「민중주의적 이성에 관하여」, 슬라보예 지젝 외, 『전쟁은 없다』, 인간사랑, 2011, 67~68쪽.

을 대신해 다양한 주체 위치들을 결집시키는 대안이다. 예전의 프롤레타리아와 민중은 총체적 인식이 가능한 위치에서 변혁운동의 중심으로 움직였다. 반면에 라클라우의 민중은 텅 빈 기표로 작동되며 인종, 젠더, 환경 영역들과의 중층결정적인 의미작용 속에서 다양한 사람들을 결집시킨다. 라클라우는 이런 새로운 헤게모니적 접합을 민중 총체성 대신 부재원인으로서의 총체성, 즉 대상 a의 논리^{라캉}로 설명한다.[109] 라클라우의 대상 a의 도입은 변혁이론에서의 혁명적이고 획기적인 제안이다. 그는 굳건한 총체성의 주체 대신 대상 a의 논리를 통해 신자유주의의 미시권력에 맞서는 복잡한 과정을 논의한다.

대상 a의 논리는 현실^{상징계}에 총체성이 부재한 대신 실재계적 대상 a의 위치에서 (상징계의) 다양한 기표들과 교섭하며 텅 빈 총체성을 재작동시켜 준다. 아무런 특권도 없는 민중을 헤게모니의 빈 중심에 두는 것은 현장에서 구체적인 전략이 필요하기 때문이다. 여기서 민중은 지배자의 반대편에 있는 사회적 타자라는 뜻 이상의 의미를 지니지 않는다. 라클라우는 자본과 권력의 희생자들을 결집시키기 위해 민중의 기표^{텅 빈 기표} 아래 사람들을 다시 한번 끌어모으려는 것이다.

라클라우의 민중 헤게모니론은 민중이 사라진 시대에 마지막으로 민중의 기표를 재작동시키려는 시도이다. 문제는 라클라우 방식의 민중의 회생조차 힘들 정도로 신자유주의적 현실 이 악화되어 있는 점이다. 그런 상황에서 네그리가 다중의 잠재력을 과신하듯이 라클라우는 민중의 대상 a의 논리를 너무 쉽게 낙관한다. 라클라우는 민중 주체의 저항력 대신 심연의 대상 a의 작동이 중요함을 깊이 이해했지만, 대상 a를 침전시켜 연

---

109 라클라우의 대상 a의 논리는 무폐의 공통의 정동 에로스의 강조와 비슷한 맥락을 갖고 있다.

대 자체를 불가능하게 하는 것이 새로운 정동적 자본주의임을 간과한다.

신자유주의적 현실에서 민중은 결코 스스로 대상 a를 작동시킬 수 있는 위치가 아니다. 민중이 지난한 생성 과정을 필요로 하는 점은 비단 우리시대 뿐 아니라 변혁운동의 황금기에도 마찬가지일 것이다. 그러나 그때에는 모두의 가슴속에 대상 a가 뚜렷했기 때문에 사람들지식인과 중간층은 곧바로 하층민에게 다가서며 민중 주체를 생성할 수 있었다. 그런 상황에서 사상가들은 대상 a 논리를 앞세우지 않은 채 민중 주체의 물결을 강조할 수 있었던 것이다. 이제 민중적 총체성이 불가능해진 현실에서 라클라우는 (제임슨처럼) 과거와 달리 우리에게 필요한 것은 역사적 주체가 아니라 대상 a의 작동임을 간과한다.[110] 하지만 대상 a 자체를 침전시키는 신자유주의는 총체성 대신 대상 a를 강조하는 라클라우의 민중 재작동 기획조차 딜레마에 부딪히게 만든다.

네그리와 라클라우가 놓치고 있는 것은 사상운동의 수행적 과정의 중요성이다. 변혁운동의 수행적 과정에서 대상 a가 작동되려면 지식인그리고 중간층과 타자가 존재론적으로 다가서 있어야 한다. 존재론으로 다가서 있다는 것은 심연의 대상 a를 작동시킬 수 있다는 뜻이다. 그처럼 대상 a가 작동되며 존재의 물결이 일어나야 사상의 프로젝트가 실행력을 발휘할 수 있는 것이다.

고통받는 타자의 위치에서 존재의 물결이 일지 않는다면 민중은 물론 다중 역시 운동의 주체가 될 수 없다. 존재의 물결은 타자의 정동적 초대에 지식인과 중간층이 응답할 때만 생성된다. 그런 진행에서 소수자와 하층민이 주도권을 갖기 때문에 수행적 과정에서 운동의 전면에 앞장서게

---

110 라클라우는 총체화할 수 없는 편폭이 넓어진 지형도를 강조하지만 대상 a의 논리는 주체의 **생성 과정**을 중시하는 의미를 아울러 지니고 있다.

되는 것이다. 그러나 처음부터 하층민과 소수자에게 혁명성을 부여하면 운동이 시작되기 어려우며 민중의 물결은 생성되지 않는다. 지식인이 타자에게 응답하는 과정, 그리고 수행적 존재의 물결은, 사상이 운동하며 민중의 물결을 이루는 과정과 표리를 이루고 있다. 그런 맥락에서 오늘날 민중의 물결이 사라졌다는 것은 지식인과 타자, 중간층과 하층민이 만날 수 없도록 멀어졌다는 뜻이다. 그와 연관된 타자의 추방과 사상가의 은거야말로 우리시대가 직면한 우울한 사회적 증상[111]일 것이다.[112]

마르크스의 유령에 홀린 사상들이 공산주의 유령의 사상과는 달리 확실성의 신념을 주지 못하는 것은 그 때문이다. 마르크스는 공산주의 유령이 나타났을 때 혁명을 통해 유령과 현실성 사이의 간극을 돌파하려 했다.[113] 그와 비슷하게 네그리와 라클라우는 마르크스의 유령과 현실성 사이의 간격을 탈구조주의적 혁명으로 넘어서려 했다. 그러나 1848년에는 지식인과 사회적 타자가 다가서 있었지만 지금은 젠트리피케이션에 의해 절망적으로 멀어져 있다.[114] 네그리와 라클라우, 무페는 예외적으로 타자에게 접근해 있으나 정동권력은 그들의 의지와는 상관없이 존재론적 젠트리피케이션의 사회를 만들고 있다.

마르크스의 유령이 공산주의 유령만큼 예리한 무기를 만들지 못하는 것은 정동적 절벽을 만든 존재론적 지형도 때문이다. 네그리와 라클라우의 기획이 확실성의 신념이 되려면 사상의 정교함뿐 아니라 정동권력그리

---

111 타자의 추방과 지식인의 침묵에 의한 '정동적 고요함'은 신자유주의가 만들어 낸 자본주의의 제2의 증상일 것이다. 나병철, 『정동정치와 언택트 문학』, 문예출판사, 2023, 142~145쪽.
112 이런 존재론적 지형도의 변화 원인에 대해서는 2장 3절과 6장에서 설명할 것임.
113 데리다, 양운덕 역, 앞의 책, 73쪽.
114 마르크스의 유령이 공산주의 유령과 구분되는 또 다른 점은 당대 하층민(타자)의 위치에서의 유령이 아니라 지식인의 유령이라는 점이다.

^{고 존재권력}의 절벽에 맞서 존재론적 물결이 귀환해야 한다. 오늘날에는 사상의 재발명과 함께 존재론적 강제 철거^{젠트리피케이션}에 대응해 물결을 일으키는 정동정치가 필요한 것이다.

　과거의 사상이 인식론적 혁명이었다면 정동정치란 사상을 회생시키기 위한 정동적 혁명이다. 마르크스는 자본주의적 착취가 심화된 시대에 거리에서 공산주의의 유령을 목격했다. 그러나 오늘날에는 불평등성이 악화되었어도 거리의 유령이 침묵하는 대신 스크린과 소설책에서 정동적 유령이 출몰하고 있다. 스크린의 유령은 불길한 정동을 퍼뜨리지만 공산주의 유령과 달리 연대감을 상실한 존재이다. 공산주의 유령은 혁명적 실행력을 유발했기 때문에 네그리와 라클라우는 마르크스의 유령과 만나며 또 한 번 혁명을 기대했다. 그러나 신사상의 모험 속에서도 공산주의 유령은 재출몰하지 않았고 감성적 배신감에 젖은 정동적 유령이 대신 배회하고 있다. 다만 어둠 속의 정동적 유령은 윤리적 본능^{순수욕망}의 최종 잔여물을 통해 90%들이 멀어진 채 다시 한번 다가서게 호소하고 있다. 〈오징어 게임〉의 마지막 장면에서 성기훈^{이성재 분}의 불길한 얼굴은 노동운동의 헤게모니 대신 심연의 정동적 혁명을 요구하고 있다.

　정동적 혁명이란 두레박이 닫지 않는 우물처럼 멀어진 심연의 샘물^{대상 a}을 퍼올리는 90%들의 운동이다. 정동적 혁명은 문화운동을 중시하지만 헤게모니와는 달리 계급 혁명보다는 대다수 사람들의 (대상 a와 연관된) 정동적 전회[115]를 앞세운다. 공산주의 유령이 정동적 유령으로 대체되면서 오늘날의 권력과 변혁운동의 관계는 대상 a를 둘러싼 전쟁이 되었다. 여

115　정동적 전회는 사회를 변화시키기 위해 정동적 차원의 도약을 시도하는 것을 말하지만, 여기서는 능동적 정동을 고양시키는 존재론적 전회, 즉 상징계·상상계에서 실재계로의 전회를 일으키는 일을 나타낸다.

기서 대상 a는 민중을 환유하는 논리라클라우가 아니라 존재의 물결을 일으키라는 순수욕망의 충동이다. 대상 a를 침전시키는 정동권력의 시대에는 대상 a를 회생시키는 정동정치가 반드시 발명되어야 한다. 우리시대의 대상 a의 회생은 마르크스의 인식론에 존재론적 정동의 혁명을 결합시킬 것을 요구하고 있다. 그동안 우리가 잊고 있었던 것은 인식론적 정치를 위해 꼭 필요한 존재론적 혁명의 물결이다. 그런 존재론적인 정동적 혁명의 순간, 지식인과 하층민, 존재자와 타자가 떨어진 채 다가서며 다시 한번 물결을 일으키게 된다.

우리시대의 정동적 혁명은 문학과 대중문화, 다양한 매체에 의한 끈질긴 비정규전으로 촉발될 수 있다. 그것은 존재론적 젠트리피케이션에 의해 사라진 틈새 공간을 회생시키는 일로 시작될 수 있다. 틈새 공간의 회생은 지식인과 하층민, 존재자와 타자를 다시 한번 가깝게 다가서게 해준다. 그런 방식으로 또 한 번의 존재의 물결과 정동적 전회의 운동을 일으키는 것이다.

스피노자가 정동과 이성의 합체를 말했듯이 정동정치는 단지 감성적 전회가 아니라 사상의 귀환을 염두에 두고 있다. 문화적 비정규전은 사상의 본진이 거대한 자본주의를 둘러싼 학익진을 만들게 하는 선차적 돌격대이기도 하다. 진지전인 동시에 기습적인 유격술인 정동정치의 순간은 추운 서재의 사상들이 동면에서 깨어나 물결에 합류하게 하는 시간이기도 하다. 정동적 전회는 쓰러진 사람들을 일으켜 세워 물결을 생성하며 낡은 사상들에 최종병기의 화살촉을 끼워준다. 우리는 사상들을 현장으로 불러내기 위해 정동정치의 물결이 절박한 시대에 살고 있다. 정동적 존재의 물결이 일어날 때 존재론적 젠트리피케이션에 저항하며 다시 한번 비판적 사상을 송곳 같은 현장의 무기로 불러낼 수 있을 것이다. 그

때야만 월러스틴의 난제를 넘어서서 능동적 정동의 귀환과 함께 유연한 '사상 이후의 사상'의 시대가 열릴 것이다.

제2장

존재의 물결과
타자의 문학

1. 근대성 신화의 해체 '존재의 빛'에서 '존재의 물결'로

근대적 사유들은 밤하늘의 별자리 같은 은총의 총체성 대신 인간이 만든 해방된 유토피아를 지향한다. 그런 해방의 사유 중에서 사회 체제의 모순을 인식하고 더 좋은 세계로 나아가려는 것이 인식론적 사상이다. 반면에 존재론이란 무규정적인 실재계물 자체의 위치에서 경직된 상징계체제에 의해 존재가 왜곡된 사람들을 해방시키는 것이다.[1]

새로운 세상을 위해 전력한 마르크스와 루카치의 인식론에는 이미 존재론적 저항이 동반되고 있었다. 그 이유는 해방된 세상으로 나아가기 위해서는 근대성 신화의 희생자인 고통받는 타자의 위치에서 사유해야 했기 때문이다.[2] 타자의 위치는 실재계를 둘러싼 모험이라는 존재론적 문제를 배태시킨다. 근대 사회의 모순된 상황에는 자본주의적 착취와 함께 근대성 신화가 야기한 어둠 속의 (실재계적) 타자의 문제가 놓여 있었다. 그 때문에 자본주의에 저항하는 사상이 실천되는 과정에는 실상 타자와 연관된 지난한 존재론적 저항이 함께하고 있다.

존재론적 저항은 오늘날의 화두이지만 그것의 중요성은 사상의 시대인 근대세계 전체에 해당된다. 다만 루카치와 다른 우리의 새로운 문제 제기는 착취로 인한 존재론적 소외만큼이나 은유적 젠트리피케이션의 폭력이 중요했음을 논의한 점이다. 민중에게 다가섰던 염상섭과 조세희가 비슷하게 '쫓겨난 타자'에게 관심을 가진 것은 우연이 아니다. 그들에

---

1   여기서는 동일성 체제(상상계·상징계)에 의해 억눌렸던 존재자들이 실재계로 전회하는 과정에서 '생성의 존재론'이 나타난다.
2   예컨대 루카치는 『사회적 존재의 존재론』에서 자본주의 사회에서 소외된 노동자가 실천을 통해 능동성을 얻는 방법으로 마르크스주의적 존재론을 주장했다. 루카치, 정대성·이종철 역, 『사회적 존재의 존재론』 3·4, 아카넷, 2018 참조.

게는 공장에서의 착취 못지않게 타자를 내쫓는 젠트리피케이션이 사회적 폭력의 은유였던 것이다. 더욱이 그런 문제의식은 근대성 신화의 희생물이었던 우리의 역사에서 한층 증폭되었다. 우리에게는 노동자를 착취하는 사회모순 이상으로 하층민을 내쫓고 민중을 인간-동물로 강등시키는 문제가 핵심적이었던 것이다. 신자유주의의 존재론적 젠트리피케이션과 식민지 및 독재시대의 젠트리피케이션에는 차이가 있지만[3] 모두 존재론의 문제와 연관이 있음은 틀림없다.

존재론적 문제가 중요한 것은 젠트리피케이션이 암시하듯이 신문명의 건설 과정과 존재론적 파탄이 동시적이기 때문이다. 다만 경제적 착취의 문제는 자주 제기되지만 존재론적 파탄의 문제는 쉽게 잊혀진다. 그 이유는 근대성 신화 자체가 문명의 건설과 존재론적 망각이라는 양면을 지니고 있기 때문이다.

그런 존재론적 망각의 문제를 최초로 주목한 철학자는 하이데거였다. 하이데거는 근대문명과 기술의 발전이 인간을 고립된 존재자의 차원으로 하락시켜 존재의 진리를 망각하게 한다고 비판했다.[4] 그러나 그의 존재론은 핵심적 문제의식을 지니면서도 보다 심각한 존재론적 폭력의 문제에 대응하는 데는 한계가 있었다. 그 이유는 하이데거의 철학이 '존재망각'을 말하면서 그 문제가 '쫓겨나는 타자'와 연관이 있음을 유념하지 않았기 때문이다. 하이데거는 진보적 사상가와 달리 존재론적 문제가 단

---

3   식민지적 젠트리피케이션에도 존재론적 폭력이 작용하지만, 그럴수록 지식인이 배제된 타자에게 다가섰기 때문에, 지식인과 타자를 결별시키는 신자유주의의 존재론적 젠트리피케이션의 상황과 구분된다.
4   근대인은 개개의 존재자만 파악하고 존재자가 '존재자의 존재'에 의해 현시됨을 망각한다. 하이데거는 서양의 형이상학적 존재론이 존재 대신 존재자를 다루었을 뿐 아니라 그런 존재망각이 근대의 기술사회에서 극에 달했다고 논의한다. 이정우, 『세계철학사』4, 길, 2024, 382쪽.

지 경제적으로 착취받는 계층의 문제만이 아님을 날카롭게 간파했다. 그러나 그는 반대로 사회 전체의 존재론적 파탄이 소외된 타자의 억압과 추방에서 필연적으로 시작됨을 유의하지 못했다. 그처럼 근대성의 현장에서 추방된 타자의 문제를 간과하면 존재론은 또 다른 형이상학에 빠질 위험에 처한다. 그런 맥락에서 우리는 먼저 하이데거의 존재론적 문제 제기를 살펴보고, 이어 그의 한계를 넘어서는 레비나스와 두셀의 방법을 검토할 것이다.

20세기 초반에 근대문명의 신화에 대항하기 위해 새로운 존재론을 처음 제기한 것은 하이데거였다. 서양의 토대주의나 주체 철학은 근대에 이르러 자기중심적 동일성 체제를 구축하는 근거가 되었다. 여기서 생겨난 것이 배타적 민족주의와 제국주의이며 그로 인해 식민지 경영과 세계대전이라는 재앙이 빚어졌다. 하이데거는 제1차 세계대전 이후의 허무와 불안에서 벗어나기 위해 『존재와 시간』이라는 새로운 현대적 존재론을 제기했다. 그는 서양철학과 근대문명이 자기중심적인 위치에서 다른 존재자들을 목적의 성취를 위한 도구로 이용한다고 비판했다. 이런 세계에서 점점 심화되는 것은 존재자들의 이면에 있는 존재의 진리에 대한 망각이다.

하이데거는 데카르트의 '나는 생각한다. 그러므로 존재한다'를 비판하면서 존재의 진리에 대한 물음을 제기한다. 데카르트는 의식의 주체를 철학의 건축을 위한 확실성의 토대로 삼기 위해 이 명제를 주장했다. 그러나 하이데거는 데카르트가 나의 의식에만 초점을 맞춰 존재에 대한 질문을 빠뜨렸다고 비판한다.[5] 의식의 확실성은 외부의 다른 사물과 분리됨

---

5   서동욱, 『타자철학』, 반비, 2022, 102쪽; 하이데거, 이기상 역, 『존재와 시간』, 까치, 1998,
     71~72쪽.

을 전제로 하며, 거기서 얻은 확실한 의식의 주체에 근거해 세계를 대상으로 인식하는 근대 철학이 탄생했다. 하지만 데카르트가 확실하다고 생각한 존재_{의식의 주체}란 실상 현존하는 존재자이지 하이데거가 주목하는 존재가 아니다. 이처럼 존재에 대해 탐구하지 않고 고립된 인간 주체에 특권을 부여함으로써 다른 존재자들을 '목적된 체계의 지시대상'으로 보는 세계가 만들어졌다.[6] 그와 달리 존재의 진리는 목적을 중심으로 구조화되는 것이 아니라 전체적인 의미 연관을 이루고 있는 존재자들과의 사이에서 나타난다. 데카르트가 말한 '존재' 역시 특권화된 의식의 주체가 아니라 전체 세계 속에서 다른 존재자들과의 의미 연관 속에 놓여 있다.

하이데거의 비판은 데카르트가 범한 존재 망각에 관한 것이다. 즉 데카르트는 이미 맺고 있는 다른 존재자들과의 의미 연관을 무시하고 의식의 주체_나를 분리시켜 목적에 맞는 체계에 존재자들을 위치시킨다는 것이다. 이런 유아론과 주체중심적 철학은 사물은 물론 인간마저도 도구로 여기는 서양의 자기중심적 기술 문명을 만들게 된다.

하이데거는 상징계의 지배기표_{자본, 제국}에 예속된 존재자들_{기표들}을 실재계_{물 자체}로 열린 존재자들의 연쇄적 관계로 해방시키려 했다. 하이데거가 말한 존재자들의 전체적인 의미 연관이란 데리다의 기표들의 연쇄로서 차연과 매우 유사하다. 다만 그는 시적 언어를 존재의 집이라고 말함으로써 차연이 잠정적으로 멈추는 지점에서 존재가 나타남을 암시한다.[7]

동일성의 상징계에서 실재계로의 전환은 하이데거의 현대적 존재론이 일종의 코페르니쿠스적 전회임을 뜻한다. 그러나 하이데거의 준차연적

---

6 데카르트가 확실성의 토대라고 본 의식의 주체에는 이미 자기중심적 권력이 작용하고 있다고 할 수 있다.
7 데리다, 권택영 역, 「차연」, 『후기구조주의 문학이론』, 민음사, 1992, 295~296쪽.

인 해방의 기획에는 동일성 체제^{자본, 제국}의 희생자인 고통받는 타자에 대한 언급이 없다. 하이데거는 근대 사회가 왜 타인을 도구로 삼는 존재 망각의 세상으로 전락했는지 통찰력 있게 문제를 제기했다. 하지만 그는 희생된 타자를 해방시키지 않은 채 다만 철학자의 위치에서 타인을 도구로 만드는 세상을 구원하려 했다. 타자의 해방이 중요한 것은 존재의 해방이란 동일성 체제^{고착된 상징계}의 해체이며 희생된 타자란 그것의 필요성을 알리는 존재론적 이정표이기 때문이다. 그런 맥락에서 잘못된 세계에 대한 저항은 권력이 작용하는 바로 그 지점에서 일어나야 하는 것이다. 그런데 하이데거의 구원된 세상은 고통받는 희생자들이 살고 있는 실제 현실이 아니라 철학자의 실존적 순간에 있을 뿐이다.

하이데거는 진리의 인식으로서 존재의 빛을 말하지만 그 빛을 보는 것은 철학자^{그리고 시인}이지 현실의 고통받는 사람들이 아니다. 고통받는 사람들이 해방되려면 동일성 체제를 해체하는 물결이 일어나야 하며, 그런 물결이 생성되려면 빛이 아니라 어둠 속의 타자와 교감해야 한다. 동일성을 해체하는 물결은 실존적 주체가 아니라 존재자와 타자의 이중주적^{대화적} 교감에 의해서만 일어날 수 있는 것이다. 그리고 그처럼 존재의 물결이 일어나야만 새로운 세상을 향한 사상들과도 결합할 수 있게 된다. 그런데 하이데거에게는 희생자인 타자에 대한 주목이 없기 때문에, 목가적인 시인이나 하이데거 자신에 의해서만 존재의 진리에 이르는 생기^{生起}의 순간이 오게 된다.

그에 반해 근대의 신화를 비판하면서 폭력적으로 은폐된 타자를 말한 것은 엔리케 두셀이다. 두셀 역시 데카르트의 '생각하는 자아'를 주체중심적인 유아론이라고 반박한다.[8] 그러나 두셀은 보다 강력한 논조로 유아론적인 '생각하는 자아'가 타자를 폭력적으로 은폐한 '식민주의적 자아'와 불가분의 관계임을 강조한다. 피식민 타자의 은폐가 시작된 것이 1492년이라면 데카르트의 존재의 은폐는 1637년이었다.[9] 서양의 병증인 존재의 은폐는 비서구 지역에서의 타자의 은폐가 발생한 이후에 그 토대 위에서 이루어졌다. 두셀이 강조하는 타자의 폭력적인 은폐는 하이데거의 실존적 탈은폐를 통해서는 결코 해결되지 않는다.

두셀에 앞서 존재의 빛[하이데거]에 의해 타자가 해방될 수 없음을 말한 또 다른 사람은 레비나스였다. 레비나스에 의하면, 하이데거의 탈은폐에는 타자와의 대면[대화]이 없기 때문에 존재의 빛이 실존적 철학자의 관념 속에 머물 뿐이다.[10] 하이데거는 자신과 타인을 존재의 빛으로 해방시키려 했지만 여기서의 타인은 타자가 아니라 또 다른 존재자일 따름이다. 반면에 타자란 또 다른 존재자가 아니라 은폐될 수 없는 물 자체[실재계]의 차원에서 나의 앞에 나타난다.[11] 그 때문에 존재의 탈은폐의 해방은 은폐될 수 없는 타자와의 교감에서 시작될 수밖에 없다. 즉 자아[존재자]와 타자의 교감만이 유한한 자기성의 삶[존재자의 세계]에서 벗어나 새로운 세상으로 나아갈 수 있다.

레비나스의 도전적인 시간성, 즉 '미래는 타자'[12]라는 말은, 실재계적 타자와의 교감을 통해 미래가 열린다는 뜻으로 재해석될 수 있다. 레비나스의 윤리란 동일성의 세계에서 타자를 통해 미래의 실재의 진리로 나아

---

8   엔리케 두셀, 박병규 역, 『1942년, 타자의 은폐』, 그린비, 2011, 72쪽.
9   위의 책, 14쪽.
10   레비나스는 탈은폐를 수행하는 하이데거의 존재의 빛은 현실의 빛이 아니라 차용된 빛이라고 말한다. 레비나스, 김도형·문성원·손영창 역, 『전체성과 무한』, 그린비, 2018, 86쪽.
11   타자는 자아가 있는 상징계와 알 수 없는 실재계 사이의 틈새에 있는 존재이다. 그런 맥락에서 레비나스는 타자를 물 자체의 위치라고 말한다. 위의 책, 86쪽.
12   레비나스, 강영안 역, 『시간과 타자』, 문예출판사, 1996, 86~87쪽.

가는 존재론적 전회이다.[13] 그 과정에서 은폐될 수 없는 타자를 말한 것은 어떤 권력도 타자의 벌거벗은 얼굴은 예속화시킬 수 없기 때문이다.

레비나스는 고아, 과부, 이방인을 타자라고 말했지만 실상 제2차 세계 대전 때 자신이 경험한 수용소 안의 사람들을 유념했을 것이다. 그런 고통받는 타자와 교감할 때 나치 같은 파시즘 이데올로기를 해체하며 새로운 세상으로 나아갈 수 있다. 수용소는 은폐되어 있지만 레비나스의 '타자의 벌거벗은 얼굴'은 물 자체이기 때문에 은폐될 수 없다. 이처럼 레비나스가 은폐될 수 없는 얼굴물 자체을 말한 것은 나치의 반유대 이데올로기가 서구 사람들 전체의 정동을 마비시킬 수는 없었기 때문이다. 수용소 안의 사람들은 권력에 저항할 수 없지만 그들의 고통스러운 얼굴은 서구인의 앞에 나타나 실재의 진리를 호소할 수 있다.

레비나스의 윤리의 핵심은 벌거벗은 얼굴 때문에 타자가 은폐될 수 없음을 강조한 점에 있다. 그가 그처럼 은폐될 수 없는 타자를 말한 것은 수용소의 유대인과 자유로운 서구인의 관계를 염두에 두었기 때문이다. 반면에 두셀은 레비나스의 윤리를 수용하면서도 그와는 다르게 은폐된 타자를 주장했다. 그 이유는 식민지란 자유로운 서구와 달리 제국의 폭력에 의해 존재 자체가 왜곡되는 공간이기 때문이다. 식민지의 하층민 타자도 물 자체실재계의 차원에 있지만 그들은 서구와 일본 제국 전체에 의해 존재론적 폄하의 시선 아래 놓여 있었다.[14]

피식민 타자하층민는 제국의 직접적인 폭력뿐 아니라 서양적 사유와 철

---

13 레비나스는 존재론을 비판하며 윤리를 주제로 삼아야 한다고 말했지만 그의 윤리의 주장은 또 다른 현대적 존재론(타자의 존재론)과 연관되어 있다.

14 식민지의 타자는 수용소에 갇힌 것이 아니라 일상 자체에서 존재론적 왜곡의 시선 아래 놓여 있으며, 그런 상황에서 근대화가 진행될수록 삶의 터전으로부터 쫓겨나게 된다.

학 전체에 의한 존재론적 왜곡을 감당해야 한다. 그 때문에 피식민 타자의 벌거벗은 얼굴을 드러내기 위해서는 왜곡되고 은폐된 타자에게 다가서는 과정이 절실하게 필요한 것이다. 그런 방식으로 레비나스의 윤리를 넘어서서 피식민 사상가와의 교감을 통해 실재의 진리를 위한 존재의 물결을 만들어 내야 한다. 레비나스의 윤리가 (은폐될 수 없는) 타자와의 교감을 강조한다면 존재의 물결은 은폐된 타자와 교섭하며 고착된 동일성을 뒤흔드는 과정을 주목한다.

유대인 수용소는 폭력적이었지만 세계인들은 곧 타자의 벌거벗은 얼굴과 교감할 수 있었다. 반면에 두셀이 말한 여섯 번째 태양[자본]의 희생자와 한국의 강제동원 피해자는 아직까지도 벌거벗은 얼굴이 은폐되어 있다. 오늘날 신자유주의는 과거의 식민지의 희생자들마저 구원받지 못한 타자로 고착화시키고 있다. 그 때문에 식민지를 경험한 나라들은 끝나지 않은 과거와 영속되는 현재의 공간에서 두 개의 타자성의 임무를 갖고 있다. 하나는 제국에 의해 은폐된 타자의 해방이며 다른 하나는 신자유주의에 의해 추방된 타자의 회생이다. 그 두 개의 해방을 통해, 근대성 신화와 결별하고 존재의 물결을 일으키며 일곱 번째 실재계적 태양의 주위를 선회하는 세상으로 나아가야 한다. 식민지시대 이인화가 목격한 신식 건물들은 오늘날 스카이 캐슬로 모습을 바꾸어 다시 등장하고 있다. 그처럼 근대와 현대의 건물들이 화려해질수록 타자는 투명인간으로 은폐되거나 기생충으로 추방되고 있다. 투명인간과 비천한 타자를 구출하며 함께 구원받을 수 있게[15] 하는 것은 존재의 물결의 동요와 비판 사상의 회생일 것이다.

---

15 은폐된 타자와 교감할 때 우리 자신이 존재의 탈은폐에서 벗어날 수 있다.

2. 타자의 존재론으로의 전환 '들길의 화음'에서 '오리배의 화음'으로

하이데거는 진리의 주도권이 존재의 빛^{혹은 존재의 소리}에 있다고 말한다. 반면에 우리의 존재의 물결의 주도권은 정동적으로 호소하는 타자에게 있다. 그 점에서 실존적 존재론과 대비되는 존재의 물결은 타자의 존재론이라고 할 수 있다.

타자의 존재론이 물결을 일으키면 주도자뿐 아니라 일상의 대다수가 같이 참여하거나 변화의 필요성에 직면한다. 그런 연대의 과정이 타자의 존재론인 이유는 타자의 위치가 운동의 내적 절박성을 암시하기 때문이다. 내적 절박성이란 인과적인 결정적 필연성이 아니라 변화의 운동을 향해 움직일 수밖에 없는 (타자의) 신체에 잠재된 정동적 호소력를 말한다. 타자는 체제의 증상의 위치인 동시에 신체 내에 내재원인을 향한 이정표를 갖고 있다. 바로 그에 근거해 실재계^{그리고 내재원인}로의 전회를 요구하는 정동적 초대장을 보내게 되는 것이다.

타자가 실재계적 이정표인 것은 체제에 동화될 수 없기 때문이며, 현실^{상징계}에서 고통받는 타자는 정체되어 있을 수 없는 절박함을 포함하고 있다. 하이데거의 실존적 고뇌에는 사건의 내적 계기가 불분명하지만 타자의 존재론은 신체 자체의 잠재성에 의해 절박하게 일어나는 사건이다. 그런 절실함 때문에 타자의 존재론은 역사적 변화의 필연성을 말하는 여러 급진적 사상들^{아나키즘, 마르크스주의}과 결합할 수 있다. 그와 함께 타자의 위치에서 물결이 일어나는 지난한 과정을 말함으로써 급진 사상이 역사적 주체에 의한 기계적 결정론이 되지 않게 막아준다.

타자의 존재론은 '내적 절박성^{정동적 필연성}'과 '결정론을 넘어선 능동성'을 동시에 암시한다. 레비나스의 시대는 물론 타자의 추방의 시대에도 추방된 타자는 다시 돌아오게 된다. 과거나 지금이나 권력과 저항이 부딪히는 지점에는 타자의 반격과 회생의 문제가 놓여 있다.

비슷한 존재론이면서도 타자의 존재론은 반격의 물결을 생성하는 점에서 하이데거의 논의와 결정적인 차이가 있다. 고요한 하이데거의 존재론에는 물결이 생성되며 비판 사상과 연결되는 지점이 없지만, 타자의 존재론은 반격의 물결을 일으키고 주체를 생성하며 다양한 비판 사상과 결합된다. 양자의 차이는 존재의 전환과 세계의 변화에서 '내적 절박성' 및 '존재론적 연대'의 유무에 있다.[16] 이제 하이데거의 고요한 실존적 존재론과 반격의 물결을 일으키는 타자의 존재론의 차이를 좀 더 구체적으로 살펴보자.

너무 오래 신어서 가죽이 늘어나 버린 신발이라는 이 도구의 안쪽 틈새로부터 밭일을 나선 고단한 발걸음이 엿보인다. 신발이라는 이 도구의 순수하고도 질긴 무게 속에는 거친 바람이 부는 드넓게 펼쳐진 평탄한 밭고랑 사이로 천천히 걸어가는 강인함이 배어 있고, 신발가죽 위에는 기름진 땅의 습기와 풍요로움이 깃들어 있으며, 신발 바닥으로는 저물어가는 들길의 고독함이 밀려온다. 신발이라는 이 도구 가운데에는 대지의 말없는 부름이 외쳐오는 듯하고, 잘 익은 곡식을 조용히 선사해주는 대지의 베풂음이 느껴지기도 하며, 또 겨울 들녘의 쓸쓸한 휴경지에 감도는 해명할 수 없는 대지의 거절이 느껴지기도 한다. 더 나아가 이 도구에서는, 빵을 확보하기 위한 불평 없는 근심과, 고난을 이겨낸 후에 오는 말 없는 기쁨과, 출산이 임박해서 겪어야 했던 (산모의) 아픔과 죽

---

16 하이데거의 존재의 진리는 존재의 부름에 시인이나 철학자가 호응할 때 나타난다. 반면에 존재의 물결은 타자의 정동적 호소에 지식인(사상가)과 중간층이 응답하는 순간 생성된다. 하이데거의 존재의 부름(소리)과는 달리 고통받는 타자와 교감하는 존재의 물결에는 '내적 절박성'과 '존재론적 연대'가 있다.

음의 위협 앞에서 떨리는 전율이 느껴진다. 이 도구는 대지Erde에 속해 있으며, 농촌 아낙네의 세계Welt 속에 포근히 감싸인 채 존재한다. 이렇듯 포근히 감싸인 채 귀속함으로써das behüte Zugehören 그 결과 도구 자체는 자기 안에 (고요히) 머무르게Insichruhen 된다.[17]

하이데거는 고흐의 그림에 대해 '아낙네의 신발'존재자이 존재의 빛 가운데로 들어선 순간을 보여준다고 말한다.[18] 이 경이로운 순간은 그것을 보는 일상의 존재자인간가 기술 사회의 그늘에서 벗어나는 시간이기도 하다. 기술 사회에 예속된 사람은 농촌 아낙네의 신발[19]을 실용적인 도구로만 보게 된다. 반면에 고흐의 예술 세계는 도구가 신발 안에 머무는 대신 신발이 자연의 대지와 농촌의 세계에서 존재의 빛을 내게 만든다.

그처럼 존재가 밝혀지는 순간은 진리의 일어섬의 시간이기도 하다. 하이데거는 진리란 단지 올바로 보는 것이 아니라 은폐된 것존재을 드러내는 것이라고 말한다.[20] 그 때문에 진리는 고요한 것인 동시에 존재를 드러내는 탈은폐의 운동이기도 하다.[21] 진리의 순간은 기술 사회의 소음에서 벗어나 고요해진 시간이지만, 또한 대지와 세계, 은폐와 비은폐 사이에서 운동하는 순간이다.

그러나 하이데거의 진리는 아무리 심오하더라도 자아 내부에 폐쇄된 운동일 뿐이다. 하이데거의 진리의 운동 역시 실재계로의 존재론적 전환

---

17 하이데거, 신상희 역, 『숲길』, 나남, 2008, 42~43쪽.
18 위의 책, 46쪽.
19 이진경은 고흐가 그린 구두가 농민이 아니라 노동자의 것일 가능성을 말하며 하이데거의 논의의 한계를 지적한다. 이진경, 『예술, 존재에 휘말리다』, 문학동네, 2019, 91~98쪽.
20 하이데거, 신상희 역, 앞의 책, 71~86쪽.
21 위의 책, 66쪽.

이지만 그 운동은 실존적 자아의 내부에서 일어난다.[22] 하이데거는 고흐의 구두에서 존재의 빛과 존재의 소리를 감지했으나 그 빛과 소리는 구두의 주인 하층민의 낮은 세계에서 전해지는 것이 아니다. 하이데거의 존재론적 해석에서는 철학자의 심연의 고요한 빛에 가려 어둠 속의 타자가 전해주는 운동이 전달되지지 않는다. 그의 존재론에는 타자의 위치가 없기 때문에 그가 본 존재의 운동은 하층민의 위치에서 동일성 세계를 해체하며 일으키는 동요와는 아무 상관이 없다.

고흐의 구두 그림에서 고요한 진리 대신 동요하는 세계의 흔적을 보려면 타자의 존재론에 의한 해석이 필요하다. 고흐의 그림을 타자의 존재론으로 해석하면, 거기에는 보이지 않던 타자의 구두의 출현과 타자를 은폐한 세계를 뒤흔드는 사건이 있다. 동일성 세계에서 은폐되어 관심에서 멀어진 타자의 구두가 출현하면서 진부한 동일성 세계 자체를 뒤흔드는 동요가 일어나고 있는 것이다. 그처럼 타자의 존재론은 은폐된 타자를 드러내고 고착된 세계를 뒤흔들며 존재의 물결 속에 사람들[23]이 다가서게 만든다. 고흐의 그림이 전경화하고 있는 것은 존재의 빛이 아니라 어둠 속의 물결이며, 그 때문에 사람들은 물결에 휩쓸리며 하층민 타자와 연대감을 느끼게 된다. 반면에 하이데거의 고요한 운동에는 타자_{실재계}에게로 다가가며 상징계를 뒤흔드는 운동이 없기 때문에 물결이나 연대와 아무 관련이 없다.

물결과 연대의 부재는 실존적 자아의 내면에서 진리를 볼 뿐 상징계의 고착성을 해체하며 실재계로 전회하는 동요의 운동이 없음을 뜻한다. 실

---

22 이진경은 노동자의 구두를 농민의 것으로 보는 하이데거가 자기지평 안에서 이미 자신의 심연에 자리한 진리를 표현하기 위해 작품을 보고 있다고 비판한다. 하이데거의 존재의 목소리란 실상은 내가 듣고 싶은 목소리를 듣는 것인 셈이다. 이진경, 앞의 책, 100쪽.
23 이 경우에 다가서는 것은 감상자들이라고 할 수 있다.

재계적 전회의 운동은 상징계의 자기성^{자기중심성}에 벗어나는 존재론적 해방과 함께 고착된 사회^{상징계}에서 미지의 다른 세계로 가는 역동성을 포함한다. 그러나 하이데거의 정적인 존재론에는 존재론적 회생에서의 내면적 한계로 인해 세계의 역동적 동요의 가능성이 거의 없다.

실재계로 전회하는 타자의 존재론적 운동에서는 고착된 상징계에서 벗어나 다른 시간의 세계로 가려는 동요가 필연적으로 나타난다. 하이데거 역시『존재와 시간』에서 존재자가 존재의 진리에 이르는 과정에서 시간의 계기를 매우 중요시한다. 그러나 하이데거가 강조하는 현존재의 시간은 레비나스가 말한 타자가 열어주는 시간과는 다르다. 실존적 순간의 고요한 진리에는 동일성 체제를 열어 타자성의 (미래의 시간)과 연관시키는 전회의 순간이 없기 때문이다. 고흐의 그림에서 하이데거가 본 존재의 빛은 고요한 실존적 순간에 근본 생기에 이르는 시간일 뿐이다. 반면에 타자의 존재론은 동일성 세계를 존재의 물결로 해체하며 그 동요의 순간에 은폐된 타자성의 시간에 다가서게 만들어준다.

물론 하이데거도 미래를 강조하지만 미래란 자기를 앞지르는 실존적 심려²⁴의 과정에서 도래하는 것이다.²⁵ 하이데거는 그런 시간성에서 미래의 역사를 이끌어 내며 비본래적 역사성에서 본래적 역사성으로 기투^{En-twurf}²⁶하는 역운^{歷運}²⁷을 강조한다. 그러나 그것은 현존재^{인간}의 '근본 생기'의 문제이지 실제 역사의 미래^{다른 시간}로 나아가는 진행으로 볼 수 없다.²⁸

---

24 심려란 이미(과거) 세계 내에 존재(현재)하면서 자기를 앞질러 가는 것(미래)을 말한다.
25 이정우, 앞의 책, 398~399쪽.
26 현재를 넘어서서 미래(가능성)를 향해 자기를 내던지는 실존의 존재 방식을 말함.
27 역운은 '공동 생기'를 통해 본래적인 역사로 기투하는 역사적 운명의 순간을 말한다.
28 이정우, 앞의 책, 399~402쪽. 여기서 실존적 자아가 집단적 '공동 생기'를 이루는 역운의 과정은 동일성 원리의 위험을 갖고 있다.

반면에 타자의 존재론에서는 존재의 진리에 이르기 위해 은폐된 타자와 교감하는 과정에서 다른 시간성^{타자성의 시간성29}이 나타난다. 즉 교감을 통해 은폐된 타자가 귀환하는 순간 고착된 세계를 뒤흔들며 '아직 오지 않은 세계'와 관계하는 미지의 진리의 시간이 출현한다.[30] 더욱이 그런 미지의 세계와의 관계는 타자와 존재자의 교섭 과정에서 능동적 힘의 증대와도 연관이 있다. '세계의 변화'라는 실재의 진리를 위해서는 현실에서 힘을 생성하는 물결을 일으키는 존재론적 전환이 필요하다. 그 힘은 미지의 바깥, 즉 실재계에 접속하는 타자와의 관계에서만 생성된다.[31]

미래는 빛이 아니라 어둠 속의 타자와의 관계에서만 다가온다. 하이데거의 진리가 존재의 빛을 밝히는 것이라면 바깥에 접속하는 타자의 존재론은 불투명한 타자와 만나는 순간을 드러낸다. 전자가 그늘에서 밝은 빛으로의 전환인 반면 후자는 고착성^{동일성}에서 미결정적 시간^{미래, 未來}의 진리로의 전위이다. 레비나스는 미래란 손에 거머쥘 수 없는 것의 엄습이며, 그런 의미에서 미래란 타자라고 말했다. 하이데거의 존재의 빛은 마치 미래를 훤히 비추는 듯 하지만 거기에는 아직 오지 않은 것^{거머쥘 수 없는 것}과의 관계가 없다.[32] 반면에 타자와의 미결정적 관계는 그 자체가 현존을 넘는 손에 쥘 수 없는 시간^{미래}과의 접속이다. 미지의 세계로 나아가려는 그런 존재의 고양의 순간에는 실재계와의 연관 속에서 상징계를 뒤흔들려는 힘^{능력33}의 증대가 있다. 하이데거의 실존적 진리에 없는 것은 바로

---

29 실재계적 타자성을 통한 미래의 시간을 말한다.
30 이는 타자의 존재론이 바깥에 접속하기 때문이다.
31 레비나스는 타자와의 관계의 구체적인 예로 에로스적 관계에 대해 설명하고 있다. 레비나스, 강영안 역, 앞의 책, 103~108쪽.
32 하이데거의 존재의 빛은 이미 와 있는 동시에 실존적 자아의 내부에 있다.
33 비포는 능력(힘)의 증대에 의해 주체가 생성되며 미래로의 가능성을 현실화하는 운동

그런 힘의 증대, 즉 현존의 상징계를 해체하는 물결에 동반된 체제를 변화시키려는 역능^{力能}이다. 양자의 차이는 우리의 '타자의 존재론'을 '고요한 운동'의 정수인 「들길」^{하이데거}과 비교하면 한층 분명히 알 수 있다.

들길이 부르는 소리에 귀를 기울일 때 우리는 환히 자유롭게 열린 것을 사랑하게 되고 우울을 넘어서 밝은 기쁨으로 도약하게 된다. 이 궁극적인 밝은 기쁨이야말로 노동이 이것을 망각하여 단지 공허한 것으로 만들어 내는 것을 저지한다.

(…중략…)

들길이 이어지는 좁은 길에서는 겨울의 폭풍과 수확일이 만나고 초봄의 활기와 가을의 평온한 죽음이 만나며 어린 시절의 유희와 노년의 지혜가 서로를 마주 본다. 그러나 들길이 그것의 메아리를 말없이 여기저기로 나르는 유일무이의 화음 안에로 모든 것이 밝아진다.

(…중략…)

이 오래된 종이 시간을 알리는 추가 때리자 떨고 있다. 이 추의 어둡고 익살스런 얼굴을 어느 누구도 잊을 수 없으리라.

때를 알리는 추의 마지막 음과 함께 정적은 더욱 깊어 간다. 그 정적은 두 번의 세계대전을 통해서 시대 앞에 희생된 사람들에게까지 미친다. 단순 소박한 것은 더욱더 단순 소박하게 된다. '언제든지 동일한 것'은 의문을 불러일으키면서도 해결해 준다. 들길이 부르는 소리는 이제 완전히 또렷하다. 영혼이 말하는가? 세계가 말하는가? 신이 말하는가?

모든 것은 동일한 것 안에로 단념할 것을 말하고 있다. 그러한 단념은 우리

이 나타남을 강조한다. 프랑코 베라르디 비포, 이신철 역, 『미래 가능성』, 에코리브르, 2021, 9~19쪽.

에게서 빼앗는 것이 아니라 주는 것이다. 그것은 단순 소박한 것의 무궁한 힘을 준다. 들길이 부르는 소리는 고향의 집에서처럼 우리를 오랜 기원 속에서 쉬게 만든다.[34]

존재의 진리가 고요한 부름임은 종소리가 멈춘 후에 '들길이 부르는 소리'가 더 또렷함에서 알 수 있다. 그런 고요함의 진리는 폭풍과 수확, 활기와 죽음의 운동 속에서 들려오는 화음이기도 하다. 운동인 동시에 화음인 진리는 존재의 빛을 밝히기 위해 우리에게 말을 걸어온다.

「들길」에서는 존재의 빛이 들길이 부르는 소리로 다가온다고 표현되고 있다. 이 존재의 부르는 소리는 '말하면서도 말하지 않은 것'이기도 하다. 우리가 귀를 기울이도록 다가오는 존재의 소리는 기술 사회에서 무력해진 자아를 회복시켜줄 수 있다. 더 나아가 들길이 부르는 소리는 세계대전의 희생자들까지 구원해준다.

고통받는 타자를 논하지 않는 하이데거가 세계대전의 희생자를 언급한 것은 매우 흥미롭다. 다만 들길의 소리는 우리와 희생자들에게 주어진 선물이지 세계대전의 파국에 대한 대응으로 다가오는 것은 아니다. 진리를 발현하는 주도권은 현실을 살아가는 사람들보다는 들길의 소리라는 존재의 진리 자체에 있다. 우리가 들길의 소리를 듣기 위해 필요한 것은 '오랜 성숙'이며 그런 수련을 통해서만 현실의 고통에서 벗어나 진리의 품에 안길 수 있다.

새로운 삶이 존재론적 전환을 통해 다가옴을 말한 점에서 하이데거는 인식론의 맹점을 넘어선다. 그러나 화해된 새로운 삶은 진리의 품에 안

---

34 하이데거, 신상희 역, 앞의 책, 39~40쪽; 박찬국, 『들길의 사상가, 하이데거』, 그린비, 2013, 237~239쪽.

긴 것인 동시에 진리를 실현하려는 사람들의 움직임이 있어야 가능하다. 존재의 은폐를 계속하는 세계를 뒤흔들지 않는 한 존재의 성숙을 성취한 사람들의 제한된 구원은 큰 의미가 없다. 존재의 물결이란 타자성의 실재계적 운동인 동시에 상징계의 뒤흔듦이기도 하며, 그런 물결의 운동은 실재계적 진리를 향한 사람들의 절박한 움직임에서 생성된다. 반면에 하이데거의 한계는 존재론적 전환^{그리고 자아의 확장}이 현실 자체를 진리의 무대로 바꾸는 힘으로 나타나지 않는다는 점이다.

'들길의 소리'의 대척점에는 '세계대전'이라는 파국이 있다. 하지만 세계대전의 파국에서 벗어나기 위한 대응으로는 들길을 거니는 사람의 '오랜 성숙'이 있을 뿐이다. 하이데거의 진리를 역사적 차원으로 확대해 집단적 역운을 말하더라도 그것은 현존재에게 존재의 진리가 다가오는 생기의 순간일 뿐이다. 거기에는 파국과 진리의 대비, 그리고 심려와 결단이 있을 뿐 진리로 향한 사람들의 발걸음과 내적 절박성이 없다.

진리를 향해 사람들이 움직이게 하는 내적 절박성은 어디에서 나타나는가. 과거의 비판적 사상은 진리를 향한 필연성을 현실의 인식에서 찾았다. 그러나 모든 것을 알고 있어도 신체가 움직이지 않으면 진리가 실현된 새로운 세상은 오지 않는다. 진리의 과정에서 존재론이 중요한 것은 현실에서의 실현을 위해 무력한 자아를 고양시키는 과정을 설명해 주기 때문이다. 신체의 무력함이 체제에 예속된 때문이라면 그런 종속에서 벗어나는 일은 체제에 동화될 수 없는 바깥에 접촉한 사람에게서 시작된다. 그처럼 바깥에 접촉하고 있는 사람이 바로 체제의 희생자인 타자이다. 상처로 인해 고통받는 타자는 바깥으로부터 물결이 새어나올 수 있게 하는 체제의 구멍이다. 변화의 내적 절박성은 거짓된 안정감을 불가능하게 만드는 체제의 구멍과 타자에게 있다. 고통받는 타자는 아무런 보호막도 없는 존재일 뿐 아니라 인식론적 통찰력을 지닌 사람도 아니다. 그런 타자^{희생자}는 진리의 은총의 대상이 아니라 체제 변화를 위해 존재론적 전환을 일으킬 필요성을 절박하게 호소하는 존재이다. 이 내적 절박성은 기계적 인과율에서 벗어난 자기 원인이자 실재계적 대상 a의 순수욕망이기도 하다. 타자의 위치가 중요한 것은 단지 진리의 수혜자가 아니라 그처럼 실재계적 진리로의 길로 동행할 것을 호소하기 때문이다. 다음의 예문은 진리의 주도권이 들길이 아니라 타자에게 있음을 말해준다.

나는 특히 〈라 47호〉를 정성껏 닦아주었다. 칠이 벗겨져 어색한 주둥이에는 깨끗한 노란색의 새 페인트를 칠해주었다. 남자가 탔던 오리였다. 죽은 사람에게 구명조끼를 입히던 손의 촉감이, 유성의 도료처럼 마음에서 지워지지가 않았다. 그래서였다.

(…중략…)

사장과 나는 열세 척의 오리배를 연결하고 묶어야 했다. 당기고 있니? 예! 세차하면 비 온다더니 이게 무슨 경우냐? 그러게 말입니다. 당겨! 예, 당기고 있습니다. 끄덕끄덕, 눈 앞에서 노란 주둥이를 끄덕이며 라 47호가 나를 쳐다보았다.

(…중략…)

사장도 나도 입을 다물 수가 없었다. 누구도 생각지 못한 풍경이 눈앞에 펼쳐져 있었기 때문이다. 후두둑 두둑 우의의 모자챙을, 또한번 집중호우가 강타하며 지나갔다. 아, 집중호우보다 더한 그 무엇이, 우의 속의 이를테면 영혼 같은 것을 강타하며 지나갔다. 저수지는 수많은 오리배들로 가득 차 있었다. 물이 불었음에도 불구하고 물이 좀처럼 보이지 않을 만큼 많은 수의 오리배였다. 끄덕끄덕, 저마다의 주둥이를 주억거리며-마치 철새의 군락처럼 오리배들은 강풍과 비를 견디고 있었다.

(…중략…)

세계는 하나. 난데없이 후안이 손가락을 세우며 윙크를 했다. 호세가 신호를 보내자 일제히 사람들이 페달을 밟기 시작했다. 순간 저수지는 잘 설계된 오페라 하우스처럼 그 소리를 반사하고, 가두고, 다시 분산시켜 아름다운 합창처럼 그것을 우리에게 되돌려주었다. 그것은 하나의 오페라였다.[35]

하이데거가 세계대전의 희생자들을 얘기하듯이 박민규는 IMF의 피해자[자살한 남자][36]를 등장시킨다. 그러나 하이데거가 존재의 진리에 사로잡혀 희생자들에게서 거리를 두는 반면 박민규의 주인공은 타자의 정동에 볼모로 잡혀 헤어 나오지 못하고 있다. 그에 따라 하이데거의 존재의 진리가 희생자에게 주어진 선물인 반면 '나'의 경우에는 희생된 타자에게 이끌리는 과정에서 진리가 생성된다.

예문에서 자살한 남자의 오리배 라―47호는 아름다운 합창을 들려주는 오리배 세계시민연합의 배이기도 하다. 죽음충동에 굴복한 피폐한 타자[37]가 오페라의 합창을 들려주는 존재로 다시 돌아온 것이다. 여기서 '오페라의 화음'은 '들길의 화음'처럼 진리의 소리를 들려주는 존재론적 전환의 순간으로 생각될 수 있다. 그러나 그런 진리의 순간이 어디서 시작되는가에 따라 오리배는 들길과 중요한 차이를 나타낸다.

들길의 소리는 오래 성숙이나 실존적 기투를 통해 존재의 부름에 응할

---

35   박민규, 「아, 하세요 펠리컨」, 『카스테라』, 문학동네, 2005, 136·138·140·144쪽.
36   '내'가 일하는 유원지에서 오리배를 타다 자살한 남자는 희생된 파산자로서 신자유주의의 타자라고 할 수 있다.
37   자살한 남자는 외견상 죽음충동에 굴복한 것으로 보이지만 실상은 신자유주의적 죽음정치의 희생자라고 할 수 있다.

때 들려온다. 그런 존재의 소리는 하이데거 자신뿐 아니라 세계대전의 희생자까지 구원해 준다. 하지만 여기서의 밝은 화음의 소리는 하이데거와 희생자들에게 주어진 고요한 은총선물과도 같은 것이다. 고요한 은총에서는 진리의 주도권이 '존재의 소리'에 있을 뿐 내적 절박성을 지닌 사람들에 의해 주도되는 생성의 계기가 나타나지 않는다.

반면에 오리배의 화음은 죽은 남자가 탔던 라-75호의 응시'쳐다봄'에서 시작되고 있다. 라-75호는 신자유주의의 타자이며 '나'는 타자의 호소에 이끌려 자아가 확장되면서 오페라의 화음을 듣게 된 것이다. 여기서 오페라의 화음은 이미 있는 진리의 소리가 아니라 어둠 속의 타자희생자의 호소와 '나'의 응답 속에서 생성된 것이다.

진리의 과정이 들길존재에서 시작되느냐 타자에서 비롯되느냐는 매우 중요하다. 두 경우 비슷하게 존재론적 전환이 있지만 전자에서는 사람들이 동요하지 않는 반면 후자에서는 가만히 있지 못하게 된다. 들길의 소리를 듣는다는 것은 사람들이 운동 속에서 진리에 사로잡혀 고요함에 이른 것을 뜻한다. 반면에 오리배의 화음을 듣는 것은 고요함에서 벗어나 가슴이 동요하기 시작했음을 의미한다. 후자에서 '조용함'은 오히려 자아의 빈곤함우울함을 암시하며 수많은 오리배들의 움직임이 나타날 때 비로소 그런 무능력에서 벗어난다. 들길의 진리가 우리를 충만한 고요함의 생기로 이끄는 과정이라면, 타자의 진리는 우울한 고요함에서 벗어나 가슴이 뛰기 시작하는 순간을 암시한다.

하이데거는 내밀한 최고의 운동이 고요함이라고 말했다.[38] 반면에 우리는 평화로운 화해를 소망하는 사람만이 운동한다고 말할 수 있다. 이런

---

38   하이데거, 신상희 역, 앞의 책, 66쪽.

차이는 후자의 상처와 타자의 위치가 체제에 생긴 구멍[39]을 뜻하기 때문에 생겨난 것이다. 하이데거의 진리의 순간은 동일성 체제의 구멍과 틈새보다는 존재론적 전환의 선택과 결단을 통해 생기에 이르는 과정이다.[40] 반면에 타자의 진리는 동일성 체제의 구멍[타자][41]에 접속해 예속에서 벗어난 화해를 소망하며 물결을 일으키는 진행이다.

타자의 응시[42]는 가만히 있지 못하게 만드는 존재론적 호소이자 동일성 체제를 변화시켜야 한다는 필연성의 다가옴이다. '소리'는 진리의 품에 안겨 가만히 있게 하며 실존의 순간에 이르게 하지만, '물결'은 미지의 진리의 충동[43]으로 사람들이 가만히 있지 못하고 현존의 세계를 뒤흔들게 만든다. 존재의 소리는 운동을 진리 앞의 실존의 문제로 만드는 반면, 존재의 물결은 운동의 필연성과 능동적 물결을 결합시킨다.

박민규의 소설은 하이데거와는 달리 세상을 동요시킬 역동적 진리를 나타낸다. 그것은 존재의 운동이 어둠 속의 타자에게서 시작된 점과 연관이 있다. 오늘날은 진리의 표현이 어려워진 세상이지만 은유와 환상을 빌려 타자의 회생을 물결[44]로 표현함으로써 탈진리의 시대를 넘어서고 있

---

39 체제에서 일어난 사건 역시 상징계의 구멍이지만 타자(희생자)를 외면하면 사건의 구멍은 은폐되며 '이상한 고요함'이 계속된다. 그 점에서 사건의 구멍을 경험하게 해주는 것은 타자와의 교감이며, 타자의 사건은 체제의 구멍의 경험이라고 할 수 있다.

40 하이데거의 경우에는 체제가 변화되기 전에 진리가 먼저 경험된다.

41 바디우는 사건을 실재계적 구멍(선행상황에서의 공백)이라고 논의한다. 그런데 「아, 하세요 펠리컨」에서는 IMF라는 사건이 일어난 후에도 사람들이 세계를 변화시키려 동요하지 않는다. 그러다가 자살한 남자(타자)가 (환상을 통해) 돌아옴으로써 비로소 화해된 세계로 나아가려는 내면의 움직임이 일기 시작한다. 그 점에서 타자의 귀환이야말로 진정한 사건이며 체제의 구멍을 경험하게 하는 순간이라고 할 수 있다.

42 자살한 남자가 탔던 라-47호의 쳐다봄과 끄덕거림은 타자의 응시라고 할 수 있다.

43 진리의 과정을 시작하려는 충동이 바로 윤리라고 할 수 있다.

44 존재의 물결은 윤리적 충동에 의해 진리로 나아가는 과정에서 나타난다.

는 것이다.

존재의 물결은 타자의 호소에 '내'^{주인공}가 응답하는 이중주의 교감 속에서만 생성된다. 예문에서 물결의 주도권은 오리배^{타자}에게 있으나 오페라의 합창은 '나'와의 이중주 속에서 가능해진 것이다. 다만 그런 물결의 동요가 '나'의 환상으로 표현된 것은 존재의 물결이 아직 세상의 물결로 고양되지는 않았음을 뜻한다.[45] 물결이 점점 더 거세져 세상을 바꾸려는 파도가 되려면 현실에서 사람들의 운동으로 나타나야 할 것이다. 문학은 그처럼 현실의 운동으로 증폭되어야 할 존재의 물결을 미리 표현해 준다. 타자가 추방된 시대에는 문학으로 암시되는 존재의 물결이 세상의 운동의 출발점으로 매우 중요하다. 조용한 세상을 깨뜨리고 사람들을 존재론적으로 고양시켜 세상 밖으로 물결이 퍼져나가게 만들기 때문이다.

실제로 박민규의 저수지의 물결은 현실에서 촛불집회의 운동으로 흘러넘쳤다. 오리배의 화음과 촛불집회의 공통점은 사상과 이념을 내세우기보다 존재의 물결이 일렁이며 신자유주의에 대응하는 흐름이 만들어진 점이다. 사상운동이 침체된 시대에 오리배와 촛불의 물결은 사상을 대신해 진리를 표현하는 방식으로 출현한 셈이다. 사상운동과 무관한 들길의 화음^{존재의 소리}과 달리, 오페라의 화음과 존재의 물결은 사상운동이 무력화된 자리를 채워주고 있는 것이다.

오늘날은 사상의 시대에 비해 이념을 통한 진리의 실현이 지난해진 세상이다. 그와 함께 진리가 빛이나 소리, 구호^{사상}가 아니라 존재의 바다로 향하는 물결의 운동으로 일깨워지는 시대이기도 하다. 촛불집회에서의 존재의 물결은 특정한 목적을 내세웠더라도 단지 눈앞의 목적론에만 속

---

45 그런 한계 속에서도 물결의 파동은 독자에게 전달되어 파문을 일으키게 된다.

박되는 피상성을 해소해 줄 수 있다. 그 때문에 물결은 진리를 회생시키며 '정치를 넘어선 정치'와 '사상을 넘어선 사상'을 부활시켜 줄 수 있다. 우리는 물결의 유동성을 통해 선적인 목적론을 넘어 능동성과 필연성을 접합시키며 무력화된 비판 사상을 회생시키는 데까지 나아가야 한다.

3. '타자의 은폐'에서 '타자의 추방'으로
젠트리피케이션의 권력

타자의 존재론은 근대성 신화의 폭력에 저항하는 타자의 위치에서의 존재론적 대응이다. 우리는 근대적 권력이 경제적 착취와 함께 젠트리피케이션의 폭력을 자행했음을 살펴봤다. 그처럼 타자를 내쫓는 젠트리피케이션이 근대 권력의 속성이기 때문에 항시적으로 존재론적 대응이 필요한 것이다. 그런데 젠트리피케이션 권력은 과거와 오늘날 중요한 차이가 있다. 그런 차이와 대응은 이미 암시했지만, 이제 '타자의 은폐'와 '타자의 추방'을 통해 보다 자세히 살펴보자.

식민지시대에도 젠트리피케이션이 자행되었으나 그때에는 피식민 지식인과 하층민 타자가 정동적으로 다가서 있었다.[46] 식민지는 제국이 존재론적 폭력을 통해 하층민을 배제하고 인격성을 강등시킨 체제였지만, 그런 폭력은 지식인을 자극해 오히려 타자에게 다가서며 심연의 샘물을 퍼 올리게 했다. 식민지란 식민자에 의한 폭력적 추방과 피식민자끼리의 존재론적 접근이 동시적으로 일어나는 이중적 체제였다.

---

46 「만세전」에서 보듯이 일본인이 조선의 하층민을 '보이지 않는 인간'(비인간)으로 만드는 순간 이인화의 내면에서는 그들이 더 생생하게 보이기 시작했다.

존재론적 폭력은 권력이 타자에 대해 잘 '모르는' 경직된 체제에서 발생한다. 젠트리피케이션이란 체제의 동일성을 강화하면서 모르는 타자를 내쫓는 권력이다. 폭력은 강화된 동일성을 통해 권력이 잘 모르는 타자에 대한 무지를 감추는 수단이다. 반면에 지식인 사상가가 타자에게 가깝게 접근하는 것은 사상의 신념이 살아 있던 '우리가 아는 세계'의 특징이다. 피식민 사상가는 타자의 정동적 초대에 응답할 때 윤리적 반격이 시작됨을 알고 있다. 식민지란 모르는 세계인 동시에 아는 세계였다. 일본인이 윤리적 무지 속에서 폭력을 행사하는 순간, 사상가와 타자는 서로 교감하며 이미 잠재적 반격을 예비하고 있었다.

식민자의 윤리적 무지는 폭력인 동시에 불확실성의 틈새였으며 식민지에서는 일상의 곳곳이 그런 틈새 공간이었다. 예컨대 「만세전」에서의 연락선 목욕탕, 「고향」에서의 기차간, 그리고 떠도는 민중의 음산한 얼굴 자체가 그 같은 불확실성의 틈새였다. 「만세전」과 「고향」에서 지식인은 민중의 존재_{사라짐}와 얼굴_{신산스런} 표정에서 폭력을 감지하는 순간 그들에게 다가서며 윤리적 물결의 생성을 시작한다. 폭력은 동일성 권력의 무기인 동시에 반격의 틈새의 허점이기도 했다. 폭력으로 인한 상처를 감출 수 없는 존재, 식민자의 윤리적 결여로 인한 균열을 호소하는 존재가 바로 타자였다. 식민자는 무지로 자행된 폭력을 상상계적 (그리고 법적) 동일성으로 은폐했지만,[47] 배제된 타자의 존재와 얼굴에서는 상처가 감춰질 수 없었기 때문에, 피식민 지식인은 균열과 윤리적 틈새를 발견하며 정동적 물결을 일으킬 수 있었다. 식민자의 폭력 자체에서 이미 그런 틈새가 감지되지만 은폐된 타자와의 만남은 능동적인 윤리적 정동을 더욱 증폭

---

47   폭력은 흔히 상상계와 상징계가 중첩된 합법과 불법의 경계선에서 나타난다.

시켰다. 여기서 생긴 일상의 곳곳의 틈새를 보다 역동적인 틈새로 드러낸 것이 문학작품과 정동적 공론장이었다. 식민지시대의 문학운동은 진보적 사상의 확산과 함께 정동적 물결의 반격에 의거하고 있었다.

다음에서 제국의 존재론적 폭력은 식민주의 이데올로기이자 실재계의 결여, 즉 윤리적 무지를 나타낸다. 모든 것을 다 빼앗은 제국이 갖고 있지 못한 것은 실재계적 윤리였다.[48] 젠트리피케이션이란 제국의 영토에 부

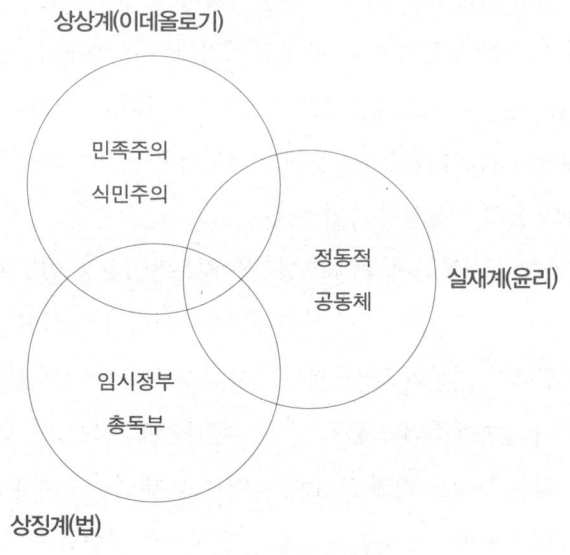

상상계(이데올로기)

민족주의
식민주의

정동적
공동체

실재계(윤리)

임시정부
총독부

상징계(법)

식민지시대 네이션의 세 영역

재한 윤리적 실재계에 눈감기 위해 타자를 배제하는 권력장치였다. 반면에 피식민자는 타자의 위치에서 부재의 틈새를 발견하며 물밑의 실재계 영역에 정동적 공동체를 생성할 수 있었다. 제국의 식민주의가 잔혹한 타자의 배제를 통해 가능했다면 지식인은 틈새에 숨겨진 은폐된 타자에게

---

48 도표에서처럼 상징계와 상상계는 이중적이지만 실재계는 조선인 자신의 정동적 독립을 입증하는 영역으로 표시될 수 있다.

접근해 물결을 일으키며 정동적 공동체를 입증했다. 그 순간은 식민주의에 대항하며 총독부 체제를 뒤흔드는 존재론적·인식론적 전회가 시도되는 시간이었다.

그런 전회의 순간은 「고향」의 결말부의 '아리랑' 노래로 잘 입증된다. 아리랑은 예전부터 불렀지만 지식인과 민중이 교감하며 '조선의 얼굴'을 보는 순간 특별한 정동을 생성하고 있었다. 제국의 상상계와 상징계에는 독립된 조선이 없었지만, 제국의 빈틈 실재계 영역에서 조선[49]을 발견하며 아리랑 노래를 부른 것이다. 유랑인 타자가 부른 '아리랑'은 임시정부의 애국가를 정동적으로 보충하는 제2의 애국가와도 같았다. 영토를 잃은 상태에서의 제2의 애국가는 물밑의 정동적 공동체^{정동적 영토}[50]를 확인시키며 존재의 물결을 생성하고 있었다.

식민지시대에 정동적 공동체가 형성된 것은 3·1운동 이후 텅 빈 동질성^{민족주의}에 만세운동의 성좌가 채워지면서부터였다.[51] 식민지시대에는 상징계 차원에서 대한민국임시정부가 총독부보다 힘이 약할 수밖에 없었다. 그러나 실재계적인 공동체는 오직 한국인에 의해서만 작동되고 있었다. 식민자는 무지로 인해 그 보이지 않는 곳에 발을 들여놓을 수 없었지만, 피식민자에게는 그곳이 존재를 정동적으로 입증하는 물밑의 장소였던 것이다. 제국주의와 식민주의의 영토에서와는 달리 이 물밑의 영역에서는 존재의 은폐도 타자의 은폐도 없었다. 그런 정동적 공동체의 존재를 증명한 것이 바로 문학이었으며 문학으로 표현된 실재계적 공동체는

---

49 이 정동적 공동체를 통해 확인된 조선은 폭력에 짓눌린 음산한 타자에게 지식인이 다가섬으로써 능동적 정동의 열망이 배태되는 곳이었다.

50 집없는 집 정동적 공동체는 탈영토화 속에서 확인되는 영토이다.

51 우리의 민족사상은 텅 빈 동질성에 3·1운동의 성좌가 채워짐으로써 더 이상 상상계적 이데올로기가 아닌 실재계적 정동 공동체로 작동하게 되었다.

식민 체제에서도 독립을 성취한 상태였다. 식민지시대에 정치적 위력 대신 독립된 문학이 번성한 사실은 그 시기 한국이 근대적 공동체로서 결코 열등한 존재가 아니었음을 입증한다.

식민지시대는 '식민주의-총독부-윤리적 무지^{존재론적 폭력}'와 '민족주의-임시정부-정동적 공동체'가 동시적으로 작동되는 이중적인 체제였다. 독립운동가들은 영토의 회복을 최대의 목표로 삼았지만 이미 그 이상의 가치를 지닌 공동체가 물밑에 형성되어 있었다. 3·1운동 이후의 문학의 번성과 다양한 진보적 사상의 고취는 정동적 공동체에 근거한 존재의 물결의 생성을 전제로 가능했다. 당시에 진보적 사상과 무장투쟁은 영토^{국내의 국가}를 되찾지는 못했지만 그 끝없는 저항의식은 물밑의 정동적 공동체의 작동에 의한 것이었다. 사상운동의 성패와는 별도로 유례없는 문학의 융성은 극렬한 탄압 속에서도 물밑의 정동적 공동체의 독립을 입증하고 있었다. 문학이 암시한 정동적 독립의 증거로서 수면 밑의 정동적 공동체란 존재의 물결을 통해 상상계에서 실재계로 전회하는 항시적 저항의 장소였다.

그 때문에 식민지는 제국의 폭력이 즉각적으로 윤리적 물결의 반격을 낳는 역설의 공간이었다. 폭력적인 독립의 유린은 즉시적으로 물밑의 독립을 입증하려는 존재론적 반격에 부딪힌 것이다. 존재론적 폭력의 공간 식민지에서는 경제적 젠트리피케이션과 존재론적 차별이 표리를 이루고 있었다. 그러나 젠트리피케이션의 폭력이란 윤리적 부재와 무감각^{빈틈}이었기에 그 즉시로 실재계적 윤리와 정동적 공동체를 자극하고 있었다.

제국의 폭력은 잔혹했지만 정동적 공동체의 존재로 인해 타자를 완전히 추방할 수는 없었다. 간단없는 사상투쟁과 무장투쟁, 그리고 일상 곳곳의 틈새와 문학운동의 틈새는, 배제의 시대가 정동적 반격의 시대이기도 함을 입증했다. 그런 틈새의 존재는 물결의 생성의 근원인 타자가 전부 추방된 것이 아니라 강제로 지워졌을 뿐임을 암시했다. 그처럼 존재론적 폭력이 타자를 완전히 내쫓지 못했기 때문에 이 시기는 타자의 은폐시대라고 할 수 있다.

타자의 은폐가 자행된 또 다른 시기는 1970~1980년대의 산업화시대였다. 산업화시대는 국권을 되찾고 경제성장을 이룬 시기였지만 근대화의 개발이 하층민을 억압하는 과정이었던 점은 과거와 다름없었다. 더욱이 이 시기의 개발주의 권력은 냉전 체제 속에서 자유주의 진영의 패권을 쥔 기지의 제국에게 예속되어 있었다.

이 시기에 타자의 은폐가 반복된 것은 자본주의적 근대화의 방식이 근본적으로 젠트리피케이션에 의존하기 때문이었다. 자본주의적 착취와 함께 젠트리피케이션에 의한 존재론적 폭력이 수반된 것은 식민지시대와 비슷했다. 다만 식민지와 신식민지시대의 차이는 개발권력이 혈통적 민족주의를 이용해 트랜스내셔널한 차원의 자본의 폭력을 은폐한 점이었다.

수출지향적 산업화 과정에서 한국인 노동자는 국제적 자본 분할에 의해 값싸고 순종적인 노동력을 제공하는 위치에 있었다.[52] 그런 상황에서 수출에 힘입은 경제성장과 함께 도시가 눈부시게 개발될수록 빈민들은 집과 고향을 잃고 타지로 쫓겨나야 했다. 그처럼 근대적 산업화가 빛을 낼수록 하층민은 비천한 존재로 전락했지만, 개발권력의 민족주의 이데올로기는 조국 근대화의 대의를 앞세워 타자의 희생을 은폐했다. 이제 과

---

52 이진경, 나병철 역, 『서비스 이코노미』, 소명출판, 2015, 69쪽. 농촌에서 상경한 노동자들은 고향을 잃어버리고 닭장 같은 공장의 환경으로 쫓겨난 셈이었다. 그런 상황에서 노동자들은 존재론적 폭력을 수반한 증폭된 경제적 착취에 시달리고 있었다.

거의 식민지적 인종 차별의 고통은 사라졌으나, 제국의 근대화 신화가 신식민지 상황에 묶인 민족 신화^{조국 근대화}로 바뀌었을 뿐, 타자를 인간 이하로 폄하하고 내쫓는 상황은 달라지지 않았다.

예컨대 「난장이가 쏘아올린 작은 공」은 경제적 착취에 존재론적 폭력이 동반된 상황을 젠트리피케이션의 상징을 통해 보여준다. 이 소설은 난장이 일가의 가족사를 통해 하층민의 수난이 식민지시대에 이은 두 번째 젠트리피케이션임을 드러낸다. 주인공 김불이는 아버지가 식민지시대 때 집과 땅을 잃었으며 자신은 해방 후 노예 같은 노동자로 전락해 살고 있었다. 그런 중에 산업 발전의 가속화 속에서 집을 철거당한 그는 대를 이어 젠트리피케이션의 희생자가 된 셈이었다. 식민지 근대화의 신화가 농민과 도시민을 이역으로 내쫓았듯이 산업화를 내세운 개발 권력은 하층민을 외지로 추방하고 있었다.

산업화시대의 두 번째 젠트리피케이션에서 역시 개발의 신화를 앞세운 경제적 착취에 존재론적 폭력이 수반되고 있었다. 가난한 일용 노동자 난장이는 집이 헐려 쫓겨나는 순간 자신이 인간 이하로 강등된 벌레처럼 살게 되었다고 생각한다.[53] 그러나 하층민이 비인간적으로 쫓겨날수록 그들의 정동적 호소에 응답하며 지식인이 다가서고 있었다. 「만세전」에서 이인화가 내면에서 민중들에게 다가갔듯이, 지식인 지섭은 난장이와 교감하며 반격의 틈새를 만들고 있었다.

이 시기에 지식인과 타자의 만남에 의한 저항의 틈새는 당대의 민중적 민족문학을 통해 그 존재가 입증되고 있었다. 민중적 민족문학은 타자에게 다가서며 반격의 틈새를 만들어 식민지시대처럼 실재계적 정동 공동

---

53   조세희, 「클라인씨의 병」, 『난장이가 쏘아올린 작은 공』, 이성과힘, 2000, 252쪽.

체를 입증했다. 민중적 민족문학은 진보적 사상으로 기획되었지만 수행적 차원에서는 타자와 교감하는 정동적 공동체의 연대망에 의거했다. 그것을 증명한 것이 바로 일상의 사람들이 타자에게 다가서도록 물결을 일으킨 문학이었다.

　개발권력의 민족주의 신화가 상상계적 권력이었다면 민중적 민족문학은 실재계적 틈새와 정동적 공동체에서 작동되었다.[54] 앞서 살폈듯이, 그처럼 실재계적 정동 공동체에서 움직였기 때문에 여기서의 민족 기표는 좁은 민족 관념과는 아무 상관이 없었다. 정동적 공동체의 실재계적 위치란 민족적 상징계ᵍᵘᵏᵐⁱⁿᵍᵘᵏᵍᵃ와 상상계ᵐⁱⁿᵏⁱⁱ를 넘어서는 유동적인 영역[55]이었다. 민중적 민족운동이 변혁운동의 대동맥이었다면 문학이 입증한 정동적 공동체는 유동적인 실재계적 모세혈관이었다. 민중적 민족사상의 모세혈관으로서 정동적 공동체는 식민지시대의 물결 공동체가 귀환한 또 하나의 실재계적 연대망이었다.

　산업화시대에도 존재론적 폭력은 타자를 완전히 추방하는 데 실패했다. 「난장이가 쏘아올린 작은 공」, 「아홉 켤레의 구두로 남은 사내」, 「삼포 가는 길」이 암시하듯이, 독재권력의 젠트리피케이션이 자행되는 순간은 곳곳에서 틈새가 작동되는 시간이었다. 그처럼 젠트리피케이션의 폭력의 순간이 틈새의 반격을 자극했기 때문에 독재권력은 타자의 존재를 임시적으로 지워지게 하는 데 그쳤을 뿐이다. 그로 인해 타자의 배제와 민중의 출현이 동시적으로 이루어진 산업화시대는 식민지시대에 이

54　'개발권력의 민족주의'와 '민중문학에서 민족적 기표'의 차이는 5장 4절에서 자세히 설명될 것이다.

55　정동적 공동체는 동일성의 경계를 지닌 민족주의와 국민국가의 영역과는 달리 열려 있는 탈경계의 특성을 지니고 있다.

은 두 번째 타자의 은폐의 시대라고 할 수 있다. 타자의 은폐의 시대는 은폐된 타자가 수많은 문학작품을 통해 민중으로 모습을 드러낸 사회이기도 했다.

두 차례의 타자 은폐의 시대는 물밑에 정동적 공동체가 형성되면서 존재의 물결이 일어난 시기였다. 그러나 1990년대가 되면서 지식인과 타자를 결별시키는 새로운 정동권력이 나타나게 되었다. 정동권력은 감정과 인격성의 영역을 상품화하고 에로스의 샘물^{대상 a}을 가라앉혀[56] 타자에게 다가가는 공감적 정동을 약화시켰다. 이 시기의 민중의 해체는 단지 지식인의 배신이나 민중의 과실 때문이 아니라 무의식의 심층까지 침투해 심연의 깊은 샘물을 동결시킨 신자유주의의 정동권력 때문이었다.

오늘날의 사회적 타자인 실직자, 루저, 불안 노동자는 재난 없이 재난을 당한 난민의 처지에 있다. 지식인과 타자를 결별시킨 정동권력이 하층민을 아무도 다가오는 사람이 없는 타자, 즉 정동적 재난을 당한 난민으로 만든 것이다. 이제 고통받는 타자는 은유적 재난의 시대에 자신을 지켜줄 모든 손길을 잃고 난민처럼 한파에 떨고 있다. 정동권력에 의한 민중의 해체는 고통받는 타자를 은유로서의 난민으로 전락시킨 것이다.

타자의 은폐의 시대에는 권력이 (젠트리피케이션을 통해) 타자를 내쫓는 순간 지식인이 즉시 다가섰지만, 은유적 재난의 시대에는 자본의 독주 속에서 정동권력에게 습격당한 지식인은 타자에게 관심을 둘 여력이 없어졌다. 그 때문에 하층민 타자는 경제적으로 몰락했을 뿐 아니라 지식인과 일상인의 내면에서 다시 한번 추방당한 것이다. 김애란의 「벌레들」에서처럼 장미빌라의 입주자는 철거 지역에서 벌레가 날아오는 공포 때문에

---

56 정동권력의 감정과 정동의 상품화는 유사 대상 a를 발명해 내는 것에서 정점에 이른다. 유사 대상 a의 만연은 진정성의 샘물 대상 a를 가라앉게 만든다. 6장 1절 참조.

절벽 밑의 세계로부터 자신을 차단시킨다. 이것이 바로 신자유주의의 정동권력에 의한 **존재론적 젠트리피케이션**의 현실이다. 존재론적 젠트리피케이션의 시대는 지식인과 일상인이 타자의 정동적 초대에 응하지 않기 때문에 사회의 곳곳에서 틈새의 반격이 어려워진 시대이다. 존재론적 차별의 폭력이 자행되어도 아무도 달려오지 않는 시대, 이 우울한 현실이 바로 오늘날 우리가 침묵 속에서 겪고 있는 **타자의 추방**의 시대이다.

타자의 추방은 신자유주의의 폭력적인 독주와 정동권력의 횡포에 의해 일어났다. 신자유주의는 감정, 소통, 지식의 영역까지 상품화해 타자에 대한 공감을 약화시키면서, 폭력적인 독주를 통해 계급 사다리를 끊어뜨려 비참한 양극화 사회를 만들었다. 정동적 무력화와 양극화의 고착화는 하층민과 중간층 사이의 교감의 틈새를 박탈하면서 정동적 식민지의 시대를 만들었다. 캐슬을 선망하며 '지하 벙커'^{<기생충>}를 외면하게 하는 도착된 권력에 의해, 존재자와 타자가 결별한 탈윤리의 시대가 시작된 것이다. 식민지와 신식민지시대가 끝나는 순간, 타자가 추방되고 사람들의 연대가 상실된 새로운 정동적 식민지시대가 도래한 것이다.

정동적 식민지시대는 존재의 물결을 생성하는 정동적 공동체가 무력화된 세계이다. 정동적 공동체가 위기에 처했다는 것은 비판적 문학과 정동적 공론장, 일상의 도처에서 반격의 틈새가 약화되었다는 뜻이다. 신자유주의는 캐슬과 돈통을 선망하게 하고 타자를 혐오하게 만들어 틈새에서 존재의 물결이 일어나지 못하게 만든다. 그와 함께 텅 빈 동질성을 채웠던 변혁의 기억과 문학의 성좌가 희미해지게 해 정동적 공동체를 심연에서 멀어지게 만든다. 타자의 추방이란 틈새의 추방과 정동적 공동체의 해체이다. 그로 인해 추방된 타자는 〈오징어 게임〉에서처럼 고립된 루저가 되었으며, 일상의 사람들은 불가능한 돈통을 위해 목숨을 거는 존재가

되었다.[57]

이제 하층민 타자는 정동적 공동체 대신 '외진 곳'이나 'T구역'에 거주하게 되었다.[58] 식민지와 신식민지시대에는 지옥 같은 공장에 있어도 마음속에서는 정동적 공동체를 소망할 수 있었다. 정동적 공동체는 집 없는 집인 동시에 존재의 집_{하이데거}보다도 더 강렬한 물결을 일으킬 수 있는 곳이다. 반면에 '외진 곳'이나 'T구역'에 거주한다는 것은 혐오의 시선에 시달린다는 뜻이며, 여기에서는 좀처럼 존재의 물결이 일어나지 않는다.

존재의 물결이 일어나지 않는 시대는 사상의 확실성도 무력화된 시대이다. 비판적 사상의 무력화는 보다 더 뼈아프기 때문에, 월러스틴은 사상의 신념을 상실한 시대를 절박하게 주목했다. 그러나 사상과 물결은 표리를 이루기에 사상의 상실의 근원에는 물결을 일으키는 정동적 공동체의 해체가 놓여 있다. 이제 사상이 다시 위력을 되찾으려면 물결을 회생시키는 모세혈관의 혈액이 필요하며, 그것을 가능하게 하는 것은 은유적 정치와 문학, 가상공간의 반격이다. 우리는 존재자와 타자_{그리고 지식인과 하층민}의 만남을 다시 한번 가능하게 하기 위해, 정동정치를 통해 틈새의 물결을 일으키며 100년 전에 시작된 정동적 공동체의 모험을 회생시켜야 한다.

---

57 〈오징어 게임〉에서 타자들이 돈통을 보며 죽음의 게임을 하는 것은 일상의 사람들의 무의식을 거울처럼 비춰보여 주는 장면이라고 할 수 있다.

58 「외진 곳」(장은진)의 '외진 곳'과 「월드 피플」(이재웅)의 'T구역'은 인정과 진정성을 상실한 신자유주의시대의 비장소이다. 과거의 달동네와 달리 '외진 곳'과 'T구역'이 난민 수용소 같은 비장소가 된 것은 정동적 공동체가 해체되었기 때문이다. 장은진, 「외진 곳」, 『이효석 문학상 수상작품집』, 생각정거장, 2019; 이재웅, 「월드 피플」, 『불온한 응시』, 실천문학사, 2013 참조.

4. 타자의 문학 젠트리피케이션에 저항하는 무기

　루카치는 소설이 주인공의 내면을 입증하기 위해 길을 찾아 나서는 영혼의 이야기라고 말했다.[59] 소설은 삶의 충만함을 상실한 영혼이 내면의 모험을 통해 숨겨진 총체성을 찾아내는 양식이다.[60] 소설의 주인공은 신에게서 버림받은 세계에서 부재하는 신을 확인하는 순간 다시 한번 총체성을 갈망한다.[61]

　루카치는 소설의 총체성이란 신의 부재를 발견하며 아이러니하게 신으로 충만된 순간을 경험하는 것이라고 말했다.[62] 이처럼 부재를 통해 존재를 확인하는 숨겨진 총체성은 현대적 관점제임슨[63]에서 재해석될 필요가 있다. 현대 사회에서 신으로 충만된 총체성의 흔적은 어느 곳에서도 발견되지 않으며, 표상되지 않는 총체성은 모험을 통해 어디에도 없다고 입증될 때 비로소 암시된다. 총체성이란 부재를 통해 자신을 증명하는 부재원인이자 표상될 수 없는 실재(계)적 진실이다.[64]

　소설의 주인공은 표상의 세계상징계에서 표상 세계 외부실재계에 접촉하는 모험을 하고 있다. 이런 도전적인 재해석에서 또 하나 중요한 것은 부재원인총체성을 입증하는 영혼의 모험이 단지 혼자만의 고독한 여로가 아니라는 점이다. 우리는 체제의 외부에 접촉하는 모험에서 루카치가 놓친 중

59　루카치, 김경식 역, 『소설의 이론』, 문예출판사, 2007, 103쪽.
60　위의 책, 68쪽.
61　위의 책, 107~108쪽.
62　위의 책, 107쪽.
63　프레드릭 제임슨, 이경덕·서강목 역, 『정치적 무의식』, 민음사, 2015, 65~67쪽. 제임슨은 마르크스주의자가 된 후의 루카치의 총체성 개념을 염두에 두고 있지만 초기의 총체성 개념에 연관해서도 말해질 수 있다.
64　위의 책, 66~67쪽.

요한 존재를 주목할 필요가 있다. 즉 상징계의 현실에서 실재계에 접촉하고 있는 존재, 파울 첼란이 강조한 타자이다.

루카치는 신이 부재하는 세속적 현실에 정착하지 못하는 문제적 개인을 강조했다. 문제적 개인은 윤리적이지만 소설의 모험을 위해서는 그것으로 충분하지 않다. 문제적 개인의 영혼의 입증이 윤리적 순간을 뜻한다면, 그런 자아 내면의 윤리는 타자와의 관계에서 비로소 증명된다. 근대 사회에서 윤리의 주도권은 타자에게 있기 때문에 레비나스가 말한 타자와의 만남의 순간 자아의 영혼은 가장 분명히 입증될 수 있다.

루카치의 문제적 개인은 모험의 과정에서 타자와 교감하는 순간 가장 문제적이 된다고 할 수 있다. 벤야민은 소설이란 통약불가능성을 끝까지 쫓아가는 것이라고 말했으며,[65] 실제로 소설에서는 영혼의 모험 이상으로 통약불가능한 타자와의 만남이 매우 중요하다.[66] 소설의 영혼의 모험은 루카치의 고독한 여로에 타자에게 다가가는 도정을 덧붙일 때 더 잘 설명될 수 있다. 그런 타자와의 관계의 중요성은 특히 식민지를 경험한 사회에서 특징적으로 발견된다.

식민지 소설의 경우 모험의 도정에서 자아의 영혼이 입증되는 것은 대부분 타자와 만나는 순간이다. 예컨대 「표본실의 청개구리」에서 '나'는 광인 타자와의 만남에서 영혼의 전율을 느낀다. 또한 「고향」의 '나'는 음산한 유랑인의 모습에서 감동을 느끼며 불현듯 그에게 다가선다. 자아와 타자와의 관계는 지식인이 등장하지 않고 하층민만 그려지는 소설에서도 마찬가지이다. 「행랑자식」과 「운수 좋은 날」에는 타자만 등장하지만 여기서는 내포독자인 나와 하층민 타자가 동행하는 과정이 지속된다. 그

---

65 벤야민, 이태동 역, 「스토리 텔러」, 『문예비평과 이론』, 문예출판사, 1987, 105쪽.
66 혹은 자신이나 타인의 타자성을 끝까지 탐색하는 것이라고 할 수 있다.

리고 소설의 정점의 순간 내포독자는 타자에게 공감하며 영혼의 동요를 느끼게 된다. 두 유형에서 자아가 상징계에 위치한다면 타자란 부재하는 총체성, 즉 실재계에 접속한 존재이다. 그 때문에 상징계에 대해 도발적인 나의 모험의 행로에서는 레비나스가 말했듯이 실재계적 타자가 사건의 주도권을 쥐고 있다.

이제까지 우리는 소설을 주인공의 모험이나 내면의 발견, 세계의 총체성 등으로 정의해 왔다. 그러나 그런 논의들이 간과한 중요한 존재는 타자이다. 그 점에서 문학과 소설이란 데카르트의 '생각하는 존재'에 대한 이의 제기의 형식이다. 즉 소설은 독아론獨我論에서 벗어나 은폐된 타자를 발견하거나 타자를 향한 모험을 그리는 양식이다.

'타자를 향한 모험'이라는 소설그리고 문학의 재정의는 타자의 은폐와 추방을 겪어온 우리 사회에서 매우 실감 난다. 우리 소설은 은폐된 타자를 드러내거나 지식인과 중간층이 타자에게 다가서는 과정을 집중적으로 그리고 있다. 타자의 은폐와 추방이 실제적·은유적 젠트리피케이션에 의한 것이라면 소설과 문학은 젠트리피케이션에 저항하는 강력한 무기라고 할 수 있다.

「만세전」의 이인화는 도시에서 쫓겨난 조선인에게 다가서며 "누구를 위한 이층집이냐"라고 영혼의 절규를 하고 있다. 또한 「난장이가 쏘아올린 작은공」의 지섭은 난장이 집의 철거에 맞서 피를 흘리며 내면의 영혼을 입증하고 있다. 「벌레들」에서는 무의식의 차원에서 철거민에 대한 혐오가 암시되지만 여기서도 결말부의 반전이 특징적이다. '나'는 벌레가 기어나오는 곳에 들어서서 자궁을 적출당한 나무 대신 출산을 하며 절벽 아래의 모험을 경험한다. 루카치가 말한 영혼의 모험은, '쫓겨난 조선인', 집이 헐린 '철거민', '절벽 밑 존재'라는 타자에게 다가서는 순간 입증된

다. 그리고 그런 모험의 도정에서는 피식민자, 하층민, '자궁을 뺏긴 나무'
가 사건의 주도권을 쥐고 있다.

그처럼 타자에게 다가서는 순간은 정동적 공동체의 존재가 증명되는
시간이기도 하다. 앞서 살폈듯이, 정동적 공동체는 존재의 물결을 일으켰
던 기억의 성좌가 텅 빈 동질성을 채울 때 확인되는 집 없는 집이다. 기억
의 성좌는 상징계에서 상실한 시간을 실재계에서 창조적으로 고양시키
며 다시 한번 물결을 일으키게 해준다. 그것은 마치 상실한 총체성의 별
들을 부재하는 총체성으로 회생시키는 과정과도 유사하다. 집 없는 집으
로서의 정동적 공동체는 영혼의 모험을 통해 확인되는 루카치의 '상징계
에 부재하는집 없는 총체성'과도 같다. 정동적 공동체가 확인되는 순간은
부재상징계에서 존재실재계를 창조하며 다시 한번 영혼의 동요와 존재의 물
결을 일으키는 시간이다.

그런데 그처럼 부재를 통해 존재를 확인하는 실재계 차원의 정동적 모
험은 타자와의 관계에서 비로소 가능해진다. 타자에게 다가서는 모험, 즉
지식인과 존재자가 하층민 타자에게 다가가는 순간은, 상징계에서 부재
를 확인하며 동일성 체제를 뒤흔드는 영혼의 동요와 실재계적 존재의 물
결이 이는 시간이다. 그 순간 실재계적 정동 공동체를 입증하며 수행적
차원의 물결을 생성하는 것이 바로 소설과 변혁운동일 것이다.

타자가 상징계의 집을 빼앗긴 존재라면 소설은 물결을 일으키며 타자
의 집 없는 집 정동적 공동체를 입증한다. 자본과 권력의 동일성 체제는
젠트리피케이션을 통해 하층민의 집을 철거하며 타자를 은폐하고 추방
한다. 반면에 소설은 타자에게 다가서며 집 없는 집부재하는 총체성을 증명하
는 존재의 물결을 일으킨다. 그처럼 존재의 물결로서의 소설이란 젠트리
피케이션의 비참한 현실에서 타자에게 다가서는 영혼의 모험을 통해 집

없는 집^{정동적 공동체}의 존재를 입증하는 양식이다.

실제로 우리 근대 초기 문학에는 그 두 가지, 즉 '젠트리피케이션^{타자의 은폐의 폭력}'과 '타자와 손잡는 정동적 공동체의 입증'이 특징적으로 나타난다. 예컨대 염상섭의 소설에서 묘지의 은유가 나타나는 「표본실의 청개구리」, 「암야」, 「만세전」, 「숙박기」는 식민지적 젠트리피케이션에 맞서 타자에게 다가서는 모험을 그린 소설들이다. '묘지'란 제국의 근대화의 신화가 식민지의 타자를 폭력적으로 내쫓음으로써 생긴 비참한 현실의 은유이다. 그러나 그처럼 하층민 타자를 내쫓는 순간은 지식인이 타자에게 다가서며 정동적 공동체의 열망을 입증하는 시간이기도 하다. 「표본실의 청개구리」의 '나'는 피폐한 광인 타자를 만나는 순간 가슴의 전율을 느끼며 그의 삼층집에서 정동적 공동체의 갈망을 감지한다. 또한 「만세전」의 이인화^나는 부산에서 간도로 쫓겨난 조선인들을 생각하면서 집 없는 집 정동적 공동체의 열망을 느낀다. 마찬가지로 「숙박기」의 결말부에서 창길이 친구의 집을 뛰쳐나오는 순간 독자들은 부재하는 정동적 공동체에서 그를 만난다.

염상섭의 초기 소설은 일본의 사소설과 내면고백체에서 영향을 받은 작품들이었다. 일본의 사소설은 근대적인 개인적 자아를 창조하면서 숨겨진 내면의 비밀을 탐색하는 양식이었다. 그러나 염상섭의 내면고백체는 단지 자아의 불안과 숨겨진 비밀을 드러내는 데 그치지 않았다.[67] 사소설의 경우 아쿠타가와 소설에서 보듯이 개인성의 비밀을 흔히 분신이나 도플갱어를 통해 표현했다. 반면에 「표본실의 청개구리」에서 '나'의 분신에 해당하는 김창억은 내면의 비밀을 암시하기보다는 3·1운동의 희

---

67 박선영, 나병철 역, 『프롤레타리아의 물결』, 소명출판, 2022, 262~266쪽.

생자로서 충격을 주고 있다. 일본의 사소설과는 달리 염상섭의 내면고백체는 '나'의 불안의 요인이 고통받는 피식민 타자에게 있음을 시사한다.[68]

더욱이 김창억의 환상 속의 건축은 피식민자의 고통이 제국의 젠트리피케이션에 의한 것임을 내비춘다. 식민지에 축조된 제국의 건축^{근대성 신화}이 타자를 내쫓는 과정이었기 때문에, 김창억은 동서평화론과 민족자결주의^{윌슨이즘}를 외치는 또 다른 근대성의 문화를 시도한 것이다. 그것은 상징계에선 환상에 불과하나 무의식^{그리고 실재계}에서는 윤리적인 실재계적 정동 공동체를 주장한 것이었다. 다만 김창억의 "삼층집"과 "유유자적"은 현실성이 없는 무력한 것이었으며 '나'에게 납덩어리 같은 환멸을 가져다주게 된다.

그로 인해 「표본실의 청개구리」는 '타자에게 다가섬'을 통해 물결을 일으키기보다는 식민지적 젠트리피케이션을 폭로하는 데 초점이 맞춰져 있다. 반면에 나도향의 「행랑자식」과 현진건의 「운수 좋은 날」은 상징계에서 은폐된 타자를 드러내며 실재계적 공동체를 열망하는 소설이라고 할 수 있다. 다른 한편 「고향」^{현진건}, 「낙동강」^{조명희}, 『고향』^{이기영}은 타자에게 다가서서 물결을 일으키며 정동적 공동체의 존재를 능동적으로 확인하는 작품들이다.

흥미로운 것은 타자에게 다가서는 문학이 역사적 주체를 앞세운 프로 소설들에서도 발견된다는 점이다. 1920년대 카프의 최고 소설 한설야의 「과도기」는 젠트리피케이션에 저항하며 내포작가가 타자에게 다가서는 작품이다. 또한 사회주의 리얼리즘의 최고봉 『인간문제』 역시 젠트리피케이션에 의해 도시 노동자가 된 주인공들에게 접속하게 만드는 소설이

---

68 위의 책, 263~266쪽.

다. 프로소설의 집약체인 『고향』에는 하층민이 쫓겨나는 과정이 그려지지 않지만 농민들이 피난민 대열처럼 된 풍경[69]을 통해 은유로서의 젠트리피케이션을 암시한다.

더욱이 『고향』은 작가의 창작 과정에서 은폐된 타자에게 다가서는 행동을 통해 식민지 소설의 타자성을 전형적으로 보여주었다. 카프문학은 1920년대 말 볼세비키화 과정에서 사상적으로 최고의 정점에 이른 듯이 보였다. 그러나 이기영은 전위가 앞장서는 작품행동 대신 타자에게 접근하는 창작방법을 선택했다. 그의 대표작 『고향』은 자신이 천안 근교[성불사]에서 고향 사람들과 수시로 접촉하는 중에 쓰여졌다. 이기영은 카프의 쟁점이었던 '사상의 정통성'과 '박진성'의 갈등 속에서 '타자에게 다가서는 리얼리즘론'을 수용한 셈이었다. 타자에게 다가서는 문학은 타자를 핍박하는 체제를 뒤흔드는 존재의 물결을 일으킬 수 있었다. 그처럼 은폐된 타자에게 다가서서 물결을 일으키는 순간은 물밑의 정동적 공동체의 연대망을 확인하는 시간이기도 했다.

식민지시대의 진보적 문학의 물결은 1970~1980년대에 민중문학의 물결로 되돌아왔다.[70] 민중문학이 식민지시대 문학과 다른 점은 전략적 집중성을 지님으로써 보다 역동적인 정동적 물결을 일으킨 점이다.[71] 그와 함께 산업화가 본격화됨에 따라 소외된 계층이 생겨나면서 사람들의 관심이 그들에게 집중된 점을 들 수 있다. 소외된 계층의 문제에서 중요한 것은 지식인[그리고 중간층]이 은폐된 타자의 호소에 응답함으로써 함께 정

---

69   이기영, 『고향』, 풀빛, 1989, 61쪽.
70   박선영, 앞의 책, 395쪽.
71   식민지시대에는 염상섭 유형과 이기영 유형의 문학이 느슨한 연대를 이뤘지만, 1970~
      1980년대에는 두 문학이 민중적 민족문학으로 힘을 합칠 수 있었다.

동적 물결을 생성한 점이다.

개발권력은 타자를 소외시켰지만 지식인과 중간층은 은폐된 폭력을 확인하는 순간 하층민에게 다가서며 동요를 일으켰다. 그런 은폐된 타자와의 만남에서 생긴 정동적 동요는 노동운동의 사상적 인식을 사회 전체를 뒤흔드는 존재론적 물결로 만들었다. 이 시기 민중운동의 성취는 '노동자를 변혁의 중심에 놓는 사상'과 '타자와 교감하며 물결을 일으킨 문학'이 조화롭게 접합된 결과라고 할 수 있다.[72]

문학이 보여준 은폐된 타자는 당시의 민중들이 젠트리피케이션의 희생자였음을 암시한다. 실제로 1970년대의 대표작 「삼포 가는 길」과 「난장이가 쏘아올린 작은 공」, 「아홉 켤레의 구두로 남은 사내」는 모두 젠트리피케이션의 문제를 다루고 있다. 그처럼 1970년대의 민중이 젠트리피케이션의 희생자였기 때문에 이 시기에는 공장 노동자보다는 유랑인이나 철거민, 비천한 타자들이 더 많이 그려졌다. 젠트리피케이션에 대항하는 당대의 타자의 소설들은, 지식인과 하층민그리고 존재자와 타자의 만남을 통해 '삼포'와도 같은 마음의 고향, 즉 부재하는 정동적 공동체의 존재를 입증하고 있었다.

산업화시대의 진보적 사상이 민중을 역사적 주체로 중시했다면 문학은 타자의 위치에서 물결을 일으키는 정동적 공동체를 암시했다. 역사적 주체는 은폐된 타자와 교감하고 물결을 일으키며 정동적 공동체를 입증하는 순간 비로소 생성되었다. 이 시기에 사상적 기획이 문학을 중시한 것은 존재의 물결을 일으키는 정동적 공동체의 역동성을 감지했음을 의미했다. 민중적 민족사상은 민중 주체를 강조했지만 그런 사상이 힘을 얻

---

72   문학이 존재론적 폭력에 맞설 수 있는 것은 타자의 위치에서 존재의 물결을 일으키며 정동적 공동체를 입증하기 때문이다.

을 수 있었던 것은 지식인과 타자가 다가서는 정동적 연대의 장이 생성되었기 때문이다. 특히 문학은 은폐된 타자를 드러내거나 지식인과 하층민의 교감을 그리며 정동적 공동체의 존재를 증명했다. 문학은 정동적 공동체의 모세혈관에 피가 흐르게 함으로써 민중적 사상이 물결로 운동할 수 있게 만들었다.

지식인과 하층민 타자의 만남에서 사건의 주도권은 타자 쪽에 있었다. 그 때문에 체제가 폭력적이 될수록 민중을 주체로 한 사상이 더 확고해졌으며, 1980년대에는 문학에서도 노동시와 노동소설이 많아졌다. 그러나 앞서 살폈듯이 노동자를 포함한 민중은 계급적 개념일 뿐 아니라 지식인과 하층민, 존재자와 타자의 교감 속에서 생성되는 물결이기도 했다. 그 때문에 노동문학에서도 창작 과정이나 내포작가의 위치에서 지식인이 은폐된 타자에게 다가서는 진행이 중요했다.

예컨대 최고의 노동소설 「쇳물처럼」과 「내딛는 첫발은」의 성취는 대학생이었던 정화진[73]과 방현석[74]이 인천의 공장에 취업해 노동자에게 다가갔기 때문이다. 이기영이 농민들과 접촉했듯이 노동소설 작가들은 노동자와 함께하며 은폐된 타자를 저항 주체로 생성해 냈다. 노동소설 작가들은 현장으로 다가갔을 뿐 아니라 작품 자체 속에 스며들었다. 「쇳물처럼」과 「내딛는 첫발은」에는 지식인이 등장하지 않지만 분명히 그 뒤에는 지식인 내포작가의 존재가 있다. 여기서 중요한 것은 내포작가로서 정화진과 방현석이 단지 노동자들을 변혁의 주체로 소환해 내는 데 그치지 않았다는 점이다. 노동소설에서는 변혁의 주역으로 앞세운 민중 주체가 계급적 표현인 동시에 모두가 공감하는 윤리적 공동체의 물결로서 의미화

---

73 정화진은 서강대학교 영문과를 졸업한 후 인천의 주물공장에 취업했다.
74 방현석은 서라벌예대 문예창작학과 재학 중 인천 공단에 취업했다.

되고 있었다. 정동적 공동체와 존재의 물결은 지식인이 노동자를 주체로 호명하는 목적론에서 벗어날 수 있게 해 주었다. 그런 방식으로 민중사상의 성취를 보장하면서 모두의 존재의 물결을 입증한 것이 바로 당대의 타자의 문학이었다.

지식인과 노동자 주체의 관계를 해명하는 것은 오래된 딜레마이다. 스피박은 변혁의 사상이란 대부분 지식인이 재현의 서사에 투명하게 개입해 민중서발턴을 주체로 앞세운 기획이라고 비판했다.[75] 스피박의 지적대로 변혁사상은 지식인의 각본이 없이 민중 스스로 만들어 내기 어렵다. 그러나 지식인과 민중의 접근이 단지 사상가의 개입과 민중의 이데올로기적 호명을 의미하는 것만은 아니다. 이데올로기적 호명은 '지식인의 다가섬'과 '민중의 혁명성의 발현'을 제대로 연결시킬 수 없다.

지식인과 민중의 만남의 문제를 해결하는 방법은 변혁운동을 사상적 기획과 수행적 물결의 결합으로 이해하는 것이다. 사상적 기획에서의 민중의 혁명성은 수행적 과정에서 민중의 정동적 주도권의 발현으로 재해석되어야 한다. 지식인의 다가섬이 단지 사상적 개입만이 아님은 타자의 정동적 주도권으로 입증된다. 지식인과 하층민의 교감에서 타자에게 주도권이 있는 것은 그가 실재계에 접촉한 위치에 있기 때문이다. 인식론적으로 미자각된 하층민의 주도권은 실재계적 선회를 일으키는 존재론적 위치에 근거한다. 존재론적 전회[76]를 가능하게 하는 실재계적 타자가 없다면 지식인의 접근도 저항적 사상도 큰 의미를 지니지 못한다.[77] 지식인

---

75 스피박, 태혜숙 역, 「서발턴은 말할 수 있는가?」, 로절린드 C. 모리스 편, 『서발턴은 말할 수 있는가?』, 그린비, 2013, 62쪽.
76 상징계의 동일성에서 벗어나 실재(계)의 주위를 도는 코페르니쿠스적 전회를 말함.
77 또 다른 상징계(체제)에 갇히게 되기 때문이다.

은 민중 서사에 개입하기 위해 다가서는 것이 아니라 타자의 정동적 호소에 응답하며 함께 주체로 생성되는 과정을 발진시키려는 것이다. 혁명적 서사기획는 그 순간의 존재의 물결수행에 의해서만 작동되며, 그때 일어나는 물결의 정동적 주도권이 바로 민중의 혁명성이다.

　폭력적으로 은폐된 타자는 전태일의 노동자들이나 「아홉 켤레…」의 빈민들처럼 그 스스로 상징계에 모습을 드러내기 어렵다. 지식인이 다가서는 순간은 재현불가능한 타자들이 재현의 공간상징계에 나타나는 시간이다.[78] 그러나 이때의 타자의 재현이란 사상적 기획의 실행인 동시에 재현불가능한 정동적 주도성이 발현되는 순간이기도 하다. 재현불가능한 타자의 정동적 잠재력이 상징계에 출현해 체제를 흔드는 그때가 바로 존재의 물결의 순간이다. 여기서 지식인과 타자의 다가섬은 이데올로기적 호명보다는 모순된 현실상징계로 내달으며 경직된 체제를 뒤흔드는 실재계적 존재의 물결로서 의미를 지닌다.

　더욱이 젠트리피케이션에 의해 타자가 폭력적으로 은폐된 식민지와 신식민지에서는 지식인과 타자의 만남이 매우 중요했다. 전태일이 대학생 친구를 갈망했듯이 타자가 폭력적으로 은폐된 현실에서는 노동자 혼자만으로 저항의 연대를 만들기가 매우 어렵다. 아감벤의 벌거벗은 생명이란 존재론적 폭력을 전제로 한 비식별적인 침묵을 뜻하며, 식민지와 신식민지의 노동자들은 그 대표적인 예에 해당될 수 있었다. 그러나 타자의 은폐는 권력의 윤리적 무지의 빈틈허점을 남기기 때문에, 식민지와 신식민지 상황에서는 아감벤의 생명정치에 맞서 틈새를 생성하는 역전이 가능했다. 즉 타자의 정동적 호소에 지식인이 절박하게 다가섬으로써 반전의

78　이는 상징계와 실재계의 만남의 순간이다.

틈새가 생겨나고 있었다. 노동자와 전태일의 호소에 지식인이 응답하는 순간 이번에는 지식인이 타자에게 볼모로 잡혀 헤어 나오지 못하게 된다. 타자가 은폐된 상황에서의 지식인과 민중의 만남이란 벌거벗은 생명을 벌거벗은 얼굴로 전환시키는 것과도 같았다. 예컨대 「쇳물처럼」과 「내딛는 첫발은」에서의 내포작가와 은폐된 타자의 조우는 침묵하던 천 씨와 정식의 벌거벗은 얼굴에 내포독자들이 볼모로 잡히게 만드는 과정이다. 그처럼 사상적 기획의 실천에서 수행적 과정의 승리를 증명한 것이 바로 존재의 물결을 표현한 타자의 문학이었다.

두 번의 타자의 은폐에서 지식인과 민중의 만남은 존재론적 물결을 통해 타자를 구출하면서 지식인 자신이 구원을 얻는 과정이었다. 그런 존재론적 전회는 '프롤레타리아의 물결'과 '민중의 물결'을 일으켜 진보적 사상이 역동성을 얻을 수 있게 해주었다. 지식인은 민중적 주체와 만나는 동시에 타자의 벌거벗은 얼굴[79]과 만나고 있었다. 타자의 문학은 그 이중적 과정에서 은폐된 타자의 맨얼굴을 드러내며 사상의 시대에 물결의 승리를 입증했다. 그렇게 해서 사상과 물결, 기획과 수행이 표리를 이루고, 인식론과 존재론의 진리가 접합되면서, 프롤레타리아의 물결과 민중의 물결의 유동성과 역동성이 증명되고 있었다.

---

79 이런 민중의 이중적 측면은 기존의 민중론에서 '역사적 주체'와 '수난받는 민중'의 두 모습으로 논의되고 있다. 김진호, 「역사 주체로서의 민중─민중신학 민중론의 재검토」, 『신학사상』 80, 1993 봄; 강인철, 『민중, 시대와 역사 속에서』, 성균관대 출판부, 2023, 412쪽.

5. 타자의 문학의 새로운 모험 정동의 식민화와 '들불'의 반격

1990년대 이후 민중의 물결의 상실은 하층민과 지식인 모두에게 큰 충격을 안겨 주었다. 「그리운 동방」김소진, 1992, 『오지리에 두고 온 서른 살』 공선옥, 1993, 「샤갈의 마을에 내리는 눈」박상우, 1990은 모두 그런 충격적 좌절감을 우울하게 표현하고 있다. 그러나 이 소설들에서의 우울의 정동은 단지 지식인과 민중의 내면적 문제가 아니라 현실 자체의 요인에 의한 것이었다. 우울이란 애도가 불가능한 상태에서의 상실을 뜻하며, 이 시기의 그런 정동적 박탈감은 외부 현실의 요인에 의해 강제된 것이었다.

「그리운 동방」은 그 같은 정동적 박탈감의 요인을 매우 잘 드러내고 있다. 이 소설에서 노동운동가인 '나'와 아내는 1987년 대통령 선거의 실패로 패배의식에 사로잡혀 있었다. 두 사람은 진보세력이 분열된 상황에서 '변혁이론의 무도회'와 '공장의 현장' 사이에서 서성거리고 있었다.

아내는 스스로 현장 체질이라며 한 조명등 공장의 노조결성에 전력을 다했다. 노동자 출신인 그녀는 현장 사람들과의 벌거벗은 얼굴의 만남에 아직 자신감을 갖고 있었다. 거의 모든 노동자들과 끈끈한 유대를 맺은 후 아내는 때가 무르익었다고 판단했다. 오히려 현장 사람들이 속히 해치우자고 닦달을 했고 다만 식당 아주머니 한 사람만이 신부전증으로 불참했을 뿐이다.

그런데 입원했다던 아주머니가 멀쩡히 출근을 했고 사장이 콩팥까지 떼어주는 호의를 베풀어 완쾌되었다고 말했다. 사장이 생명의 은인이라는 아주머니의 칭찬에 사람들은 벌린 입을 다물 수 없었다. 사장의 미담은 노조회의론으로 이어졌고 아내의 실패는 '좋은 세상'에 대한 불신을 낳았다.

과거에는 아흔아홉 냥 가진 부자가 한 냥을 탐냈지만 새로운 부자는 그 대신 민중의 인정을 '제 것'으로 빼앗고 있었다.[80] 사장에게 인정을 인질로 잡힌 식당 아주머니는 이제 민중자신의 살아 있는 맨얼굴을 상실하게 되었다. 예전의 고통받는 타자는 벌거벗은 얼굴로 우리를 헤어나오지 못하게 만드는 주도권을 갖고 있었다. 그처럼 인정은 타자가 우리를 볼모로 만드는 무기인데 그것을 사장이 빼앗아 간 것이다. 박완서의 「도둑맞은 가난」에서처럼, 가난한 민중의 미덕마저 자본의 목록에 편입시킴으로써 돈을 중심으로 움직이는 사회구조를 영구화시킨 것이다. 「도둑맞은 가난」은 「그리운 동방」을 거쳐 오늘날 〈기생충〉의 현실을 만들고 있다. 〈기생충〉은 자신을 고용한 사장에게 존경심을 표하며 하층민들끼리 서로 싸우는 현실을 보여준다. 기생충 같은 하층민에게 약간의 물질적 혜택을 제공해 주는 대가로 정동적으로 영원히 선을 넘지 못하는 사회가 만들어진 것이다. 〈기생충〉과 〈오징어 게임〉은 자본주의가 타자성을 추방하면 어떤 무서운 세상이 오는지 보여준다.

타자성의 추방과 상실은 하층민과 노동자들의 문제만이 아니다. 타자성의 상실은 자본의 회유와 함께 지식인과 타자의 만남의 결렬, 즉 자본주의의 틈새의 상실을 뜻한다. 김소진의 「비운의 육손이 형」은 과거의 진보적 지식인이 상품매출에 신경을 쓰는 지식판매자가 되었음을 암시한다. 또한 김애란의 「벌레들」은 중간층이 거세공포 속에서 장미빌라의 환상에 목을 매고 있음을 보여준다. 타자성의 추방은 하층민-지식인-중간층이 다가서며 만든 민중의 연대를 〈기생충〉과 〈오징어 게임〉의 각자도생의 삶으로 해체한 것이다.

---

80 박완서, 「도둑맞은 가난」, 『부끄러움을 가르칩니다』, 문학동네, 2006, 406쪽.

민중의 상실은 계급관념이 아니라 타자의 존재론의 상실이다. 전태일의 시대에 지식인과 타자를 다가서게 했던 호소와 응답은 이제 잘 나타나지 않는다. 무의식의 식민화는 맨얼굴을 빼앗으며 타자의 윤리적 주도권과 지식인의 응답의 절실함을 박탈했다. 벌거벗은 얼굴이 식당 아주머니의 멀쩡한 표정이 되고 지식인이 책 판매에 신경을 쓰는 사이에 '좋은 세상'의 이정표가 표류하기 시작한 것이다. 이제 빈곤한 하층민이 노동운동을 해도 맨얼굴의 상실과 지식인의 침묵으로 '이상한 고요함' 속에서 물결이 생기지 않는다. 변혁의 사상은 지금도 그대로 남아 있지만 존재의 물결의 상실로 지식인의 책장에서 현장으로 나오지 못하고 있다. 1990년대 이후의 상황은 타자성의 추방으로 존재의 물결이 일어나지 않으면 사상의 신념이 무력화됨을 입증하고 있었다.

「그리운 동방」의 '나'는 이론과 사상 대신 어린 시절의 동방의 기억을 떠올린다. '나'에게 동방은 상실한 낙원의 잔여물 실재계적 대상 a[81]이다. 꿈속에서 나비가 되어 꽃들 사이에서 만나는 그곳은 스피노자의 내재원인[82]이기도 하다. 이제 '좋은 세상'의 이정표와 초대장[83]은 「무엇을 할 것인가」[이론]나 노동자의 벌거벗은 얼굴에 있지 않았다. 그보다는 동방의 순

---

81 대상 a란 상징계에 진입하는 과정에서 잃어버린 화해의 기억의 잔여물이 심연에 남겨진 것을 말한다. 심연의 잔여물 대상 a는 상징계를 넘어선 실재계적 차원에서 경험된다.

82 스피노자의 내재원인은 구조(상징계)에는 부재하는 능동적 정동의 원인으로 상징계를 넘어선 라캉의 대상 a와 같은 맥락에 있다. 예컨대 한용운의 「님의 침묵」의 님은 부재 속에서 존재를 증명하는 내재원인인 동시에 진정한 욕망의 잔여물 라캉의 대상 a라고 할 수 있다.

83 과거에는 '좋은 세상'의 이정표와 초대장이 민중의 벌거벗은 얼굴에서 시작되고 있었다. 김문수, 「어느 실천적 지식인의 자기반성」, 『현장』 6호, 돌베개, 1986, 151쪽. 그러나 타자가 추방된 시대에는 대상 a를 회생시켜 타자와 재회하는 과정에서 변혁의 열망이 시작된다.

수기억의 이미지, 즉 대상 a와 내재원인의 은유가 '나'의 심연을 동요시키고 있었다.

이제 '나'에게 필요한 것은 다시 일어서기 위해 이론서보다는 은유적 고양을 통해 대상 a를 재작동시키는 일일 것이다. 시와 문학은 대상 a와 내재원인을 은유로 표현하면서 추방된 타자를 꽃으로 돌아오게 해준다. 타자란 대상 a^{실재계}의 환유로서 상징계에 모습을 나타낸 부분대상이다. 우리가 전태일이라는 타자와 교감하는 순간은 상실된 낙원의 잔여물인 노동자의 '마음의 고향' 대상 a를 갈망하는 시간이기도 하다. 그러나 타자가 추방된 세상에서는 '마음의 고향'의 이정표^{타자}를 잃어 「그리운 동방」에서처럼 무슨 일을 해도 열정이 솟아나지 않는다. 이런 상황에서는 침전된 대상 a를 은유로 회생시켜 '마음의 고향'^{대상 a}의 증거였던 타자를 되돌아오게 만들어야 한다. 시와 문학을 통해 타자가 꽃으로 귀환한다는 것은 심연의 대상 a를 길어 올리며 열정을 회생시킴을 뜻한다. 과거에는 타자^{그리고 벌거벗은 얼굴}가 대상 a를 고양시켰지만, 지금은 대상 a를 은유로 회생시켜 타자가 꽃으로 귀환해야 새 세상을 향해 다시 일어설 수 있다.

오늘날 추방된 타자를 대신할 이정표는 타자를 귀환시키는 대상 a의 은유적 재작동이다. 우리시대에 사라진 타자가 귀환할 틈새를 만드는 새로운 문학이 중요해진 것은 그 때문이다. 과거의 문학이 벌거벗은 얼굴^{타자}과 교감하며 '좋은 세상'을 꿈꾸었다면, 지금은 문학^{미학}을 통해 대상 a를 길어 올리며 타자를 귀환시키는 틈새를 만들어야 한다.[84] 이제 타자의 문

---

84 은유를 통해 대상 a를 고양시키는 과정은 새로운 문학과 미학의 과제이다. 과거의 문학이 미학을 통해 사상을 물결로 만들었다면, 지금은 사상의 무력화 속에서 미학이 앞장서며 대상 a를 고양시켜 물결을 일으켜야 한다. 예전의 변혁운동이 사상운동과 미학의 조화였던 반면, 우리시대의 새로운 변혁운동은 보다 더 미학적이라고 할 수 있다.

학은 새로운 시험에 들어섰다. 예전의 문학이 은폐된 타자와 만나며 물결을 일으켰다면, 지금은 물결의 회생을 위해 추방된 타자를 귀환시키는 틈새의 문학이 절실해진 것이다.

틈새 미학은 은유를 통해 아득한 대상 a를 다시 움직이며 추방된 타자를 부활시키는 은유로서의 정치이다.[85] 은유로서의 정치는 새로운 문학과 혁신된 광장정치를 통해 틈새의 생성을 정치의 출발점으로 삼는다. 송경동의 시들은 지금이 왜 그런 은유로서의 정치의 시대인지 실감나게 보여준다.

> 어느날
> 한 자칭 맑스주의자가
> 새로운 조직 결성에 함께하지 않겠느냐고 찾아왔다
> 얘기 끝에 그가 물었다.
> 그런데 송동지는 어느 대학 출신이오? 웃으며
> 나는 고졸이며, 소년원 출신에
> 노동자 출신이라고 이야기해 주었다
>
> (…중략…)
> 십수년이 지난 요즈음
> 다시 또 한 부류의 사람들이 자꾸
> 어느 조직에 가입되어 있느냐고 묻는다
> 나는 다시 숨김없이 대답한다

---

85 은유적 정치가 중요해졌다는 것은 새로운 사회운동과 변혁운동이 보다 미학적이 되었음을 암시한다.

나는 저 들에 가입되어 있다고

저 바닷물결에 밀리고 있고

저 꽃잎 앞에서 날마다 흔들리고

이 푸르른 나무에 물들어 있으며

저 바람에 선동당하고 있다고

가진 것 없는 이들의 무너진 담벼락

걷어 차인 좌판과 목 잘린 구두,

아직 태어나지 못해 아메바처럼 기고 있는

비천한 모든 이들의 말 속에 소속되어 있다고

대답한다 수많은 파문을 자신 안에 새기고도

말 없는 저 강물에게 지도받고 있다고[86]

송경동은 아직 마르크스주의와 사상적 조직은 남아 있지만 예전의 확실성의 신념은 사라졌음을 암시한다. 사상이 신념을 상실하고 사람들을 움직이지 못하는 것은 '우리가 모르는' 미로 같은 시대^{월러스틴}의 풍경이다. 그런데 사상가들이 진짜로 잘 모르고 있는 비밀은 따로 있다. 그것은 문제의 원인이 이념과 조직이 아니라 타자의 추방으로 인한 물결의 상실이라는 점이다.

송경동이 사상적 조직 대신 추방된 타자를 대신하는 이정표, 즉 대상 a^{내재원인}의 동요를 말하는 것은 그 때문이다. 오늘날은 타자의 추방과 대상 a의 위축으로 인해 물결이 잘 일지 않는 세상이 되었다. 다시 한번 물결을

---

86 송경동, 「사소한 물음들에 답함」, 『사소한 물음들에 답함』, 창비, 2009, 16~17쪽.

일으키기 위해서는 경직된 조직 대신 들과 꽃잎, 바닷물결의 접속을 확인해야 한다. 들과 꽃잎, 바닷물결은 동방의 기억 속에서 만난 나비와 꽃봉오리 같은 대상 a이다. 동방의 기억과 다른 점은 무너진 담벼락, 걷어차인 좌판, 태어나지 못한 아메바 같은 추방된 타자와 겹쳐진다는 점이다. 송경동은 바다와 강물에게 지도받는 일이 추방된 타자의 상처를 끌어안는 일과 다르지 않음을 말하고 있다.[87]

이처럼 사상이 확실성을 상실한 시대에는 대상 a를 다시 동요시켜 타자를 회생시키며 물결을 일으켜야 한다. 과거에는 사상이 물결을 일으켰지만 지금은 물결이 회생해야 행동과 사상이 부활한다. 물결을 회생시키는 방법은 추방된 타자를 대신하는 새로운 정동적 이정표, 즉 틈새를 만드는 은유로서의 정치틈새의 문학과 광장정치[88]이다.

물결을 일으키는 은유적 정치가 행동적 실천이 될 수 있음은 세월호 사건 이후 보다 분명해졌다. 새로운 권력의 무기는 타자를 추방시켜 모두가 '가만히 있게 만드는' 방식이다. 반면에 세월호 사건에서 촛불집회에 이르는 동안, 우리는 은유적 정치가 대상 a를 재작동시켜 '가만히 있지 못하게' 실천을 회생시키는 방법임을 알게 되었다.

---

87 험악하게 추방된 타자가 여전히 바다와 강물의 일부임을 말하는 것은 마치 파도와 바다가 다르지 않다고 말하는 것과도 같다. 그 점에서 송경동의 은유로서의 정치는 원효의 일심의 사유와도 비슷하다. 마치 파도와 바다가 다르면서도 다르지 않듯이, 송경동은 원효의 불일불이(不一不二)의 기적 속에서 보이지 않는 추방된 타자들을 꽃으로 회생시키고 있다. 불일불이의 기적 및 파도와 바다의 은유에 대해서는 이도흠, 『화쟁기호학, 이론과 실제』, 한양대 출판부, 2001, 108~114쪽 참조.
88 오늘날 은유로서의 정치의 중요성은 시와 문학뿐 아니라 현실 정치에서도 은유적 구호가 매우 절실해졌음을 통해 알 수 있다. 이제 정치인들은 이념적 구호 대신 사람들을 감동시키는 말과 행동을 찾아야 한다.

가만히 있지 마라
사월 꽃들아 눈 부릅떠라

명찰을 떼지 않은 꽃아, 나비야
광장에 오라

이제 부활하라
꽃으로 부활하라[89]

　　명찰을 떼지 않은 꽃과 나비란 '추방되었으나 추방될 수 없는 타자'를 뜻한다. 추방된 타자가 꽃으로 부활하는 순간은 모두의 심연의 대상 a가 다시 동요하는 순간이다. 윗시에서 가만히 있으라는 권력의 명령을 깨고 꽃들이 깨어나는 순간은 우리의 심연에서 대상 a가 다시 고양되는 시간 이다. 은유로서의 정치는 대상 a가 재작동되며 타자가 꽃으로 돌아오는 순간 사람들 역시 가만히 있을 수 없음을 암시한다. 가만히 있을 수 없는 사람들은 광장이라는 새로 회생한 틈새 공간에 모이게 된다.

　　그러나 은유로서의 정치는 타자의 회생과 물결의 부활이 사상의 위력 을 모두 되찾았음을 뜻하는 것은 아니다. 송경동은 틈새의 변혁운동인 촛 불집회에는 분명히 무언가 부족한 것이 있다고 말한다. 송경동이 궁금해 하는 것은 촛불이 '들불'과 '화살촉'으로 진화할 수 있느냐는 것이다.

　　미선이 효순이 때

89　한국작가회의 자유실천위원회, 「책머리에」, 『꽃으로 돌아오라』, 푸른사상, 2017, 5쪽.

처음 촛불을 들었다 화염병도 죽창도 아닌
연약한 촛불로 무엇을 이룰 수 있을지
착하기만 한 사람들이 싫었다

(…중략…)

그렇게 몇 년 나는 지난 시절
화염병과 돌과 쇠파이프를 들던 손에
촛불을 들고 유령처럼 밤거리를 서성였다
촛불은 진화하면 화살촉이 되는 걸까
들불이 되는걸까 때로는
백만 촛불로 광화문을 뒤덮어 보기도 했지만
광장은 다시 차벽과 공권력의 폭력에 밀리고

(…중략…)

단 한번도
민중 무력 없인 세상이 바뀐 적은 없다고
청원으로 민주주의는 성장하지 않았다고
불붙는 심장의 열기는 차마 꺼내지 못하고
가끔 촛농처럼 뜨거운 눈물 몇 방울 떨구며
순한 촛불 하나를
어두운 밤 보탠다[90]

착하기만 한 사람들이 싫으면서도 촛불을 든 것은 촛불집회가 오늘날 가장 실천 가능한 대안임을 뜻한다. 촛불집회는 대항폭력 대신 존재의 물결을 일으키는 '착한' 윤리적 실천이다. 물결의 윤리적 실천은 분명히 대항폭력의 저항보다 더 유연하고 아름답다. 가두의 불꽃과는 달리 광장의 틈새 공간은 미학처럼 아름다운 새로운 변혁운동이다. 그러나 송곳같이 날카롭던 과거의 사상과 달리 촛불에서는 불붙는 심장의 열기를 다 꺼내 놓지 못한다. 그 때문에 촛불이 들불이 되고 화살촉으로 진화하는 날을 기다려 보는 것이다.

하지만 촛불이 들불이 된다고 해도 그 방법은 달라지지 않는다. 오늘날은 은유를 통해 타자를 회생시키며 물결을 일으키지 않으면 어떤 사상도 우리를 움직이지 못한다. 다만 촛불은 불붙는 심장의 열기를 다 꺼내 놓도록 진화될 필요가 있다. 그런 진화된 들불을 만드는 것은 촛불을 포기하는 것이 아니라 물결이 사상과 결합하도록 보다 증폭시키는 것이다. '들불'의 반격이란 촛불의 물결을 추동력으로 삼아 잃어버린 사상들을 새롭게 회생시킨 것을 말한다. 회생된 사상은 물결의 수행적 실천력을 능동적으로 증폭시킨 사유들이다. 즉 유동적인 물결의 힘으로 계급, 인종, 젠더, 환경 등이 교차된 영역에서 차별을 극복하는 새로운 행위력을 발휘하게 하는 것이다. 과거의 사상이 무의식적으로 물결과 결합했다면 들불은 물결이 능동적으로 사상과 접합되는 것이다. 구체적으로 정치적인 문학의 부활과 숨겨진 타자에 대한 탐색, 가상적 무기를 활용한 새로운 모험들이 여기에 속한다. 촛불의 무언가 부족한 점을 채우는 그런 들불의 반격은 여러 영역의 연대를 요구하며 아직 미완의 과제로 우리 앞에 남아 있다.

---

90 송경동, 「촛불 연대기」, 앞의 책, 106~110쪽.

6. 인식과 실천의 단절을 넘는 물결

이남희는 『민중만들기』에서 1980년대 노동소설의 민중적 주인공이 이데올로기적으로 호명된 주체라고 논의했다. 당시의 학출 운동가의 소설적 재현은 민중적 민족운동이 전개된 일련의 과정과도 일치한다. 즉 민중 프로젝트는 노동자에게 혁명가의 자질을 부여하면서 지식인이 통찰력인식과 안내를 통해 그들을 주체로 호명하는 기획이었다.[91]

그러나 앞서 살폈듯이 「쇳물처럼」과 「내딛는 첫발은」은 혁명가의 자질을 지닌 인물보다는 긴 시간 수모를 견뎌온 노동자천 씨와 정식를 주목한다.[92] 그들은 오랫동안 노동운동의 소환에 응하지 않았던 은폐된 타자들이다. 두 소설은 은폐된 타자가 공장 안의 물결을 일으키는 과정을 전경화함으로써 민중사상과 존재의 물결을 결합시키고 있다. 그런 사상과 물결의 접합은 민중운동의 실천에 앞장선 사람들이 결코 호명된 주체가 아님을 입증하고 있다. 문학이란 타자와 만나는 도정이며 민중사상은 문학의 물결과 함께함으로써 이데올로기적 동일화의 위험에서 벗어날 수 있었다.

이런 1980년대 노동소설에 대한 논의는 인식과 실천에 연관된 중요한 문제들을 생각하게 만든다. 알튀세는 과학적 인식에서는 주체의 위치가 없으며[93] 실천의 주체는 이데올로기 속에서만 존재한다고 말했다.[94] 그에 의하면, 과학적 인식이란 구조주의에서처럼 주체 없이 상징계의 구조를 객관적으로 드러내는 것이며, 실천의 주체는 상상적 관계가 체화된 이데

---

91 이남희, 『민중 만들기』, 후마니타스, 2015, 459~460쪽.
92 1장 6절 참조.
93 이는 알튀세가 구조주의적 마르크스주의의 관점을 지녔음을 뜻한다.
94 알뛰세르, 김동수 역, 「이데올로기와 이데올로기적 국가장치」, 『아미엥에서의 주장』, 솔, 1991, 115~116쪽.

올로기 속에서만 나타날 수 있게 된다. 그러나 실천의 주체가 이데올로기의 하수인에 불과하다면 인식과 실천의 연결이 필요한 변혁운동은 딜레마에 부딪힌다. 알튀세가 논의했듯이 이데올로기란 실재계적 진리이기보다는 상상계적 영역의 활동이기 때문이다. 알튀세는 이데올로기란 특정한 상징계^{현실} 내에서 개인들이 현실적 존재 조건과 맺는 상상적 관계라고 말했다.[95]

알튀세의 딜레마를 해결하는 방법은 『자본을 읽는다』에서 그 자신이 암시한 내재원인에서 찾을 수 있다. 알튀세는 「이데올로기와 이데올로기적 국가기구」에서 인식과 실천의 딜레마에 부딪혔지만, 『자본을 읽는다』에서는 자기 자신을 극복하는 단서를 남기기도 했다.[96] 즉 그는 『자본을 읽는다』에서, 자본주의적 현상의 최종 근거는 구조^{상징계} 자체[97]나 외부[98]에 있는 것이 아니라, 구조^{구조적 인과율}에는 부재하는 내재원인^{스피노자}에 있다고 논의했다.[99] 제임슨이 말했듯이 스피노자의 내재원인은 실재계^{라캉}와 같은 차원이기 때문에,[100] 우리는 구조주의적 상징계의 인식을 넘어선 실재계의 위치에서 진리와 연관된 인식과 실천의 문제를 말할 수 있다.

여기서 핵심적 사안은 '진리의 최종 근거'와 '윤리적 물결의 최초 근원'이 모두 내재원인과 실재계에 있다는 점이다. 스피노자와 라캉이 암시했듯이 내재원인 / 실재계는 진리의 숨겨진 근거일 뿐 아니라 윤리적 실천

---

95   위의 책, 107쪽.
96   알튀세는 인식과 실천의 단절을 해결하지 못한 한계를 드러냈지만 자기 자신을 넘어서는 단초를 암시하기도 했다. 그는 구조주의적 논의를 전개하면서도 그런 한계를 넘어서서 진리의 최종근거로 구조에 부재하는 내재원인을 말했다.
97   여기서 구조는 구조적 인과율과 중층결정을 통해 작용하는 자본주의 체제의 구조를 말함.
98   구조 외부에 있는 어떤 본질을 말함.
99   알튀세르, 김진엽 역, 『자본을 읽는다』, 두레, 1991, 239~240쪽.
100 프레드릭 제임슨, 이경덕·서강목 역, 『정치적 무의식』, 민음사, 2015, 41쪽.

의 근원이기도 하다. 인식과 실천의 단절의 문제는 내재원인과 실재계를 정치경제학의 차원으로 끌어들일 때 해소될 수 있다.

알튀세가 전체 구조'구조의 전체적 실존'의 인식이 내재원인에 있다고 말한 것[101]은 결정론적 인과율을 넘어서서 진리의 미결정성을 암시한 것이다.[102] 그처럼 진리가 미결정적 영역내재원인 / 실재계에 있기 때문에 실천의 행위자는 결정론에 얽매이지 않고 자유로운 공간틈새을 얻게 되는 것이다. 내재원인은 진리를 결정론에서 구원할 뿐 아니라 실천의 행위자에게 가변적인 자유의 공간을 열어준다.

우리는 내재원인을 인식한 자유로운 윤리적 실천의 행위자를 타자의 존재론으로 보다 세밀하게 논의할 수 있다. 내재원인과 실재계에 접근해 있는 절박한 현실의 존재가 바로 타자이기 때문이다. 타자란 자본주의에서 태어났으면서도 자본주의의 구조적 인과율에서 벗어나 있는 존재이다.[103] 그런 타자에 근거한 존재론이 실재계적 타자의 위치에서 물결을 일으키는 것이라고 할 때, 진리의 인식과 실천은 타자와 관계하며 실재계로 다가서면서인식 물결을 생성하는 일실천과 연관된다. 진리의 인식은 상징계의 구조를 아는 것이 아니라 실재계나 내재원인에 접근하는 것이며 알튀세, 제임슨, 진리의 실천 역시 타자와 교감하며 실재계적 차원에서 물결을 일으킬 때 가능해진다. 즉 타자와 관계할 때 우리는 실재계적 진리에 접근하게 되며, 그 순간에 존재의 물결을 일으켜 진리를 현실화하는 실천의

---

101 알튀세는 구조의 효과들의 원인의 부재는 외부에 요인이 있는 것이 아니라 그 효과 속에서 갖는 내재성(스피노자)에 있다고 말한다. 스피노자가 신이 인격적으로 표상되지 않고 모든 것에 내재해 있다고 보았듯이, 알튀세는 자본주의 구조를 만드는 원인은 구조 자체에서는 인과적으로 나타날 수 없고 내재원인으로 작동된다고 생각했다.
102 알튀세는 인과적 결정론과 미결정성을 조화시키려 했다고 할 수 있다.
103 그 점에서 타자는 내재원인에 접근해 있는 존재이다.

시간을 만들 수 있다.

그런 맥락에서 타자의 존재론을 통한 주체의 생성은 인식과 실천의 단절을 넘어서는 열쇠를 제공한다. 진리는 실재계적 차원이기 때문에 처음부터 명확하게 인식되지 않으며 인식의 주체 역시 상징계에 미리 존재한다고 볼 수 없다. 그보다는 실재계적 타자와 교감하며 움직이는 순간 진리_{실재계적 진리}의 인식이 고양되며 실천으로 나아가는 주체가 생성된다. 기획의 차원에서는 사상적 인식의 신념으로 주체의 실천이 시작될 수 있지만, 실제의 수행적 과정은 타자와 교감하며 실재계적 진리가 고양되어 실천으로 나아가는 진행인 것이다.

그런 타자의 위치에서의 주체의 생성이 물결인 것은 「내딛는 첫발은」에서처럼 이데올로기적 호명 대신 신체 자체에서 힘이 발현되기 때문이다.[104] 이데올로기적 호명의 주체는 상상적으로는 자발성을 지니는 듯 하지만 실상은 직선적인 목적론에 의해 동원되는 것이다. 반면에 타자의 정동적 초대에 지식인이 응하는 순간은 내재원인_{실재계적 대상 a}[105]이 작동되며 능동적 연대의 물결이 생성되는 시간이다. 여기서는 직선적인 목적론에서 벗어나 스스로 유동적인 능동적 물결 속에 있게 된다. 스피노자가 말했듯이 외부 요인에 얽매일 때 수동적이 되는 반면 내재원인에 접근할 때 능동적이 되기 때문이다. 지식인과 타자가 교감하며 주체가 생성되는 과정은 상상계·상징계에서 실재계로 전회하며 신체 자체가 능동적이 되어 존재의 물결을 일으키는 순간이다.

존재의 물결은 알튀세의 딜레마를 넘어서서 인식과 실천을 결합해준

---

104 이에 대해서는 5장 7절에서 자세히 살펴볼 것이다.
105 앞의 5절(주 82)에서 밝혔듯이 스피노자의 내재원인이나 라캉의 대상 a는 같은 맥락을 갖고 있다.

다. 존재의 물결은 타자성의 진리^{실재계적 진리}를 실천하는 과정인 동시에 그 실천의 추동력의 생성이기도 하다. 우리는 타자의 벌거벗은 얼굴에 교감하는 순간 심연의 샘물^{대상 a}이 동요하며 실천의 추동력을 감지한다. 여기서 생성되는 진리 실천의 능력은 레비나스적인 의미에서 윤리라고 불릴 수 있다.[106] 윤리적 추동력에 의해 물결을 일으키며 모순된 세상을 변화시키는 것이 바로 진리의 실천이다. 또한 진리를 실현하기 위해 구체적인 현실에서 활동하는 것이 정치이다.[107] 그런 진리 실천과 정치의 과정에서 타자 윤리를 추동력으로 해 경직된 상징계의 권력체제를 뒤흔드는 것이 존재의 물결이다.

이 물결의 진행에서 중요한 것은 진리는 인식일뿐 아니라 이미 존재론적 전회^{코페르니쿠스적 전회}[108]에 근거한 실천이기도 하다는 점이다. 은유로서의 천동설에서 은유로서의 지동설로의 전환은 인식의 혁명인 동시에 체제중심적 동일성 권력에 대한 저항^{실천}이기도 하다. 이제까지 진리는 주객관계에 의존하는 인식론이나 알튀세 같은 '주체 없는 구조적 인식'으로 논의되어 왔다. 그러나 주객관계를 전제로 한 인식론이나 구조주의는 실천의 문제에서 비슷한 딜레마에 부딪힌다. 구조주의는 물론이고 주체의 인식에 특권을 부여하는 인식론 역시 모든 것을 제3자의 눈에 비친 대상으로 얼어붙게 만들기 때문이다.[109] 즉 인식하는 순간에 주체가 사라지거나 주체와 대상 사이에 거리가 생겨나게 된다. 그 점에서 구조주의와 주

---

106 윤리가 실천과 연관되어 있음은 칸트가 윤리를 실천이성이라고 부른 점에서도 알 수 있다.
107 정치에는 목표를 세워 이성적으로 행동하는 사상이 필요하다.
108 1장 4절 참조.
109 하버마스, 이진우 역, 『현대성의 철학적 담론』, 문예출판사, 1994, 349쪽. 하버마스는 그 점에서는 정반대로 보이는 주체철학과 마르크스주의가 비슷한 문제점을 갖고 있다고 논의한다. 인식론의 문제점은 인식하는 순간 대상과의 거리가 생겨난다는 점이다.

체중심적 인식론은 주체의 위치를 무용화시키며 실천의 주체를 상정하기 어렵게 만든다. 반면에 타자의 존재론은 상상계·상징계체제에서 실재계로의 전회를 통해 진리의 인식에 다가가면서 주체의 생성과 함께 코페르니쿠스적 저항을 실천하게 해준다.

그 때문에 우리는 '인식중심론적 사상' 비판이 나타나는 진행의 끝에 타자의 존재론을 위치시킬 수 있다. 주체중심적 인식론과 우리의 타자의 존재론 사이에는 기존의 인식론에 반대해 새로운 철학을 주장한 하이데거, 하버마스, 엔리케 두셀, 가라타니 고진 등이 있다. 이제 이들의 논의의 흐름을 개괄하면서 존재론적 전회의 필요성과 오늘날 타자의 존재론이 긴요한 이유를 살펴보자.

먼저 하이데거와 엔리케 두셀은 존재론의 관점만이 진리의 실행에 도달함을 강조했다. 그러나 이미 살폈듯이 하이데거의 진리는 실존적 실천일 뿐 세상을 바꾸는 일과는 무관하다. 반면에 두셀은 하이데거를 비판한 레비나스의 타자 이론을 받아들여 현실을 변화시키는 해방철학을 주장한다.

다른 한편 하버마스의 특징은 주객 이론 대신 주체-주체라는 2자적 관계를 강조한 점이다. 하버마스는 2자적 관계만이 실행의 과정 자체에서 해방된 삶이 나타나게 할 수 있다고 말한다. 하지만 하버마스의 2자적 관계는 이성적 주체들의 대칭적 관계이기 때문에 체계 자체를 변화시키지 못한다. 그와 달리 레비나스의 자아와 타자의 관계는 바깥실재계의 존재와의 비대칭적 관계를 통해 사람과 현실을 변화시킬 수 있다. 두셀은 레비나스의 타자 윤리를 제국으로부터 제3세계를 해방시킬 수 있는 실천적 추동력으로 주장한다.

진리 실천과 정치의 문제에서 윤리를 말하는 것은 순진한 시도라고 자주 비판되곤 한다. 그러나 그것은 윤리를 개인의 도덕적 문제로만 생각하기 때문이다. 레비나스의 윤리는 반드시 두 사람 이상이 필요한 이중주이며, 타자에게 볼모로 잡혀 일상의 자아가 가만히 있지 못하는 상태를 말한다. 체제의 권력이 '가만히 있게 만드는' 것이라면 윤리는 신체의 능력이 증폭되며 '가만히 있지 못하는' 실천력을 뜻한다.[110]

윤리를 현실에서의 실천력으로 말한 대표적인 사람은 가라타니 고진이다. 가라타니는 인식을 강조하는 이론들은 원인을 말할 뿐 주체의 실천의 계기가 빠져 있다고 주장한다.[111] 그 때문에 책임감으로서의 실천적 윤리실천이성만이 주체가 원인에 작용하는 행동을 만들 수 있다. 그러나 가라타니의 문제점은 윤리를 개인 주체의 내면의 명령정언명령으로 환원하는 점이다. 윤리가 딱딱한 책임감이라면 내면의 고뇌가 있을 뿐 아무도 움직이지 않는다. 그와 달리 레비나스-두셀은 필연적으로 출현하는 바깥의 타자와의 울림을 주목하며 실천의 절박성을 강조한다.

절박한 실천적 윤리[112]를 정치와 결합시킨 대표적인 인물은 레비나스를 계승한 두셀이다. 두셀은 레비나스의 타자 철학을 마르크스의 인간주의적 관점[113]과 결합시킨다. 그리고 『자본』의 초고에 근거해 마르크스의 '자본론'을 존재론적 관점에 접합시켜 재해석한다. 두셀이 자족적으로 보이는 자본의 운동을 비판하기 위해 주목하는 것은 외부의 존재인 '산 노

---

110 우리는 책임감을 강조하는 레비나스의 윤리를 재해석할 필요가 있다. 나와 타자의 대화적 교감은 내가 타자에게 볼모로 잡히며 가만히 있지 못하게 만드는 진행이라고 할 수 있다.
111 가라타니 고진, 송태욱 역, 『윤리 21』, 사회평론, 2001, 53~58쪽.
112 이 실천적 윤리는 칸트와는 달리 타자와의 이자적 교감 속에서만 발현된다.
113 두셀은 『자본』의 초고에 그런 인간주의적 관점(존재론적 관점)이 나타나 있다고 보고 청년 마르크스와 원숙한 마르크스를 구분하는 알튀세를 비판한다. 물론 알튀세 역시 『자본을 읽는다』에서 자기 자신을 넘어서는 내재원인의 관점을 말한 바 있다.

동'이다. 레비나스의 벌거벗은 타자는 두셀에게서 벌거벗은 '산 노동'으로 변주된다. 산 노동은 경제적 착취를 당한 존재일 뿐 아니라 인격적 강등을 지불당한 '비존재'[114]이다. 자본의 작동 과정은 인격적 존재와 인간의 존엄성을 생산물과 사물로 바꾸는 과정이다. 그것은 '피와 살을 가진 인간'을 '철로 만든 인간'으로 전환시키는 과정이기도 하다.[115] 산 노동을 비존재로 만들며 양자의 관계를 보이지 않게 하는 것이 바로 자본의 물신화이다.[116] 그것을 통해 자본의 잉여가치를 생산하는 과정이란 산 노동의 인간을 비가치로 만드는 과정이기도 하다.

두셀의 논의의 특징은 마르크스의 정치경제학에 존재론적 관점을 침투시킨다는 점이다. 존재론적 관점이란 타자가 사회적 모순의 희생자일 뿐 아니라 인격적 박탈의 존재라고 보는 것이다. 잉여가치가 자본의 외부의 존재를 사물로 강등시킨 대가라면, 자본주의가 발전할수록 존재론적 차별이 심화되는 세상이 나타남은 자명하다. 그 점에서 오늘날의 양극화가 감성적 불평등성존재론적 차별의 사회를 만든 것은 우연이 아닐 것이다. 더욱이 신자유주의의 감정 자본주의는 정동마저 상품화함으로써 인간의 얼굴과 고귀한 인격성을 상실한 사회를 만들었다. 그 때문에 21세기의 관점에서 보면 자본의 운동에 개입하기 위해서는 존재론적 대응이 경제적 저항 이상으로 중요할 수밖에 없다. 그에 덧붙여, 식민지를 경험한 사회에서는 지금뿐 아니라 근대 초기부터 존재론적 문제가 핵심적이었으며, 그 부채는 아직도 청산되지 않은 채 남아 있다.

존재론적 관점은 타자의 고통에 대한 통찰인 동시에 실천의 문제에 대

---

114 외부의 존재이기 때문에 제국의 입장에서는 비존재이다.
115 엔리케 두셀, 염인수 역, 『미지의 마르크스를 향하여』, 갈무리, 2021, 306~309쪽.
116 위의 책, 397쪽.

한 해답이기도 하다. 두셀은 인간 이하로 강등된 존재론적 차별을 주목할 뿐 아니라 그런 차별의 세상에 **실천적으로** 대응하기 위해 존재론적 관점을 강조한다. 루카치는 『역사와 계급의식』에서 프롤레타리아가 진리의 근원인 것은 사회 전체총체성[117]를 인식할 수 있는 위치에 있기 때문이라고 말했다.[118] 그러나 사회 전체를 인식하더라도 신체가 움직이지 않으면 변혁의 물결은 일어나지 않는다. 두셀은 노동자가 인식론적 우위의 위치가 아니라 존재론적 운동의 진원지임을 암시한다. 자본의 사물화된 노동에 대해 외부의 산 노동이 맺는 관계는 윤리적이고 존재론적이다.[119] 즉 노동자의 위치는 자본의 모순을 인식하는 것이 아니라 윤리에 근거해 피와 살을 가진 인간임을 호소하는 위치이다.

여기서 윤리는 자본의 체계에 결코 동화될 수 없는 절대적 타자성에 근거한다. 두셀은 그런 윤리의식을 은폐된 타자의 부름에 응답하는 현실의 정치로 전환할 것을 제안한다.[120] 두셀의 해방 정치학에서는 레비나스의 즉각적인 윤리적 반격 대신 타자를 은폐하는 권력에 대항하는 헤게모니적 투쟁이 요구된다. 두셀은 책임감을 지닌 비판 이성과 민중적 타자와의 교감을 통해 대항 헤게모니적인 새로운 공동체를 만들 것을 말한다.[121]

이처럼 두셀은 레비나스의 윤리를 수용하는 한편 제3세계의 위치에서 은폐된 타자의 해방적 저항의 전략을 모색한다. 다만 두셀의 한계는 그

---

117 여기서의 총체성은 소설의 이론의 총체성과 조금 다르다. 루카치의 마르크스주의적인 총체성이란 자본주의 사회의 본질적 관계의 인식을 뜻한다.
118 루카치, 조만영·박정호 역, 『역사와 계급의식』, 지식을만드는지식, 2015, 45~46쪽.
119 엔리케 두셀, 『미지의 마르크스를 향하여』, 앞의 책, 309~310쪽.
120 김도형, 「타자철학과 해방철학의 만남」, 『대동철학』 제94집, 대동철학회, 2021.3, 43·50쪽.
121 송상기, 「엔리케 두셀의 해방철학과 전지구화 시대의 비판윤리」, 『이베로아메리카』 제10권 1호, 2008.6.30, 20쪽.

런 해방 공동체가 신자유주의 상황에서는 쉽게 생성되기 어렵다는 데 있다. 두셀의 해방 공동체는 체제 변화와 무관한 하버마스의 의사소통 공동체를 넘어선다. 그러나 그런 대항 헤게모니 공동체는 신자유주의에 대한 지난한 존재론적 저항을 전제로만 가능하다. 그 때문에 보다 시급한 것은 존재론적 저항의 회생과 물결의 확산일 것이다. 지식인과 타자의 거리가 멀어진 오늘날에는, 비판 이성의 책임감에 앞서 존재론적 회생을 위한 반격의 틈새와 물결이 필요하다.

두셀은 레비나스의 윤리를 책임감으로만 해석해 '타자의 존재론'이 일으키는 급진적 파문을 간과한다. 반면에 우리는 거기서 더 나아가 변화의 절박성 자체를 타자의 존재론으로 이해할 수 있다. 타자의 존재론은 이중주와 다중주를 통해 실재계적 전회의 물결을 일으킬 수 있으며, 그런 존재론적 전회 자체가 체제의 권력에 대한 저항코페르니쿠스적 저항[122]이 될 수 있다. 더욱이 오늘날의 정동적 식민지에서는 존재의 회생의 필요성 때문에 타자의 존재론이 절실해짐을 말할 수 있다. 정동권력의 지배하에서는 두셀처럼 현실에서 대항 헤게모니 공동체를 만들어 역사적 주체의 저항을 시작하는 일이 결코 쉽지 않다. 그 때문에 타자의 존재론으로 존재의 물결을 회생시켜야만 능동적 정동의 고양 속에서 비로소 저항이 가능해지는 것이다.

〈오징어 게임〉에서 실감하듯이 자본주의에서는 인간적 존재의 자각 자체가 중요한 반격의 계기가 된다. 이 드라마에서 우리는 두셀의 해방 공동체를 형성할 수 없을 만큼 연대가 해체된 파편화된 현실을 경험한다. 그러나 드라마의 마지막 장면이 암시하듯이 성기훈의 얼굴은 자본주의

---

122 1장 4절의 논의를 참조할 것.

바깥^{실재계}에서 인간으로 살아남으려는 타자의 위치를 암시한다. 우리의 가슴에 실낱같은 동요를 일으키는 것은 이성의 명령^{칸트}이나 노동자의 인식^{루카치}이 아니라 실재계적 타자성의 인간적 열망[123]이다. 그런 동요를 증폭시킬 때 루카치는 물론 가라타니의 윤리와 두셀의 헤게모니 공동체마저 넘어서는 '타자의 존재론'의 파문이 생성될 것이다.[124]

〈오징어 게임〉은 그런 실낱같은 파문을 암시하기 전에 오늘날 왜 민중의 반격이 무력화되었는지 생생하게 제시한다. 21세기의 문제점은 존재의 물결의 위험을 눈치챈 권력이 선제적으로 타자를 배제하는 장치를 사용한다는 점이다. 오늘날의 무력감은 사상의 탄압보다는 타자를 미리 거세시키는 권력에서 기인된 것이다. 예컨대 마수미가 말한 존재권력이란 실상은 타자를 선제적으로 배제하는 정치적 작동논리이다. 〈오징어 게임〉에서처럼 탈락자를 제거하며 그들을 동정하지 못하게 돈통은 보여주는 전략이 바로 그것이다. 그런 방식으로 '타자의 존재론'을 차단하고 우리의 세상을 권력의 설계대로 움직이는 게임판으로 만드는 것이다. 연대의 상실을 그린 〈오징어 게임〉은 '타자의 존재론'의 반대말이 신자유주의가 만든 기이한 '게임의 세계'임을 주장하고 있다.

마수미는 존재권력이 행동과 독립된 감정^{정동 기분}[125]에 사로잡히게 만들

---

123 게임판의 바깥(실재계)으로 나가려는 열망을 말한다.

124 루카치는 타자에게 인식론적 특권을 부여하며 프롤레타리아의 연대를 주장했다. 반면에 칸트와 가라타니는 타자(그리고 프롤레타리아)에 대한 이성적 주체의 윤리를 강조했다. 그러나 그 둘은 하층민과 일상인 어느 한쪽을 말할 뿐 존재자와 타자, 상징계와 실재계를 관류하는 존재론적 동요와 전회에 침묵한다. 하버마스와 두셀도 이자적 관계를 말하지만 그들의 공동체에는 물 자체의 진리, 즉 타자의 존재론이 일으키는 절박성과 내적 필연성이 없다. 그와 달리 연대의 생성과 저항의 물결은 자아(존재자)와 타자의 **비대칭적 교감**, 그 이자적 대화를 통해서만 나타날 수 있다.

125 우리의 신체에서 물결치는 행동에 준하는 능동적 정동이 아니라 권력에 의해 우리 신체에 달라붙게 된 정동을 말한다.

어 우리의 지각체계에 개입한다고 말했다.[126] 그처럼 신체에 달라붙어 사람들을 움직이는 유해한 정동의 기제는 〈보건교사 안은영〉정세랑의 젤리와도 비슷하다. 존재권력은 보이지 않는 끈끈한 젤리를 사용해[127] 사람들의 신체를 움직이며 스스로 게임 속의 말이 되게 만든다. 〈보건교사 안은영〉에서처럼 권력이 만든 젤리는 보건교사 외에는 아무도 보지 못한다. 다만 자본의 지옥에서 살아남아 귀환한 〈오징어 게임〉의 타자성기훈가 간신히 감지할 뿐이다. 그런 상황에서 존재권력은 비가시적 젤리를 이용해 유해한 정동을 유포시킴으로써 존재의 물결이 새어 나오지 않게 막는다. 성기훈의 얼굴과 우리들 사이에는 여전히 존재권력의 끈적한 젤리가 끼어들어 있다.

존재권력에 포위된 세상은 플로이드 사건에서처럼 거리에서 타자가 죽음을 당해도 아무도 움직이지 않는 사회이다. 그러나 플로이드의 죽음은 흑인 소녀 프레이져의 동영상을 통해 전 세계 사람들에게 순식간에 전달되었다. 선수를 치는 존재권력에 대한 대응방식은 더 빠르게 선제적인 정동적 저항이다. 존재권력은 선제적인 동영상에 미처 젤리를 유포하지 못했기 때문에 타자의 이미지는 모두의 심연의 대상 a를 자극했다. 동영상은 젤리의 세상에서 기적처럼 회생한 틈새였다. 동영상을 퍼뜨린 프레이져는 반인종주의 정동의 보건교사와도 같았다. 그 순간 '타자의 존재론'이 작동되기 시작하며 플로이드에게 볼모로 잡힌 전 세계인들은 가만히 있을 수 없게 되었다.

보건교사는 프레이져처럼 성기훈의 분노를 넘어선 존재이다. 그 / 그녀는 존재권력의 작동 기제를 간파하며 정동적 전회가 절박함을 알고 있

---

126 마수미, 최성희·김지영 역,『존재권력』, 갈무리, 2021, 281~282쪽.
127 보이지 않는 정동적 젤리의 사용은 존재권력이 우리의 지각체계에 개입하는 방식이다.

는 인물이다. 우리시대는 일상의 곳곳에서 그런 보건교사의 정동정치가 필요한 세상이다.[128] 예컨대 『82년생 김지영』의 조남주는 신자유주의시대의 페미니즘의 보건교사라고 할 수 있다. 또한 「안내자」[129]의 이재웅은 반인종주의의 보건교사인 셈이다. 마찬가지로 『건너간다』의 이인휘는 계급사상의 보건교사라고 할 수 있다. 보건교사는 옥상으로 향하는 학생과 구조조정에 내몰린 노동자에게 인질로 잡힌 존재이며, 신체를 가만히 있지 못하고 그들을 구원하는 사람이다.

21세기는 보건교사가 먼저 움직여야 사상이 운동하는 시대이다. 보건교사는 세상에 대해 욕설을 퍼부어도 세계에서 가장 윤리적인 존재이다. 그/그녀는 권력의 유해한 젤리를 제거하며 정동정치를 통해 존재의 물결을 일으키기 때문이다. 1980년대의 노동소설들은 인식과 실천의 단절을 해소하는 요체가 타자의 존재론임을 입증했다. 반면에 오늘날에는 정동권력과 존재권력이 젤리로 타자를 추방하기 때문에 각 영역에서 보건교사가 필요해지게 되었다. 지금은 보건교사가 일으킨 존재의 물결을 통해 윤리와 정치가 재결합해야만 인식과 실천의 단절을 넘어 세상을 바꿀 수 있는 현실이 되었다. 보건교사의 활약^{정동정치}을 통해 존재권력의 젤리를 떼어내고 타자의 존재론을 부활시켜야만 다시 한번 생생한 물결과 파문을 일으킬 수 있게 된 것이다.

---

128 과거에 사상가와 지식인이 필요했다면 오늘날은 그에 앞서 보건교사가 필요해진 시대이다. 정동이론의 실천가인 보건교사는 타자의 추방의 시대에 추방된 타자에게 다가설 수 있는 예외적인 인물이다.

129 이재웅, 「안내자」, 『불온한 응시』, 실천문학사, 2013, 73~100쪽.

7. 왜 페미니즘은 물결이 되는가
「경영」, 「맥」과 『오지리에 두고 온 서른 살』

사상의 신념이 약화된 시대는 현실을 비판하는 문학도 무력화된 세계이다. 사상의 무력화는 존재론적 권력에 의한 타자의 물결의 침잠 때문이며, 존재의 물결이 약화된 세상에서는 타자에게 다가가는 문학도 빈약해진다. 우리의 역사에서 1940년대 전반과 1990년대 이후가 그런 시기였다.

흥미로운 것은 두 시기에 현실의 비판을 위해 등장한 새로운 문학이 있었다는 것이다. 그것은 여성 타자를 주인공으로 한 독특한 여성시점 소설이다. 현실 비판이 무력화된 시대에 여성 타자의 소설이 비판적 위치를 얻을 수 있었던 것은 특이한 방식으로 물결을 일으킬 수 있었기 때문이다. 이제 사상이 물결을 일으키던 시대가 지나갔지만 여성시점 소설은 새로운 방식으로 숨겨진 물결의 힘을 발견하게 만들고 있었다. 여성 소설은 직접 비판의 말을 하는 대신 은밀한 물결을 일으키며 진정성을 잃은 세상을 뒤흔들 수 있었다.

사상의 시대가 문학작품과 정동적 공론장, 대중강연을 통해 틈새를 형성한 시대였다면, 사상의 쇠퇴의 시대는 자본의 포위 속에서 그런 반격의 틈새를 상실한 세계였다. 그 같은 상황에서 여성시점 소설은 마지막 틈새가 여성 타자의 내면에 숨겨져 있음을 암시하며 비밀의 물결을 일으키고 있었다. 우리는 김남천의 「경영」, 「맥」과 공선옥의 『오지리에 두고 온 서른 살』의 비교를 통해 그 점을 확인할 수 있다.[130]

---

130 파시즘의 시대인 1940년대 전반과 민주화를 성취한 1990년대 사이에는 많은 차이가 있다. 하지만 변혁운동의 열기가 사라진 좌절의 분위기, 그리고 새로운 동원 체제의 다

'사상의 퇴조'의 시대에 '비밀의 물결'이라는 여성 소설의 새로운 무기의 등장은 매우 흥미롭다. 「경영」, 「맥」과 『오지리에 두고 온 서른 살』의 주인공^{최무경, 오은이}은 모두 사회운동을 했던 남성에게 소리 없이 버려진다. 양자의 공통점은 그런 주인공의 실연을 남성중심적 세계에서 고통받는 타자의 운명으로 확장시켜 그리고 있는 점이다. 물론 두 소설에서 남성적 세계에 대한 주인공들의 태도는 다소 수동적이며, 경직된 세계에서 침묵하는 점에서 두 주인공은 저항의식의 측면에서 문제의 여지가 있다.[131] 그럼에도 우리가 그들의 위치에서 남성적 폭력에 대해 비판하게 되는 것은 여성적 틈새[132]의 물결이라는 새로운 방식의 대응력 때문이다.

사상의 무력화가 타자의 물결의 침잠 때문이라면, 여성 타자의 비밀의 틈새와 숨겨진 물결은 어떻게 가능했을까. 여성 타자는 사상의 퇴조 시대 이전부터 오랫동안 가부장적 권력에 의해 거세공포^{낯선 두려움}[133]에 시달려 왔다. 김남천과 공선옥이 절망의 시대에 여성 타자에게 다가선 것은 오랜 시련을 겪어온 여성에게는 은밀한 내적 응전력이 형성되어 있었기 때문이다. 여성 타자의 끈질긴 응전력이란 빼앗기고 남은 잔여물에 대한 민감한 감수성이다. 오랫동안 거세공포에 시달려온 여성은 잔여물에 대한 감각이 예민할 수밖에 없으며, 여성 특유의 응전력은 빼앗긴 진정성에 대한 열망이 얼마간 잔존한다는 반증일 것이다. 우리가 최무경과 오은이의 내면에 젖어 드는 것은 모두가 잃어가는 진정성, 즉 심연의 샘물^{대상 a}에 대

가뭄에서 두 시기에는 유사성이 있다. 양자에서 전쟁으로의 동원과 상품으로의 동원은 비판적 사상을 억압하는 동시에 무력화된 사회적 타자를 추방하고 있다.

131 오은이의 경우 최무경보다도 가부장제적 세계에 대해 더 수동적이다.

132 이 틈새는 (이제 상실한) 사상에 근거한 반격의 틈새와는 달리 내면에 숨겨진 비밀의 틈새이다.

133 낯선 두려움(unhomely)은 남성적 상징계의 억압에 의해 여성이 일상에서 항시적으로 경험하는 거세공포라고 할 수 있다.

한 열정이 그들에게는 조금은 남아 있었기 때문이다. 김남천과 공선옥의 주인공들은 대상 a를 상실해 가는 시대에 유일하게 공감의 물결에 빠져들게 하는 진정성의 틈새를 내비치고 있었다.

크리스테바는 그런 여성적 틈새를 상징계와 기호계의 상호텍스트성으로 조명했다. 여성은 남성적 상징계에 예속된 뒤에도 여전히 기호계가 잔여물로 남아 있는 존재이다. 그 같은 내면의 중첩성은 윤이형「작은 마음 동호회」이 발견한 이중언어로 살아가는 바이링궐에 대한 자의식과도 같다.[134] 바이링궐이란 자신의 본심을 말하지 못하고 권력이 부여한 감성에 예속되어 살아가는 존재이다. 그런 바이링궐에 대한 여성의 자의식은 심연에 남겨진 잔여물에 대한 애정에 다름이 아니다. 여성 특유의 잔여물에 대한 끈질긴 애정은 오늘날의 타자의 추방의 시대에도 여전히 계속되고 있다. 특이하게도 여성은 권력에 의해 추방을 당해도 진정성을 포기하지 않은 채 추방되는 은밀한 존재인 것이다.

아무런 저항력도 없는 여성 주인공은 타자 상실의 시대에 숨겨진 타자로서 우리에게 새로운 정동적 초대장을 보내왔다. 여성은 이미 오래 전에 배제되었지만 내적으로는 상실의 시대에도 아직 배제되지 않은 채 남아 있었다. 경직된 세상에 저항하는 (사상적) 반격의 틈새를 빼앗긴 시대에 은밀히 진정성의 물결을 갈망하는 여성의 존재는 마지막 비밀의 틈새와도 같았다.

시대적 부재의 상황이란 「서른, 잔치는 끝났다」에서처럼 함께 어울렸던 사람들이 떠나간 뒤의 허탈감이다. 그런 상황에서 여성 타자는 남겨진 근원적인 기억을 반추하며 뜨거운 감회에 젖고 있었다.[135] 김남천과 공선

---

134 뒤의 7장 5절을 참조할 것.
135 최영미, 「서른, 잔치는 끝났다」, 『서른, 잔치는 끝났다』, 창비, 1994, 10쪽.

옥의 소설은 여성 타자가 후일담 상황에서 잔여물을 기억하고 회생을 갈망하며 절망을 유보시키는 과정을 그리고 있다. 비밀의 틈새로서 여성은 모두가 절망한 시대에 언제까지든 절망의 바닥에 이르지 않는 상태이기도 했다. 그런 '상실의 슬픔'과 '남겨진 갈망'의 중첩성은 대표적인 후일담 시인 「서른, 잔치는 끝났다」에서 은유를 통해 압축적으로 표현되고 있다.

물론 나는 알고 있다
내가 운동보다도 운동가를
술보다도 술마시는 분위기를 더 좋아했다는 걸
그리고 외로울 땐 동지여!로 시작하는 투쟁가가 아니라
낮은 목소리로 사랑노래를 즐겼다는 걸
그러나 대체 무슨 상관이란 말인가

잔치는 끝났다
술 떨어지고 사람들은 하나 둘 지갑을 챙기고 마침내 그도 갔지만
마지막 셈을 마치고 제각기 신발 찾아 신고 떠났지만
어렴풋이 나는 알고 있다
여기 홀로 누군가 마지막까지 남아
주인 대신 상을 치우고
그 모든 걸 **기억**해 내며 뜨거운 눈물 흘리리라는 걸
그가 부르다 만 노래를 고쳐 부르리란 걸
어쩌면 나는 알고 있다
누군가 그 대신 상을 차리고, 새벽이 오기 전에
다시 사람들을 불러 모으리란 걸

환하게 불 밝히고 무대를 다시 꾸미리라

그러나 대체 무슨 상관이란 말인가[136]

윗시는 남겨진 기억에 대한 끈질긴 애정에서 김남천과 공선옥의 소설과 겹쳐진다. 그 기억은 사랑노래'나'와 상실의 기억최무경, 오은이처럼 사적 영역에 제한된 것일 수 있다. 그러나 운동보다 운동가를, 투쟁가보다 사랑노래를 좋아한 여성이, 끝까지 남아 모든 걸 기억하며 부르던 노래를 고쳐 부를 수도 있는 것이다. 세 여성 후일담 문학은 사적 영역의 여성이 남겨진 허무감을 감당하며 다시 한번 잔여물의 비밀에 젖는 진행을 노래하고 있다. '나'와 최무경, 오은이는, '주인 대신 상을 치우고' '모든 걸 기억해 내며 뜨거운 눈물 흘리는' 인물로 등장하고 있다.

세 작품에서 여성 특유의 진정성의 잔여물은 공적 영역과 사적 영역을 횡단하게 해준다. 위에서처럼, 여성의 경우 사소하고 무의미해 보이는 사적 영역이 오히려 공적 좌절을 고스란히 감내해 내는 위치일 수 있는 것이다. 하나둘씩 떠나가는 남성들에게는 시대적 좌절을 버틸 수 있는 여력이 남아 있지 않다. 반면에 여성의 사적 영역은 아무것도 아닌 동시에 감당할 수 없는 공적 영역의 상실을 견디는 무언가가 남겨진 틈새이기도 하다.[137] 그처럼 사적 영역을 통해 공적 영역의 잔여물을 반추할 수 있기 때문에 여성에게는 상실의 시간이 아직 끝이 아닌 것이다. 더욱이 부르다 만 노래를 다시 **고쳐서 부르는** 것은 이번에는 사상가를 포함해 남성중심

---

136 위의 책, 10~11쪽(강조-인용자).
137 남성들이 무의미하다고 비판하는 여성의 사적 영역이란 실상은 잔여물이 남겨진 비밀의 틈새였다.

적 세계 전체를 넘어서려는 것이기 때문이다.

이처럼 여성이 잔여물을 반추하는 과정은 순수기억과 정동적 열망을 통해 허무와 상실을 넘어서는 비밀의 틈새를 암시한다. 윗시에서처럼 여성의 순수기억을 통해 허무적 분위기'대체 무슨 상관이란 말인가'가 온전히 극복된 것은 아니다. 그러나 기억과 정동은 사상이 무력화된 시대에 다시 한번 은밀히 물결을 일으키는 존재론적 무기틈새가 될 수 있다.

후일담 문학에서 여성의 기억과 정동을 표현하는 존재론적 방식은 '은유'와 '여성시점'이다. 「서른, 잔치는 끝났다」는 은유눈물, 노래를 통해 정동적 잔여물의 샘물을 퍼올리고 있다. 「경영」, 「맥」과 『오지리에 두고 온 서른 살』 역시 여성시점[138]을 통해 내포독자가 정동적 비밀과 공감의 물결에 젖게 한다. 노래와 물결은 사상적 행동이 끝난 시대에 다시 한번 사람들을 불러 모으는 무기로 나타나고 있다.

「서른, 잔치는 끝났다」에서 투쟁가보다 사랑노래를 좋아했다는 것은 여성 특유의 에로스적인 정동을 암시한다. 에로스적 갈망은 원래 여성적인 타자성의 정동레비나스이며,[139] 타자성의 정동은 에로스를 통해 대상 a 를 퍼 올려 물결을 일으킬 수 있다. 그런 타자성의 정동적 갈망은 「경영」, 「맥」과 『오지리에 두고 온 서른 살』에서 여성시점을 통한 대화적 욕망으로 나타난다. 진정성이 추방된 남성적 체제가 독백적 세계라면 여성의 대화적 욕망은 진정성에 대한 잔여적 열정일 것이다. 세 후일담에 나타난 에로스와 대화적 욕망은 남겨진 정동적 샘물을 퍼 올리게 하는 대표적인 방식들이다.

---

138 「경영」, 「맥」 연작과 『오지리에 두고 온 서른 살』은 각각 최무경과 오은이의 인물시점이 주도적인 소설이다.
139 레비나스, 강영안 역, 『시간과 타자』, 문예출판사, 1996, 103~111쪽.

최영미의 사랑노래는 타자성의 감성을 퍼뜨리며 투쟁가가 멈춘 시대에 흩어진 사람의 가슴을 끌어당기고 있다. 마찬가지로 최무경과 오은이의 대화적 열망은 여성적 타자성의 정동으로 호소해 남성적 독백을 흔들며 우리를 물결에 젖게 만든다. 남성중심적 세계가 독백적으로 작동될 때 여성의 대화적 욕망은 그 동일성 세계에 용융될 수 없는 타자성과 진정성을 회생시키려 갈망한다. 그런 방식으로 사상적 행동이 멈춘 시대에 경직된 동일성 세계를 다시 한번 흔들면서 미래를 예비하게 하는 것이다.

최무경과 오은이는 뚜렷한 자기주장이 없는 대신 끝없는 대화 속에서 다른 인물들의 위치를 동요하게 만든다. 그렇게 하면서 여성적 언어 바깥의 남성적 세계의 사람들이 얼마나 독백에 매몰되었지 반성하게 해 준다. 그런 동요와 반성은 독자로 하여금 최후의 말^{자기 주장}이 지연되는 중에 여성의 유동적인 언어적 물결에 젖게 만든다.

> 오시형이의 영향으로 경제학을 배우던 무경이는 또 그의 가는 방향을 따라 '철학을 배우리라'는 방침을 정하는 것이다. '너를 따르고 너를 넘는다!' 이러한 표어 속에 질투와 울분과 실망과 슬픔과 쓸쓸함과 미움의 일체의 복잡한 감정을 묻어 버리려 애쓰는 것이었다.
>
> 무경이는 어머니의 사진 앞에서 머리를 털어버리고 이내 테이블로 왔다. 그는 몇 달 전부터 임파의 『철학강좌』를 읽어내려오고 있었다. 알 듯한 곳도 모르는 대목도 많은 것을 이를 악물고 시험공부 하듯이 대들었으나 날이 갈수록 제가 점점 어른이 되어가는 것 같은 느낌을 금할 수 없었다.[140]

---

140 김남천, 「맥」, 『맥』, 문학과지성사, 2006, 295~296쪽.

동생 은택이 씹어 뱉듯 내던진 말들이 그 순간 떠올랐다. 누나가 구걸한 그 알량한 사랑에 결국 누나가 빠져 죽게 될 거라구.

나는 구걸하지 않았어. 지가 먼저 나한테 왔다구. 그리고 손을 내밀었어. 결혼하자구, 나와 결혼하자구. 나는 그가 내게 구하는 것을 거부하지 않은 죄밖에 없다구.

겨울 해는 짧았다. 더군다나 눈이 오는 겨울의 낮이란 그 얼마나 허망하고도 속절없이 이우는 것이더냐. 그토록 허망하고 속절없는 겨울 한나절에 은이가 버티고 버티었던 것은 무엇이었던가. 서늘한 냉기, 위장을 후벼 파는 숙취 끝의 허기증, 그리고 그런 것들 이전에 보다 근본적인 것, 그것이 무엇일까.……그것이 무엇일까, 은이는 노랫가락의 후렴처럼 '그것이 무엇일까'를 중얼거리며 혼잣세상이 된 과수원집을 순례하기 시작했다.[141]

최무경이 철학책을 읽는 것은 지식을 쌓기 위함이 아니라 오시형과 대화하려는 욕망의 표현이다. 오시형의 독백체를 만들었던 책들은 최무경에 의해 여성의 대화적 공간으로 이동하고 있다. 또한 오은이의 '겨울 낮' ^{사랑}의 대화적 반추는 사회사상가 남상훈이 얼마나 독백적이었는지 반증하게 만든다. 오은이가 남상훈과 달리 대화적 정동을 지닌 것은 좌절과 허기증을 넘어서는 어떤 근원적인 것을 생각하기 때문이다.

여성적 대화는 경직된 이념들^{독백}을 실재^{the Real}의 바다에서 미결정적으로 뒤흔드는 바흐친의 대화적 상상력과 비슷하다. 두 여성소설은 거기서 더 나아가 부재의식을 극복하려는 표상할 수 없는 깊은 샘^{대상 a}의 진정성을 암시한다. 깊은 샘이란 오시형이 읽었던 사상들을 관류하며 옛 애인의

141 공선옥,『오지리에 두고 온 서른 살』, 삼신각, 1993, 180쪽.

경직성을 넘어서게 하는 그 무엇이다. 그것은 또한 '허기증보다도 더 근원적인 것'[142]이자 떠나온 '오지리에 두고 온 어떤 것'[143]이다. 그처럼 남성적 사상을 넘어서는 잔여물이 있기에 잔치가 끝났어도 자리에 남아 노래를 고쳐 부르려 소망할 수 있는 것이다.

인식론적 사상이 무력화된 시대에는 능동적 정동을 길어올리는 깊은 샘물^{잔여물}의 존재가 매우 중요하다. 사상이 약화되면 심연의 샘물도 흐려지지만 여성에게는 아직 비밀의 틈새에 진정성의 갈망이 남아 있었다. 물론 양자의 소설에서 심연의 잔여물을 열망하는 정동적 어조가 똑같지는 않다. 최무경이 정동적으로 보다 유연한 반면 오은이는 내적 대화 속에서 분노를 감추지 않는다. 그러나 이는 오은이가 그만큼 비천한 위치에서 남성중심적 상징계에 예속되어 있기 때문이다. 오은이 역시 남상훈에게 일방적으로 매달리지 않으며 자신에게 폭력을 행사한 시어머니와 석술^{머슴}마저 대화적 언어로 반추한다. 오은이의 멈출 수 없는 대화의 욕망은 그녀 또한 최무경처럼 남겨진 샘물을 퍼 올려 진정성을 회생시키려 소망하고 있음을 뜻한다.

최무경과 오은이의 대화적 욕망은 잔여적 샘물을 길어 올려 상실의 시대에 자신의 존재를 입증하려는 시도이다. 그것은 타자의 위치에서 미지의 수신자에게 정동적 초대장을 보내고 있는 것이기도 하다. 정동적 초대장이란 상징계에서 실재계로의 존재론적 선회를 요구하며 함께 존재를 입증하려는 호소이다. 여성적인 대화적 무의식은 진리를 향한 도정에서 인식론적 안내판 못지않게 존재론적 정동의 초대장이 중요함을 암시한다.

사상과 함께 존재가 위협받는 시대에 여성적 존재 증명의 갈망은 매우

---

142 위의 책, 180쪽.
143 위의 책, 211쪽.

소중한 것이었다. 두 여성의 대화의 욕망은 부재의식을 극복하고 자신의 정동적 존재를 입증하며 시대에 맞서고 있다. 데카르트는 타자를 배제한 의식의 존재를 말했지만, 최무경과 오은이는 주체성을 상실한 시대에 타자성의 대화를 통해 자신의 존재를 입증한다.[144] 두 주인공은 무너진 의식의 주체를 넘어서기 위해 하이데거와 두셀처럼 근대적인 남성적 독아론에 저항하고 있었다. 데카르트에 대항하는 두 여성의 대화의 방식은 타자의 존재론이라고 할 수 있다.

'방도 직업도 이제 나 자신을 위하여 가져야겠다!'
그런 생각이 사무실을 들어설 때에 그의 마음 속에서 이루어지고 있었다.[145]

그러나 이러한 가운데서 그가 가진 것은 '혼자서 산다'는 억지에 가까운 결심과 자기도 누구에게나 지지 않을 정신적인 발전을 가져보겠다는 양심이었다. (…중략…) '너를 따르고 너를 넘는다!' 이러한 표어 속에 질투와 울분과 실망과 슬픔과 쓸쓸함과 미움의 일체의 복잡한 감정을 묻어 버리려 애쓰는 것이었다.[146]

"너는 어디로 가니?"
채옥의 어디로 가느냐는 물음에 은이는 잠시 허둥대고 있는 자신의 손을 내려다보았다. 가리킬 방향이 없었다. 그러나 잠시 후 은희는 확실하게 손가락의 방향을 정했다.

---

144 최무경의 경우 여성적인 틈새적 존재를 입증하려는 대화적 열망 속에서 '여성의 방'이라는 미결정적인 틈새 공간을 형성하게 된다.
145 김남천, 「경영」, 앞의 책, 279쪽.
146 김남천, 「맥」, 위의 책, 295~296쪽.

"나에게로."

(…중략…)

채옥이 탄 차가 서서히 움직이기 시작했다. 그때였다. 채옥이 차창 속에서 은희를 향해 뭐라고 외치는 소리가 희미하게 들려왔다.

"뭐라구?"

"오 지 리 에 …… 뭘 …… 놓아두고 …… 온 게 …… 없 ……"

그리고 차는 떠났다. 차가 떠나고 난 뒤 은희는 채옥이 남기고 간 말들을 다시 한번 읊조려 보았다. 내가 뭘 남겨두고 왔지?[147]

최무경은 '혼자서 산다'고 말했고 오은이는 '나에게로' 간다고 대답하고 있다. 이는 외견상 독립심과 자립심을 고양시키려는 말 같지만 실상은 결코 고독한 자아의 성장 선언이 아니다. 두 여성의 나란 데카르트식 성장 서사로서 의식의 중심을 향하고 있지 않다. 혼자서 살겠다고 말한 두 사람이 자기를 입증하는 방법은 능동적 체관[148] 속에서 끝없이 타자와 접촉하는 것이다.

두 여성은 현실에서 대화 상대를 만나는 순간 '타자를 끌어안는 타자'[149]로서 불현듯 존재를 입증한다. 여성 자신이 타자이지만 능동적으로 '자기'[150]를 입증하는 방법은 또 다른 타자를 끌어안으며 존재론적 전회를

---

147 공선옥, 앞의 책, 211쪽.

148 능동적 체관이란 상실의 현실을 받아들이면서 더 근원적인 요인(내재원인)에 다가서려는 능동적 정동의 태도를 말한다. 김남천, 「맥」, 앞의 책, 290쪽.

149 이리가레는 여성은 자신이 타자이면서도 또 다른 타자를 품어안는 본성을 지녔다고 말한다. 이리가레이, 박정오 역, 『나, 너, 우리』, 동문선, 1996, 42~43쪽; 나병철, 『정동 정치와 언택트 문학』, 문예출판사, 2023, 215쪽.

150 김남천의 '자기'는 보편자(사회)의 특수물인 개인과 달리 결코 특수화할 수 없는 존재로서, 최무경처럼 타자와 관계하며 모랄을 생성하려 할 때 입증되는 (실재계적) 위치라

시도하는 것이다. 최무경은 떠나간 오시형^{전향한 사회주의자}151과 함께 모더니스트 이관형^{실패한 지식인}과 대화의 꽃을 피웠고, 오은이는 고향 친구 박채옥과 대화적 관계152가 된다. 위에서처럼 두 여성의 성장이란 자신을 능동적 존재로 만들면서 타자성의 대화를 지속시키는 것이다. 최무경은 오시형의 독백의 방을 여성적 대화의 방으로 전환시키며, 오은이는 박채옥에게 대화의 갈망을 표현하며, 그 교감의 힘으로 나 자신에게로 가고 있는 것이다. 이 같은 대화적 갈망은 보리의 꽃153과 오지리의 기억이라는 대상 a를 확인하게 해준다. 그처럼 대화적 욕망의 추동력은 진실을 회생시키려는 깊은 샘물이기 때문에 우리는 여성 타자의 내면의 물결에 젖게 된다.

여성적 대화는 독백 체제에 영어된 우리를 정동적 물결에 젖은 비밀의 틈새로 초대한다. 두 소설의 배경은 타자 상실의 시대이지만 우리는 다시 한번 타자의 정동적 초대에 이끌려 절망이 유보된 틈새에 있게 된다. 그처럼 틈새의 물결을 통해 남성적 독백 체제^{상상계·상징계}로부터 타자의 대화의 공간^{실재계}으로 선회하게 유도하는 것이 두 소설의 존재론적 사건이다.

인식론적으로 이념의 공백상태에서 여성시점이 우리를 움직이는 비밀은 존재론적 전회의 방식에 있다.154 인식론적 사상이 무력화된 것은 타자 망각의 시대에 존재의 물결을 상실해 아무도 일어설 수 없었기 때문이다. 그러나 오랫동안 발견하지 못했던 여성 타자와 만나는 순간 우리는 다시

고 할 수 있다. 김남천, 「도덕의 문학적 파악」, 『김남천전집』 I, 박이정출판사, 2000, 348쪽 참조.
151 오시형은 근대초극론을 독백체로 외치는 인물이지만 최무경에게는 사상을 매각당한 사회주의자로서 정신의 비밀이 남아 있는 타자이기도 했다.
152 두 사람은 떠나는 순간까지 '오지리에 두고 온 것'을 생각하며 대화적 관계를 지속시킨다.
153 김남천, 「맥」, 앞의 책, 331쪽.
154 두 소설은 존재론적 전회가 인식론적 사상에 의한 전회만큼이나 중요함을 말해주고 있다.

물결에 젖으며 사랑의 잔여물에 남겨진 좌절된 투쟁가의 흔적을 감지한다. 이제 상징계의 자기중심성에서 벗어나 (대화를 통해) 실재계로 선회하는 존재론적 전회의 순간만이 투쟁가를 다시 회생시킬 수 있을 것이다.

김남천과 공선옥은 사상이 무력화된 시대에 여성 타자를 통해 존재의 물결에 젖게 하며 절망을 유보시키고 있다. 타자를 상실한 시대에 여성 타자의 새로운 발견은 물결이 사상 못지 않게 중요한 요체임을 알게 해준다. 여성시점 소설은 근대 담론으로서 페미니즘이 품고 있는 독특한 물결의 의미를 말하는 비밀의 미학이다. 페미니즘 역시 미래의 신념을 말하는 사상이지만 여기서는 인식론적 신념 못지않게 존재론적 물결이 매우 중요하다.[155] 근대 사상과 대서사의 무용함이 말해지는 시대에 여성소설과 페미니즘이 부각된 것은 우연이 아니다. 페미니즘은 물결을 통해 자기 자신의 사상이 덧없는 목적론이 되는 것을 방지하기 때문에 근대 사상과 대서사의 무용론에서 면제되어 있는 것이다.

그 점에서 우리는 역사의 미로의 시대를 넘어서는 페미니즘의 특별한 위치를 말할 수 있다. 페미니즘의 탄력적 유동성은 김남천의 시대는 물론 사상과 대서사가 무력화된 오늘날에는 더욱더 중요하다. 근대 사상 중에서 리오타르의 대서사 비판을 뚫고 살아남은 것은 페미니즘뿐이기 때문이다.

리오타르는 근대적 과학을 역사적 공간에서 정당화하는 진리의 담론을 대서사라고 불렀다.[156] 대서사는 과학만큼이나 진리이기 때문에 역사적 미래에 대한 신념은 확실성을 지닌다. 근대가 시작되자 사상가들은 역

---

155 페미니즘에서 물결이 중요하다는 것은 특정한 대서사에 의존하지 않고도 대화를 통해 우리와 연대할 수 있다는 점에서 확인된다.
156 리오타르, 유정완·이삼출·민승기 역, 『포스트모던의 조건』, 민음사, 1991, 33~34쪽.

사의 공간에서 대서사를 실행할 진리의 주체를 내세웠다. 대서사는 이성 주체계몽사상, 자유의 주체자유주의, 노동해방 주체사회주의에 의거해 사회적 유대와 역사의 진보를 신뢰한다.[157]

리오타르는 과학에 대한 믿음으로 대서사를 신뢰하는 것이 근대성의 특징이라고 말한다. 그런데 후기산업 사회에서는 이질적 언어게임들이 교차되면서 중앙집권적인 총체성보다는 국지적 결정이 중요해졌다. 그에 따라 대서사에 대한 불신과 회의가 나타나면서 포스트모던의 시대가 시작된 것이다.

그러나 리오타르의 근대 사상에 대한 비판은 대서사의 일면성만을 주목한 결과이다. 앞서 살폈듯이 마르크스주의 같은 대서사는 사상과 물결의 결합을 통해서 수행적으로 진리의 실천에 이를 수 있다. 마르크스주의가 물결이 될 수 있다는 사실은 총체성보다 수행성을 중시하는 포스트모던의 시대에도 유효하다는 뜻이다. 그와 달리 수행적 차원을 몰각한 사상대서사은 목적론의 위험과 함께 근대 사상의 한계를 드러낼 수밖에 없다. 수행성을 무시하고 목적론을 강화할수록 근대 사상은 타자성의 유동성을 잃은 주체중심주의가 되어간다고 할 수 있다.

따라서 리오타르의 대서사 비판은 주체중심적 근대 사상의 비판으로 대체되어야 한다. 주체중심적 근대 사상의 비판에서 면제될 수 있는 것은 마르크스주의이다. 다만 오늘날 마르크스주의 같은 비판적 사상마저 무력화된 것은 신자유주의적인 타자 망각에 의해 존재의 물결이 잘 일어나지 않게 되었기 때문이다.

신자유주의의 타자 망각은 존재론적 전회를 불가능하게 하는 상상적

---

157 우리는 이런 리오타르의 대서사에 근대 민족주의를 추가할 수 있다.

기제일 뿐 아니라, 부권적 상징계에 집착하는 근대의 남성중심적 권력의 정점이기도 한다. 그런데 그런 타자 망각의 시대에도 부권적 권력의 오만한 무관심으로 인해 남겨진 타자가 있다. 오늘날 리오타르의 이질적 언어게임들을 움직이는 것은 실제로는 신자유주의의 상품으로의 총동원이다. 반면에 김남천과 공선옥의 여성 타자는 남성적 총동원 체제에 동화되거나 추방될 수 없는 타자성의 위치에 남아 있다. 타자 망각의 시대에 두 작가의 여성 소설이 마지막 초대장^{타자의 호소}으로 은밀히 물결을 일으킬 수 있었던 것은 그 점을 입증한다.

최후의 대서사인 마르크스주의가 무력화된 것은 신자유주의의 정동권력에 의해 지식인과 하층민의 만남이 결렬되었기 때문이다. 사상가와 타자의 결별은 마르크스주의마저 실재계에서 멀어진 또 다른 부권적 상징계의 서사[158]로 만들 위험을 형성한다. 그런 상황에서 「경영」, 「맥」과 『오지리에 두고 온 서른 살』은 절대적 동원 체제에 대응해 남성적 근대를 비판하는 새로운 방식으로 틈새의 물결을 만들고 있다. 총동원 체제란 남성중심성을 더 강화시킨 세계이지만 아무도 그것을 인지한 사람은 없었다. 그 때문에 여성은 그런 남성중심 체제의 맹목성의 틈새에서 마지막 타자로 남아 있을 수 있었다. 총동원 체제는 절대적으로 타자를 추방했지만, 권력 자신도 모르는 남성중심 체제에 대한 무지로 인해, 여성 타자는 배제된 채 방관된 틈새에 남겨질 수 있었던 것이다.[159]

이제 우리는 타자 망각의 시대에 아무도 모르는 남성중심 체제를 간파

---

158 타자 망각의 시대에도 마르크스주의는 여전히 자본주의 비판으로서 유효하지만, 정동 정치를 통해 타자에게 다가서는 모험이 없으면 또 다른 상징계의 서가에 꽂힌 침묵의 사상이 되기 쉽다.

159 아무도 여성 타자의 숨겨진 잔여물과 복합적 심리를 알지 못하기 때문에 여성은 배제된 상태에서도 깊은 샘물(진정성)을 잃지 않은 타자로 남겨질 수 있었다.

한 숨겨진 타자에게 이끌리게 된다. 물론 페미니즘에서 물결만 중요하고 사상은 필요 없는 것은 아니다. 그러나 사상이 무력화된 시대에 여성소설은 특정한 관점에 의존하지 않고도 타자의 물결을 일으켜 남성중심적 총동원 체제를 뒤흔들 수 있었다.

여성은 남성중심적 체제의 무지로 인해 역으로 남성적 편집성을 비판하며 마지막 타자성의 물결을 일으켰다. 여기서 볼 수 있는 마지막 타자의 빼앗길 수 없는 물결의 수행성이야말로 페미니즘의 독특한 특성이다. 그로 인해 대서사의 출몰의 장인 근대성과 탈근대성의 공간에서 페미니즘은 특별한 위치에 있었다. 페미니즘 역시 근대 사상이지만 남성주의의 맹목성에 대응하는 물결의 수행성 때문에 리오타르의 대서사 재판에서 결석 상태에 있을 수 있었다.

리오타르가 지적한 대서사의 총체성의 권위가 실상 수행성을 무시한 근대 사상의 한계라면, 페미니즘은 버릴 수 없는 물결의 수행성으로 인해 애초에 그 바깥에 있었다. 특이하게도 페미니즘은 포스트모던시대의 근대 사상으로서 점점 더 중요성이 커지는 서사로 남겨져 있다. 근대 사상이 유효기한이 다했다는 리오타르의 비판은 페미니즘의 존재로 인해 반론에 부딪힐 수밖에 없다. 페미니즘은 사상과 물결을 결합하며 근대와 탈근대의 인위적 구분을 무효화시키고 있다. 리오타르의 대서사의 불신을 넘어설 수 있는 것은 우리의 주제인 사상과 물결의 결합이다. 두셀은 근대성 신화를 비판하고 은폐된 타자를 주목하며 마르크스주의와 타자의 윤리를 결합시켰다. 마찬가지로 우리는 새로운 타자 망각의 시대에 남성중심적 근대의 신화를 비판하면서 페미니즘 사상과 여성 타자의 물결을 접합시킬 수 있을 것이다.

8. 물결과 사상의 결합으로 운동을 업데이트하는 페미니즘

월러스틴은 '우리가 아는 세계의 종언'을 말하면서 무력화된 사상의 목록에서 여성해방운동은 유보시키고 있다.[160] 대서사를 재판정에 세운 리오타르의 근대에 대한 불신 역시 특별한 근대 사상인 페미니즘은 고려하지 않고 있다. 그 이유는 페미니즘에서는 젠더적 해방 자체가 대서사의 약점인 동일성의 확정성을 넘어서는 물결을 생성하는 것이기 때문이다. 그점을 간과하는 한 대서사는 부권적 상징계에 집착하는 남성중심성에 매몰될 수밖에 없다. 그런데도 흔히 그 같은 대서사의 동일성은 물론 권력체제의 편집성까지 아무렇지도 않은 정상적인 것으로 간주되곤 한다. 근대적 대서사 및 권력체제의 남성중심성의 묵인은 젠더적 차별이 오랫동안 침묵에 묻혀온 비밀이다. 여성은 아무도 말하지 않는 고통을 당하고 남성적 서사에 의해 쉽게 외면되면서 일상의 투명한 배제 장치에 갇혀 있었다.

오늘날의 반전은 대서사의 신념이 불신받으며 발견된 여성 서사의 잠재성에 있다. 리오타르의 대서사에 대한 비판은 남성중심적 총체성[161]의 위험성에 관한 것으로 재해석될 수 있다. 반면에 페미니즘은 자신의 물결적 특성으로 인해 동일성의 총체성을 해체하는 유동성을 드러낸다. 그 점은 페미니즘이 특정한 대서사를 앞세우지 않는 대신 다양한 사상들과 유연하게 접합되는 경향으로 확인된다. 즉 자유주의 페미니즘, 사회주의 페미니즘, 에코 페미니즘, 탈식민주의 페미니즘 등이다. 흥미로운 것은 이처럼 다양한 사상들과 결합하는 순간 결합된 사상들이 유동적인 물결로

---

160 이매뉴얼 월러스틴, 백승욱 역, 『우리가 아는 세계의 종언』, 창비, 2001, 335쪽.
161 수행적 물결을 간과하는 한 대서사는 부권적 상징계에 집착할 위험을 지니기 때문에 해방을 목표로 하더라도 남성중심적 총체성에 몰입될 수 있다.

재생성된다는 점이다. 예컨대 자유주의 페미니즘은 자유주의 자체보다 훨씬 더 유연하다. 또한 사회주의 페미니즘은 남성적 사회주의를 공과 사를 넘나드는 새로운 수행적 물결로 갱신한다.

여기서 페미니즘이 마지막 대서사인 사회주의의 남성주의적 약점조차 극복하는 과정은 흥미롭다. 물론 사상과 물결을 결합시키는 유연한 사회주의에서는 또 다른 부권적 상징계에 집착하는 경향이 발견되지 않는다. 그러나 사상을 지닌 지식인 개인의 차원에서는 사회주의에도 남성중심성이 남아 있었다. 예컨대 강경애의 『인간문제』[1934]에서 민중 서사를 통한 사회주의적 표현에는 경직성이 없지만, 개인적 일상을 그린 「원고료 이백원」[1935]에서는 공적 대의를 위해 사적 욕망을 억압하며 여성을 폄훼하는 장면이 나타난다.

사회주의적 서사는 흔히 공적 영역을 우선시하면서 개인적 욕망을 억압하는 경향이 있다. 최고의 명작 『고향』에서조차 김희준은 안갑숙에 대한 사랑을 동지애로 승화시키며 사적 욕망을 억누른다. 그러나 지식인의 맥락에서의 공사의 구분이 허구임은 이 소설의 민중[인동과 방개]을 통한 에로스적 사랑의 주제를 통해 드러난다. 『고향』에서 사랑에 관한 한 김희준을 따르지 않는 인동과 방개의 경우, 연애 감정은 변혁운동의 열망과 구분되지 않는 것으로 표현된다.

연애가 공적 대의와 배치된다는 교리를 넘어 사랑과 변혁운동의 결합을 보다 강하게 나타내는 것은 페미니즘적 사회주의이다. 『인간문제』[강경애, 1934]에서 두 주인공[첫째와 선비]의 사랑의 열망과 변혁의 열정이 구분되지 않는 것은 그 대표적인 예이다. 사랑과 변혁운동의 연관성은 정반대의 예를 통해 표현되기도 한다. 가령 사회주의의 후일담인 「경영」, 「맥」에서는 최무경의 실연의 과정이 애인인 사회주의 지식인[오시형]의 전향과 연관된 것으로 그려진다. 『인간문제』와 「경영」, 「맥」은 좋은 연인이 진실한 혁명을 수행할 수 있으며 혁명의 배반자는 연애의 배신자가 됨을 암시한다.[162] 또한 페미니즘이 남성적 사회주의 서사를 공과 사의 경계를 횡단하는 수행적 물결로 혁신함을 보여준다.

에로스와 혁명의 결합에서처럼 사적 영역과 공적 영역을 횡단하는 순간은 존재의 물결이 일어나는 때이기도 하다. 특히 사적 영역에서 고통을 당해온 여성은 공사를 넘어서는 순간 존재의 물결을 감지하며 공적 활동에서도 능동적이 된다. 여성은 오랫동안 사적 영역에서 투명한 존재로 배제되어 왔지만 우리는 그런 상징계의 주변부가 상당 부분 남성적 권력의 타자성의 영역임을 인정해야 하다.

근대 사상이 흔히 유연한 물결을 잃는 것은 체제에 저항하면서 또 다른 상징계로 향하는 경향이 있기 때문이다. 상징계란 아버지의 이름을 지닌 큰타자의 지배기표에 예속된 공간이다. 남성적 사상은 상징계의 변두리를 사적 영역으로 폄하하면서 그곳에서 일상을 보내는 여성의 인격을 강등시킨다. 이점은 사회주의 사상에서조차 나타날 수 있지만 자본주의적 자유주의 체제에서는 말할 수 없이 더 심각하다. 자본주의적 자유주의의 타자는 하층민이지만 그에 못지않게 자유롭지 못한 것은 여성일 것이다. 자유주의에서는 흔히 상징계의 남성중심성이 중립화되기 때문에 여성적 타자성의 망각에 의한 폐해는 더없이 증폭된다.

자유주의 체제에서는 남성중심적 상징계가 정상적인 세계로 간주되기 때문에 여성은 남성의 시선에 맞춰 존재의 가치를 저당 잡힌 채 살아갈 수 밖에 없다. 여성은 공적 영역에서 기울어진 운동장을 경험할 뿐 아

---

162 박선영, 앞의 책, 331~333쪽.

니라 사적 영역에서 남성 기표^{남근}의 대체물 페티시[163]로 살아가야 한다. 그러나 페티시로 강등된 여성의 위치야말로 남성중심적 현실원칙^{그리고 쾌락원칙}을 넘어선 에로스를 갈망하는 자리가 된다. 남성적 페티시즘이란 일종의 동일화의 환상이기 때문에 현실에서의 여성의 에로스적 반격은 필연적이다.

예컨대 「닮은 방들」^{박완서}에서 '나'는 '닮은 방'^{동일성 체제}의 원칙을 깨는 위반의 욕망으로 앞집 남자와 간통까지 한다. 하지만 그에게도 공중변소 취급을 당한 후 '나'는 욕실의 거울을 보며 거울 속 여자가 아직 '무구한 처녀'라고 느낀다. 지금까지 성적 관계를 갖는 동안 한 번도 진정성의 샘물을 길어 올린 적이 없기 때문에 간통한 신체는 순결한 것이다. 무구한 처녀는 실재계적 대상 a의 은유이며 상징계를 넘어선 에로스의 욕망으로 존재의 물결을 갈망하는 위치이다.

「닮은 방들」의 이탈의 욕망은 사상적 기반을 갖지 않은 여성조차 남성적 동일성 체제에 민감함을 보여준다. 20세기 후반 탈구조주의와 결합한 페미니즘은 「닮은 방들」에 나타난 그런 위반의 욕망을 좀 더 진전시킨다. 다양한 탈구조주의 이론은 대서사를 넘어서려는 사상이며 그 자체가 미시적 운동의 논리이다. 탈구조주의 페미니즘은 '닮은 방'^{동일성 원리}을 해체하려는 철학으로서 박완서의 주인공처럼 상징계와 실재계 사이의 틈새에서 움직인다. 박완서의 주인공과 다른 점은 혁신적인 미시적 운동으로 거세공포^{낯선 두려움}[164]에서 벗어나 있는 점일 것이다. 예컨대 크리스테바는

163　젠더적 페티시란 남성중심적 시선에서 남성을 만족시키는 여성이 지닌 남근적 대체물을 말한다. 이런 페티시즘은 남근중심적 사회를 차별이 은폐된 정상적인 상태로 여기게 만드는 역할을 한다. 프로이트, 박종대 역, 「절편음란증」, 『프로이트 전집』 9, 열린책들, 1996, 27~35쪽 참조.

164　여성은 '남성적 시선에 벗어난 가치를 주장하면 배제된다'는 거세공포와 낯선 두려움

여성을 상징계와 기호계의 상호텍스트성의 존재로 설명하면서 남성중심적 체제_{상징계}를 넘어설 가능성을 암시한다. 또한 이리가레이는 여성을 '타자를 품어 안는 타자'[165]라고 말하면서 끝없이 열려진 물결의 운동을 암시한다. 라캉의 대상 a의 논리 역시 존재의 물결을 일으키는 에로스적 열망_{순수욕망}[166]의 기제로 재해석될 수 있다.

페미니즘과 탈구조주의의 친화성은 이론과 정치가 미시화되어 가는 오늘날의 현상에 상응한다. 그러나 앞서 살폈듯이 미시정치는 정동과 무의식의 영역까지 침투한 신자유주의라는 순수 자본주의에 대한 대응이다. 그 때문에 자본주의를 비판하는 사회주의는 여전히 유효하며 데리다의 '마르크스의 유령'은 페미니즘의 영역에도 출몰할 수 있다.

페미니즘은 탈구조주의와 친화적이지만 마르크스의 유령과도 조우할 수 있다. 사상이 무력화된 시대에도 여성 서사는 미시적 탈구조주의는 물론 거시적 사회주의와도 손을 잡을 수 있는 것이다. 오늘날에도 페미니즘의 우군으로 한편에 역사 유물론적 사회주의가 있으며 다른 한편에는 문화 유물론적 탈구조주의가 자리한다. 그런 유연한 접합의 방식으로 페미니즘은 '사상 이후의 사상'에 대한 많은 암시를 던져준다.

더욱이 여성 서사는 물결과 사상을 결합하는 특유의 유동성으로 인해 마르크스의 유령에 근거한 신사상을 넘어설 수 있다. 신사상은 마르크스주의와 탈구조주의를 결합시키지만 그런 이론들이 곧바로 물결을 생성해 사상을 운동하게 하는 것은 아니다. 타자가 추방되고 틈새가 상실된

(unhomely) 속에서 살아간다. 낯선 두려움에 대해서는 프로이트, 정장진 역, 『프로이트 전집』 18, 열린책들, 1999, 99~150쪽 참조.

165 이리가레이, 앞의 책, 42~43쪽.

166 순수욕망이란 실재계적 대상 a가 작동될 때 나타나는 윤리적 욕망을 말한다.

현실에서는 네그리의 다중도 라클라우의 민중도 쉽게 운동의 주체를 생성할 수 없다. 반면에 배제된 채 잔여물이 남아 있는 여성 타자는 미투 운동 같은 신무기를 통해 틈새를 만들어 물결을 생성할 수 있다. 존재 자체가 틈새인 여성 타자는 사적-공적 영역을 횡단하며 상실된 틈새를 회생시키는 새로운 운동의 도화선이 될 수 있다. 그런 과정에서 진정성의 잔여물이 동요하는 여성이 다시 한번 '부르다 만 노래를 고쳐 부를 수도 있는' 것이다. 깊은 샘물을 퍼 올려 틈새의 물결을 회생시키는 여성 서사는 남성적 사상이 쇠퇴한 이후 업데이트된 '새로운 변혁운동의 이정표'를 우리 앞에 내비치고 있다.

9. 우리가 모르는 세계의 페미니즘

20세기 후반 이후 탈구조주의 페미니즘이 부각된 것은 미로 같은 미시 권력에 대한 대응이 절실해졌기 때문이다. 그런 대응은 미시이론으로 나타나기도 하지만 현장에서의 실행성을 중시하는 경향으로 드러나기도 한다. 페미니즘의 전개를 이론보다는 실제 현실에서 실행된 물결서사로 조망하는 흐름이 그것이다.

오늘날 페미니즘은 여러 사상과 결합한 이론으로 주장되는 동시에 각 시기의 운동에 따른 물결서사로 표현되기도 한다. 탈구조주의가 이론적으로 미시적 운동을 강조했다면 물결서사는 현실에서 실제로 실행된 운동들이다.[167] 물결서사란 남성적 변혁운동을 이끈 대서사와 대비해서 그

---

167 제1물결 페미니즘은 19세기 후반에서 20세기 초반까지 여성의 참정권과 교육권 등을 요구한 운동이며, 제2물결 페미니즘은 1960년대부터 1990년대까지 여성의 성적 자

간 간과했던 여성운동의 유동성을 뜻하는 신조어이다.

그런데 이제까지의 물결서사는 수행적 물결을 전제하면서도 목표의 성취를 위해 당대 문제에 선형적 서사로 대응하는 경향이 있었다. 오늘날의 제4물결 페미니즘은 그런 선형성을 넘어서서 물결에 대한 자기인식[168]을 통해 기존의 운동들을 극복하려 시도한다. 제4물결은 새로운 대응인 동시에 정동적 시간성[169]을 통해 과거의 운동들의 선형성을 해체한다. 그런 방식으로 당대의 문제에 대응하면서도 여러 운동들의 시대적 맥락에 따른 다양성을 인정하고 복합적 교차성을 존중한다.[170]

21세기의 제4물결은 진정한 의미의 대중적 여성운동을 본격적으로 이끌었다고 할 수 있다. 그런 맥락에서 제4물결 페미니즘은 2015년 이후 한국에서의 페미니즘 리부트[171]와 긴밀한 연관이 있다. 인터넷을 적극적으로 이용하며 다양한 소수자들과 연대해 경직된 사회에 대해 대중적 운동을 일으키는 점에서 그렇다고 할 수 있다.

오늘날 그런 대중 확산적 여성운동이 가능해진 데에는 물결 운동의 자

유와 경제적 기회 등 보다 급진적 요구를 주장한 운동이다. 또한 제3물결 페미니즘은 1990년대부터 현재까지 계급·인종·종교를 넘어선 다양성과 차이를 인정하는 여성운동이다. 제1물결 페미니즘은 프랑스 혁명과 미국 독립전쟁 같은 근대 사상과 연관되며, 제2물결 페미니즘은 68운동과 민주화 운동 같은 새로운 신좌파 운동과 관련이 있다. 그리고 제3물결 페미니즘은 퀴어이론, 포스트모더니즘, 포스트콜로니얼리즘 등의 영향을 받았다.

168 물결(wave)은 동요의 느낌과 연관된 **정동적 시간성**, 그리고 널리 퍼진 느낌에 함축된 **정동적 유대**를 강조한다. 프루던스 체임벌린, 김은주 외역, 『제4물결 페미니즘─정동적 시간성』, 에디투스, 2021, 49~52쪽.

169 정동적 시간성이란 선형적인 시간을 넘어서서 정동적 순수기억이 현재의 상황과 조우하며 창조적인 물결로 고양되는 흐름을 말한다.

170 김은주, 「제4물결로서 온라인 페미니즘」, 김은주 외, 『출렁이는 시간[들]』, 에디투스, 2021, 46~47쪽.

171 손희정, 『페미니즘 리부트』, 나무연필, 2017, 47~88쪽.

기인식을 고양시킨 두 가지 요인이 숨어 있다. 하나는 온라인을 통한 가상공간을 이용해 유동적인 접속과 연대의 가능성이 확대된 점이다.[172] 다른 하나는 정동적으로 위축된 지금의 상황에서 수행적 물결의 운동이 능동적 정동을 회생시킬 수 있다는 생각이다.

먼저 가상공간은 마치 '무지의 장막'[173]에 들어서듯이 남성중심적 상징계를 넘기 용이한 위치를 만든다. 물론 온라인 공간 역시 혐오와 편견에 오염되기 쉬우며 미학적 가상공간 같은 공백무지의 장막을 제공하는 것은 아니다. 그러나 일상화된 차별을 겪는 여성으로서는 상대적으로 대면적 관계의 불리함을 떨치고 비대면의 자유를 얻을 수 있다.[174] 또한 인터넷은 사적 영역과 공적 영역의 횡단이 중요한 여성에게 개인적 글쓰기가 공적 운동의 참여로 이어지는 것을 가능하게 한다.

온라인 페미니즘은 구호와 조직이 중요했던 과거의 남성적 사회운동과 구분된다. 온/오프를 넘나드는 물결 페미니즘은 리더를 앞세우기보다 사적/공적 영역을 횡단해 파동을 일으키며 여성적 의제들이 운동하게 만든다. 그 점에서 새로운 페미니즘은 유동적인 존재의 물결이 사상을 운동하게 만드는 21세기의 변혁운동과 유사한 점이 있다.

오늘날 여성운동의 대중적 확산의 또 다른 이유는 정동적 식민화시대에 여성의 특별한 타자성의 위치 때문이다. 차별과 불평등성이 침묵 속에

---

172 위의 책, 23~37쪽.

173 롤스의 '무지의 장막'은 지위·계층·자산·능력을 넘어서서 '원초적 입장'에 서게 하는 베일을 뜻한다. 존 롤스, 황경식 역, 『정의론』, 이학사, 2003, 195~202쪽. 이 책에서는 롤스의 개념을 재해석해서 차별적 상징계를 넘어선 가상공간에 들어서는 방식을 주목하고 있다.

174 가상공간이 여성적 참여를 높이는 것은 남성이 주도하는 공론장과는 달리 사적인 참여가 가능하기 때문이다. 또한 젠더적 불평등성이 일상화되어 있는 오프라인과는 달리 상대적으로 발화 통로의 접근을 용이하게 만든다.

서 계속되는 현실에서, 긴 시간 남성적 맹목성을 겪어온 여성은 배제에 대한 자의식과 정동권력에 대한 잠재적 응전력을 갖고 있다. 예컨대 전경린의 「염소를 모는 여자」에서는 신자유주의의 정동적 식민지에 갇힌 여성의 삶과 그 반격의 자의식이 암시되고 있다.

남성들은 신자유주의에 정동적으로 예속되어 있으면서도 아무 일도 없는 것처럼 살아간다. 반면에 「염소를 모는 여자」에서 '나'윤미소는 여성의 삶을 쇼윈도에 진열되어 사는 '잡혀온 포로'라고 토로한다.[175] 이런 표현은 시각중심적 신자유주의에서 진열된 상품 같은 운명으로 전락한 젠더 페티시에 대한 자의식을 암시한다.

남성의 시선에서 페티시로 살면서 한 차원 강등된 인격'잡혀온 포로'을 겨우 인정받는 현실은 신자유주의적 친밀 사회[176]에서 더욱 심화된 경향이 있다.[177] 친밀 사회의 전략 중의 하나는 자기경영과 자기계발 서사 등을 통해 자본주의를 인간적으로 그럴듯하게 성형하는 것이다.[178] 그런데 '잡혀온' 삶을 사는 여성에게 자기계발 서사는 구원의 길 같지만, 자아 계발과 자기경영의 환상은 '진열된 인격'에 대한 적응 과정일 뿐이며, 여성을 남성적 사회에 정동적으로 더욱 예속되게 만들 따름이다.[179]

---

175 전경린, 『염소를 모는 여자』, 문학동네, 2014, 27쪽.
176 친밀 사회란 상품화된 친밀한 정동으로 사람들을 포섭하는 동시에 동화되지 않는 타자를 냉혹하게 배제하는 사회를 말한다. 친밀 사회에 대해서는 나병철, 『친밀한 권력과 낯선 타자』, 소명출판, 2019 참조.
177 외적으로는 여성의 인권이 강화된 듯 하지만 친밀 사회의 자기모순으로 인해 여성의 인격의 상품화는 오히려 심화되고 있다.
178 박일권, 「성형대국의 의미」, 『한겨레』, 2015.4.28.
179 친밀 사회는 여성에게 정체성 주는 척하며 빼앗는 체제이며 여성은 친밀성의 환상 속에서 낯선 두려움(unhomely)에 시달리게 된다. 「염소를 모는 여자」에서는 여성 인물들이 자기실현의 꿈에 균열이 생기며 살아가는 모습이 암시된다. 전경린, 「염소를 모는 여자」, 앞의 책, 16쪽.

신자유주의란 젠더 페티시와 상품 페티시가 공명하는 사회이다.[180] 정동과 심리조차 상품화하는 친밀 사회에서는 일상의 90%들마저 진열된 상품들처럼 살아간다. 그 때문에 남성에게 '인격의 포로'인 여성은 신자유주의에서 '상품의 포로'^{상품 페티시}가 된 90%들과 유사성을 갖고 있다. 인성과 정동 영역의 상품화는 자기 경영의 테크놀로지^{그리고 자기계발 서사}를 허용하는 것 같지만, 자본에 적응된 인격의 창출에 그치기 때문에, 여기에는 능동적인 자아도 차별에 저항하는 물결도 없다.[181]

그런데 남성들이 침묵하는 반면 여성은 윤미소처럼 '잡혀온 포로'에 대한 민감한 자의식을 갖고 있다. 이는 타자성 망각의 시대에 남성들이 무력화된 반면 여성 타자의 자의식에는 반격의 잔여물이 숨어 있음을 암시한다. 그것을 보지 못하는 권력의 편견이야말로 여성들이 새로운 틈새가 되는 이유일 것이다. 권력자들은 새로운 동원 체제가 남성중심적임을 모르기 때문에 다양한 영역의 타자를 추방하면서도[182] 여성이 타자로서 살아온 예민한 시간에 대해서는 맹목의 위치에 있다. 그들은 총동원 체제를 위해 이질적 존재^{타자}를 쫓아내지만 일상의 여성은 타자로 보지 않기 때문에 의외의 반격에 둔감한 상태인 것이다.[183] 단지 폭력과 혐오를 일

---

180 이런 사회에서는 다양한 매혹적인 환상에 둘러싸이게 되지만 실상은 상품화된 인격으로 살아가게 된다.

181 남성적 체제의 '잡혀온 포로'나 상품세계의 90%들은 얼마간이든 체제의 모순을 알고 있다. 그러나 존재의 물결이 거세되었기 때문에 알면서도 '모르는 세계'에서 사는 것과도 같다. 물결이 거세되면 사상(세계인식)이 운동하지 않기 때문에 출구가 없는 미로를 헤매는 삶을 사는 것이다.

182 상품으로의 총동원 체제는 회유와 추방의 두 가지 방식을 사용한다.

183 남성중심적 근대의 권력은 하층민과 피식민자의 반격을 염두에 두고 회유와 배제를 통해 타자를 무력화시켜 왔다. 반면에 여성 타자에 대해서는 남성중심적 폭력을 정상적인 것으로 여김으로써 오히려 숨겨진 반격에 무방비 상태인 맹점을 갖게 되었다. 그에 비해 여성은 이미 오래전에 인격이 추방된 상태에서 배제에 대한 자의식과 남성적 편

삼는 남성적 무지는 배제된 여성에게 비대칭적 (윤리적 반격의) 위치를 허용하게 되며,[184] 여성은 마지막 타자로서 우리에게 정동적 초대장을 보낼 수 있게 된다. 김남천과 공선옥 소설이 암시하듯이, 사회적 동원체제[식민지 말과 신자유주의]의 남성중심적 무지의 빈틈에서 여성 타자는 경직된 세계를 뒤흔들며 물결을 일으킬 수 있다. 타자의 추방과 물결의 거세가 사상을 무력화시킨 요인이라면, 그에 대한 반격이란 여성 타자 같은 숨겨진 틈새의 물결을 증폭시키는 것이다.

그런 맥락에서 제4물결 페미니즘은 물결 운동을 앞세워 여성적 의제들을 움직이게 만들며 새로운 변혁을 암시한다. 이 여성적 물결의 운동은 우리시대의 또 다른 변혁운동[희망버스, 촛불집회]이 다양한 소수자들을 끌어모으는 것과도 유사하다. 새로운 변혁운동이 물결을 회생시키기 위해 미학적 틈새를 부활시킨다면, 물결의 감각이 민감한 여성 타자는 상대적으로 새로운 운동에 앞장설 수 있는 위치에 있다. 그처럼 '우리가 아는 세계'가 종언된 후 틈새의 물결 운동이 중요해진 상황은 21세기에 페미니즘이 새롭게 개화된 두 번째 이유이다.

물결에 대한 자기인식은 선형적 시간을 해체해 다양한 운동들을 물결 속에서 교차시키며 창조적으로 재생성하게 해준다. 제4물결이 탈구조주의와 기존의 물결서사를 넘어서는 것은 그처럼 다른 운동과 사상들을 배제하는 대신 끌어안고 접합시키기 때문이다. 즉 물결을 일으키는 운동은 침묵하는 사람들 심연의 대상 a를 재작동시키면서 무력화된 운동들과 사

견에 대한 숨겨진 응전력을 지니고 있다.

184 부자들은 「도둑맞은 가난」에서처럼 가난의 미덕을 자신들의 전리품으로 편입시켜 하층민을 무력화시키려 시도했다. 반면에 남성중심주의에 대한 맹목은 남성들을 동일성을 해체하는 여성의 유동적 물결의 반격에 무방비 상태에 있게 만들었다.

상들을 회생시킬 잠재성을 지닌다.

예컨대 그런 물결의 운동으로 시작된 대표적인 21세기의 저항적 시위는 미투 운동이다. '나도 서지현이다'를 외치는 미투 운동은 '타자를 끌어안는 타자들'이 끝없이 물결을 일으키는 새로운 방식이다. 그것은 추방된 여성이 배제의 자의식 속에서 품고 있는 심연의 잔여물에 불을 붙이는 운동이기도 하다. 그런데 아시아나 여승무원의 미투 운동이 항공사 시위로 번져간 데서 알 수 있듯이, 미투운동은 (정동권력에 의해) 식민화된 대상 a를 재작동시키면서 젠더 영역을 넘어 (남성중심적) 자본에 대한 저항으로 확산될 수 있었다. 여성운동이 방아쇠가 될 수 있었던 것은 여성은 추방되면서도 김남천과 공선옥 소설에서처럼 잔여물을 완전히 버리지 않는 잠재력을 품기 때문이다. 특이하게도 이 운동의 증폭 과정에서는 물결의 연쇄가 사회운동의 정치성을 다시 부활시키고 있었다. 즉 처음부터 즉 목표와 구호를 내세우는 대신 '미투'의 작은 물결이 더 거센 정치적 파도로 확산되는 과정이 나타난 것이다.

존재의 물결을 일으키는 여성운동이 계급, 인종, 자연을 횡단하는 교차성을 지닌다는 점은 매우 중요하다. 교차성의 강조는 제3물결에서 등장해서 제4물결에서 더욱 활발하게 본격화되었다. 여기서 중요한 것은 물결에 대한 자기인식이 교차성의 역동성을 가능하게 한다는 점이다. 특정한 사상을 앞세우지 않기 때문에 여성운동의 물결은 여러 영역과 사상을 횡단하는 동시에 무력해진 운동들을 소생시킬 수 있다. 제임슨은 역사적 주체를 대신하는 새로운 변혁의 동인을 실재계와 내재원인^{부재원인}에서 찾았다.[185] 물결 운동은 실재계적 대상 a라는 순수욕망에 의거해 다양한 영

---

[185] 프레드릭 제임슨, 앞의 책, 41쪽.

역의 사상들을 다시 움직일 수 있다. 당연히 긴 시간 동안 자신의 영역에서 움직였던 운동들이 결합되는 일은 결코 쉽지 않다. 그 때문에 물결 운동은 이질적 교차 속에서 제기된 질문들에 응답해야 할 중요한 과제를 안고 있다.[186]

그럼에도 타자의 물결이 강조되는 것은 우리가 사상의 송곳이 무뎌진 시대를 살고 있기 때문이다. 사상의 신념이 흐려지면 미로 같은 '모르는 세계'에서 우울하게 살아가야 하므로, 안개 같은 불투명한 정동을 헤쳐 나가기 위해 능동적 물결을 일으키는 정동적 모험이 매우 중요하다. 실제로 희망버스와 촛불집회에서 보듯이 21세기의 변혁운동은 정동의 물결을 일으키는 문화적 운동과 결합한다. 그에 이르는 과정에서는 일상에서 고착된 정동질서로부터 벗어나기 위해 틈새의 '가상공간'과 '미학적 가상'을 통한 모험이 매우 긴요하다. 미학적 가상을 이용하는 문학과 대중문화는 은유를 통해 정동을 고양시킬 수 있으며 그 점은 여성운동에서도 마찬가지이다.

정동적 물결 운동인 제4물결 페미니즘은 온라인 가상공간을 중시하지만 그에 못지않게 긴요한 것은 미학적 가상공간이다. 오래된 미학적 가상공간은 고착된 정동 질서에 대항해 틈새의 물결을 회생시킬 임무가 있으며, 그에 앞장설 수 있는 것이 물결에 민감한 여성이다. 오늘날 문학과 대중문화에서 많은 여성 작가들이 앞장서고 있는 것은 우연이 아니다. 우리 시대의 페미니즘을 위해서는 더욱더 문화 운동이 중요하며, 여성이 일으키는 물결은 문학과 영화, 드라마에서 강렬한 은유로 표현되고 있다.

예컨대 영화 〈미쓰백〉이지원 감독의 결말 장면에서 백상아와 지은이는 흘

---

186 김은주 외, 앞의 책, 51쪽.

어지는 꽃잎 아래서 서로 마주 보며 은은한 미소를 짓는다. 여기서 흩날리는 꽃잎은 두 사람이 애써 열어놓은 틈새에서 가슴으로 전해진 '일렁이는 물결'에 다름이 아니다. 또한 〈윤희에게〉^{임대형 감독}[187]에서 쥰과 윤희는 운하 시계탑 아래서 거리를 두고 서서 눈물을 글썽인다. 서로 끌어안지 못하는 두 사람의 거리는 남성적 '금지의 폭력'의 상징이며, 가쁜 호흡과 눈물은 그들이 일으킨 틈새의 물결의 은유이다. 두 영화에서 가슴의 물결은 사적 공간에서 일어난 것 같지만, 그것은 사회 전체의 남성중심적 폭력에 저항하는 은밀한 존재의 물결을 은유하고 있다.[188]

존재론적 전회는 능동적 정동의 열망을 통해 경직된 현실을 전위시키는 과정이다. 『오지리에 두고 온 서른 살』의 오은이는 고착된 현실을 견디며 끝없는 내면의 물결을 통해 독자에게 정동적 초청장을 보내고 있다. 그런 방식으로 초대에 응답하며 물결에 젖은 사람들이 거대한 남성적 세계를 흔들게 만든다. 그런데 〈윤희에게〉는 그처럼 물밑에서 은밀히 우리와 손잡는 데 그치지 않는다. 이 영화에서 새봄과 마사코는 '미투'에서처럼 타자^{쥰과 윤희}를 끌어안으며 닫혀 있던 남성적 세계의 문을 열어젖히고 있다. 그와 동시에 윤희와 쥰은 그 열린 틈새를 통해 새봄과 마사코보다도 더 앞으로 나아가고 있다.[189] 여기서의 전진은 직선적인 진행이 아니라 물결의 운동을 통해 유동적인 파문을 일으키는 과정이다. 이 영화는

187 이 영화는 쥰과 윤희의 동성애를 주제로 하고 있다.
188 〈미쓰백〉과 〈윤희에게〉에 대한 논의는 나병철, 『반복의 문학과 진실의 이중주』, 소명출판, 2021, 432~456쪽 참조.
189 〈윤희에게〉에서 윤희가 우울증을 탈출하는 유일한 방법은 남성의 도움이 아니라 고착된 '천동설'(남성적 천동설)을 부인하는 것이다. 윤희는 쥰과의 재회에서 얻은 감동의 기억(순수기억)으로 용기를 얻어 새로운 문을 열어젖힌다. 그 순간 가부장제를 거부할 수밖에 없는 '도망노예'로서 퀴어의 존재론적 운명은 주변 여성들까지 함께 움직이게 만든다. 이것이 위험한 퀴어가 지닌 잠재적 급진성의 의미일 것이다.

마치 서핑에서 끝없이 다가오는 파도에 올라타듯이 우리를 물결의 도약으로 초대한다. 이제 물밑의 비밀의 연대는 서핑의 급진적 모험으로 진화했다. 『오지리에 두고온 서른 살』에서 〈윤희에게〉로의 변화는 21세기가 새로운 물결의 운동의 시대가 되었음을 암시한다.

여성적인 존재의 물결은 시와 음악으로 표현되기도 한다. 〈이태원 클라쓰〉광진 극본, 김성윤 연출에서 트랜스젠더 마현이는 박새로이의 단밤 포차에서 두 번 위기를 맞는다. 한번은 트랜스젠더임이 밝혀져서 단밤 직원들이 불편해하고 냉정한 조이서가 해고를 요구했을 때였다. 그러나 약자를 동정하는 박새로이는 고집을 부리는 조이서보다 마현이를 선택하겠다고 말한다. 박새로이는 오히려 마현이에게 월급을 두 배로 주며 요리 실력을 두 배로 늘리라고 말한다. 마현이는 전력을 다해 새로 태어났지만 요리 경연대회에 앞서 장근수'장가네' 사장의 서자가 언론사에 트랜스젠더임을 알려 다시 위기에 빠진다. 마현이가 복잡한 감정 속에서 도망을 치자 비정했던 조이서가 그녀에게 시 한 편을 보낸다. "나는 돌덩이. 뜨겁게 지저봐라. 나는 움직이지 않는 돌덩이 (…중략…) 부서지고 재가 되고 썩어버리는 섭리마저 거부하리." 그 순간 드라마에서는 〈돌덩이〉하현우라는 노래가 힘 있게 흘러나왔다. 여기서 시와 노래는 마현이와 조이서 사이에서 일어난 존재의 물결에 다름이 아니다. 마현이와 조이서는 감당할 수 없는 남성적 편견 앞에서 서로 한 번씩 도약하며 함께 틈새를 열어 물결이 흘러나오게 한 것이다.

〈이태원 클라쓰〉는 박새로이와 조이서, 오수아의 삼각관계와 함께 대기업 장가와 단밤 포차의 대결을 다룬 드라마이다. 그런 구도에서 마현이의 역할은 작은 조연일 뿐이지만 그녀가 일으킨 물결은 매우 강렬했다. 물결의 운동은 '이태원 클라쓰'를 승격시키는 이면의 원동력이었다. 이 드라마에서 계급, 젠더, 인종의 문제가 단밤 식구들의 연대의 문제로 다뤄질 수 있는 것은 존재의 물결이 각 영역을 교차시키는 흐름을 일으키기 때문이었다. 그런 과정에서 존재의 물결은 사적 영역의 일들이 그 즉시로 공적인 사건들을 상징하게 해주고 있었다.

이처럼 존재의 물결과 여성의 물결은 여러 영역들을 접합시켜 운동하게 만들어준다. 물론 존재의 물결그리고 여성의 물결을 일으키는 일이 한순간에 모든 문제가 해결되었음을 뜻하는 것은 아니다. 그와 달리 페미니즘의 물결은 남성중심성에 포위된 세상에서 작은 틈새가 열렸음을 나타낼 뿐이다.

그럼에도 그 작은 틈새가 중요한 것은 신자유주의의 직선적 시간의 독주를 막는 **정동적 시간성**[190]의 생성을 뜻하기 때문이다. 정동적 시간성이란 에로스의 잔여적 순수기억을 증폭시키며 자아를 빈곤하게 만든 자본주의의 독주를 저지하는 순간들이다. 제4물결을 주장한 체임벌린은 정동적 시간성을 근거로 기존의 물결서사를 해체하며 복합적 교차를 강조했다. 그와 함께 정동의 '들러붙는 시간성'을 통해 '촉각적 시간성'을 만들며 정치적 주체들을 서로 접착시킬 수 있다고 논의했다.[191]

선적인 시간에서 연대를 이루려면 동일한 목표와 조직이 필요하다. 반면에 정동적 시간성은 능동적 정동의 고양 속에서 상이한 선적인 시간들을 뛰어넘는 연대를 가능하게 한다. 여기서는 서로 다른 목표를 지닌 정치적 주체들이 정동을 공유하고 이해하면서 촉각적 시간성tactile temporality으로 연대와 대화의 장을 열 수 있다. 촉각적 시각성은 거리를 두고 선적인 목표를 바라보는 시각적 시간성과는 달리 정동적 교감과 확산을 통해

---

190   정동적 시간성에 대해서는 1장 5절과 7장 4절 참조.
191   프루던스 체임벌린, 앞의 책, 143~147쪽.

연대와 교차를 생성한다. 이는 공통의 정동[192]이 각인된 순수기억의 시간성을 회생시켜 선적 시간을 해체하며 능동적 정동의 근거인 대상 a$_{순수기억의 잔여물}$[193]를 재작동시키는 과정을 뜻한다. 역사적 주체를 앞세우면 선적인 시간 위의 목표를 바라보게 되지만, 정동적 교감과 대상 a의 재작동을 강조하면 각각의 정동적 고양 속에서 유동적인 연대로 나아가게 된다. 더욱이 정동권력에 포위되어 역사적 주체의 사상이 무력화된 시대에는, 순수기억의 잔여물을 길어 올리는 정동적 모험을 통해 틈새에서 연대를 회생시키는 일이 매우 중요하다.

여기서 정동적 고양의 과정은 체임벌린이 논의했듯이 물결을 일으키는 과정과 겹쳐진다.[194] 고착된 정동질서를 해체하고 대상 a를 재작동시킬 때 틈새에서 흘러넘치는 것이 바로 존재의 물결이기 때문이다. '정동적 고양을 통한 연대'와 '물결의 회생 과정'은 정동적 도약을 통해 상징계의 선적 시간에서 실재계적 미결정성으로 선회하는 진행이기도 하다.[195] 그 순간의 존재론적 선회는 자본주의의 저지와 함께 다양한 운동과 사상들을 실재계를 도는 행성으로 회생시킨다. 그런 능동적 과정은 정동적 고양 속에서 타자를 귀환시킬 뿐 아니라 상실한 사상들을 부활시키는 데까지 나아갈 수 있다.

정동적 시간성은 미투 운동에서처럼 끝없는 연쇄의 물결을 만드는 틈

---

192 공통의 정동은 상처와 사랑의 정동이라고 할 수 있다. 상처의 구멍과 사랑의 에로스는 상징계를 넘어선 실재계와 연관된 정동을 생성한다.
193 대상 a는 바다와 같은 화해의 열망을 담은 특별한 순수기억이다. 대상 a의 작동은 실재계적 윤리의 추동력에 근거해 상징계를 넘어선 차원에서 변혁의 주체와 연대의 생성을 가능하게 해준다.
194 프루던스 체임벌린, 앞의 책, 49쪽. 존재의 물결이란 정동적 고양과 전회의 과정이기도 하다.
195 상징계의 시간이 선적이라면 정동적 시간성은 실재계와 연관된 시간성이다.

새를 열어준다. 윤희가 쥰과의 만남의 기억에서 용기를 내는 과정, 그리고 미투에서 서지현과 만났던 순수기억을 통해 능동적 정동을 생성하며 물결을 일으키는 진행이 바로 그것이다. 오늘날 다양한 사상들은 자본주의가 독주하는 고착화된 남성중심적 캐슬 사회에서 운동할 공간을 잃어버렸다. 이제 캐슬 사회와 게임 사회를 흔들 수 있는 것은 정동적 시간성을 만들며 틈새를 여는 물결의 운동이다.

정동적 시간성은 상처와 사랑의 순수기억[196]의 힘으로 물밑에서 물결이 솟아오르는 순간들이 계속되게 만든다. 체임벌린은 상처와 사랑의 기억을 '구멍을 내는 사건'[197]과 '함께 들러붙음'[198]이라고 표현한다. '구멍을 내는 사건'은 사람들에게 강렬한 정동적 충격^{상처}을 주고 '함께 들러붙음'^{사랑}을 일으키며 정동적 연대를 발생시킨다. 그런 방식으로 정동적 도약^{행동의 반응적 급동}[199]과 연대를 통해 새로운 시간성을 생성하게 해준다. 그 순간 새로운 정동적 시간성은 과거와 미래의 간극^{in-between}에서 물결치면서 사람들을 더 좋은 세상으로 나아갈 수 있게 한다. 우리는 그런 과정에서 미투 운동뿐 아니라 새로운 변혁운동들을 교차적으로 개화시킬 수 있게 된다.

실제로 오늘날의 변혁운동들은 정동적 시간성에 근거해 고착된 세계에서 틈새^{in-between}를 여는 방식으로 시작된다. 틈새의 생성이 변혁운동의 조건인 희망버스, 촛불집회, 미투 운동 등이 그 대표적인 예들이다. 그중에서도 미투 운동은 촛불집회와도 달리 한 번 열린 틈새가 연쇄적 운동

---

196 상처와 사랑의 순수기억은 상징계의 선적인 시간에서 벗어난 실재계적인 정동을 통해 창조적 도약을 일으키며 능동적 정동을 생성하게 해준다. 그런 능동적 정동이 생성될 때 무력화된 사상들을 넘어선 새로운 사상이 나타날 수 있다.
197 프루던스 체임벌린, 앞의 책, 151쪽.
198 위의 책, 147쪽.
199 위의 책, 151쪽.

을 통해 계속되는 것이 특징이다. 촛불집회는 사상에 근거한 과거의 운동과 달리 틈새의 생성에서 시작되기 때문에 한 번 닫히면 다시 언제 열릴지 기약이 없다. 일상으로 돌아간 사람들은 정동권력의 회유와 폭력 속에서 자신도 모르게 정동적으로 위축되기 때문이다. 반면에 미투 운동은 비슷한 틈새의 운동이면서도 촛불집회와는 달리 연속적으로 발을 걸치며 끊이지 않고 계속된다. 그 이유는 특이하게도 사적·공적 영역을 횡단하는 미투에서는, 운동의 잠재적 참여자인 일상^{사적 영역}의 여성들이 이미 정동권력에 대한 내적 응전력을 갖고 있기 때문이다.

물론 미투 운동에도 한계가 있으며 더 큰 발걸음을 내딛을 필요가 있다. 정화진은 미투가 가정폭력 등은 대상으로 삼지 못함을 말하며 전체 젠더 체제를 해결하기 위해 더욱 진전될 필요가 있다고 강조한다.[200] 미투 운동에서 성취를 이룬 것은 대개 가해자가 공적으로 유명인인 경우이며 이는 공과 사를 횡단하는 미투의 장점이기도 하다. 그러나 공적 영역 자체와 사적 영역^{가정 등}을 포함한 전체 사회체제가 남성중심적이기 때문에, 더 좋은 사회를 위해서는 고착되고 기울어진 사회 전체의 변혁이 필요할 것이다. 그것을 위해서는 정동적 시간성에 기반한 미투 운동이 남성중심적 전체 사회의 변혁을 위한 기폭제가 되어야 할 것이다. 여성 운동의 대중적 확산을 가져온 틈새의 정치학은 남성중심적 사회의 다양한 영역으로까지 확산되어야 한다.

오늘날 사상이 이끌고 수행적 차원에서 전회의 물결을 일으켰던 역동적 시대는 끝이 났다. 그러나 틈새의 물결을 통해 다시 정치적 주체를 회생시키기 위한 수행적 차원의 정동적 도전은 남아 있다. 여성운동이 암시

---

200 정희진, 『다시 페미니즘의 도전』, 교양인, 2023, 106~110쪽.

하는 정동적 시간성과 물결의 운동은 직선적 사상운동 없이 어떻게 무력화된 정치적 주체를 부활시킬 수 있을지 암시한다.

체임벌린의 정동적 시간성의 강조는 '우리가 모르는 세계'의 맥락에서 더 큰 공명을 얻는다. 체임벌린은 직선적인 기획의 대안으로 정동적 시간성을 말하지만, 과거에 정동적 실천은 다양한 사상적 기획의 수행적 차원이기도 했다.[201] 그 때문에 수행적인 실천의 원리인 정동적 시간성은 사상의 목표가 다른 운동들까지 횡단하며 동행하게 만들 수 있었다. 즉 다양한 영역의 타자를 회생시키면서 이질적 영역들 사이를 횡단하게 해줄 수 있는 것이다.

오늘날 그런 복합적 영역의 교차는 사상이 앞장서면서 이루어질 수는 없다. 직선적 운동성을 상실한 사상들이 서재로 숨어들어 현장에 나올 수 없게 되었기 때문이다. 그처럼 사상적 기획이 신념을 상실한 세상에서는 변혁의 회생을 위해 수행적 차원의 정동적 도전이 앞에 나설 수밖에 없다. 체임벌린이 정동적 시간성을 강조한 것은 사상이 무력화된 상황에서 정치적 회생의 대안으로 틈새를 여는 정동적 실천이 설득력을 얻기 때문이다.

오늘날 마르크스의 유령에 근거한 신사상들은 새로운 정치적 주체의 생성에 명운을 걸고 있다. 그러나 그런 신사상들이 간과한 것은 경직된 현실에서 물결의 회생을 위해 틈새의 생성이 중요하다는 것이다. 페미니즘의 정동적 시간성과 전회의 물결은 고착된 세계에서 물결 운동을 회생시키려는 틈새의 정치학이다. 상징계와 실재계의 틈새, 그리고 과거와 미래의 '사이 공간'에 발을 걸치며, 끝없는 연쇄적 물결의 운동을 시도하는

---

201 기획된 목표를 앞세우는 사상의 수행적 실천의 차원, 즉 주체성의 생성을 위해 타자의 위치에서 전회의 물결을 일으키는 것이 바로 정동적 시간성이었다.

것이다.

　서지현 검사가 열어놓은 미투 운동의 틈새는 아시아나 여승무원 운동과 항공사 시위로 물결을 확산시켰다. 이런 틈새의 정치학은 세월호 추모 집회에서 시작해 은유적 정치를 통해 틈새를 확장하며 촛불혁명에 이른 과정의 증폭된 공명이다. 촛불혁명은 미투 운동 이전에 창시된 유동적인 여성적 틈새의 정치학의 효시였다. 촛불이 창안한 특이한 틈새의 정치학은 체제 내외의 곳곳에서 우발적으로 발생할 수 있다. 예컨대 최근에 제3정당이 은유적 언어로 정치판에 균열을 내며 시작된 선거혁명[202]은 여성적 혁명의 또 다른 판본이다. 선거혁명은 상징계의 법중심주의를 넘어선 실재계적인 윤리적 투표를 통해 은밀한 물결을 표현했다. 미투 운동, 촛불혁명,[203] 선거혁명은 여성 특유의 정동적 시간성과 존재론적 전회를 새로운 운동의 원리로 하고 있다. 그런 틈새적 전회의 순간 존재의 물결을 일으키며 해방을 갈망하는 행성들이 실재의 주위를 돌기 시작할 때, 무력화된 사상들은 진리 실천의 추동력을 얻어 새롭게 회생할 수 있을 것이다. 21세기의 희망으로 떠오른 페미니즘 물결은 그 같은 '사상 이후의 사상'과 결합할 수 있을 때 더욱 증폭된 힘을 발휘하게 될 것이다.

202　국민이 사법부의 판단을 넘어서서 제3정당에 긍정성을 표현한 점에서 윤리적 선거는 혁명적인 성격을 지닌다. 법중심주의가 남성중심적이라면 윤리적 투표는 여성적 혁명성을 지닌다고 할 수 있다.

203　촛불혁명의 잠재적인 여성적 특성은 2024년 대통령의 탄핵 집회에서 실제로 현실화되었다.

제3장

은폐된 타자의 귀환

사상과 물결의 결합

1. 사상에서 물결로 다양한 사상들의 합류

사상과 물결의 결합은 우리가 그동안 간과했던 수행적 실천 과정의 비밀을 알려준다. 이제까지 우리는 사상의 고양을 실천의 관건으로 여겼지만, 사상적 신념의 파급력이란 능동적 물결이 생성되어 퍼져간다는 뜻이기도 했다.[1] 지식인이 민중을 움직이는 사상의 전파 과정은, 타자의 호소에 호응하는 물결의 생성과 짝을 이루며, 그런 중첩성이 실천력을 창조하는 '사상과 물결의 결합'의 비밀일 것이다.

실천의 과정에서 물결이 중요한 또 다른 이유는 사상이 늘상 다른 지역으로 여행을 하기 때문이다.[2] 사상은 기획의 차원이기 때문에 이질적 문화의 공간으로 전파될 경우 타자의 호소에 응답하는 과정은 한층 더 중요해진다. 즉 현지의 고통받는 타자에게 호응하며 생생한 물결을 만드는 진행이 더없이 절실해지는 것이다. 물결의 변주는 모든 근대 사상의 실천적 조건이지만, 우리처럼 사상이 먼 거리를 여행해 도착한 지역에서는 훨씬 더 긴요해진다.

더구나 도착지가 식민지일 때 제국의 폭력을 돌파하기 위해 사상은 매우 유연한 창조적 물결로 변주된다. 사상이 역사적 주체를 말하며 선적으로 질주한다면 물결은 타자의 위치에서 주체로 일어서며 존재론적 선회를 시도한다. 식민지에서 인식론적 사상의 운동은 물결을 일으키는 존재론적 고양과 표리를 이루고 있었다. 식민지에서는 피식민 타자에 대한 억

---

1 스피노자가 말했듯이 능동적 정동의 물결이 일어날 때 최고의 이성이 발휘되며 사상의 신념이 생겨난다.

2 박선영, 나병철 역, 『프롤레타리아의 물결』, 소명출판, 2022, 44~45쪽; Edward Said, "Traveling Theory Reconsidered", *Critical Reconstructions : The Relations of Fictional Life*, Stanford CA: Stanford University Press, 1994, p.452.

압이 복합적이었기 때문에 더욱 창조적이고 혁신적인 물결의 파동이 필요했다.

마르크스는 1848년에 공산주의 유령의 배회를 목격하고 혁명의 필연성을 의심하지 않았다. 실제로 공산주의 유령은 1848년의 혁명을 자극했고 당시의 혁명은 공산주의 유령을 더 고양시켰다. 1848년의 혁명이 사회주의를 가져오지는 않았지만 마르크스는 프롤레타리아가 자본주의를 해체하는 무기를 들 사람임을 굳게 믿었다. 마르크스에게 프롤레타리아는 자본주의에서 고통받는 타자인 동시에 혁명의 근거가 되는 주체이기도 했다.

그러나 식민지에서는 극심한 탄압 때문에 억압받는 타자가 프롤레타리아적 주체로 일어서는 과정이 쉽지 않았다. 식민지의 하층민은 두셀이 말한 은폐된 타자에 가까웠으며 여기서는 경제적 착취 못지않게 존재론적 폭력이 문제시되고 있었다. 그 때문에 지식인과 타자의 교감은 무엇보다도 존재론적 전회를 통해 함께 능동적 물결을 일으키는 일을 수행해야 했다. 마르크스라는 지식인은 공산주의 유령에 현실성을 부여하는 혁명을 일으키려 프롤레타리아에게 다가섰다. 반면에 식민지 지식인에게는 은폐된 타자를 역사의 지평에 등장시키기 위해 사상의 전파와 물결의 생성이 둘 다 필요했다. 더욱이 식민지 하층민에 대한 폭력은 계급과 민족이 중첩된 영역에 대한 탄압이었으며, 타자를 일으켜 세우는 존재의 물결은 다중적 영역의 횡단을 요구했다.

식민지에서 사상과 물결의 결합이 중요함은 카프 자신의 역사에서도 나타난다. 카프는 조선 공산당의 문화적 날개였으며 작가들은 마르크스주의에 대한 충성심을 갖고 있었다. 하지만 카프는 잦은 해체를 거듭한 공산당에 영향을 받기보다는 창조적인 문학을 생산하는 방향으로 발전해 나갔다. 창조적인 문학은 사상의 생경한 주입보다는 하층민을 능동적으로 일으켜 세우는 전개를 형상화했다.

그와 함께 카프는 민족진영과의 논쟁 과정에서 사회주의를 넘어서 식민지 문학 전체에 많은 영향을 끼치고 있었다. 카프는 사상의 선명성을 강조했지만 실제로는 이론의 정통성을 넘어서는 포괄적인 영향력을 행사하고 있었다. 카프의 중요성은 프로문학의 전개에만 있지 않았으며 조선의 문단 전체를 동요시킨 점이 핵심이었다.

이런 두 가지 사실, 즉 정치적 교리보다 문화운동이 우세했으며 방대한 주변 작가들까지 동요시킨 점은, 식민지의 사회주의가 물결이었음을 말해준다.[3] 문화운동의 우세는 지상에서의 정치적 패배를 보상하는 물밑에서의 진동의 고양을 암시한다. 또한 식민지 전체에 대한 실제적인 영향력은 교리적 정통성보다 유동적인 물결의 파문이 중요했음을 뜻한다.

물론 현실에서 혁명적 성취를 이루지 못한 물결이 무슨 의미가 있는지 반론이 제기될 수 있다. 그러나 식민지의 폭력적 상황과 복합적인 지형에서 사회주의 사상의 실행력은 제한적일 수밖에 없었다. 문제는 식민지적 폭력에 의한 은폐된 타자의 위치, 그리고 계급과 민족의 중첩된 모순에 의한 복합적인 지형이었다. 마르크스는 자본주의의 발전에 따라 나타난 공장 노동자를 주목했지만, 식민지에서는 공업이 미발달된 상황에서 가혹한 폭력에 시달리는 하층민 타자가 존재했다. 하층민과 피식민자의 고난을 함께 짊어진 은폐된 타자 앞에서, 정통성과 당파성을 내세우며 원산지의 규범을 고집하는 것은 실제로 큰 의미가 없었다. 식민지 사회운동의 의미는 그보다도 문화운동을 수반한 물결의 고양에 있었다. 사상운동이

---

3   박선영, 위의 책, 35~38·84~85쪽.

문화운동을 동반하며 물결을 일으켰다는 것은 운동의 성패를 넘어서서 존재에 각인된 윤리적 승리의 성취를 뜻했다. 사상의 수행적 차원인 물결운동은 은폐된 타자와 교감하는 과정에서 당장의 목표를 넘어 후대에 전해질 정동적 유산을 만들 수 있었다.

물결의 또 다른 중요성은 다양한 사상들을 횡단하는 흐름을 만든다는 점이다. 물결이란 현장에서의 유연한 변주인 동시에 타자의 위치에서의 존재론적 전회이기도 하다. 타자의 위치에서 본다는 것은 수행적 차원을 중시해 현장에 다가선다는 뜻이며, 존재론적 전회란 실재계 차원의 운동을 통한 능동성의 고양이다. 중요한 것은 그런 타자의 수행적 차원과 실재계적 전회에서는 다양한 사상들이 결합되는 틈새가 생성된다는 점이다.

염상섭이 주장했듯이 억압받는 타자의 위치에서 보면 피식민자와 프롤레타리아가 결합하는 것은 조금도 부자연스러운 일이 아니었다.[4] 사회주의와 민족사상에는 기획의 차원에서 공통 요소가 별로 없었지만 수행적 물결의 차원에서는 겹쳐질 수 있었다. 그것을 입증하는 강력한 증거, 즉 타자의 위치에서 일어서며 복합적 물결을 실행하는 현장이 바로 식민지였다.

물결은 은폐된 타자를 일으키는 과정에서 여러 사상들을 관류하는 흐름을 발생시킨다. 예컨대 염상섭은 아나키스트인 동시에 민족주의자이기도 했다. 또한 한때 볼셰비즘의 선봉이었던 임화는 민중을 앞세운 민족문학론을 태동시켰다. 마르크스주의, 아나키즘, 민족주의는 사상적 기획의 차원에서는 일치하지 않으며 실제로 서로 치열한 논쟁을 벌였다. 그러나 수행적으로 현장에 다가선 문학을 통해 물결을 일으키며 광범위한 소

---

4   앞의 1장 4절 참조.

우주를 만들고 있었다. 그처럼 문학을 통해 입증된 수행적인 유동적 물결의 근거는 은폐된 타자였다. 또한 유연한 소우주의 근거는 타자의 위치에서 물결을 일으키는 실재계적인 집 없는 집, 즉 **정동적 공동체**였다.

그런 물결의 소우주와 정동적 공동체의 관점에서 보면 사회주의는 역동적 파문을 일으키는 위치로서 중요했다. 신념의 확실성을 내세우는 사회주의는 실상은 인식론적·존재론적 전회를 촉발하는 물결 생성의 촉매제 역할을 하고 있었다. 무엇보다 중요한 것은 사회주의가 일으킨 물결이 다양한 사상들을 관류하면서 물밑의 정동적 공동체의 존재를 확증시킨 점이었다.

만일 사회주의가 정통성만 고집했다면 교의적인 목적론에 흐를 위험과 함께 그 영향은 한정적이었을 것이다. 반면에 문화운동을 중심으로 한 물결은 해방된 존재를 소망하는 정동적 공동체를 활력적으로 만들었다. 식민지시대의 그런 문학의 역동성은 식민주의-총독부-존재론적 폭력^{윤리적 무지}에 대항하는 물밑의 **정동적 공동체의 독립**을 입증하고 있었다.

앞서 살폈듯이, 물결을 일으키는 정동적 공동체는 모세혈관에 피가 흐르게 함으로써 전체 사회운동을 활력적으로 만들 수 있었다. 그와 함께 순수기억을 통해 선적 시간을 횡단하며 또 다른 역사적 시대에 회생할 수 있는 점 역시 중요했다.[5] 사상은 시대를 넘어서서 다음 세대에 전승되지 않는다. 반면에 물결을 일으킨 정동적 기억은 다음 시기의 텅 빈 현재를 채우는 성좌로서 또 다른 정동적 공동체를 생성시킨다. 실제로 식민지시대에 다양한 사상이 일으킨 물결은 1970~1980년대에 민중의 물결로 돌아와 직선적 시간을 폭파시키고 있었다.

---

5   박선영, 앞의 책, 39·395쪽.

박선영의『프롤레타리아의 물결』은 그런 물결의 수행적 감염력과 전파력을 주목하고 있다.[6] 이 책은 사회주의 사상이 식민지를 여행하면서 프롤레타리아의 물결을 일으켰다고 논의한다. 이 물결에는 이기영과 한설야마르크스주의뿐 아니라 김화산, 권구현아나키즘, 홍명희, 염상섭, 나도향좌파 민족주의도 포함된다. 그와 함께 백신애, 박화성, 강경애여성도 강물의 흐름에 합류하고 있었다. 이들의 사상은 똑같지 않았지만 이광수나 최남선과는 달리 해방의 바다로 향하는 파도물결를 일으킨 점에서 일치되고 있었다.

이처럼 사상이 물결이 된 근원에는 식민지의 복합적 맥락과 피식민 타자의 존재론적 반격이 있었다. 인식론적 사상의 기준으로만 보면 복합적 필요성만으로 이질적인 사상들을 하나의 물결로 연결하는 것은 어려운 일이었다. 그럼에도 분열을 넘어서서 물결을 형성하게 한 것은 수행적 과정에서 은폐된 타자의 존재론적 반격의 필요성이었다. 그런 타자의 존재론을 그린 것이 바로 식민지 문학이었으며, 임화와 김화산, 홍명희는 사상적 지향이 달랐지만 운동을 문학의 모험을 통해 생각한 점에서는 같았다.

식민지 사회운동에서 그처럼 특별히 문학운동이 왕성했던 것은 우연이 아니었다. 당대에 활기 있게 번성했던 문학은 존재론적 고양과 합류의 필연성을 보여주고 있었다. 그 점은 다양한 사상에 기반한 문학들이 흩어진 채 모여 있는 소우주를 이룬 것에서 확인된다. 문학이 증명한 것은 타자의 영역의 소우주였으며 그 비밀은 존재의 물결을 일으키는 정동적 공동체에서 찾을 수 있다. 앤더슨의 상상적 공동체는 이질적 사상들의 유동적인 문학적 합류를 설명하지 못한다. 반면에 은폐된 타자의 위치, 그리

---

6   위의 책, 35~44쪽.

고 정동적 공동체에 근거한 식민지 문학의 소우주에서는 사상적 분열을 품어 안는 넓은 강의 물결이 일어나고 있었다.[7]

그로 인해 머릿속의 사상은 달랐지만 작가적 가슴과 신체에서는 서로 몸을 뒤섞는 물결이 일어나고 있었다. 각기 다른 방향을 쳐다보았으나 물 밑에서는 손을 잡고 있었던 것이다. 그런 유동성 때문에 존재론적 대응이 요구된 식민지에서는 민족주의와 사회주의가 하나도 아니고 둘도 아닌 셈이었다. 마치 원효의 불일불이不一不二의 기적과도 같이,[8] 서로 만날 수 없는 듯이 논쟁사상하면서도 문학물결에서는 손을 잡은 일은, 파도논쟁와 바다존재론적 해방라는 존재론적 물결로만 설명될 수 있다.

물결이란 사상의 창조적인 확산인 동시에 능동적 정동으로의 변주이기도 하다. 스피노자의 존재론은 최고의 이성이 신체의 힘을 증대시키는 능동적 정동이기도 하다고 말한다. 사상 역시 물결이 되는 순간 다양한 맥락으로 번지는 동시에 우리의 존재를 능동적 정동으로 고양시켜준다. 사람들은 사상적 입장에 따라 다른 파도를 겪었지만 해방의 바다로 향하는 신체의 정동을 간과할 수 없었다. 그렇기에 사상으로 논쟁하면서도 능동적으로 일어서려는 정동의 물결 속에서 손을 잡았던 것이다. 식민지의 다양한 근대 사상은 서로 간에 인식론적 논쟁이 끊이지 않았지만, 숨겨진 스피노자의 존재론적인 정동적 사유를 통해 물결로서 만나고 있었다. 그

---

7   민족주의자 염상섭은 사회주의자를 등장시켜 활력을 불어넣으며 리얼리즘의 성취를 이룰 수 있었다. 또한 사회주의자 김남천은 박태원을 연상시키는 기법을 사용하며 식민지의 절망을 돌파하려 시도했다. 이처럼 상이한 인식론적 사상을 지닌 작가들이 교차될 수 있었던 것은, 비슷하게 은폐된 타자와 교감하며 물결을 일으키려는 열망을 품었기 때문이다.

8   원효의 불일불이의 사유에 대해서는 이도흠, 『화쟁기호학, 이론과 실제』, 한양대 출판부, 2001, 106~114쪽 참조.

런 물결을 일으킨 정동적 기제[9]는 다양한 사상들을 합류시키는 식민지적 반격의 최종심급이었다고 할 수 있다.[10]

2. 탈식민지적 존재론과 정동적 공동체

식민지에서 존재론의 중요성은 여러 탈식민지적 논의에서도 확인된다. 예컨대 파농은 식민지에서는 경제적 하부구조가 상부구조이기도 하다고 말했다.[11] 이 말에서 상부구조란 또 다른 유물론으로서 존재론적 인격성의 영역을 의미한다. 식민지에서는 경제적 착취가 존재론적 인격성의 갈등과 뗄 수 없는 관계에 있었던 것이다.

파농의 식민지 존재론은 마르크스주의를 변주시킬 필요성을 암시한다. 마르크스는 유랑자나 떠돌이를 노동자의 전단계로 보고 자본주의가 발전할수록 그 자체의 메커니즘에서 훈련되는 프롤레타리아가 나타난다고 말했다.[12] 자본주의의 발전은 역설적으로 프롤레타리아를 단련시키고 조직화함으로써 부르주아가 스스로 무덤을 파게 되는 것이다.[13]

---

9 신체의 능동성을 뜻하는 정동적 기제는 정신적인 동시에 물질적이며, 동양사상의 용어로는 기(氣)로 표현할 수 있다.

10 그처럼 사상의 물결로의 변주 과정에서는 능동적 정동을 통한 존재론적 반격의 과제가 중요한 요인이었다. 민족주의든 사회주의든 존재와 인격이 갈등된 피식민자를 일으켜 세워야 사상이 운동할 수 있었다. 사상과 물결은 표리를 이뤄 결합하는 순간 능동적 정동을 생성하며 생명력을 발휘했다. 물결을 능동적 정동을 고양시키는 존재론적 반격으로 이해할 때, 프롤레타리아의 물결은 다양한 사상들을 움직인 피식민자의 물결로 확대될 수 있다.

11 프란츠 파농, 남경태 역, 『대지의 저주받은 사람들』, 그린비, 2010, 54쪽.

12 마르크스, 김수행 역, 『자본론』 I(하), 비봉출판사, 2000, 1009·1049~1050쪽.

13 마르크스, 이진우 역, 『공산당 선언』, 책세상, 2002, 32쪽.

그러나 식민지에서는 부유하는 유랑자나 떠돌이가 일상적인 삶의 상태였다. 또한 식민지에서 자본주의가 발전한다는 것은 인격성이 강등된 존재감이 희미한 노동자들이 나타나는 과정일 뿐이었다. 제국은 존재론적 폭력을 통해 노동자와 피식민자의 저항을 지지부진하게 만듦으로써 식민주의를 영구화하려 한 것이다.

우리는 이런 제국의 존재론적 폭력을 식민지적 젠트리피케이션으로 설명했다. 식민지에서는 경제적 착취가 폭력적으로 타자를 쫓아내는 젠트리피케이션과 함께 일어난다. 제국은 피식민자를 삶의 본거지에서 추방할 뿐 아니라 인격적으로 하락한 존재로 만들었다. 그러나 앞서 살폈듯이, 바로 그 순간은 지식인이 내면에서 타자의 절박한 호소를 들으며 동요하는 시간이기도 했다. 하층민 타자는 빈농과 유랑인으로 추방되었지만 추방의 순간은 지식인이 그들에게 다가가는 시간이었다.[14] 쫓겨나면서 호소하는 은폐된 타자에게 다가설 때 타자의 존재론이 작동되며, 지식인은 그런 타자가 주도하는 존재론을 통해 사상을 운동하게 만들 수 있었다.

그 때문에 또 다른 탈식민 사상가 엔리케 두셀은 마르크스를 재해석하며 타자의 존재론을 도입했다.[15] 식민지와 제3세계에서 자본주의화된다는 것은 인격적 존재를 사물과 생산도구로 전환시키는 과정이기도 하다.[16] 레비나스가 말한 아무런 보호막도 없는 타자는 실상 식민지와 제3세계에서 가장 대표적으로 나타난다. 다만 피와 살이 없는 투명인간처럼

---

14 이런 정동적 추동력이 약화되면 사상의 무력화를 초래하게 된다. 그 때문에 사상의 시대에도 존재론적 다가섬과 정동적 추동력은 매우 중요했다.

15 엔리케 두셀은 『자본』의 수고를 토대로 마르크스를 재해석한다.

16 엔리케 두셀, 염인수 역, 『미지의 마르크스를 향하여』, 갈무리, 2021, 306~309쪽.

존재가 은폐되기 때문에 고착화된 식민체제만이 눈에 보이는 것이다. 그렇기에 식민지에서는 타자와 교감하는 존재의 물결이 일어나야만 제국과 자본을 넘어선 미래의 시간이 생성되는 것이다.

두셀의 타자의 존재론은 서구의 존재론과는 매우 다른 혁신적인 시도였다. 자본주의와 기술 사회에서의 존재론적 반격의 필요성을 처음 말한 것은 하이데거였다. 기술 사회는 전체주의를 만들어 인간을 도구화하며 불안과 허무에 시달리게 한다. 따라서 우리는 인간을 피폐화시키는 그런 존재 망각에서 벗어나 진리의 빛^{존재의 빛}을 발견해야 한다. 하이데거는 존재의 진리를 현현시키는 그런 존재론적 반격이 바로 '문학과 시'라고 생각했다.[17]

그러나 식민지에서는 하이데거의 존재의 빛만으로는 불충분했다. 존재의 빛에 이르는 길에는 두셀이 말한 '어둠 속의 타자'에 대한 고찰이 없기 때문이다. 어둠 속의 타자와 만나지 않는 한 존재의 진리에 접근하는 해방의 과정은 시작되지 않는다. 식민지에서는 죽음정치[18]에 의해 인격성의 하락이 강제되기 때문에 '무력화된 타자'와 교감하는 물결이 일어나야 진리의 과정이 시작된다. 제국의 존재론적 폭력에 대응해 그런 존재의 물결을 표현한 것이 바로 식민지의 문학이었다. 하이데거의 문학이 존재의 탈은폐를 통한 진리의 빛의 발견이라면, 식민지의 문학은 어둠 속의 타자와 교감하며 존재의 물결을 일으키는 전회의 실천이었다.

식민지에서 사상의 패배를 문학이 보상할 수 있었던 것은 그런 존재의 물결 때문이었다. 민족주의자는 국가를 되찾을 수 없었고 사회주의자는

---

17 박찬국, 『들길의 사상가, 하이데거』, 그린비, 2013, 228~230쪽.
18 죽음정치란 죽음에 이르도록 착취하다가 쓸모 없어지면 폐기하는 권력의 방식을 말한다. 이진경, 나병철 역, 『서비스 이코노미』, 소명출판, 2015, 39~45쪽.

프롤레타리아 혁명에 성공할 수 없었다. 그러나 문학에서만은 존재의 물결을 표현하며 모든 조선인들이 물밑에서 손을 잡을 수 있었다. 지상에서는 폭력과 착취에 시달렸지만 물밑에서는 감시가 불가능한 조선인의 네트워크^{정동적 공동체}가 만들어졌던 것이다. 문학에서 암시된 수면 밑의 네트워크는 하이데거가 미처 감지하지 못한 피식민자의 존재의 진리였다. 물밑의 정동적 공동체에서는 끝없이 실재계로의 존재의 전회가 일어나기 때문에, 문학은 실재의 진리의 차원에서 독립을 입증할 수 있었다.

식민지에서의 실재계 차원의 독립은 동일성의 민족주의가 아니라 탈식민지적 존재론의 성과였다. 호미 바바는 상상적 공동체를 넘어서는 틈새의 공간과 혼종성^{hybridity}을 탈식민적 문화의 위치라고 불렀다.[19] 바바의 전이적인^{translational} 틈새 문화론은 수행적 차원의 타자의 정치학[20]인 점에서 우리의 실재계적 운동 및 존재의 물결과 겹쳐진다. 그의 탈식민지론의 요체는 민족주의 사상을 넘어선 수행적 틈새의 생성에 있는데, 그런 논의들은 상징계와 실재계의 틈새에서 타자의 존재론을 강조하는 우리의 관점에 공명한다. 바바의 틈새 이론과 우리의 물결 이론의 수행성을 잘 보여주는 것은 탈식민지적 문화와 문학이었다. 다만 우리는 바바와 달리 수행적 물결을 중시하는 동시에 물결과 사상의 연동성을 강조했다. 물결의 표현을 중시하는 것은 사상에 대한 무관심이 아니라 사상적 기획의 수행적 차원을 탈식민성의 요체로 보기 때문이다.

실제로 식민지 문학은 사상을 내세우면서도 수행적으로 존재의 물결을 표현한 작품이 감동을 주고 있었다. 예컨대 민족주의자의 연대의식은 혈통이 아니라 「고향」에서처럼 기차간의 틈새에서 타자의 호소에 대한

---

19   호미 바바, 나병철 역, 『문화의 위치』, 소명출판, 2012, 29~35쪽.
20   위의 책, 29쪽.

응답으로 물결쳤다. 사회주의 문학 역시 계급의식에 앞서 「낙동강」에서처럼 전통과 근대, 그 순수기억의 틈새에서 '낙동강 젖꼭지'와 '만장의 물결'로 (상상적 공동체를 넘어선) 정동적 공동체를 입증했다.

식민지에서 사상운동은 매번 벽에 부딪혔지만 문학은 사상의 교리에서 벗어나 오히려 더 창조적인 힘을 발휘했다. 더욱이 문학이 일으킨 존재의 물결은 단지 책 속의 파문에 그친 것이 아니었다. 예컨대 광주학생운동[1929]과 경성제대의 반제국주의 운동[1931] 같은 조직적 저항에서 중심적인 역할을 한 것은 문화적 독서써클이었다.[21] 존재의 물결을 일으킨다는 것은 제국의 폭력에 대항해 인간으로 일어서며 손을 잡는 것을 의미했던 셈이다.

이처럼 사상이 억압될수록 오히려 더 파동 친 물결을 생각할 때, 우리는 존재론적 정동의 독립을 인정하지 않을 수 없다. 식민지에서는 국가도 공공기관도 없었으며 민족주의와 사회주의도 논쟁과 해체를 반복했다. 그러나 조선인만이 감동할 수 있는 정동을 끝없이 생산해내는 정동적 공동체가 존재하고 있었다. 문학은 조선인의 정동을 길어 올려 확인하며 그것의 독립을 입증하는 기능을 했다. 조선인의 정동 네트워크[22]는 '돌아올 님', '약속의 개여울', '빼앗긴 들', '낙동강 물결' 같은 좌우를 넘는 은유들을 생성했다. 그런 은유적 공동체가 입증한 정동적 독립은, 문학만이 식민지 흔적을 지닌 여느 담론과 달리 지금도 그대로 감동적으로 읽힌다는 사실에서 증명된다. 신문, 제도, 건축에는 모두 식민지의 흔적이 있지만, 문학만은 제국에 오염되지 않은 정동을 생성해내며 자주적 은유 공동체

---

21 박선영, 앞의 책, 82쪽.
22 문학은 내포작가와 내포독자의 소통인데 내포독자란 전조선인을 포함한다. 문학은 그 보이지 않는 조선의 네트워크를 작동시키는 역할을 하고 있었다.

의 존재를 증명하고 있었다. 식민지시대 문학을 읽을 때 아무런 정화 장치 없이 가슴이 뛴다는 사실은 간단없이 존재의 물결을 생성해 냈던 정동적 공동체의 독립된 존재를 웅변한다.

그 같은 독립된 문학의 감동의 전승처럼, 존재의 물결은 사상에 의해 촉발되었어도 사상적 개념보다는 특별한 순수기억으로 계승된다. 그 때문에 직선적 시간에서는 식민지였지만 정동적 물결의 기억은 선적 시간을 넘어 탈식민지적으로 던져질 수 있었다. 겹겹이 포위된 상태에서 독립을 증명하며 미래로 던져진 정동적 시간성의 동인動因은, 사상이 아니라 끝없이 존재의 물결을 일으켰던 정동적 공동체의 순수기억이었다.

3. 리얼리즘과 에로스

식민지에서 수행적 차원의 존재의 물결은 민족주의와 사회주의를 접합시키는 역할을 했다. 그런 존재의 물결을 은유로 표현한 것이 바로 사상적 대립을 넘어선 식민지의 문학이었다. 한용운의 '사랑의 노래', 김소월의 '개여울의 헤적임', 이상화의 '봄이 오는 들', 그리고 조명희의 '낙동강 물결'은, 민족주의와 사회주의를 넘는 물결의 은유를 통해 조선인의 정동적 공동체를 확인시키고 있었다.

정동적 공동체의 확인은 각자의 심연의 대상 a의 감지이기도 하다. 그 때문에 존재의 물결을 은유로 표현하는 순간은 대상 a가 작동되는 시간이기도 했다. 당시의 민족이냐 계급이냐의 논쟁은 역사적 주체를 둘러싼 논쟁이었다고 할 수 있다. 민족주의는 독립을 소망하는 민족적 주체를 내세웠고 사회주의는 해방을 열망하는 프롤레타리아를 앞세웠다. 그러나 어느 사상이든 수행적 차원에서는 대상 a가 작동되어야만 연대의 주체를 생성시킬 수 있었다. 대상 a란 무의식에 잔존하는 화해의 잔여물이자 해방의 열망^{순수욕망}의 추동력이다. 순수욕망과 정동적 윤리의 근거인 대상 a는, 주체를 생성하고 연대를 만들어 사상을 추동하는 실천력을 생성한다. 민족주의든 사회주의든 실재계적 대상 a가 움직여야만 존재의 물결이 고양되며 능동적 실천에 이를 수 있었다.[23] 그 때문에 기획과 목표가 다르더라도, 대상 a의 작동은 사상이 전파되는 과정에서 물결을 일으키며 이질적 사상을 연대하게 만들 수 있다.

대상 a가 작동되는 순간은 쫓겨났던 타자가 다시 일어서는 시간이었다. 고통받는 타자는 화해된 공동체를 상실했지만 남겨진 잔여물 대상 a를 동요시키며 다시 해방을 열망하는 순수욕망으로 일어설 수 있었다. 피식민자는 민족적 타자였고 노동자는 계급적 희생자였지만, 대상 a가 움직여야 주체를 생성하며 운동을 일으키는 점에서는 다르지 않았다. 대상 a란 피식민자의 심연에 남아 있는 잔여물인 동시에 프롤레타리아의 무의식에 흐르는 자본 외부의 잉여였다.

사람들 사이에서 대상 a가 작동되는 순간은 정동적 공동체가 확인되는 시간이었다. 영토를 빼앗긴 현실에서 물밑의 정동적 공동체의 확인에는 틈새 공간[24]인 문학이 큰 역할을 했다. 예컨대 한용운의 '님'과 조명희의 '낙동강 젖꼭지'는 대상 a의 은유를 통해 좌우를 넘는 정동적 공동체의 존재를 암시했다. 문학의 핵심적 역할은 대상 a의 작동을 은유로 표현하고 타자의 위치에서 물결을 일으키며 정동적 공동체를 입증하는 것이었다.

---

23   대상 a는 상징계의 모순에 대응해 상이한 방향에서 싸우는 사상운동들을 실재계 차원에서 교차시키며 변혁운동의 함수 관계를 만든다.
24   상징계와 실재계 사이의 공간을 말함.

끝없이 지속된 문학적 창작의 네트워크는 은유를 통한 대상 a의 동요와 독립된 정동적 공동체의 확인에 다름이 아니었다. 정동적 공동체를 입증하는 대상 a의 작동은 사상적 논쟁을 넘어 전조선인이 연대의 주체로 일어서게 했다. 역사적 주체들은 조금씩 다른 방향을 보고 있었지만 문학이 활력을 보이며 대상 a를 동요시키는 순간 물밑에서 손을 잡으며 함께 일어설 수 있었다.

대상 a의 작동은 사회적 연대는 물론 일상에서도 능동적 정동을 생성하며 쓰러졌던 조선인이 일어설 수 있게 만들었다. 그런 일상에서의 능동적 정동 중의 하나가 바로 에로스의 감성이다. 중요한 식민지 작품들이 에로스적인 사랑의 사건을 그리고 있는 것은 우연이 아니다. 한용운과 김소월의 시뿐 아니라 「낙동강」, 「서화」, 『고향』, 『인간문제』 같은 사회주의 소설 역시 사랑을 중요한 사건으로 드러내고 있다.

에로스적 사랑은 대상 a의 작동을 표현하는 능동적 정동의 하나이다. 「낙동강」과 『고향』에서 주인공들이 사랑의 정동을 느끼는 순간은 수동적 삶을 강요하는 권력에 저항하며 신체의 능동적 고양을 느끼는 때이기도 하다. 이 소설들에서 사랑은 사적 영역의 감성을 넘어 식민 권력에 맞서 새로운 삶을 바라보게 하는 정동이기도 하다. 「낙동강」에서 노사가 죽은 애인을 따라 간도로 향하는 순간은 또 한 번의 투쟁을 다짐하는 시간이기도 하다. 『고향』에서의 인동 역시 소작투쟁을 위해 언덕에 머물며 옛 애인 방개에 대한 생각을 그치지 않는다. 그처럼 에로스로 표현된 대상 a의 작동은 새 세상을 소망하는 주체의 생성을 동시적으로 암시해주고 있다.

레비나스 역시 에로스를 타자와의 관계를 표현하는 가장 적극적인 정동적 사건으로 말하고 있다.[25] 에로스의 순간은 고독한 존재자에서 벗어나 타자와 관계하며 존재의 물결을 경험하는 시간이다. 억압받는 존재자들의 세상을 넘어서려는 존재의 물결은 새로운 세상에 대한 소망을 암시한다. 그 때문에 사랑을 하며 애무를 한다는 것은 현존하는 세계에서 아직 오지 않은 것과 관계하는 것과도 같다.[26] 타자와의 교섭은 끝없는 충족의 연기 속에서 그곳에 없는 것과 관계하는 연쇄적 과정을 경험하게 하는 것이다.

에로스는 하나가 되는 행위가 아니라 동일화가 불가능한 타자와 무한히 교섭하는 과정이다. 그런데 식민지에서는 타자에 대한 억압 때문에 에로스적 도발이 한층 어려울 뿐 아니라 고통스러운 현실과의 대응을 필수적으로 수반한다. 여기서는 에로스적 교섭의 열망이 흔히 억압에 대항하는 연쇄적인 동요의 과정으로 표현된다. 「낙동강」, 「서화」, 『고향』, 『인간문제』는 모두 그처럼 억압받는 타자와 교섭하는 끝없는 에로스의 동요를 그린 작품들이다. 이 소설들에서 에로스는 인물들 간의 그침 없는 교섭일 뿐 아니라 억압의 근원을 녹이려는 연쇄적 열정으로 표현된다. 노사와 박성운, 돌쇠와 이쁜이, 그리고 인동-방개, 첫째-선비 사이에서는, 모두 그 같은 해방을 향한 해체의 열정이 나타나고 있다.

마르크스는 자본주의에서 견고한 모든 것은 대기 속에 녹아버린다고 말했다.[27] 자본주의에서 견고한 것을 녹이려는 그런 열정 역시 사랑의 정동과 닮은 점이 있다. 그러나 자본주의에서 나타난 사랑의 해체의 열정에서는 화폐가 주도권을 갖고 있다. 화폐의 부름에 응답하려는 열망으로 인해 다른 권위적인 것을 무너뜨리는 것이 바로 화폐에 대한 사랑[28]이다.

---

25   레비나스, 강영안 역, 『시간과 타자』, 문예출판사, 1996, 103~111쪽.
26   위의 책, 108쪽.
27   마르크스, 앞의 책, 20쪽.
28   마르크스, 김수행 역, 『자본론』 I(상), 비봉출판사, 2001, 138쪽.

자본주의란 모든 것을 상품화하는 동시에 모든 상품들이 화폐를 사랑하는 체제이다. 이것이 바로 자본주의의 무기인 **돈의 존재론**이자 유사 대상 a의 서사이다. 돈의 존재론은 견고한 모든 것을 녹이는 척하며 새로운 특별한 동일성[29]인 돈에 인질로 잡히는 세상을 만든다.

반면에 식민지에서의 사랑의 주도권은 타자가 갖고 있다. 노사는 죽은 박성운의 부름에 응답하고 있으며 돌쇠는 강제로 시집간 이쁜이의 호소에 대답하고 있다. 또한 인동은 방개의 하소연에 몸을 떨고 있고 첫째는 시커먼 뭉치가 된 선비 앞에서 오열한다. 이런 고통과 열정이 결합된 에로스적 정동은 모든 고착된 것을 해체하려는 열망으로 발전한다. 에로스의 서사란 억압받는 타자와 교섭하는 과정인 동시에 모든 억압의 근원을 해소시키려는 열정이기도 하다. 식민지의 사랑의 서사는 그런 방식으로 **타자의 존재론**과 대상 a의 운동을 표현하고 있다. 타자의 존재론은 타자에게 볼모로 잡힌 사람들이 심연의 대상 a를 동요시키며 능동적인 정동을 생성하게 만든다.

이제까지 식민지시대의 리얼리즘은 사회적 모순에 대한 현실인식의 표현으로 평가되어 왔다. 리얼리즘의 서사적 과정은 미각성된 인물이 식민지의 모순을 자각하면서 변화를 일으키는 진행이다. 그러나 그런 인식의 서사만으로는 권력에 의해 피폐해진 인물들이 목숨을 걸고 도약하며 일어서는 과정이 설명되지 않는다. 반면에 타자에게 응답하는 물결의 과정과 교섭의 장애물에 저항하는 에로스의 정동은, 쓰러졌던 사람들이 어떻게 거친 파도처럼 일어서는지 알려준다.

식민지 리얼리즘에서는 가난과 곤궁 속에서 고통받는 사람들에게 다

---

29 돈의 동일성은 초월적 동일성과는 달리 해체의 논리를 자신의 속성으로 포함하고 있는 동일성이다.

가가는 과정이 중요하다. 그런데 그들과 우리^{내포독자}가 새로운 세상을 바라보게 되는 진행은 현실의 모순을 자각하는 과정에만 있는 것은 아니다. 희생된 타자와 교섭하며 자아를 고양시킬 때 비로소 교섭의 방해물에 대응하는 열정이 생겨나는 것이다. 그런 타자에 대한 열정이 가장 강렬하게 감지되는 것은 지식인과 타자, 하층민과 희생자가 에로스적 사랑을 경험할 때이다. 사랑을 하면서 멈출 수 없는 연쇄적인 정동적 과정을 경험할 때 현존하는 세상에서 아직 오지 않은 것과 관계하는 도약의 서사가 나타나게 되는 것이다.

4. 사상과 물결의 결합 <small>타자의 주도권과 지식인의 위치</small>

이기영의 창작 과정에서 가장 눈에 띄는 것은 「홍수」¹⁹³⁰에서 「서화」¹⁹³³로의 전환이다. 「홍수」와 「서화」의 차이는 억압에 대항하는 사람들의 물결이 일어나는 과정이 서로 다르다는 데 있다. 「홍수」는 조합에 가담한 농민들이 '홍수' 같은 물살을 결집시키는 결말로 끝난다. 반면에 「서화」는 아무런 조직도 사상도 없는 두 가난한 연인이 다가서는 장면에서 막을 내린다. 그런데 강력한 사상이 담긴 「홍수」와 아직 각성되지 않은 「서화」에서 능동적 물결의 밀도는 정반대이다. 즉 농민조합에 의해 고양된 「홍수」에서는 필사적인 열망이 잘 느껴지지 않지만, 「서화」의 미완의 서사에서는 미지의 새 세상을 향한 절박한 존재의 물결이 감지된다.

이런 차이는 물결의 진동이 어디에서 시작되느냐에 있다. 「홍수」는 전위적 사상가에 의해 농민들이 각성되면서 그의 뒤를 '홍수'처럼[30] 잇는 진행이다. 여기서는 서사의 주도권이 전위적 인물에게 있으며 농민들은 그를 통해 계급의식을 자각하는 도식에 따른다. 이 경우 홍수의 물결이란 실상은 '홈이 패인 수로'[31]를 따라 흐르는 물살의 합계일 뿐이다.

반면에 「서화」에서는 「홍수」와 달리 별다른 자각 과정이 없으며 지식인 정광조의 도움이 있을 뿐이다. 다만 여기서 특징적인 것은 물결을 일으키는 힘의 주도권이 지식인이 아니라 무력한 타자에게 있다는 점이다. 그처럼 미결정적인 타자에게 주도권이 있기 때문에 물결은 '잘 닦여진 수로'가 아니라 야성적인 민중의 신체 자체에서 능동적으로 고양된다.

두 사람의 대화는 어둠 속에서 도란도란한다. 이쁜이는 돌쇠에게 온몸을 실리다시피 치개면서 걸음을 떼 놓았다.

"세상은 우리가 모르는 별세상이 또 있는가부지? 그이정주사의 아들는 그것을 잘 아는 모양인가봐!"

돌쇠는 무엇을 골똘히 생각하다가 무심코 이런 말을 하였다.

"참말로 우리도 그런 세상에서 살아보았으면……"

그들은 한동안 아무 말 없이 걸어갔다.[32]

돌쇠와 이쁜이는 불가능한 사랑을 하고 있지만 그들의 사랑의 물결은 새 세상을 소망하는 열정으로 나타난다. 두 사람 사이에서 사랑의 주도권은 가난 때문에 천치 같은 남자와 결혼한 이쁜이에게 있다. 이쁜이는 잘못된 결혼이 가난보다 더 참을 수 없다고 말하며 돌쇠에게 인간으로 '살

---

30 이기영, 「홍수」, 『카프대표소설선』 II, 사계절, 1988, 131쪽.
31 '홈이 패인 수로'란 들뢰즈적 의미('홈 패인 것')에서 미리 정해져 있는 도식적 서사의 진행을 말한다.
32 이기영, 「서화」, 『서화』, 풀빛, 1992, 297쪽.

고 싶다'고 고백한다.[33] 그녀는 사상과 계급의식은 물론 아무런 저항력도 없지만 단지 '살고 싶다'는 말로 돌쇠의 마음에 물결을 일으킨다. 지금 두 사람이 두려움 때문에 쉽게 못하는 말을 내뱉는 것은 서로의 심연의 물결을 감지했기 때문이다. 이쁜이는 어둠 속에서 몸을 치개면서 돌쇠의 응답을 가까이 느끼려 다가서고 있다. 이는 깊은 심연에서 시작된 물결이 신체 자체를 능동적을 고양시킴을 의미한다. 그 사랑의 열망의 순간은 거세지는 물결의 힘으로 경직된 세상을 해체하고 싶은 소망을 표현하는 시간이기도 하다.

「서화」에 이어 쓰여진 『고향』[1933]은 존재의 물결을 집단적 인물들을 통해 표현하고 있는 점이 특징적이다. 『고향』은 「홍수」처럼 지식인이 농민들을 각성시키는 소설이지만 「홍수」와는 달리 교섭의 관계는 일방적이지 않다. 『고향』의 주인공 김희준은 소설 전체에서 농민들을 고양시키며 결말의 소작쟁의를 이끌어가는 역할을 한다. 그러나 그런 과정은 비참한 삶을 사는 타자의 무언의 호소에 지식인이 응답하는 진행이기도 하다. 『고향』이 「홍수」와 다른 점은 인간 이하로 강등된 사람들[34]과 교섭하는 타자성의 존재론[35]이 나타난다는 점이다. 농민들의 어둠은 계몽의 빛이 미치지 못한 무지인 동시에 응답을 호소하는 인간의 얼굴이기도 하다. 김희준이 여러 번 실망하면서도 농민들의 곁은 떠날 수 없는 것은 그 노동하는 사람들의 맨얼굴 때문이다. 그는 농민들과 함께 두레에 참여하면

---

33 위의 책, 282쪽.
34 춘궁기에 돼지먹이 같은 재강죽으로 끼니를 때우는 장면에서 나타난다. 이기영, 『고향』, 풀빛, 1989, 66·80쪽.
35 위의 책, 181~183쪽. 김희준은 어둠 속에 고투하고 있는 자신을 발견한다. 다만 김희준은 이 부분에서는 아직 무지한 사람들을 빛으로 이끄는 것만을 구원으로 생각하는 한계를 지니고 있었다.

서 자본의 바깥에 있는 노동의 신성성에 대해 생각한다.[36] 노동의 신성성이란 식민지 자본주의가 빼앗을 수 없는 농민들의 타자성에 다름이 아니다. 그처럼 체제 바깥에 접한 타자들의 어둠 속의 호소에 응할 때 문득 일렁이는 것이 존재의 물결이다. 『고향』은 「홍수」와 달리 타자성의 힘으로 어둠 속에서 피식민자의 물결을 일으키면서 우리에게 감동을 준다.

『고향』의 성취는 사상에 의한 자각과 타자성의 서사에 의한 물결의 결합에 있다. 그런 이중적 과정에서 사상의 계몽에는 지식인이 앞장서지만 타자의 부름에 응하는 진행에선 가난한 농민이 주도권을 갖고 있다. 그처럼 사상이 물결을 일으키고 물결이 사상을 운동하게 만드는 서사를 통해 이 소설은 최고의 사회주의 리얼리즘을 성취하고 있다. 『고향』은 「홍수」가 제기한 농민운동의 주제를 「서화」가 보여준 물결에 접합시킴으로써 비천한 하층민이 어떻게 변혁운동의 주도권을 갖게 되는지 알려준다. 그 점에서 『고향』은 「홍수」처럼 사회주의 지식인이 등장하면서도 오히려 미완인 「서화」의 후속편에 더 가깝다. 지식인은 사상의 담지자이지만 농민의 정동적 주도권에 응답함으로써 사상을 물결로 운동하게 만들 수 있었다.

『고향』에서 사상과 물결의 결합을 가장 잘 보여주는 것은 두레와 연애 사건이다. 두레는 피식민자의 존재의 물결로 계급과 민족의식을 결합시키며 제3의 공간호미 바바[37]을 열어주는 장치이다. 또한 연애 사건은 『고향』이 「서화」의 모티프를 농촌 전체의 현실로 확대시킨 작품임을 암시해준

---

36 위의 책, 240쪽. 가난한 농민들은 노동의 신성성을 깨닫지 못하지만 김희준이 자본의 바깥을 열망할 수 있는 것은 자신이 갖지 못한 농민들의 맨얼굴 때문이다.

37 두레는 민족적 풍습의 부활인 동시에 그 해방의 힘을 식민지 소작인들의 힘든 현실에 적용시켜 제3의 공간을 열어주고 있었다. 제3의 공간에 대해서는 호미 바바, 나병철 역, 『문화의 위치』, 소명출판, 2012, 97~101・229・457쪽 참조.

다. 두레가 지식인과 농민의 만남을 보여준다면 연애 사건은 사적 영역과 공적 영역을 횡단하는 물결을 느끼게 해 준다.

『고향』의 농민들은 두레를 통해 비천한 존재에서 벗어나 해방을 열망하는 능동적 존재로 보여지게 된다. 두레는 노동을 놀이로 고양시켜주는 농촌의 전통적인 풍습이다. 그러나 이 소설의 두레는 예전의 풍습을 그대로 답사하는 데 그치지 않는다. 조선조 말부터 실행된 두레는 소규모 자작농들 사이에서 자발적으로 행해진 풀뿌리 조직의 행사였다. 두레는 농번기에 노동력을 교환해 상호부조를 북돋으며 농사일을 놀이로 승화시키는 의미도 지니고 있었다. 『고향』의 두레가 과거와 다른 점은 소작인들 사이에서 행해지는 점과 지식인 김희준이 함께 참여한다는 점이었다. 김희준의 입장에서 볼 때 두레는 농민들을 자발적으로 단결하게 만드는 농민조합에 버금가는 장치였다. 그와 동시에 농민조합과 달리 두레는 아무런 규칙도 없이 비천한 신체를 능동적으로 일으켜 세우며 물결을 느끼게 해주었다. 농민들은 현실에서는 마름 안승학에게 매여 있지만 두레의 순간에만은 스스로 일으킨 물결 속에 있게 된다. 이 물결의 주도권은 농민^{타자}들에게 있으며 김희준은 오히려 그에 휩쓸려 들어가 다시 태어나게 된다.[38] 전통이면서 피식민 타자의 물결인 두레는 민족적 정동의 잔여물 대상 a를 움직이며 제3의 공간에서 능동적 연대를 생성하고 있었다. 제3의 공간은 전통과 근대의 틈새에서 민족적 열정의 잔여물이 어떻게 사회주의적 저항에 버금가는 정동을 생성하는지 알려준다. 민족 전통의 잔여물 대상 a가 움직이는 순간은 근대 자본주의에 틈새를 내는 제3의 위치에서

---

38 이기영, 앞의 책, 241쪽. 김희준은 농사일을 한 후 육체적 노동의 고통을 느끼며 자기 자신을 반성한다. 그는 밤새도록 허리를 끙끙 앓는데 그의 신체의 고통은 소시민적 한계에서 깨어나는 과정이기도 했다.

농민조합 못지않은 열정이 발산되는 시간이었다.

『고향』에서 민족적 두레와 함께 일상에서 대상 a의 작동을 보여주는 또 다른 모티프는 인물들의 연애 사건이다. 앞서 살폈듯이 에로스적 사랑은 타자의 부름에 응하는 형식으로서 식민지적 억압에서 벗어나 존재의 물결의 순간을 느끼게 해 준다. 식민지에서는 모든 것이 예속되어 있지만 사랑만은 빼앗길 수 없는 잔여물^{대상 a}로 남아 있었다. 두레가 농민들이 공유하는 민족적 순수기억의 잔여물이라면 사랑은 개인들 각자가 심연에 간직하고 있는 정동적 잔여물[39]이다.

사랑은 사적 영역의 일로 여겨져 현실인식과 무관한 듯하지만 『고향』에서는 그렇지 않다. 사랑은 비천한 신체를 능동적으로 만들어주기 때문에 자아를 피폐하게 만드는 권력에 대한 반항심을 생성하는 것이다. 그 점에서 『고향』에서는 지식인보다도 비천한 존재의 사랑이 한층 더 감동적이다.

이 소설은 김희준과 갑숙, 갑숙과 경호, 인동과 방개의 사랑에 많은 분량을 할애하고 있다. 이 청년들의 사랑은 인물들을 변화시키는 데 계급 사상 못지않게 중요한 역할을 한다. 갑숙과 경호의 사랑은 경호의 비천한 출생으로 안승학^{갑숙의 아버지}을 분노하게 해 갑숙이 공장에 들어가는 계기가 된다. 이후로 갑숙은 제사공장에서 노동쟁의를 주도하고 안승학과 마을 사람들 간의 소작쟁의에도 도움을 준다.

그 과정에서 갑숙은 어린 시절 친구였던 김희준을 만나 그에게 끌리게 되며 마지막까지도 아버지에 맞서 희준과 함께한다. 희준 역시 갑숙을 사랑하면서 자신의 소시민적 근성을 반성하고 괴로워하게 된다. 그는

---

39 식민지 청년들은 사랑의 순간만은 억압을 넘어선 능동적 정동의 존재를 열망하게 된다.

조혼한 아내가 있는 처지에서 갑숙에 대한 사랑을 포기하지 못하는 자신이 천치와도 같다고 생각한다. 희준은 사상가이자 농민 지도자이지만 사상으로도 막지 못하는 사랑 때문에 무지의 고통에 시달리는 것이다. 이런 상황은 삶의 진리란 사상에만 있지 않으며 감성과 정동 역시 중요함을 암시한다.

그 때문에 희준의 천치 같은 고통은 또 다른 진리의 충동을 열어준다. 사상으로 해결하기 어려운 사랑의 고뇌는 그를 '이데^{사상}로 된 인물'에서 벗어난 살아 있는 인물로 만들어준다. 희준 같은 생생한 인물, 즉 '인물로 된 이데'[40]란, 사상으로 대답할 수 없는 정동적 진리, 즉 인식론으로 해결할 수 없는 존재론적 동요[41]에 부딪힌 사람에 다름이 아니다. 『고향』은 '이데'와 '물결'을 결합시킴으로써 인식론과 존재론을 융융시켜 이데에 얽매인 소설을 넘어서고 있다.

이 소설에서는 그런 지식인들의 사랑도 중요하지만 그보다 더 활력적인 것은 인동과 방개의 연애이다. 인동과 방개의 사랑은 「서화」의 돌쇠와 이쁜이의 관계를 더 큰 스케일 속에 옮겨온 것이다. 다른 사람과 혼인한 그들은 불가능한 사랑으로 갈등을 계속하다 방개가 먼저 도망치듯 공장으로 들어가게 된다. 이후의 방개의 변화는 계급의식보다는 「서화」에서 이쁜이가 말한 '인간으로 살고 싶은' 소망에 의한 것이다. 방개가 소작쟁의에 참여한 인동을 몰래 돕는 것은 노농동맹이기보다는 인간적 소망

---

40 '인물로 된 이데'란 사상을 인물에 덮어 씌우는 대신 생생하게 살아 있는 인물로 이념(사상)을 형상화한 것을 말한다. 김남천은 발자크의 말을 인용하면서 '인물로 된 이데'의 예술적 창조를 강조했다. 김남천, 「현대 조선소설의 이념」, 『김남천 전집』 I, 박이정출판사, 2000, 397쪽.

41 대상 a의 작동에 의한 에로스적 사랑은 상징계 차원으로 해결할 수 없는 실재계 차원의 문제로서 존재론적 동요로 볼 수 있다.

의 표현이다. 그 때문에 둘 사이의 사랑의 주도권은 여성 타자로 더 큰 고통을 겪는 방개에게 있으며 인동도 사랑의 열정을 포기하지 못한다. 그들 사이에서처럼 비천한 타자가 살고 싶다고 호소하고 그에 응답할 때 생성되는 것이 바로 존재의 물결이다.

희준도 갑숙에게 사랑의 물결을 느꼈지만 두 사람의 사랑은 『고향』의 주제인 농민운동을 위해 중단된다. 희준은 사랑을 하면서 자신의 무지를 감지했으나 존재론적 질문 앞에서 중간에 대답을 중지시킨다. 반면에 존재의 물결의 주도권을 갖고 있는 하층민 타자의 사랑은 바다에서 끝없이 일어나는 파도처럼 그침 없이 계속된다. 『고향』은 카프가 요구한 농민운동의 소설인 동시에 운동의 지도자^{지식인}를 무지의 상태로 만들며 문득 하층민 타자가 더 큰 존재의 물결을 일으키는 소설이기도 하다.

5. 견고한 모든 것을 녹이는 능동적 정동 이기영의『고향』

마르크스는 인식 자체에서 진리가 나온다고 말했지만 그의 논의에는 존재론적 관점이 접합되어 있었다. 예컨대 자본주의가 견고한 모든 것을 녹인다[42]는 주장은 일종의 자본의 존재론으로서 유사 해체의 운동[43]을 말한 것이었다. 식민지 소설에서는 자본의 유사 해체 운동을 다시 한번 해체하는 타자의 존재론이 나타난다. 마르크스가 인식론과 존재론을 결합

---

42 마르크스, 이진우 역,『공산당 선언』, 책세상, 2002, 20쪽.
43 마르크스의 설명은 자본과 돈의 존재론이라고 할 수 있다. 그는 자본과 돈이 모든 권위적인 것을 해체하는 한편 인간의 존재와 노동을 돈의 가치로 바꾼다고 생각했다. 여기서 돈은 부재원인으로서의 총체성인 대상 a와 유사한 운동을 한다.

시켰듯이 식민지 소설 역시 사상과 물결을 접합시킨다. 그런데 여기서는 사상의 주제에 의해 격발된 타자의 존재론이 사상 자체보다 더 큰 물결로 표현된다. 그 이유는 마르크스의 세계에서보다 식민지 공간은 존재론적 억압이 더 강화된 세계였기 때문이다.

식민지 소설에서 사상과 물결을 결합시키며 존재의 물결을 강렬하게 표현하는 것은 사랑의 주제이다. 앞에서 사랑의 물결에 대한 지식인의 무지에 대해 말했지만 지식인 역시 사랑의 문제를 간단하게 배제하지는 않는다. 『고향』에서 사랑이 계몽적 이성보다 더 깊은 물결을 일으킴은 지식인 자신도 얼마간 감지하고 있었다. 마지막 장면에서 안갑숙옥희[44]은 소작쟁의가 승리했다는 소식을 듣고 부끄러움과 함께 아버지에 대한 분노를 느낀다. 그때 그녀에게 떠오른 생각은 자신이 희준을 사랑하고 있다는 사실이었다. 갑숙은 소작쟁의가 시작됐을 때 희준에게 농민들이 버틸 수 있는 돈을 건네며 투쟁의 성공을 바라고 있었다. 그런데 그에 못지않게 그녀의 가슴을 채우고 있었던 것은 희준에 대한 사랑의 감정이었다. 갑숙은 소작쟁의가 성공을 거둔 후에 농민들 속에 있는 희준이 자기에게 오기를 기다리며 그 사실을 분명히 깨닫는다.

그는 두어 걸음 뒤로 물러서서 늙은 소나무 등걸에 홀로 몸을 기대고 서 있었다. 그리고 희준이가 얼른 이야기를 끝내고 자기에게 와 주기를 기다리었다.

옥희의 가슴은 지금 참새새끼의 그것과 같이 팔딱팔딱 뛴다.

왠일일까? 가을의 새벽하늘에서 내려오는 싸늘한 바람이 소매 속으로 앞가슴으로 거침없이 들어오건만 그는 그것을 봄바람같이 가볍게 느꼈다.

44　갑숙은 공장에 들어간 뒤 이름을 옥희로 바꾼다.

희망과 열정과 동경……이런 긴장된 감정이 그의 마음을 대장부와 같이 씩씩하게 만든 것 같다.

검은 포장을 땅 위의 공간에 빈틈없이 꽉 차도록 쳐놓고 그 포장에다 구멍을 총총하게 뚫고서 촛불을 한 개씩 달아 놓은 것 같은 가을의 밤하늘! 그 가운데 서쪽으로 기울어져서 중천에 매달린 반쪽달! 이 야경을 무심코 바라보고 섰는 옥희는 자기를 내려다보는 수많은 별들이 그 한 개 한 개가 모두 무엇인지 자기에게 속살거리는 것 같이 느끼었다.

'내가 희준씨를 사랑한다면 그이는 내 사랑을 받아주려는지?'[45]

안갑숙, 즉 옥희의 시선이 밤하늘의 별로 향한 것은 그녀의 사랑이 눈에 보이는 것보다 더 깊은 곳에서 샘솟고 있음을 암시한다. 레비나스가 말했듯이 사랑은 현존하지 않는 타자성의 진리와 교섭하는 끝없는 운동이다.[46] 옥희의 자연의 은유'별들의 속살거림'는 황폐한 세계에 발이 묶인 존재자들이 어둠 속에서 속삭이는 진리타자성의 진리[47]를 갈망하는 순간을 표현한다.

이제까지 옥희는 억압된 세계의 존재자이자 타자하층민와 교섭하려는 지식인이기도 했다. 그런데 그런 타자에 대한 열망은 자신도 모르게 희준에 대한 사랑타자성의 진리으로 더욱 고양되었던 셈이다. 그로 인해 끝없는 갈망 속에서 현존하는 견고한 것을 녹이려는 열망으로 가부장적인 아버지에 반항했던 것이다.

45 이기영, 앞의 책, 560~561쪽.

46 레비나스는 에로스적 사랑을 존재자의 소유와 현존으로 환원될 수 없는 타자성과의 관계라고 말한다. 레비나스, 강영안 역, 『시간과 타자』, 문예출판사, 1996, 104~108쪽.

47 검은 포장을 뚫고 속살거리는 별들로 표현되고 있다.

그처럼 샘물같이 솟구치는 사랑의 열망은 단순히 이성적 의지로는 설명할 수 없는 것이었다. 옥희가 속살거리며 다가오는 별의 소리를 듣는 것은 사랑이 계몽과는 다른 것임을 암시한다. 사랑은 계몽의 빛처럼 밝은 곳을 보는 것이 아니라 밤하늘의 별처럼 어둠의 장막'검은 포장'에서 만날 수 있는 것이다. 그것은 어두운 심연[48] 속에서만 그 소리를 듣고 부름에 응할 수 있는 정동적 과정이다. 옥희처럼 사랑하는 사람은 장막 속의 고뇌와 함께 스스로 일어서는 존재의 고양을 느끼게 된다. 사랑은 롤스의 무지의 장막과도 같은 곳에서 일어난 존재론적 혁명에 비유될 수 있다. 마름의 딸인 옥희가 하층민들과 함께 할 수 있었던 힘은 계급의식의 빛보다는 검은 장막 속에서 생긴 능동적인 존재의 물결[49]에서 나온 것이었다.

그런데 그런 존재의 물결에 관한 한 지식인들은 민중보다 더 잘 알고 있다고 말할 수 없다. 옥희는 사랑의 힘으로 희준과 함께 했지만 지금 그와의 사랑을 더 계속할 수 있는지는 알 수 없다. 그런 답답함은 농민 지도자인 희준도 마찬가지였다. 지식인은 사상을 통해 밝은 곳을 잘 볼 수 있지만 장막 속에서 나오는 물결에 대해서는 무지한 상태와도 같다. 사상가는 어둠 속의 하층민 타자와 만나 물결을 느끼지만 그것조차도 더 큰 이성[50]의 그릇 속에 담아두는 경향이 있다. 그 때문에 앞을 바라봐야 할 지식인의 위치에서는 이성과 부딪히는 사랑이 고통스러울 수밖에 없다. 마침내 희준과 옥희는 사상적인 지도자의 임무를 위해 가슴에서 파도치는 사랑의 열정을 유보시킨다. 그들은 사랑을 동지애로 승화시킴으로써 비

---

48   레비나스는 그런 심연(무의식)을 응시하는 것을 빛으로부터 물러서는 과정이라고 설명한다. 레비나스, 앞의 책, 106쪽.
49   예문에서 장막을 뚫고 나오는 별빛은 그것을 암시한다.
50   칸트의 실천이성 같은 것을 말한다.

로소 가슴의 무거운 돌덩어리를 내려놓는다.[51]

희준은 사랑이란 개인적이면서 사회적이기도 하기 때문에 옥희와의 동지애가 더 영원할 것이라고 말한다. 그러나 실상 희준의 동지애란 에로스적 사랑을 개인적인 것으로 가두고 열정이 증발된 이성적 지성^{동지애}으로 봉합한 것과도 같다. 동지애란 바다와 같은 고요함을 위해 고통스러운 파도를 외면하는 것에 다름이 아니다.

반면에 인동과 방개는 중단할 수 없는 물결을 감지하며 파도의 고통을 감수하고 있다. 그들은 모든 것을 빼앗긴 삶에서 사랑만이 유일한 잔여물로 남겨졌기 때문에 열정을 멈출 수 없는 것이다. 인동과 방개의 끝없는 열정은 인간 이하로 강등된 삶에서 능동적 존재로 회생하려는 절박함의 표현이었다. 그 때문에 인동의 사랑은 희준의 말과는 다른 의미에서 개인과 사회를 횡단하는 물결로서 나타나고 있었다. 희준이 개인적인 것^{연애}을 사회적인 것^{동지애}으로 상승시키려 했다면 인동은 개인적인 사랑^{타자성의 사랑} 그 자체 속에서 사회적으로 고양되는 물결을 본 것이다. 인동은 무지한 자신을 각성시켜 준 희준의 말에 순응했지만 사랑에서만은 그의 뜻에 맹종할 수 없었다.

이 소설에서 인동과 희준의 관계는 가장 뚜렷한 동시에 매우 불확실하기도 하다. 인동은 희준이 잠자던 그를 깨워줘 놀라운 딴 세상을 보게 했다고 생각한다. 그는 악몽에서 깨어나 새로운 눈을 갖게 되었다. 이상스러울 정도로 절대적인 희준의 사상은 그를 철들게 하고 그의 인생을 성장시켜 준 것이다.

---

51 이기영, 앞의 책, 564쪽.

'우리들은 지금까지 자고 있었다. 그리고 밤새도록 가위를 눌렸다. 별안간 악몽을 깨어나보니 세상은 딴세상이 된 것 같다!'

인동이는 자기의 변해진 마음을 이렇게 생각하였다. 그러며 자기의 깊이 든 잠을 깨워준 사람이 누구던가?

어쩐지 그는 이상스런 느낌이 났다. 그가 어떻게 그런 생각을 가질 수 있었던가!

그러나 확실히 그는 자기보다 눈을 먼저 떴다.[52]

인동은 먼저 눈을 뜬 희준을 따라가며 그의 말에 순응했다. 이 소설에서 희준은 인동뿐 아니라 마을 사람들을 모두를 이끌어가는 위치에 있는 것으로 그려진다. 하지만 그런 희준에게 인동이 수긍할 수 없는 것은 사랑에 관한 문제였다. 이 소설의 사랑의 주제는 인동의 더 큰 성장이 오히려 희준에게서 벗어나는 것임을 암시한다.

인동은 희준의 주선에 따라 사랑하던 방개 대신 부유한 음식점 집 딸 음전하고 혼례를 올린다. 인동이 방개를 포기한 데에는 가난 때문에 방개 어머니가 그를 거절한 이유도 있었다. 인동은 고민하던 끝에 희준의 말을 따랐지만 자신도 모르게 방개에 대한 열정은 계속되고 있었다.

"아니 그렇게 비양할 게 아니라 난 진정 말이야. 우리도 인젠 철날 때가 되지 않았니?"

"그런데 어째?"

"하긴 난 니한테 장가를 들고 싶었는데 늬 어머니가 우리집은 가난하다고

---

52   위의 책, 373쪽.

마다니까……"

"가짓부리! 정말 그런 맘이 임자에게 있었군?"

"정말이야. 늬 어머니더러 물어보렴!"

별안간 방개는 한손으로 인동의 입을 틀어막고 그의 가슴에 쓰러진다.

"그런 말 말라구. 난 이담에 길가에서 만나두 못 본척하고 지나갈걸! 뭐……"

방개가 어깨를 달싹이며 우는 것을 인동이는 한숨을 쉬며 그를 붙들어 일으켰다. 달은 말없이 그들의 얼굴을 은근히 내려다보고 있다.[53]

인동은 음전과 약혼한 후에도 자신이 방개를 사랑하고 있음을 확인한다. 예문에서 인동과 방개는 그 사실을 감지하고 괴로워 하지만 아직 가슴의 물결이 거세진 것은 아니다. 두 사람과 하늘의 달과의 거리는 고통이 아직은 견딜만한 것임을 암시한다. 인동은 그런 아픔을 참는 것이 '철들어 가는 것'이라고 생각하고 있었다. 인동의 '철든다'는 생각은 사실은 희준의 말이며 이때까지는 인동이 희준의 말에 따르고 있음을 뜻한다.

그러나 각자 다른 사람하고 혼인을 한 후 인동은 방개로부터 사랑의 고백을 듣게 된다. 방개는 굶주림보다 더 참을 수 없는 것이 있다며 같이 달아나자고 말한다. 인동은 늙은 부모를 버릴 수 없어 거절할 수밖에 없었으며 방개는 도피하듯이 제사공장에 들어간다.

인동은 방개를 따르지 않았지만 '달아나자'는 말이 가슴에 박혀 그 말에 볼모로 잡힌 것과 같았다. 그러던 차에 수해가 나 인동의 집이 무너지는 일이 생겼다. 인동이 참을 수 없었던 것은 음전의 집 사람들이 가난을

---

53   위의 책, 330쪽(강조─인용자).

이해 못하고 무시하는 말을 하는 것이었다. 인동은 자신이 인간 이하의 삶을 살고 있으며 그것이 엄연한 지금 세상의 현실이라고 생각한다.[54] 그리고 그 일로 음전과 더 멀어졌을 때 공장에 들어간 방개를 다시 만난다.

"왜 내가 암상쟁인가 뭐."

하고 방개는 눈초리를 샐쭉하며 얄미운 듯이 지르떠 본다.

남의 집 울안에 열린 탐스러운 실과를 쳐다보고 침을 삼키듯이, 그는 인동이를 볼 때마다 지나간 시절의 미련이 남아 있다. 그때는 임자 없는 과실이 아니었던가!

인동이도 방개의 심중을 엿보았다. 그는 자기를 건들이기를 기다리는 것 같다. 건드리기만 하면 그의 온 몸둥아리를 금방이라도 맡길 것 같다.

인동이는 그런 생각을 하니 몸이 떨린다. 그는 자기도 모르게 나직히 한숨을 쉬었다. 그는 낫공생이로 잔디밭을 두드렸다. 가슴 속에서 폭풍우가 이는 것을 그는 진정할 수 없는 모양이었다.

이런 기미를 저편에서도 알았던지 별안간 방개도 나직히 한숨을 짓는다. 그는 인동이를 힐끗 쳐다보며 사내의 얼굴빛을 살폈다. 그 순간 귀 밑이 빨개지며 겉으로는 천연한 척 하며 먼 산을 바라보았다.

봉화재 연봉 위로는 조각구름이 둥둥 떠돈다. 구름조각은 참으로 자유로운 듯이 맑게 개인 가을 하늘 위로 유유히 피어오른다.

두 사람은 한동안 안타까운 침묵을 지키었다. 고요한 가을날은 넓은 들안에 햇살을 공작새 날개 펴듯 하였는데, 큰물이 나간 뒤의 어지러이 짓대겨놓은 넓은 들은 마치 심술꾸러기 장난꾼 아이가 악착스런 장난을 하고나서 음흉한 웃

---

54 위의 책, 460쪽.

음을 웃는 것처럼 그것은 처참한 광경이었다.

　논밭 곡식 할 것 없이 모든 곡식은 상처를 입었다. 복사가 밀린 볏논은 마치 대수술을 받고 누은 환자처럼 가로 누었다.

　두 사람은 황량한 들판을 말없이 바라보며 심중으로는 복잡한 감정에 들뜨고 있었다. 상사의 일념은 두 사람의 몸뚱아리를 무형한 밧줄로 찬찬 동여매는 것 같았다.

　그런가 하면 어떤 무서운 영물이 두 사람의 사이를 떼놓고 등을 밀어내는 것도 같았다.[55]

위에서 상처는 곡식의 상처인 동시에 사람 같지 않은 삶을 사는 인동 자신의 상처이기도 하다. 인동은 달아나자는 방개의 말에 응하지 못했지만 가난을 이해 못하는 음전의 식구들로 인해 방개에게 더 다가서 있었다. 방개 역시 다소 부드러워진 태도로 투정처럼 말하며 실제로는 몸을 맡기듯이 다가오고 있었다. 과거처럼 애무하고 싶은 인동의 욕망은 전번에 하지 못했던 응답을 이제 하고 있는 셈이다. 지금은 방개를 빼앗겼지만 가슴의 물결의 힘으로 두 사람은 오히려 전보다 더 다가서 있는 것이다.

　혼인 전의 인동의 열정은 야생적인 것이었으나 이제는 빼앗기고 남은 잔여물^{대상 a}에 대한 갈망이라고 할 수 있다.[56] 인동은 야생적인 사랑을 불가능하게 만든 것이 가난과 굴욕을 강요하는 현실 상황임을 감지한다. 이제 그는 심연의 잔여물과 교섭하기 위해서는 사랑을 어렵게 만든 것들과 싸워야 함을 알게 된다. 인동은 잘못된 혼인 제도와 혼인에 의해 강요된

55　위의 책, 464쪽(강조-인용자).
56　인동은 방개에게 공장에서 인순이(인동의 동생)와 연대하며 열정을 달랠 것을 말했지만 그것은 본심이 아니었다.

거짓된 삶과 대결해야 하는 것이다. 그리고 그런 대결을 인간다운 삶을 되찾기 위한 피식민 하층민의 싸움으로 증폭시켜야 한다. 인동은 소작쟁의 동안에도 희준과는 달리 방개에 대한 생각을 멈추지 않는다. 지식인은 파도를 포기하고 큰 바다를 선택했지만 인동은 파도와 바다가 구분될 수 없는 것임을 알고 있었다.[57] 이것이 희준의 계몽의 인도와 구분되는 인동 자신의 진정한 성장일 것이다.

인동은 자신을 철들게 한 희준을 거스르며 방개에 대한 사랑을 멈추지 않는다. 방개 역시 성숙한 사랑을 표현하며 혼인 반지를 잡힌 돈으로 소작쟁의에 결정적인 도움을 준다. 방개의 혼인 반지의 처분은 상징적인 저항인 동시에 지금도 사랑이 계속되고 있다는 뜻이기도 했다. 희준의 생각과는 달리 인동와 방개의 사랑은 사적 영역과 공적 영역을 횡단하는 물결을 일으키고 있었다.

인동이 희준보다 더 잘 알고 있는 것은 파도와 바다의 존재론[58]이었다. 파도와 바다의 존재론이란 바다^{실재계}로 향하는 물결의 거센 힘에 근거해 '견고한 모든 것을 녹이는' 물결의 운동이다. 마르크스는 자본주의에 대해 그 말을 했지만 자본의 세상에서는 모든 것을 녹이는 돈이 다시 사람들을 고착되게 만든다. 반면에 실재계에 접속한 타자성의 존재론은 돈에 의해 고착된 세상을 다시 용융시키는 힘으로 작용한다. 자본주의란 두 번의 해체가 필연적으로 일어나는 체제이다. 한 번은 자기 자신에 의해서이며 또 한 번은 인동과 방개 같은 타자에 의해서이다.

---

57 인동이 희준보다 더 잘 알고 있는 것은 파도와 바다가 구분될 수 없는 것이라는 불일불이의 존재론이다.
58 원효의 불일불이의 존재론을 말한다. 원효는 파도와 바다는 하나도 아니고 둘도 아니라고 생각했다.

인동은 사랑의 힘으로 덩치가 큰 막동이와 싸워서 이긴 적이 있었다. 그때의 인동의 철없는 사랑은 식민지의 여성 타자의 부름에 응함으로써 다시 폭풍우처럼 점화되었다. 금지된 채 남겨진 사랑은 존재의 물결을 멈추게 하려는 내밀한 소시민적 삶의 욕망을 녹여버린다. 더 나아가 방개가 보여줬듯이 돈과 혼인 반지마저 한순간에 용융시킨다. 인동은 그런 물결의 힘으로 언덕 위에서 마름의 승복을 기다리고 있었던 것이다. 소작쟁의 내내 방개를 생각하며 힘을 얻은 인동은 지식인과 함께 물결을 일으켜 마름의 이기심을 녹여버린 셈이었다. 그리고 마지막에는 사랑의 유보를 말하는 진보적 지식인 희준의 말까지 해체하는 것이다.

인동은 희준에 의해 성장함으로써 그와 함께 소작쟁의의 선봉에 설 수 있었다. 그러나 그와 동시에 희준의 말을 거스름으로써 더 큰 성장을 통해 사상을 생생한 민중의 파도로 만든 셈이었다. 이 소설은 결코 노농동맹을 그린 작품이 아니다. 그보다는 희준의 계급사상이 타자의 존재론과 합쳐져 일으킨 물결과 파도를 보여주고 있다. 식민지시대 최고의 리얼리즘은 사상과 물결의 동맹에 의해 생성되고 있었다. 사상과 물결의 동맹은 희준의 사회주의와 인동의 타자성의 물결의 접합이기도 하다. 물결은 사상에 의해 생겨났지만 이제 사상을 운동하게 하며 고착된 식민지 현실을 뒤흔드는 힘으로 일렁이고 있었다.

6. 법적 폭력과 인간의 물결 강경애의 『인간문제』

사상과 물결의 결합은 강경애의 『인간문제』에서도 생생하게 나타난다. 『인간문제』는 농민이 노동자가 되는 과정을 통해 계급사상이 고양되

는 서사를 보여준다. 그런 진행에서 첫째와 선비의 사랑은 타자의 존재론
으로 물결을 생성해 우리의 심연에 파문을 일으킨다.[59] 이 소설은 계급적
서사가 사랑의 주제를 통해 타자의 존재론 속에 녹아든 작품이다.

계급적 서사에서 타자의 존재론이 중요해진 것은 식민지의 하층민이
가혹한 폭력에 시달리고 있기 때문이다. 『인간문제』에서 농민이 노동자
가 되는 과정은 마르크스가 말한 '프롤레타리아화'의 진행과는 조금 다른
점이 있다. 마르크스는 자본주의의 발전 과정을 토지를 수탈당한 농민이
도시로 흘러들어와 노동자가 되는 진행으로 설명한다.[60] 그런 진행 과정
은 『인간문제』에 그려진 첫째와 선비가 노동자가 되는 서사와 비슷하다.
그러나 식민지에서는 농촌에서의 토지수탈과 이주 후의 공장착취가 훨
씬 혹독해서 인간 이하로 강등된 은폐된 타자를 발생시킨다. 농촌과 도시
의 은폐된 타자란 피착취 이미지가 강렬한 프롤레타리아와는 달리 인격
성이 박탈된 존재감이 희미해진 사람들이다.[61]

『인간문제』는 그런 은폐된 타자가 일어서는 과정을 이중적인 중첩된
서사로 제시한다. 하나는 하층민이 지식인과 만나며 계급의식을 갖게 되
는 과정이며, 다른 하나는 타자의 존재론을 통해 능동적인 물결을 일으키
는 진행이다. 전자가 선적인 인과적 플롯이라면 후자는 정동적 시간성을
통한 물결의 생성 과정이다. 그런 진행에서 계급의식을 넘어서는 물결을
생성하며 타자의 존재론의 정점을 이루는 것이 바로 첫째와 선비의 사랑

---

59 이 소설의 주인공 첫째와 선비의 사랑의 서사는 미성숙한 타자로서 지식인과 교감하며
    자각해 가는 과정과 교차되어 나타난다. 그와 함께 두 사람은 존재의 물결을 일으키면
    서 지식인보다 더 진정한 사랑을 보여준다.
60 토지를 빼앗겨 농촌에서 쫓겨난 사람들은 도시에서 무서운 규율을 신체에 각인시키
    며 노동자로 생존하게 된다. 마르크스, 김수행 역, 『자본론』 I(하), 비봉출판사, 2001,
    1013쪽.
61 식민지의 프롤레타리아는 비천한 앱젝트에 가까웠다.

의 서사이다.

사랑의 서사가 상징계를 넘어서는 타자의 존재론을 일으킨다면, 그것을 가로막고 있는 것은 식민지의 법적 체제가 강제하는 고착된 상징계이다. 『인간문제』에서 먼저 주목되는 것은 식민권력과 결탁한 자본주의의 법적 폭력이다. 이 소설에서 사랑의 서사의 대척점에 있는 것은 식민지의 특유한 법적 폭력의 횡포이다.

자본주의가 공통재인 토지에 사유권을 부여해 농민의 토지를 수탈하는 것은 법적 폭력[62]이라고 할 수 있다. 그런데 식민지에서는 소작권을 뺏긴 사람들이 여전히 농사를 지어야 하므로 법적 폭력은 비인간적 차별로까지 증폭된다. 더 나아가 소작할 땅마저 잃은 농민들은 생존의 위협 속에서 유랑인이 되거나 도시 노동자가 된다.[63] 그처럼 자본주의화 과정에서 특수한 법적 폭력에 의해 죽음의 공포에 시달리는 농촌과 공장의 사람들이 바로 은폐된 타자이다.

식민지의 법적 폭력의 특징은 **죽음정치**[64]의 공포에 내몰리는 은폐된 타자를 발생시킨다는 점이다. 죽음정치란 죽음의 위협 속에서 신체를 소

---

62 법적 폭력에 대해서는 벤야민, 최성만 역, 「폭력비판을 위하여」, 『발터 벤야민 선집』 5, 79~80·109~117쪽 참조. 법은 기존의 사회질서를 유지하기 위해 경계를 설정하고 그 것을 지키는 과정에서 폭력을 행사한다. 그런 법적 폭력은 유한한 경계를 지키기 위해 무한의 윤리를 무시하며, 그로 인한 폭력성은 사회적 경계가 위계화된 곳에서 한도 이 상으로 증폭된다.

63 식민지에서의 자본주의의 발전은 단순히 농촌의 인구가 도시로 이동하는 과정이 아니 다. 아직 공업이 미발달한 상황에서 식민지 농촌에서는 여전히 농민들이 소작인으로서 생활하게 된다. 반프롤레타리아로서의 식민지 소작인은 소작권을 뺏긴 채 폭력을 견디 며 인간 이하의 존재로 살아간다. 그러다가 지주의 명령을 거슬려 땅을 떼인 사람들은 죽음의 공포 속에서 도시로 흘러들어 오게 된다.

64 죽음정치는 음벰베의 개념으로 이에 대해서는 이진경, 나병철 역, 『서비스 이코노미』, 39~45쪽 참조.

모시키며 처분가능한 존재로 살게 만드는 것을 말한다. 마르크스의 프롤레타리아는 착취가 심화될수록 존재감을 드러내지만 식민지의 은폐된 타자는 소리 없이 존재론적 공포에 시달린다.

더욱이 서구에서 자본의 착취는 공장 노동자에서 정점에 이른 반면, 식민지의 죽음정치는 노동자뿐 아니라 농촌의 농민에게도 똑같이 작용했다. 『고향』과 『인간문제』는 농민들이 지주에게 쫓겨나는 공포 속에서 수탈과 함께 기아와 인격 차별을 견디는 모습을 그리고 있다. 공업이 일천한 식민지에서는 공장의 무서운 법규를 몸에 새기기 전에 토지에서 쫓겨난 타자가 법적 폭력 앞에서 죽음의 공포에 떨게 된다. 식민지의 법적 폭력은 죽음으로의 배제를 통해 존재론적 공포를 일으켰으며, 여기서는 쫓겨나지 않은 사람들도 이미 공포의 위협 속에서 살아가게 된다. 식민지 농촌에서는 자본의^{상징계의} 수탈이 식민자의 상상계적 폭행과 공모하면서, 법적 폭력이 은폐된 죽음정치의 차원[65]으로까지 악화되는 것이다.

식민지의 죽음정치적인 법적 폭력은 이미 이 소설의 전반부에서 잘 암시되고 있다. 첫째는 개똥이네의 추수한 볏섬이 모두 지주 덕호에게로 돌아가게 되자 분노를 참지 못하고 저항한다. 그는 그 일로 주재소에 붙들려 가서 순사부장에게 법에 대한 설교를 듣는다. 그때부터 첫째는 법이라는 단어가 엉킨 실뭉치가 되어 가슴을 채우게 된다.

담배 한 모금 맘 놓고 먹지 못하고서 저렇게 애써 지은 쌀알을 덕호네 함석 창고에 들여보낼 생각을 하니, 어제 구루마를 부서뜨리던 그 순간의 감정이 또 다시 폭발되는 것을 느꼈다.

---

65 이런 상상계적 폭력은 많은 신경향파 소설들이 환상공간에 놓인 분열된 인물들을 그리고 있는 사실을 설명해준다.

마당이 보이지 않도록 쌓이는 저 벼알! 병아리의 털같이 그렇게 노란 수염이 하늘을 가리키고 재미나게 쌓인 저 벼알! 저 벼알은 역시 자기들에게는 귀엽고 아름다운 빛만 보이고나서 맘놓고 만져 보기도 전에 덕호의 창고로 들어가 버리고 마는 것이다.

(…중략…)

어젯밤 순사부장이 자기들을 모아 놓고 "너희들에게 법이란 것을 가르쳐야겠다" 하던 말이 그의 머리에 휙 떠오른다.

"법, 법…… 법, 법에 걸리면 죽이는 법까지 있다지?"

그가 법이란 막연하게나마 전통적으로 신성불가침의 것으로 알았지마는…… 아니 지금도 그렇게 알지마는, 어제 일을 미루어 곰곰이 생각하니 웬일인지 그 법에 대하여 무엇이라고 형용할 수 없는 엉킨 실마리가 그의 온 가슴을 꽉 채우고 말았다.

"우리들이 어제 덕호와 싸운 것이 법에 걸리는 일이라지? 그 법…… 법……"

(…중략…)

첫째는 드디어 밭을 떼이고 말았던 것이다. 오늘 군수 영감의 말을 들으면 이 면사무소는 농민들이 잘살기 위하여 힘쓰는 곳이라는데…… 여기까지 생각한 그는 자기만은 이 동네의 농민이 아닌가 하는 의심이 부쩍 든다. 덕호로 말하면 이 면의 어른인 면장이라는 지위를 가지고 있는데도 불구하고 부치던 밭을 그에게 떼이지 않았는가? 웅! 나는 그때 그 구루마를 깨친 것이 법에 걸리었기 때문이라지. 법 법…… 오늘 군수 영감의 말씀한 것도 역시 내가 행하지 않으면 법에 걸리게 될 터이지. 그러나 오늘에 부칠 밭이 없는데 거름은 만들어 두면 뭘 하나? 그 법…… 그는 날이 갈수록 이 법에 대하여 점점 더 의문의 실뭉치가 되어 그의 가슴을 안타깝게 보챈다. 그는 생각지 말자 하다가도 가슴속에서 뭉치어 일어나는 이 뭉텅이! 그 스스로도 제어하는 수가 없었다. 첫째 자신은 이 신성불가침의 법을 지키려고 애를 쓰나 웬일인지 날이 갈수록 자신은 이 법에 걸려 들어가고 있는 것을 안타깝게 발견하였던 것이다.[66]

첫째의 머리에서 법이라는 말이 떠나지 않는 것은 그 단어가 그를 죽음 같은 상태로 만들기 때문이다. 덕호가 병아리 털 같은 쌀알과 일 년의 노동을 모두 가져가 버렸을 때 첫째는 그에 분노해 구루마를 부수며 대들었다.[67] 그런데 법이라는 신성불가침한 것이 덕호를 비호하며 그에게 응징을 가하고 있는 것이다. 첫째는 덕호와 싸운 일로 땅을 떼였을 뿐 아니라 동무들마저 자신을 외면하며 가까이 오려 하지 않는다. 법은 단순히 지주를 비호하는 데 그치지 않고 생존의 근거와 친밀한 동무들마저 빼앗아 가 버렸다. 첫째의 뇌리에서 법이 떠나지 않는 것은 그 자신의 존재 자체가 위협당하고 있기 때문이다.

단지 그의 앞에 가로질린 것은 캄캄한 암흑뿐이었다.
그가 일하러 나올 때마다, 괭이를 높이 둘러메고 끝없는 공상에 잠기곤 하였다. 농사를 잘 지어서 먹고, 남는 것을 팔아서 저축해 두었다가 그 돈으로 밭 사고, 그리고 선비를 아내로 맞이해서, 아들딸 낳아 가면서 재미나게 살아 보겠다고 그는 몇 번이나 생각해 보았던가! 그는 자기의 이러한 어리석었던 공상을 회상하며 픽 웃어 버렸다. 따라서 희망에 불타던 그의 씩씩한 눈망울은 비웃음과 저주로 변하는 것을 확실히 볼 수가 있었다.
어느덧 그는 원소까지 왔다. 앙상한 버드나무숲은 어찌 보면 자기의 신세와도 흡사하였다. 그러나 다시 한번 그 숲을 쳐다보았을 때, 오는 봄에 싹 돋으려

66 강경애, 『인간문제』, 문학과지성사, 2006, 152~153 · 156~157쪽.
67 첫째는 남의 일이지만 자신이 당한 듯이 분노하며 덕호에게 저항했다.

는 씩씩한 기운을 발견할 수가 있었다. 그는 버드나무를 의지하여 원소를 내려다보았다. 그때에 생각한 것은 원소의 전설이다.

'그들도 법에 걸려 혹은 죽고 혹은 매를 직사하게 맞았다지.' 몇천 년이나 몇백 년이 되었는지 분명하지 못한 그 옛날의 농민들도 자기와 같은 그런 궁경에 빠졌던 것을 새삼스럽게느끼며 다시금 원소의 푸른 물을 들여다보았다.[68]

이제 첫째의 고통은 '빼앗긴 밭'과 '동무의 외면'을 넘어서고 있다. 첫째는 농사와 꿈, 선비, 버드나무를 모두 잃어버렸다. 그처럼 세상의 전부를 빼앗아 가기 때문에 법은 모든 순간에 머릿속에서 연쇄적으로 어른거리게 된 것이다. 법에 의해 일상의 빛을 잃어버린 첫째는 어둠 속의 죽음정치적 법적 타자의 운명에 직면한다. 법이 지주^{資本}의 소유의 질서를 안정되게 만든다면 법적 타자는 존재의 위협 속에서 법에 대한 질문에서 헤어나오지 못한다. 그런 상황에서 첫째는 법의 폭력이 가난한 자신과 매음을 하는 어머니, 발을 저는 이서방 같은 비천한 자들에게 유독 가혹함을 깨닫는다.[69] 첫째는 죽음정치와 결탁한 법적 폭력의 대척점에서 자신의 존재의 운명인 타자의 위치를 어렴풋이 감지하기 시작한 것이다.

첫째는 자신의 신세와 비슷한 전설이 있는 원소^{怨沼}로 향한다. 원소는 법에 걸려 매를 맞고 쫓겨난 사람들의 사연이 깃들어 있는 곳이다. 첫째는 앙상한 버드나무 숲이 자신의 처지와 같다고 생각하며 원소를 내려다본다.

원소는 추방되고 남은 사람들의 눈물이 부자를 응징하며 흘러넘친 연못이다. 이 전설이 『인간문제』의 서두를 장식하고 있는 배치는 매우 의미

68　강경애, 앞의 책, 160~161쪽.
69　위의 책, 176쪽.

심장하다. 여기서 농민들을 죽이고 쫓아낸 것이 법적 폭력이라면 연못물눈물로 부자를 응징한 민중 전설은 신적 폭력벤야민[70]에 비유할 수 있다.[71] 법적 폭력이 부자를 비호하며 농민들을 쫓아낸 반면 신적 폭력은 법의 경계를 파괴하며 생명의 물을 넘치게 했다.

그러나 동무들마저 등을 돌리는 상황에서 첫째는 원소의 응징을 기대할 수 없었다. 첫째는 원소의 푸른 물을 보고 있지만 잠든 물결은 첫째를 보고 있지 않았다. 이 소설은 잠잠해진 용연마을의 원소의 물결을 다시 한번 일렁이게 하려는 시도라고 할 수 있다.

신적 폭력을 대신해 인간의 물결을 일으키려는 기획 중의 하나가 바로 프롤레타리아의 반격일 것이다. 법을 넘어선 혁명은 신이 침묵하는 오늘날 유일하게 실행가능한 신적 폭력의 대체물이다. 실제로 첫째는 고향을 떠나 인천에서 지식인신철의 자극을 받아 부두 노동자 파업에 참여한다. 마르크스주의적인 노동운동은 법적 폭력 체제에 저항하는 신적 폭력의 대리물이다. 그런 맥락에서 『인간문제』는 원소 전설과 연관해 식민지의 법적 폭력에 대응하는 사회주의적 신적 폭력을 그린 소설이다. 첫째는 원소의 침묵 속에서 인천으로 가서 신철의 계급사상을 통해 그 같은 해답의 실마리를 얻는다.

그러나 신철의 계급사상은 원소 못의 푸른 물의 움직임을 모두 다 설명할 수 없다. 그 이유는 원소의 물이란 무력한 타자들의 심연에서 흘러 넘친 절박한 연대의 눈물이기 때문이다. 원소 전설은 사회주의 이전의 문학적 유산으로서 민중 타자의 서사를 암시한다. 더욱이 식민지란 신분 사

---

70 벤야민, 「폭력비판을 위하여」, 앞의 책, 111~117쪽.
71 법적 폭력이 부자를 지키는 신성불가침한 것이라면 신적 폭력은 그 법을 파괴하는 또 다른 신성불가침성을 지닌다.

회 못지 않게 폭력에 의해 하층민이 무력화된 은폐된 타자의 세계라고 할 수 있다. 은폐된 타자의 공간인 식민지에서는 계급사상이 민중들을 다시 움직이려면 원소 전설에서처럼 인간으로 일어서려는 절박한 물결이 생성되어야 한다. 이 소설의 주제인 계급사상을 운동하게 만든 것은 원소 전설의 부활, 즉 무력한 은폐된 타자의 위치에서 생성된 존재의 물결이라고 할 수 있다.

물론 그런 존재의 물결은 첫째와 신철 사이에서도 일어났다. 그러나 계급사상의 주도권을 갖고 있는 신철이 약한 파도를 일으킨 반면 첫째와 선비는 보다 강렬한 물결을 경험한다. 첫째는 신철로부터 계급적 자각을 갖게 되었지만 그 이후 자신의 타자의 위치에서 물결^{타자의 존재론}을 더 고양시키게 된다. 그것의 표현인 첫째와 선비 사이의 사랑은 그들이 품에 안은 계급사상을 더 없이 감동적인 물결로 증폭시킨다.

> 첫째는 또다시 여공들과 선비를 생각하였다. 이렇게 해종일 선비를 머리에 그리며, 아까 본 것이 선비냐? 선비가 아니냐? 하고 다투며 일을 끝내고 그는 늦어서야 인천 시가로 돌아왔다.
>
> (…중략…)
>
> 그는 아랫목으로 가 목침을 베고 누으니, 아까 낮에 본 여공들의 긴 행렬이 떠오르며 선비가 나타난다. 그가 참말 선비인가? 하며 눈을 감았다.
>
> (…중략…)
>
> 그는 숨이 가쁘게 이편 집모퉁이로 와서 한참이나 그곳을 바라보았다. 그때에 그의 머리에 떠오른 것은 낮에 본 여공들의 긴 행렬이었으며, 그 중에 섞여 있던 선비였다. 선비! 그는 자기도 모르게 이렇게 중얼거렸다. 선비가…… 참말 그 선비였는가? 그리고 저 안에서 지금 실을 켜고 있는가? 혹은 잠을 자고

있는가? 그도 나를 확실히 본 모양인데…… 나를 알아보았을까?

선비도 자기가 넣어 주는 그 종이를 보고 똑똑한 선비가 되었으면…… 하였다. 과거와 같이 온순하고 예쁘기만 한 선비가 되지 말고 한 보 나아가서 씩씩하고도 지독한 계집이 되었으면…… 하였다. 그때에야말로 자기가 믿을 수 있고 같이 걸어갈 수가 있는 선비일 것이라…… 하였다.

그는 이러한 생각을 하며 걸었다. 인간이란 그가 속하여 있는 계급을 명확히 알아야 하고, 동시에 인간 사회의 역사적 발전을 위하여 투쟁하는 인간이야말로 참다운 인간이라는 신철의 말을 다시 한번 생각하였다.[72]

노동자가 된 첫째는 인천에서 선비와 흘깃 마주친 후 그녀에 대한 생각이 뇌리에서 떠나지 않는다.[73] 여기서 선비에 대한 끝없는 생각은 과거에 자신을 괴롭혔던 법에 대한 질문과 대조를 이룬다. 법의 연속적인 침범이 첫째의 존재를 밀어내는 권력이었다면, 선비의 모습은 그의 존재를 다시 고양시키는 연쇄적인 물결을 만들고 있었다. 법적 폭력에 대응하는 것이 사회주의 사상이지만 그 사상을 움직이며 더 깊게 법에 맞서는 것은 물결을 일으키는 사랑의 존재론이었다.

그 때문에 이 소설은 연쇄적 '법에 대한 질문'의 비대칭적 위치에 또 다른 연쇄로서 '사랑의 물결'을 배치하고 있다. 법적 폭력이 모든 것을 빼앗아 가는 존재론적 배제의 장치라면, 사랑의 존재론은 모든 순간에 첫째의 존재를 일으켜 세우는 끝없는 물결이다.[74] 위에서 첫째는 계급의식을 생

---

72 강경애, 앞의 책, 32·327·333~334쪽.
73 선비는 덕호에게 유린당한 후 굴욕적인 나날을 보내다 도시로 달아나 인천의 대동방적 공장에 취직한다.
74 전자가 법이 지배기표로 작용하는 '전도된 차연'이라면 후자는 타자의 위치에서 '존재의 물결을 일으키는 차연'이라고 할 수 있다.

각하지만 그 순간의 사상은 선비가 일으킨 정동적 물결과 구분할 수 없는 것이었다.

인천 부두에서 마주친 후 선비 역시 첫째의 순정 어린 소태나무 뿌리를 생각한다. 선비는 용연마을에서 아픈 어머니에게 소태 뿌리를 캐다 준 첫째를 거들떠보지도 않았다. 그러나 첫째의 결백한 순정을 내팽개쳤던 선비는 이제 그의 손목을 쥐어보고 싶어진다. 첫째의 순결한 타자성은 선비의 가슴에 스며들어 끝없는 동요를 일으키고 있었다.

두 사람의 타자성의 물결은 사상에 의해 촉발됐으면서도 계몽적 명령에 묶이지 않은 채 무의식적 연쇄의 과정으로 일어난다. 이런 자기지시적 타자성의 연쇄[75]야말로 존재의 물결을 통한 두 주인공의 성장 과정의 핵심을 보여준다. 존재의 물결이 자기지시적 연쇄인 것은 타자의 위치[76]에서 어떤 기표에도 묶이지 않은 채 끝없는 존재론적 해방의 운동이 일어나기 때문이다. 이 소설에서 사상을 통한 각성과 더 증폭된 물결을 통한 존재의 고양은 주인공들의 성장 과정에서 표면과 핵심의 관계에 있다.

반면에 지식인 신철이 구속된 후 전향한 것은 역설적으로 사상운동의 한계를 보여준다. 신철은 계급의식이 투철한 인물이었지만 사랑도 물결도 미약했기 때문에 쉽게 무너진 것이다. 그에 반해 첫째는 사상으로 자극된 파도가 사랑을 통해 더 큰 물결을 일으켰기에 그의 호소는 더없이 강렬했다.[77] 첫째의 가슴의 물결은 에로스적인 민중적 정동[78]의 은유로

---

75 타자와의 관계를 통해 동일성에 갇히지 않고 차이의 물결을 일으키는 것을 말함.
76 타자의 위치란 체제의 어떤 기표에도 예속되지 않은 위치를 뜻한다.
77 신철과 첫째의 대비를 통해 타자에게 볼모로 잡힌 사람만이 진정으로 노동자 의식을 지닐 수 있음을 암시한다.
78 에로스적인 민중적 정동은 카치아피카스의 에로스 효과로 설명될 수 있다. 에로스 효과에 대해서는 카치아피카스, 원영수 역, 『아시아의 민중봉기』, 오월의봄, 2015, 563쪽 참조.

서 잠잠하던 원소의 못물이 동요하기 시작했음을 암시한다. 그 점에서 이 소설은 사상과 물결이 결합된 소설인 동시에 원소의 신적 폭력과 사랑의 물결이 동맹을 맺는 작품이라고 할 수 있다. 신적 폭력은 먼저 사회주의적 혁명 속에 스며들었지만 그것을 깊이 움직인 것은 사상의 자각보다 더 큰 물결을 일으킨 사랑과 타자의 존재론이었다.

원소의 하늘의 응징이 민중의 '끝없는 애도^{눈물}'를 동반한 점은 왜 신적 폭력이 존재의 물결을 필요로 하는지 암시한다. 벤야민이 '신적 폭력'이라는 은유를 사용한 것은 약한 사람들이 강한 폭력을 어떻게 전복시키는지 설명하기 위해서였다. 신적 폭력은 어떤 강압도 사용하지 않지만 고통받는 사람들은 폭력적인 상상계에서 실재계적 윤리로 이동하며 반격을 전개한다. 원소 전설에서 부자의 법적 폭력을 무너뜨린 것은 '끝없는 눈물^{애도}'이라는 실재계적 무한의 윤리였다. 끝없는 눈물은 의례적인 애도와는 달리 연속적으로 계속되는 강렬한 사랑과 존재의 물결을 일으킨다.[79] 현대적 맥락에서 '신적인 것'이란 무한성이며, '신의 폭력'은 실재계로 전회하는 끝없는 존재의 물결에서 수행적 표현을 얻는다. 여기서 존재의 물결이란 사랑의 힘으로 장벽^{법적 폭력}에 대응하며 배제된 사람에게 다시 다가가려는 무한한 동요에 다름이 아니다. 애도하는 사람들은 약한 존재이지만, 무한의 윤리를 통해 그런 물결을 일으킬 때 유한한 폭력에 적극 대응할 수 있는 것이다.[80]

물론 첫째에게 법이라는 단어가 계속 따라다닌 데서 알 수 있듯이 법

---

79 원소 전설에서 민중의 한의 표현은 의례적인 애도와 달리 '끝없는 애도'라는 특징을 갖고 있었다. 그런 한의 눈물에 숨어 있는 무한의 윤리가 경계를 만드는 법적 폭력에 대항하는 존재의 물결을 일으켰다고 할 수 있다.

80 레비나스의 무한의 윤리가 인간의 물결이라면 폭력적 법은 인격을 강등시키는 유한의 제도라고 할 수 있다.

적 폭력 역시 무한의 권력으로 여겨진다. 무서운 법은 노동자를 옭아매는 인천의 공장뿐 아니라 이미 용연마을 곳곳에 있었다. 그러나 모든 곳을 장악한 듯한 무한한 법은 실상은 유한의 경계를 만드는 권력이었을 뿐이다. 자본과 권력의 법은 구분을 만드는 작업이며 그런 경계를 전제로 하는 한 유한할 수밖에 없다. 반면에 타자의 부름에 응하는 존재의 물결^{그리고 끝없는 애도}은 유한의 경계를 무너뜨리는 무한한 파도이다. 벤야민이 신의 응징을 폭력이라고 은유한 것은 경계 설정 자체를 폭력으로 보고 그것을 파괴하는 힘을 무한한 신의 작용으로 여겼기 때문이다. 여기서의 폭력은 법적 폭력과는 달리 경계를 없애고 유동성을 되찾는 해체의 힘을 뜻한다. 타자란 신이 침묵하는 시대에 그런 해체의 힘이 다시 한번 일어나도록 정동적으로 호소하는 존재에 다름 아니다. 그런 무한에 접한[81] 타자의 호소에 응할 때 경계를 해체하는 끝없는 존재의 물결이 일어나게 된다. 『인간문제』의 결말부에서 첫째는 그 같은 무한한 물결의 힘으로 선비를 희생자로 만든 식민지적 폭력[82]의 장벽에 대응하려 하고 있다.

이 소설에서 선비와 첫째는 생전에 실제로 재회하지는 못한다. 그러나 여공이 된 선비를 본 순간부터 선비의 죽음에 이르는 동안, 첫째와 선비는 존재의 물결 속에서 부단히 만나고 있었던 셈이다. 첫 번째 마주침에서 첫째와 선비가 만나지 못한 것은 선비가 신사참배에 끌려가고 첫째가 노동의 독려로 제지당했기 때문이다. 이는 상징적으로 식민지 자본주의의 위계적 폭력이 두 사람의 사랑을 방해하고 있음을 암시한다. 하지만

---

81 레비나스는 타자가 무한의 존재로서 우리 앞에 출현한다고 논의한다. 레비나스, 김도형·문성원·손영창 역, 『전체성과 무한』, 그린비, 2018, 54쪽.

82 식민지적 폭력은 죽음정치와 공모하는 법적 폭력이다. 여기서의 법적 폭력은 예외상태(죽음정치)를 자신 안에 포함하고 있는 권력이다.

노동자가 된 첫째와 선비는 그날 이후 제국의 장벽을 넘어 무한한 물결로 끝없이 만나고 있었다.

이 소설에서 두 주인공이 장벽을 넘어 다시 연결되는 통로는 두 가지이다. 하나는 첫째가 대동방적공장 담의 수챗구멍으로 넣어주는 종이 전단을 통해서이다. 첫째는 자신이 넣어주는 종이를 보고 선비가 똑똑한 선비가 되었으면 좋겠다고 생각한다. 또한 선비는 종이를 넣어주는 사람이 누군지 궁금해하며 그를 한번 만나보고 싶다고 말한다. 일본 자본의 상징인 대동방적공장의 담은 법적 폭력이 만든 경계이며, 구멍의 전단은 그 경계를 해체하기 위해 틈새를 만드는 전략이라고 할 수 있다.

또 하나의 통로는 첫째와 선비의 가슴에 일어난 끝없는 물결이라고 할 수 있다. 두 사람은 서로 멀리서 마주친 후 아직 세상을 모르던 용연마을의 시간이 순수기억으로 떠오른다. 그때와 달리 법의 폭력에 맞서야 함을 깨달은 지금, 심연에 각인된 그 기억의 잔여물은 그들의 앞을 향해 던져지고 있었다. 이처럼 순수기억의 잔여물^{대상 a}이 미래로 던져지는 순간이 바로 존재의 물결이 이는 시간이라고 할 수 있다. 첫째와 선비는 서로 떨어져 있어도 가슴의 물결을 느끼며 만나고 있었다.

첫째의 가슴의 물결은 선비를 잃은 후에도 계속된다. 선비는 공장 감독에게 시달리다 버려진 후 폐병에 걸려 죽음에 이르게 된다. 그러나 선비를 영영 만날 수 없게 된 뒤 첫째는 가슴의 물결이 더 거세진다.

선비의 죽음은 법적 폭력^{그리고 식민지적 폭력}에 대한 노동자의 패배였지만 첫째는 그에 굴복하지 않는다. 사라진 타자의 호소가 더 강렬하게 들리기 때문에 한층 거세진 물결의 힘으로 저항의식이 고양되는 것이다. 첫째는 원소 전설에 담긴 '끝없는 애도'가 더욱 고양되며 계급의식을 증폭시킴을 깨닫는다. 그 순간 첫째가 노동자로서 느낀 인간의 물결은 원소에서의 신의 응징^{신적 폭력}에 가장 접근한 것이었다.

결말에서의 첫째의 가슴의 물결은 원소를 들여다볼 때 이미 잠재된 것이었다. 가슴에 이는 물결은 침묵하던 원소가 응답하는 순간이기도 하며, 이 소설의 서사는 그 점을 암시하며 원소와 도시를 관류한다. 첫째는 인천에 와서 더 각성된 인물이 되지만, 그 역시 원소의 응답을 요구하는 과정의 일부이며, 원소의 용연과 공업 도시 인천은 별개의 장소가 아니다.

마르크스는 농민보다 노동자가 더 선봉에 선다고 생각하고 공장을 주목했다. 그러나 이 소설은 마르크스처럼 노동자의 관점에서 식민지 현실을 보자고 주장하는 작품이 결코 아니다. 식민지에서는 미발전된 농촌과 공장이 있는 도시가 평행적 관계로 포개져 있었다. 용연마을에 덕호가 있듯이 인천의 공장에는 악질 감독이 있다. 덕호가 농민들을 노예처럼 만드는 것처럼 감독은 여공들을 회유하고 유린한다. 또한 첫째가 덕호에게 밭을 떼였어도 모두 침묵하듯이 공장에서는 여공이 죽어도 아무도 동요하지 않는다.

식민지에서는 공장이 농촌을 거울처럼 비추고 있었다. 다만 공장에는 덕호보다 몇 배 더 무서운 사람들이 있을 뿐이다. 그에 상응해서 공장에서는 경계와 담장의 구멍을 통해 은밀한 물결이 더 거세진다. 농촌과 공장은 죽음정치를 내장한 법적 폭력과 그에 대한 대응의 물결이 증폭된 형태로 반복되는 곳이었다. 식민지적 폭력은 법의 실뭉치로 옭아매며 타자를 내쫓았지만 첫째와 선비는 신철과 간난의 다가옴을 통해 타자의 추방에서 벗어난다. 그리고 이제 신철마저 돌아섰으나 첫째와 선비는 끝없는 존재의 동요를 멈추지 않는다. 첫째를 괴롭히던 법의 실뭉치는 어느덧 인간의 실뭉치로 교체되어 걷잡을 수 없는 물결을 일으키고 있었다. 인천에서 인간의 실뭉치⁸³와의 마주침, 그리고 마지막 장면의 검은 뭉치와의 조우는, 용연의 원소의 무한한 애도를 품은 신적 폭력을 예감케 하는 순간에 다름이 아니다. 이제 사상과 물결의 결합은 타자의 인간의 물결과 신적 폭력의 동맹으로 변주되고 있다.

이 소설에서 사상은 탄압을 받아 위축되고 있지만 타자에게 주도권이 있는 존재의 물결은 오히려 강렬하게 지속되고 있다. 존재의 물결은 시간과 공간을 가로지르는 연쇄작용이기 때문에 사상의 탄압에 쉽게 무릎을 꿇지 않는다. 그 유동적 물결의 정동적 기억은 죽음은 물론 시대를 넘어 지속된다. 소설 속에 일고 있는 존재의 물결은 에로스의 욕망과 사상을 결합하는 동시에 지금까지도 노동자와 우리소시민를 접속[84]시키고 있다.

---

83 첫째와 선비의 가슴에 일어난 끝없는 연쇄적 파문은 법의 실뭉치의 대척점에 있는 인간의 실뭉치인 셈이다. 또한 마지막에 선비의 시체는 첫째의 눈에 시커먼 뭉치로 보이는데, 이는 인간의 길을 막는 죽음의 장벽인 동시에 그 죽음을 넘어선 인간의 실뭉치라고 할 수 있다.

84 우리가 독자로서 소설 속에 빠져드는 순간 작품 공간을 통해 노동자와 우리는 접속되고 있다. 지금의 실제의 현실에서는 노동자와 소시민 사이에 거리가 있지만 우리는 소설을 통해 다시 한번 양자의 접합을 경험할 수 있다.

제4장

잠수의 시대와
민중의 해체

1. 지식인과 민중의 거리 마지막 지식인의 다가섬

식민지 말의 김남천은 1990년대의 화두인 '민중의 해체'를 시대를 앞서 절박하게 고민한 작가였다. 1940년 전후의 김남천 소설은 사상의 상실과 민중의 해체가 어떤 관계에 있는지 매우 잘 보여준다. 이제까지 김남천은 사회주의 사상 재건의 관점에서 해석되어왔지만 우리의 주제인 사상과 물결의 견지에서 과감한 재해석이 필요하다. 김남천은 소설 창작을 통해 사회주의 이념의 수행적 차원의 문제를 직시한 최초의 작가였다.[1] 김남천이 고민한 수행적 차원의 문제란 사상의 상실이 민중과의 관계에서 어떤 문제를 일으키는지에 관한 것이었다.

김남천은 당시의 후일담 소설들과는 달리 사상의 무력화를 지식인과 민중의 거리의 문제로 생각하고 있었다. 지식인과 민중의 거리는 다른 말로 존재론적 교감과 단절의 문제이다. 중일전쟁 이후 후일담 소설들은 흔히 일상으로 숨어든 지식인의 무력화에 초점을 맞췄다. 반면에 김남천은 거리와 길 위에서 지식인이 민중과 만나지 못하게 된 상황을 절실하게 제시하고 있다. 「길 위에서」, 「철령까지」, 「기행」, 「녹성당」 등은 사상의 상실이란 지식인과 민중의 만남의 결렬임을 보여주고 있다. 김남천은 사상을 상실했다는 것은 민중과의 사이에 거리가 생겼다는 뜻이며, 그런 존재론적 거리가 민중의 해체의 원인임을 암시하고 있다.[2]

---

1 식민지 말 김남천은 소설 창작을 통해 '명멸하는 사상'과 '민중의 존재론'을 결합시킨 독특한 통찰을 보여주고 있다.
2 김남천은 사상의 상실이 인식론적 세계관뿐 아니라 **존재론적 물결**과 연관되어 있음을 간파했다. 앞서 살폈듯이 제국은 하층민 타자를 내쫓았지만 그 순간은 지식인과 중간층이 타자에게 절박하게 달려가는 시간이기도 했다. 사상이 물결을 일으키며 정동적 공동체의 존재를 입증했던 것은 그런 교감에 근거한 타자의 존재론에 의한 것이었다. 반면에 이후로 제국이 사상을 탄압하는 과정은 실상 지식인-일상인과 하층민 타자의

마르크스는 공산주의 유령을 목격하고 공산당 선언을 통해 프롤레타리아에게 다가섰다. 또한 그람시는 유기적 지식인[3]이 민중에게 다가서서 헤게모니의 물결을 일으켜야 한다고 주장했다. 그와 비슷하게 식민지 지식인들 역시 야학과 독서서클, 대중강연 등을 통해 민중들에게 가까이 다가가고 있었다. 『인간문제』에 그려진 담 구멍의 종이뭉치는 그런 은밀한 교섭을 상징한다고 할 수 있다. 이 소설은 지식인의 전향이 시작된 시기에 쓰여졌지만, 강경애는 민중에게 절박하게 다가섰으며, 이는 지식인과 민중의 만남으로 입증되는 정동적 공동체가 아직 해체되지 않았음을 뜻했다.[4]

반면에 사상의 진정한 상실의 고통은 지식인과 민중의 만남이 불가능해졌을 때 뼈저리게 감지된다. 식민지 말에 전향에서 시작된 위기[5]는 민중과 만나는 활동이 힘든 현실로 나타났으며 이는 실상 정동적 공동체의

만남을 결렬시키는 진행에 다름이 아니었다.

3   그람시의 유기적 지식인은 지배권력에 대항하는 근본계급과 유기적으로 결합하며 형성된 지식인이다. 전통적 지식인이 외부의 권위에 의존해 인정받는 존재라면, 유기적 지식인은 대중 속에서 사상과 도덕성을 인정받아 대중 스스로 따르게 하는 활동가이다.

4   『인간문제』(1934)에 그려진 지식인과 민중의 만남은 식민지에서의 마지막 불꽃 같은 것이었다. 이 소설은 사회주의 사상이 탄압받는 시기에 쓰여졌으며 실제로 지식인의 변절을 그리고 있다. 하지만 지식인 신철이 전향을 했어도 첫째의 가슴의 동요는 멈추지 않았다. 사상가들은 흩어지고 해산당했지만 물결의 근원지인 정동적 공동체는 아직 해체되지 않기 때문이다. 그에 근거해 강경애는 민중에게 다가가 (사상에 근거한) 최후의 물결을 그릴 수 있었다. 이는 사상이 탄압받아도 정동적 공동체에 근거해 물결을 지속시키려는 지식인과 민중이 잔존했음을 뜻했다.

5   적어도 중일전쟁(1937) 이전까지는 전향을 선언한 지식인들조차 양심에 근거해 사상의 재건까지 갈망하고 있었다. 그러나 중일전쟁 이후에는 전향이 사상의 포기를 강요하는 것이어서 김남천 소설에서 지식인의 갱생의 시도는 대개 실패하는 것으로 그려진다. 더 나아가 「녹성당」에 이르면 지식인은 소시민적 생활에 동화되는 상황에 이른 것으로 제시된다.

해체를 뜻하는 것이었다.[6] 지식으로서의 사상은 극단적인 탄압 속에서도 사회주의자의 머릿속과 책갈피에 남아 있었다. 그럼에도 『인간문제』 같은 같은 작품이 어려운 것은 현실에서 주체 생성의 근거를 상실한 존재론적 무력화, 즉 민중에게 다가설 수 없다는 무능력[7] 때문이었다. 이제 사회운동이 일어나지 않는다는 것은 지식인과 민중의 교감의 장을 가능하게 한 정동적 공동체가 위기에 처했다는 뜻이었다. 김남천은 일련의 소설을 통해 사상가의 퇴락과 함께 멀어진 민중과의 존재론적 거리[8]의 문제를 직시했다.

김남천의 이런 창작을 통한 수행적 차원의 고찰은 이미 창작방법론을 제기할 때부터 시작되고 있었다. 김남천의 창작방법론이란 수행적 차원의 반성이었으며, 여기서는 민중에서 멀어진 존재론적 거리의 문제가 (다소 추상적으로) 지식인의 모랄의 개념으로 표현되고 있었다. 모랄이란 지식인의 불완전한 위치에서 사상의 회생을 위해 반드시 필요한 존재론적 재건을 말한다.

사상의 재건이 힘들어진 상황에서 김남천은 먼저 지식인이 지닌 존재 자체의 불완전한 위치를 직시했다. 지식인은 사회운동의 실천^{수행적 과정}[9]을 통해 사상을 실행할 수 있지만, 운동이 좌절되면 어쩔 수 없이 소시민적 약점을 지닌 존재로 돌아왔다. 김남천은 그처럼 소시민적 약점을 노출하는 순간이야말로 민중에게서 멀어진 시간이며, 그 이유는 인식론적 세계

6　정동적 공동체의 해체는 인식론적 사상의 무력화뿐 아니라 물결을 일으킬 사람들의 존재론적 위기를 암시했다.

7　이런 존재론적 지형도의 변화는 사회운동이 불가능해졌음을 뜻하기도 한다.

8　물리적으로 가까이 있어도 내면에서 멀어진 것을 말한다.

9　지식인은 존재 자체를 고양시키기 위해 사상을 갖는 것 이상으로 그것을 실천하는 수행적 과정이 중요했다고 할 수 있다.

관보다는 존재론적 문제에 있다고 생각했다.[10] 존재론적 문제란 사상을 실행하는 수행적 과정에서의 일로서, 사상이 물결을 일으키던 때는 그것이 리얼리즘적 실천에 녹아들어 있었다. 그러나 사상이 물결_{운동의 실행력}을 잃고 사상가의 존재가 불확실해졌기 때문에, 다시 산 혈액_{수행적 실천의 요체}을 수혈하기 위해 존재론적 모랄의 회생에서 시작할 수밖에 없는 것이다.[11]

임화는 사회주의의 재건을 인식론적 세계관의 문제로 보고 본격소설론을 주장했다. 반면에 김남천은 세계관의 재건이 지식인의 존재의 회생과 함께 이루어져야 한다고 생각했다. 지식인은 사회운동을 통해 자기 극복을 이루는 위치이며, 김남천은 그런 소시민 지식인의 존재론적 위치의 반성과 재건을 '모랄'이라고 표현했다. 지식인이 사상가가 되는 것은 자기 자신을 극복하는 육체적 진실로서 모랄이 작용하기 때문이다. 그와 반대로 사상을 매각한 '유다적인 행위'[12]에는, 단지 사상에서의 이탈뿐 아니라 자기의 존재의 이탈^{자기 매각}이라는 더 큰 문제가 숨어 있는 것이다.[13]

---

10 김남천은 지식인이 민중에게서 멀어지도록 사상의 매각을 강요받는 것은 그 자신이 갖고 있는 소시민적 약점과 연관이 있다고 여겼다. 지식인은 머리로는 사상의 당사자 같지만 육체적으로는 유다에 근접한 소시민의 위치에 있었다. 그런 지식인의 위치를 신체검사를 통해 폭로하는 것이 바로 자기 고발이다. 고발문학론에서 사회주의와 이질적인 유다적 존재를 말한 것은 신체검사를 당하는 지식인의 육체적 위치, 즉 현실에서의 존재론적 근거를 생각했기 때문이다. 유다는 인식론적 표상이 아니라 지식인의 이중적인 존재론적 위치의 은유였다.

11 1장 2절에서 논의했듯이 사상의 상실은 수행적 차원의 중요성을 되돌아보게 만든다고 할 수 있다.

12 김남천, 「창작방법의 신국면」, 『김남천 전집』 I, 박이정출판사, 2000, 240쪽; 김남천, 「유다적인 것과 문학」, 『김남천 전집』 I, 306쪽.

13 「유다적인 것과 문학」, 위의 책, 308쪽. 김남천은 자기의 매각에서 벗어나 신체를 통해 진리를 증명하는 것을 모랄이라고 불렀다. 그 점에서 모랄을 입증하는 '자기'란 사사로운 개인에서 벗어나 진리를 신체로 표현하는 존재이다. 자기의 매각이나 사사로운 개인이 소시민의 약점이라면, 김남천의 '자기'의 모랄은 거기서 벗어나 진리의 존재로 회생하는 과정을 뜻한다. 「도덕의 문학적 파악」, 위의 책, 348쪽; 「일신상의 진리와 모랄」,

사상가가 '자기를 매각한 개인'에서 '진리의 존재'로 회생하려면 다시 민중에게 다가서야 한다. 다만 현실에서는 그것이 어려웠기 때문에 김남천은 평론에서 모랄을 민중과의 관계로 설명하지는 않았다. 그러나 지식인이 소시민에서 벗어나 진리의 존재가 되는 것은 수행적 차원에서 민중적 타자의 부름에 응할 때이다. 그 때문에 모랄론과 연관된 김남천의 소설들은 타자와의 관계에서 자신의 존재를 회생시키려는 다양한 시도를 보여주고 있다.

그런 과정에서 눈에 띄는 것은 민중에게 다가가기 어려운 시대에 그 대신 여성 타자를 주목한 점이다. 「처를 때리고」, 「춤추는 남편」, 「제퇴선」, 「요지경」 등은 여성 타자와의 관계에서 '자기'[14]의 존재를 부활시키려는 소설들이다. 이 소설들은 소시민의 위치에서 벗어나는 데 성공하지 못했지만 이후 김남천의 여성소설은 「경영」, 「맥」에서 꽃을 피우게 된다.

그런 일련의 자기 회생의 도정에서 김남천은 창작을 통해 지식인과 민중의 거리를 냉철하게 통찰하게 된다. 「처를 때리고」[1937]와 「맥」[1941] 사이에 쓰여진 「철령까지」[1938], 「녹성당」[1939], 「길 위에서」[1939], 「기행」[1941]은 모두 지식인과 민중의 관계에 대한 작품들이다. 이 소설들은 모랄의 고통이 '지식인과 민중의 거리'로 느껴짐을 생생하게 전하고 있다. 「길 위에서」는 조금이라도 민중과 가까워지려 하지만 시대적 상황이 그것을 어렵게 함을 제시하고 있다. 또한 「철령까지」와 「기행」은 점점 멀어지는 지식

위의 책, 360쪽. 김남천은 지식인이 사상을 상실하면서 다시 개인적인 소시민의 위치로 되돌아 온 점을 주목했다. 이제 사회운동을 재건하려면 인식론적 사상의 회생은 물론이고 그에 앞서 신체적 진리인 '자기'의 모랄을 부활시켜야 한다. 그런데 사상적 탄압의 시대에 사상을 전파하는 인물을 등장시키긴 어려웠기 때문에, 김남천은 소설에서 사사로운 개인에서 벗어나 진리의 존재로 회생하는 문제에 주력했다.

14 앞서 살폈듯이(2장 7절) 김남천의 '자기'는 단순한 개인과 구분된다.

인과 민중의 거리가 민중의 해체를 야기했음을 드러낸다. 「녹성당」은 그 둘 사이의 어느 지점에서 모랄의 고통을 느끼며 마지막으로 민중에게 다가가는 지식인의 모습을 보여준다.

「철령까지」에서 「기행」에 이르는 소설들에서 민중들은 북쪽으로 동원되거나 어두운 침묵 속에 갇혀 있다. 한때 사상가와 연대했던 사람들은 수동적으로 어디론가 향해 가고 있다. 그 순간 지식인의 내면의 어둠은 모랄의 고통으로 감지되고 있으며, 그것의 구체적 증거는 하층민과 지식인 사이의 존재론적 결별이었다. 모랄이란 다가섬과 결별이라는 존재론적 거리의 문제였다.[15] 존재론적 괴리감이란 물리적으로 옆에 있어도 내면에서 다가서지 못한다는 뜻이다. 김남천은 비평에서 모랄을 신체적 진리라고 말했지만 그 존재 자체의 진리는 민중 타자에게 다가설 때 입증되는 것이었다. 소설에서 모랄의 고통으로 느껴진 가슴에서의 거리는 민중의 해체를 의미하고 있었다.

「철령까지」에서 「기행」에 이르는 소설들은 모두 민중이 존재론적 개념임을 암시하고 있다. 사상의 시대에는 생생하게 살아 있는 민중에게 사상을 전파하는 것이 지식인이 임무라고 생각했다. 그러나 사상은 탄압을 받아도 '잠수 상태'[16]로 남지만 민중은 떠도는 객체로 해체되어 버렸다. 민중은 사상 속의 주체로 기획되더라도 실상은 수행적 차원에서 정동적 호소에 응답하며 다가서야 생생해지는 존재였다. 그것을 감지하고 민중의 회생을 열망하는 것은 인식론적 사상이 아니라 심연의 정동, 즉 존재론적

---

15 존재론적 다가섬이란 실재계적 타자에게 다가가는 것이며 그 과정은 상징계에서 실재계로의 존재론적 전위를 나타낸다.

16 김남천은 지식인이 사상가의 흔적을 완전히 버리지 못하고 고통스럽게 버티는 것을 '잠수 상태'에 비유했다. 김남천, 「녹성당」, 『김남천 단편집』, 지식을만드는지식, 35쪽.

모랄의 감각이었다. 김남천의 비평에서의 모랄론은 창작에서의 민중의 존재론과 짝을 이루고 있었다. 민중의 존재론이 알려주는 것은, 지식인이 타자에게 다가설 때 함께 주체로 생성되며, 멀어질 때 민중의 해체가 나타난다는 사실이다. 「녹성당」에서는 사상을 잃은 전향자가 모랄의 남은 힘에 기대어 마지막 지식인으로서 존재가 희미해진 민중에게 다가가고 있다.

김남천은 「녹성당」에서 마지막 지식인의 모습을 보여주었지만 사라진 민중을 다시 구출할 수는 없었다. 그런 상황에서 민중 대신 피식민 타자와 여성 타자에게서 다시 한번 물결을 일으키려는 소설이 『낭비』와 「경영」, 「맥」이다. 이 소설들이 주목을 요하는 것은 다시 회생할 수 없는 사상 대신 식민지 말의 마지막 물결[17]을 보여주고 있기 때문이다. 이 연작 소설에서 사상의 신념 대신 물결을 일으키는 것은 타자의 위치에서의 은밀한 대화의 모험이다. 사상을 억압하며 타자성의 물결을 빼앗는 신체제가 강압적 독백이었다면, 김남천은 타자성의 대화를 회생시켜 내밀한 방식으로 물결을 일으키려 했다.

민중을 북쪽으로, 사상가를 강연장으로 동원하는 권력은 독백적 체제였다. 반면에 피식민자의 텍스트와 여성 타자의 위치에서 대화의 공간을 여는 서사는 존재의 물결을 회생시킬 수 있었다. 대화는 사회주의 사상을 되돌아오게 할 수는 없었지만, 명멸하는 사상들을 독백에 흡수당하지 않은 물결 속에 일렁이게 할 수 있었다. 그런 대화의 공간을 여는 것은 돌아올 수 없는 인식론적 사상이 아니라 진정성의 잔여물로 남겨진 모랄이었다.

---

17 이 물결은 거리의 물결이 아니라 은밀한 내면의 물결이다.

소시민 지식인의 자기 매각에서 제기되었던 모랄은 이제 진정성의 잔여물인 심정心情이 된다. 전향자[18]와 좌절한 모더니스트가 나오는 「녹성당」, 『낭비』, 「경영」, 「맥」에서는 지식인의 자기 매각의 문제가 심정과 사회의 불일치의 문제로 변주된다. 심정이란 독백적 언어로도 사회주의 개념으로도 표상될 수 없는 잔여물이자 모랄의 근거가 되는 요인이다.[19] 다시 사상가로 돌아가기 어려워졌지만 모랄의 근거가 남겨져 심정으로 작용하고 있는 것이다. 김남천이 세계관의 회생까지 기대하던 때의 존재론적 정동이 모랄이라면, 심정은 그런 야망이 불가능해진 시점에서 심연에 모랄의 잔여물로 남겨진 것을 말한다. 그런 은밀한 맥락에서, 김남천은 마지막 순간에도 사회와 불일치하는 심정에 근거해 독백에 저항하며 타자성의 대화의 공간을 열 수 있었다.

「녹성당」에서 전향자 박성운은 민중을 위한 강연을 요구하는 청년의 방문을 맞는다. 사상가로 돌아갈 수 없는 그가 간신히 청년과 대화를 이을 수 있었던 것은 모랄의 잔여물이 '심정'으로 잔존했기 때문이다. 그가 어렵게 민중과 청년타자의 부름에 응한 것은 사회와 불일치하는 심정의 잔여물 때문이었다.

『낭비』에서는 지식인 이관형이 헨리 제임스의 모더니즘적인 텍스트와 대화에 열중한다. 이관형이 논문을 쓰며 대화에 빠져든 것은 식민지 출신 헨리 제임스의 타자의 위치에서 심정의 잔여물을 작동시킬 수 있었기 때

---

18 「녹성당」의 박성운은 자기고발 소설의 인물들과는 달리 자기 매각을 내적으로 수리한 상태의 전향자로 그려진다. 그 때문에 모랄 생성의 열정은 상실했지만 그 잔여물인 심정은 아직 은밀히 작동되고 있다. 이경림, 「마르크시즘의 틈과 연대하는 전향자의 표상」, 『민족문학사연구』 제48호, 2012, 132쪽.

19 심정은 표상불가능한 진정성의 잔여물인 점에서 라캉의 대상 a와 유사하다. 이경림, 위의 글, 131쪽 주 20 참조.

문이다. 이관형은 제국의 심사위원에게 적발되어 논문에 실패하지만 텍스트에 숨겨진 물결은 내면으로 옮겨져 계속된다.

또한 「경영」, 「맥」에서는 전향자에게서 버려진 최무경이 여성 타자의 위치에서 심정의 잔여물을 통해 대화[20]의 공간을 열고 있다. 최무경은 전향자의 독백의 방을 여성의 위치에서 대화의 방으로 전환시킨다. 더 나아가 이 소설은 우리로 하여금 최무경의 심정의 물결에 젖어 들어 함께 독백적 체제를 뒤흔들게 하고 있다.

이 같은 모랄과 심정의 소설은 타자와 재회하는 소설이기도 하다. 김남천은 평론에서 타자라는 말을 사용하지는 않았지만 그의 '모랄'은 타자와의 관계 속에서 가장 잘 이해된다. 실제로 모랄이나 (그 변주인) 심정과 연관된 소설들은 대부분 지식인과 타자의 관계를 다루고 있다. 「처를 때리고」, 「제퇴선」뿐 아니라, 「길 위에서」, 「녹성당」, 『낭비』, 「경영」, 「맥」이 모두 타자와 연관된 모랄-심정의 주제를 지닌 소설들이다.[21] 「길 위에서」, 와 「녹성당」이 타자(민중)에게서 멀어진 자신을 반성하며 존재의 물결을 소망한다면, 『낭비』, 「경영」, 「맥」은 피식민자(타자)와 여성 타자의 위치에서 대화를 통해 독백적 체제를 뒤흔든다. 그 중 「녹성당」은 '민중의 존재론'과 '심정에 근거한 대화'를 둘 다 보여주는 소설이다. 이 소설은 사상의 회생이 불가능한 상황에서 사회와 분열된 '심정'을 숨기지 못해 가슴을 졸이며 민중에게 다가서는 마지막 지식인을 제시한다.

---

20   이 대화는 이관형과 헨리 제임스의 대화와는 달리 '타자를 품어 안는 타자'의 형식으로 진행된다.
21   김남천의 창작방법론은 모랄론에서 풍속론, 관찰문학론으로 이어졌지만 실제창작에서는 모랄의 체험적인 요소가 관찰문학론 시기까지도 계속된 것으로 볼 수 있다. 김남천, 「체험적인 것과 관찰적인 것」, 『김남천 전집』 I, 박이정출판사, 2000, 610쪽.

2. 병 속의 민중과 신체의 진리 김남천의「길 위에서」

「길 위에서」[1939],「철령까지」[1938],「기행紀行」[1941]은 모두 여로에 있는 지식인 주인공과 타자에 대한 소설들이다. 이 작품들에서 '길'이란 식민지말 일본의 상상적 체제의 질주를 뜻한다. 길을 가고 있는 사람들은 기차로 상징되는 총동원 체제[22]에 동원되어 어디론가로 가고 있는 중이다. 김남천은 그런 여로의 풍경을 통해 신체제에 삶을 의탁한 사람들의 현장의 감각을 보여주고 있다. 그와 함께 철도를 부설하거나 기차에 탑승한 사람들을 향해 그들의 새로운 '세상에 대한 태도'[23]가 무엇인지를 묻고 있다.

그런 질문 중에서 김남천이 특히 초점을 맞추고 있는 것은 지식인과 하층민의 관계이다. 사상을 잃은 지식인의 고민은 '민중을 위하는 일'을 대신할 진실한 삶의 목표를 모색하는 데 있었다. 과거의 사회주의자로서는 하층민을 외면한 채 진정한 삶을 산다는 것은 생각할 수도 없는 일이었다. 그 때문에 그것이 불가능해진 지금의 체제에서는 어떤 것이 인간적인 일인지 궁금했던 것이다.

세 소설은 모두 지식인과 하층민의 관계가 과거와 어떻게 달라졌는지 보여주고 있다. 그 중에서「길 위에서」는 직접 새로운 지식인의 입을 통해 그런 민감한 문제를 말하게 하고 있다.「길 위에서」는 '나'[박영찬]와 K기사의 대화를 통해 달라진 '세상에 대한 근본 태도'를 암시하는 소설이다.

'나'는 춘천에서 돌아오는 길에 버스가 펑크가 나는 바람에 대성리에서 철도를 부설하는 K기사를 만나게 된다.[24] K기사는 사상운동을 하다 죽은

---

22 일본은 1938년 4월에 국가 총동원법을 제정했으며 이때부터 의회의 동의 없이 인력과 물자를 전시체제에 동원할 수 있게 되었다.

23 김남천,「길 위에서」,『맥』, 문학과지성사, 2006, 216쪽.

친구의 사촌 동생으로 나이가 4, 5년 차이 나는 새로운 세대였다.[25] '나'는 그의 내면생활이 궁금해서 방안의 책들을 눈여겨보다 마침내 공사장의 인부들에 대한 질문을 했다. K기사가 한참 덤덤히 걷다 입을 연 것은 그에게도 자신의 내면 풍경을 드러내는 일이 쉽지 않음을 암시했다. 그의 대답은 인도주의에 대한 새로운 관점이었지만, 이는 자신이 '나'나 그의 종형과는 하층민^{노동자}에 대한 태도가 다름을 분명히 한 것이었다.

"요컨대 인도주의란 한편으로 생각해 보면 일종의 센티멘탈리즘이 아닐까요? 그런 의미에서 물론 피할 수는 없는 사정이었겠지만, 내 종형 같은 이는 비극의 주인공이겠지요. 박선생님 앞에서 이런 소리 하기는 무엇하지만……"

나는 아무 대꾸도 하지 않았다. 그러나 K기사의 말에서 아무러한 충격도 받지 아니한 것은 아니었다. 그의 종형이나 나까지를 범박하게 인도주의로 합쳐서 간주하려는 그의 의도가 밉기도 하였지만, 확실히 이러한 둔하게 보이는 그의 신경 속에는 꺾을 수 없는 어떤 신념이 들어 보여서, 나는 두려움 비슷한 감정을 품게 되는 것이었다.[26]

K기사의 '둔한 어법'이 '나'에게 어떤 두려운 신념으로 읽힌 것은 지식인 간의 세대 차이를 말해준다. '나'와 그의 종형이 정치와 문학의 세대였다면 K기사는 기술 공학을 전공한 새로운 지식인이다. 그런데 양자의 차이는 전공의 다름 때문이 아니라 구지식인과 신지식인 간의 변화를 뜻했다. K기사는 『사랑의 수족관』의 김광호와 비슷하게 기술자의 직무에 충

24　경춘선은 1939년에 개통되었다.
25　빠르게 변화하는 시기였기 때문에 4, 5년이 한 세대의 차이를 만들었다고 할 수 있다.
26　김남천, 「길 위에서」, 앞의 책, 217쪽.

실한 새로운 윤리적 신념을 지닌 인물이었다.

신체제는 제국의 질주를 위해 피식민자를 동원하며 희생자를 외면하는 폭력적인 체제였다. 기술자의 직분에 충실한 K기사와 김광호는 외견상 그런 신체제의 폭력적 기제를 추종하는 인물로 보이진 않는다. 오히려 K기사는 인부들로부터도 친절하고 올바른 사람으로 대접을 받고 있었다. 그는 변화에 적응하지 못한 '나'보다 주위 사람들에게 더 환영받는 존재였다. K기사에 대한 호감은 직무의 충실함과 함께 근대적 공학이 제공하는 합리성이나 편리함과도 무관하지 않았다.

그러나 K기사의 충실성의 신념은 신체제가 만든 동원의 공간 내부에서만 적용되는 윤리였다. 신체제는 경계 외부의 타자를 배제하며 기차로 상징되는 질주의 테크놀로지를 극대화하는 전략을 사용했다. 그런 질주의 총력화를 위해서는 체제의 권력과 동원된 사람들 사이의 보이지 않는 위계화를 통해 조용한 질서를 만들어야 했다. K기사는 사람들의 위계적 동원보다는 현장의 토목 기술의 실현에 집중했기 때문에 인부들에게 반감을 사진 않았다. 그러나 기술자의 직분의 충실성은 결국 동원의 테크놀로지를 원활하게 하는 것이었으며, 그의 친절함은 동원된 사람들을 질서화하는 능력에 다름이 아니었다.

그런 과정에서 동원의 질서의 일부인 지식인과 끌려 나온 민중 사이에는 명백한 위계가 숨겨져 있었다. 다만 이미 무력화된 민중은 지식인과 자신들 사이에 놓인 선을 침묵 속에서 받아들이고 있었다. 그처럼 보이지 않는 선이 지켜지는 한에서 지식인과 인부는 친밀하게 동행할 수 있는 것이다.[27] K기사는 인부의 딸에게 과자를 사주며 노동자에게 다가가는

---

27 이런 K기사의 태도는 또 다른 총동원 체제(상품으로의 총동원)인 오늘날의 〈기생충〉에서 박 사장의 태도와도 비슷하다.

듯한 태도를 보여주었다. 하지만 그의 선행은 인부와의 사이에 선을 넘지 못하는 유리벽 같은 경계가 있음을 전제로 한 것이었다.

K기사의 위계적 윤리는 동행할 수 없는 타자에 대한 무감각에서 분명히 드러난다. 동행할 수 없는 타자란 신체제의 질주의 테크놀로지에 적응할 수 없게 된 사람을 말한다. K기사는 공사장에서 사고가 났을 때 자신은 수습하기가 더 좋기 때문에 중상자보다 사망자를 원한다고 말한다.[28] K기사에게는 벌거벗은 얼굴로 호소하는 타자의 고통이 센티멘탈한 잡음일 뿐 조용한 질서의 테크놀로지와는 무관했다. 그는 외견상 질주 이데올로기보다 일상의 질서를 중시하고 폭력적이기보다 합리적이었다. 그러나 그의 합리성은 인간적 고통의 호소를 잡음으로 배제하고 그 대신 간명한 테크놀로지적 질서를 선택하는 논리였다. 기술자의 테크놀로지와 동원 테크놀로지의 공통점은 희생된 타자를 도구 같은 숫자로 본다는 점이었다. 그로 인해 K기사는 스스로 타자를 배제하는 체제에 순응하면서, 더 나아가 자기 자신이 권력의 도구로 전락한 셈이었다.

K기사가 간과한 것은 인간을 능동적 신체로 살아가게 하는 존재론적 진리였다. 하이데거는 기술이 부여한 목적에 얽매인 사람은 능동적 존재의 진리를 상실하고 수동적 도구로 살아가게 된다고 말했다. 우리는 한발 더 나아가 목적에 물화된 체제에서는 타자의 배제로 인해 도구적 존재론이 걷잡을 수 없게 확장된다고 말할 수 있다.

동일성 체제에서 타자와의 교감은 물화된 세상에서 벗어나려는 능동적 신체의 윤리의 근거가 된다.[29] 반면에 타자에 대한 무신경은 기술을

---

28 K기사는 큰 사업을 위해 사람의 목숨은 초개와 같은 희생을 치러왔다고 말한다.
29 타자와의 교감은 물화된 체제의 상상계-상징계에서 실재계로의 전화를 가능하게 해준다.

앞세운 동일성 체제에서 모든 인간이 도구적으로 살아가는 세상을 만들게 된다. 타자에게 선을 긋는 K기사에게는 인부들이 도구에 불과했으며, 그런 배제에 대한 둔감함 때문에 그 스스로 체제에 갇힌 물건 같은 도구적 인간이 되고 있다. 그는 스스로 인간적인 능동적 신체의 윤리 대신 기계에 대한 믿음[30]에 기초한 윤리를 선택한 인물이다. 기계에 대한 믿음이란 결국 목표를 위한 도구의 충실함에 대한 윤리일 뿐이다. 그가 말한 공식과 방정식 세계의 아름다운 휴머니티는 동일성 세계에 봉사하는 계산 가능한 '기계의 윤리'에 다름이 아니다. 기계의 윤리는 기술자의 세계에서 중립적인 직분의 윤리로 포장되지만 거기에는 동일성 체제에 짓눌린 인간적 고통에 대한 공감이 없다.

반면에 '나'의 아픔은 타자를 외면할 수 없어 육체적 절박성을 느끼는 신체의 윤리^{'일신상의 진리'}에서 생긴다. '나'는 그런 '일신상의 모랄' 때문에 끝없이 떠오르는 타자에 대한 생각을 피할 수 없는 사람이다. 이제 과거의 사상가와 지금의 기술자 간의 차이는 지식인과 타자의 관계에 대한 문제가 되었다. 김남천은 회생불가능한 사상^{세계관} 대신 일신상의 진리를 말함으로써 노동자와의 연대를 고통받는 타자와의 관계로 재조명하려 했다. 고통받는 타자란 언제든 공사장의 버려진 희생자가 될 수 있는 민중을 말한다. '나'의 착잡함이 희생자와 타자를 외면할 수 없는 데서 생긴다면, K기사는 동일성 체제의 큰 목표와 공리에 따라 쓸모없는 타자를 지우는 일에 주저하지 않았다.

K기사의 방정식 공리의 아름다움은 희생자에 대한 무감각과 노동자와의 거리를 전제로 한 것이었다. K기사는 지식인과 인부의 거리를 상자와

---

30   허병식, 「직분의 윤리와 교양의 종결」, 『현대소설연구』 32호, 2006, 70쪽 참조.

유리병에 갇힌 자라에 비유한다. 기계의 윤리는 타자로부터 존재론적 거리를 지키는 데서 친밀함과 행복감을 얻는 휴머니즘이었다. 반면에 '나'의 일신상의 진리_{윤리}는 타자와의 유리병의 거리로 인해 고통을 느끼는 또 다른 휴머니즘이었다.

K기사의 유리병은 일본의 박물관 윤리[31]와 비슷하다. 제국이 박물관 안의 조선인에게 다가오며 물러서듯이, K기사는 유리병 속의 인부에게 접근하면서 멀어진다. 다만 K기사는 같은 조선인 하층민에 대한 인정이 제국인보다 조금 더 따뜻했다. 그러나 그것은 유리병의 벽과 보이지 않는 선을 넘지 않는 한에서만 가능한 것이었다.

'나'는 K기사와 헤어져 버스에 오른 후 혼잡한 버스 간에서 유리병 속의 자라들을 건사할 일이 걱정이 되었다. 그러나 버스가 흔들리며 병이 창에 부딪혀 자라 둘은 밖으로, 하나는 '내' 앞에 떨어졌다. 이 유리병 사고에서 창밖의 두 마리가 희생자를 상징한다면, '내' 앞의 한 마리는 '나' 자신의 은유이다.[32] '길 위'의 버스가 신체제의 행로를 암시한다고 할 때, 희생자는 배제되고 '나'는 간신히 고통을 견디며 동승하고 있는 셈이다. 「길 위에서」는 지식인의 신체의 진리를 은유적 감각으로 암시한 마지막 소설인 동시에 민중 해체의 절망을 일신상의 모랄의 고통으로 호소하는 작품이다.

---

31 식민지 말 신체제에서 일본 제국은 조선의 문화를 보관하되 일종의 로컬컬러로서 박물관적인 것으로 보존하려 했다.
32 '나'는 지식인이지만 K기사와 달리 동원에 거부감을 지니고 있으며, 유리병 밖의 존재이면서도 질주하는 신체제에서 (유리병에 갇힌) 민중과 비슷한 처지에 있다고 할 수 있다.

3. 민중의 해체와 존재론적 거리 「철령까지」, 「기행」

「길 위에서」에서 은유적으로 제시된 지식인과 타자와 관계는 「철령까지」와 「기행」에서 구체적인 풍경으로 그려진다. 뒤의 두 작품은 「길 위에서」의 K기사가 계산 가능한 숫자로 생각한 하층민들이 제국의 신체제에서 어떻게 생존하는지 보여준다. 화물차나 기차에 간신히 탑승한 그들은 질주의 테크놀로지에서 도구로서 살아남기 위해 어디론가 실려가고 있다.

「철령까지」는 만주 철령의 공장으로 떠나는 노인과 아낙네를 통해 신체제에서 하층민의 모습이 어떻게 달라졌는지 암시한다. 지식인인 '나'는 늙은 노인과 며느리인 듯한 여성, 그리고 아이를 길 위에서 두 번 만난다. 한 번은 비탈길의 도로 위에서였으며 또 한 번은 혼잡한 기차간에서였다. 먼저 '나'는 화물차를 타고 가다 노인 일행이 차를 세우려 양손을 번쩍 들고 있는 모습을 보게 된다. 그때 화물차 운전수는 도로 위의 노인을 무시하고 그대로 지나치며 전에 어떤 노인을 태웠다 혼이 난 일을 얘기한다.[33]

노인 일행을 무시하는 화물차의 질주는 농촌이나 공장은 물론 '길 위'에도 차별과 불평등성이 있음을 암시한다. 길 위의 차별은 민중이 아무도 다가와 주지 않는 고립된 존재로 전락했음을 암시한다. 운전수는 길에서 손을 드는 사람들을 만세꾼이라고 부르는데, 이 비유적 호칭은 신체제에서 민중의 달라진 모습을 시사한다. 한때 제국에 저항하는 만세운동에 참여했던 민중은, 공장에서 파업을 하는 노동자『인간문제』[34]의 물결이었다가,

---

33 화물차에 빈자리가 없기도 했지만 운전수는 전에 태워준 노인이 내릴 때 미끄러져 치료비를 물고 경찰서까지 드나들었던 일을 말했다.

34 『인간문제』에서 부두 노동자의 파업에 시민들이 호응하는 장면은 노동자를 중심으로

이제 생존을 위해 체제에 탑승할 수밖에 없는 고립된 존재가 되었다.

'나'는 노인 일행을 기차에서 다시 만나는데 버려졌던 하층민은 간신히 차에 탔어도 '나'와의 관계가 예전과 달랐다. 하층민은 기차에 탔어도 앉지 못하고 긴 여로를 서서 가거나 지식인과의 관계에서 소통의 불편함을 겪게 된다. K기사가 말했듯이 지식인과 하층민 사이에 보이지 않는 경계가 생겨나서 진정한 대면과 교감이 불가능해진 것이다. '나'는 K기사와는 다른 인물이었지만 존재론적 지형도의 고착화로 민중과의 거리의 감각이 달라졌음을 발견한다.

기차에 겨우 올라탄 노인 일행은 자리를 찾으며 변소 옆에 서 있었다. 그러던 중 그들은 어떤 청년의 도움으로 간신히 '내' 맞은 편 자리에 앉게 되었다. 여기서 지식인과 하층민은 외견상 도로에서와는 달리 공간적으로 다시 다가선 것처럼 보였다. 실제로 '나'와 노인 일행은 서로 음식을 나누면서 따뜻한 이야기들을 이어나갈 수 있었다. 음식을 주고받는 일은 미각적 재료음식를 신체 깊이 흡입함으로써 타인과의 경계를 없애는 행위로 볼 수 있다.[35] 물을 찾는 아이에게 사이다를 주며 시작된 이 정동적 교류는 헤어질 때 서운함의 표현으로 비스킷을 '내'게 건네는 것으로까지 이어진다.

그러나 일견 화해가 이뤄진 것 같은 지식인과 민중 사이에는 숨겨진 침묵의 벽이 엄존했다. '내'가 바쁜 농사철에 만주의 철령으로 떠나게 된 이유를 묻자 노인은 입을 다물고 대답하지 않았다. '나'는 한마디로 말하기 어려운 간단치 않은 사정이 있음을 짐작하며 더 이상 묻지 않았다. 노

한 민중의 물결을 암시한다.

35 김보경, 「이상의 「성천기행」에 나타난 미각적인 것의 의미」, 『2019년도 제2차 한국현대문학회 전국학술발표대회 자료집』, 2019.8 참조.

인은 조금 후 그곳의 작은 아들을 찾아감을 말했지만 소통을 가로막는 어색함의 벽은 사라지지 않았다. 이런 불편한 침묵이야말로 신체제가 강요한 것이며 그것으로 인해 지식인과 민중은 가슴으로 만나는 데 실패하고 있었다. 가까이 앉았어도 의식할 수밖에 없는 침묵의 벽은, 하층민에게 부여된 위계적인 수동적 위상을 뜻하는 점에서, K기사가 시사한 민중이 갇혀 있는 유리병의 벽과도 같은 것이었다. 서로 알고 있지만 말할 수도 들을 수도 없게끔, 침묵의 벽은 지식인과 민중의 교감을 방해하는 경계로 작동되고 있었다.

지식인과 하층민 사이에는 화기애애하게 대화하는 중에도 깊은 교류를 어렵게 하는 벽이 있었다. 이 보이지 않는 경계는 「고향」^{현진건}에서의 눈물의 교감과 대조하면 실감나게 감지된다. 이제 하층민 타자는 벌거벗은 얼굴을 보여줄 수 없게 되었으며 지식인은 더 이상 조선의 얼굴을 볼 수 없게 된 것이다. 지식인과 민중에게 강요된 침묵은 그들이 '맨얼굴'과 '조선의 얼굴'을 상실했음을 뜻한다. 이제 서로 가슴의 물결이 일지 않는 상황은, 아리랑 노래로 암시되던 숨겨진 독립된 정동적 공간, 즉 지식인과 민중의 연대를 생성했던 심연의 정동적 공동체의 위기를 암시한다.

'나'는 그들과 헤어진 후에야 낯선 공장이 있는 '철령'의 지명을 되뇌인다. '철령까지'라는 말은 노인 일행의 '간단치 않은 사정'에 호응하는 '나'의 응답이다. 뒤늦게라도 혼잣말로 응답을 한 것은 '내'가 K기사와는 달리 민중에 대한 애정을 버리지 않은 인물임을 보여준다. 그러나 그들의 어색한 침묵의 호소에 대한 응답은 시차를 두고 말해진다.

하층민과의 대화에서 이 '시차'의 의미는 이중적이다. 타자가 떠난 후에야 작동된 '연기된 시차'는 그들과 나눈 온화한 시간과는 다른 무서운 시간이 동행하고 있음을 뜻한다. 그로 인해 타자의 호소를 듣지 못한 '나'

는 마음이 편안할 수가 없었다.

그와 함께 시간적 지연은 지식인과 하층민 간의 침묵으로 확인된 공간적 거리를 암시한다. 이제 『고향』에서의 감동의 순간은 물론 『인간문제』에서의 담 구멍도 없어진 것이다. '나'와 그들은 함께 앉았어도 '거리를 만드는' 어떤 힘 때문에 손을 잡을 수가 없었다. 이처럼 지식인과 민중의 만남을 어렵게 하며 물결이 일지 않게 하는 것이 질주 테크놀로지에 수반된 존재론적 권력일 것이다.

보이지 않는 경계선에 의한 하층민과의 거리는 1941년에 쓰여진 「기행」에서 더 뚜렷해진다. 「기행」은 수필 같은 여행기 형식으로 되어 있으며 별다른 사건이 제시되지 않는다. 하지만 기차 안에서 지식인 '내'가 마주친 가난한 젊은 아낙네의 표정은 매우 충격적이다. '나'는 조모상을 당해 경의선을 타고 가던 중에 노동을 하는 남편을 찾아 북지로 가는 듯한 부인네를 만난다. 잠시 잠을 청하다 눈을 떠보니 때 묻은 옷차림의 여자가 두 아이와 함께 서 있었다. 자리 없이 서 있는 그들의 모습이 궁색하기도 했지만 더 가슴 아픈 것은 맞은편 선반을 뚫어지게 쳐다보고 있는 부인네의 표정이었다. 그녀는 제 물건을 지키기 위해 선반을 바라보는 것이 아니라 눈 둘 곳이 없어 노한 얼굴로 한 곳을 바라보고 서 있는 것이다.

부인네와 아이가 자리가 없어 서 있는 것은 급박한 시대에 정착할 거처를 잃은 하층민의 불행을 상징한다. 그런데 그녀는 자리를 잃었을 뿐 아니라 시선을 둘 곳마저 상실한 것이다. 제국의 질주의 체제에서 소통의 공간을 빼앗긴 민중은 시각을 잃은 물건이 되어 석고상 같은 얼굴을 보여주고 있다. 「철령까지」에서의 소통마저 불가능함을 알고 있는 아낙네는 눈을 마주치지 않기 위해 애를 쓰고 있는 것이다.

마침내 '나'는 아이가 자신이 귤을 먹고 버린 껍질을 씹고 있는 것을 보게 된다. '나'는 시야로부터 그들 모자를 몰아내 버릴 작정으로 얼른 눈을 감았다. 눈을 감은 후에도 아이가 먹을 것을 조르는 소리는 끊이지 않고 귀에 들려왔다.

눈을 떴을 때 아이와 눈이 마주친 '나'는 그의 손에 귤 구럭을 쥐어준 후 다시 눈을 감았다. 아이는 간신히 남아 있는 소통의 통로였지만 그것도 잘 받아들여지지 않는다. 부인네는 고마워하는 대신 아이를 책망하고 있었다.

이제 지식인과 하층민의 단절된 관계는 서로 회피하고 싶은 고통으로 전달되고 있었다. 그리고 남아 있는 소통의 소망은 눈을 감고 몰래 감지할 수밖에 없게 되었다. 윤리와 진실의 이중주는 냉혹한 질주의 체제에서 절망적으로 중단되었다. 눈을 감아야만 조용히 감지되는 '나'의 일신상의 진리는 상실된 이중주에 대한 향수로 표현되고 있다.

부인네의 굳은 표정은 교섭의 잠재적인 주도권을 지녔던 민중이 벽 속의 존재가 되었음을 뜻한다. 5년 사이에 K기사 같은 지식인이 나타났듯이, 첫째와 선비『인간문제』 같은 민중 대신 석고처럼 된 타자가 출현한 것이다. 역설적인 것은 석고와 나무토막 같은 민중의 표정이 오히려 소통의 갈망을 반증한다는 것이다.

「기행」은 부인네의 성난 표정에서 소통의 상실에 대한 호소를 듣는 소설이다. 사상의 시대에는 지식인과 민중이 담 구멍을 통해서 가슴 속의 물결로 만날 수 있었다. 그런데 지금은 지척에 있어도 보이지 않는 경계 때문에 아무런 물결도 일지 않는다. 물결이 일지 않는다는 것은 고립된 상태로 체제에 예속되어 인간 이하의 삶을 감수해야 한다는 뜻이다. 그 때문에 '나'는 눈을 감으며 고통스러운 일신상의 진리를 탐색하는 것이다. 일신상의 진리는 물결을 상실한 정동적 공동체를 회생시키려는 지난한 모험이다. 신체제에서 능동적 정동의 인간을 소망하는 물결의 갈망은, 지식인의 내면에서 존재론적 거리로 인해 일신의 절박함으로만 감지되고 있었다.

4. 물속에서 듣는 타자의 부름 「녹성당」

「길 위에서」와 「철령까지」, 「기행」은 민중과 만날 수 없는 시대에 다시 한번 그들에게 다가가려는 소설들이다. 김남천 같은 사회주의 지식인으로서는 민중과의 연대를 표현하는 것이 소설가의 임무였을 것이다. 그 점에서 세 기행 소설들은 소설가의 임무를 다 하기 어려운 시대에 다시 한번 소설을 써보려는 시도였다고 할 수 있다.

'소설을 쓸 수 없는 시대'[36]에 김남천의 소설의 열망은 「녹성당」[1939]같은 메타픽션으로도 나타났다.[37] 김남천의 메타픽션은 기행 소설과 함께 민중에 대한 지식인의 잔존하는 열망을 표현하는 방식이었다. 기행 소설이 민중의 침묵의 말에 응답하는 '시차'를 표현했다면, 메타픽션은 민중에게 다가가려는 심정을 또 다른 '지연된 시차'를 통해 드러내는 방식이

---

36 소설을 쓸 수 없는 시대는 민중과 만날 수 없는 시대인데, 김남천은 그런 시대에 기행 소설과 함께 메타픽션으로도 소설가의 숨겨진 열망을 표현했다. 김남천은 식민지 말 이전(1930년대 전반)에 개인적으로 소설을 쓰지 못하게 된 시기를 미리 경험한 적이 있었다. 그는 메타픽션 「녹성당」에서 그때를 주인공 박성운을 통해 암시하면서, 이후 전체 소설가가 소설을 쓰기 어려워진 시대(1939년)에 대한 대응으로 시차적인 메타픽션을 시도했다. 김남천의 '소설을 쓰지 못하는 소설가'에 대해서는 김남천, 「자작안내」, 앞의 책, 385쪽 참조.
37 「녹성당」의 메타픽션적 요소를 강하게 암시하는 서두 부분은 해방 후 『삼일운동』에 재수록(1947)될 때 삭제되었다.

었다.

메타픽션은 하나의 현실이 여러 편의 소설로 쓰여질 수 있음을 나타내는 중첩된 자기지시적 소설이다. 만일 한 편의 소설 속에 민중과의 만남을 담을 수 있다면 메타픽션을 쓸 필요가 없었을 것이다. 메타픽션의 자기지시성은 상징계의 지시대상에서 연쇄적으로 미끄러지는 방식[38]으로 (틈새를 만들며) 민중을 해체한 현실^{상징계}의 동일성을 연기시킨다. 그런 방식으로 절망적으로 폐쇄된 동일성 체제부터 타자성의 틈새를 열려 하는 것이다.

현실이 고착된 시대에 메타픽션이 시도되는 것은 지시대상에서 이연되는 자기지시성을 통해 타자성의 틈새를 열 수 있기 때문이다. 더욱이 김남천 메타픽션의 자기지시성은 민중을 상실한 지식인이 민중이 없는 현실에서 단순히 지시대상을 재현하는 글쓰기를 꺼려하기 때문이다. 그 점에서 그의 메타픽션은 분명히 민중 타자를 포기하기 어려운 심정과 연관되어 있으며, 단지 유희적인 자기지시성이 아니라 타자의 위치를 염두에 두고 있는 셈이다. 김남천은 민중과의 연대를 표현할 수 없었기 때문에, 메타픽션의 자기반영성으로 지시대상^{현실}의 고착성을 연기하면서, 심연에 틈새[39]가 남아 있음을, 즉 타자와의 연대의 소망이 잔존함을 암시하려 했다.

「녹성당」은 이중적 시차를 통해 민중에게 다가가려는 심정이 표현된 특이한 메타픽션이다. 이 소설의 서두는 박성운의 원작과 김남천의 소설이 하나의 소설 속에 중첩돼 있음을 자기반영적으로 표현한다. 1934년의

---

38 자기지시적 소설의 방식은 상징계의 지시대상과 일치하지 않음을 드러냄으로써 동일성 체제와의 틈새를 만드는 전략이다.

39 상징계와 실재계 사이의 틈새이다.

박성운의 원작과 1939년의 김남천의 소설은 시차를 두고 뒤섞이며 하나의 메타픽션을 만들고 있다. 일반 소설과는 달리 「녹성당」이라는 메타픽션은 지시대상이 1934년인지 1939년인지 불분명하다. 김남천의 메타픽션은 지시대상을 해체하는 열린 복수적 가능세계원작과 개작 소설[40]를 통해 상징계에서 실재계적 틈새로 이동한다.

이런 시차는 「철령까지」에서의 이중적 시차와 비슷한 점이 있다. 「철령까지」에서 '나'는 민중과 만났을 때 할 수 없었던 말을 그들과 헤어진 후에야 조용히 중얼거린다. 그와 비슷하게 「녹성당」은 민중이 아직 떠나지 않은 때[1934년]의 미발표 소설을 민중과 멀어진 1939년에야 웅얼거리듯 전하고 있다.

1934년의 박성운은 김남천[1939년]이 과거의 자신을 허구적 분신[41]으로 표현한 것이다. 1934년은 아직 『인간문제』같은 민중적 소설이 쓰여질 수

---

40 가능세계란 상징계의 고착성에서 해방된 실재계 차원을 가상공간을 통해 표현한 것을 말한다. 가능세계에서는 상징계의 사실을 지시할 의무에서 면제된 대신 가능성과 필연성의 논리에 의해서만 선택과 계열화가 이루어진다. 소설은 사실의 지시성보다는 물밑의 진실을 드러내기 위해 가능세계의 선택과 계열화를 사용하는 양식이다. 그런데 일반소설이 일관된 계열화의 가능세계를 그리는 반면 메타픽션은 열려 있는 복수적 가능세계를 암시한다. 그로 인해 메타픽션에서는 한 가지 계열화가 유보되며 소설이 가능세계임을 스스로 드러내게 된다. 일관된 계열화의 일반소설은 (사실의 지시성에서 면제되었어도) 재현적으로 느껴지지만 열린 복수적 가능세계는 소설(가능세계)의 자기지시성을 나타내게 되는 것이다. 자기지시성은 소설적 재현이 어려워진 시대에 상징계의 대상의 재현 대신 실재계와 무의식 차원의 물밑의 진실을 드러내기 위한 방식이다. 김남천의 메타픽션의 경우 재현불가능한 심정의 잔여물, 즉 민중에 대한 응답의 열망을 암시하기 위해 자기지시적인 메타픽션을 시도하고 있다. 즉 메타픽션의 방식으로 열린 복수적 가능세계의 중첩성을 표현하는 것은 작가 심연의 민중에게 다가가려는 심정을 시사하기 위해서이다. 메타픽션의 열린 가능세계에 대해서는 나병철, 「가능세계와 메타픽션」, 『현대문학이론 연구』 제57집, 2014.6, 25~51쪽 참조.

41 박성운은 김남천과 어울렸던 프로작가로서 이미 세상을 떠난 것으로 설정되어 있지만 과거의 김남천을 연상시키기도 한다.

있었던 시대였다. 그러나 그 시기에 김남천은 전향을 강요당하고 있었기 때문에 표현하고 싶은 것을 소설로 쓸 수 없었다.[42] 1934년의 박성운은 민중과 함께 있었으나 침묵할 수밖에 없었던 김남천이다. 반면에 1939년에서는 민중과의 거리가 멀어졌기 때문에 가버린 민중을 생각하며 혼잣말로만 웅얼거리게 된 것이다.[43]

김남천은 박성운의 '활자로 될 수 없는' 수많은 구절들을 지우면서[44] 소설을 쓴다고 밝히고 있다. 활자로 될 수 없는 구절들이란 「철령까지」에서처럼 민중 앞에서 자기검열에 의해 금지당한 말들이다. 「녹성당」은 그때의 금지당한 말들을 웅얼거림으로 대신 표현하고 있는 소설이다. 활자 이전의 말들과 웅얼거림의 글 사이에는 더 많은 말들이 있지만 이 소설은 「철령까지」의 지식인처럼 그 단어들을 독자에게 맡겨둔다.

「녹성당」은 박성운의 강렬한 말[45]이 지워진 위에 다시 쓰여진 양피지 원고와도 같다. 민중을 잃은 시대에 지우고 다시 쓸 수밖에 없지만 앞서 썼던 흔적으로 인해 중첩된 글쓰기가 전해지는 것이다. 그런 방식으로 김남천은 '활자로 옮겨진 것' 이상의 글이 쓰여져 있음을 은밀히 암시한다. 그 같은 양피지 원고의 자기지시적 이중성을 통해, 민중과의 만남이 금지된 시대에 잔존하는 연대의 소망이 시사되는 것이다. 김남천의 양피지 원

---

42 김남천은 「자작안내」에서 이 시기가 소설을 쓸 수 없었던 때였다고 말하고 있다.
43 두 시기에는 민중과의 거리와 함께 지식인 자신의 변화도 차이를 보인다. 1934년에는 전향을 했어도 사상에 대한 열망을 품을 수 있었지만 1937년 이후에는 전향이 사상의 포기를 의미했다고 할 수 있다.
44 김남천은 박성운이 발표를 목적으로 하지 않고 수기 비슷하게 소설을 남겼다고 적고 있다. 발표를 목적으로 하지 않았기 때문에 '활자로 될 수 없는' 구절들이 원작에 남아 있는 것이다.
45 이 강렬한 말은 그 당시에도 소설로 쓰여질 수 없었던 단어들이다. 그러나 지금은 심연의 그런 강렬한 말조차도 생각할 수 없게 고착된 시대가 되었다.

고는 보이지 않는 흔적^{박성운의 강렬한 말}을 암시하며 우리 앞에 부단히 타자성의 틈새가 어른거리게 만들고 있다.

「녹성당」은 메타픽션 부분과 평양거리 묘사, 녹성당 약국의 풍경이 몽타주처럼 접합된 소설이다. 그런데 평양거리와 녹성당 약국 묘사도 메타픽션 부분처럼 이중적으로 되어 있다. 평양거리는 활달해 보이지만 실상은 아무 소리도 들리지 않는 침묵이 느껴진다. 반면에 녹성당 약국에서 박성운은 침묵하지만 그의 내면은 복잡하고도 분주하게 움직이고 있다. 두 부분은 각각 「철령까지」와 「기행」에서의 '온화한 소통 속의 침묵'과 '차가운 침묵 속의 고뇌'와 닮아 있다.

먼저 평양 거리의 장면은 박성운의 흔적이 가장 많이 지워져 있는 부분이다. 박성운의 원작은 1인칭으로 된 수기였는데 이 부분에서는 수기적 시점에서 가장 멀어진 서술방식이 사용된다.[46] 익명의 구어적 화자가 누군^{박성운, 김남천}지는 분명치 않지만 거의 외부 묘사로 되어 있어 박성운의 흔적을 찾기는 어렵다. 모더니스트 박태원의 세태소설을 연상시키는 이 부분은 내용적으로도 사상가의 말투가 전혀 발견되지 않는다.

박성운은 실제의 김남천처럼 프로 작가로서 감옥에 갔다 나와 평양에서 약국을 했던 인물이다. 그런 박성운과 가장 이질적인 평양 거리 장면은 망각의 시대[47]에 사상가 박성운을 지워버린 시대적 풍경이다. 사상의 망각이 강요되는 시대에 번성하는 평양거리의 묘사는 박성운을 말소하는 감성의 분할을 작동시키는 듯하다. 수다스런 어투의 현대적 거리의 다채로운 묘사는 감성적으로 사상가를 지우고 망각하게 만드는 효과를 내

---

46   이 구어적 서술로 된 부분은 1인칭의 요소도 얼마간 지니지만 자기를 의식하는 3인칭 주석적 화자에 더 가깝다.

47   당대가 망각의 시대임은 소설의 서두에서 서술되고 있다.

고 있다.

감성의 분할이란 지배체제에 의해 설정된 시간과 공간, 보이는 것과 보이지 않는 것, 발화와 잡음의 경계를 말한다.[48] 이 장면에서 보이는 것은 상업도시의 번화함과 분주함이며 보이지 않는 것은 사상가와 빈민들이다. 예컨대 평양거리의 장황한 묘사에서 가장 특징적인 것은 "싸게 파는 눅거리 상점"의 풍경이다. 눅거리 상점[49]은 하루에 너댓 차례 제금과 꽹과리[깽매기][50]와 징을 두들겨대며 손님을 끌어모은다. 그것도 모자라 축음기로 맹꽁이타령, 군밤타령, 꼴불견을 반복해서 틀어댄다. 이 제금소리와 축음기는 손님을 모으는 소리인 동시에 일본의 식민 체제가 대중들을 생활세계로 끌어모으는 음향이기도 하다.

화자는 이 음향의 소동이 "머리빡을 산란케 한다"고 말하지만 그런 불편함은 대도시의 흥겨움의 일부일 것이다. 눅거리의 소동은 소음이라기보다는 체제 내부의 일상 세계의 음향을 상징적으로 들려준다. 평양거리는 소동 같은 시각성과 음향을 홍밋거리로 수용케 하며 감성의 분할의 경계를 작동시킨다. 그 점은 세 번째 부분[녹성당 부분]에서 과거의 사상가 박성운이 눅거리 음향을 듣고 경계에서 제지당함을 느끼는 것으로 알 수 있다. 눅거리 음향은 감성의 경계를 알리며 박성운이 옛 사상으로 흔들릴 때 바깥으로 나가지 못하도록 정신 차리게 하는 역할을 하고 있다.

눅거리 상점과 대비되는 평양거리에서 가장 문제적인 장소는 녹성당 약국이다. 녹성당은 간판에 에스페란토어로 상호를 부기하고 있는데 이

---

48   랑시에르, 오유성 역, 『감성의 분할』, 도서출판b, 2008, 14쪽.
49   눅거리는 싸게 판다는 뜻의 평양 사투리임.
50   『문장』본(1939)에서는 '꽹과리'로, 1947년 개작본(『삼일운동』에 수록)에는 '깽매기'로 되어 있다.

는 과거의 카프가 에스페란토어의 약어임을 상기시킨다. 또한 '녹성green star'은 국제적 에스페란토 운동의 깃발을 나타낸다. 이런 사실들은 녹성당의 존재가 사상가 박성운이 지워진 후에 남겨진 양피지 원고의 흔적임을 암시한다. 평양거리에서는 신체제의 감성의 분할에 의해 사상가가 지워졌지만 김남천의 메타픽션 위에는 지워지지 않은 흔적이 남아 있는 것이다.[51] 그런 보이지 않는 흔적 때문에 평양거리가 소란스러울수록 메타픽션의 공간에서는 숨겨진 사상의 침묵이 감지된다.

평양의 문제적 공간 녹성당 안으로 들어서면 서술방식은 박성운의 인물시점으로 전환된다. 이 부분에서 박성운의 인물시점을 사용한 것은 그가 감성의 분할에서 문제적인 인물이기 때문이다. 보호관찰 대상인 박성운[52]은 분할의 경계를 위반하는 말을 할 수 없지만 내면에는 경계가 불분명한 잔여물이 남아 있다. 더욱이 그 잔여물'심정'은 박성운의 것인지 김남천메타픽션의 내포작가의 심리인지 불확실하다. 그 때문에 양피지 원고의 이중성이 가장 복잡한 것이 바로 박성운의 인물시점의 내면의식이다.

박성운의 심리가 더욱 혼란스러워진 것은 약국에서 청년의 방문을 받고 나서이다. 청년의 방문은 금지의 경계를 넘어선 담 구멍을 통한 소통에 비유할 수 있다. 이제 담장과 경계가 공장뿐 아니라 일상에도 생겨났기 때문에 청년은 담 구멍으로 말을 하기 위해 약국을 찾은 것이다. 그리고 이번에는 노동자를 각성시키기 위해서가 아니라 지식인에게 충격을 주기 위해서였다. 청년은 예술가의 임무를 들먹이며 빈민들에게 문학에

---

51 이 점에서 메타픽션은 고착된 감성의 분할에 은밀한 틈새를 만들려는 시도라고 할 수 있다.

52 실제로 김남천은 감옥에서 나온 후 약사인 아내와 평양에 와서 약국을 차렸다. 그는 보호관찰의 대상이 되었는데 소설에서는 경찰과 아내가 감시자이다.

대해 강연해줄 것을 요구했다.

박성운은 청년의 말에 선뜻 응답을 못하는데 이는 「철령까지」에서의 침묵의 상황과도 유사하다. 농민들에게 '간단치 않은 사정'이 있었듯이 박성운도 '단순치 않은 심경'이 되어 있었던 것이다. 더욱이 박성운에게는 경계가 불분명한 잔여물이 남아 있었기 때문에 한층 복잡한 심정心情[53]이 되어 있었다.

그가 청년의 요구를 수락하지 못하는 것은 시대가 강요하는 침묵이라고 할 수 있다. 하지만 그와 동시에 쉽게 거절하지 못하는 것은 내면에서 양심의 소리가 들려오기 때문이다. 자아를 매각한 유다 같은 민사悶死의 고통은 없지만 아직 모랄의 심정이 잔존하기에 육체적 절박성 속에서 번민하고 있는 것이다.[54]

박성운의 육체적 절박성은 일상의 삶과 심연의 심정과의 차이에 의한 것이었다. 그는 사상에서 떠난 일상인이 되었지만, 심연에서는 아직 물밑에 남아 있으면서 밖으로 나오지 못해 질식할 듯함을 느끼고 있다.[55] 그때 그를 구원해준 것은 사회주의자의 이력이 있으면서 룸펜적 생활을 하는 친구 철민의 전화였다. 철민은 새롭게 직업을 가진 박성운과는 달리 아직 불투명한 생활에서 헤어나오지 못하는 인물이다. 그는 과거 「제퇴선」과 「요지경」의 주인공과도 같은 생활을 하고 있으며,[56] 완전히 경계 안에 들어서지 않은 그와의 관계는 박성운에게 작은 위안이 되었다. 박

---

53 심정의 표상불가능한 잔여물의 의미에 대해서는 이경림, 앞의 글, 131쪽 참조.
54 '육체적 절박성'은 김남천이 모랄의 생성의 근거를 설명하기 위해 쓴 표현인데, 모랄의 열망이 사라진 뒤에도 그런 절박성은 아직 육체에 잔존하고 있었다. '육체적 절박성'에 대해서는 김남천, 「유다적인 것과 문학」, 『김남천 전집』 I, 앞의 책, 304쪽.
55 김남천, 「녹성당」, 『김남천 단편집』, 앞의 책, 35쪽.
56 이경림, 앞의 글, 146쪽.

성운은 사상적으로 되돌아가지는 못하지만 철민과의 관계에서 잔여물을 확인하며 인간적인 위안을 얻는 것이다.

철민의 전화는 청년에 대한 응답을 지연시켰을 뿐 아니라 자신의 위치를 모호하게 하며 육체적 절박성을 감내하게 해준다. 그와 함께 청년의 요구 역시 '예술적 가치와 사회적 가치'를 앞세운 우회적인 것이었다. 마침내 박성운은 재차 묻는 청년의 요구에 대답을 하기에 이른다.

"저 아까 말한 거시끼, 예술적 가치와 사회적 가치에 대한 것 말입니다."

하고 말한다.

"아아" 머리를 끄덕이며, "그러시유, 내 만나서 알아 듣도록 설명해 주겠습니다. 그 자리엔 동무도 오겠소"

"아니, 나야 그대로 인도만 하군 빠지겠습니다."

"네 네, 알겠습니다."

청년은 껏뜩 인사를 하고, 어린애 같은 자그막하나 다부지게 생긴 몸을, 앞으로 수그리는 듯하면서 까뚝까뚝 산양리 쪽으로 걸어갔다.

박성운은 유리창을 닫고 멍하니 길을 바라보며, 혼잣말로 둥얼둥얼 뇌여보다가, 맞은 편 싸게 파는 눅거리 상점에서 꽹과리를 요란스리 울리면서, 저방으로부터 세 녀석이 거리로 뛰어나오는 바람에 펀뜻 정신이 들었다.

깽매깽매, 저르렁저르렁, 징징.

이 소리를 들으며 일순간 성운은 아무것도 생각하지 않는 무신경 무감각 상태에 빠져 있었다.[57]

---

57   김남천, 「녹성당」, 『김남천 단편집』, 앞의 책, 25~26쪽.

제4장 | 잠수의 시대와 민중의 해체   289

청년이 자신은 빠지겠다고 말한 것은 박성운의 역할에 암시적인 의미를 주고 있다. 그는 박성운의 역할이 사상적인 연대이기보다는 빈민이라는 타자의 요구에 부응하는 것임을 시사하고 있다. 그런 완화된 요구에 수락했지만 박성운은 아직 마음속에서 완전히 응답을 한 것은 아니었다. 눅거리 상점의 꽹과리 소리에 정신이 퍼뜩 든 것은 그 음향이 감성의 경계를 작동시켜 경고를 보냈기 때문이다. 그와 동시에 박성운의 무신경과 무감각 상태는 그가 아직 잠수의 상황에서 침울해 있음을 말해준다.

그때 어디서 전화가 왔느냐고 묻는 아내의 목소리가 귀를 째는 듯이 들려왔다. 박성운은 다시 대답을 하지 못하는데 이번의 침묵은 청년의 앞에서와는 조금 달랐다. 철민의 전화를 눈치챈 아내의 질책은 박성운의 인간적인 위안마저 빼앗는 가혹한 것이었다. 그 말에 대답을 하지 못하는 것은 시대의 압력 때문이며 그 점에서는 전과 같았다. 그러나 박성운의 침묵에는 질식할 듯한 고통을 참으며 계속 물속에 머물러 있으려는 심리가 담겨 있었다. 아내에게 '침묵주의'로 일관하는 것은 실상은 청년이 전한 타자의 부름에 응답하기 시작했음을 암시한다.

이때에 문득, 성운은 어린아이 시절에 물 속에서 누가 더 오랫동안 들어가 있을 수 있는가를, 내기하던 그 질식할 듯한 잠수의 경험이 머리에 떠올랐다. 지기는 싫고, 그러자니 물속에서 숨은 답답하고, 눈을 감은 채 숨을 꼭 틀어막고 있던 어린 날의 장난, —그 질식할 듯한 안타까움이 문뜻 머리를 스치고 지나간 것이다.

그러나 그런 것과는 관계 없이, 시계는 지금 세시 십 분 전을 가리키고 있다. 성운은 큰 결심을 한 것처럼 침착하니 방안에로 들어갔다.

(…중략…)

여적 가만히 앉아서 남편의 하는 모양을 눈붙여 바라보고 있던 경옥이가,

"어데루 가시오."

매우 침착하게 묻는다. 그러나 물론 성운은 못들은 척하고 방문을 닫는다.

"어데루 가는 게요."

소리가 좀 높다. 그러나 역시 묵묵부답.

"흥, 정신없이 그리다가……"

그러나 유리문을 닫고 행길을 나서면서 들은 이 한마디 희미한 말에서, 성운은 약간 주춤해 보았으나, 역시 그대로 행길 가운데로 나섰다.

이때에 옆집 자전거포에서는 붕카이소-지를 하다가 함석 대야를 뚜들르며 어르랑타령을 하는 것이 들려왔고, 건넌집 싸게 파는 눅거리 상점에서는 손님이 아니 온다고 오늘 잡아 세 번째 꽹과리를 요란스리 뚜들어대고 있었으나, 성운은 파출소 앞을 지내면서,

"약이 잘 나가십니까" 하고 묻는 나까무라 순사에게, "오까게사마데" 하고 대답하고 있었다.[58]

박성운의 침묵은 담 구멍을 통한 응답의 틈새이기도 하다. 그의 결심이 '침착한' 것은 아내의 '사상적 금지'에 따르면서도 '타자에게 응답'하는 것이 가능하다는 마음에서였다. 하이데거는 침묵하는 순간이란 소리 없는 양심의 부름을 듣는 것이라고 말했다.[59] 박성운의 침묵은 거기서 더 나아가 타자의 부름을 들으며 응답하는 순간이라고 할 수 있다. 그가 옷을 입고 모자를 쓰고 목도리를 두르는 것은 실상은 벌거벗은 사람들에게 대답하기 위해 옷을 벗는 과정이기도 하다.

---

58 위의 책, 204~205쪽(강조—인용자).
59 소광희, 『하이데거 존재와 시간 강의』, 문예출판사, 2003, 174~175쪽.

집을 나서서 박성운은 다시 눅거리 상점의 소리와 순사의 질문에 부딪힌다. 그러나 이번에는 잠수의 고통을 견딜 각오가 되어 있었기 때문에 경계 안으로 돌아오지 않는다. 박성운은 꽹과리 소리와 상관없이 물속에서 몰래 타자에게 응답하고 있다. 순사에 대한 "덕분에오까게사마데"라는 대답 역시 은밀한 반어적 신호일 뿐이다.

눅거리 상점의 소리는 이제 경계로 돌아오라는 요구가 아니라 요란한 소음일 따름이다. 침묵 속에서 응답하고 있는 박성운은 대중 동원의 음향을 소음으로 들으며 신체제와는 다른 정동체계를 작동시킨다. 물속에서 타자의 부름을 듣는 일신상의 진리를 통해 감성의 분할이 역전되고 있었던 것이다. 이제 강요된 침묵은 존재의 물결을 듣는 소리로 전위되고 있다.[60] 박성운은 사회주의자로서 무장해제되었지만 지연된 시차[61]를 통해 절대적 동일성을 연기시키며 타자의 부름에 응답하려 애쓰고 있다.그는 사상적으로 치안의 담장을 넘을 수는 없었으나 심정의 잔여물을 통해 경계를 넘는 정동을 작동시키며 타자에게 다가서는 마지막 존재론적 열망을 확인하고 있었다.

---

60 권력의 감성의 분할이 역전되는 순간은 타자의 부름을 들으며 존재의 물결이 생성되는 시간이기도 하다. 박성운은 존재의 물결을 일으키지는 못하지만 내면에서 물결의 소리를 듣고 있다.

61 이 소설에서 시차는 두 가지 측면에서 말해질 수 있다. 하나는 1934년과 1939년의 박성운의 이중성이며, 다른 하나는 청년의 부름에 즉각 대응하지 않고 응답을 지연시키는 시차이다.

5. 대화적 모랄과 '심정'의 자의식 『낭비』

김남천은 임화와 함께 주체의 재건을 시도했으며 끝까지 리얼리즘에 대한 희망을 버리지 않았다. 그의 창작방법론이 모랄론에서 풍속론을 거쳐 관찰문학론, 로만개조론으로 이어진 것은 그와 연관이 있다. 그러나 실상 주체의 재건이란 지난한 난제였으며 김남천의 실제 창작은 리얼리즘에 국한되지 않았다. 그와 함께 관찰문학론이 제기된 후에도 초기의 모랄이 여전히 '한 덩어리의 혈액'이 되었음도 주목할 만하다.[62]

이처럼 창작을 통해 비평으로 회수될 수 없는 다양한 실험을 시도한 것이 '본격소설론'을 견지한 임화와 다른 점이다. 비평에서는 임화처럼 항상 마르크스주의과학적 세계관를 염두에 두었지만 창작에서는 사상으로 환원될 수 없는 잉여적인 것이 작용하고 있었다. 특히 모랄일상의 진리은 원래의 의도와는 달리 거시적 사상에 담겨질 수 없는 미시적 요인들을 작동시키고 있었다. 그 점에서 우리는 김남천의 '모랄'을 사상과 이념을 넘어 다양한 형식적 실험을 가능하게 한 요체로 볼 수 있을 것이다.

그중에서도 우리는 식민지 말 김남천이 시도한 '모랄'의 '심정'으로의 변주를 주목해야 한다. '세계관사상'을 앞세워 '인물과 환경의 관계'를 논한 임화가 난관에 이른 반면, 김남천은 '심정심리과 사회'의 관계를 말하기 시작하며 도전적인 모험을 지속시켰다. 심정과 사회의 분열은 특히 사상의 귀환이 불가능해진 시점[63]에서 절박하게 작동되기 시작한다.

---

62 김남천, 「체험적인 것과 관찰적인 것」, 『김남천 전집』I, 앞의 책, 610쪽.

63 심정의 문제에 대해서는 「소설의 운명」(1941)에서 논의되고 있다. 김남천은 여전히 리얼리즘에 연관해서 말하고 있지만 실제 창작에서는 모랄의 잔여물로서의 심정이 문제시되고 있었다. 김남천, 「소설의 운명」, 『김남천 전집』I, 위의 책, 668~670쪽.

김남천의 심정이란 사상과 세계관으로 환원될 수 없는 모랄의 변주된 개념이었다. 모랄이란 단순히 사상으로 회수될 수 없는 연쇄적 자의식으로서, 신체적 절박성이 담긴 한 덩어리 혈액[64]으로 최후까지 김남천의 가슴에 있었다. 그런 수행적 실천의 혈액이 무엇인지는 사회와 관계하는 자아의 '심정'에 대해 설명할 때 밝혀질 수 있다.

물론 김남천 자신은 '심정'에 대해 자세히 논의하지 않았다.[65] 그는 「소설의 운명」에서 심정을 리얼리즘에 연관해 논의하지만, 『낭비』에 나타난 심정은 분명히 리얼리즘과는 다른 맥락에서 의미화된다. 그 때문에 '심정'은 비평보다는 창작된 작품^{수행적 차원} 속에서 더 잘 발견될 수 있는 성격을 갖고 있다. 예컨대 「철령까지」에서 민중과 헤어지고 나서의 심리나 「녹성당」에서 청년의 방문을 받고 나서의 심경 같은 것이다. 당연히 이 작품들에서의 주인공의 '심정'은 사상으로의 귀환이 어려워졌을 때의 내면의 동요이다. 그런 심리는 처음에 김남천이 품었던 모랄에 대한 미학적 야심과는 조금 차이가 있다. 그럼에도 사상의 실패를 보상할 절박한 자의식을 암시하는 점에서, 역설적으로 이 소설들은 주체 재건의 실패를 보여주는 자기고발소설보다 더 중요하다.

모랄의 근거이면서도 보다 더 절박한 심정이란 사상으로 환원될 수 없는 심연의 잔여물의 의미를 함축하고 있었다. 모랄을 처음 주장할 때 김남천은 아직 사상의 재건에 마음이 있었지만, 이후 심정이 그려진 소설에서는 모랄이 사상으로 회수되지 않는 잔여물로서 작동하게 된다. 김남천

---

64 붓대의 혈액이 되지 못하는 임화의 세계관이 기획의 차원의 것이었다면 항상 한 덩어리의 혈액이었던 김남천의 모랄은 보다 더 **수행적 차원**과 연관되고 있었다.

65 서인식의 글에서는 심정이 보다 자세히 언급되지만 우리의 논의에서는 심정의 개념에 대한 더 진전된 탐구가 필요하다고 할 수 있다. 서인식, 「문학과 윤리」, 『서인식 전집』 II, 역락, 2006, 249~254쪽 참조.

의 후기의 걸작 「녹성당」과 「경영」, 「맥」은 모두 사상을 잃은 후의 잔여물의 운동을 추적하는 소설들이다.

역사적 주체를 그리려 한 사상이 흔들리는 위기의 시대에 모랄은 그 자체가 잔여물의 성격을 갖고 있었다. 역사적 주체가 민중과 노동자였다면 모랄의 잔여물은 잘 보이지 않는 자아의 심연에 위치해 있었다. 민중과 멀어진 후 무서운 부권적 권력하에 남겨진 그것은 화해의 기억[66]의 잔여물 대상 a와 유사한 것으로 볼 수 있다.

물론 모랄의 근거 대상 a는 사상의 시대에도 작동되고 있었다. 아무도 모랄을 말하지 않았지만 소시민 지식인이 민중을 이끄는 사상가가 되었던 것은 모랄이 작동되었기 때문이다. 그처럼 대상 a는 원래 식민 체제하에서 민중을 단결시키는 숨겨진 (수행적) 원동력이었지만, 사상을 상실한 후에는 사상의 재건을 위해 새삼 남겨진 모랄^{잔여물}이 더 중요해지게 된다. 김남천이 위기의 시대에 사상에 앞서 모랄을 주장했던 것은 바로 그 때문이다.

문제는 식민지 말에는 점점 더 그런 윤리적 추동력마저 작동시키기 어려워지게 된 점이다. 식민지 말 김남천 소설의 의미는 모랄마저 위기에 처한 시기에 깊이 가라앉은 그 샘물을 끈질기게 탐색한 데 있다. 사상의 추방에서 더 나아가 대상 a를 동결시키려는 식민지 말 신체제에서, 김남천은 그럼에도 그 샘물이 심정의 잔여물^{최후의 잔여물}[67]로 심연에 남아 있음

---

66 라캉의 경우 어머니와의 화해의 기억이며 김남천에게는 민중과 연대했던 기억이라고 할 수 있다.

67 심정이나 대상 a 자체가 잔여물이지만 대상 a마저 동결시키려는 신체제에서 김남천의 문제적 주인공들에게는 간신히 확인할 수 있는 최후의 잔여물이 남아 있었다고 할 수 있다. 김남천의 창작에서 '심정'은 모랄의 근거인 동시에 특히 사상으로의 귀환이 어려워졌을 때의 최후의 잔여물을 의미했다고 할 수 있다.

을 놓치지 않았다.

오구마 에이지는 제2차 세계대전 이후 일본의 사상사를 논의하면서 기존의 언어 체계로 표상불가능한 잔여물을 심정이라고 지칭했다.[68] 그와 유사하게 김남천의 경우에는 마르크스주의 자체로 환원될 수 없는 잔여물을 '심정'으로 표현했다고 할 수 있다. 민중이 주체로 움직일 때 세계관이 재건되는 반면 심정과 대상 a가 작동되면 순수욕망주판치치[69]과 윤리가 움직인다. 김남천은 세계관의 재건에는 성공하지 못했지만 심정의 운동을 포착하며 끝까지 모랄의 잔여물을 확인하려 전력했다고 할 수 있다.

심정이 보다 뚜렷해진 것이 대상 a이며 그것의 작동은 모랄처럼 사상과 결합할 수도 있다. 김남천 창작의 한 계열이 장편소설 개조론[70]으로 나아간 것은 그 점을 보여준다. 그러나 중일전쟁1937 이후 대상 a의 작동은 사상의 재건이 힘든 상황에서 소시민의 전락한 위치에서 심정을 발견하려는 시도로 흐르게 된다. 식민지 말의 '심정'의 부각은 바로 그런 암담한 상황, 즉 사상은 물론 모랄마저 위기에 처한 시대를 절박하게 암시하고 있다. 그로 인해 이제는 인식론적 세계관의 재건보다는 경직된 체제로부터 존재론적 동요를 회생시키려는 쪽으로 기울게 된다. 존재론적 동요의 회생이란 고착된 세계에 예속된 상태에서도 어떻게든 타자의 위치로 다가가 물결을 부활시키려는 것을 말한다.

사상이 인식론적 저항이라면 식민지 말 심정으로서의 모랄은 존재론적 물결을 회생시키려는 시도였다. 사상은 세상을 바꾸려 하지만 심정모랄

---

68   이경림, 앞의 글, 131쪽.
69   주판치치는 대상 a에 대한 순수욕망이 작동되는 것을 '실재의 윤리'라고 부르고 있다. 알렌카 주판치치, 이성민 역, 『실재의 윤리』, 도서출판b, 2004 참조.
70   이 계열의 대표적 소설은 『대하』(1939)로 볼 수 있다.

은 고착된 세계를 물결로 흔들리게 만든다. 프로문학이 세상을 바꾸려 했다면 식민지 말 김남천의 문학은 물밑에서 고착된 총체적 체제를 동요시키려 했다. 존재론적 물결은 도구로 전락한 신체를 정동적으로 고양시켜 신체제에서도 포섭되지 않은 틈새가 있음을 암시해 준다. 김남천의 후기 소설은 그 틈새의 물결에 독자들이 젖어 들게 만들어 절대적 체제가 물밑에서 흔들리게 하는 전략을 사용하고 있다.

김남천이 부권적인 총체적 체제에서 '심정/대상 a'의 잔여물을 작동시키는 방법은 세 가지이다. 하나는 「녹성당」에서처럼 하층민 타자의 부름에 응답하며 사상과 모랄이 모두 불분명해졌을 때 최후의 잔여물을 동요시키는 것이다. 또 하나는 『낭비』에서처럼 식민지 출신 작가 헨리 제임스와의 상호텍스트성을 통해 사회체제에 동화되지 못한 심정^{잔여물}을 텍스트 속에 숨기는 것이다. 그와 함께 김남천은 「경영」, 「맥」에서 여성의 성숙 과정을 그리며 시대적 타자와의 대화 속에서 독백적 체제에 숨겨진 틈새를 확인한다. 세 경우에 모두 공통적인 것은 주인공의 인물시점에 독자를 끌어들여 틈새에서 존재의 물결을 회생시킨다는 점이다. 식민지 말 김남천의 '타자성의 인물시점'은 내포독자를 끌어들여 물결을 일으키려는 은밀한 틈새의 전략이었다.

존재의 물결은 어떤 방식이든 타자와의 교섭에서 회생될 수 있다. 「녹성당」에서 메타픽션의 틈새[71]를 통해 지식인이 직접 타자를 만난다면 『낭비』와 「경영」, 「맥」에서는 주인공 자신이 내면에서 타자성의 물결을 감지한다. 뒤의 세 작품은 타자와의 대화적 틈새에서 심연의 물결을 확인하는 대화적 소설이라고 할 수 있다. 대화적 소설은 메타픽션과 함께 틈

---

71 앞서 살폈듯이 「녹성당」은 텍스트의 지시대상이 1934년인지 1939년인지 불분명하다.

새에서 물결을 회생시키려는 또 다른 중요한 방법이다.[72]

「녹성당」에서 지식인은 자신의 심정을 절박하게 만드는 타자의 부름을 외면하지 못하고 민중에게 다가선다. 그에 비해 대화적 소설에서는 주인공이 타자의 텍스트나 담론의 볼모가 되어 자아의 끝없는 동요를 멈출 수 없게 된다. 『낭비』와 「경영」, 「맥」은 모두 타자성에 의해 자극된 자의식의 동요를 추적하는 대화적 소설들이다.[73]

김남천은 타자성이라는 단어를 쓰진 않았지만 그가 말한 '심정과 사회의 불일치'란 타자성의 발견을 뜻했던 셈이다. 새로운 모랄을 생성하려면 관습화된 일상에서 벗어나 사회와 불일치하는 타자성의 발견으로부터 출발해야 한다. 김남천은 피식민 작가^{헨리 제임스}와의 대면이나 여성 타자의 위치에서 타자성^{심정과 사회의 불일치}의 동요를 느끼며 모랄을 소망하는 소설들을 썼다. 『낭비』와 「경영」, 「맥」은 다양한 방법으로 접근할 수 있는 소설들이지만 우리는 대화성과 타자성, 그리고 자의식의 물결에 초점을 맞출 수 있다.[74]

먼저 『낭비』는 심정과 사회의 관계나 모더니즘에 대한 관심이 직접적으로 나타난 흥미로운 소설이다. 이 소설에서처럼 김남천이 모더니즘을 전면에 내세운 것은 매우 뜻밖의 일이다. 그는 비평에서는 '심정과 사회

---

72 「녹성당」은 대화적 소설은 아니지만 이 소설에서도 청년과 박성운의 힘겨운 대화의 과정은 매우 중요하다.

73 자의식의 동요는 신심리주의적인 모더니즘 소설에서도 나타난다. 김남천의 소설이 모더니즘과 다른 점은 사회 속에서의 심정의 동요를 추적하는 방식을 취하고 있다는 점이다. 『낭비』는 신체제의 아카데미즘과 교섭하는 지식인을 그리고 있고, 「경영」, 「맥」은 전향을 강요당하는 애인과 교섭하는 여성 타자를 제시한다. 이처럼 부권적 체제의 사회에 동화될 수 없는 타자성의 위치에서 주인공의 심정의 동요를 그리는 것이 김남천 소설의 특징이다.

74 세 소설에 대한 자세한 분석은 나병철, 『정동정치와 언택트문학』, 문예출판사, 2023, 183~211쪽 참조.

의 분열'을 리얼리즘과 연관해서 말했지만,[75] 『낭비』에서는 그런 불일치를 헨리 제임스에 적용시켜 서술한다. 비평에서는 아메리카 소설 중에서 신심리주의^{헨리 제임스}보다 리얼리즘을 주목한다고 말했으나, 실제 창작^{『낭비』}에서는 헨리 제임스에 대해 논문을 쓰는 주인공^{이관형}을 등장시킨다.

김남천이 『낭비』에서 헨리 제임스를 부각시킨 것은 그가 식민지 출신 작가이기 때문일 것이다. 식민지 출신 헨리 제임스의 부재의식은 암암리에 주인공 이관형에게 매력적인 주제로 다가왔다. 기존의 논문들은 헨리 제임스를 심리주의적 입장에서 다루고 있지만 이관형은 그런 심리적 특징의 사회적 의미를 추구하려 했다. 이관형이 볼 때 헨리 제임스는 식민지 아메리카나 구대륙 유럽^{영국} 어느 쪽에서도 문화적 이념을 만족시킬 수 없었다. 밖으로 마음을 펼 수 없었던 헨리 제임스는 부재의식 속에서 심리주의 문학을 창조해 의식의 흐름^{제임스 조이스의 문학}의 원조가 되었다.[76]

이관형의 이런 사회학적인 연구는 문학적 방법의 틀을 벗어난 것은 아니었다. 그는 헨리 제임스를 '심정과 사회의 관계'에서 보려 했지만 제임스가 심정^{심리}으로 사회를 바꾸려 했다고 단정하진 않았다. 실제로 헨리 제임스의 소설에는 그런 의미를 부여할 수 없었고 그것이 이관형의 심리주의 문학에 대한 불만이기도 했다.

이관형이 논문을 쓰면서 자신도 모르게 '자기'[77]가 섞여 들어감을 고민하게 된 것은 그 때문이었다. 물론 그가 의식적으로 제임스에서 더 나아

---

75   김남천, 「소설의 운명」, 『김남천 전집』 I, 박이정출판사, 2000, 668~670쪽.
76   김남천, 「낭비(1)」, 『인문평론』, 1940. 2, 218~219쪽.
77   김남천의 '자기'란 단순한 개인으로 환원될 수 없는 타자성을 지닌 윤리적 무의식을 뜻한다. 이관형과 최무경에게서 보듯이 '자기'에는 타자와의 대화를 갈망하는 윤리적 무의식(모랄)이 작동되고 있다. 개인이 사회에서의 특수성의 위치라면 자기는 모랄과 심정의 무의식을 통해 사회와 맞서고 있다. 김남천의 '자기'에 대해서는 김남천, 「도덕의 문학적 파악」, 『김남천 전집』 I, 앞의 책, 348쪽 참조.

가 심정과 사회의 분열을 근거로 사회에 대항하려 한 것은 아니었다. 그는 자유주의 지식인이며 경성제대 아카데미즘에 편입되기를 소망하는 중이었다. 내적으론 제임스 이상으로 시대적인 부재의식[78]을 갖고 있었지만 심리주의를 넘어선 자기의 무의식을 표나게 드러내는 것은 원하지 않았다. 그는 부재의식과 연관된 '자기의 무의식'을 감지하면서도 의식적인 개입을 부인하며 경성제대의 대학 강사직 문을 두드리고 있었다.

문제는 논문 심사과정에서 일본인 교수의 아카데미즘 권력에 의해 그의 부재의식의 위험성이 적발된 데 있었다. 이관형의 위험성은 헨리 제임스와 그가 둘 다 식민지인일 뿐 아니라 자신이 헨리 제임스를 넘어설 잠재성모랄의 진지한 탐구을 지닌다는 데 있었다. 그처럼 자기 자신도 모르는 부재의식과 모랄의 탐구 과정이 불현듯 발각당하는 것이 이 소설의 최대의 사건이다. 이 작품은 자신에게도 불분명했던 심연의 잔여물을 대화적 과정과 심리적 동요 속에서 발견하게 되는 소설이다. 김남천은 그런 아이러니한 주인공을 등장시킴으로써 '심정과 사회의 불일치'라는 주제를 (모더니스트를 통해서도) 신체제의 위험한 화두로 은밀히 확인하려 했다.[79]

이관형은 헨리 제임스에 대한 미학적인 논문을 통해 청춘의 실패를 보상받았다고 생각했다. 그러면서도 모더니스트답게 청춘의 승리를 세상의 어디에서도 드러내지 않고 자신의 심연에서만 느끼길 원했다. 하지만 심사 전에 그는 사끼자까 교수와의 면담에서 불확실했던 '자기의 무의식'이 누출되는 경험을 하게 된다. 이관형이 '자기만의 승리'를 몰래 숨겼듯

---

78 부재의식은 '심정과 사회의 불일치'에서 생겨난다. 그런 맥락에서 부재의식의 또 다른 이름은 타자성이라고 할 수 있다.
79 재현적 문학(리얼리즘)을 통해 모랄을 생성시키기 어려운 시대에 재현을 넘어선 모더니즘 미학에 관심을 가진 것이라고도 할 수 있다.

이 그것의 누출 과정도 은밀하게 진행된다. 사끼자까는 명시적으로 적발하는 대신 질문에 응답하는 동안 이관형 스스로 숨겨진 무의식을 말해버리게 만든다.

"전체루서 받은 인상으로 심리학이 사회학 밑에 포섭되는 것 같은 느낌을 받았는데 실상 그렇게 생각하고 있는 것이오?"

(…중략…)

"아메리카의 학자들은 본능이나 습관 같은 방면에 상당한 깊이를 가진 연구를 쌓았지만, 그러한 것을 그대로 끌어다가 사회적 환경을 분석하는 데 쓴다면 때때로 적지 않이 위험한 결론을 가지는 경우가 생기니까 주의하시오."

그것은 선생이 제자에 대해서 주는 친절한 가르침이라느니 보다도, 테-블만 내려다보면서 웃음을 걷고 냉정히 던지는 표정의 인상으로 하여 어떤 위험 비슷한 관념을 맛보게 하는 매서운 언사가 아닐 수 없었다. 이관형은 늦추어 놓았던 신경을 수습하면서 다시금 긴장된 자세를 마음속으로 가져본다.

(…중략…)

"조이스의 문학의 가치를 인정하건 안하건, 그것은 어떤 관점으로부터라도 가장 크게 문제될 문학이라고 생각하였습니다. 그런데 이 심리주의 문학의 이 같은 완성은 그 기원으로부터 검토될 이유가 있는 것으로 믿었습니다. 속된 수작이지만 '헨리·제임스·조이스'란 말도 있지 않습니까. 헨리 제임스와 제임스 조이스를 밀접히 연결시킨다는 뜻으로 말한 것임에 틀림이 없겠는데, 제가 이 논문을 쓰고 싶은 충동을 느낀 것도 역시 그러한 동기라고 할 만한 것이 들어 있었습니다."

(…중략…)

" 이 논문은 그렇지만, 단순히 문학적인 이유만으로 해석할 수 없는 군데가 많지 않겠소. 문학적인 이유 외에 사회학적인 이유라고도 말할 만한 것이 있지는 않소. 헨리 젬스는 군의 설명에도 있는 것과 같이 미국에서 났으나 구라파와 미국 새를 방황하면서 그 어느 곳에서나 정신의 고향을 발견치 못하였다고 말하오. 또 그의 후배라고 할 만한 젬스 조이스는 아이랜드 태생이 아니오. 뿐만 아니라 군이 부재의식의 천명의 핵심을 관습과 심정의 갈등, 분리, 모순에서 찾는 바엔 여기에 단순히 문학적인 이유만으로 해석될 수 없는 다른 동기가 있는 것이 아니오."

그것은 신랄한 질문이긴 하였으나 또한 적지 않은 사취와 독기가 풍기는 화살이었다. 이관형이는 단호한 어조로 항변하듯이 대답하였다.

"아니올시다. 결코 문학적인 이유 외에 다른 동기가 있을 리 없습니다."[80]

심리학과 교수 사끼자까는 '심리학보다 사회학이 더 강조된 것'이 아니냐는 말로 질문을 시작했다. 그의 말은 심리학을 무시한 것이 아니냐는 '학과'에 대한 불만인 것 같지만 실상은 더 무서운 함의를 내포하고 있었다. 사끼자까가 '사회학적'이라고 한 것은 심리^{심정}와 사회가 분열되었을 때 인간의 심정이 사회를 바꿀 수도 있다고 주장한다는 뜻이다. 반면에 그가 생각하는 헨리 제임스의 논문은 사회에 위협이 되지 않도록 심리학 연구에서 그쳐야 할 것이었다. 그것이 사회학으로 월권하지 않는 문학 연구가 놓여야 할 제 위치였다.

미묘하게도 사끼자까의 사회적이라는 경고는 실상 이관형의 심리와 심정을 겨누고 있었다. 그는 심리가 본능이나 습관에 연관되지 않고 사회적 환경에 연결되는 위험한 흐름, 즉 이관형과 헨리 제임스를 관류하는

---

80   김남천, 「낭비(11)」, 『인문평론』, 1941. 2, 203~205쪽. (현대어 표기, 강조-인용자).

심정을 지적하고 있었다. 사끼자까의 경고는 한마디로 '사회와 관계하는 이관형의 심정'을 질책하고 있는 셈이었다.

여기서 흥미로운 것은 그런 사끼자까의 말과 대화에서, 김남천그리고 서인식이 비평적으로 말한 '심정과 사회의 관계'가 현실 자체에서 재연되고 있는 점이었다. 『낭비』는 리얼리스트 김남천의 비평과 모더니스트 이관형의 현실 간의 상호텍스트성을 연출하고 있었다. 문제는 비슷한 주제가 식민지 비평가의 텍스트에서 일본인 교수의 연구실로 옮겨졌다는 점이었다.

이 소설은 김남천의 비평과 이관형의 논문, 사끼자까의 말이라는 세 위치에서 '심정과 사회의 관계'의 변주를 보여주고 있다.[81] 식민지 비평가의 텍스트 역시 신체제의 통제를 받고 있지만 거기에는 카프 비평을 지웠다 다시 쓴 양피지 원고의 흔적이 남아 있었다. 반면에 사끼자까는 남은 흔적을 인정하지 않는 위치에서 말을 하고 있었고, 교수로서보다는 자신의 말 이면의 어떤 위협적인 것이 말을 하는 듯했다.[82] 이관형의 논문은 그 둘 사이에 '끼어 있는 위치'를 보여주고 있었다. 그의 논문은 경성제대의 승인을 받기 위해 김남천과 달리 '테이블에 고정된' 사끼자까의 시선을 미리 유념한 것이었다. 다만 그도 부재의식을 느끼고 있었기 때문에 '심정'이라는 단어에서 잔여물을 감지했고 그것은 심리적인 헨리 제임스로부터의 참을 수 없는 유혹이기도 했다.

이제 비평은 소설을 통해 식민지 말의 무의식의 전쟁으로 변주된다. 김남천의 비평은 서인식과의 대화를 통해 카프 비평의 양피지 원고의 힘으

---

81 김남천의 소설은 이 복잡한 상호텍스트적 관계를 다루고 있다고 할 수 있다.
82 이관형을 보지 않고 테이블만 보고 말을 하는 태도는 사끼자까가 어떤 위치에서 말을 하는지 보여준다.

로 리얼리즘의 입장을 강조하고 있었다. 반면에 이관형은 김남천의 위험성을 완화시켜 헨리 제임스와 대화하면서 논문의 틈새에 모랄의 무의식^{자기'의 무의식}을 숨겨 놓고 있었다. 그 둘과 달리 사끼자까는 숨겨진 모랄의 무의식을 추적하는 대화를 통해 이관형의 '심정'의 무의식적 월권을 질책했다. '사끼자까의 대화'는 '이관형의 대화'의 데칼코마니인 동시에 비대칭적인 위치에서 이관형의 불순한 무의식을 적발해 내고 있었다. 제국의 전쟁의 시대에, 일본인 교수는 이관형이 숨겨둔 '자기'를 찾아내며 마치 무의식의 전쟁을 수행하는 듯했다.

자기의 무의식을 적발하는 사끼자까의 질문은 일종의 신체검사였다. 신체검사는 원래 김남천이 지식인들에게 소시민의 옷을 벗고 자기를 고발하라 요구하며 말한 비유였다.[83] 그런데 이번에는 일본인 교수 쪽에서 이관형에게 아카데미즘의 옷을 벗고 벌거벗은 신체를 드러낼 것을 요구한 셈이었다.

이관형의 신체는 헨리 제임스에게 볼모로 잡혀 청춘의 실패를 견디고 있었다. 그것의 기원은 김남천의 신체검사였으며 그 요체는 문학이 허용한 '자기'의 무의식[84]의 생성이었다. 반면에 사끼자까의 신체검사는 '테이블에 고정된 시선'을 통해 신체제가 배제한 위험한 무의식^{타자성}을 적발하는 과정이었다. 심정과 사회의 불일치에서 이관형이 심정에 볼모로 잡혔다면, 사끼자까는 이관형을 (타자성을 배제하는) 경직된 신체제 아카데미즘의 인질로 붙잡고 있었다.

이관형은 일본인 교수 앞에서 심정의 무의식을 숨기기 위해 문학적 심리를 강변했다. 그러나 이제 이관형의 문학적이라는 도전적인 주장은 스

---

83 김남천, 「유다적인 것과 문학」, 앞의 책, 310쪽.
84 소시민적인 사사로움에서 벗어난 윤리적 무의식을 말한다.

스로 결백성을 부인하게 만들고 있었다. 이관형은 심리주의의 탄력성_{심정}을 사회적 비판이 아니라 문학적이라고 주장했지만, 사끼자까의 고착된 위치_{테이블에 고정된 시선}에서는 심리주의의 탄력성이란 불순한 모랄의 자백으로 해석되고 있었다. 문제는 신체검사의 위치, 즉 모랄을 숨기려는 이관형의 노력을 허사로 만든 '테이블에 고정된 시선'에 있었다.

이관형은 '심리와 사회'에서 '인간과 사회의 관계'[85]의 논쟁에 이르는 동안 스스로 꺼내놓은 말에 의해 어느덧 사끼자까의 인질이 되고 말았다. 그는 심정과 사회의 관계를 문학적으로 다루었으므로 아무 문제가 없다고 항변했지만, 사끼자까는 이관형이 심리 소설을 사회와 연관시키는 것을 인간이 사회를 바꿀 수도 있다는 뜻으로 해석했다. 그리고 결정적으로 그런 심정과 사회의 갈등이 헨리 제임스나 이관형 같은 식민지 출신의 위치에서 텍스트화되고 있음을 상기시켰다. 그 같은 사끼자까의 냉정한 신체검사에 의해, 타자의 인질이었던 이관형은 제국의 상아탑, 그 동일성 권력의 인질로 사로잡히게 되었다.

이관형은 김남천의 '주체의 반격'을 완화시켜 심리주의에 숨겨진 심정의 반격을 꾀했지만, 그것마저 사끼자까에게는 위험한 무의식의 표현이었다. 숨기고 싶었던 심정의 무의식을 드러내게 된 이관형은 대학 강사직에서 탈락할 수밖에 없었다. 이관형의 실패는 신체제의 아카데미즘이 문학에서조차 '심정'을 관리하며 감성의 치안을 관철시키는 고착된 체제임을 암시한다. 제국의 심리학 교수야말로 문학의 자율성을 방해하며 '심정'의 무의식을 감시하는 권력자였다. 사끼자까는 경계에서 자유로운 모

---

85 이관형은 사회가 인간을 결정하듯이 인간도 사회를 만들 수 있다고 자연스럽게 말했지만, 사끼자까는 이 논쟁을 피식민자의 위치와 연관시키며 이관형의 위험성을 스스로 자인하도록 유도하고 있었다.

더니즘을 감성의 치안의 대상으로 경고했다. 반면에 이관형이 동요를 멈출 수 없는 것은 사까자까에게 적발당한 심정의 잔여물^{대상 a의 최후의 잔여물} 때문이며, 그런 아픔 자체가 감성의 치안에 대한 대응이었다. 그 점에서 이관형의 동요는 사끼자까가 이미 누출시킨 비밀, 그 심연의 잔여물을 포기할 수 없다는 자의식 물결의 연쇄였다. 그런 이관형의 인물시점에 젖어든 우리는 신체제가 안정성을 견지하려는 바로 그 순간 물밑에서 불안정한 흔들림을 느끼게 된다.

6. 여성 타자의 모랄과 마지막 물결 「경영」, 「맥」

모더니즘 논문을 쓰던 이관형은 『낭비』의 연작 「맥」에서 실제로 모더니즘 주인공처럼 되어버린다. 이관형의 변화는 모더니스트가 미학적 산물인 것 같지만 실제로는 사회가 만든 것임을 입증하고 있다. 비사회적으로 보이는 모더니스트는 역설적으로 사끼자까처럼 문학에서 사회적 요소를 강탈하는 순간 출현한다.[86] 모더니즘은 문학에서마저 감성의 치안을 강제하는 총체화된 사회에 대한 최후의 저항이다. 자신의 '심정과 사회'의 논의가 문학적임이 부인된 순간 이관형은 그런 사회에 동화될 수 없는 모더니스트가 된 것이다. 『낭비』에서 「맥」에 이르는 그 과정이 바로 모더니스트로서 이관형의 정신의 비밀일 것이다.

이관형은 자신의 정신의 비밀을 말하며 가족과 주변 인물들의 퇴폐적인 향락의 낭비를 불평했다. 하지만 그에게는 그보다 더 근원적인 말해지

---

86 모더니즘 미학은 문학에서마저 사회와의 불화를 표현하지 못하게 하는 시대에 출현한다.

지 않은 정신의 비밀이 있었다. 그의 비밀은 『낭비』에서 우리가 인물시점을 통해 엿들은 심연의 자의식의 물결이었다. 이관형은 자신의 강사직 탈락이 교내 파벌 싸움 때문이라고 말했지만, 실제로는 그의 부재의식을 극복하려는 모랄이 받아들여지지 않은 결과였다. 그 점에서 이관형의 정신의 비밀이란 『낭비』에서 말해진 '청춘의 상실'과 연관이 있다. 스스로 모더니즘의 주인공이 된 그에게 '청춘의 상실'이란 문학적 모랄이 부인당한 사건에서 기인된 충격적인 좌절이다.[87]

청년들의 시대적 질병인 '정신의 비밀'[88]이란 사회에서 분열된 심정의 상처를 의미한다. 「경영」과 「맥」은 최무경과 이관형, 오시형의 그런 정신의 비밀에 다가가는 소설이다. 세 사람 중 이관형과 오시형의 정신의 비밀은 미처 다 말해지지 못하지만 최무경의 내면의 심정은 인물시점으로 우리에게 알려진다. 오시형과 이관형의 심연의 비밀이 드러나지 않은 것은 부권적인 총체적 체제에서는 이질적인 심리적 비밀이 허용되지 않기 때문이다. 두 사람은 각각 사상과 모랄을 부인당했지만 정신의 잔여물은 여전히 남아 있었다. 오시형이 출옥 후 최무경의 아파트에서 지낸 것이나 이관형이 사회적 접촉이 없는 생활을 하는 것[89]은 실상은 그런 잔여물의 반증이다. 그러나 그들은 자신의 심연의 비밀을 결코 말할 수 없는 위치에 있었다. 오시형이 전향을 입증하는 말을 할 때 낯선 독백체가 되는 것은 역설적으로 말할 수 없는 깊은 곳의 잔여물을 억누름을 뜻한다. 또한 이관형의 유아론적 생활은 '심연의 비밀을 말할 수 없는 세상'과 분리된

---

87 이관형이 스스로 주인공이 되어 보여준 모더니즘 미학은 청춘의 상실과 연관이 있다.
88 이 점은 최무경과 대화하는 이관형의 말에서 암시되고 있다. 김남천, 「맥」, 『맥』, 앞의 책, 336쪽.
89 이관형은 『낭비』에서 사끼자까에게 신체검사를 당하고 강사직에 실패한 후, 미처 버릴 수 없는 잔여물 때문에 사회와 유리된 생활을 하고 있는 중이었다.

상태를 나타낸다.

비밀이 말살된 시대에 독백체나 유아론에서 벗어난 것은 여성 타자뿐이었다. 단지 최무경만이 부권적 세계의 그늘인 사적 영역에서 정신의 비밀을 은밀히 반추할 수 있었다. 절망적인 세계에서 사적 영역의 비밀이 의미가 있는 것은 보다 깊은 비밀에 이르는 성장의 모험이 시도되기 때문이다.

「경영」, 「맥」은 상실의 시대를 역류하는 특이한 성장소설이다. 사상도 모랄도 부인되는 세계에서 여성 타자만이 능동적 체관을 통해 유일하게 성장을 경험할 수 있었다. 사회주의자는 주체의 재건을 통해 사상을 부활시키려 했으며 모더니스트는 모랄을 통해 감성의 독립을 인정받으려 했다. 그러나 총체화된 체제는 사상의 부활은 물론 감성의 독립도 인정하지 않았다. 반면에 「경영」, 「맥」의 최무경은 외견상 사적 영역으로 보이는 '자기'의 세계에서 은밀한 성장을 모색할 수 있었다.

미묘한 것은 최무경의 자립적인 성장의 과정이 전향한 오시형의 독백체를 해체하는 과정이라는 점이다. 최무경이 '자기'의 삶을 다짐하는 것은 결코 오시형처럼 독백의 공간을 갖겠다는 것이 아니다. 타자를 무시하고 독백체로 말하는 오시형에게는 실제로는 '자기'가 존재하지 않았다. 김남천은 자기란 사회의 특수물인 개인과는 다르며 끝까지 처단될 수 없는 존재라고 말했다.[90] 식민지 말의 총체적 체제에서 독백적인 오시형은 타자를 잃은 동시에 실상 '자기'를 잃고 있었다. 반면에 이관형은 헨리 제임스라는 타자와 대화함으로써 독백적 세계의 틈새에 '자기'의 모랄을 위치시키려 했다. 그러나 이관형의 모랄은 '자기'를 허용하지 않는 신체제

---

90 김남천, 「도덕의 문학적 파악」, 앞의 책, 348쪽. 자기는 모랄을 생성하려는 열망을 지닌 존재의 자의식이다.

에서 냉혹하게 처단당하고 만다. 이처럼 어디서도 '자기'가 허락되지 않는 체제에서 김남천은 문득 여성 타자의 사적 영역에 빈틈이 남아 있음을 발견했다.

김남천이 발견한 여성의 사적 공간이란 '자기'를 확인할 수 있는 최후의 영역이었다. 여성은 늘상 사적 영역의 존재로 여겨졌기 때문에 총체적 체제의 신체검사에서 얼마간 유보될 수 있었다. 그런 상황에서 최무경의 '자기'의 성장은 오시형이 독백에 담지 못한 것을 알아내려는 열망으로 시작된다. 독백의 시대의 특이한 '자기'의 성장이란 독백에 담지 못한 정신의 잔여물을 찾기 위해 타자와 대화를 하는 과정이었다. 오시형을 넘어서기 위해 독백적 체제의 빈틈에서 타자와 대화를 하는 것이 최무경의 성장의 과정이었다.[91]

최무경의 여성의 방은 자기의 성장의 공간인 동시에 유일하게 타자와 대화가 가능한 공간이었다. 최무경은 애인의 철학책을 읽으며 떠나간 오시형과 대화를 멈추지 않았다.[92] 또한 퇴폐적이고 비위생적인 생활을 하는 허무주의자 이관형도 대화의 상대로 만들었다.

경성제대에서 헨리 제임스와의 대화를 중단당한 이관형은 최무경의 앞에서 남겨진 말들을 하게 된다. 이제 뭇별같이 빛나는 사상들은 책갈피에서 나와 여성의 방을 흐르는 말들이 되었다. 최무경의 사적인 방은 사상적으로 공백지대에 가까웠기 때문에 역설적으로 공적 영역을 광대하게 횡단하는 대화가 가능해진 것이다. 그녀의 '자기'의 방은 절대적 동일

---

91 최무경은 타자와 교섭하는 타자로 등장하고 있다. 여성의 '타자를 품는 타자'의 특성에 대해서는 2장 7절 참조.
92 최무경이 대화의 상대로 삼은 오시형은 독백적 자아가 아니라 자신도 모르게 잔여물을 숨기고 있는 타자성의 존재였다.

성의 독백을 요구하는 시대에 유일하게 다중적 대화가 가능한 장소였다.

여성의 방은 대화의 향연이란 잔여물을 쫓아가는 놀이임을 암시하고 있었다. 최무경은 오시형의 심연에 남겨진 것을 알기 위해 여성적 대화[93]를 시작했다. 이후의 이관형과의 대화 역시 특정 사상을 명확하게 규정짓지 않고 최후의 말이 유보되게 잔여물을 남기는 놀이였다. 어떤 뚜렷한 입장이 없는 최무경의 대화란 사상들이 물결에 젖어 흔들리게 하는 것에 가까웠다. 이런 여성적 대화는 바흐친이 다양한 관념들을 교차적 경계 위에서 흔들리게 하는 것과 비슷했다.[94] 여성적 대화는 거기서 더 나아가 남겨진 것들을 깊은 샘물^{대상 a}에 젖게 하려는 열망을 암시했다. 그 순간 남성들^{오시형, 이관형}의 남겨진 비밀이 깊은 샘물에 젖어 흔들릴수록 우리는 독백적 체제의 삭막함에서 벗어나게 되는 것이다.

"선생님, 제가 하나 여쭈어볼 말씀이 있습니다."

"무어 말입니까? 저는 그런 방면은 아무것도 모릅니다."

무경이는 그러한 사내의 겸사의 말엔 귀도 기울이지 않고 열심스러운 태도로 물어본다.

"동양학이라는 학문이 성립될 수 있을까요?"

동양학은 어떻게 해서 오시형이를 저토록 고민 속에 파묻히게 만드는 것일까, 동양학으로 가는 길이 무엇이관데 그것은 오시형이와 최무경이의 관계를 이토록 유린하고 무시해버릴 수 있는 것일까. 그의 질문에는 학문과 애정의 문제가 함께 얽혀져서 마치 그의 생활의 전체를 통솔하고 지배하는 열쇠 같은 것

---

93 여성적 대화란 '타자를 품어 안는 타자'의 구체적 방식의 하나이다. 오시형과 대화를 시작한 것은 독백체로 변한 그에게도 심연의 잔여물이 남아 타자성(그리고 정신의 비밀)이 잔존한다고 믿었기 때문이다.

94 바흐친, 김근식 역, 『도스또예프스끼 시학』, 정음사, 1988, 135쪽.

이 간축되어 있는 것이다.

(…중략…)

"서양학자가 구라파 학문의 방법을 가기고 동양을 연구한다고 그것을 동양학이라고 말한다면 그것은 지역적인 의미밖에 되는 게 없으니까 별로 신통한 의미가 붙는 것이 아니고 그저 편의적인 명칭에 불과할 것이오, 또 동양인인 우리들이 동양을 서양 학문의 세계에서 분리해서 세운다는 일에도 정작 깊은 생각을 가져보면 여러 가지 곤란이 있을 줄 압니다. 가령 동양학을 건설한다지만 우리들의 대부분은 구라파의 근대를 수입한 이래 학문 방법이 구라파적으로 되어 있지 않겠습니까. 대학에서 공부한 사람의 거의가 구라파적 학문의 방법을 배운 사람들이니 그 방법을 버리고서 동양을 연구할 수는 없지 않겠습니까. 그렇지 않다면 동양이 가지고 있는 고유의 학문 방법으로 동양을 연구하여야 할 터인데 내가 영국 문학을 한 사람이라 그런지 사회과학이나 자연과학이나 철학이나 심리학이나 구라파적 학문 방법을 떠나서는 지금 한 발자국도 옴짝달싹 못 할 것입니다. 그러니까 니시다 같은 철학자도 서양 철학의 방법을 가지고 일본 고유의 철학 사상을 창조한다고 애쓴다지 않습니까."

(…중략…)

"앞으로의 현대의 세계사를 구상해보는 데 있어서 서양 사학에서 떠나 다원 사관에 입각하여 여러 개의 세계사를 꾸며놓는 것은 어떨까요?"

(…중략…)

"동양에는 동양으로서 완결되는 세계사가 있다. 인도는 인도의, 지나는 지나의, 일본은 일본의, 그러니까 구라파학에서 생각해낸 고대니 중세니 근세니 하는 범주를 버리고 동양을 동양대로 바라보자는 역사관 말이지요. 또 문화의 개념두 마찬가지 구라파적인 것에서 떠나서 우리들 고유의 것을 가지자는 것. 한번 동양인으로 앉아 생각해 볼 만한 일이긴 하지마는 꼭 한가지 동양이라는 개넘은 서양이나 구라파라는 말이 가지는 통일성을 아직껏은 가져보지 못했다는 건 명심해둘 필요가 있겠지요."[95]

이관형의 동양론과 다원 사관에 대한 비판은 김남천의 비평의 논지[96]를 여성의 방에 옮겨온 것이었다. 그 순간 김남천과 교류하던 서인식의 텍스트[97]도 최무경의 방으로 이동하고 있었다. 물론 김남천과 서인식, 이관형이 학문으로서의 동양론을 전적으로 부인한 것은 아니었다. 이관형이 니시다^{니시다 기타로}처럼 동양의 심장이 서양을 끌어안고 뚫고 나가는 방식에 대해 유보적 태도를 보인 것은 그 점을 보여준다. 이관형을 통해 오시형과 김남천의 말을 동시에 듣고 있는 최무경의 존재는 최후의 말이 보류된 상황을 더 실감나게 한다. 그런 최무경의 유연한 위치야말로 여성의 방에서 독백적 체제를 넘어 대화의 꽃이 피게 하는 비밀이었다.

다만 소설 속에서의 이관형의 김남천의 반복은 비평에서보다 한층 더 위험한 상황을 연출하고 있었다. 김남천의 원론적인 비평과는 달리, 이관형의 비판은 전향자^{오시형}를 염두에 둔 최무경의 말에 대한 답변이었기 때문이다. 이관형의 유보적 태도를 감안하더라도 신체제에서 전향자를 비판할 수는 없는 것이다. 최무경의 사적인 방에서의 대화이지만 근대초극론 비판이 소설의 담론으로 공표되는 일은 허용될 수 없었다.

이 소설에서 최무경의 보류적 태도는 이관형의 관념을 흔들리게 함으로써 그런 위험을 감소시킨다. 원래부터 최무경의 태도는 오시형을 이해하려는 소망일 뿐 동양론에 대한 옹호도 반대도 아니었다. 최무경의 유보

---

95   김남천, 「맥」, 앞의 책, 325~329쪽.
96   김남천, 「전환기와 작가」, 앞의 책, 687~688쪽.
97   서인식, 「동양문화의 이념과 형태」, 『서인식 전집』 II, 역락, 2006, 173~174쪽.

적 대화는 오시형 쪽에 선 듯하면서도 실상은 중립지대에서 근대초극론^{오시형}과 니힐리즘^{이관형}을 다성적으로 흔들리게 만들고 있었다.[98] 더욱이 그녀는 이관형의 '보리 이야기'와 숨겨진 정신의 비밀을 듣는 동안 점점 그를 이해하게 된다. 그 같은 두 가지 과정, 즉 오시형에 대한 유보적 태도를 통해 이관형의 위험성을 완화시키는 한편, 다시 이관형에게 다가가는 복합적인 태도를 통해, 이 소설은 절대적 이념^{근대초극론}을 포함한 당대의 사유들을 다성적 음조로 변주시키고 있다.

보리 이야기에서 '갈려서 빵이 된 것'이 오시형이라면 '갈리지 못한 놈'은 이관형일 것이다.[99] 오시형은 서구의 빵이 되기를 거부하다가 일본 중심 신체제의 또 다른 빵가루가 된 셈이다. 반면에 이관형은 아카데미즘 권력의 빵가루가 되지 못하고 흙에 묻혀 방황하고 있는 것이다. 그 둘과 달리 최무경은 갈려서 가루가 되기보다는 흙 속에 묻혀서 꽃을 피워보자고 말한다. 최무경이 말한 보리의 꽃이란 '자기'의 성숙이자 일신상의 모랄이라고 할 수 있다. 여기서 오시형에 다가가면서도 그와 다른 입장을 취하며 모랄의 생성을 소망하는 것이 여성 특유의 타자의 물결일 것이다. 보리의 꽃^{모랄}은 갈리지 못한 타자가 일으키는 물결에 젖어야만 개화될 수 있다.

최무경이 보리의 꽃을 말한 것은 여성 타자의 심연의 샘물이 아직 메마르지 않았음을 뜻한다. 이관형과 오시형이 정신의 비밀을 미처 다 말하지 못하는 것은 심연의 샘이 가라앉아 다시 퍼 올리기 힘들어졌기 때문이다. 반면에 여성 타자인 최무경은 특유의 능동적 체관을 통해 상실을

---

98 그렇게 함으로써 최무경은 근대초극론을 독백체에서 구출하고 니힐리즘을 모랄론으로 회생시키려 하고 있다.
99 이관형은 갈리지 못한 후에 흙 속에 묻혀 지낸다고 할 수 있다.

받아들이는^{체관} 동시에 깊은 샘물을 길어 올리려^{능동성} 하고 있었다. 독백적 체제란 정신의 비밀이 말라버리도록 깊은 샘물^{대상 a}을 빼앗는 권력이었다. 반면에 최무경은 뚜렷한 사상적 대응이 없는 대신 정신의 비밀이 물결에 젖게 하는 심연의 샘물을 간직하고 있었다.

공판정 날 오시형이 알리지 않았음에도 최무경이 법정에 참석한 것은 그의 숨겨진 말을 듣고 싶었기 때문이다. 그의 정신의 비밀을 들어야만 청춘의 실패를 보상할 수 있는 것이다. 그 순간에야 흙 속에 묻힌 보리가 언젠가 꽃을 피우길 갈망할 수 있을 것이다.

그러나 오시형은 법정에서 다시 근대초극론과 다원사관의 말을 독백체로 외치고 있었다. 이번에는 혼잣말이 아니라 재판장의 질문에 대한 답변이었지만 연설조의 독백체는 아파트에서와 마찬가지였다. 법정은 최무경이 갈망하는 정신의 비밀을 추방하는 장소였다.

다만 최무경은 오시형의 공적인 독백체에도 불구하고 사적 영역에서의 감성의 잔여물을 믿고 있었다. 최무경의 충격은 법정이 사적 영역에서마저 부권적 권력을 행사해 감성의 잔여물을 추방하는 권력을 행사한 데 있었다.[100] 오시형은 독백에 이어 최무경이 기대고 있던 심정의 잔여물을 배반하고 아버지가 원하는 도지사 딸에게로 가버린 것이다.

최무경의 심정의 잔여물에 대한 최후의 질문은 풀리지 않는 의문으로 남겨졌다. 수수께끼로 남았던 근대초극론은 법정에서 심정의 잔여물을 내쫓는 의례를 통해 초극의 신화화로 연출되고 있었다. 더욱이 잔여물의 추방은 도지사 딸과의 부권적 결연이라는 사적인 맥락에서 더 생생하게 실행되고 있었다. 뼈아픈 것은 '아버지 부재'와 '여성의 방'의 틈새에 놓

---

100 이 소설은 부권적인 사적 맥락이 독백적 권력에 예속된 반면 아버지 부재 상태인 최무경의 여성의 방만이 틈새로 남아 있음을 암시한다.

였던 최무경 자신이 예상치 못한 가부장적 권력의 감성적 침범에 부딪힌 점이었다. 공판정에서는 재판관[법]-오시형[공적 영역], 아버지-오시형-도지사 딸[사적 영역]로 이어진 부권적 신체제의 감성의 분할이 작동되고 있었다.[101] 근대를 극복한다는 근대초극론은 더 큰 절대적 권력, 즉 감성의 잔여물마저 금지하는 권력으로 회귀하고 있었다.

근대초극론은 원래 선적인 계단 같은 위계적인 역사에서 동양을 구출하려는 목적과 연관이 있었다. 그것은 목적론적 인식론에 얽매인 서양적 체제에서 도구[식민지]로 전락한 동양을 구원하려는 존재론적 도약의 계기를 갖고 있다. 오시형이 말한 하이데거 역시 동양철학과 유사한 존재론을 통해 서양의 위계적인 동일성의 역사를 극복하려 시도한 셈이었다. 하이데거는 서양의 역사를 진리를 망각해 온 과정으로 보고 동일성 체제의 도구로 전락한 존재자들에게 다시 존재의 진리를 회생시켜주려 했다.[102]

그러나 니시다 기타로가 말한 것처럼 존재의 진리에 이르려면 서양의 역사를 비판적으로 횡단하는 과정이 있어야 한다. 그러려면 마르크스주의 같은 비판적 사상을 유보하되 마르크스주의도 빠질 위험이 있는 동일성의 유혹을 넘어서야 한다. 마르크스주의는 끝없이 동일성 체제를 비판하는 마지막 대서사였으며 인식론적 사상이 금지된 후에도 잔여물에 근거한 존재론적 대응이 중요함을 암시하고 있었다. 그런 상황에서 사상을 매각당한 후에 더욱 필요해진 것은 남겨진 심정[心情]의 잔여물에 근거한 타자의 존재론이었다. 그런데 존재론까지 포용한 근대초극론은 국체 이데올로기로 경직화되면서 타자의 존재론을 배제했다.[103] 그처럼 타자의

---

101   이경훈, 『어떤 백년, 즐거운 신생』, 하늘연못, 1999, 320쪽.
102   박찬국, 『들길의 사상가, 하이데거』, 그린비, 2013, 250~260쪽.
103   타자의 위치의 배제와 '국체'라는 절대적 동일성의 신화화야말로 근대초극론이 총체화

존재론에 근거하지 않는다면 동양론도 존재의 진리^{하이데거}도 또 다른 더 큰 동일성으로 회귀할 위험이 있었다. 실제로 서양을 넘어서는 척하며 한층 절대적인 동일성 세계로 귀환한 것이 바로 신체제였다. 절대적 동일성 체제의 무서움은 인식론은 물론 존재론^{하이데거}까지 흡수해 심정의 잔여물마저 금지하며 감성의 치안을 꾀한다는 데 있었다.

오시형이 전향한 신체제에서 최무경의 그와의 사랑은 사상적 신뢰에서 정신의 비밀로 옮겨졌다. 그러나 법정은 오시형의 남겨진 정신의 비밀을 추방함으로써 사랑의 잔여물마저 빼앗아가고 있었다. 가부장적인 신체제는 사상을 강제하는 데 그치지 않고 존재론적 차원에서 공적·사적 영역의 잔여물을 허용하지 않는[104] 감성의 분할을 작동시키고 있었다.

오시형의 아버지가 추천한 도지사 딸이 모습을 보인 순간 충격을 받은 최무경은 한순간에 보이지 않는 존재가 되었다. 오시형의 최후의 비밀[105]을 듣지 못한 최무경은 개인적 배신보다는 부권적 체제의 정동 질서에서 배제됨을 느끼게 된다. 존재론적 정동권력의 작동이란 이제 타자인 최무경에게 아무도 다가오지 않는다는 뜻이었다. 공판정이 일상의 소리로 술렁이는 순간 최무경만이 아무도 보지 않는 타자가 된다.

그러나 신체제의 감성의 치안도 미처 감시하지 못한 마지막 틈새가 남아 있었다. 그것은 최무경의 진정성의 샘물에 젖어 오랫동안 물결을 일렁이게 한 여성시점의 틈새였다. 「철령까지」의 하층민은 지식인의 물음에

된 체제의 이데올로기로 변질된 이유일 것이다.

104 존재론적 차원에서 잔여물을 허용하지 않는다는 것은 타자에게 다가서지 못하게 만든다는 뜻이다.

105 바흐친은 최종화된 말에 담지 않고 타인의 시점을 드러내는 과정을 대화라고 불렀는데, 최무경 역시 오시형을 그의 독백체만으로 단정짓지 않고 지연되는 최후의 비밀에 접근하려 했다. 바흐친, 앞의 책, 77~102쪽 참조.

침묵하며 최후의 말을 들려주지 않았다. 또한 「기행」의 동원된 민중은 지식인과 눈을 마주치지 않기 위해 선반 쪽에 시선을 고착시키고 있었다. 하지만 최무경은 오시형의 독백체에 숨겨진 말을 듣기 위해 끝까지 비밀의 대화를 포기하지 않았다. 그 때문에 절대적 권력의 기제가 그대로 드러나는 반면 최무경의 깊은 샘물은 여전히 물결을 일으키고 있었다. 최무경의 고통의 파문은 그녀가 유일하게 진정성의 샘물을 포기하지 않고 동요의 물결을 견디고 있음을 뜻했다.[106] 그 순간 이미 긴 시간 그녀의 정신의 비밀을 들어온 우리내포독자는 배신의 고통으로 파문을 견디고 있는 여성 타자에게 다가서게 된다.[107]

김남천의 여성시점은 감성을 치안하는 존재론적 권력에 대항하는 비밀의 장치였다. 여성시점을 통해 최무경과 교감하는 순간이야말로 가부장적 신체제의 존재론적 권력에 대항하는 틈새를 경험하는 시간이다.[108] 연애에는 실패했지만 우리를 함께 물결에 젖게 한 비밀의 공간, 정신의 비밀이 대화로 꽃피었던 여성의 방은[109] 빼앗길 수 없는 것이다. 최무경의 고통과 동요는 대화의 기억으로서 존재의 일부가 된 여성의 방마저 뺏길 수 없다는 정동적 호소에 다름이 아니다. 이제 아무도 타자에게 가까이 오지 않지만 우리는 그녀의 정동적 초대에 이끌려 가슴으로 더 밀착하게 된다. 그 순간 안정되게 질서화된 권력의 감성의 분할을 최무경의 불안정한 동요를 통해 느끼는 것, 이것이 바로 「맥」이 비밀리에 생성하는

---

106 이는 「철령까지」와 「기행」에서 민중의 고통이 잘 전해지지 않는 점과 대비된다.
107 최무경의 고통은 이미 그녀의 내면의 물결에 젖어든 우리에게 정동적 호소로 다가온다. 최무경은 연애라는 사적인 맥락에서도 잔여물을 금지당했지만 물결로 남은 기억 속의 여성의 방은 소설의 틈새를 통해 독자와의 소통을 가능하게 하고 있었다.
108 우리는 소설의 틈새를 통해 처단할 수 없는 최무경의 '자기'의 무의식의 정동적 잔여물에 젖게 된다.
109 여성의 방은 최무경의 빼앗길 수 없는 정신의 비밀이 대화로 꽃피워졌던 공간이다.

일신상의 진리였다.

「경영」, 「맥」은 심정의 잔여물마저 빼앗는 권력 앞에서 여성 타자의 내면을 통해 우리를 마지막 물결에 젖게 만든다. 여성 타자는 타자를 추방하는 시대에 남겨진 마지막 타자이다. 마지막 타자의 은밀한 물결은 후일담 소설을 특이한 최후의 성장소설로 전환시켰다. 성장의 공간 여성의 방은 사회주의자의 멈춘 회중시계^{잔여물}를 가슴의 온기로 덥히며 보리의 꽃을 갈망하게 만들었다. 그와 함께 부권적 권력에 의해 상처받은 사적 영역을 경직된 공적 체제를 뒤흔드는 비밀의 물결로 상승시키고 있었다. 그 깊은 물결에 젖어든 우리는 최무경이 감성의 분할에서 배제된 바로 그 순간 물밑에서 비밀의 연대의 물결을 느끼게 된다.

오늘날은 김남천의 시대처럼 지식인과 타자가 결별한 시대이다. 김남천의 소설은 우리시대의 비극과 연관된 두 가지 장면을 보여준다. 하나는 멀어진 민중의 부름을 듣는 마지막 지식인의 모습이며, 다른 하나는 우리를 심정의 비밀에 젖게 하는 마지막 타자의 모습이다.

「길 위에서」와 「철령까지」, 「기행」, 「녹성당」에 나타난 것은 무력화된 민중 타자와의 대면이다. 「길 위에서」와 「철령까지」에서는 민중의 해체가 암시되며 「기행」에서는 벌거벗은 얼굴을 상실한 타자에게 눈을 감는 지식인이 그려진다. 그러나 「녹성당」에서는 질식할 듯한 잠수의 상황에서도 타자의 부름을 듣는 지식인의 유보된 물결의 갈망이 암시되고 있다.

그와 함께 「경영」, 「맥」에서는 여성의 방에서 대화가 회생하는 장면이 그려진다. 여성의 방은 사상적 논쟁을 부활시키고 정신의 비밀과 심정의 잔여물을 작동시키는 유일한 공간이다. 이런 여성 타자의 은밀한 반격은 남성중심적 근대 체제들을 동요시키는 새로운 방식의 저항을 암시한다. 최무경은 법정에서 정신의 비밀을 추방하는 감성권력에 부딪히지만, 오랫동안 그녀의 비밀의 물결에 젖어든 우리는 고착된 신체제를 흔들리는 물 위의 도시[110]로 느끼게 된다. 사상이 패배한 시대에 김남천 소설은 여성 타자의 비밀의 틈새에 스며든 최후의 수행적 물결의 존재를 암시했다.

김남천 소설의 두 장면은 오늘날 '타자의 회생'과 '심정의 비밀[대상 a]'의 중요성을 알려준다. 사상이 무력화된 것은 단지 금지의 권력 때문이 아니라 존재론적 권력에 의해 타자가 지식인과 일상인에게서 멀어졌기 때문이다. 그렇기에 멀어진 타자와 다시 가까워지면서 심정의 잔여물을 재작동시켜야 비로소 사상이 운동하게 된다. 「녹성당」에서 일상을 소음을 뚫고 다시 타자에게 다가가는 은밀한 발걸음, 「맥」에서 '정신의 비밀'을 교감하며 보리의 꽃을 피우려는 고통스러운 동요, 이 김남천 소설의 두 장면은 오늘날 사상의 회생에 앞서 실행되어야 할 두 가지 긴급한 임무와 겹쳐진다.

---

110 물 위의 도시에 대해서는 김철, 「근대의 초극, 『낭비』, 그리고 베네치아」, 『국민이라는 노예』, 삼인, 2005, 101~104쪽 참조.

제5장

민중 프로젝트와
수행적 물결

1. 민중의 자기구성적 과정 정체성을 넘어선 물결

1970~1980년대의 산업화와 민주화의 연속적 분출은 우리 역사에서 아이러니의 정치학이 꽃피워진 시간의 하나였다. 자본주의가 스스로의 태내에서 저항을 낳는 역설을 처음 강조한 것은 마르크스였다. 마르크스는 자본주의가 발전할수록 자기 자신의 메커니즘에서 단련된 혁명적 노동자가 출현한다고 말했다. 자본주의적 산업화는 역설적으로 프롤레타리아를 단결시켜 부르주아의 무덤을 파는 사람들을 만드는 것이다. 1970~1980년대가 자본주의적 개발의 시대인 동시에 변혁운동의 황금시대였던 것은 그런 변증법적 진행과 연관이 있다.

다만 우리의 역사에서 변혁의 무기를 든 사람이 나타나는 과정은 마르크스의 정치학과는 조금 달랐다. 개발권력은 산업화 신화를 만들면서 하층민을 보이지 않는 타자로 내쫓았기 때문이다. 이 과정은 식민지시대에 근대화 신화를 연출하며 피식민자를 은폐된 타자로 추방한 진행과 유사했다.

은폐된 타자가 변혁의 주체로 생성되려면 인식론적·존재론적 전회를 일으키는 존재의 물결이 일어나야 한다. 식민지시대와 산업화시대는 마르크스의 영향을 받은 사상이 성행한 시대였지만, 급진적 사상은 타자의 호소에 응답하는 물결 속에서 비로소 역동성을 얻을 수 있었다. 변혁운동은 평등 사회를 목표로 한 사상운동이면서 고통받는 타자에게 호응한 민중의 물결이기도 했다.[1] 민중은 투쟁의 주체인 동시에 사회 전체에 물결을 일으키는 타자의 위치이기도 했다.[2]

---

1   그런 맥락에서 산업화시대에 일어난 민중의 물결은 식민지시대의 프롤레타리아 물결의 창조적 귀환이라고 할 수 있다.

장남수의 『빼앗긴 일터』에는 동일방직 노동자들이 똥물을 뒤집어 쓴 사건이 그려진다. 노동자들은 경제적으로 수탈당했을 뿐 아니라 인간 이하의 존재로 비하당하고 있었다. 더 답답한 것은 현장에서 경찰이 방관하고 언론은 모두 침묵을 지켰다는 사실이다. 노동자들이 가장 참을 수 없었던 것은 그처럼 은폐된 타자로서 존재론적 폭력에 시달린 상황이었다.

장남수는 부활절 예배에 참석해 사람들 앞에서 동일방직 사건을 폭로했다. 이때 경찰은 노동자들을 불법 시위자로 검거했고 구금된 사람들은 사상범 취급을 받았다. 그러나 장남수가 한 일은 시민들 앞에서 비참한 노동자의 고통을 알린 것이었으며, 이른바 사상범이란 타자에게 다가서는 물결을 일으키려 한 범죄일 뿐이었다.

장남수의 폭로는 민중운동에서 노동자 연대 못지않게 중간층과의 교감이 중요함을 암시한다. 그 점은 장남수의 부활절 사건뿐 아니라 YH 여공들의 농성[3]에서도 분명히 확인된다. YH 여공들은 신민당사에서 농성하던 중 전투경찰과 충돌했고 김경숙이 당사 아래로 떨어져 사망하는 일이 발생했다.[4] 이 사건이 큰 파문을 일으킨 것은 지식인과 중간층이 동요하며 민중운동에 함께 호응했기 때문이다. 노동운동YH사태은 학생운동과 반독재 운동부마사태으로 번져갔고, 그 과정에서 나타난 것은 노동운동을

---

2   이런 민중의 이중성은 김진호와 강인철의 논의에서도 나타난다. 즉 민중을 역사의 주체인 동시에 고난의 담지자로 보는 것이다. 김진호, 「역사 주체로서의 민중―민중신학 민중론의 재검토」, 『신학사상』 80, 1993 봄; 강인철, 『민중, 시대와 역사 속에서』, 성균관대 출판부, 2023, 412쪽. 더 나아가 프롤레타리아를 앞세운 마르크스 역시 변혁의 주체가 자본주의 체제의 타자의 위치에서 출현한 것으로 본 셈이었다. 우리의 논의의 새로운 관점은 민중이라는 변혁의 주체가 사회운동의 수행적 차원에서 은폐된 타자의 위치로부터 나타남을 강조한다는 것이다.

3   YH 무역의 여성 노동자들은 회사의 폐업조치에 항의해 1979년 8월 9일부터 8월 11일 사이에 신민당 당사에서 농성을 벌였다.

4   장남수, 『빼앗긴 일터』, 창작과비평사, 1990, 128쪽.

넘어선 민중의 물결이었다. 민중운동의 확산과정에서는 은폐된 타자의 호소에 지식인과 일상의 사람들이 응답하며 물결을 일으키는 진행이 중요했다.

일반적으로 1970~1980년대의 민중운동은 두 가지 측면에서 논의된다. 하나는 지식인의 민중 프로젝트에 의해 하위계층이 역사적 주체로 참여하며 독재권력에 대항했다는 것이다. 다른 하나는 지식인의 사상적 프로젝트의 한계를 논의하며 수기 등에 나타난 노동자 계급의 위치와 정동을 긍정하는 것이다.

그러나 이 두 관점은 민중운동의 놀라운 역동성을 설명하지 못한다. 지식인의 민중 프로젝트는 노동자를 역사의 주체로 앞세우며 시위와 운동을 실행할 수 있다. 그러나 보이지 않는 타자^{은폐된 타자}를 주체로 생성하려면 존재의 물결을 일으켜야 하며, 또 그래야만 그 물결이 사회 전체로 확산될 수 있다.

존재의 물결이 필요한 것은 지식인의 한계를 인식하고 노동자 자신의 정동을 중시할 때도 마찬가지이다. 『빼앗긴 일터』에서 장남수는 지식인과의 협력보다는 노동자 자신의 진정성을 신뢰하고 있다. 그러나 1980년 봄에 노총에서 농성을 하던 노동자들은 일반인의 관심이 없어지자 점점 지쳐가다 스스로 해산하고 만다.

노동자가 역사의 주체가 된다는 것은 노동자의 정체성 속에 변혁의 잠재력이 이미^{태생적으로} 존재한다는 뜻이 아니다. 만일 그렇다면 장남수의 꿈은 노동자들끼리 성취할 수 있었으며 역사적 변혁은 어려운 일이 아니었을 것이다. 마르크스가 말한 것처럼 노동자의 조직과 연대는 매우 중요하다. 그러나 역사의 주체는 연대와 운동의 과정에서 타자의 존재론과 결합해야만 비로소 생성된다. 노동운동이 타자의 존재론을 통해 사회 전체의 물결이 되지 못한다면 그 진정성에도 불구하고 자신의 파괴력을 증대시키기 어려워진다. 노동운동은 노동자 연대를 강조하지만 타자의 존재론은 90% 존재자들과 타자의 교감을 중시한다. 사회 전체가 움직이려면 노동자 연대 이상으로 고통받는 타자의 위치에서의 물결_{타자의 존재론}이 중요하며, 은폐된 타자의 경우에는 더욱 그렇다고 할 수 있다.

타자의 존재론을 강조하는 것은 노동자 위치의 중요성을 간과하는 것이 아니다. 노동자는 사회모순을 인식하고 변혁을 위해 단결할 수 있는 위치에 있다. 그런데 그만큼이나 중요한 것은 노동자가 실재계적 타자로서 권력 바깥_{실재계}의 위치[5]에서 사람들에게 호소할 수 있다는 점이다. 노동자는 고통받는 타자로서 교감의 주도권을 갖고 있으며, 그런 타자의 정동적 초대에 많은 사람들이 이끌릴 때 존재의 물결이 생성된다. 그 순간 존재론적·인식론적 전회가 일어나면서 사회 곳곳에서 고착된 권력을 뒤흔드는 변혁운동이 분출되는 것이다.

이제까지 우리는 조직과 기획을 민중운동으로 보고 수행적 차원의 물결을 간과해 왔다. 노동조합의 조직과 지식인의 사상적 기획이 없다면 민중운동을 꿈꾸기 어려울 것이며, 기획과 조직은 변혁운동의 전개 과정에서 여전히 중요한 요건이다.[6] 그러나 그런 사상적 기획은 존재의 물결과 결합해야만 확산과 증폭 속에서 역동적인 실행력을 얻을 수 있다.

그 점에서 지금 새롭게 주목해야 할 것은 이제껏 간과해 왔던 민중운동의 수행적 물결이다. 민중연대에서는 조직과 기획 이면의 존재의 물결이

---

5   레비나스가 말하는 타자의 위치이자 롤스의 무지의 장막의 위치라고 할 수 있다.
6   민중운동은 사상과 물결의 결합으로 전개되었지만 물결을 촉발시킨 사상적 기획은 여전히 중요하다. 다만 우리는 이제까지 소홀히 했던 수행적 차원을 강조하기 위해 사상적 기획의 전개과정을 상술하지는 않을 것이다.

필요한 점에서 수행적인 능동적 운동 방식이 매우 중요하다. 이제까지 우리는 민중운동에서 정치적 목적을 앞세운 직선적인 운동을 주로 생각해왔다. 반면에 수행적인 능동적 운동이란 직선적인 목적론에서 벗어나 스스로 존재론적·인식론적 전회의 물결을 일으키는 과정이다. 이 과정은 어떤 조직과 대표에도 얽매이지 않고 스스로 움직이는 점에서 자기지시적_{그리고 자기구성적} 운동[7]이라고 부를 수 있다. 산업화시대의 민중운동은 사상이 물결을 일으키며 목적론을 넘어선 자기지시적 운동을 촉발함으로써 성공할 수 있었다. 자기지시적 운동이란 타자의 위치에서 상징계로부터 실재계로 선회하며 인식론적·존재론적 파동을 일으키는 진행을 말한다.

사상적 기획은 지식인이 하층민을 역사의 주체로 자각시키는 과정을 중시한다. 그러나 그 과정은 지식인이 기획한 변혁운동의 각본에서 하층민이 주인공의 역할을 맡는 진행이 아니다. 그보다는 수행적 차원에서 정동적 주도권을 지닌 타자_{하층민}가 어떤 지배 기표도 없이 존재자들_{지식인과 중}간층을 볼모로 만들며[8] 물결_{자기지시적 물결}을 일으키는 진행이다. 사상적 기획은 그런 자기지시적인 실재계적 물결[9]을 생성할 때 비로소 민중운동에 성공할 수 있다.

그 때문에 민중운동은 사상적 기획에 의해 촉발되었더라도 실천의 차원에서는 수행적인 자기지시적 운동이 핵심적이다. 여기서는 사람들이 상징계의 지시대상에서 벗어나 실재계로 전위되며 연쇄적인 운동을 일

---

7 버틀러는 신체를 움직이는 능동적인 수행적 차원에서 자기지시적이고 자기구성적인 행위를 통해 인민이라는 집단이 형성된다고 논의한다. 주디스 버틀러, 「우리, 인민—집회의 자유에 대한 생각들」, 알랭 바디우 외, 서용순·임옥희·주형일 역, 『인민이란 무엇인가』, 현실문화, 2014, 69~93쪽.
8 하층민 타자는 실재계적 위치에서 정동적으로 호소함으로써 상징계의 일상의 사람들을 볼모로 만들 수 있다.
9 상징계의 지배기표 없이 실재계로 전위되며 일으키는 물결을 말한다.

으키게 된다.[10] 실재계란 지시대상이 끝없이 연기되면서 자기지시적 존재의 물결을 일으킬 수 있는 위치이다. 그런 상징계에서 실재계로의 전회의 운동은 사람들존재자이 타자의 정동적 초대에 호응할 때 비로소 일어날 수 있다. 노동자라는 역사의 주체는 고통받는 타자로서 자기지시적 운동을 일으키는 정동적 주도권의 위치이기도 했다.

상징계는 사회구성원의 일원을 승인하는 대가로 존재자를 지배 기표화폐, 부권 등에 예속된 상태로 만든다. 반면에 자기지시적 운동을 한다는 것은 지배 기표에 예속된 상징계의 속박에서 벗어나 존재론적 해방을 향한다는 뜻이다.[11] 하이데거의 존재론도 상징계의 동일성에서 해방된 자기지시적 운동을 염두에 두었지만, 그는 그 운동을 촉발시키는 타자의 위치를 간과했다. 하이데거의 존재론에는 끝없는 물결을 연쇄적으로 폭발시키는 방아쇠가 없다. 반면에 민중의 자기지시적 연대는 동일성의 (도구적) 목적론에서 벗어난 존재의 진리하이데거를 타자의 존재론을 통해 분출시켜 수행적 실천으로 만드는 것과도 같다.[12]

타자의 존재론은 목적론적 체제에 대항하는 자기지시적인 능동적 물결을 생성해 준다. 구체적으로 그 과정은 목적론적인 동일성의 신화를 해체하며 타자성의 연쇄를 만드는 진행이다. 즉 근대성의 신화와 산업화의 신화를 해체하며 체제의 희생자인 타자은폐된 타자와 끝없이 교감하는 과정이다. 이제까지는 자본주의 체제의 모순을 인식하는 과정을 중시했으며

---

10 이 과정은 데리다의 차연의 해방과 부분적으로 비슷하며, 특히 데리다가 『법의 힘』에서 강조한 타자의 위치에서의 해체의 물결과 유사하다.
11 버틀러의 자기지시적·자기구성적 운동 역시 존재론적 운동의 측면을 강조한 것으로 볼 수 있다.
12 그런 수행적 실천이 없다면 어떤 진보적 사상도 목적론에서 벗어난 진정한 해방의 운동이 될 수 없다.

그 점은 지식인뿐 아니라 노동자의 경우에도 마찬가지였다. 그러나 그런 인식론적 저항은 늘상 신체 자체를 (자기지시적으로) 움직이는 타자성의 물결과 함께 진행된다. 『빼앗긴 일터』에서 장남수는 100억불 수출 신화의 모순을 생각하는 한편 똥물을 뒤집어 쓴 동일방직 노동자들과 교감하기 시작한다. 그처럼 사회모순을 인식하는 과정과 타자의 위치에서 물결을 일으키는 과정은 표리를 이루고 있다.

> 우리들의 피와 땀의 결실로 100억불 수출을 달성했고 거리는 들떠 있는데 저희들은 왜 이렇게 외로와야만 합니까. 다들 잘살게 되었다는데, 모두들 경제가 성장했다고들 하는데 저희들은 왜 이렇게 배가 고픕니까.[13]
> 검은 하늘의 한가운데 가시관을 쓴 예수님이 피흘리고 있는듯한 환상이 느껴졌다. 아 저 붉은 피, 내 가슴에 떨어지는 저 핏방울, 그 순간 누가 먼저 인지도 알 수 없이 자리를 박차고들 달려갔다. 순식간에 단상 앞에 설치된 계단을 뛰어올라 마이크를 잡았다.
> "노동 삼권 보장하라!"
> "동일방직 사건 해결하라!"
> "방림방적 사건 해결하라!"
> "똥을 먹고 살 수 없다!"
> "노동자도 인간이다. 인간 대우를 하라!"[14]

위에서 수출 신화의 모순을 생각하는 과정인식론과 동일성 체제의 배제된 타자와 교감하는 과정존재론은 구분되지 않는다. 장남수가 연합예배에

---

13   장남수, 앞의 책, 61쪽.
14   위의 책, 71쪽(강조─인용자).

서 시위를 하는 행동은 인간 이하로 배제된 동일방직 노동자와 교감하며 물결을 일으킨 순간이다. 그 순간 그녀는 수난을 당한 노동자의 위치에서 같은 노동자들뿐 아니라 일상인들에게 호소하며 증폭된 물결을 일으키려 하고 있다.

이처럼 존재의 물결은 노동자의 연대를 넘어 일상의 사람들에게까지 번져간다. 전태일이 분신을 했을 때 대학생들은 그의 정동적 초대에 이끌려 들어가며 노동자들에게 더 가까이 다가서려 전력했다. 존재의 물결은 동일성의 신화를 해체하고 (타자의 존재론을 통해) 자기지시적·자기구성적 연대[15]를 확산하며 민중운동의 실행력을 고양시켰다.[16]

그런 수행적 물결을 통한 유동성은 당시에 문학이 활발했다는 점을 통해서도 확인된다. 문학은 역사적 주체를 그리기보다는 타자에게 다가가는 과정을 통해 정동적 물결을 일으키는 방식이다. 노동자의 호소에 지식인이 휩쓸린 풍경, 그리고 문학이 활발했던 상황은, 민중적 사상의 시대가 수행적 물결의 시대이기도 했음을 보여준다. 그처럼 사상과 물결의 역동적 결합이 가능했던 것은 무엇보다도 그 시대의 존재론적 지형도가 유동적이었기 때문이다. 사상의 시대란 지식인의 기획이 민중의 수행적 물결로 파동칠 수 있었던 세계이며, 그것이 가능했던 것은 지금 우리가 상실한 능동적 정동의 원천, 즉 존재론적 지형도의 역동성 때문이었다.

---

15 지배기표에서 벗어나 자기지시적 운동을 통해 연대를 구성하는 것을 말한다.

16 존재의 물결이 동일성을 해체한다는 것은 개발권력의 신화뿐 아니라 지식인의 관념에도 해당된다. 다만 마르크스주의 같은 진보적 사상은 유보적인데, 그 이유는 스스로가 전회의 속성을 지님으로써 동일성의 목적론에서 탈출할 수 있기 때문이다. 민중적 민족사상 역시 목적론의 위험을 지녔지만 타자의 존재론이 일으킨 물결에 녹아들며 끝없이 자기 지양을 할 수 있었다.

2. 존재론적 지형도의 유동성

1970~1980년대는 인식론적 민중사상 못지않게 유연한 존재론적 지형도가 중요한 시대였다. 존재론적 지형도의 역동성은 당대 노동자들이 '어떻게 권력의 족쇄인 죽음정치음벰베와 생명정치아감벤에서 벗어날 수 있었는지' 살펴보면 알 수 있다. 산업화시대는 식민지시대와 달리 입법기관을 되찾은 상황이었지만, 법적 폭력이 죽음정치와 결탁하고 법을 정지시키는 생명정치가 작동된 현실은 크게 달라지지 않았다.

아감벤은 희생제물도 될 수 없는 배제된 타자를 벌거벗은 생명이라고 불렀다. 개발권력은 노동자들에게 오물을 퍼붓고 보이지 않게 은폐함으로써 그들을 희생제물도 될 수 없는 벌거벗은 생명으로 만들려 했다상상계적 폭력. 그러나 장남수와 전태일은 은폐된 타자의 벌거벗은 얼굴을 보여줌으로써 희생제의 이상의 물결을 일으켰다실재계적 대응. 동일방직 노동자와 전태일의 사건은 벌거벗은 생명을 거부하는 희생제의인 동시에 그를 넘어선 연대의 운동을 보여주고 있었다. 연합예배에 참석한 장남수는 신을 향한 희생제의적 기도를 모든 사람들 사이에서의 자기구성적 물결로 전환시키고 있었다. 전태일과 장남수는 당대의 존재론적 지형도 속에서 민중적인 자기구성적 연대민중의 존재론를 호소하며 아감벤의 딜레마를 넘어설 수 있는 방법을 모색한 셈이다. 권력이 노동자를 은폐된 타자로 만드는 것이 벌거벗은 생명으로의 배제라면, 노동자의 '존재의 물결'을 일으키려는 정동적 호소는 민중적 존재론을 통한 벌거벗은 생명으로부터의 해방을 뜻했다.

개발권력　　　　　　　—— 타자의 배제 →　　　　벌거벗은 생명(상상계)

(산업화의 신화)　　　　　　　　　　　　　　　　　　(은폐된 타자)

민중의 생성　　　　　← 연대의 초청장 ——　　　벌거벗은 얼굴(실재계)

(지식인·중간층의 호응)　　　　　　　　　　　　　(타자의 호소)

앞의 장남수의 예문은 민중적 연대의 호소가 가능했던 존재론적 지형도를 잘 보여준다. 예수님의 피가 가슴에 떨어진 순간은 노동자가 희생제의 속에서 벌거벗은 생명에서 벗어나는 시간이다. 거기서 더 나아가 단상 위에서 호소하는 것은 벌거벗은 얼굴로 보다 능동적인 정동적 연대를 갈망하는 행위이다. 희생제의가 노동자를 대표해서 자신을 희생하며 노동운동의 고양을 호소한다면, 정동적 연대의 갈망은 보다 적극적으로 사회 전체에 파문을 던지는 존재론적 행위이다. 예문에서 장남수의 기도가 타자의 호소노동자도 인간이다로 뒤바뀌는 과정[17]은 그런 민중적 존재론의 상황을 아주 생생하게 보여준다.

민중의 존재론은 인식론적 민중사상이 어떻게 사회 전체를 동요시키는 수행력을 생성했는지 잘 알려준다. 1970~1980년대에 민중의 인식론이 존재론과 결합될 수 있었던 것은 노동자와 지식인, 하층민과 중간층이 유동적으로 다가서 있었기 때문이다. 장남수가 연단에서 울부짖을 수 있었던 것은 그만큼 일상인과 지식인의 호응을 기대했기 때문이다. 일상인과 노동자가 만나는 틈새가 폐쇄된 지금의 상황과 비교하면, 그때는 하층민 타자에게 중간층과 지식인이 다가서는 유동성을 소망할 수 있었던 것이다.[18]

17　첫 번째 예문은 기도의 내용이며 두 번째 예문은 사람들을 향한 호소이다.

18　『빼앗긴 일터』에는 지식인과의 연애에서 실망하는 장면이 그려져 있지만 그런 아쉬움마저 존재론적 유동성의 반증이다. 지식인에 대한 아쉬움과 배신감은 그만큼 기대감을

존재론적 유동성과 경직성이란 타자와의 관계에서 다가섬과 물러섬에 다름이 아니다. 존재론적으로 경직된 신자유주의시대에는 노동자에게 접근해 있는 지식인을 발견하기 어려우며, 노동자의 죽음 같은 사건이 일어나도 필사적으로 달려가는 지식인은 거의 없다. 반면에 1970~1980년 대에는 상대적으로 지식인과 타자, 중간층과 하층민 간의 관계가 유동적이었다. 사회과학에서는 이 시기를 신식민지 국가독점자본주의로 규정하고 주요모순을 독점 자본가와 민중 간의 투쟁으로 설정하고 있다.[19] 또한 민중을 노동자 계급을 중심으로 한 농민, 소시민, 진보적 지식인의 계급연합으로 설명한다. 그러나 이런 민중의 개념은 오늘날의 관점에서 새롭게 재해석할 필요가 있다. 왜냐하면 노동자와 지식인, 하층민과 중간층 소시민이 저절로 연합할 수 있는 것은 아니기 때문이다.

기존의 민중적 계급연합은 노동자의 인식론을 중심으로 중간층과 지식인이 서로 합류함을 나타낸다. 하지만 그런 연대는 장남수와 전태일 같은 타자의 정동적 호소에 지식인과 중간층이 호응하며 달려갈 때에 비로소 생겨난다. 민중이란 계급연합인 동시에 사회적 타자의 부름에 지식인과 중간층이 응답하며 일으킨 물결이기도 했다. 역사적 주체의 연대인 민중은 존재론적 생성[20]을 통한 자기지시적 물결로 나타나고 있었다. 그런 물결을 생성하지 못했다면 인식론적인 민중적 계급연합은 별다른 의미를 지니지 못했을 것이다. 이제 우리는 역사의 주체를 말하는 인식론적

가졌다는 암시이기 때문이다. 그녀가 지식인과의 만남을 꿈꾼 일 자체가 오늘날과는 매우 다른 상황을 시사하고 있는 것이다. 그뿐 아니라 장남수는 야학에서 함께 눈물을 흘린 대학생을 만났으며, 당시의 흔히 있던 그런 접촉이 노동자로서 성장의 계기가 되었다고 할 수 있다.

19 서울사회과학연구소 경제분과, 『한국에서 자본주의의 발전』, 새길, 1991, 316~317쪽.
20 이 존재론적 생성은 인식론적 확산과 동시적으로 일어난다.

민중사상의 승리가 민중의 '타자의 존재론'과 결합함으로써 가능했던 비밀을 강조해야 한다.

오늘날의 민중의 해체는 1970~1980년대와 같은 물결을 일으킬 수 없게 된 상황을 뜻한다. 물결을 일으킬 수 없게 되었다는 것은 존재론적 유연성을 잃어버렸다는 뜻이다. 즉 지식인과 중간층이 하층민 타자에게 쉽게 다가서지 못하게 된 것이다. 민중의 상실이란 서로 손잡았던 사람들이 멀어졌기 때문에 더 이상 노동자와 지식인, 소시민을 한데 묶는 것이 무의미해진 상황을 말한다. 그와 동시에 이제는 타자의 벌거벗은 얼굴이 물결을 일으키기 어려워진 경직된 존재론적 정동의 지형을 나타낸다.[21]

오늘날 민중 사상의 무력화의 이면에는 타자의 존재론의 상실이 놓여 있다. 신자유주의의 정동권력은 지식인과 타자, 중간층과 하층민이 만나지 못하게 하는 것을 목표로 삼고 있다. 존재론적 지형도 고착화는 그런 정동적 결별을 강제하는 존재권력과 정동권력에 의해 획책된 것이다. 그 때문에 이제는 결별된 지식인과 타자의 만남을 회복하는 것이 긴급한 상황이 되었으며, 멀어진 채 다가서며 존재의 물결을 회생시키는 일이 변혁운동의 과제가 되었다.

---

21 이는 사회 전체가 실재계에서 상상계로 이동해 있기 때문이다.

3. 역사적 주체의 생성과 정동적 물결의 확산
운동과 문학의 정동적 수행성

『민중 만들기』[이남희]는 1980년대의 지식인이 민중적 기획을 통해 혁명가적 자질의 노동자를 역사적 주체로 이끌었다고 논의한다. 이 기획에는 '지식인이 인도할 대상'인 민중과 '본래적 혁명 주체'로서의 민중 간에 내적 긴장이 있었다. 그런 내적 긴장을 돌파하려는 시도는 지식인이 노동자를 역사의 주인공으로 '불러들인'[22] 힘이었다.[23]

그러나 이 같은 논의에는 한국적 민중운동의 핵심적 특성에 대한 숙고가 빠져 있다. 이남희는 지식인의 민중 프로젝트를 중시하면서 그 구체적 표출인 사회운동을 특수성의 차원으로 말한다.[24] 여기서의 문제점은 운동 과정에서 민중이 주체로 일어서는 수행적 차원의 고찰이 결여되어 있다는 점이다. 구체적 현실의 실천 운동은 사상적 기획을 현실 맥락에 끼워 넣는 특수성의 차원이 결코 아니다.[25] 이남희의 보편성과 특수성의 관점은 수행적 실천력의 차원이 없을 뿐 아니라, 민중 프로젝트가 내적 긴장을 어떻게 돌파했는지 설명하지 못한다.

그 같은 딜레마에 대한 해답으로 이남희는 지식인이 민중[노동자]을 호명된 주체[이데올로기적 호명]로 불러들였다고 논의한다. 자주적이고 혁명적인 민중이란 '큰 주체'에 의해 소환된 '종속된 주체'였다는 것이다.[26] 이런 잘못

---

22 이남희는 이 구절을 이데올로기적 호명의 의미로 사용하고 있다.
23 이남희, 유리·이경희 역, 『민중 만들기』, 후마니타스, 2015, 43·460쪽.
24 위의 책, 22쪽.
25 실천적 운동은 단지 사상적 기획을 구체적 맥락에 끼워 넣는 것이 아니다. 이남희의 수행적 차원에 대한 고찰의 부재는 지식인이 노동자를 호명한 것으로 잘못 이해하는 결과를 낳는다.

된 이해의 원인은 사상적 기획과 수행적 차원의 결합에 대한 문제의식이 결핍된 데 있다. 사상적 기획이 운동의 실천이 되려면, 상상적 차원의 이데올로기적 호명이 아니라, '능동적으로 몸을 움직이는 주체'를 생성하는 수행성이 실행되어야 한다.

수행적 실천은 미리 만들어진 기획에 수동적으로 따르는 것이 결코 아니다. 하층민이 민중적 주체로 일어서는 과정은 지식인의 기획에 따라 인도되며 본래적 혁명가의 기질을 자각하는 과정으로 볼 수 없다. 고통받는 타자^{하층민}가 주체로 생성되는 과정은 그런 기획과 법칙 대신 정동적 교감을 통한 필사적인 존재의 도약[27]을 요구한다. 그 과정에서 사상적 기획은 지식인이 시작하지만 주체의 생성에서는 실재계에 접촉해 있는 타자^{하층민}가 주도적인 역할을 한다. 지식인이 자신의 기획에서 하층민을 주체로 앞세운 것은, 인식론적으로 지식인이 인도하는 듯하지만, 존재론적으로는 실재계적 타자의 절박성이 우위에 있기 때문이다. 지식인이 인식론적 사상을 기획한다면, 수행적인 주체의 출현에서는 타자가 일어서는 문제, 즉 민중의 존재론적인 생성의 과정이 핵심적이다. 전자의 기획이 법칙과도 같이 만들어진다면, 후자의 수행은 상징계를 파열시키는 법칙 없는 실재계적 도약을 요구한다. 변혁운동이란 그 두 가지 차원의 접합, 즉 기획과 수행, 사상과 물결[28]의 결합으로 진행된다. 이 과정은 사상적 원본에 근거한 기획이 구체적 현실에서 힘의 분출과 뒤얽히며 실행되는 것과도 같다. 그런 진행에서 인식적 기획과 실천적 수행 사이에는 미결정적인

---

26   이남희, 앞의 책, 459쪽.
27   이 도약은 지식인과 타자가 교감하며 함께 실행하는 민중적 주체의 생성 과정이다.
28   물결이란 단지 사상적 기획을 맥락에 따라 변주시키는 것이 아니라 상징계에 저항하며 실재계로의 존재론적 전위를 일으키는 과정이다.

도약이 있으며, 한국적 민중운동의 특성은 후자의 수행적 차원의 도약이 매우 중요했다는 점이다.

미결정성에 의한 도약이란 우리의 주제인 타자의 존재론과 존재의 물결의 과정[29]을 말한다. 민중운동은 인식론적인 사상적 기획의 실행이면서 민중적 타자의 위치에서 존재론적 전회을 일으킨 전개였다.[30] 민중운동은 사상적 실행과 수행적 물결, 인식론과 존재론이 결합하는 도약의 순간 비로소 생생해진다.

전태일 사건과 장남수의 호소는 그 점을 잘 보여준다. 지식인이 노동자에게 다가선 순간은 역사적 주체의 생성 과정이면서 타자의 정동적 부름에 응답하는 진행이었다. 이미 강조했듯이[31] 민중운동은 그 두 가지 진행의 이중적인 중첩화 과정이었다. 지식인은 민중을 역사적 주체로 기획하지만 역사적 주체란 타자의 주도권에 이끌린 지식인의 응답 과정이기도 했다. 그런 중첩적 과정에서 '인도의 대상'과 '혁명적 주체'의 내적 긴장은 비로소 해소된다. 인식론적으로 기획된 역사적 주체는 수행적으로 타자와 교감하는 존재론적 물결을 통해서만 생성된다. 그처럼 타자의 정동적 초대에 응답하며 존재의 물결을 일으켰기 때문에 지식인의 기획은 생생한 실행력을 얻을 수 있었다.

타자란 태생적으로 혁명적 기질을 지닌 사람이 아니며 세속적 유혹에 대해 금욕적인 존재도 아니다. 그럼에도 타자로서의 착취 받는 노동자는 절망에 노출된 만큼이나 어두운 실재계에 접촉한 존재이다. 노동자란 매

---

29 존재의 물결은 타자와 교감하며 상징계에서 실재계로 도약할 때 일어난다. 그런 도약이 미결정적인 이유는 상징계의 문법 같은 규칙이 없는 상태에서의 실행이기 때문이다.
30 변혁운동은 더 좋은 세계로 나아가기 위한 사상적 기획인 동시에 상징계에서 실재계로의 존재론적 전회이기도 하다.
31 앞의 1장 2절과 뒤의 5장 1절 참조.

순간 세속적 욕망이 좌절되고 굴욕을 당하며 어둠 속에서 존재의 회생을 호소하는 존재이다.[32] 그런 노동자가 운동의 주인공이 된 것은 혁명적 기질 때문이 아니라 물결의 생성에서 실재계적 타자로서 주도권을 갖기 때문이다.

사상과 물결의 결합은 노동운동을 역동적으로 만들 뿐 아니라 공간적으로 증폭시킨다. 즉 존재의 물결은 하층민과 중간층의 사이로 번져가기 때문에 더욱 큰 감염력과 실행력을 얻을 수 있다. 민중운동은 수행적 물결을 일으키면서 노동운동을 넘어선 전민족적 변혁운동이 되었다.

실제로 1980년대의 변혁운동의 정점인 광주항쟁과 6월 항쟁은 각계각층이 참여한 광범위한 운동이었다. 1980년대 이후 민중운동은 사회주의적으로 급진화되었지만 실제로 실행된 운동에서는 중간층이 대거 참여하고 있었다. 카치아피카스는 이런 사회운동의 미적분적인 미결정적 확산을 에로스 효과라고 부르고 있다.[33] 에로스 효과란 절박한 타자의 부름에 호응하는 존재의 물결의 증폭에 다름이 아니다.

그런 맥락에서 우리는 변혁운동에서 존재론적 역동성이 얼마나 중요한지 짐작할 수 있다. 1970~1980년대의 존재론적 역동성[34]은 지식인과 중간층이 하층민 타자의 부름에 자신도 모르게 휩쓸리며 만들었다. 그런 정동적 상황에 유념하면 인식론과 존재론, 사상과 물결은 선후관계를 구분하기 어렵다.[35] 지식인의 민중사상이 고양된 것 역시 타자의 부름에 응하려는 시도의 일환이었으며, 그 같은 역동적 과정에서 사상과 물결의 결

---

32 타자란 좌절을 경험한 만큼 인간적인 잔여물(대상 a)을 갈망하게 된 존재이다.
33 조지 카치아피카스, 원영수 역, 『한국의 민중봉기』, 오월의 봄, 2015, 290쪽.
34 존재론적 지형도의 역동성은 정동적 공동체의 존재를 통해 확인된다.
35 오늘날의 상황과 비교하면 사상이 물결을 일으켰다고 할 수 있지만, 지식인과 민중이 다가선 존재론적 역동성을 주목하면 선후관계를 구분하기 어렵다고 볼 수 있다.

합이 가능해진 것이다. 그처럼 사상가의 인식론적 기획과 타자에게 응답하는 존재론적 과정은 중첩적으로 얽혀 있었다. 역동적인 존재론적 지형도, 그리고 사상과 물결의 결합은, '지식인의 안내'와 '민중의 능동적 일어섬'이 어떻게 내적 모순을 돌파하며 접합되었는지 그 비결을 알려준다.

그와 함께 존재의 물결은 변혁운동의 시기에 중간층의 마음을 동요시킨 비밀을 말해준다. 사회운동의 시대는 산업화시대이기도 했으며 계층이동이 활발하던 때였다. 당연히 중간층은 상승욕구를 갖고 있었으며 하층민과 자신을 동일시하지 않았다. 그러나 타자의 호소에 호응하며 존재의 물결이 일어나는 순간 중간층은 일상의 상승욕구와는 무관하게 변혁의 대열에 발걸음을 옮겼다. 그 점은 사상 투쟁이 첨예화된 1980년대 가두의 투쟁에서 오히려 넥타이 부대가 큰 역할을 했던 사실에서 잘 입증된다. 1987년의 승리는 사상운동이 강력해진 동시에 사회 전체로 유동적 물결이 번져간 데 힘입은 것이었다.

민중운동에서 수행적 과정의 물결이 중요했음은 문학이 활력적 역할을 한 점에서 분명히 입증된다. 사상적 프로젝트에서 문학은 흔히 부수적인 치차齒車의 역할을 하는 것으로 논의되어 왔다. 그러나 우리의 경우 사상운동과 문학운동이란 이중적인 중첩화 과정이었으며, 문학은 사상적 기획을 수행적 실천의 물결로 만드는 핵심 역할을 했다. 그 때문에 한국 민중운동의 수행적 과정의 승리를 깊이 이해하려면 당대의 문학운동의 전개를 살펴보지 않을 수 없다.

문학은 재현할 수 없는 것을 재현을 통해 보여주는 점에서 단순한 선전 선동과 구분된다. 재현할 수 없는 것이란 실재계적 존재의 물결이며 문학은 은유를 통해 물결을 표현해 우리를 동요시킨다. 타자의 물결을 표현하는 그런 문학의 수행적 차원은 이미 살폈듯이 노동소설에서도 발견된다. 노동소설은 도식화되기 쉽지만 「쇳물처럼」에서는 혁명적 노동자보다 은폐된 타자가 물결을 일으키며 모두를 감동시킨다. 그처럼 정동적 문학이 활성화되며 사상을 물결로 만든 것은 식민지시대부터 산업화시대까지 이어진 민중운동의 중요한 특징이다.

　식민지시대의 진보적 운동과 산업화시대의 민중운동은 여러 면에서 유사성을 지니고 있다. 양자 모두 진보적 사상_{사회주의}을 핵심으로 했지만 수행적 과정에서는 보다 깊고 넓은 물결을 일으켰다. 또한 두 시기 모두 문학을 매우 중시했으며 정동적인 문학적 확산은 민중운동이 목적론으로 흐를 위험을 넘어서게 했다. 이런 유사성은 산업화시대의 민중운동을 식민지시대의 진보적 변혁운동의 창조적 귀환으로 볼 수 있게 한다. 식민지 근대화의 폭력이 신식민지적 개발의 폭력으로 귀환한 상황에서 과거의 '프롤레타리아의 물결'이 '민중의 물결'로 되돌아온 것이다.[36]

　양자의 차이는 식민지시대에는 염상섭과 이기영 유형의 문학이 공존했지만, 산업화시대에는 1970년대에서 1980년대로 가며 점차 진보적 경향이 강화된 점이다.[37] 그러나 1970~1980년대를 관류한 것은 은밀한 정동적 물결이었으며 그런 정동적 수행성이 사상의 실행력을 강력하게 만들었다. 1970년대 문학이 숨겨진 물결을 보여줬다면 1980년대 문학은 내면의 물결이 거리에 분출되는 과정을 제시했다. 두 시기에 모두 문학은 재현할 수 없는 심연의 파동과 물결을 보여주는 역할을 했다. 그런

36　박선영, 나병철 역, 『프롤레타리아의 물결』, 소명출판, 2022, 39·395쪽.

37　강인철은 1970년대를 1세대 민중운동으로, 1980년대를 2세대 민중운동으로 논의한다. 그리고 1세대 민중론의 특징을 정동적 차원을 중시하고 타자에 대한 환대를 요구한 점이라고 논의한다. 강인철, 『민중, 시대와 역사 속에서』, 성균관대출판부, 2003, 169쪽. 그러나 1970년대 민중운동의 특징인 그런 정동적 차원은 1980년대에도 문학운동을 통해 계속되었다고 할 수 있다.

흐름에서 1970년대가 일으킨 내면의 파동이 깊어지면서, 광주항쟁 같은 절박한 타자의 부름에 응하려는 모두의 열망으로, 1980년대 후반, 구체적으로 1987년에 많은 사람들이 거리로 나오게 되었다.

1987년에 이르는 과정에서 민중운동의 황금기는 문학의 전성기이기도 했다. 이는 문학이 단지 지식인의 민중적 기획을 잘 재현하며 사람들을 유인했다는 뜻이 아니다. 당연히 민중의 시대에는 현실을 반영하는 리얼리즘적 '재현의 미학'이 중시될 수밖에 없었다. 그러나 실상 리얼리즘의 숨겨진 핵심은 단순한 반영이 아니라 재현불가능한 것의 재현에 있었다. 즉 재현을 넘어선 타자의 존재론을 통해 많은 사람들을 정동적으로 동요시키는 과정이 중요했다.

예컨대 「아홉 켤레의 구두로 남은 사내」_{윤흥길}는 광주 대단지 사건이라는 빈민들의 투쟁을 재현한 데 큰 의미가 있었다. 하지만 이 소설에서 진짜로 중요한 것은 당대의 역동적인 존재론적 지형도를 보여주며 사람들을 움직인 점이다. 이 소설은 외견상 흩어져 있는 듯 보이는 하층민과 소시민, 지식인이 필사적으로 다가설 수밖에 없는 순간들을 포착하고 있다.

이 소설의 주인공 권씨는 하층민이지만 대학까지 나온 사람으로 소시민 의식을 지니고 있었다. 광발이 오른 그의 '아홉 켤레 구두'는 빈민으로 비하되지 않게 전력을 다해 위장하는 소시민적 방어막이었다. 그런데 이 소설의 핵심은 빈민들로부터 달아나려던 권씨가 '나체화의 순간'을 경험하며 존재론적 동요에 휘말리는 반전의 사건[38]에 있다.

---

38   성남시(광주 대단지)에서 빈민들이 시위를 일으켰을 때 권씨는 택시를 타고 서울로 도망치려 했다. 그러다 그는 청년들에게 발각되어 '사회적 모순'과 '시위의 필요성'에 대해 설교를 듣게 된다. 권씨는 그런 도덕적인 설교나 시위대의 모습에서 아무 느낌도 없었지만 그 다음 순간 빈민들의 적나라한 모습을 보게 된다. 시위 도중 길을 잃은 삼륜차가 뒤집혀 참외가 쏟아지자 사람들은 벌떼처럼 달려들어 어적어적 깨물어 먹고 있었

빈민들의 나체화는 무력한 하층민이 어떻게 민중운동에서 주도권을 갖게 되었는지 실감나게 암시한다. 광주대단지 사건의 빈민들이 민중운동의 주체가 된 것은 투쟁에 앞장섰기 때문이 아니라 정동적 호소력으로 사람들을 동요시켰기 때문이다. 그와 함께 가장 소시민적이었던 권씨마저 타자의 정동적 호소에 응할 수밖에 없는 상황은 당대의 존재론적 지형도의 역동성을 암시한다. 권씨가 달아나려 했던 데서 알 수 있듯이 개발권력은 젠트리피케이션을 통해 하층민을 은폐된 타자로 매장하려 했다. 그러나 은폐된 타자가 내쫓긴 순간은 나체화를 통해 소시민과 지식인이 절박하게 다가서는 시간이기도 했다.

이런 역동적인 존재론은 「몰개월의 새」^{황석영}에서도 암시된다. 이 소설에서는 베트남 파병 군인들이 트럭을 타고 떠나는 순간 몰개월의 여자들이 차를 따라오며 일제히 선물을 던진다. 트럭의 속도를 따라잡으며 던져진 선물은 군인들과 한 몸처럼 인격을 교환하려는 상호신체성의 은유였다. 개발권력은 남성들을 죽음정치적 노동자[39]로 동원했지만 몰개월의 여자들은 그에 대응하는 인간적 삶의 소망을 표현한 것이다. 여자들이 트럭을 향해 던진 선물은 우리를 향해서도 던져진 것이라고 할 수 있다. 그 순간 정동적 초대에 휘말린 우리는 벌거벗은 타자에게 절박하게 다가서며 존재의 물결 속에 있게 된다.

1970년대의 소설들은 계급 분화에 의해 경계가 생겨날수록 사람들이 물밑에서 간절하게 손을 잡고 있음을 암시했다. 개발권력이 젠트리피케

다. 그 광경을 본 순간 권씨는 소시민 의식에서 벗어나서 마치 나체화를 본 듯한 느낌에 사로잡힌다.

39 죽음정치적 노동자에 대해서는 이진경, 나병철 역, 『서비스 이코노미』, 소명출판, 2015, 39~45쪽 참조.

리션을 통해 집 없는 사람들을 만들어 낸 순간, 문학「난장이가 쏘아올린 작은 공」,
「아홉켤레의 구두로 남은 사내」은 존재의 물결을 통해 집 없는 집 정동적 공동체를
확인시키고 있었다. 당대의 소설들이 그린 이 존재론적 지형도는 민중적
연대의 역동성과 정동적 공동체의 존재에 대한 암시였다.

거기서 더 나아가 1980년대에는 민중의 핵심인 노동자의 삶과 투쟁이
전면에 그려진다. 1980년대 전반의 박노해의 노동시와 후반에 발표된 노
동소설들이 바로 그것이다. 중요한 것은 이 시기에 노동계급의 재현이 앞
세워졌지만 그런 재현적 문학에서 타자의 존재론이 작동된 점은 다르지
않았다는 점이다.

예컨대 「지문을 부른다」박노해는 노동 속에서 없어진 지문을 부르며 새
봄을 갈망하는 노동자의 행렬을 암시한다. 이 시는 노동자의 절박한 연대
를 시사한 점에서 그 이전의 시들과는 결이 달랐다. 그러나 노동자의 연
대에 정동적 호소력을 부여하기 위해 삶 속에서 고통받는 타자의 절규를
드러낸 점은 마찬가지였다. 지문이 없다는 것은 존재가 상실되었다는 은
유이며, 그런 고통을 무시하고 임석 경찰이 화를 내는 것[40]은 타자 망각
을 암시한다. 그 같은 상황에서 시적 화자가 지문을 부르는 것은 노동자
에 대한 연대의 요구인 동시에 우리를 향한 존재론적 호소라고 할 수 있
다. 그처럼 우리에게 정동적 초대장을 보내 존재의 물결에 휘말리게 만드
는 과정은 1970년대 문학과 다르지 않다. 만일 그런 타자의 호소와 재현
불가능한 물결이 없었다면 노동계급의 재현은 별다른 호응을 얻지 못했
을 것이다.

노동문학은 노동자 연대의 표현인 동시에 우리가 그들에게 필사적으

---

40 「지문을 부른다」는 주민등록증을 만드는 과정에서 과도한 노동으로 인해 지문이 없어
    졌음을 노래한 시이다.

로 다가서게 만드는 정동적 초대장이었다. 그 점은 1980년대 후반에 쓰여진 노동소설의 경우에도 마찬가지였다. 노동소설에서도 생경하게 계급의식을 드러내기보다 존재의 물결을 표현한 작품이 사람들의 마음을 움직였다. 예컨대 「쇳물처럼」^{정화진}, 「내딛는 첫발은」^{방현석}, 『파업』^{안재성} 등이 파문을 일으킨 것은 억압받는 타자가 인간으로 일어서는 물결에 모두가 휩쓸렸기 때문이다. 노동문학을 포함한 문학의 역동성은 민중운동의 수행적 역동성의 지표였으며, 그 점은 산업화 시기의 변혁운동이 물결의 생성을 통한 수행성의 승리였음을 입증하고 있다.

문학의 활력으로 증명된 수행적 물결은 사회의 90%들이 타자에게 볼모로 잡히게 만들었다. 그래서 지식인, 중간층, 90%들이 자발적으로 롤스가 말한 무지의 장막[41]에 들어서게 되었던 것이다.[42] 1970~1980년대에는 상승욕구가 물신화되지 않았기 때문에 계층이동의 활발함은 도리어 무지의 장막에 쉽게 들어서는 요건이었다. 계층적 역동성이 인간으로 회귀하려는 존재의 진리를 가능하게 했고, 그런 물결 속에서 무지의 장막의 진리가 작동되었던 것이다. 롤스의 한계는 타자에게 볼모로 잡히는 존재의 진리를 말하지 않은 채 무지의 장막에 들어설 것은 권유한 점이다. 반면에 우리는 존재의 물결이야말로 타자성을 통해 일상의 이해관계를 넘어서는 무지의 장막의 진리라고 말할 수 있다.[43] 그런 존재의 물결이 사라진 오늘날은 진리에서 멀어진 사람들이 아무도 장막 안에 들어서지

---

41 존 롤스는 『정의론』에서 지위, 계층, 능력을 지운 상태에서 가언합의를 맺기 위해 무지의 장막에 들어설 것을 논의했다. 존 롤스, 황경식 역, 『정의론』, 이학사, 2003, 195~202쪽.

42 「아홉 켤레의 구두로 남은 사내」에서 나체화를 보는 순간이 바로 그런 상황이었다.

43 존재의 물결은 지식인과 중간층, 90%들을 장막에 들어선 듯이 이데올로기에 대한 맹목 상태로 만들어준다. 그런 존재론적 과정은 (존재론적·인식론적 전회를 통해) 인식론적 사상이 성취를 이루게 하는 핵심적 요건이라고 할 수 있다.

않는다.

　사회적 변화에서 존재의 물결이 중요한 것은 전사회적 운동을 일으키는 요건이기 때문이다. 과거에는 노동자 계급의 당파성이 우유부단한 중간층을 일깨우며 사회적 변혁의 불을 붙인다고 생각했다. 그러나 변혁의 실천적 진리는 결코 어떤 중심에서 나오지 않으며 타자와 존재자^{중간층} 사이의 이자적·다중적 관계에서만 발현된다. 개발권력은 사람들을 자본의 인질로 만들어 개발주의의 바깥으로 나오지 못하게 했다. 반면에 바깥에 접촉한 타자에게 인질이 된 90%들이 움직였기 때문에 개발^{쾌락원칙}과 젠트리피케이션^{현실원칙}을 넘어서며 변혁의 진리에 다가설 수 있었다.

　1970~1980년대의 변혁운동의 성취는 사상과 물결, 운동과 문학이 결합되어 이룬 성과였다. 다만 그 시기의 사회운동은 민주주의를 성취했지만 진보적 사상의 기획이 성공한 것은 아니었다. 우리가 얻은 것은 형식적 민주주의였으며 자본주의는 변혁되지도 개혁되지도 않았다. 더욱이 개헌 이후 보수적 정권이 들어섬으로써 사회운동가들과 시민들은 패배의식에 휩싸이게 되었다. 진정한 민주주의는 한판의 승리가 아니었으며 사상이 기획한 성취는 기약 없이 연기되었다.

　사상은 물결과 결합하여 승리했지만 승리의 순간 민중사상은 예상치 못한 딜레마에 부딪혔다. 민주화가 되었어도 민중의 세상은 오지 않았을 뿐 아니라 민중이라는 존재 자체가 해체에 직면하게 된 것이다. 민중이 중심이 되어 운동에 성공했지만 성공의 결과는 민중의 해체였으며 새 세상은 오지 않았다.

　민중사상의 무력화는 새로운 정동적 자본주의가 도래하며 존재의 물결이 약화된 데 그 원인이 있었다. 변화된 현실에서 다시 한번 모여야 할 시기에 자본주의가 정동권력을 통해 사람들을 흩어지게 만든 것이다. 신자유주의는 1970~1980년대 문학이 수행했던 존재론적 연대와 정반대되는 과정을 만들려 시도했다. 새로운 자본주의는 현실 자체에서 정동적 문학과 반대되면서 비슷한 방법으로 존재론적 정동의 해체를 실행했다. 존재론적 정동의 해체란 지식인과 민중의 결별, 존재자와 타자의 멀어짐을 뜻한다. 이제 사회 전체에서 물결치지 못하게 된 사상은 책갈피로 숨어들거나 제한된 조직 안에서 움직이게 되었다. 끝없이 자본주의를 비판했으나 사람들은 자본이 더 많아진 세상에서 살게 되었고, 존재의 물결을 상실한 비판 사상은 잘 작동되지 않는 무기가 되었다.

그러나 민중의 물결은 정동적 기억의 잔여물을 통해 사상적 기획의 패배를 보상하는 흐름을 만들 수 있다. 식민지시대의 진보적 운동은 성공하지 못했지만 그때의 물결은 기억 속에 각인되어 1970~1980년대에 새로운 물결을 일으켰다. 마찬가지로 민중의 물결의 흔적은 순수기억에 기입되어 물화된 직선적인 시간을 폭파시키는 정동적 무기로 되돌아올 수 있다. 신자유주의가 존재권력과 정동권력을 통해 물결을 잠재웠다면, 우리는 정동정치를 통해 패배를 되갚는 창조적 파동을 일으키며 비판 사상을 다시 한번 운동하게 만들 수 있다.

4. 상상적 공동체에서 정동적 공동체로
민중운동은 어떻게 민족적 차이를 생성하는가

1970~1980년대 민중운동은 수행적 물결의 차원에서 과감하게 재해석할 때 정동적 유산으로 회생할 수 있다. 그런 수행적 재해석은 민중운동의 또 다른 핵심어 '민족문학'에 대한 도전적 재조망을 위해서도 긴요

하다. 오늘날 민족문학은 국민국가 서사의 범주에 갇혀 있었다는 오해를 받고 있다. 민족문학이 좁은 민족 관념에 얽매였다는 그런 편견에서 벗어나려면 반드시 수행적 차원의 탐구가 필수적이다.

식민지시대와 달리 산업화시대의 민중운동은 계급문제와 민족문제를 서로 연계시켜 생각하고 있었다. 즉 사회주의와 민족주의가 포괄적 동맹을 맺은 과거와 달리 민주화 시대에는 민중적 민족운동이 기획되고 있었다. 문학의 경우 민중적 민족문학은 임화의 인민적 민족문학의 계승이면서 식민지시대 진보적 문학의 변주된 귀환이었다. 물론 어느 시대이든 계급문제와 민족문제를 둘러싼 논쟁과 동맹은 줄곧 한국의 변혁운동에 내포된 핵심적 화두였다.

그중 민족문제가 종종 국민국가 내부의 상상력으로 간주되는 것은 민족 담론을 기획의 차원에서만 생각한 때문이다. 그와 달리 수행적 차원의 고찰을 통해 타자의 위치에서 출발할 경우 우리는 민족 담론에서 국민국가를 넘어서는 열린 저항적 흐름을 찾을 수 있다. 그 점은 1970~1980년대의 민족 담론의 두 차원을 비교하면 분명히 알 수 있다,

흥미롭게도 산업화 시기에는 개발권력과 진보적 운동 양쪽에서 모두 민족이라는 기표를 앞세우고 있었다. 그 때문에 민중운동에서 민족 기표를 내세운 점은 변혁의 상상력이 좁은 민족 담론의 틀에 갇혔었다는 오해를 불러일으킬 수 있었다.[44] 국가권력은 개발을 강조한 반면 민중운동은 희생자民衆의 편에 섰지만 여전히 편협한 민족과 국민의 서사의 내부에서 움직였다는 것이다.

그러나 이는 양자의 핵심적인 차이를 간과한 것이다. 1장에서 살폈듯

---

44   이남희, 앞의 책, 250쪽.

이 민족 담론은 이념적으로 매우 큰 편폭을 갖고 있다. 그 양극단의 차이는 개발권력과 민중운동의 민족 담론을 수행적 차원에서 검토할 때 선명하게 드러난다.

개발권력의 민족주의는 개발을 통해 민족을 근대화한다는 동일성 신화를 만들며 타자를 배제했다. 그런 개발의 체제에서 민족의 근대화^{조국 근}^{대화}[45]란 실상 근대성 신화의 숨겨진 모순을 민족의 이름으로 봉합한 이데올로기와도 같았다. 여기서 민족이라는 기표는 개발된 미래의 환상이 희생자의 고통으로 분열되는 것을 막는 동일성의 기제로 작동했다. 이 과정은 개발권력이 상징계의 균열 지점[46]에 민족주의^{상상계}의 이데올로기적 스크린[47]을 설치한 것에 비유될 수 있다. 그런 개발권력의 상상계적인 이데올로기의 스크린은 국제적 차원의 신식민지적 질서를 은폐하는 가림막이기도 했다.

반면에 민중운동은 균열의 틈새에서 타자와 교섭하며 실재계적 정동공동체로 나아가려 했다. 그들은 직선적으로 질주하는 상상적 공동체의 시간을 폭파시키며 유동적인 정동적 공동체로 코페르니쿠스적 전회를 꾀했다. 원래 민족주의의 기획에는 상상계^{민족주의}와 상징계^{국민국가}를 넘어서는 실재계적 모험이 분명하지 않았다. 반면에 민중운동은 국제적 자본의 희생자인 민중적 타자를 앞세우며, 독립성을 희생시키되 상상계적 동일성으로 회귀하지 않도록 했고, 그런 방식으로 기왕의 민족적 기획의 인식론적·존재론적 전회를 시도하고 있었다.

---

45 개발권력은 조국을 근대화해 민족중흥을 이루는 것이 역사적 사명임을 강조했다.
46 상징계의 균열이란 민족적 산업전사로 불린 사람들이 세계 자본주의(냉전 자유주의)의 노동분할에 의해 '값싼 노동'에 시달리며 죽음정치적 노동자가 된 현실을 말한다.
47 이데올로기적 스크린은 균열을 가리는 동시에 민족적 개발의 환상을 보여주는 역할을 했다.

그 같은 맥락에서 개발권력의 민족주의가 상상계적 이데올로기로 작용했다면, 변혁적 민족사상은 존재론적·인식론적 전회로서 실재계적 공동체를 지향하고 있었다. 전자는 앤더슨의 상상적 공동체 중에서 관 주도 민족주의의 변형에 가깝다. 반면에 후자는 (상상적 공동체를 넘어서서) 타자의 위치에서 상상적 동일성의 민족성에서 전회를 꾀하며 실재계적 정동 공동체를 향해 있었다. 민중이 민족과 결합할 수 있었던 비밀은 그처럼 수행적으로 실재계적 타자^{민중}의 위치에서 민족 기표의 코페르니쿠스적 전회를 시도한 데 있었다. 민중적 민족운동은 상상계적 동일성으로 보이는 민족 관념이 민중 타자의 위치에서 변혁적인 실재계적 공동체로 전회할 수 있음을 증명하고 있었다.

이처럼 수행적 차원의 고찰은 민중적 민족운동의 실재계적 전회의 의미를 알려준다. 실재계적 운동으로서의 정동적 공동체는, 민족의 자율성을 중시하며 실재계를 향해 운동하면서, 상징계와 상상계적 차원, 즉 국민국가의 서사와 이데올로기를 넘어섰다. 이런 민족운동의 수행적 차원의 도약 과정에는 좁은 민족적 동일성의 운동^{이데올로기나 국가}이 존재할 수 없었다.

그 같은 수행적 도약은 실제의 운동 방식을 통해서도 알 수 있다. 민중운동은 수행적 차원에서 '큰 주체'에 의해 호명되는 동일성 운동 대신 실재계와의 관계에서 자기지시적 운동의 (기표들의) 연쇄로 표현되었다. 자기지시적 운동이란 민족이나 국가의 지배적 동일성 기표에 예속되지 않은 채 자율적으로 운동하는 것을 말한다.

민족운동의 행위자 민중이 민족 기표에 얽매이지 않고 자율적 운동을 일으킨 비밀은 타자의 위치에서의 운동이라는 점에 있다. 타자에게 주도권이 없는 민족운동은 민족 기표에 예속된 동일성 운동에서 벗어나기 어렵다. 반면에 민중적 민족운동에서 민족이라는 기표는, 민중 타자의 주도 권으로 동일성에서 미끄러지며 자기지시적 연쇄^{자율적 운동}를 일으키기 때문에, 충만한 기의^{민족 관념}를 끝없이 연기하며 차이를 생성한다. 이것이야 말로 민족적 동일성을 타자의 위치에서의 차연^{동일성의 연기와 민족적 차이의 생성}으로 만드는 과정과도 유사하다.[48]

여기서 민중의 자기지시적 운동 방식은 민족운동의 실재계적 전회의 과정과 중첩된다. 즉 타자의 위치에서 자기지시적 차연 운동이 일어난다는 것은 상상계-상징계^{민족적 동일성}에서 실재계로 코페르니쿠스적 전회의 운동이 일어나고 있다는 뜻이다. 개발권력의 피해자이자 국제적 자본의 희생자의 위치, 민중적·민족적 타자의 위치에서의 자기지시적 운동^{차연}은, 그처럼 민족 담론의 변혁적인 실재계적 선회의 운동과 겹쳐지고 있었다.

민족의 서사에서는 동일성/정체성의 관념이 강조되며 그 자체로서는 자본주의적 근대성을 넘어서는 변혁의 기획이 없다. 그러나 과거 염상섭이 주목했듯이, 식민지나 신식민지의 민족이 자주성을 회복하려 할 때는 수행적 차원에서 타자의 위치에서의 운동이 강조된다. 그런 타자성에 근거해 염상섭은 민족운동이 사회주의와 연계될 수 있다고 주장한 터였고, 산업화시대에는 아예 처음부터 민중적 민족운동이 제기되었다. 민중적 민족운동은 민중 타자의 위치에서 자주성을 회복하려 했기 때문에 민중의 자기지시적 운동을 통해 동일성의 민족 관념에 실재계적 전회를 일으켰다. 그 과정에서 민족 기표에 동일성의 관념이 부착되는 대신 민중 타자의 위치에서 자본주의적 근대성을 넘어서며 독립적인 차이^{혹은 차연}를 생성하는 운동이 나타난 것이다.

---

48 데리다가 『법의 힘』에서 암시한 것처럼 타자의 위치에서의 해체는 변혁운동의 물결을 일으킨다. 데리다, 진태원 역, 『법의 힘』, 문학과지성사, 2004, 54쪽.

개발권력의 민족이 동일성의 환상을 만들었다면, 민중운동의 민족은 차이를 생성하는 타자성의 운동을 일으킨 셈이었다. 전자는 민족 기표에 자본주의적인 개발된 미래를 상상적으로 부착시키지만, 후자는 민족 기표의 자기지시적 운동을 통해 차이를 생성하며 고착된 (동일성의) 민족 관념을 끝없이 연기한다. 고착된 민족 관념에는 자본주의적 근대의 극복도 국민국가의 넘어섬도 없다. 반면에 민중 타자의 위치에서 차연의 민족운동은 결코 자본주의적 근대나 국민국가 서사^{동일성 논리}에 갇혀 있지 않았다. 후자의 타자성의 자기지시적 차연의 운동은, 민중적 민족운동이 어떻게 자본주의적 근대와 국민국가의 서사^{상징계와 상상계}를 넘어서면서, 실재계의 주위를 도는 여러 행성 중 독립된 행성의 위치^{차이}를 지향했는지 설명해 준다.

요컨대 민족운동 / 민중운동의 코페르니쿠스적 전회란 민족적 동일성의 위치에서 차이^{차연}를 생성하는 위치로의 선회를 말한다. 그 순간 타자의 희생을 은폐하는 이데올로기적 스크린을 폐지하면서 개발권력과 국제적 자본에 예속되었던 민중 타자의 위치가 작동되기 시작한다. 민중적 민족운동은 바로 그 타자의 위치에서의 자기지시적 운동^{차연}인 동시에 상상계에서 실재계로의 선회의 운동이기도 하다. 여기서 실재계적 타자의 위치에서 차이를 생성하는 자기지시적 운동의 연쇄가 우리의 주제 존재의 물결이다. 또한 타자의 위치에서 존재의 물결을 일으키며 자기구성적 운동을 하는 집 없는 집이 정동적 공동체이다.

정동적 공동체에서 민족은 능동적인 자주성을 주장하며 실재의 주위를 도는 행성일 뿐 고착된 자기중심성을 내세우지 않는다. 그런 정동적 공동체는 민족 구성원들의 동일성^{상상계와 상징계} 운동 대신 실재계적 차이^{차연}의 운동이 일어나게 하는 핵심 근거이다. 설령 정동적 공동체가 독립성과

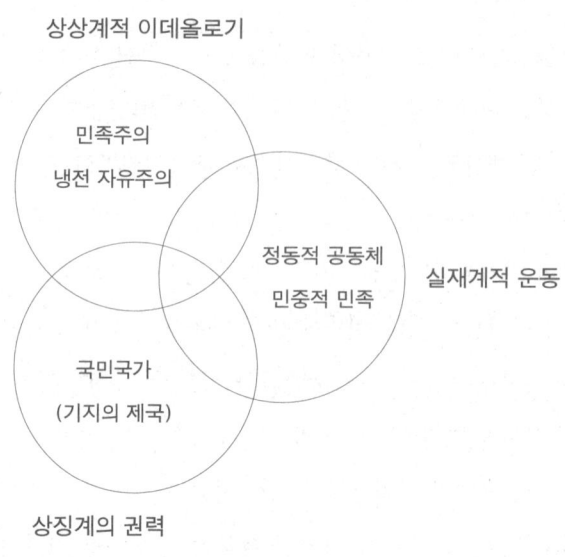

상상계적 이데올로기

민족주의
냉전 자유주의

정동적 공동체
민중적 민족   실재계적 운동

국민국가
(기지의 제국)

상징계의 권력

신식민주의시대의 네이션의 세 영역[49]

자주성을 중시해 민족의 기표를 앞세웠더라도, 그 실재계적인 운동은 동일성이 아니라 타자의 위치에서 자기지시적 물결을 일으킨다. 여기서는 민족적 동일성의 운동^{이데올로기와 국가적 동일성} 대신 타자와 교감하며 동일성을 해체하는 차이의 물결이 있을 뿐이다. 그런 정동적 공동체의 역동성의 지표는 국민국가 내의 많은 사람들이 타자에게 볼모로 잡혀 실재계적 물결에 휩쓸렸던 상황에 있다. 산업화시대에 타자의 부름에 응답하며 지식인과 중간층이 다가섰던 존재론적 지형도는 정동적 공동체의 존재를 입증하는 지표였던 셈이다.

개발권력의 상상계적 운동과 민중적인 실재계적 운동의 차이는 민족전통에 대한 태도에서 결정적으로 표현된다. 개발권력의 상상적 공동체는 텅 빈 현재에 박물관적인 전통을 채워 넣으며 직선적으로 질주하려 했다.

---

49 개발주의 체제는 식민지가 아닌 국민국가였지만 냉전 자유주의의 리더이자 기지의 제국인 미국의 영향력 하에 있었다.

여기서 민족 전통은 개발된 미래의 목표를 위해 분열을 봉합하는 동일성의 장치일 뿐이다. 반면에 민중운동은 현재의 공백에 순수기억의 성좌를 새겨넣으며 창조적인 혁신을 시도했다. 예컨대 『장길산』의 민중운동이나 동학농민혁명, 김산의 『아리랑』 이야기 등이 그런 기억의 성좌일 것이다.

그런 맥락에서 민중운동에서의 민족 전통이란 벤야민이 말한 기억의 성좌의 역할을 뜻한다고 할 수 있다. 기억의 성좌로서의 민족 전통이란 더 이상 동일성을 강화하는 기표가 아니다. 벤야민은 기억의 성운을 통해서만 현재가 변혁의 신호로 고양된다고 말했으며 여기에는 전통에 대한 구시대적 향수란 없다.

정동적 공동체의 텅 빈 현재에 기억의 성좌가 채워진다는 것은 회상을 통해 기념비적인 인물을 만난다는 뜻이 아니다. 민중운동에서 장길산과 전봉준, 독립투사가 중요한 것은 회상하며 깨어 있기 위해서가 아니라 존재론적으로 현재를 고양시키기 위해서이다. 민중운동은 기억의 성좌를 붙잡으며 그 순수기억의 창조적인 힘으로 타자의 위치에서 물결을 일으키려 했다. 개발권력이 민족 쇄신적인 산업화 신화를 통해 (균열을 봉합하고) 직선적으로 질주하려 했다면, 민중운동의 기억의 성좌는 타자를 배제하는 직선적 시간을 폭파시키며 (타자성의 위치에서) 유동적인 세상을 만들려 했다.

민족 전통의 차이는 역사적 진행뿐 아니라 문화적 유산에도 해당된다. 직선적인 동일성 체제에서는 문화적 전통을 골동품적 유물로 만들어야만 개발된 미래로 나아갈 수 있다. 반면에 민중운동의 문화적 전통이란 과거로 돌아가는 것이 아니라 니체적인 몸의 기억[50]을 이어받는 것이

---

50   몸의 기억에 대해서는 「망각으로부터의 기억의 발생—니체의 기억 개념 연구」, 『철학논집』 제42집, 2015.8, 337~338쪽 참조.

다. 몸의 기억이란 시간을 존재로 전위시키고 과거를 현재로 지속시키며 창조적 혁신을 이루는 원천이다.[51] 그 때문에 몸의 기억에 녹아든 순간은 벤야민의 기억의 성운을 움켜쥐는 순간으로 상승할 수 있다. 그런 몸의 기억을 지닌 사람만이 역사와 시간의 능동적 주인이 될 수 있으며, 여기서의 민족 기표는 개발 열차에 탄 수동적 객체가 아닌 역사에서의 능동적 위치를 뜻한다.

이런 몸의 기억으로서의 민족적 기표의 능동성은 당시의 학생과 노동자들이 마당극에 빠져든 이유를 말해준다. 마당극은 과거의 놀이이고 비판적 대학생은 서구적 지식인이었기 때문에 민속극을 '향수와 유토피아 사이의 서성거림'으로 볼 수도 있다.[52] 그러나 이는 순수기억으로서 '몸의 기억'에 내포된 지속의 열망[53]과 창조적 변주를 간과한 것이다. 탈춤과 마당극은 흔히 당시 사회를 비판하는 방식으로 개작되어 공연되었다. 그런데 그 이상으로 중요한 것은 마당극의 몸의 리듬에 녹아든 순간 선적 시간을 넘어선 순수기억의 고양으로 능동적 정동이 생성된다는 점이다. 순수기억이 창조적으로 변주되며 현재의 신체를 움직이는 과정, 이것이 개발권력의 선적인 시간에서는 나타날 수 없는 민중적 민족사상의 정동적 시간성이다. 마당극은 되돌아갈 수 없는 과거의 유물이 아니라 순수기억을 고양시키는 몸에 기입된 정동적 유산이다. 그런 마당극에서 사람들이 몸의 기억으로 어우러지는 순간은 정동적 공동체가 작동되며 억압된 세상을 바꾸려는 존재의 물결의 열망이 일어나는 시간이다.

김지하는 마당극의 유동성을 '즉흥적인 관계와 아메바처럼 움직이는

---

51 그처럼 존재론적 기억인 점에서 몸의 기억은 베르그송의 순수기억과 비슷하다.
52 이남희, 앞의 책, 308쪽.
53 베르그송의 순수기억은 존재의 지속을 가능하게 해준다.

마당'이라고 표현했다.[54] 또한 조동일은 '공연장소와 극중장소의 유동성, 자유로운 전환', 그리고 '공연시간와 극중시간의 유연한 확장성'을 강조했다.[55] 김지하와 조동일이 강조한 '아메바적 유동성과 확장성'이란 선적인 합리적 시간으로는 표현할 수 없는 정동적 시간성의 역동성을 의미한다. 그런 정동적 시간성은 미학적 특징일 뿐 아니라 역사적 혁신의 힘이기도 했다. 즉 서구의 개인주의 미학과 구분되는 미학적 혁명성은 전통과 현대를 연결하는 시간성의 혁명에도 해당된다. 대학생들은 경계를 넘는 독특한 미학에 빠져들었을 뿐 아니라, 과거와 현재를 연결하는 과정에서도 서구 근대의 직선적 시간을 넘어서는 정동적 시간성에 몰입하고 있었다. 그들은 마당극의 유동성에 매혹된 동시에 과거의 전통과 현재의 서구 근대의 간격을 넘어 열려있는 창조적 정동성을 표현했다. 그렇게 하면서 개발된 미래로 독주하는 독재체제의 감성의 치안에 대항하기 위해, 민족적이면서 모든 민족적 경계에 대해 개방적인[56] 새로운 정동적 변혁운동을 재창조해 내고 있었다.

---

54 김지하, 「생명의 담지자인 민중」, 『밥』, 분도출판사, 1984, 136쪽.
55 공연장소는 배우들의 연극 공간이며 극중장소는 작품 내의 공간을 말한다. 배우들은 극중장소에 머물지 않고 연극 공간에서 관객들과 호흡하며 공간적으로 유동성 있게 움직인다. 이는 시간상으로도 마찬가지이다. 조동일, 『한국 가면극의 미학』, 한국일보사, 1975, 156~165쪽.
56 경계를 넘어서는 마당극의 미학은 전통에 집착하지 않고 서구적 근대의 공간과 유동적으로 연결되며 '경계를 넘어선 세상'을 추구한다.

5. 정동적 변혁운동 최일남의「흐르는 북」

전통과 현대를 연결하며 정동적 몸의 기억이 물결을 일으키는 진행은 최일남의 「흐르는 북」1986에 잘 나타난다. 이 소설에서 젊은 시절 북에 빠져 있던 민노인은 북소리를 낼 공간을 잃고 쓸쓸히 살아간다. 떠돌이 광대로 가족을 돌보지 않았던 민노인은 아들 대찬에게 무시당하며 간신히 얹혀살고 있다.

반면에 출세지향적인 대찬은 예술가 기질의 민노인을 원망하며 가족 앞에서 북을 치지 못하게 한다. 북을 버리지는 말되 치지 못하게 하는 대찬의 태도는 개발권력의 민족 전통에 대한 생각과 닮아 있었다. 민족 전통을 박물관적으로 보관하면서 미래의 시간은 쇄신을 통해 중흥을 이룬 개발된 세상으로 만드는 것이다.

그러던 어느 날 대학생 손자 성규가 학교 봉산탈춤 발표회에서 민노인이 북을 쳐 줄 것을 부탁한다. 북소리에 무관심한 아들 세대와는 달리 당시의 대학생들은 마당극과 탈춤에 열광하고 있었다. 성규가 민노인에게 신바람을 일으켜 달라고 말하자 민노인은 뱃가죽에 잠긴 북소리가 신바람의 장소를 얻은 사실에 가슴이 설레였다.

민노인은 학생들 앞에서 북을 연습하면서 체온이 스민 옷을 다시 입는 듯한 감동을 맛봤다. 북소리는 단순한 전통문화가 아니라 민노인의 신체와 일체가 된 정동적 몸의 기억이었다. 공연 날에는 민노인과의 세대 차이를 뛰어넘어 원처럼 둘러싼 구경꾼들학생들 속에서 한 몸으로 북소리가 흐르고 있었다.

그러나 성규 학교에서의 공연 소식을 들은 대찬 내외는 저녁에 돌아온 성규를 질책했다. 대찬은 성규에게 왜 하필 할아버지를 동원했냐고 분노의 목소리로 다그쳤다. 그 순간 성규는 아버지에게 반발심이 일어났고 특히 '동원'이라는 말에 거부감이 들었다. 성규는 동원이 아니라 자아의 표현이었고 공연은 대성공이었다고 말한다.

"그래서? 할아버지가 나름대로의 예술을 완성했나?"

"그건 인식하기 나름입니다. 다만 할아버지에게서 북을 빼앗는 건 할아버지의 한을 배가시키고, 생의 마지막 의지를 짓밟는 것에 다름이 아니라는 생각만은 갖고 있습니다."

방안의 민노인이 천천히 응접실로 나온 건 그때였다. 자기 때문에 성규가 궁지에 몰려 있는 걸 보고만 있을 수 없어서였는데, 아들은 집안의 분란을 더 키우고 싶지 않았든지, 민노인 쪽엔 시선을 돌리지도 않은 채 성규에게만 소리를 꽥 질렀다.

"건방 그만 떨고 어서 가서 잠이나 자. 다시 그런 짓 했다간 이 정도로 끝나지 않을 줄 알아."

제 방으로 돌아가던 성규는 민노인과 눈이 마주치자 재빠른 웃음을 보냈다. 음모꾼끼리의 신호 같았다.[57]

응접실에서 대찬과 성규의 논란이 계속되자 민노인은 미안한 마음에 방에서 나왔다. 대찬은 민노인은 외면하고 성규에게 소리를 질렀지만 그 호통은 민노인의 정동적 기억을 금지하는 감성의 치안과도 같았다. 출세주의자인 대찬에게는 민노인의 정동적 기억이 직선적인 시간을 머뭇거리게 하는 방해물에 불과했다.

---

57   최일남, 「흐르는 북」, 『이상문학상 수상작품집』, 문학사상사, 1986, 35쪽.

그러나 응접실에는 출세주의자의 감성의 치안에 저항하는 또 다른 시간이 은밀히 흐르고 있었다. 성규와 민노인은 대찬의 질책과는 상관없이 재빠른 웃음을 통해 음모꾼끼리의 신호를 주고 받았다. 성규의 웃음은 민노인의 북소리가 자신의 몸에 흐르고 있다는 뜻이며, 음모꾼의 신호는 대찬의 '감성의 치안' 외부에서의 교감을 나타냈다.

이후 대찬 내외는 성규가 데모를 하다 붙잡혀갔다는 소식을 듣고 충격에 빠진다. 아들 내외가 밖으로 나가 돌아오지 않자 민노인은 북채를 잡고 북을 치기 시작했다. 그리고 성규의 데모와 자신의 북소리가 어떤 연관이 있는지 생각에 몰입했다. 그 순간 탈춤으로 만났던 성규와 민노인은 문득 북소리와 시위자로서 다시 만나고 있었다.

이 소설에서 북소리는 감성의 치안을 전복시키는 방식으로 민중운동과 만나고 있다. 아들 세대는 전통문화를 유물로 보존하면서도 생생하게 살아 움직이는 소리를 내지 못하게 막고 있었다. 반면에 성규와 대학생들은 북소리가 자신의 몸에 흐르게 만들면서 능동적 정동으로 체제의 치안에 저항했다.

성규의 입장은 현실 인식을 통해 독재정권을 비판하고 행동하는 점에서 민노인의 예술세계와 똑같은 것은 아니다. 그러나 감성의 치안 외부에 있는 타자의 위치에서 정동적 물결을 일으킨 점에서 민노인과 손을 잡고 있었다. 감성의 치안은 능동적 정동의 물결을 잠재워 정치적 저항을 무력화하는 권력의 장치이다. 반면에 신바람이라는 존재론적 물결을 일으키는 몸의 기억의 흐름, 이것이 바로 감성의 분할을 전복시키는 음모꾼끼리의 신호였다.

랑시에르는 변혁운동에서 낮의 시간에 역사적 주체를 인식하기보다 밤의 시간에 감성의 재배치를 고안할 것을 주장했다. 랑시에르가 말한 밤이란 시간의 분할에서 제외된 어두운 틈새의 시간을 말한다.[58] 대학생들이 민노인의 북소리에 열광했던 것은 개발권력의 감성의 분할이 제외했던 몸의 리듬이 회생했기 때문이다. 감성의 분할의 차원에서 낮의 틈새 시간에 공연된 탈춤은 밤의 음모이자 몸의 기억의 쇄신이었다. 민노인과 달리 학생들만이 시위를 일으킬 수 있는 점에서 인식론적 사상은 매우 중요하다. 그러나 사상을 가진 사람들이 몸을 움직이게 하는 것은 감성의 치안을 뚫고 나가며 존재의 물결을 일으키는 운동일 것이다.

민노인과 학생들이 신바람 나는 존재의 물결을 경험한 것은 체제의 공간에서 벗어나 정동적 공동체에 접속한 순간이었다. 마당극은 직선적 시간을 꿰뚫는 틈새를 생성해 물결을 만들며 정동적 공동체의 존재를 입증하고 있었다. 마당극의 신바람은 좁은 민족의식이 아니라 기억의 성운이 텅 빈 현재를 채우며 일으킨 존재의 물결이었다. 마당극에서 존재의 물결이 일어난 순간 민노인과 학생들은 세대를 뛰어넘어 물밑에서 정동적 연대를 확인할 수 있었다.

신바람 같은 물결의 시간은 순수기억 속에 각인되어 끝없이 흐르며 되돌아온다. 「흐르는 북」은 민중운동에서 인식론적 사상만큼이나 선적 시간을 횡단해 파동치는 물결의 귀환이 중요함을 보여준다. 민노인은 대학생들의 사상운동과는 무관한 존재이지만 사상이 몸을 움직이는 정동적 운동의 물결이 되도록 힘을 보태고 있었다. 그와 성규 사이에는 감성의 치안으로도 경찰의 검거로도 막을 수 없는 정동적 변혁운동의 물결이 흐르고 있었다.

---

58   자크 랑시에르, 안준범 역, 『프롤레타리아의 밤』, 문학동네, 2021, 41~42쪽. 랑시에르는 과학적 인과론과 인식론을 넘어서서 다른 세계를 향한 정념과 열망을 중시한다.

6. 내면의 강과 연대의 물결 '저문 강'에서 「쇳물처럼」으로

1970~1980년대의 민중운동은 마치 점층법적 수사학처럼 점점 강렬해지는 흐름을 나타냈다. 문학에서 1980년대 이후에 노동시와 노동소설이 많아진 것은 그 점을 입증한다. 그러나 이런 변화는 한국적 변혁운동의 특징인 수행적 물결 대신 사상적 기획이 중요해졌음을 뜻하는 것이 아니다. 그보다는 1970년대 문학이 증명한 정동적 연대를 근거로 점차사상적 기획이 강화되며 증폭된 연대의 물결을 성취한 것으로 볼 수 있다.[59] 그런 수행적 물결의 승리야말로 지금까지 강조되지 않았던 한국적민중문학과 변혁운동의 감춰진 비밀이다. 이제 1970년대에서 1980년대에 이르는 과정에서 어떻게 사상운동의 강화가 존재의 물결을 더욱 증폭시켰는지 살펴보자.

1970년대 문학은 지식인과 중간층이 하층민에게 가까이 다가서며 정동적 공동체를 확인하게 하고 있었다. 앞서 살핀 「아홉 켤레의 구두로 남은 사내」가 대표적인 경우이다.[60] 윤흥길의 소설에서처럼 하층민이 권력의 젠트리피케이션에 의해 배제되는 순간은 지식인과 중간층이 절박하게 다가서는 시간이기도 했다.

이 시기에는 노동자가 주인공인 경우에도 계급의식보다는 정동적 연대감에 호소하는 진행을 드러냈다. 예컨대 「삼포 가는 길」이나 「난장이가쏘아올린 작은 공」은 마음 속의 '삼포'나 동화적 환상을 통해 독자들이 노

---

59 그런 사상적 고취와 물결의 증폭을 이루는 데에는 광주항쟁이 중요한 계기가 되었다.

60 연작으로 된 이 소설의 속편들은 계급의식을 표현하려 하고 있지만 계급적 각성의 전개(속편)보다는 타자와의 교감을 그린 첫 작품(「아홉 켤레의 구두로 남은 사내」)이 가장 감동적이다.

동자에게 정동적 연대감을 갖게 만들고 있다. '삼포'나 '난장이의 작은 공'은 진정성의 샘물 대상 a의 은유이며,[61] 두 소설은 대상 a를 통한 연대로서 정동적 공동체의 존재를 감지하게 하고 있다.

대상 a란 산업화시대에 상실한 유토피아의 잔여물이다. 두 소설은 하층민을 통해 모두의 가슴에서 그런 잔여물을 확인하게 함으로써, 개발독재의 시대에도 물밑에 정동적 공동체가 존재함을 암시했다. 즉 타자의 정동적 호소에 의해 깊은 샘물이 동요하며 지식인과 중간층이 다가서는 순간 민중하층민, 중간층, 지식인적 정동 공동체가 입증되었던 것이다.

정희성의 시들은 그런 내면의 물결과 정동적 공동체의 존재를 압축적으로 보여주고 있다. 예컨대 「어머니, 그 사슴은 어찌 되었을까요」와 「저문 강에 삽을 씻고」는 하층민의 어두운 삶을 암시하면서도 계급의식보다 내면의 물결을 통해 정동적 연대감을 불러일으킨다. 특히 「저문 강에 삽 씻고」는 정동적 물결을 암시하는 은유와 상징들로 가득 차 있다.

> 흐르는 것이 물 뿐이랴
> 우리가 저와 같아서
> 강변에 나가 삽을 씻으며
> 거기 슬픔도 퍼다 버린다
> 일이 끝나 저물어
> 스스로 깊어가는 강을 보며
> 쭈그려 앉아 담배나 피우고
> 나는 돌아갈 뿐이다

---

61 상실한 '삼포'는 마음 속의 잔여물인 대상 a이며, 잔여물의 작동으로서 '또 다른 삼포'는 모두가 소망하는 정동적 공동체라고 할 수 있다.

삽자루에 맡긴 한 생애가

이렇게 저물고, 저물어서

샛강 바닥 썩은 물에

달이 뜨는구나

우리가 저와 같아서

흐르는 물에 삽을 씻고

먹을 것 없는 사람들의 마을로

다시 어두워 돌아가야 한다[62]

윗시에서 '저문 강'은 랑시에르의 '프롤레타리아의 밤'[63]과 유사하다.
이 시의 노동자 화자는 어두워 가는 틈새의 시간[ᵇ]에 계급의식보다는
정동적 물결로 자신의 존재를 확인하고 있다. 시적 화자는 '흐르는 강'과
'강바닥의 달'이 노동자의 삶과 다르지 않다고 반복해서 노래한다. '샛강
바닥에 뜨는 달'은 대상 a의 이미지이며 깊어 가는 강은 내면의 정동 공동
체의 은유이다. 노동자의 매일의 일과는 '낮의 고통스러운 노동'과 '밤의
강물의 흐름'의 비대칭적 반복이다. 그런 과정에서 화자는 노동으로 인한
고통을 계급의식보다 강과 달의 이미지를 통해 가슴에서 능동적으로 전
환시키려 한다. 강의 흐름이 세상의 고통을 씻어 주듯이, 강물 같은 정동
의 물결은 낮의 슬픔을 저문 강의 정동으로 전회시킬 수 있다. 강물로 삽
을 씻는 순간은, 노동의 고통을 내면의 물결로 씻으며 '먹을 것 없는 사람
들'의 정동적 공동체[64]에 접속하는 시간이다.

---

62 정희성, 「저문 강에 삽을 씻고」, 창비, 1978, 22쪽.
63 랑시에르, 안준범 역, 앞의 책, 36~37·44~45쪽.
64 이 정동적 공동체는 낮의 감성의 분할을 해체할 수 있는 잠재력을 지니고 있다.

이 시에서 그런 정동적 유대의 물결은 하층민들 사이에서만 일어나는 것이 아니다. 화자가 강을 바라보며 쭈그려 앉아 생각에 잠기는 순간 강물은 우리의 내면을 함께 젖게 만든다. '소시민적인 일상의 독자들'과 '먹을 것 없는 사람들' 사이에는 일정한 거리가 있다. 그러나 삽을 씻으며 강에 젖는 화자는 노동자의 아픔을 전해주며 순수한 벌거벗은 얼굴을 드러낸다. 그런 얼굴로 보는 강에 뜬 달, 즉 대상 a에 이끌리면서, 우리는 가슴의 샘물의 동요로 인해 문득 노동자의 곁으로 다가선다. 그 순간 우리 또한 강물에 젖어 강바닥의 달을 보며 깊어 가는 정동적 공동체를 확인하게 된다.

1970년대의 문학은 그처럼 정동적 공동체를 확인하면서 언제라도 물결이 분출될 수 있음을 암시했다. 정동적 공동체가 확인되는 순간은 하층민과 거리를 둔 지식인과 중간층이 물밑에서 다가서며 손을 잡는 시간이다. 이 시기가 민중의 시대였던 것은 그처럼 하층민 타자의 정동적 초대에 지식인과 중간층이 응답하며 민중적 정동 공동체를 입증했기 때문이다.

정동적 공동체를 발견하는 순간은 내면에서 존재의 물결이 일어나는 시간이다. 1970년대 문학이 일으킨 그런 내면의 물결은 1980년대 문학에서 민중의 집단적 연대로 증폭된다. 1980년대에는 노동소설뿐 아니라 「강」^{김인숙}, 「태양은 묘지 위에 떠오르고」^{양헌석} 같은 소시민 작가의 소설에서도 민중의 집단적 연대가 그려진다.

1980년대 소설에 그려진 민중의 집단적 움직임은 이 시기에 민중사상이 한층 더 고양되었음을 뜻한다. 그러나 보다 더 중요한 것은 그런 연대의 표현이 1970년대 문학에서 암시된 정동적 공동체와 존재의 물결의 증폭으로 나타난 사실이다. 실제로 이 시기의 노동소설들은 계급의식의 고양에만 초점을 맞추지 않고 내면의 물결이 거세지는 과정을 전경화함으로써 그 점을 암시하고 있다.

예컨대 「쇳물처럼」^{정화진, 1987}[65]은 노동자를 역사의 주체로 보는 지식인 작가가 공장 안의 집단적 연대를 그린 소설이다.[66] 작품 자체에는 지식인이 나오지 않지만 공장 내의 노동자들의 집단적 행동은 작가의 사상적 기획과 방향을 같이 하고 있다. 그러나 주목할 것은 「쇳물처럼」의 미학적 승리가 수행적 과정에서 단순한 계급사상의 재현을 넘어서며 얻어졌다는 점이다. 이 소설이 많은 사람들을 감동시킨 것은 노동자들의 단결에 그치지 않고 연대의 과정에서 정동적 물결이 분출되는 순간을 강렬하게 그린 때문이다.

이 소설에서 노동자들의 집단적 행동은 칠성이 같은 젊은 노동자들을 중심으로 진행된다. 칠성이는 젊은 노동자들과 보너스 투쟁을 주도하며 자신들을 개돼지로 보는 전 상무에게 대들었다. 이런 칠성이의 행동은 랑시에르가 말한 '낮의 노동자'가 의식이 고양되는 과정으로 볼 수 있다. 그런 '낮의 연대'의 기준에서 보면 중견 노동자 천 씨는 수동적 인물이며 좀처럼 불만을 행동으로 표현하지 않는다. 긴 시간 수모를 견뎌온 천 씨는 가슴 속의 수천 도의 분노를 애써 참아내며 선뜻 앞에 나서지 않는다.[67]

그러나 천 씨는 낮 동안에는 행동하지 않지만 일과가 끝난 후 내면에 이는 정동적 물결을 감지한다. 천 씨는 마치 「저문 강에 삽을 씻고」의 화자처럼 슬픈 노동과 강물의 흐름을 반복하는 인물이다. 「쇳물처럼」은

---

65 이 소설은 6월 항쟁 직후의 노동자 대투쟁을 배경으로 쓰여졌다.

66 이 소설의 작가 정화진은 서강대 영문과를 졸업하고 인천의 한 공장에 선반공으로 취업한 후 소설을 썼다. 그처럼 1980년대 후반의 노동소설은 지식인이 노동자에게 다가선 노학연대와 긴밀한 연관이 있다.

67 정화진, 「쇳물처럼」, 『20세기 한국소설』 46, 창비, 2006, 63쪽.

1980년대 노동소설의 백미인 동시에 1970년대 노동자의 '저문 강'의 물결을 이어받고 있다. 앞서 살폈듯이 사상이 실천으로 이어지는 과정에서는 이념 이상으로 내면의 물결의 고양이 매우 중요하다. 노동운동가 정화진이 칠성이에게 더 다가서 있으면서도[68] 천 씨를 '의식의 중심'[69]으로 삼고 있는 것은 그 때문이다. 이 소설은 화자의 외부적 서술^{작가적 서술}이면서도 지속적으로 천 씨의 내면의식을 제시하고 있다. 그런 방식으로 작가 자신은 칠성이에게 밀착하는 동시에 독자는 오히려 천 씨에게 더 다가서게 만들고 있다.[70] 이는 한국적 노동소설이 집단적 연대를 강조하면서도 미학적 과정에서 은연중에 수행적 물결을 중시했음을 암시한다.

한국적 노동소설에서 수행적 과정이 중요한 것은 노동자들이 대부분 은폐된 타자이기 때문이다. 천 씨는 노동자 계급의식을 지닌 인물이기보다는 오랫동안 굴욕을 견디며 존재감을 상실한 채 살아온 은폐된 타자였다. 태양 주물공장에는 칠성이 같은 혈기 있는 노동자보다 천 씨처럼 어둠에 갇힌 은폐된 타자가 주류를 이루고 있었다. 슬픔을 내면의 물결로만 씻어내던 천 씨의 등장이 중요한 것은 그런 흐름에서였다. 천 씨의 내면의 물결의 증폭은 비슷한 노동자들에게 유동적인 급진적 파급력을 지닐 수 있었다. 결정적 순간에 내면이 고양된 천 씨의 출현은 순식간에 공장 안을 뒤흔드는 정동적 물결을 일으키고 있었다.

천 씨가 샤꾸를 툭 튕겨놓고 성큼성큼 다가섰다. 이제는 자신의 차례였던 것이다, 천 씨가 둘 사이에 끼어들어 전 상무의 손목을 우직스럽게 잡고 틀어버

---

68   그 점은 칠성이가 학생들이 말하는 착취라는 단어를 입에 담는 점에서 알 수 있다.
69   천 씨의 내면의식을 많이 제시하며 천 씨에게 감성적으로 다가서게 하는 것을 말함.
70   작가 역시 의식적으로는 칠성이를 앞에 내세우면서도 무의식적으로는 천 씨에게 다가서고 있다고 할 수 있다.

리자 희고 포동포동한 중년의 손가락이 맥없이 벌어져 칠성의 멱살을 놓치고 말았다. 흥분한 사람들을 진정시키던 사무실 요원들이 이 장면을 보고 벌린 입을 다물지 못했고 다급한 공장장이 총총히 조형틀로 올라서려 했다.

"상무님 내 말 잘 들으소. 시간 끌 것 없이 우린 지금부터 일손 놓을 테니까 잘 생각해서 결정하소. 기한은 오늘밤까지요."

천 씨의 돌연한 출연에 전 상무는 경악하다 못해 아예 푹 기가 꺾여버린 듯한 안색이었다.

"이, 이, 이런……"

칠성이나 근욱이나 태양주물에선 어린 축이라 만만할지 모르지만 천 씨라면 그 경력과 기질로 인해 현장 사람들이 기꺼이 따를 만한 인물이었기 때문이다.

(…중략…)

전 상무가 쫓기듯이 현장을 빠져나가자마자 천 씨는 샤꾸의 자루를 빼내어 가운데를 움켜쥐었다.

"모두 연장 놔!"

환호성이 현장을 뒤흔들고 연장들이 달그락거리며 내던져졌다. 누군가 기둥에 붙어 있던 파이프 단가표를 부욱 찢어냈다.[71]

노동자들의 환호성은 계급의식의 표현이기보다는 긴 시간 억눌렸던 가슴의 물결이 분출된 것이라고 할 수 있다. 그것은 저문 강에 삽을 씻으며 강물에 퍼다 버린 슬픔이 한꺼번에 솟아오른 것과도 같았다. 어둠 속에서의 천 씨의 등장은 강물_{정동적 공동체}의 존재를 입증하며 동요하는 물결을 분출되게 한 것이다. 노동자들은 주물공장의 일꾼인 동시에 모두가 심

71 정화진, 「쇳물처럼」, 앞의 책, 63~65쪽.

연에서 강물에 등록되어 있었다. 그 때문에 노동운동의 순간은 깊은 강물이 물결치며 일시에 고양된 시간이기도 했다. 전 상무에게 노동의 착취를 따진 칠성이가 낮의 노동계급의 전형이라면, 천 씨와 주물 노동자들의 환호성은 어둠을 뚫는 은폐된 타자의 존재의 물결이었다.

천 씨가 일으킨 존재의 물결은 노동자들에게만 번져가는 것이 아니다. 노동운동이 소시민적인 우리에게마저 감동은 주는 것은 타자의 물결이 모두의 가슴에 전해지기 때문이다. 그처럼 내포독자를 물결 속에 빠뜨리기 위해 이 소설은 노동자 연대의 서사를 고양된 물결에 젖은 천 씨의 회상의 시점으로 들려준다. 이 소설은 천 씨의 시점에 소시민 독자까지 젖어 들게 하며 노동운동의 파고가 순식간에 사회 전체로 확산되게 만들고 있다.

그 과정에서 흥미로운 것은 물결의 확산을 위해 밥집으로 가는 천 씨를 의식의 렌즈로 삼아[72] (운동을 반추하며) 칠성이에게 다가가는 방식이다. 이 소설은 칠성이의 '한낮의 플롯'과 천 씨의 '밤의 강물의 합류에서 정점을 이루는데, 그 전개는 칠성이의 의식의 성장 과정이면서 천 씨의 정동적 시간성의 증폭 과정이기도 하다. 그 같은 운동과 강물, 의식과 정동의 결합 서사는, 투쟁가로 성장하기 전 어린 칠성이의 눈동자를 떠올리며 시작된다.

조형 틀에 박힌 어린 칠성이의 눈동자는 오랜 수모와 굴욕에 묻혀온 노동자의 가슴에 인간적 기억의 잔여물로 남아 있다. 천 씨는 그때 칠성이의 곁을 얼핏 스쳐 지났을 뿐이다. 그러나 지금은 가슴 속에 박힌 눈동자가 어둠 속의 대상 a[73]로 감지되며 강렬하게 떠오른다. 대상 a란 폭력적

---

72   노동자들은 보너스 투쟁에 승리한 후에 밥집으로 향한다.
73   대상 a란 억압 속에서 살아남은 유토피아의 잔여물이다.

인 환경과 제도 속에서 살아남은 순수기억의 잔여물이다. 우유부단한 천 씨가 칠성이보다 더 뛰어난 능력은, 수모 속에서도 잃지 않은 대상 a를 움직여 정동을 고양시키는 힘일 것이다. 이 소설이 대상 a, 즉 칠성이의 눈동자를 정동적 시간성의 단초로 삼은 것은, 천 씨의 물결이 칠성이의 투쟁서사까지 감싸안으며 우리 모두가 그에 젖어 들게 만들기 위해서이다.

그런 수행적 전략에서 칠성이와 천 씨의 연대는 '선적 플롯의 시간'과 '정동적 시간성'[74]의 결합으로 제시된다. 칠성이가 송곳처럼 튀어나오는 과정과 천 씨의 정동적 시간이 일렁이는 장면은, 노동자의 인식론적 사상이 존재론적 물결 속에서 합류하는 진행이다. 그런 합류는 '민중사상의 운동'과 '능동적인 자기구성적 연대'의 결합이기도 하다. 그처럼 사상이 물결과 결합하며 노동운동이 정동적 공동체에 공명하는 순간, 독자 역시 가슴에 전해진 파문으로 인해 자신도 모르게 노동자에게 다가서게 된다. 이처럼 노동자와 독자_{소시민}, 타자와 존재자가 교감하며 정동적 공동체를 입증하는 과정은, 한국적 노동소설이 지닌 매우 핵심적인 특징이다. 「쇳물처럼」은 노동운동이 강력해질수록 가장 규모가 큰 유동적 물결이 분출되는 한국적 노동소설의 수행성의 승리를 증명하고 있다.

---

74 정동적 시간은 선적인 시간을 횡단하며 물결을 일으키는 흐름을 말한다.

7. 감성의 분할을 해체하는 자기구성적 연대
방현석의 「내딛는 첫발은」

「쇳물처럼」에서의 사상과 물결의 결합은 방현석의 「내딛는 첫발은」[1988]에서도 강렬하게 제시된다.[75] 이 소설에서는 노동자들의 투쟁과 자본가 쪽의 탄압이 보다 더 강도 높게 그려진다. 주인공 강범은 야근 후 '노동의 새벽'으로 불리는 소주를 마시며 노동조합 현판식 때의 감격을 생각한다. 그러나 이제 파업농성의 승리의 기억이 점차 흐려져 가고 노조도 해체 위기에 몰리고 있었다.

조합원이 250명에서 60명으로 줄어든 무렵 강범과 용호, 정형은 무슨 수라도 내야겠다고 생각한다. 그들은 강제 퇴직자의 복직과 노조탄압의 중단을 요구했지만 회사 쪽에서는 구사대를 동원해 파업에 대비하고 있었다. 노동자들은 지난 여름의 승리를 기억해내고 용호 딸이 들려준 '역사의 주인'이라는 목소리를 떠올리며 옥상에 모인다.

싸움이 시작되자 공장장은 노동자들을 현장에 집합시켜 일일이 이름을 부르며 확인했다. 주간 근무자 170명 중 98명이 있었고 나머지는 옥상으로 올라갔거나 구사대로 간 셈이었다. 옥상에서 비명소리가 들려왔지만 가족 때문에 참여하지 못한 정식은 피가 치솟으면서도 꼼짝할 수 없었다. 머리가 터진 강범과 팔을 붙잡힌 순옥이 앞마당으로 끌려내려 왔고 구사대의 폭력이 계속되었다.

이런 상황에서 반전은 현장에 남은 사람들 쪽에서 일어난다. 이 소설은 후반부에서 투쟁적인 노동자 대신 정식에게 초점을 맞춤으로써 어떻게

---

75 이 소설의 작가 방현석은 중앙대 문예창작학과에 다니다가 인천의 한 공장에 취업한 경험을 바탕으로 노동소설들을 썼다.

반전이 가능한지 암시한다. 정식은 누워 있는 아버지와 가난에 지친 어머니 때문에 시위에서 빠진 채 캄캄한 절망으로 버티고 있었다. 소심한 정식은 역사의 주인인 노동자가 되기 어려운 어둠 속의 은폐된 타자였다. 그는 여름 승리 때의 연극 공연에서도 자신의 처지처럼 애써 굴욕을 참는 인물 역을 맡았다. 여름 투쟁은 승리했지만 연극의 대사는 은폐된 타자의 언어였으며 공연 중에 가장 나약한 정식의 외침도 흘러나오고 있었다.

연극의 중반부터는 더 이상 연극이 아니었다. 따로 대사가 필요 없었다. 쌓인 가슴의 응어리는 절로 대사가 되어 나왔다.

― 우리들은 개처럼 끌려나가는 동료들의 모습을 그냥 외면할 수밖에 없었습니다. 그러나 그때 우리의 가슴에는 피눈물이 흘렀습니다. 언제까지 이렇게 살 것인가. 언제까지 이토록 비굴하게 살아가야 하는가……

(…중략…)

― 난 아무것도 못봤다. 난 아무것도 못 들었다고 말야. 난 그저 기계하고 제품밖에는 못 봤다고 말야.

정식의 울부짖음은 연기가 아니었다. 다들 하늘을 올려봤다. 그래도 사내들이라고 눈물은 보이지 않으려 했다. 4천원 일당으로 25만원을 받아가는 그였다. 잔업 150시간을 예사로 돌파하는 그였다. 특근 명단에서 그의 이름이 빠지는 적은 없었다. 지난 여름 휴가 3일조차 특근에 연장으로 때운 정식이었다.

― 난 이 공장에 목을 맬 수밖에 없다. 그렇다면 눈이 시려워도 어쩔 수 없다. 전대리한테 언어터졌을 때도 참았어. 난 뱄이 없어서가 아냐. 출근할 때마다, 방문을 나설 때마다 다짐했었어. 내 자존심은 여기에 두고 간다고 말야.[76]

정식은 사장 쪽의 부당한 처사는 보지 않고 기계만 보고 살아왔다. 그런데 그처럼 우유부단하고 나약해 보이는 정식의 심리는 단지 그만의 문제가 아니었다. 노동자들이 하늘을 본 것은 눈물을 보이지 않기 위해서이며 정식이 자신들의 심리를 대변한다고 느꼈기 때문이다. 정식은 자신의 슬픔보다는 그에게 강제된 감성의 분할에 대해 말하고 있었다. 자본가는 회사의 비리는 외면하고 기계와 제품만을 볼 것을 명령했다.

여름 투쟁 때나 지금이나 자본가의 강압적인 감성의 치안은 달라지지 않았다. 그때와 똑같이 권력은 노동자들의 비명소리는 듣지 말고 기계 소리만 들을 것을 지시하고 있었다. 그리고 정식은 노동자의 고통에 울분을 느끼면서도 가족의 짐이 너무 무거워 자본가의 감성의 치안에 복종하고 있었다.

그러나 여름의 연극의 경험은 강제된 감성의 분할에 대한 자의식이기도 했다. 연극의 대사를 말하는 정식은 현실의 자신을 재현한 듯하지만 울부짖음의 폭발은 강요된 감성의 치안에 대한 자의식의 표현이었다. 정식이 울부짖고 동료들이 공감한 것은 연극의 가상의 공간에서 권력의 치안의 틈새를 경험하고 있었기 때문이다. 연극 안팎의 노동자들은 처지를 한탄하기보다는 그들에게 슬픔을 강요하는 제도와 사람들에게 울분을 표현하고 있었다. 그 때문에 여기서는 마치 마당극에서처럼 극 중의 노동자와 객석의 노동자가 구분할 수 없게 뒤섞이고 있었다.

연극과 현장의 뒤섞임은 감성을 억압하는 치안에 대한 정동적 자기인식을 고양시킨다. 나약한 정식은 강범처럼 앞장서지 못하는 대신 틈새에서 감성의 치안에 대한 자의식을 되새겨 왔던 셈이다. 그런 잠재적 대응

76　방현석, 「내딛는 첫발은」, 『방현석 소설집』, 창비, 1990, 10~11쪽.

의 자의식은 파업과 폭력의 현장에서 무력하게 남겨진 지금도 마찬가지로 작용하고 있었다. 작업장에 남은 사람들이 노동자의 비명 대신 기계소리를 듣고 있었던 것은 구사대와는 다른 또 하나의 치안의 폭력이 때문이었다. 강범과 용호는 구사대와 싸웠지만 정식은 오랫동안 그 또 다른 치안과 싸워왔던 셈이다. 그리고 더 이상 싸움이 아니고 구사대의 폭력만 있는 상황에서, '역사의 주인공' 대신 감성의 치안에 시달려온 '절망을 짊어진 타자'가 앞에 나서게 된다.

> "언제까지 이렇게 개처럼 살거야. 언제까지."
> 정식은 금형 받침목을 들고 내달렸다. 이주임과 순옥을 잡았던 구사대가 도망쳤다. 밖의 정형은 러닝셔츠까지 갈가리 찢긴 채 얻어맞고 있었다.
> 15호기, 16호기가 꺼졌다. 11호기, 21호기, 2호기, 12호기, 13호기……가 차례로 꺼졌다. 스패너가 유리창을 향해 날기 시작했다. 기계소리 대신 유리창 깨지는 소리가 잇따랐다.
> "나가자."
> 누군가 외쳤다. 나가자. 가자. 나가자. 한순간이었다. 눈물이 분노로 불타올랐다. 모두의 눈에서 불꽃이 튀었다. 달려나가는 사람들의 손에 금형 받침목이 하나씩 들려 있었다.[77]

정식의 외침은 연극 때 누군가가 말했던 대사를 반복한 것이다. 그는 현장에서 외치는 동시에 그때의 연극의 공간에서 소리치고 있는 것이다. 연극은 가상의 틈새 공간이며 현장을 장악하고 있는 감성의 치안을 역전

---

77 위의 책, 32쪽.

시킬 수 있는 잠재적 위치이기도 하다. 정식은 그런 연극 대사의 힘을 빌려 틈새 공간에서 감성의 역류를 호소하고 있는 것이다. 현장의 사람들이 술렁인 것은 이제 기계 소리 대신 노동자의 비명을 들으려는 절박한 정동의 표현이다. 기계를 끄는 연쇄적인 장면이 감동적인 것은 작업장의 치안을 역류시키는 정동이 분출되고 있기 때문이다. 그 순간 기계 소리가 멎는 과정은 남은 사람들이 자기구성적 연대를 연쇄적으로 촉발시키는 진행이다.

　감성의 분할을 역류시키는 진행은 존재의 물결의 분출이기도 하다. 감성의 치안이 울분을 참으며 '개처럼' 살아가게 한다면,[78] 치안의 폭력의 역전은 인격적 존재로 회생하려는 물결의 표현이다. 그 때문에 강범을 향한 정식의 합류는 노동운동과 존재의 물결의 결합인 셈이다. 그처럼 사상과 물결이 결합하는 순간 우리는 타자의 존재론에 휩쓸려 문득 노동자의 곁에 다가서게 된다. 노동자처럼 노동운동에 합류하는 사람은 많지 않지만 존재의 물결에 이끌린 사람들은 자신도 모르게 거대한 민중의 일부가 된다.

　「쇳물처럼」과 「내딛는 첫발은」은 노동자를 은폐된 타자로 그리면서 사람들이 그들의 정동적 초청에 응하게 하는 우리 노동소설의 특징을 암시한다. 두 소설 작가의 노학연대가 시사하듯이, 노동소설은 지식인의 사상적 기획에 따라 노동자가 주인공으로 앞장서는 과정을 재현하는 듯하다. 그러나 수행적 과정에서는 '저문 강'의 주인공인 은폐된 타자가 물결을 일으킴으로써 내포독자가 헤어 나오지 못하게 만들고 있다. 이 같은 지식인의 재현과 수행적 차원의 접합, 그 노동소설의 동시적인 이중성은, 한

78　감성의 치안은 노동자를 은폐된 타자에서 벗어나지 못하게 만든다. 그러나 노동자의 반격의 주도권은 바로 그런 은폐된 위치의 타자의 정동적 동요에서 생겨난다.

국적 변혁운동의 사상과 물결의 결합 과정에 상응한다. 수행성의 승리를 그린 노동소설처럼, 우리 변혁운동 역시 사상적 기획과 수행적 물결의 역동적 접합을 통해, 고통받는 타자가 어떻게 정동적 주도권을 쥐고 민중의 물결을 이끌었는지 보여주고 있다.

제6장

타자의 추방과
우리가 모르는 세계

1. 민중의 해체와 정동적 공동체의 위기

월러스틴이 말한 '우리가 아는 세계의 종언'은 사상의 쇠퇴인 동시에 역사적 주체의 상실이기도 하다. 우리의 경우 '익숙한 세계의 종언'은 역사적 주체로서 민중의 해체에서 시작되었다. 민중의 해체에는 논란이 있을 수 있지만 분명히 우리는 상록수처럼 푸르른 민중이 사라진 세상에서 살고 있다.

민중의 상실은 하층민의 정체성의 와해가 아니라 존재론적 지형도의 약화와 연관이 있다. 보다 구체적으로 민중의 해체의 직접적인 원인은 타자의 추방에 있다. 타자의 추방이란 하층민이 핍박받고 있을 뿐 아니라 지식인과 중간층의 내면에서도 멀어진 상황을 뜻한다. 오늘날 노동운동은 여전히 활발하지만 그에 동조하는 지식인과 중간층은 크게 줄어들었다. 이는 지식인과 중간층의 배신이 아니라 신자유주의에 의해 존재론적 지형도가 변화되었기 때문이다.

과거에 노동자와 하층민은 역사의 주체인 동시에 정동적으로 호소하는 타자였다. 그러나 오늘날에는 고통받는 타자의 정동적 호소에 응답하는 사람은 매우 적어졌다. 김용균 같은 하청노동자의 외면, 비정규직에 대한 냉정함, 1인 시위의 썰렁함 등이 그런 상황을 입증한다. 그 대신 노숙자, 난민, 소수자, 아파트 경비원에 대한 혐오와 비하가 많아진 것이다. 존재의 물결을 일으키는 이정표였던 타자의 정동적 초대장은 어디서도 보이지 않는다. 고통받는 타자가 셔터 저편으로 사라져 투명인간처럼 되어 버렸기 때문이다. 이런 타자의 추방은 월러스틴이 말한 사상적 신념의 무력화와 표리를 이루고 있다. 민중의 해체는 그 두 가지 변화가 낳은 세계, 즉 사상의 약화와 타자의 추방이 만든 우리가 모르는 세상을 열고 있다.

그동안 민중의 해체의 원인으로는 몇 가지 사실이 지적되었다. 먼저 과거에는 변혁의 열망이 독재정치의 전복에 집중되었지만 민주화 이후에는 젠더나 환경 같은 다양한 영역의 사회모순이 분출된 점이다. 또한 신자유주의의 도래와 함께 정동 자본주의^{그리고 인지 자본주의}에 의해 인지·소통·정동의 영역이 식민화된 점이 주목되었다.[1] 이제 사회모순에 대항하는 영역들 간의 편폭이 넓어지고 새로운 미시권력이 출현하면서, 노동자를 중심으로 한 민중운동이 총체성을 상실한 것이다.

계급을 최종심급으로 삼는 마르크스주의적인 사회운동의 위기는 우리만의 문제는 아니었다. 동구권 몰락 이후 사회주의적 변혁운동은 일제히 흔들렸고 곳곳에서 마르크스에 대한 진혼곡이 울리기 시작했다. 그런 중에 애도의 분위기 속에서도 여전히 남겨진 자본주의 모순에 대한 채무상태로 인해 '마르크스를 넘어선 마르크스'가 모색되기도 했다.

'마르크스를 넘어선 마르크스'는 우리 시대의 중요한 신사상의 흐름의 하나이다. 앞서 살폈듯이 신사상의 이론가에는 라클라우, 네그리, 라이언, 지젝 등이 있다. 예컨대 라클라우는 노동자를 중심으로 한 총체성이 흔들리는 시대에 새로운 헤게모니론을 제시했다. 그는 계급적 봉합의 순간은 결코 오지 않는다고 주장하면서,[2] 불가능한 총체성의 대안으로 다양한 영역들 간의 중층결정적 교섭을 주장했다.[3] 라클라우의 논의의 핵심은 각 영역들의 유연한 접합을 위해 민중을 총체성의 기표 대신 실재계적 대상 a의 부분대상^{환유}으로 강조한 점이다.[4] 여기서는 '민중'이 불가

---

1   조정환, 「1987년 이후 계급 재구성과 문학의 진화」, 조정환 외, 『민중이 사라진 시대의 문학』, 갈무리, 2007, 84쪽.
2   어네스토 라클라우·샹탈 무페, 『사회변혁과 헤게모니』, 터, 1990, 109쪽.
3   위의 책, 151쪽.
4   대상 a의 논리를 사용하는 논의는 라클라우의 발전된 관점을 보여준다. 라클라우, 「민

능한 총체성이 아니라 텅 빈 기표로서의 '대상 a'의 환유이다. '민중'이 대상 a의 논리를 통해 여러 영역과 관계하며 끝없이 지연되는 총체화를 이루는 것,[5] 이것이 바로 민중 헤게모니이다. 라클라우의 헤게모니론의 특징은 민중을 여전히 중시하는 동시에 파편화된 여러 영역들을 끌어모으려는 시도에 있다.

또한 네그리는 마르크스주의 침체의 핵심 요인으로 산업적 공장을 넘어서서 일상의 인격성 영역이 자본주의화된 점을 주목했다.[6] 그처럼 상부구조 영역의 자본화에 의해 노동이 삶 자체와 겹쳐지는 상황에서는 삶권력에 대한 대응이 절실해졌다. 네그리는 일상의 삶권력에 대항하는 삶정치를 강조하며 새로운 저항의 행위자들을 다중이라고 불렀다.[7] 다중의 출현은 예전의 산업노동을 대신해 삶권력 영역의 비물질노동이 헤게모니를 갖게 되었음을 뜻한다.[8] 전사회가 공장이 되고 삶 전체가 자본주의화된 시대에, 노동계급 중심의 민중이 다중의 존재론적 생성으로 대체된 것이다.[9]

중주의적 이성에 관하여」, 알렉세이 디 오리오·롤랜 백소 편, 강수영 역, 『전쟁은 없다』, 인간사랑, 2011, 39~89쪽.

5 민중이 대상 a의 부분대상이라는 것은 여러 다른 영역과 연관되어 있으면서도 민중의 텅 빈 기표에 리비도가 집중된다는 뜻이다. 여기에서는 민중의 기표에 리비도가 집중되지만 민중은 여러 기표들과 중층결정적인 게임을 하는 과정에서만 대상 a를 환유할 수 있다.

6 조정환 외, 『민중이 사라진 시대의 문학』, 갈무리, 2007, 84쪽.

7 안토니오 네그리, 조정환·정남영·서창현 역, 『다중』, 세종서적, 2008, 135~138쪽.

8 양적으로 많은 것이기보다는 질적으로 헤게모니를 갖게 되었음을 뜻한다. 위의 책, 146쪽.

9 정동노동이나 인지노동 같은 비물질노동은 산업노동에 비해 관계적이고 정동적이다. 그 때문에 다중의 존재는 역사의 주체였던 과거의 산업노동자와는 달리 잠재적 차원에 있다. 잠재적인 다중은 전 개체적인 실재(계)적 요소에 근거하며, 연대의 과정에서 특이성으로 생성될 때 비로소 저항의 주체가 된다. 그런 특이성의 연대가 핵심이기 때문에 다중의 연대에서는 산업노동자에 비해 존재론적 정치가 매우 중요하다. 네그리의 역시 민중적 총체성이 불가능한 시대에 삶정치의 영역에서 개인의 특이성이 생성되며

이처럼 자본주의가 진화함에 따라 그에 대응해서 도전적인 사상들이 출현하고 있다. 문제는 신사상의 정교한 진화에도 불구하고 어떤 이론도 과거처럼 확실한 신념을 주지 못한다는 점이다. 식민지시대와 산업화시대에는 사회주의와 민중사상이 많은 사람들의 가슴을 뛰게 만들었다. 그러나 오늘날에는 라클라우의 민중 헤게모니도 네그리의 다중도 우리의 심장을 동요시키지 못한다. 옛 사상을 넘어서서 혁신적 신무기를 만들었지만 어떤 사상도 '더 좋은 세상'에 대한 확신을 주지 못하는 것이다. 책 속에서는 라클라우와 네그리가 민중사상을 대체할 수 있지만 실제 현실에서는 사람들의 물결을 일으키지 못하고 있다.

그런 맥락에서 민중의 해체는 단지 과거에 사로잡힌 노동자와 지식인의 문제만은 아니다. 노동자와 지식인이 쇄신되어도 민중의 물결은 물론 다중의 운동도 쉽지 않다. 이런 사상의 시대의 무력화는 우리의 주제인 사상과 물결의 결합에 대해 주목하게 만들고 있다.

오늘날 사상적 혁신이 물결을 일으키지 못하는 이유는 신자유주의의 정동권력에 의해 존재론적 지형도가 변화되었기 때문이다. 정동권력은 감정과 소통, 지식의 영역을 상품화시켜 사람들이 벌거벗은 타자에게 다가서는 능동적 정동을 약화시켰다. 인격성 영역의 상품화는 타자의 볼모였던 지식인마저 (삶 자체에서) '정동적 유괴'[10]와 '자본의 인질'에서 자유롭지 못하게 만들었다. 점점 심화되는 정동의 식민화의 정점은 소비적이고 향락적인[11] 유사 대상 a의 만연일 것이다. 잉여향락[12]이 범람하고 캐

다중의 연대가 가능한 것으로 보고 있다.

10 신자유주의는 유사 대상 a의 발명을 통해 스피노자의 정동론을 납치하는 전략을 사용했다고 할 수 있다.

11 소비적 향락은 주이상스(jouissance)와는 달리 쾌락원칙을 넘어서지 못한다.

12 잉여향락이란 신상품처럼 놀라운 갱신을 통해 엄청난 즐거움을 주는 자본주의적 욕망

슬, 명품, 이벤트 같은 대리적 대상 a가 만개되면서, 에로스적 연대의 근거 대상 a의 샘물이 깊이 가라앉게 된 것이다.

　그로 인한 존재론적 지형도의 변화란 존재자와 타자, 지식인과 하층민의 거리가 만날 수 없도록 멀어졌다는 것이다. 과거에는 노학연대에서 보듯이 지식인과 타자가 절박하게 가까이 다가서 있었다. 문학잡지와 정동적 공론장, 야학, 대중강연, 독서모임 역시 그런 역할을 했다. 지식인과 타자가 만나는 이 공간들은 자본의 억압과 회유를 넘어서서 대상 a가 작동되는 틈새 영역이었다. 그러나 정동권력은 젠트리피케이션을 통해 곳곳의 틈새를 철거하고 그 자리에 스카이 캐슬과 펜트하우스가 들어서게 만들었다. 이 과정은 연대의 근거 깊은 샘물이 가라앉는 대신 대리 대상 a가 만연되는 진행이었다. 정동적 교섭의 틈새 공간이 사라지고 자본의 캐슬이 점점 더 번창함에 따라, 지식인과 타자가 다가설 수 있는 사회적 영역이 소실된 것이다.[13]

　존재론적 만남의 결렬은 하층민과 중간층 사이에서도 나타나고 있었다. 「칼날」조세희에서 신애는 난장이를 구출하려 부엌에서 식칼을 들고나와 사내에게 대들었다. 반면에 오늘날은 사건이 일어나도 '이상한 고요함'이 계속되는 시대이다. 중간층들 역시 스카이 캐슬과 펜트하우스를 선망하면서 타자를 외면하게 되었기 때문이다. 예컨대 용산참사에서 여러 명이 철거 과정에서 죽었는데도 아무런 동요도 일어나지 않았다. 바디우

의 경제의 원리이다.

13　저코비는 지식인과 대중의 만남이 결렬되면 대중이 사라질 뿐 아니라 지식인의 영혼이 메말라 붙는다고 말했다. 오늘날의 사상의 무력화와 민중의 해체에는 저코비의 '지식인의 소멸' 이상의 존재론적 황폐화가 숨겨져 있다. 신사상이 사람들 속에서 운동하지 못하는 것은 지식인과 하층민 타자의 만남을 결렬시키는 피폐해진 존재론적 지형도 때문이다.

는 사건이 일어나면 존재를 변화시키려는 진리의 과정이 시작된다고 말했다. 그러나 지금은 사건이 일어나도 타자에게 달려가는 사람이 없기 때문에 존재의 물결을 일으키는 진리의 과정이 나타나지 않는다.

지식인과 중간층이 타자[하층민]와 결별한 존재론적 지형도의 변화는 사상의 무력화와 민중의 해체의 직접적 원인이다. 타자의 정동적 초대에 지식인과 중간층이 침묵하면 어떤 사상도 수행적 물결이 되지 못한다. 사상적 모험이 계속되면서도 책갈피에서 실제 현실로 이동하지 못하는 것은 교감의 틈새의 상실[14]로 물결이 일지 않는 존재론적 경직성 때문이다. 오늘날 틈새 공간과 존재론적 역동성의 상실은 실재계 영역의 정동적 공동체의 위기에 상응한다.

우리시대는 형식적 민주주의를 쟁취한 대신 정동적 공동체가 위기를 맞고 있다. 정동적 공동체가 위기라는 것은 존재론적 지형도의 변화로 타

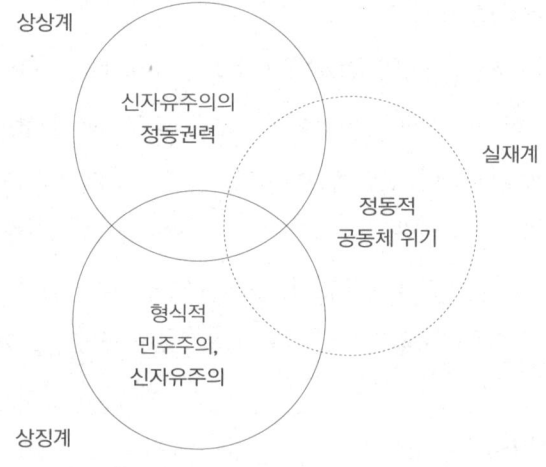

신자유주의시대의 정동적 공동체의 위기

14　교감의 틈새의 상실은 심연의 대상 a가 가라앉아 있는 현실에 조응한다.

자의 부름에 응하는 사람들이 희소해졌다는 뜻이다. 그처럼 타자의 호소에 침묵하는 것은 '유토피아의 잔여물' 심연의 대상 a가 작동되지 않음을 의미한다. 대상 a의 결빙에 의한 정동적 공동체의 해체의 증거는, 교감의 틈새 공간의 상실과 그로 인한 나르시시즘적인 우울한 각자도생의 세계의 도래이다.

　과거에는 「고래사냥」_{송창식}에서처럼 모두들 가슴 속에 '한 마리 고래' 같은 대상 a가 뚜렷이 있었다. 그 때문에 전태일의 호소에 지식인이 응답했고 YH 노동자의 외침에 학생과 시민들이 물결을 일으킨 것이다. 그러나 지금은 노동운동이 전보다 훨씬 더 활발해졌지만 지식인과 중간층, 90%들이 잘 응답하지 않는다. 그 문제를 해결하려 라클라우와 네그리가 신사상을 탐구했으나 민중 헤게모니와 다중의 연대는 원활히 작동되지 않는다. 우리시대에는 어떤 신사상도 19세기와 20세기를 관통했던 마르크스의 파괴력에 미치지 못한다. 그 이유는 21세기의 신자유주의가 정동권력을 통해 모두의 심연의 대상 a를 불확실하게 만들었기 때문이다. 정동적 바다의 오염으로 가슴 속의 '고래'가 숨쉴 수 없게 되었기 때문에 마르크스주의도 신사상도 물결을 일으키지 못하는 것이다. 오늘날은 단순히 월러스틴이 말한 불확정성의 세계가 아니라 대상 a가 불확실해진 시대이다. 실재계적 대상 a가 불확실해진 시대의 증상은, 상징계에서의 실재계적 반격의 근거인 틈새 공간의 사라짐, 민중의 해체, 그리고 가슴에서 느껴지는 정동적 공동체의 위기감이다.

　신자유주의는 스카이캐슬, 이벤트, 잉여향락_{신상품} 같은 천국의 대리물을 창안해 가슴 속의 한 마리 고래를 멸종 상태로 만들었다. 대상 a는 작고 예쁜 고래인 동시에 심연의 깊은 샘물이기도 하다. 대상 a의 망각은 깊은 샘물이 아득히 가라앉아 두레박이 잘 닫지 않는 상태를 뜻한다. 그런 대상 a의 망각은 고통받는 타자의 호소에 응답할 수 없게 만들어 타자 망각을 가져온다. 민중의 해체란 깊은 샘물의 상실로 인한 타자 망각에 다름이 아니다. 또한 타자 망각이란 존재의 물결을 잃어버린 정동적 공동체의 해체를 암시한다.[15]

　민중의 활력의 상실은 90%들의 정동이 빈곤해졌으며 그로 인해 정동적 공동체가 '자궁을 잃은 나무'「벌레들」[16]처럼 되어 버렸음을 암시한다. 정동권력의 젠트리피케이션은 타자의 철거 지역을 외면하게 할 뿐 아니라 정동적 교감의 근원정동적 공동체을 밑둥이 뚫린 나무로 만들어버렸다. 밑둥이 뚫린 나무는 상록수처럼 푸르른 잎능동적 정동 대신 우울하고 혐오스러운 정동을 만들고 있다. 우리는 그에 대항하는 물결을 부활시키기 위해 심연의 대상 a를 재작동시켜 자궁이 적출된 나무를 회생시켜야 하는 과제를 안고 있다.

15　사상가가 타자에게 다가선다는 것은 인식론적 사상의 작동이 타자의 정동적 초대에 응하는 존재론적 물결의 순간임을 뜻한다. 또한 중간층이 하층민에게 접근해 있다는 것은 타자의 고통스런 호소에 90%들이 호응하며 존재론적으로 고양됨을 나타낸다. 문학은 그런 타자로 향하는 길을 안내하는 정동적 나침판이다. 노동자와 고통을 나누며 공장에 뛰어들고, 타자의 나체화를 보며 그들에게 합류하는 행위, 그리고 절박하게 문학 작품을 읽는 순간은 존재론적 정동의 물결이 고양되는 시간이다. 그런 순간은 타자의 위치에서 존재의 물결을 생성하는 **정동적 공동체**가 확인되는 시간이기도 하다. 그러나 오늘날은 타자의 추방으로 존재의 물결이 상실되면서 정동적 공동체가 위기에 처하게 되었다.
16　「벌레들」에서 주인공 '나'는 이웃의 철거지역에서 자궁이 적출된 나무를 목격한다. 이 소설에서 혐오의 무의식의 상징인 벌레는 그 밑둥이 뚫린 나무들로부터 기어나오고 있었다.

2. 관계의 상실과 은유로서의 난민의 시대

민중의 해체가 타자의 배제와 연관이 있음은 지식인과 중간층뿐 아니라 노동자 시인의 작품에서도 확인된다. 송경동의 시들은 정동적 공동체가 해체된 시대에 민중이 어떤 모습으로 변화되었는지 잘 보여준다. 민중의 활력이란 정동적 공동체의 자궁으로부터 생산된 생명의 물결과도 같다. 그러나 사람들의 심연의 샘물이 말라버리고 정동적 공동체가 파탄되면 각자도생의 세상에서 민중은 모두에게 외면받는 존재^{배제된 타자}로 돌아간다.

어둠 깔린 가리봉오거리
버스정류장 앞 꽉 막힌 도로에
12인승 봉고차 한 대가 와 선다.
날일 마친 용역 잡역부들이 빼곡히 앉아
닭장차 안 죄수들처럼
무표정하게 창밖을 보고 있다

(…중략…)
어떤 빼어난 은유와 상징으로도
그들을 그릴 수가 없다
그들은 아무말도 하지 않았다[17]

---

17   송경동, 「그들은 아무 말도 하지 않았다」, 『꿀잠』, 삶이보이는창, 2006, 37쪽.

위에서 어떤 은유와 상징으로도 노동자를 그릴 수 없다는 것은 닭장에 갇힌 잡역부들의 재현불가능성을 뜻한다. 1970~1980년대에는 지식인이든 노동자 시인이든 민중에 대한 재현의 자신감에 넘쳐 있었다. 재현의 자신감은 지식인과 시인이 노동자의 정동적 초대에 응하며 그들에게 다가설 때 생겨난 것이었다. 노동자가 타자라는 것은 재현불가능한 존재라는 뜻이지만 만남과 교감의 순간 지식인은 재현불가능성을 은유를 통해 재현할 수 있었다. 반면에 1990년대에 재현의 자신감의 상실은 시인^{지식인}과 노동자의 만남을 결렬시키는 보이지 않는 권력의 작용을 암시한다. 노동자 출신 시인인 송경동은 그런 상황에서도 어떻게든 타자에게 다가서려 애쓰고 있다. 그러나 그 때문에 배제된 타자, 즉 지식인과 일상인에게서 멀어진 노동자의 존재가 더욱 뼈아프게 느껴지는 것이다.[18]

그 순간 확인된 존재론적 황폐화는 시인뿐 아니라 어둠 속의 노동자 쪽에서도 전해진다. 노동자들이 아무런 말도 하지 않는 것은 비천한 존재에게 누구도 다가오지 않음을 미리 알고 있기 때문이다. 그들은 이제 신자유주의가 강제하는 침묵의 권력에 의해 닭장에 갇힌 듯이 영어圖圖된 것이다.

물론 1970년대에도 노동자들은 닭장 같은 열악한 환경 속에서 고통받고 있었다. 그러나 그때에는 전태일이 동료들에게 손을 뻗었고 노동자의 호소에 지식인이 절박하게 달려왔다. 민중에 대한 재현의 자신감은 그에 근거한 것이었고 민중 시인은 재현불가능한 존재의 물결을 은유로 재현할 수 있었다.

그처럼 민중에게 다가선다는 것은 대상 a의 환유인 타자에게 다가가며

---

18   송경동 시에서의 이런 민중의 모습은 앞서 살핀 식민지 말의 김남천 소설을 연상시킨다.

심연의 깊은 샘물을 퍼 올리는 것을 뜻한다. 깊은 샘물을 퍼 올리는 순간은 존재의 물결 속에서 민중이 명확한 존재감을 얻는 시간이다. 민중^{타자19}이란 모두에게 있지만 표상되기 어려운 대상 a의 부분대상^{환유}이며, 그들에게 다가서는 순간은 대상 a가 작동되며 존재의 물결이 일어나는 시간이다.

하지만 신자유주의의 침묵의 권력에 의해 대상 a가 망각되면 존재론적 만남의 결렬 속에서 민중의 존재감은 사라진다. 활력적인 민중이 사라진 시대에 남겨진 것은 아무런 존재감도 없는 루저와 난민들이다. 민중이 존재감이 없는 루저가 된 것은 대상 a의 망각에 의해 존재의 물결이 일어나지 않기 때문이다.

윗시의 작역부들의 무표정은 과거의 민중들과는 달리 연대의 상실과 고립감을 암시한다. 대상 a의 망각과 타자 망각에 의해 하층민이 외면받으면 민중은 고립된 채 버려진 난민 같은 존재가 된다. 과거의 닭장 속 노동자는 정동적 교감 속에서 민중의 물결이 될 수 있었지만, 윗시의 닭장 안 죄수 같은 사람들은 시선을 둘 곳을 잃은 난민과도 유사하다.

송경동은 이런 변화를 민중에게 일어난 정동적 재난에 비유하고 있다. 대상 a의 부분대상이 민중이라면 대상 a 망각의 환유는 은유적 재난을 당한 난민이다. 존재론적 지형도의 변화로 '대상 a의 망각'이라는 '정동적 재난'이 일상화되면 민중은 난민으로 전락한다. 내전이나 재해로 난민이 생기지만 정동적 재난의 시대에는 일상에서 은유적 난민이 생겨난다. 송경동의 시들은 은유적 난민시대의 대상 a의 상실, 즉 관계와 사랑의 상실을 재난에 비유하고 있다.[20]

---

19 타자에게 다가서는 순간 민중의 존재감이 나타난다.
20 유사 대상 a의 발명과 은유적 재난은 동전의 앞뒷면을 이루고 있다. **유상 대상 a**라는

사무직 노동자들은 산재가 없을까

서비스직 노동자들은 산재가 없을까

전문직 종사자들은 산재가 없을까

내 아내에게는 내 아이에게는 산재가 없을까

사랑하는 사이에는 산재가 없을까

신체가 늘어지거나 부러지거나 잘리는 것만이 산재일까

비정규직으로, 실업으로 쫓겨나는 것은 산재 아닐까

쪼들리는 삶으로부터 오는 모든 정신의 훼손과 관계의 파탄은 산재가 아닐까

나의 모든 시도 실상은 산재시다

내가 외로움을 이야기할 때 그것은

모든 형태의 산재로부터 자유롭지 못한

이 세계에 대한 항의이다

내가 자연을 그리워할 때 그것은

모든 조화로움으로부터 쫓겨난

근본적인 산재에 대한 항변이다

(…중략…)

나와 우리가 진정으로 겪고 있는

가장 엄중한 산재는 이것이 아닐까

더 이상 희망을 말하지 못하는

쾌락의 장치는 대상 a를 침전시키며 에로스적 교감을 차단하기 때문에 **은유적 재난**의 혐오의 장치와 짝을 이루는 것이다.

다른 세계를 꿈꾸지 못하는

이 가난한 마음들, 병든 마음들[21]

송경동은 산재가 생산직 노동자만의 문제는 아님을 말하고 있다. 이처럼 삶노동과 다양한 영역을 주목하는 것은 라클라우와 네그리가 산업 노동자를 넘어서는 것과도 비슷하다. 그러나 라클라우의 민중 헤게모니와 네그리의 다중은 오늘날의 무력화된 민중을 대체하지 못한다. 왜냐하면 민중이 난민이 되었을 뿐 아니라 다양한 영역의 사람들까지 산업 노동자처럼 산재를 당하고 있기 때문이다.

산재란 신체가 훼손되거나 죽음을 당한 것이지만 송경동은 진짜 산재란 관계의 파탄이라고 말한다. 산재가 발생했을 때 진짜 중요한 재난은 아무도 절박하게 달려오는 사람이 없다는 것이다. 그것은 산업 노동자뿐 아니라 정동 노동자와 일상의 타자들에게도 마찬가지이다. 타자와의 만남이 결렬된 이런 의 시대에는, 라클라우와 네그리, 그리고 어떤 신사상도 아무런 대안이 되지 못한다.

오늘날의 산재와 재난은 존재의 물결과 정동적 공동체의 상실로 더 좋은 세상을 꿈꾸지 못하는 상황을 뜻한다. 신자유주의는 유사 대상 a라는 유혹의 방식을 사용하지만, 그런 쾌락의 장치는 침묵과 혐오의 은유적 재난의 장치와 동전의 앞뒷면을 이루고 있다. +유상 대상 a의 유혹 장치는 대상 a를 침전시켜 교감을 왜곡시키기 때문에, 은유적 재난시대의 혐오의 장치와 짝을 이루는 것이다. 그처럼 표리를 이룬 쾌락과 혐오의 장치에 의해 대상 a가 침몰하며 더 좋은 세상의 꿈이 사라지는 것이다.

21　송경동, 「나의 모든 시는 산재시다」, 『사소한 물음들에 답함』, 창비, 2009, 69~72쪽.

그로 인해 은유적 재난의 시대에는 어떤 신사상도 민중적 신념을 대체할 새로운 전망을 생성하지 못한다. 이제 민중운동을 대신하는 것은 송경동의 산재시와 우리시대의 재난소설일 것이다. 과거의 민중운동은 지식인이 타자와 교감하며 역사적 주체의 생성을 꿈꿀 수 있었다. 반면에 오늘날의 재난 문학은 가슴에 산성비를 내리는 대상 a의 재난에 맞서서, 역사적 주체 이전에 대상 a를 다시 움직일 방법을 모색해야 한다.

라클라우와 네그리 역시 다양한 영역을 결집시키기 위한 존재론적 정치의 중요성을 말하고 있다. 라클라우의 대상 a 논의나 네그리의 특이성의 연대는 총체성으로는 표현이 불가능한 실재계적 차원을 강조한 셈이다. 그러나 그들은 새로운 자본주의에 의해 역사적 동인 실재계적 대상 a가 망각되는 상황에 맞서지 못하고 있다.[22]

새로운 자본주의는 사람들을 실재계에서 상상계로 이동시키며 타자망각을 만드는 정동적 폭우를 내리고 있다. 따라서 사상의 무력화의 원인은 라클라우와 네그리가 놓친 은유적 재난, 즉 정동권력이 가슴에 산성비를 내려 타자 망각을 강제하는 상황에 있다. 이런 현실에서는 산성비로 오염된 대상 a를 다시 움직여 확장된 자본의 영역들에 맞서야 한다. 넓어진 동시에 정동적으로 오염된 세계에서는, 능동적 정동을 퍼 올리는 존재론적 정치를 통해서만 다시 손잡을 수 있으며, 정동정치를 의해서만 노동자 중심의 연대를 넘어선 또 다른 물결로 회귀할 수 있다.

이처럼 '은유로서의 재난의 시대'에는 정동적 공동체에 닥친 존재론적 재난을 극복하는 정치가 출발점이 되어야 한다. 재앙처럼 닥친 사상적 신념의 상실은 정동적 공동체의 재난과 함수관계에 있다. 이제 거짓과 혐오

---

22 이는 타자의 정동적 초대에 지식인과 일상인이 호응하지 못하는 상황이기도 하다.

로 오염된 샘물^{대상 a}을 정화시키는 정동정치를 통해 위기에 처한 정동 공동체를 회생시켜야 무력화된 사상을 다시 부활시킬 수 있다. 우리시대는 정동정치를 통해 대상 a를 회생시켜 신사상에 피가 돌게 하는 '물결과 사상'의 재결합이 긴급한 시대이다. 그것을 통해서만 파편화된 세계에서 쓰러진 사람들을 일으켜 세우면서 다시 한번 변혁의 꿈을 꿀 수 있는 것이다.

3. 타자의 추방과 존재론적 젠트리피케이션

정동적 재난의 시대는 고통받는 타자가 투명인간이나 혐오의 대상이 된 타자 망각의 시대이다. 하이데거는 기술 사회에서는 도구적 목적성이 물신화되면서 존재 망각이 심화된다고 논의했다. 신자유주의는 거기서 더 나아가 존재의 물결을 결빙시키는 타자 망각을 일상화한다.[23] 신자유주의의 기술의 물신적 상품화는 타자 망각을 통해 존재 망각을 일상적으로 영속화하는 단계에 들어섰다.[24]

엔리케 두셀은 서구적 근대성의 신화가 폭력적인 타자의 은폐를 전제로 한다고 주장했다. 타자 망각이란 폭력적 은폐에서 더 나아가 타자가 되돌아올 수 없도록 추방하는 것을 말한다. 타자의 은폐가 근대성 신화에 숨겨진 비극이라면 타자의 추방[25]은 신자유주의의 캐슬 신화에 감춰진

---

23 타자 망각의 시대는 권력뿐 아니라 지식인과 중간층에 의해서도 타자 망각이 일어나는 시대를 말한다.
24 신자유주의시대는 하이데거의 방식으로는 존재 망각에서 벗어나는 일이 요원해진 세계이다.
25 한병철도 타자의 추방을 신자유주의의 중요한 증상으로 말한다. 한병철, 이재영 역, 『타자의 추방』, 문학과지성, 2017.

깊은 어둠이다.

캐슬 신화는 펜트하우스나 명품 같은 가짜 대상 a를 통해 진짜 대상 a를 말소하며 타자를 추방한다. 과거 타자의 은폐시대에도 체제의 권력은 하층민 타자를 내쫓았지만, 타자가 쫓겨난 순간 사람들은 화해의 기억의 잔여물^{대상 a}을 작동시켜 하층민에게 달려왔다. 반면에 타자의 추방이란 캐슬 신화라는 유사 대상 a 환상에 현혹되어 깊은 샘물^{대상 a}을 퍼 올리지 못하고 아무도 다가서지 않는 것을 말한다.

이런 신자유주의의 유혹의 권력과 타자의 추방은 이미 1990년대의 배수아와 하성란의 소설들에서도 나타난다. 예컨대 「갤러리 환타에서의 마지막 여름」^{배수아}에서 세탁소 일을 일하는 하층민 여성'^나'은 일 년 동안 돈을 모아 비수기의 갤러리 환타에서 거의 다 써버린다. 바닷가의 갤러리 환타는 '내'가 꿈꾸는 대상 a의 대리물이다. 이 소설에서 '나'는 사랑의 그리움으로 바닷가에 가지만 실제로는 환상 속에서 나날을 소비할 뿐이다. '나'는 갤러리 환타에서 잘생긴 군인을 만나 가슴 설레는 사랑에 빠진다. 그러나 텅 빈 휴양지는 마지막 사랑의 장소이자 사랑의 불가능성을 입증하는 환상 공간이었다. 결혼 후 방사능 제거 부대에 있던 남편은 실직을 하고 술을 마시면서부터 난폭해지기 시작했다. 남편은 방사능 후유증으로 불안한 상태에서 새벽에 집에 들어와 잠든 '나'를 칼로 찔렀다. '나'는 붕대를 감고 기차를 타러 역으로 가서 벤치에 앉아 있었다. 노인들이 몸이 불편하냐고 물었지만 '나'는 그렇지 않다며 아무도 해치지 않았다고 대답한다.

'내'가 아무 일도 없다고 말한 것은 누구도 진심으로 타자의 호소에 응답하지 않음을 알기 때문이다. 이처럼 배수아의 소설들은 위험한 사건이 생겨도 아무도 동요하지 않고 '이상한 고요함'이 계속되는 일상을 그리고 있다. 바닷가의 갤러리 환타에서 시작된 사랑의 환상은 '사랑의 불가능성'과 '침묵의 비극'을 알리는 종말에 이르고 있다.

배수아 소설은 '유사 대상 a^{갤러리 환타}의 유혹'과 타자^{희생자}를 유기한 '은유적 난민의 시대'가 표리를 이룸을 보여준다. 꿈속에서 가끔 보는 갤러리 환타는 여전히 아름답다. 그러나 벤치 위에 앉아 아련한 피 냄새를 맡는 '나'는 어디에도 돌봐줄 사람이 없는 난민 같은 모습이다. 내전으로 인한 난민에게 다가와 도와줄 관청이 없듯이, 신자유주의시대 난민은 집 없는 집 정동적 공동체가 해체된 존재이다. 1970~1980년대에 정동적 호소로 교감하던 민중은 이제 아무도 응답하는 사람이 없는 난민처럼 되어 버린 것이다.

민중을 난민으로 해체하는 타자의 추방은 존재론적 젠트리피케이션으로 은유할 수 있다.[26] 앞서 살폈듯이 식민지시대나 산업화시대에도 근대화 과정은 타자를 내쫓는 젠트리피케이션으로 진행되었다. 그런데 1990년 이후에는 지식인과 중간층의 내면에서 타자를 추방하는 특별한 존재론적 젠트리피케이션이 발생했다. 존재론적 젠트리피케이션이란 경제적 궁핍으로 쫓겨난 하층민을 사람들의 내면에서 다시 한번 쫓아내는 것을 말한다. 배수아 소설이 암시하듯이, 그런 존재론적 젠트리피케이션은 유혹의 환상과 짝을 이루고 있으며, 여기서는 유사 대상 a^{캐슬, 갤러리 환타}를 통해 깊은 샘물^{대상 a}을 잠재우며 침묵 속에서 타자를 외면하는 상황이 발생한다.

존재론적 젠트리피케이션은 2000년대 이후 본격적으로 본모습을 드

---

26 젠트리피케이션은 자본주의가 경제적 착취 뿐 아니라 타자의 배제를 통해 근대성의 신화를 만들어 왔음을 말해준다. 그런데 신자유주의시대에는 사람들의 심연의 대상 a를 흐릿하게 만들며 타자를 배제하는 특별한 존재론적 젠트리피케이션이 나타났다.

러내기 시작했다. 2009년의 용산참사는 그런 신자유주의시대의 존재론적 추방을 상징적으로 보여주는 사건이었다. 이 사건에서 타자의 호소에 대한 침묵은 심연의 깊은 잔여물 대상 a의 망각에서 기인된 것이었다. 송경동은 그 점을 강조하며 우리 모두의 사랑과 용기가 얼어붙어 냉동고 안에 갇혀 있다고 노래했다.

그렇게 여섯 명이 죽고도
이 사회는 아무런 일도 일어나지 않았다
(…중략…)
용산참사를 말하는 것 자체가 금지되었다
용사참사를 추모하는 것조차 금지당했다
하루 이틀 날짜가 쌓여 다섯 달이 되었다
하, 유족들의 피눈물이 다섯 달이 되었다
하, 죽어서도 무슨 죄를 그리 지어
저 하늘로 돌아가지 못한 날이 다섯달이 되었다
그런데 민주주의 사회라고 한다
민주주의가 용산에서 아직도 까맣게 타들어가고 있는데
열린 사회라고 한다 억울한 죽음들이
다섯 달째 차가운 냉동고에 감금되어 있는데
살만한 사회라고 한다

(…중략…)

이 냉동고를 열어라

이 냉동고에 우리의 용기가 갇혀 있다

이 냉동고를 열어라

이 냉동고에 우리의 권리가 묶여 있다

이 냉동고를 열어라

이 냉동고에 우리의 미래가 갇혀 있다

이 냉동고를 열어라

이 냉동고에 우리 모두의 소망인

평등과 평화와 사랑의 염원이 주리 틀려 있다[27]

송경동은 배수아의 주인공처럼 아무 일도 일어나지 않는 '이상한 고요함'에 대해 말하고 있다. 비참한 참사가 일어났지만 누구도 동요하지 않는 것은 사람들의 내면에서 타자의 존재가 '철거'되었기 때문이다. 1987년 이후 독재정치가 끝났으나 민주주의는 타자의 추방을 막지 못하고 있었다. 그 이유는 추모가 금지됐을 뿐 아니라 그에 맞서는 '너와 나'의 사랑과 용기[28]가 냉동고에 갇혀 있기 때문이다. 냉동고에는 철거민의 존재가 갇혀 있는 동시에 우리의 사랑과 용기도 갇혀 있다.

냉동고는 타자에 대한 관심과 사랑을 추방하는 존재론적 젠트리피케이션의 상징이다. 용산참사의 희생자들은 생존의 근거가 철거됐을 뿐 아니라 타자 망각 속에서 존재 자체가 철거되어 버렸다. 타자의 존재가 철거되어 얼어붙어 있다는 것은 우리의 사랑과 용기, 대상 a가 결빙되었다는 뜻이다. 이제 차가운 냉동고가 열려야만 사랑과 용기가 해동되고 존재 자체를 추방당한 타자가 회생할 수 있다.

27   송경동, 「이 냉동고를 열어라」, 『사소한 물음들에 답함』, 창비, 2009, 97~99쪽.
28   '용기'는 타자에 대한 사랑을 실행하는 목숨을 건 도약을 말한다.

타자의 추방과 존재론적 젠트리피케이션은 사랑과 용기를 결빙시키는 정동적 식민화의 산물이다. 영토가 식민화된 시대에는 정동적 반격이 가능했지만 정동이 식민화된 시대에는 타자의 추방으로 반격의 근거를 잃어버린다. 송경동이 말한 냉동고는 무의식과 정동을 얼어붙게 한 우리시대의 정동적 식민화의 권력장치이다. 정동이 식민화되면 캐슬을 선망하는 사람들은 추락의 공포가 두려워 무의식적으로 타자를 내면에서 지우려 하게 된다. 앞서 살핀 「벌레들」^{김애란, 2008}에서처럼, 중간층은 장미빌라의 환상^{유사 대상 a}이 깨질까 두려워 절벽 밑 철거지역에서 날아오는 벌레들을 필사적으로 내쫓는다. '나'의 벌레에 대한 공포는 실상 타자를 지우려는 무의식이며, 장미빌라는 타자의 배제를 전제로 가능한 중간층의 환상 공간이다. 정동의 식민화의 핵심적 증표는 타자를 외면하고 끝없이 환상 공간을 바라보는 존재론적 젠트리피케이션의 일상화이다.²⁹

정동의 식민화와 타자의 추방은 비단 하층민의 불행만을 의미하는 것이 아니다. 타자의 추방이란 가짜 대상 a에 현혹된 사람들이 많아지면서 변혁의 동인 대상 a가 작동되지 않는 상황을 의미한다. 대상 a^{사랑과 용기의 근원}가 작동되지 않는다는 것은 캐슬만 바라보면서 타자를 외면하기 때문에 변혁적인 존재의 물결이 일어나지 않는다는 뜻이다. 그런 정적인 세계

---

29 정동의 식민화(대상 a의 망각)는 철거민을 벌레로 보게 하고 루저에게 셔터를 내리며 하층민의 존재 자체를 철거한다. 그런 타자의 추방의 극단을 상징하는 것은 바로 '사라진 존재'이다. 『레몬』(권여선)에서 보이지 않던 하층민 한만우는 살인 사건의 범인을 찾아야 할 시점에서 쓸어버려야 할 존재로 보이기 시작한다. 한만우는 벌레같은 존재였다가 쓸어버려야 할 사람으로 나타나서 이제는 존재가 아예 사라질 공포에 떨고 있다. 혐오에 시달리는 반쯤 사라진 사람보다 더 불행한 것은 소멸된 존재였다. 사라진 존재는 신자유주의시대의 증상이지만 존재론적 왜곡으로 인해 아무도 증상으로 느끼지 못한다. 『버닝』에서 증발해버린 해미(전종서 분), 〈기생충〉의 지하 벙커의 기생충, 그리고 한만우의 미래의 모습이 그런 사라진 존재였다.

에서는 마르크스주의는 물론 라클라우의 헤게모니론이나 네그리의 다중의 연대도 운동하지 못한다. 이것이 탈정치화 속에서 신자유주의가 불평등성의 세계를 영구화하는 '우리가 모르는 세계'의 비밀이다.

그처럼 '더 좋은 세상'이 오지 않는 점에서 정동의 식민화는 시간의 식민화이기도 하다. 비포는 사유·정동·삶이 식민화되면 미래가 붕괴된 시간의 식민화가 시작된다고 말했다.[30] 정동이 물결치는 시대에는 지식인이 고통받는 타자에게 달려가며 사상을 운동하게 만들어 미래에 대한 신념을 고양시켰다. 반면에 정동이 식민화되고 타자를 외면하는 시대는 사상이 운동하지 않아 새 세상에 대한 신념이 흐릿해진다. 과거 김남천의 「철령까지」와 「기행」이 보여줬듯이, 타자의 멀어짐은 정동의 무력화와 사상의 쇠퇴, 그리고 미래의 상실에 상응한다.

이처럼 타자가 추방되고 미래가 붕괴되면 그 대신 공간적으로 서열화된 세상이 생겨난다. 모두가 캐슬을 꿈꾸는 세상은 실제로는 90%들이 환상의 불가능성에 직면하는 사회이기도 하다. 타자가 사라진 세계에서는 철저하게 게임의 규칙에 지배될 수밖에 없기 때문에, 불가피하게 승자와 루저가 생기고 그들 사이에 서열화가 만들어지는 것이다. 과거에는 타자와 교감하며 모두가 평등하게 사는 세상을 꿈꿨던 때가 있었다. 반면에 지금은 일제히 캐슬만 바라보면서, 장미빌라, 근린생활시설, 고시원, 반지하로 서열화된 집에서, 공간화된 미래^{더 좋은 집}와 결코 오지 않는 시간을 기다린다.

이처럼 시간과 공간의 분할이 경직된 사회는 랑시에르가 말한 **감성의 분할**이 고착화된 세상이다. 감성의 분할이 고착화된 세상이란 보이는 것

---

30   프랑코 베라르디 비포, 강서진 역, 『미래 이후』, 난장, 2013, 42~43쪽.

은 '스카이 캐슬'이며 보이지 않는 것은 지하 벙커[기생충]인 세계이다. 그처럼 시공간 분할과 시각적 경계가 경직된 사회에는 타자와 만나는 틈새가 존재하지 않으며, 여기서는 경계를 해체하는 물결이 일지 않기 때문에 아무리 기다려도 더 좋은 세상이 오지 않는다.

이제 아무도 지하 벙커로 달려가는 사람이 없기 때문에 「아홉 켤레의 구두로 남은 사내」나 「내딛는 첫발은」에서와 같은 감성의 역류는 일어나지 않는다. 감성의 분할이 고착된 세상은 롤스의 '무지의 장막'을 영원히 잃어버린 세계이다. 타자의 정동적 초대에 응하며 가슴이 뛴다는 것은 윤리적 무지의 장막[실재계]31에 들어서며 타자와 합류한다는 뜻이다. 「아홉 켤레의 구두로 남은 사내」에서 권씨는 실재계적 나체화를 보는 순간 소시민적 삶 대신 하층민의 모습이 보이기 시작했다. 「내딛는 첫발은」에서도 폭력에 짓밟힌 벌거벗은 얼굴을 보는 순간 기계소리 대신 노동자의 비명이 들리기 시작했다. 그러나 모두가 캐슬만 바라보며 타자에게 등을 돌리는 세상에서는 무지의 장막으로의 초대장이 휴지가 될 뿐이다.

정동이 식민화된 시대에 타자에게 달려갈 수 없는 것은 정동권력이 감성의 분할을 고착화시키고 있기 때문이다. 감성의 분할의 역전은 대상 a가 동요하며 무지의 장막에 들어설 때 일어난다. 그러나 송경동이 말했듯이 사랑과 용기가 냉동고에 갇혀 있어서 우리는 깊은 샘물[대상 a]을 퍼 올릴 수 없는 것이다. 그 때문에 우리시대에는 냉동고에 갇힌 사랑과 용기를 해빙시키는 일이 변혁운동의 주요 과제가 되어야 한다. 송경동이 냉동고를 열라고 외치는 것은 아득히 가라앉은 깊은 샘물을 퍼 올리라는 뜻이다. 송경동은 상실한 민중에게 다가서는 대신 냉동고에 갇힌 철거민들과

---

31 롤스는 실재계적 윤리에 대해 생각하지 않았지만 롤스의 무지의 장막에 들어설 수 있게 하는 것은 실재계적 윤리를 적극적으로 작동시키는 것이다.

비밀교신을 하며 존재의 물결을 다시 한번 일으키려 하고 있다.

존재론적 젠트리피케이션에 대한 대응인 점에서 송경동의 은유의 교감은 〈기생충〉의 지하 벙커의 비밀교신과 다르지 않다.[32] 시와 문학은 은유를 통해 정동권력의 포획에서 살아남은 비밀교신의 최종병기이다. 이제 타자에게 달려가지 못하고 은유와 암호로 눈물겹게 교신을 해야 냉동고를 열 수 있는 시대가 된 것이다. 마찬가지로 『레몬』권여선에서도 주인공 다언은 하층민 한만우에게 다가가지 못한 채 동영상을 찍듯이 내면에 모습을 담고 있다. 세월호사건에서도 우리는 은유와 시를 통해 물밑의 학생들을 빨간 꽃으로 만나고 있었다. 사상의 시대는 모두의 가슴에 한 마리 고래가 있었던 세상이며, 그때는 대상 a에 근거한 틈새 영역에서 물결을 일으키는 것이 소설과 시의 임무였다. 그러나 그런 틈새를 상실한 지금은 추방된 타자와 비밀교신하며 폐쇄된 교감의 틈새를 다시 여는 것이 문학과 은유적 정치의 주요 역할이 되었다.

타자에게 다가갈 수 없는 시대는 변혁의 사상도 역사적 주체도 상실한 시대이다. 태양이 묘지 위에 붉게 타오르는 시대[33]가 가고 저문 강에 삽을 씻는 시대가 다시 온 것이다. 더욱이 1970년대와도 달리 이제 정동권력은 삽자루에 생을 맡긴 사람들의 달이 뜨지 못하게 하고 있다. 우리시대는 어두운 저문 강이 말라붙어 달빛이 희미해져 버린 세상이다. 그 때문에 우리는 정동정치를 통해 강물이 다시 흐르고 달이 뜨게 하며 어둠 속의 타자에게 다가서야 한다. 한낮의 역사적 주체가 사라진 시대에는 어

---

32 모스부호는 한계가 있지만 사라진 타자를 회생시키려는 점에서는 근본적으로 송경동의 비밀교신과 비슷하다. 봉준호가 존재론적 젠트리피케이션으로 지하에 갇힌 타자와 비밀교신하듯이, 송경동은 냉동고에 갇힌 철거민들과 은밀히 깊은 교감을 나누고 있다.
33 「태양은 묘지 위에 붉게 타오르고」(양현석)가 쓰여진 1980년대 후반을 말함.

둠 속의 타자와의 비밀교신이 변혁운동의 출발점이다. 우리는 은유와 시, 모스부호의 비밀교신을 통해 심연의 깊은 샘물을 퍼 올리며 회생한 틈새 공간에서 멀어진 타자와 빨간 꽃으로 다시 만나야 한다.

4. 게임 사회와 존재론적 반격

오늘날 존재론적 정치가 중요한 것은 21세기에는 왜곡된 인식론에 존재론적 계기가 작동되고 있기 때문이다. 이제 존재론적 회생이 이뤄지지 않으면 두뇌와 신체가 분리되어[34] 아무리 비판 사상을 외쳐도 신체가 능동적으로 움직이지 않는다. 오늘날의 신사상들이 존재론적 정치를 중시하는 것은 그 때문이며 대표적인 예가 라클라우와 네그리이다. 그러나 그런 신사상들이 움직이게 하려면 정동의 식민화에서 벗어나는 타자의 존재론이 보다 적극적으로 주장되어야 한다.[35]

자본주의와 기술 사회의 존재론적 문제점을 처음 강조한 사람은 하이

---

34 신체 없는 두뇌는 사상에 동조해도 움직이지 못하며 두뇌와 분리된 신체는 우울증에 시달리며 자살충동을 느낀다. 존재론적 회생이란 뇌와 신체가 다시 통합되어 능동적 정동 속에서 유동적으로 움직이는 순간을 말한다. 프랑코 베라르디 비포, 이신철 역, 『미래 가능성』, 에코리브르, 2021, 61~62쪽 참조.

35 인식론적 착취와 존재론적 모순의 결합은 자본주의 초기에도 나타나고 있었다. 그 때문에 마르크스 역시 자본주의의 모순만 비판한 것이 아니라 존재론적 계기를 중요시하고 있었다. 예컨대 마르크스는 딱딱한 자본주의가 생명체처럼 유동성을 유지하기 위해 흡혈귀처럼 노동자의 산 피를 흡수한다고 말했다. 그런 방식으로 자본주의가 생명체처럼 활력을 얻을수록 자본주의 사회의 존재들은 생명력을 잃고 사물화된다. 이런 마르크스의 다양한 존재론적 설명들은 과학적 마르크스주의에 의해 경제적 착취를 강조하는 인식론적 이론으로 전환된다. 반면에 사회의 진행은 갈수록 자본주의의 폭주가 심화되면서, 마침내 신자유주의에서는 존재론적 차별이 극단화되어 자본주의의 인식론적 모순을 영구화하는 단계에 들어선다.

데거이다. 하이데거는 기술이 자연과 인간의 본성을 변화시켜 기술의 노예와 부품으로 전락시킨다고 말했다.[36] 기술은 도구에 그치지 않고 신체에 가하는 신경자극을 통해 인간의 존재 자체를 변질시킨다. 하이데거는 인간이 기술의 감각에 따르도록 몰아세워진 결과 존재 망각에 이르게 된다고 논의했다.[37] 존재 망각이란 존재의 본질, 즉 존재와 존재자의 차이를 망각하고 '현존하는 것'만이 지각된 상태이다.[38]

그러나 하이데거가 간과한 것은 기술 물신화에 저항하는 타자의 위치이다.[39] 하이데거에게는 한쪽의 기술 사회와 다른 쪽의 예술 세계가 있을 뿐이다. 이렇게 존재 망각과 존재의 진리를 대립시키면 한쪽에서 다른 쪽으로 가는 전복적인 틈새의 공간이 생성되지 않는다. 반면에 우리는 존재 망각의 세계를 예술적 존재로 대체하는 것이 아니라 기술을 이용하면서 틈새에서 존재의 물결을 일으켜야 한다. '기술 사회에 있는 자아'와 '바깥에 접속한 타자'의 교섭은 틈새 공간을 통해 제3의 가능성을 열어준다. 기술을 버리는 것이 아니라 틈새에서 도약하며 인간적인 리듬을 만드는 것이다. '존재'와 '존재의 물결'의 차이는 후자의 경우 기술을 끌어안고 틈새[40]에서 물결을 일으켜 인간적 사회를 지향한다는 점이다. 그래야만 존재 망각을 영속화하려는 체제를 변화시킬 공간이 열리

---

36 하이데거는 이런 인간을 지배하는 기술의 본질을 '몰아세움(Gstell)'이라고 불렀다. 최상욱, 『하이데거 vs 레비나스』, 세창출판사, 2019, 233쪽.
37 하이데거는 현대기술의 위험인 존재 망각에서 벗어나게 해주는 것이 **예술**이라고 말했다.
38 **존재자**가 현존하는 인간과 사물이라면 **존재**란 존재자들의 드러나지 않은 본질적 관계이다. 존재와 존재자의 관계를 연쇄적으로 드러낸 것이 바로 데리다의 **차연**이다. 차연이란 표상되지 않은 존재를 기표들의 연쇄로 드러내는 방법이라고 할 수 있다. 반면에 존재 망각은 차연을 현존(동일성)으로 환원시키는 것과도 같다.
39 타자를 강조한 레비나스의 철학의 의의는 여기에 있다.
40 이 틈새는 상징계와 실재계의 '사이에 낀 공간(in-between)'이다.

며 변혁이 가능해지는 것이다. 그처럼 체제의 틈새에서 인간적인 존재의 물결의 일으키게 하는 요인이 바로 타자이다. 또한 존재의 물결을 통해 기술의 신화화에 저항하며 인간적 사회의 창조를 지속시키는 것이 사상이다.

사상이 운동하려면 타자와 교감하는 존재의 물결이 일어나야 한다. 그런데 앞서 살폈듯이 21세기 이후 타자와의 교감을 어렵게 만드는 존재론적 권력유혹의 권력과 재난의 권력이 나타났다. 정동권력과 존재권력[41]으로 인해 타자와의 교감이 상실되면 능동적 정동의 약화 속에서 어떤 사상도 물결이 되지 못한다. 그런 타자 망각의 사회에서는 책 속의 사상을 머리로 수신할 수 있지만 가슴에까지 흡수되지 않아 신체가 움직이지 않는다.

우리시대는 타자성의 상실로 신체가 체제 내부의 규범에 따라 수동적으로 움직일 수밖에 없는 세상이다. 그처럼 타자 망각과 능동적 정동의 상실 속에서 신체가 체제의 게임판에 수동적으로 예속된 사회가 바로 게임 사회이다. 이제 존재 망각을 일으키는 기술 사회는 타자 망각을 발생시킨 게임 사회로 변화되었다. 게임 사회란 아무리 신사상을 외쳐도 타자성의 정동의 상실로 두뇌와 신체가 분리되어 아무도 움직이지 않는 세계를 말한다.

과거 기술 사회를 인간적으로 변혁할 수 있었던 것은 문학이 암시한 타자의 정동적 호소였다. 반면에 우리시대는 문학과 미학이 게임으로 대체된 시대이며 게임의 특징은 문학과 달리 타자의 초대장이 없다는 점이다. 기술 사회의 진화로서 게임 사회란 존재론적 변혁의 위치인 타자를 무의미하게 만든 규칙의 물신화의 세계이다. 그런 규칙의 물신화와 타자

---

41 존재권력에 대해서는 마수미, 최성희·김지영 역, 『존재권력』, 갈무리, 2021 참조.

의 배제는 고도로 발전된 기술들이 정동을 상품화하는 자본주의와 결합할 때 더 심화된다. 게임 사회란 정동의 상품화와 기술 물신화에 저항하는 타자의 위치가 더 없이 무력화된 시대이다.

기술 사회는 기계의 감각을 신경조직에 각인시켜 존재를 상실하게 하는 불안과 무기력의 시대였다. 그러나 불안한 사람들은 기계의 신경자극에 반발하는 타자와 연대해 저항을 일으킬 수 있었다. 기술 사회에서는 아직 인격성의 영역이 완전히 점령되지는 않았기 때문에 그런 반격이 가능했다. 반면에 게임 사회에서는 과잉 연결된 신경자극에 의해 인격성이 식민화되면서 신체가 고립되고 연대가 해체되었다.[42] 그와 동시에 물신화된 규칙에 적응하지 못한 타자는 죽음정치적으로 추방된다. 여기서는 미래의 이정표였던 정동적 초대장이 계산 가능한 정동적 상품의 목록으로 대체된다. 게임 사회란 정동적 타자와 바깥의 상실로 인해 불평등이 심화되어도 아무 동요 없이 게임이 계속되는 세상이다.[43] 이제 불안과 무기력의 시대는 우울과 무능력의 시대로 전환되었다.

게임 사회란 한마디로 타자의 존재론적 반격이 불가능해진 시대이다. 반격의 불가능성은 체제 내의 차별존재론적 차별과 불평등성을 고착화시킨다. 사람들은 게임판의 말로 살아가면서 존재론적 고양과 경제적 상승이 거의 불가능해진다.

---

42 프랑코 베라르디 비포, 이신철 역, 앞의 책, 62쪽.
43 게임 사회에서 인간을 수동적으로 만드는 현실의 게임은 연출인 동시에 현실이라는 특성을 지니며, 그 점에서 과거의 전통적 게임과 달리 **리얼리티쇼**에 접근하는 양상을 보인다. 게임 사회의 현실을 폭로하는 헝거게임이나 오징어 게임이 리얼리티쇼와 유사한 것은 그 점을 암시한다. 이처럼 게임(연출)과 현실이 뒤섞이는 오늘날의 게임 사회는 문학이 쇠퇴하고 컴퓨터 게임이 그 자리를 차지한 시대적 특성과 연관이 있다. 연출과 현실이 결합된 사회와 리얼리티쇼의 관계에 대해서는, 나병철, 『문학의 시각성과 보이지 않는 비밀』, 문예출판사, 420~434쪽 참조.

아직 바깥의 접속이 가능했던 시대에는 가난한 사람이 청청함을 자랑하며 개천에서 용이 난다고 믿을 수 있었다. 그러나 바깥이 차단된 체제에서는 사회적 타자가 루저로 전락하면서 90%가 게임판의 말에서 벗어날 수 없게 되었다. 이런 사회에서는 출구가 폐쇄된 능력주의가 주장되면서 차별과 불평등성을 확대 재생산하는 교육게임이 나타난다.[44]

그런 게임 사회로 굳어지는 것을 막는 것이 바로 비판적 사상일 것이다. 과거의 사상의 시대에는 정치적 논쟁 속에서 진실의 힘으로 틈새를 만들며 미래의 희망을 낳을 수 있었다. 하지만 사상이 운동하지 않는 탈진실의 시대에는 정치적 논쟁 자체가 자신에게 유리한 프레임을 씌우는 정치게임이 되었다.

사상의 시대는 자율성을 지닌 능동적 정동을 통해 변혁이 가능한 시대였다. 반면에 존재권력과 정동권력이 작용하는 시대에는 스스로 수동적 정동을 생성하며 권력이 설계한 대로 움직이는 정동게임의 세상이 도래한다. 정치게임, 정동게임, 교육게임에서 사라지는 것은 변화의 가능성을 현실화할 수 있는 사람들의 자율성과 존재론적 타자성이다.

신자유주의 이전에 아직 인격적 자율성과 타자성이 남아 있다는 증거는 문학과 대중문화였다. 그러나 오늘날은 문학이 쇠퇴했을 뿐 아니라 대중문화는 게임처럼 오락화되었다. 게임 사회는 비판적인 정치적 문화가 약화된 대신 오락화된 대중문화와 게임문화가 성행하는 시대이다.

정치와 공론장, 교육, 문화를 게임화하는 '게임 사회'는 신자유주의의 증상을 암시한다. 증상이란 체제를 합리적으로 작동시키기 위해 체제 자체에 역설적으로 포함된 비합리적탈합리적 요소이다.[45] 증상은 체제를 가장

---

44 정병호, 「'수능'이라는 교육게임」, 『한겨레』, 2021.11.11.
45 지젝, 이수련 역, 『이데올로기라는 숭고한 대상』, 인간사랑, 2002, 51쪽.

합리적으로 작동시키는 순간 체제 자신을 불가능하게 하는 요소가 나타남을 뜻한다.

기술 사회의 증상은 기계에 반발하는 타자의 출현이며 마르크스는 프롤레타리아라는 타자의 출현에 희망을 걸었다. 반면에 게임 사회의 증상은 변혁의 잠재력을 지닌 그런 타자의 존재론적 추방이다. 자본주의가 정동과 인격성의 영역마저 상품화하자 기술 사회의 증상인 타자가 추방당하는 일이 벌어진 것이다. 정동마저 계산가능한 품목이 된 게임 사회에서의 타자의 추방은 마르크스가 예측하지 못한 자본주의의 제2의 증상이다. 제2의 증상은 자본주의의 제1의 증상^{타자}을 보이지 않게 만든 무증상의 증상이다.

무증상의 증상은 비정한 게임 사회가 공정하다는 착각을 불러일으키는 효과를 유발한다. 게임의 규칙에 따라 승자에게 부를 주고 루저를 배제하는 것은 합리적일 뿐 아니라 공정하게까지 보이는 것이다. 이점은 게임 사회가 과거의 전체주의와 다른 점이며 형식적으로는 민주주의 외관을 유지하는 이유이기도 하다. 규칙이 공정하다면 게임의 패자인 타자가 불이익을 당하는 일은 민주주의에서 큰 문제가 아닌 것으로 여겨진다. 더욱이 정동마저 상품의 품목이 되었기 때문에 타자의 정동적 초대장은 합리적인 상품 사회에서 파문을 일으키지 못한다.

그러나 형식적 규칙에 기반한 합리성은 불평등성을 오히려 심화시키기 때문에,[46] 그로 인한 차별과 타자의 비인간적 고통은 더없이 불합리하다. 다만 그 같은 불합리를 정동적으로 호소해야 할 타자가 추방됨으로써 증상이 잘 보이지 않는 '이상한 고요함'의 세상이 도래한 것이다.[47] 이상

---

46 불평등성이 심화되는 이유는 형식적 민주주의의 외관을 한 신자유주의가 자본주의를 순수하게 실현하며 순수 민주주의를 무력화하기 때문이다.
47 타자의 추방은 게임 사회를 만든 근원이자 게임의 체제를 유지하는 요인이 되기도 한다.

한 고요함은 타자의 추방에 침묵하며 폐쇄된 게임 사회 내에서도 공정성이 가능하다는 환상에 빠져들게 만든다. 그런 환상과 착각의 근거인 게임 사회의 무증상의 증상은 불평등성의 사회를 영속화하며 자본의 게임이 무제한적으로 계속되게 만든다.

그런데 무증상의 시대에도 새로운 미학적 도전과 모험은 중단되지 않았다. 가령 무증상 사회의 증상을 눈에 보이게 드러낸 것이 우리시대의 특이한 미학적 발명품 〈오징어 게임〉이다. 이상하게 고요한 무증상 사회를 동요시키는 아킬레스 건은 이 드라마에서처럼 침묵의 증상을 폭로하는 것이다.

〈오징어 게임〉이 무증상의 증상을 드러내는 비밀은 타자의 위치에서의 메타게임에 있다. 이 드라마는 일상의 게임을 축약해 놓은 일련의 게임들로 현실을 확대해 보여주는 독특한 미학을 선보인다.[48] 그처럼 게임 사회를 타자의 위치에서 메타적으로 보면 일상에서는 '이상한 고요함'에 묻혔던 고통과 상처가 충격적으로 드러날 수 있다. 게임 사회에 대한 메타 게임을 통해 무증상의 증상과 침묵의 권력이라는 감성의 치안이 해체되는 것이다. 메타픽션이 현실 자체가 연출된 것임을 암시하듯이, 메타게임은 일상이 게임처럼 되어버렸음을 폭로한다. 그런 방식으로 외관상의 합리적 공정성과 결과적인 비합리적 인격 차별을 동시에 알리는 것이다.

우리시대에 〈오징어 게임〉, 〈모범택시〉, 〈국민 사형 투표〉 같은 게임 미학이 성행하는 것은 우연이 아니다. 외적인 공정성과 실제적인 차별의 폭력이란 무증상의 증상의 숨겨진 실체이다. 게임 미학은 보이지 않는 증상을 보이게 드러냄으로써 우리에게 변화의 필요성을 호소하는 것이다.

---

48 게임서사의 영화와 드라마는 많이 있지만 〈오징어 게임〉의 특징은 **타자의 위치**에서의 메타서사라는 점이다.

게임 사회에서 무증상의 증상의 비합리성은 정동적 차원에서도 확인된다. 게임 사회에 만연된 정동은 '무엇이 문제이고 왜 고통스러운지' 원인을 모르는 우울증이다.[49] 타자의 추방과 정동대상 a의 열망의 식민화는 게임 사회의 숨은 조건이지만 정동의 빈약화로 그 근원이 인지되지 않는다. 수동적 정동에 지배되는 게임 사회에서는 인격성의 부피가 엷어진 우울증이 성행할 뿐이다.[50]

그런데 게임 사회의 우울증이란 출구가 없는 세계에서 강제된 제도화된 질병[51]이다. 우리가 우울한 것은 '게임적인 합리성'[52]이 낳은 불평등성과 차별이 노동자의 착취 이상으로 비합리적이고 비인간적이기 때문이다. 대상 a의 망각은 문제의 근원비인간성을 알 수 없게 만들지만, 그 자체가 권력에 의해 강제된 것이기에 남겨진 진정성의 갈망으로 우리는 우울한 것이다. 그처럼 빈곤해진 자아가 고통스러운 것은 아직 대상 a가 아득한 곳에 남아 있다는 증거일 수 있다. 그 때문에 우울증은 타자를 만나고 싶은 열정이 희미하게라도 잔존한다는 반증이기도 하다. 우울증은 신자유주의의 '무증상적인 감성의 치안'이 완벽한 성공에 이르지 못했음을 입증하는 증거이다. 신자유주의는 무증상의 증상을 발명해냈지만 증상을 완전히 없애지는 못한 것이다. 그것을 그리는 우리시대의 우울의 미학은 게임 미학과 함께 무증상의 증상을 폭로하는 단초가 된다. 예컨대 1990년대 말의 배수아와 하성란의 우울의 미학은 21세기의 〈오징어 게임〉의 배음으로 작동되고 있다고 할 수 있다. 〈오징어 게임〉은 우울 미학의 조용

---

49 프로이트, 윤희기 역, 「슬픔과 우울증」, 『무의식에 관하여』, 열린책들, 1997, 251쪽.
50 프로이트는 우울의 특징으로 자아의 빈곤화를 들고 있다.
51 제도화된 우울증에 대해서는, 주디스 버틀러, 조현순 역, 『안티고네의 주장』, 동문선, 2005, 132~138쪽.
52 게임적인 합리성이란 타자를 배제하고 형식적 규칙에 물신화된 것을 말한다.

한 질문에 대한 얼마간의 답변의 암시이기도 하다. 즉 〈오징어 게임〉에서 우울한 성기훈이 마지막 장면에서 분노의 표정을 보이는 순간 우리는 제도화된 우울증에서 벗어나려는 열망에 사로잡힌다.

우리시대의 문제적 질병인 게임 사회의 제도화된 우울증은 감성의 분할의 고착화와 상응하는 관계에 있다. 캐슬만 보이고 지하 벙커는 보이지 않는 고착화된 세상이란 대상 a의 망각 속에서 타자와 만나는 틈새를 상실한 세계이다. 타자성의 틈새 공간이 상실되면 진정성을 갈망하는 사람들은 막연히 대상 a의 위축을 느끼며 우울하게 살아간다. 이런 '고착된 감성의 분할'[53]과 '제도적 우울증'의 연관성은 존재론적 반격을 위해 매우 중요하다.

과거에는 '감성적으로 배제된 타자'와 만나는 틈새가 있었기 때문에 곳곳에서 정동적 역류가 가능했다. 그러나 감성의 분할이 고착화되면 틈새 공간이 사라지고 대상 a가 희미해져 정동의 역류가 어려워진다. 다만 감성의 분할의 고착화란 제도화된 증상이기 때문에, 우울 속에서도 깊은 곳의 대상 a를 회생시키려는 열망이 잔존한다. 이것이 여전히 신사상이 나타나고 문학과 미학이 완전히 전멸되지 않은 이유일 것이다. 새로운 문학과 변혁운동이 과거와 다른 점은 틈새를 회생시켜 감성의 분할을 역류시키는 일 자체가 미학과 신사상의 과제가 되었다는 것이다. 오늘날의 미학과 변혁운동은 우울하게 고착된 세계에서 다시 틈새를 회생시키는 다양한 도전과 모험을 요구받고 있다. 그처럼 틈새를 회생시키려는 모험이야말로 존재론적 회생과 정동적 반전의 단초가 될 수 있다. 21세기의 희망은 배수아의 우울의 미학과 게임 사회의 게임 미학에서 한 걸음 더 나아

---

53 고착된 감성의 분할은 틈새를 상실한 세상의 중요한 특징이다.

가 반격의 공간을 회생시키려는 **틈새 미학**에 있다.

예전에는 누구나 예쁜 고래 같은 대상 a를 감지했기 때문에 내면과 거리에서 문득 정동적 역류가 일어났다. 그러나 지금은 경직된 감성의 분할의 역류를 위해 대상 a를 회생시키는 **틈새 공간**을 만드는 모험을 해야 한다. 예컨대 「아, 하세요 펠리컨」과 「내 여자의 열매」^{한강}에서 「미조의 시대」^{이서수}, 「반 뗀 라 지?」^{김이설}, 「소유의 문법」^{최윤}에 이르는 소설들[54]은, 은유와 환상을 통해 정동적 역류의 틈새를 생성하는 작품들이다. 「내 여자의 열매」는 미학적 환상을 통해 혐오스럽게 배제된 타자를 식물의 몸으로 회생시켜 감성의 분할을 역전시키고 있다. 또한 「미조의 시대」에서는 주인공 미조가 우울증을 앓는 엄마의 시를 통해 대상 a를 회생시키며 연대를 맺고 있다. 마찬가지로 「반 뗀 라 지?」와 「소유의 문법」은 고착화된 감성의 분할의 상징인 '소유의 집'에서 나와 '집 없는 집'을 소망하며 정동적 역류의 틈새를 감지한다.

능동적 정동의 틈새 공간을 생성하려는 시도는 변혁운동에서도 비슷하게 나타난다. 21세기의 변혁운동인 희망버스와 촛불집회는 감성의 분할을 역류시키는 틈새를 생성하는 새로운 방식을 보여준다. 촛불집회가 가두의 투쟁과 다른 점은 광장의 틈새에서 감성의 분할을 해체하는 미학적 방식으로 정동을 고양시킨다는 점이다. 그 점에서 희망버스와 촛불집회는 과거의 거리의 투쟁과 구분되는 미학과 문화의 정치화라고 할 수 있다. 오늘날 미학과 변혁운동은 서로를 고양시키며 세상을 뒤흔드는 물결을 생성하기 위한 틈새를 모색하고 있다. 우리는 거기서 더 나아가 **틈새**^{미학과 광장}의 물결을 신사상과 결합시켜 문화의 정치화를 한층 고취시켜야 할 것이다.

---

54 감성의 분할의 역류를 위한 틈새를 만드는 소설은 1990년대 말부터 오늘날까지 계속 창작되고 있다.

5. 민중적 리얼리즘에서 타자의 틈새 미학으로

한때는 사상이 문학을 물결치게 하고 변혁운동을 추동하던 시대가 있었다. 그러나 오늘날 변혁운동을 회생시키는 것은 사상이 아니라 미학과 문화의 열망과 틈새의 회생이다. 〈오징어 게임〉이 보여주듯이 우리시대의 미학에서 특징적인 것은 타자 망각에서 벗어나려는 존재론적 열망이다. 그런 존재론적 열망은 〈기생충〉, 〈버닝〉, 〈어느 가족〉, 〈오징어 게임〉 등에서 보이지 않는 증상을 보여주려는 특이한 미학으로 나타났다. 그 같은 열망이 더 고양될 때 게임판의 고착된 감성의 분할을 역류시켜 존재의 물결을 회생시키려는 틈새 미학이 나타난다.

틈새 미학은 과거의 민중적 리얼리즘을 대신해 고립된 타자에게 다시 다가서게 만드는 새로운 비밀 병기이다. 예전의 리얼리즘은 고통받는 민중적 인물에게 접근하게 하면서 반격의 물결을 일으켰다. 반면에 지금의 틈새 미학은 추방된 타자에게 은밀한 샘물이 잔존함을 암시하며 멀어진 타자와 비밀교신을 하는 것을 목표로 삼는다. 과거의 문학은 도처에 있는 틈새를 근거로 존재의 물결을 표현하는 데까지 나아갔지만, 그런 공간이 사라진 오늘날에는 문학을 통해 독자를 타자에게 다가가게 하며 틈새를 회생시키는 것을 출발점으로 한다. 그처럼 고착된 정동 구조를 해체하는 틈새의 회생을 미학적 목표로 삼는 것을 틈새 미학이라고 부를 수 있다. 예컨대 「내 여자의 열매」, 「미조의 시대」, 「반 뗀 라 지?」, 「소유의 문법」에서처럼, 타자에게 진정성^{심연의 샘물}이 잔존함을 내비치며 우리를 틈새로 초청해 경직된 감성의 분할을 해체하려 시도하는 것이다. 그렇게 하면서 타자성을 회복하고 존재의 물결을 회생시키려는 소망을 드러내는 것이다.[55]

우리시대 미학에는 한편에 〈기생충〉과 〈오징어 게임〉 같은 작품이 있으며 다른 한편에는 「내 여자의 열매」와 「반 뗀 라 지?」 같은 작품이 있다. 그런 맥락에서 오늘날의 문학과 대중문화는 게임 미학에서 틈새 미학에 이르는 스펙트럼을 형성한다고 할 수 있다. 전자는 무증상의 시대에 증상을 드러내는 미학이며 후자는 고착된 정동 구조에 균열과 틈새를 생성하는 작품들이다.

오늘날은 존재론적 지형도가 달라졌기 때문에 문학과 대중문화의 양상은 과거와 같지 않다. 지금은 증상이 잘 보이지 않는 시대이므로 증상을 도려내 보여주는 것만으로도 충격적이고 강렬한 미학적 효과를 지닌다. 예컨대 〈기생충〉, 〈오징어 게임〉, 〈더 글로리〉김은숙 극본, 안길호 연출, 〈다음 소희〉정주리 감독 등 다수의 작품이 여기에 속한다.

또한 게임 사회에서 탈출하는 것이 급선무이기 때문에 게임의 상상력을 통해 게임 사회를 넘어서려는 미학이 나타난다. 대표적인 작품은 〈오징어 게임〉, 〈모범택시〉, 〈국민 사형 투표〉조윤영 극본, 박신우 연출, 〈지옥에서 온 판사〉조이수 극본, 박진표, 조은지 연출 등이다. 〈오징어 게임〉은 현실의 게임과 드라마의 게임이 서로를 되비추는 메타게임의 서사이다. 또한 〈모범택시〉는 보이지 않는 추방된 타자를 보여주면서 게임의 상상력으로 대리적 복수를 하는 드라마이다.

이들 작품처럼 우리시대의 증상을 드러내면서 타자가 겪는 불행한 재난에 더 초점을 맞춘 작품은 〈다음 소희〉이다. 이 영화는 정동의 식민화로 사랑과 용기가 냉동고에 갇힌 시대에 타자에게 닥친 비극을 보여준다.

---

55 문학과 미학에서의 그런 틈새의 물결은 광장의 틈새에서 새로운 변혁의 물결을 일으킬 수 있다. 그리고 더 나아가 새로운 사상들과 결합해 촛불을 들불로 진화시킬 수 있을 것이다.

타자의 추방을 그린 정동적 재난의 서사는 21세기 미학의 한 축을 이루는데, 여기에 속한 작품에는 〈돼지의 왕〉^{연상호 감독}, 〈더 글로리〉, 「할」^{김탁환}, 〈다음 소희〉 등이 있다.

거기서 더 나아가 감성의 분할을 역전시켜 존재의 물결을 소망하는 작품에는 「내 여자의 열매」, 「아, 하세요 펠리컨」, 「미조의 시대」, 「반 뗀 라지?」, 「소유의 문법」⁵⁶ 등이 있다. 감성의 분할의 고착화는 캐슬을 선망하고 타자를 외면하게 해 존재의 물결을 잠재운다. 반면에 새로운 틈새 미학에서는 시와 은유를 통해 감성의 분할을 역전시키며 다시 한번 존재의 물결을 갈망하는 서사가 나타난다.

과거에는 곳곳에 틈새가 있었기 때문에 어떻게 물결을 일으키느냐가 미학의 과제였다. 그러니 지금은 정동 구조가 고착된 세계에서 어떻게 균열을 내느냐가 중요하다. 이제 타자성의 리얼리즘은 '민중의 문학'에서 '타자의 틈새 미학'으로 변주되었다. 우리시대에 민중문학은 사라졌지만 타자성의 미학은 심연에 각인된 순수기억의 유산으로 남겨졌다. 민중은 해체되었으나 배제된 타자를 회생시키려는 미학은 아직 해산되지 않은 것이다. 오늘날 타자성을 부활시키려는 미학은 증상을 폭로하는 작품에서 타자와 다시 만나는 작품까지 일련의 띠를 이루고 있다. 리얼리즘의 정동적 유산을 계승한 새로운 모험으로서, 민중이 사라진 시대에 고립된 타자의 위치에서 또 한 번 물결의 회생을 소망하는 미학의 흐름은 아래의 스펙트럼을 보여준다.

---

56 「아, 하세요 펠리컨」과 「반 뗀 라 지?」, 「소유의 문법」의 차이는, 전자가 환상을 통해 적극적으로 물결의 회생을 보여준다면, 후자는 물결을 일으킬 일상의 틈새를 소망한다는 점이다.

게임 미학(증상의 폭로)	틈새 미학	문화의 정치화
〈오징어 게임〉	「아, 하세요 펠리컨」	희망버스
〈보건교사 안은영〉	「내 여자의 열매」	촛불집회
〈모범택시〉	「미조의 시대」	응원봉 집회
〈기생충〉	「소유의 문법」	남태령 시위

7. 게임 사회에 저항하는 게임 미학 〈오징어 게임〉

미학과 문학에서는 인식론적 주제 이상으로 존재론적 과정이 매우 중요하다. 후자의 맥락에서 사회모순에 대한 미학적 승리란 존재의 물결을 통해 모순된 체제를 뒤흔드는 과정일 것이다. 여기서의 미학적 승리는 실제 성취보다는 고착된 권력에 충격을 주는 정동적 전회로 나타난다.

그런데 오늘날의 문제작 〈오징어 게임〉과 〈모범택시〉는 권력을 뒤흔드는 동요의 과정이 약한 점에서 과거의 미학과 다르다. 〈오징어 게임〉은 사람들 간의 연대의 부재 때문에 게임 사회의 비정함을 드러내는 데 그치고 있다.[57] 또한 〈모범택시〉에서는 매번 주인공 김도기가 이기지만 그 승리는 체제를 뒤흔드는 것과는 무관하다.

그 대신 〈오징어 게임〉과 〈모범택시〉는 고착된 게임판에서 벗어나려는 소망 자체에서 은밀한 해방감을 제공한다. 체제가 너무 경직되어 있기 때문에 게임판의 말에서 탈출하려는 작은 욕망만으로도 정동적 위안이 느껴지는 것이다. 〈오징어 게임〉에서 루저들의 생존 게임은 게임 사회의 축소판이며, 우리는 거기서 살아남은 성기훈의 분노에 공감하며 타자에

---

57 그러나 무증상의 시대인 우리시대에는 증상을 드러내는 것만으로도 문제적이 되기 때문에 이 작품이 단순한 자연주의적 고발에 그친 것은 아니다.

게 다가서게 된다. 게임 사회의 망각된 루저에게 다가가는 그 순간은 우리 자신이 문득 게임판에서 벗어나려는 갈망을 느끼는 시간이다.

두 드라마는 여전히 게임의 상상력 내부에 있지만 불현듯 망각된 타자의 회귀를 열망하게 한다. 그 점에서 이 드라마들은 인간을 게임용 말로 만든 체제에 저항하는 비판적 게임 미학인 셈이다. 여기서는 주인공이 게임판에서 탈출하려는 욕망을 느끼는 과정과 숨겨진 게임 사회의 증상을 드러내는 과정이 중첩되어 있다. 주인공의 탈주의 욕망과 함께 무증상의 사회에서 증상이 폭로되면서, 우리는 세계의 불합리성의 인식과 더불어 타자성의 정동을 얼마간 되찾게 되는 것이다.

게임 미학의 특징은 그런 방식으로 우리시대^{무증상의 시대}의 숨겨진 증상인 게임 사회의 구조를 폭로하는 데 있다. 무증상의 시대에는 증상을 폭로하는 일 자체가 이미 반격의 단초가 된다. 〈오징어 게임〉^{황동혁 극본, 황동혁 연출}은 외관상 합리적으로 보이는 사회가 인간을 수동적으로 예속화하는 체제임을 드러냄으로써 사람들이 은연중에 게임판으로부터 벗어나려는 갈망을 갖게 만든다.

우리가 게임 사회에 예속되어 침묵 속에서 살아가는 것은 신자유주의가 교묘한 연출의 권력이기 때문이다. 신자유주의가 게임 사회를 유지하는 비밀은 오늘날이 가상과 현실이 쉽게 뒤섞이는 연출의 권력의 시대라는 데 있다. 연출의 권력은 푸코가 말한 보이지 않는 새로운 권력의 가장 진화된 형식이다. 게임의 시대에 '게임 같은 현실'과 '가상적 공간'은 규칙을 장악한 사회적 아버지 신자유주의의 연출의 손에 내맡겨져 있다. 이제까지 가상과 현실의 뒤섞임은 체제에 저항하는 문학과 미학의 특권이었는데, 신자유주의가 진행되며 마침내 권력 쪽에서도 미학적 연출의 방식을 도용하기 시작한 것이다. 무지의 장막^{롤스}과 문학이 체제의 외부에 접속한 실재계적 가상공간이라면, '오징어 게임'은 권력자가 규칙을 장악해 게임을 영속시키려는 상상계적 가상공간이다.

연출의 권력은 가장 폭력적인 동시에 가장 은밀한 장치이다. 문학 같은 실재계적 가상공간이 체제의 폭력을 고발한다면, 권력의 상상계적 가상 공간은 폭력을 조장하는 동시에 은폐한다. 우리시대의 상징계는 형식적 민주주의이지만 타자를 추방하는 게임의 상상적 장치는 민주주의를 은 폐된 폭력적 게임판으로 변질시킨다.[58]

여기서는 외관상의 합리적 공정성과 결과적인 인격적 차별의 폭력이 동시적으로 일어난다. 〈오징어 게임〉은 오늘날의 비극적 상황이 합리적 연출의 방식으로 폭력적 현실을 통제하는 새로운 게임 권력의 손에서 비 롯됨을 암시한다. 그런 폭력적이고 상상적인 연출의 권력[59]의 비밀을 폭 로하는 것이 침묵의 증상을 드러내는 이 드라마의 비판적인 미학적 효과 이다.

〈오징어 게임〉의 또 다른 흥미는 폭력적인 게임 사회를 드러내는 특별 한 방식에 있다. 이 드라마에서 폭로의 방식의 독특함은 무증상의 게임 사회를 무인도에서의 가상의 게임으로 되비추는 진행에 있다. 여기서의 묘미는 가상의 게임이 현실의 게임을 시사하는 상징적 의미작용의 증폭 에 있다.

〈오징어 게임〉은 현실과 가상이 서로를 되비추는 자기반사적인 메타 게임이다. 주인공성기훈은 드라마 속의 현실에서 게임 세계로 진입하는데

---

58 그런 변질의 원인은 형식적 민주주의가 타자를 추방하는 자본주의의 폭주를 제어하지 못하기 때문이다.

59 오늘날이 **연출의 권력**의 시대라는 것은 권력의 미학적인 감성의 분할이 사회의 통제에 필수 요소임을 뜻한다. 이런 시대에는 고착된 체제에 대한 미학적 반격이 정치적으로 매우 중요하다.

그 게임이 다시 현실을 반사하고 있다. 게임으로의 초대가 성기훈이 게임을 할 수밖에 없는 현실을 보여준다면 현실 밖의 게임은 현실 자체를 게임으로 되비춘다.[60] 메타픽션이 현실이 소설처럼 되어버렸음을 드러내듯이 메타게임은 사회 자체가 게임판처럼 작동됨을 시사한다.[61] 메타픽션의 자기시시성이 현실을 해체한다면 메타게임은 무증상 사회를 해체하며 게임 사회를 폭로한다. 우리는 권력이 현실과 가상에서 돈통과 혐오발화그리고 죽음정치라는 상상계적 장치[62]를 통해 잔혹한 게임이 영원히 계속되게 만듦을 알게 된다.

그런데 게임을 장악한 사회적 아버지의 권력은 절대적이지만 그 작동기제는 그리 단순하지 않다. 흥미롭게도 〈오징어 게임〉에서는 거의 모든 경쟁이 어린 시절의 게임의 패러디로 연출된다. '무궁화 꽃이 피었습니다', '딱지치기', '달고나', '구슬치기' 등은 어렸을 때 열중했던 아버지에게서 해방된 놀이였다. 그러나 패러디된 어른의 게임에는 어린 시절의 해방의 놀이가 더 이상 없다. 이 드라마는 어린 시절의 놀이가 어른에게서 다시 반복되면 얼마나 고통스러운 잔혹동화가 되는지 보여준다.

유년기에는 놀이 자체가 아버지로부터의 해방이었기 때문에 금을 밟고 죽는 것도 유희의 일부였다. 하지만 어른의 놀이에서는 규칙이 아버지의 손에 쥐어져 있기 때문에 게임에서 죽으면 진짜로 죽는다. '오징어 게임'의 충격은 유년기의 해방의 소망으로 유혹하면서 실제로는 잔혹한 아버지의 규칙을 실행하는 데 있다.

---

60 성기훈은 게임 같은 현실에서 버려진 채 또 하나의 게임을 하고 있다.
61 여기서는 **타자의 위치**에서의 메타게임이라는 점이 중요하다.
62 혐오발화는 타자를 배제하는 상상계적 장치이며 혐오발화가 많아진 사회는 실재계에서 멀어져 상상계 쪽으로 이동한 사회이다.

이 게임의 설계자는 권력자이지만 기억 속의 원본은 유년기의 자아의 것이었다. 그런데 게임이 아버지의 손에 쥐여지면서 어린 시절의 순수기억은 아득한 심연 속으로 가라앉아 버린다. 〈오징어 게임〉은 순수기억이 아버지의 규칙에 장악되는 과정을 반복하면서 기억의 식민화 과정을 눈앞에 연출해 보여준다.

유년기의 순수기억에는 어머니와의 행복의 기억인 대상 a가 각인되어 있었다. 어린이의 놀이는 그런 대상 a의 은밀한 작동의 하나였으며 모두의 가슴 속 대상 a의 근원이었다. 그런데 성인의 오징어 게임은 어린이의 놀이를 아버지의 게임으로 변주시키면서, 심연의 대상 a마저 빼앗는 방식으로 순수기억^{대상 a}과 능동적 정동을 식민화한다. 이 드라마에서 유년기의 놀이의 반복은 대상 a조차 식민화하는 정동적 식민지[63]의 교묘한 폭력 구조를 암시한다. 여기서 대상 a가 식민화되는 과정은 돈통이라는 대상 a의 대리물이 절대화되는 과정과 표리를 이루고 있다. 아이의 기억을 반복하는 어른의 놀이, 즉 '오징어 게임'이라는 '대상 a의 식민화 장치'는, 그런 방식으로 돈통^{대상 a의 대리물}만 바라보고 루저를 외면하는 절망적인 세상을 메타적으로 시사한다.[64]

그처럼 대상 a가 식민화되면 타자들^{그리고 일상의 사람들}은 저항력을 잃고 스스로 돈통에 예속된 게임판의 말이 된다. 그런 상황에서 권력자들은 게임용 말들을 비열한 눈요기감으로 삼아 그들이 죽음으로 사라지는 과정을

---

63 정동적 식민지란 사람들이 타자를 외면하고 끝없이 환상 공간(유사 대상 a)을 바라보는 사회를 말한다. 이런 정동적 무력화의 원인은 캐슬과 돈통이라는 유사 대상 a를 통한 대상 a의 식민화에 있다.

64 아이들의 놀이가 아버지 세계에 대항하며 연대를 확인하는 대상 a의 놀이였다면, 어른의 놀이는 유사 대상 a의 게임을 통해 돈통만 바라보고 루저를 배제하며 연대가 해체되게 만든다.

즐기고 있다. 여기서 권력자들의 게임의 흥미는 마치 자신이 짓밟고 있는 식민지의 원주민을 원시적인 매력으로 즐기는 것과도 비슷하다. 그들은 정동적 노예들을 식민지의 검투사로 눈요기하면서 인간의 생명이 살인의 위협 속에서 처분되는 상황에는 무관심하다.

〈오징어 게임〉에서 잔혹한 놀이의 반복은 식민화된 타자들에 대한 정동적 페티시즘이기도 하다. 실제로 각국의 권력자인 VIP들은 다양한 게임을 구경하며 경멸과 매혹 사이에서 동요하고 있다.[65] 이 드라마는 정동적 식민지에서는 계급 사회가 인종주의적 비인간화와 결탁한다는 비열한 참상을 폭로하고 있다. 정동의 식민화 속에서 계급적 불평등성이 영속화되면 마치 인종주의에서처럼 존재론적 차별이 절망적으로 고착화되는 것이다.

이 작품에서 또 하나 중요한 것은 그런 게임 사회에 대한 폭로가 성기훈[이정재 분]이라는 타자의 위치에서 이루어지는 점이다. 성기훈은 이미 게임판의 말이 되었지만, 그의 시점을 통한 타자의 위치에서의 폭로는 게임 사회에 대한 비판적 자의식을 회생시킨다. 우리는 성기훈에게 감정이입을 하며 그의 위치에 놓이게 되는데, 추방된 타자인 그는 권력자들과는 다른 특별한 반복과 동요를 경험하고 있었다.

무력한 루저인 성기훈은 처음에는 일남[게임의 설계자, 오영수 분][66]과도 달리 유년기의 놀이에 대한 향수를 느낄 겨를조차 없었다. 그 대신 그에게는 오

---

65 에드워드 사이드, 박홍규 역, 『오리엔탈리즘』, 교보문고, 1991, 106·127쪽. 〈오징어 게임〉의 VIP들의 시선이 오리엔탈리즘과 다른 점은 신자유주의적 계급 사회에서 인종적 페티시즘 같은 시선이 나타난다는 것이며, 이는 불평등이 심화된 사회에서 존재론적 차별의 극단화된 상황을 나타낸다.

66 일남은 게임의 설계자이면서도 다른 VIP들과는 달리 어린 시절에 대한 일말의 향수를 갖고 있는 특이한 인물이다.

징어 게임 자체가 현실의 트라우마의 반복인 셈이었다. 그는 드래곤 모터스 파업[67]으로 실직을 한 후 이혼과 함께 비참한 삶을 살게 되었다. 그때의 잔혹한 진압 과정은 아직까지도 트라우마의 이미지로 반복해 떠오르고 있다. 이 드라마에서 성기훈은 5화에서 다른 팀의 습격을 막기 위해 불침번을 서다 파업 과정에 겪은 잔혹한 폭력을 떠올린다. 그에게는 진압의 잔인함과 함께 파업 당시의 노동자들 간의 반목도 트라우마로 남아 있었다.[68] 오징어 게임의 폭력성과 참여자들의 불화는 그때의 드래곤 모터스 진압 과정의 반복으로 다가온 것이다.[69] 권력자들에게는 눈요깃감일 뿐인 반복적인 가상적 게임은 성기훈에게는 현실의 트라우마의 재연이었던 것이다.

경악스러운 트라우마는 반복강박을 일으켜 다시 한번 고통을 배가시킨다. 그러나 프로이트가 말했듯이 거기에는 죽음충동과 함께 비극을 극복하려는 갈망도 얼마간 포함되어 있다.[70] 더욱이 가상을 통한 고통의 반복은 자신이 경험하는 구조적 상황에 대한 자의식을 불러일으킬 수 있다. 성기훈이 경험한 게임의자놀이[71]와 오징어 게임의 반복은 메타게임의 해체적 효과와 더불어 잔혹한 사회에 대한 자의식을 갖게 하고 있었다. 이 드라마에서 여러 게임을 하는 동안 다른 참가자들은 현실과의 관계를 절실하게

---

67 드래곤 모터스 파업은 쌍용차 파업을 모델로 하고 있다.
68 박노자, 「연대의 결핍, '오징어 게임'의 함의」, 『한겨레』, 2021.10.26.
69 공지영은 드래곤 모터스 파업의 모델인 쌍용차 파업을 의자놀이에 비유한 바 있다. 의자놀이는 무자비한 진압뿐 아니라 동료와도 싸워야 하는 잔혹한 상황의 상징이다. 성기훈은 불침번을 서면서 다시 떠오른 경찰의 진압과 의자놀이의 기억에서 고통스러워하고 있는 것이다. 공지영, 『의자놀이』, 휴머니스트, 2012 참조.
70 프로이트, 박찬부 역, 「쾌락원칙을 넘어서」, 『쾌락원칙을 넘어서』, 열린책들, 1997, 9~89쪽.
71 성기훈은 무인도에서 일련의 게임의 과정을 통해 의자놀이를 반복해서 경험하고 있는 셈이다.

실감하지 못했다. 반면에 성기훈은 트라우마의 **가상적 반복** 속에서 차츰 게임 사회에 대한 자의식을 갖게 된다.[72] 그런 중에 그에게 감정이입하는 우리 또한 점차로 비판적 자의식을 회생시키게 된다.

성기훈은 가상의 반복으로 인한 게임의 자의식과 그로부터 벗어나려는 정동적 소망을 경험하고 있었다. 식민화된 노예들에 대한 가학적 유희였던 권력자들의 반복과 달리 성기훈의 반복은 노예적인 정동으로부터의 회생의 소망을 싹틔운다. '오징어 게임'은 정동_{대상 a}의 식민화이지만 타자의 반복의 경험은 식민화된 대상 a에 대한 회생의 열망을 불러일으킨 것이다.

비록 적극적으로 고양되지는 않지만 성기훈의 **능동적 정동**의 소망은 설계자들이 예상하지 못한 중요한 사건이다. 마침내 그가 새벽_{정호연 분}의 죽음에 눈물을 흘리며 분노하는 순간, 그와 우리는 상상계적 가상공간_{사회적 아버지의 권력}을 직시하며 실재계적 존재의 물결을 소망하게 된다. 존재론적 역동성을 상실한 시대에 이 드라마는 약간의 틈새를 만들며 존재의 물결의 회생과 시즌 2를 기다리게 만든다.[73]

이처럼 메타게임에서는 증상을 폭로하는 과정과 게임 사회의 문제적 인물을 통해 틈새를 소망하는 과정이 겹쳐 있다. 다만 성기훈은 아직 연대를 이루지 못하고 막막함에 포위되어 있기 때문에, 시즌 1에서의 그의 정동적 반전은 게임 사회의 증상을 비판적으로 보게 하는 데 더 기여한

---

72 더욱이 무인도의 게임은 현실의 게임과는 달리 유년기의 놀이의 패러디였다. 놀이의 패러디는 권력자들에게는 식민화된 정동적 노예들에 대한 눈요기이자 페티시즘일 뿐이다. 반면에 타자의 위치에 있는 성기훈은 게임의 냉혹함을 자각하며 차츰 놀이의 원본이 환기하는 정동적 향수를 감지하기 시작했다. 잔혹동화가 된 게임의 원리와는 상관없이 놀이의 반복은 성기훈에게 능동적 정동에 대한 향수를 불러일으키고 있었다.

73 〈오징어 게임〉 시즌 2는 2024년 12월 26일 발표되었다.

다. 우리는 고독한 성기훈에게서 희망을 품기보다는 보이지 않던 증상을 메타게임을 통해 보며 고립된 타자를 발견한다.[74] 내포관객은 그에게 다가서는 동시에 미처 게임판에서 완전히 벗어나지 못한 그와 우리의 비극을 직시한다. 일반적으로 미학적 가상공간은 감상자가 타자에게 접근하게 하면서 대응의 틈새를 생성할 수 있는 장치이다. 그러나 〈오징어 게임〉에서 내포관객이 성기훈에 다가가면서도 반격의 틈새를 생성하지 못하는 것은, 이 드라마가 폭로에 중점을 두면서 성기훈의 진정성의 잔여물을 풍부하게 제공하지 않기 때문이다.

끝까지 고립된 성기훈을 통해 〈오징어 게임〉이 폭로하는 완강한 게임 사회의 기제는 포스트전체주의적 폭력[75]으로 요약된다. 드라마 전체를 관통하는 조용한 침묵 속의 폭력은 새로운 전체주의가 어떤 것인지 실감나게 드러낸다. 〈오징어 게임〉에서처럼 포스트전체주의는 과거의 전체주의와는 달리 일상에서 아무 일도 없는 듯이 조용하게 폭력을 행사한다.

과거의 전체주의 사회는 파시즘에서처럼 눈에 보이는 폭력을 행사했다. 그 때문에 파시즘의 생명권력과 죽음정치는 벌거벗은 얼굴의 반격에 부딪힐 수밖에 없었다. 반면에 게임 사회의 새로운 전체주의는 공정성과 합리성의 형식을 빌려 은밀히 죽음정치적 폭력을 실행한다.

게임 사회에서 공정해 보이는 게임이 죽음의 게임죽음정치으로 전락하는 것은 정동의 식민화로 인해 타자성을 상실했기 때문이다. 정동의 식민화란 쾌락원칙돈통과 현실원칙게임 규칙에 물신화된 채 실재계적 타자와 교감하는 능동적 정동을 상실한 상황을 말한다. 그처럼 타자성을 상실하면 누

---

74 이 드라마는 성기훈의 저항적인 분노로 끝나지만 아직 그의 울분을 쏟아낼 곳은 존재하지 않는다.
75 올리비에 딜리, 이상빈 역, 『오징어 게임의 철학』, 청송재, 2022, 8쪽.

구나 게임판의 말이 되기 때문에, 규칙에 저항하지 못하고 우울하게 내부에 갇혀 변하지 않는 규칙의 공정한 적용에 목을 맬 뿐이다.

당연히 형식적 기회를 부여하는 공정성과 승패를 나누는 능력주의는 타자 추방과 죽음정치의 재앙을 막지 못한다. 그런데도 그런 우울한 상황_{정동의 식민화}을 망각하고 능력주의가 성행하는 것은, 게임판의 표면적 규칙의 공정성_{그리고 능력주의}이 타자의 비극에 눈감게 하는 역할을 하기 때문이다. 사람들은 마치 컴퓨터 게임에서처럼 규칙의 공정성에만 신경을 쓰면서 루저의 죽음정치적 비극을 외면하게 되는 것이다. 포스트전체주의적 게임 사회에서 형식적 공정성과 능력주의는 타자에게 가해지는 조용한 죽음정치와 표리를 이루고 있다.

능력주의를 외치면서 죽음정치를 은폐하는 침묵 사회에서는 마치 아무런 재앙도 일어나지 않는 듯이 보인다. 그러나 형식적 공정성_{그리고 정동의 식민화}에 의해 침묵이 유지되더라도, 정동적 식민지에서 타자가 혐오, 차별, 사고, 자살로 사라지는 것은 사회적 타살[76]과도 같다. 〈오징어 게임〉에서처럼 직접 총으로 쏘지 않아도 타자에게 셔터를 내리는 사회는 침묵의 방음 총을 쏘는 것과 다르지 않다. '오징어 게임'이 보여주는 충격적인 루저의 사살은 결코 단순한 드라마적 과장이 아니다. 게임 사회의 방음총은 실제로 능력주의를 보이게 만들며 사라진 타자를 보이지 않게 제거한다. 공정성과 합리성, 자발적 참여를 앞세운 절차적 민주주의가 포스트전체주의적인 죽음정치 체제로 변질되는 비밀은 여기에 있다.

우리는 규칙의 형식적 공정성이 죽음정치를 더욱 심화시키는 역설적인 사회에 살고 있다. '오징어 게임'은 그런 역설을 감추는 동시에 오히려

76　권종호, 『고독사는 사회적 타살이다』, 산지니, 2023.

확대해서 폭로하는 모순을 드러낸다. 우리는 오징어 게임의 요원들이 규칙의 형식적 공정성을 애써 강조하는 점을 주목할 필요가 있다. 현실의 게임 사회란 실상은 세습 자본주의이며 여기서는 이미 출발선이 다르고 상류층일수록 편법이 묵인된다. 반면에 오징어 게임에서는 잔혹한 게임에서 살아남으면 진짜로 돈통의 돈을 준다. 진짜로 돈을 주기 때문에 캐슬 사회에서 절망한 루저들이 비밀리에 전화를 거는 것이다.[77]

그러나 무인도의 게임 체제가 강조하는 공정성은 죽음정치 체제를 묵인하게 하는 알리바이일 뿐이다. 결말의 성기훈의 분노에서 보듯이 형식적 공정성과 수백억[456억 원]의 돈은 게임 규칙의 잔혹성을 보상하지 못한다. 게임 사회와 세습 자본주의가 루저의 지옥이라면 무인도의 공정해 보이는 게임 체제는 또 다른 디스토피아로의 출구일 뿐이다. 그 점에서 우리 사회의 미니어처[miniature][78]인 오징어 게임은 오늘날의 공정성과 돈의 가치에 대해 깊이 생각하게 한다. 공허한 공정성[79]의 서사는 큰 세계와

---

77 실제로 드라마에서 유출된 전화번호로 자기도 빚이 많다며 게임에 참가하겠다는 전화가 오기도 했다. 이강국, 「자영업자들의 오징어 게임」, 『한겨레』, 2021.10.5.
78 이 드라마에서 게임(게임 사회) 속의 게임으로서 '오징어 게임'은 게임 사회라는 거대 세계를 반사하는 미니어처의 역할을 하고 있다.
79 오늘날 제기되는 **공정성 담론**의 상당부분이 오징어 게임의 형식적 공정성과 비슷하다. 오징어 게임의 공허한 공정성은 설계자의 변명일 뿐이며 지옥의 현실이 증폭되는 상황을 막지 못한다. 이런 잔혹한 자기 모순은 우리시대의 절차적 공정성에서도 비슷하게 발견된다. 예컨대 캐슬 사회의 비리가 얼마간 누출되면 사람들은 공정성을 외치며 세습자본주의에 분노한다. 그런 한에서 은밀한 편법이 만연된 오늘날 공정성 담론이 전혀 무용한 것은 아니다. 그러나 그들이 외치는 절차적 공정성은 우리 사회의 잔혹한 게임의 규칙을 바꾸지 못한다. 절차적 공정성은 세습자본주의의 비리를 얼마간 교정할 수 있지만 죽음정치와 돈의 노예화를 낳는 게임을 중단시키지 못한다. 공정성을 외치는 청년들이 성과에 집착하며 죽음정치의 희생자에게 눈을 감는 것은 그 때문이다. 오늘날의 청년들은 해방의 상상력이 축소되어 게임의 바깥을 보지 못한다. 과거의 청년들의 공정과 정의는 '다함께 잘 사는' 평등 사회의 주장이었지만, 지금의 청년들의 공정성의 외침은 게임의 승자가 되려는 욕망과 표리를 이루고 있다.

작은 세계 사이를 움직이는 자동반복을 통해, 큰 세계를 능력주의의 환상으로 감싸면서 작은 세계의 죽음정치를 은폐한다.[80] 하지만 실상 큰 세계에는 비정한 금수저의 세습 사회가 있으며, 작은 세계에는 죽음정치를 공정성으로 가장하는 음화가 있다. 이것이 민주주의의 외피를 쓴 게임 사회의 새로운 전체주의적인 실상이다.

그런 게임 사회의 새로운 전체주의의 폭로가 가능한 것은 성기훈의 고통스러운 타자성의 정동에 초점이 맞춰져 있기 때문이다. 이 드라마는 성기훈이 정동적 전회를 통해 게임 세계의 냉혹성에 문득 타자성의 응시를 흘리는 순간에 막을 내린다. 그런 성기훈의 분노의 응시는 강렬하지만 아직 파편화된 빈약한 반격이기도 하다. 이 고독한 미완의 결말은 우리 앞에 남겨진 여러 과제들을 암시하고 있는 셈이다. 우리는 이제 게임 사회의 문제적 타자 성기훈의 파편적 틈새를 확장하며 자동반복의 세계에 제동을 거는 타자성의 연대를 회생시켜야 한다. 필사적인 돈통 대신 목숨을 건 에로스적 연대만이 성기훈의 틈새를 확대시키며 진짜로 공정하고 평등한 세상을 만들 수 있을 것이다.

7. 타자에게 응답하는 슈퍼 히어로 서사 〈모범택시〉

보이지 않는 타자를 눈앞에 보여주며 비정한 사회의 증상을 드러내는 또 다른 작품은 〈모범택시〉오상호 극본, 장영석 연출이다. 막장의 타자에게 셔터를 내리는 사회에서, 〈모범택시〉와 〈오징어 게임〉은 특이하게 비정한 셔

---

80 그 때문에 게임 사회에서는 공허한 공정성이 외쳐지면서도 정동의 냉동고에 송경동이 말한 사랑과 용기가 갇혀 있다.

터가 내려진 위치에서 서사를 시작한다. 게임 사회의 서사는 추방의 장막을 내리는 것으로 끝나지만, 게임 미학의 서사는 두 작품처럼 장막 저편에서 이야기를 시작한다.

두 게임 미학의 차이는, 〈오징어 게임〉에서는 루저가 또 다른 지옥에 빠지지만, 〈모범택시〉에서는 최후의 타자가 모범택시에게 도움을 구한다는 점이다. 전자가 타자의 고립을 폭로한다면 후자는 고립된 타자를 구원하려 시도한다. 그 점에서 게임 사회의 반사체인 〈오징어 게임〉과는 달리, 〈모범택시〉는 불가능한 구원을 실현하려는 슈퍼 히어로 환상물에 가깝다.

그럼에도 〈모범택시〉에 열광하는 것은 막연한 사회적 환부를 선명히 드러내며 사라진 타자를 소환하기 때문이다. 〈모범택시〉가 슈퍼맨이나 배트맨 같은 슈퍼 히어로 서사와 다른 점은 타자의 호소에 응답하는 형식을 지닌 점이다. 신자유주의의 실제 현실에서는 일상의 사람들이 위기에 처한 타자를 차갑게 외면한다. 하지만 그것은 정동의 식민화로 사랑과 용기가 냉동고에 갇힌 때문이지 아직 심연의 샘물이 메말라버린 것은 아니다. 모범택시의 복수 대행 요원들은 대리적으로 악행을 응징하면서 냉동고 속에 얼어붙은 사랑과 용기를 대신 해빙시켜준다.

이 드라마가 모든 사건을 고통받는 타자의 전화로 시작하는 것은 그 때문이다. 제1화^{시즌 2}에서 실종된 동재의 아버지는 절망 속에서 한강으로 투신하려다 모범택시 스티커를 본다. '죽지말고 전화하세요. 대신 해결해드립니다.' '우리는 당신의 억울함을 듣고 싶습니다.' 그 순간 동재의 아버지는 어둠 속에서 걷잡을 수 없이 쏟아지는 울음을 멈출 수 없었다.

우리시대는 비참한 타자에게 다가서는 사람이 거의 없는 각자도생의 사회이다. 그럼에도 우리는 모범택시 스티커를 보며 오열하는 동재 아버지에게 감정이입을 하게 된다. 이어서 한밤에 한강으로 달려오는 검은 택시에게서 눈길을 떼지 못한다. 그 이유는 모범택시의 김도기 기사^{이제훈 분}가 무기력한 우리를 대신해 고통받는 타자에게 달려오기 때문이다. 이 드라마의 다양한 사건의 출발이 모두 '달려오는 모범택시'로 설정된 것은 우연이 아니다.

과거에는 하층민의 호소에 지식인과 중간층이 다가서면서 정동적 공동체의 존재를 확인시켰다. 그러나 타자의 정동적 초대장이 휴지가 된 지금은 실재계적 윤리 공동체가 위기에 처해 있다. 그런 상황에서 모범택시의 판타지는 다시 타자에게 다가서며 위기에 처한 정동적 공동체의 잔여물을 또 한 번 증폭해 보여준다.

그 때문에 〈모범택시〉는 단지 사적인 복수에서 쾌감을 느끼는 드라마가 아니다. 이 드라마가 선사하는 만족감은 '눈에는 눈, 이에는 이'가 가져다주는 통쾌함과는 무관하다. 우리가 〈모범택시〉에 빠져드는 것은, 사회적 희생자가 게임판의 말처럼 사라지는 현실에서, 그 바깥으로 나가 타자를 인간으로 되돌려 놓고 싶은 갈망이 남아 있기 때문이다. 그렇게 하면서 냉동고에 갇힌 타자에 대한 사랑을 해동시키는 동시에 고립된 타자를 정동적 공동체의 일원으로 귀환시키고 싶은 것이다.

〈모범택시〉가 일반 슈퍼 히어로 서사와 다른 점은 그처럼 정동적 공동체의 회생에 목적을 둔다는 것이다. 이 드라마에서 주인공 김도기 이상으로 장성철^{김의성 분}과 안고은^{표예진 분}, 최주임^{장혁진 분}, 박주임^{배유람 분}의 역할이 중요한 것도 그 때문이다. 그들이 보여주는 가족 같은 연대는 우리가 잃어버린 정동적 공동체의 은유에 다름이 아니다.

15화에서 온하준^{빌런, 신재하 분81}은 안고은, 최주임, 박주임이 묶여 있는 화

---

81 온하준은 모범택시 무지개 운수에 위장취업했던 빌런이다.

면을 보여주며 "게임 하나 할까요"라고 말한다. 누굴 먼저 죽일 거냐는 그의 질문에 김도기는 1, 2, 3번이 아닌 4번을 선택한다. 온하준이 게임 하듯이 타인의 목숨을 무감각하게 처분하는 인물이라면 김도기는 게임 사회의 바깥으로 나갈 뜻을 표시한 것이다. 게임 사회의 바깥에서는 게임판의 말을 마음대로 제거하는 악행을 중단시킬 수 있다. 그와 함께 게임 사회의 식민지가 된 정동적 공동체를 회생시키려 열망할 수 있다.

김도기는 가족 같은 연대와 함께 기억의 진실을 통해 정동적 공동체의 열망을 표현한다. 그는 온하준에게 억울하게 죽은 사람을 기억했기 때문에 진실을 밝히려 여기까지 올 수 있었다고 말한다. 정동이 식민화된 게임 사회에서는 희생자에 대한 순수기억이 금방 희미해져 버린다. 사랑과 용기가 결빙돼 타자를 외면하고 희생자에 대한 순수기억이 흐려지는 것, 이것이 타자가 추방된 사회의 모습이다. 김도기의 기억의 진실은 그런 정동의 식민화에서 벗어나려는 갈망의 표현이기 때문에 우리를 더욱 감동시킨다.

시즌 2의 또 하나의 특징은 김도기 등이 희생자와 비슷한 캐릭터로 변장을 하고 현장에 침투한다는 점이다. 이처럼 영웅적 면모 대신 해학적[82] 변장으로 피해자 쪽에 다가선 모습은 우리의 가슴을 따뜻하게 만든다. 김도기가 환자가 된 순간 우리는 의료사고 피해자에게 한 발 더 다가선다. 또한 장성철이 장노인으로 변장한 모습을 보며 사람들은 농촌 노인 희생자에게 접근한 느낌을 갖는다.

김도기의 기억의 진실과 해학적 변장은 우리를 타자 망각에서 깨어나게 한다. 그 두 요소는 한때 화제성 기사로 TV를 장식했다 사라진 사건

82　해학은 희생자에게 다가서게 하는 동정적 웃음의 효과를 지닌다.

이 다시 우리 앞에 다가오게 만든다. 희생자가 폭력을 당한 순간 타자에게 달려가는 일은 우리의 본모습이었지만 지금은 정동적 식민지에서 까마득히 잃어버렸다. 반면에 이 드라마의 복수 대행 요원들은 피해자에게 다가설 뿐 아니라 우리에게 초청장을 보내며 모두를 무력감에서 구원해준다.[83] 그 점에서 〈모범택시〉는 복수 대행 업체일 뿐 아니라 정동적 대리 업체이기도 하다.

〈모범택시〉에서 요원들이 우리에게 손짓하며 현장에 침투하는 순간은 가상을 통해 현실을 반복하는 시간이다. 이 드라마는 〈오징어 게임〉처럼 현실의 사건을 가상공간을 통해 알레고리[84]처럼 반복해 보여준다. 시즌 2 는 파타야 공대생 사건, 만민교회 사건, 영도 정형외과 사건, 버닝썬 게이트, 형제 복지원 사건 등 실제 현실의 소재들을 다루고 있다. 이 소재들은 취업사기 범죄, 사이비 교주 사건, 대리 의료사고, 블랙썬 사건, 교구장 사건으로 가명을 통해 반복된다. 〈오징어 게임〉에서처럼 이런 가상을 통한 반복은 '왜 비슷한 사건이 계속되는지' 구조적 모순에 대한 질문을 갖게 만든다. 더욱이 〈모범택시〉는 다양한 범죄들이 권력기관과 결탁되어 있음을 보여줌으로써 사회적 문제가 몇몇 악인의 일탈이 아님을 암시한다. 이 드라마에서 다뤄진 사건들은 하층민을 도구적으로 이용하다 죽음의 상황에 방기하는 비정한 게임 사회에서 일어나는 일들이다.

그러나 절대적 권력이 배경에 놓인 고착된 체제에 대항하는 일은 쉽지 않다. 그런 어려움을 돌파하기 위해 게임 사회에 대항하며 게임의 상상력을 이용하는 〈모범택시〉의 판타지는 분명한 한계를 지닌다. 이 드라마가

---

83 이 드라마의 치솟는 시청률은 타자에게 다가서는 복수 대행 요원들에게 우리가 응답한 결과이다.

84 이 드라마의 가상을 통한 반복은 재연극과 알레고리가 뒤섞인 형식을 보여준다.

폭로하는 사건은 현실보다 현실적이지만 그에 대한 반사적 대응은 가능성이 적은 판타지이다.

〈모범택시〉의 게임의 상상력은 극사실주의^{희생자}인 동시에 불가능한 판타지^{복수}이기도 하다. 이 드라마는 우리를 희생자에게 다가서게 하면서도 문제의 해결은 주인공의 영웅적 능력에 의존한다. 여기에는 대중 장르에 불가피한 양가적인 미학적 딜레마가 있다. 만일 모범택시 요원들에게 화끈하고 비범한 능력이 없다면 우리는 그들의 손길에 이끌리지 않을 것이다. 하지만 바로 그 장르적 판타지 때문에 우리는 드라마가 끝나는 순간 게임적 상상력 바깥으로 나가는 길을 잃어버린다. 앞서 살폈듯이 마음속에서 정동적 공동체를 경험한다는 것은 아무런 보호막도 없는 집 없는 집에서 길 없는 길을 가는 것과 비슷하다. 반면에 모범택시는 게임 사회의 바깥으로 나가는 동시에 게임의 상상력을 이용해 길을 달린다. 우리는 요원들의 안내로 잠시 정동적 공동체의 흔적을 경험하지만 그들이 사라지는 순간 마음 속의 정동적 공동체도 없어진다.

〈모범택시〉는 죽음의 위기에 처한 사람에게 달려가는 초유의 타자 구출 프로젝트이다. 그러나 그런 기획은 타자의 요청에 응답하는 데 그치지 않고 숨겨진 정동적 초대에 호응하는 과정을 보여줘야 한다. 타자의 정동적 초대에 호응한다는 것은 실재계적 타자의 위치에서 모두의 손을 잡으며 존재론적 전회를 시작하는 것을 말한다. 존재론적 전회란 타자의 초청에 이끌려 무지의 장막에 들어서며 게임판의 말에서 벗어나려는 열망을 갖는 것을 뜻한다. 그것을 위해서는 요원들의 영웅적인 능력을 현실성 있게 감소시키는 대신 오히려 증폭시켜야 한다. 그들의 비범한 능력은 악인을 응징하는 순간 우리에게 정동적 연대의 열망을 일으키도록 업그레이드되어야 한다.⁸⁵ 우리시대의 진정한 모험이란 단순히 악당을 물리치

는 데 있는 것이 아니라 사람들의 능동적 정동을 증폭시키는 데 있다. 루
카치는 소설에서 '여행이 끝나는 순간 길이 시작된다'고 말했는데, 이는
우리시대의 모험서사에도 해당된다.[86] 루카치가 영혼을 입증하는 동요를
얘기했다면 우리는 모두의 정동적 회복을 시작해야 한다. 타자 회생 프
로젝트 〈모범택시〉는 시즌 3를 기다리는 것만으로 충분하지 않다. 새로
운 프로젝트는 드라마가 종영된 후 우리의 마음이 허전해지지 않도록 가
상의 여행이 끝나는 순간 게임 사회를 뒤흔드는 정동적 물결이 파동치게
구상되어야 한다.

8. 은유적 재난의 시대의 미학 〈다음 소희〉

송경동은 신자유주의가 모든 사랑의 관계를 파탄 내 타자를 고립으로
내모는 것을 은유적 재난'산재'이라고 말했다. 〈오징어 게임〉과 〈모범택시〉
의 타자들 역시 아무도 관심을 가지는 사람이 없이 버려진 정동적 재난
을 당한 사람들이다. 우리시대는 순수 자본주의가 사랑순수욕망을 추방하며
사회적 타자를 고립으로 내모는 초유의 정동적 재난의 시대이다.

앞서 살폈듯이 그런 정동적 재난의 시대는 은유로서의 난민의 시대이
기도 하다. '관계의 파탄'으로 하층민과 소수자의 호소에 아무도 응하지
않는 시대에는 사회적 타자가 재난을 당한 난민처럼 고립되어 있다. 은

---

85 〈모범택시〉는 영웅적 능력을 감소시키는 것이 아니라 정동적 차원으로까지 업그레이
    드 되어야 한다.
86 루카치의 소설론과 다른 점은 무력화된 자아에서 벗어나는 정동적 회생에 초점이 맞춰
    진다는 점이다.

유로서의 난민이란 심화된 불평등 속에서 셔터 저편으로 추방되어 누구도 관심을 갖지 않는 고립된 사람들을 말한다. 예컨대 「벌레들」^{김애란}의 절벽 아래의 철거민들, 「산책자의 행복」^{조해진}의 저쪽 세계로 추방된 라오슈, 「외진 곳」^{장은진}에서 임시거처 같은 네모집에 사는 사람들이 그들이다.[87]

그런데 우리시대의 은유적 난민은 철거민이나 외진 곳의 사람들에 그치지 않는다. 나르시시즘적인 신자유주의시대에는 타자와의 화해의 기억인 대상 a를 망각하고 살면서, 그 대신 캐슬과 명품 같은 '대상 a의 대리물'의 환상을 통해 공허한 내면을 채운다. 이런 사회에서 나르시시즘적 연출의 능력이 없는 존재는 환상이 깨지는 것이 두려운 사람들로부터 혐오발화와 왕따의 대상이 된다. 예컨대 〈여신강림〉^{이시은 극본, 김상협 연출}에서 주인공 임주경^{문가영 분}은 외모중심 사회에서 왕따를 당하며 옥상으로 향하게 된다. 〈보건교사 안은영〉에서 역시 학력 중심 사회에 적응하지 못한 학생들은 따돌림을 당하며 고통스럽게 살아간다. 아무런 잘못도 없이 정동적 재난을 당한 이들은 평범한 일상에서의 은유적 난민들이다.

그뿐 아니라 오늘날 같은 청년 실업의 시대에는 많은 젊은이들이 생의 주권을 빼앗긴 난민처럼 살아간다. 예컨대 〈다음 소희〉에서 특성화고 졸업반인 소희^{김시은 분}는 하청업체 콜센터에 현장실습을 나가 부당한 수모를 당한다. 이 콜센터는 감정노동자들이 고객의 욕설을 참지 못해 쉽게 그만두기 때문에 대부분 실습생들로 채워져 있었다. 소희는 인격을 무시당한 채 대체재처럼 콜센터에서 일하며 열악한 환경과 혐오발화에 시달린다.

---

87 「외진 곳」에서 네모집에 사는 사람들은 마치 여관에서처럼 서로 알은 체하지 않으면서 고립되어 살아간다. 그들은 주거지를 임시거처로 여기며 언제든 벗어날 준비를 하지만, 이미 자신이 꿈꾸는 중심가로 진출할 능력을 상실한 상태에 있다. 여관 같은 곳에 살면서도 기약 없이 임시거처에 머물러야 하는 그들은 우리시대의 은유적 난민들이다.

우울한 나날을 보내던 그녀는 성과주의자 팀장과 마찰을 겪으며 감정착취를 견디지 못해 마침내 죽음을 결심한다. 산업노동자들이 생명과 신체를 훼손시키며 산재에 시달리듯이 감정착취를 버티지 못한 소희의 죽음역시 또 다른 산재와 다름없었다. 그러나 소희의 개인의 탓으로 돌려질뿐 아무도 책임을 지는 사람이 없었다. 이처럼 성과 만능 사회에서 누구도 손을 내미는 사람이 없이 침묵의 고통을 겪고 있는 청년들 역시 또 다른 난민이라고 할 수 있다.

신자유주의는 구성원을 게임판의 말로 여기면서 실패한 루저들을 정동적 재난의 대상으로 만든다. 앞서 살핀 게임 미학이 무관심 속에 고립된 추방된 타자루저를 보여준다면, 재난의 미학은 정동적 재난을 겪는 은유적 난민배제된 타자의 수난을 드러낸다. 전자가 고립된 타자를 서사의 출발점으로 삼는 반면, 후자는 타자가 겪는 정동적 고통의 과정을 자세히제시한다.

우리시대는 보이지 않는 타자의 고통을 폭로하는 재난의 미학의 전성시대이다. 신자유주의는 고통받는 타자를 보이지 않게 만드는 권력이기때문에, 재난의 미학은 그 무증상의 증상을 보이게 드러내는 것만으로도우리에게 충격을 준다. 여기에 속하는 작품으로는 『환영』김이설, 「이 냉동고를 열어라」, 「외진 곳」, 〈돼지의 왕〉, 〈더 글로리〉, 〈다음 소희〉, 「미조의시대」 등을 들 수 있다.

이 작품들 중 〈다음 소희〉는 은유적 재난의 미학의 여러 특성들을 중첩적으로 보여준다. 우리시대가 정동적 재난의 시대라는 것은 타자가 부당한 착취를 당할 뿐 아니라 그로 인한 고통에 아무도 관심을 갖지 않는다는 뜻이다. 〈다음 소희〉에서 소희는 전공과 상관없는 콜센터에 실습생으로 나가 이중계약[88]에 의해 원래의 월급도 못 받게 된다. 게다가 실습생이라는 이유로 근로기준법의 적용 대상에서 제외되어 부당한 처우에 항의를 할 수도 없었다. 소희는 학교 담임선생에게 고통을 호소했지만 '후배들을 생각해서 버티라'는 말만 듣게 된다. 특성화고는 값싼 노동을 제공하는 인력사무소로 전락했고 취업률을 높이기 위해 열악한 노동환경 속에 학생들을 밀어 넣고 있었다. 그렇게 해서 가게 된 콜센터에서는 회사의 실적률을 높이기 위해 노동자들을 압박하는 데만 골몰했다. 이처럼 단지 실적만 생각하고 학생과 노동자의 고통에는 아무도 신경을 쓰지 않는 것이 물신화된 성과 사회의 모습이다.

성과 사회에서 노동자들의 고통이 배가되는 것은 부당한 처사에 대해 누구에게도 호소할 수 없기 때문이다. 과거의 노동자들도 신체적 착취에 시달렸지만 어쨌든 고통의 호소가 흘러나왔고 지식인과 중간층이 응답했다. 반면에 지금의 실습생과 노동자에게는 노동의 신체적 착취와 함께 모두의 무관심 속에서 외롭게 '버텨야' 하는 정동적 고통이 덧붙여져 있다.

더욱이 소희는 신체적 착취 중에서 가장 민감한 감정 영역의 노동자였다. 〈다음 소희〉에서 소희가 감정노동을 하는 콜센터 직원이었던 점은 매우 상징적이다. 산업노동자가 신체의 훼손을 무릅쓰고 일을 하듯이 콜센터 노동자는 감정적 상해를 각오하고 전화를 받는다. 소희는 회사의 부당한 처우를 혼자서 감내할 뿐 아니라 자신이 맡은 감정노동 자체가 정동적 재난을 전제로 한 일이었다. 그런 이중적인 정동적 착취의 희생자인 점에

---

88   현장실습 표준 협약서와 회사 측의 근로계약서가 일치하지 않아 원래의 월급도 모두 받을 수 없었다. 표준 협약서에는 근무 시간이 하루 7시간이었고 월급은 160만 5천원이었지만, 소희는 콜 수를 못 채웠다는 이유로 야근까지 하며 첫 달에 80만원, 둘째 달에 120만원 정도밖에 받지 못했다.

서, 소희의 비극은 은유적 재난시대의 정동적 불행을 사건 자체 속에 함축해 보여준다.

산업노동이 노동의 외화로서 상품을 생산한다면 감정노동은 자기 자신의 감정을 상품으로 만들어야 한다. 그 때문에 감정노동자는 고객의 만족을 위해 자아를 버리고 타인에 의한 정동적 소모를 감수해야 한다. 감정노동에서 노동이 소비자에게 내화되는 순간은 노동자의 인격과 자아가 상실되고 손상되는 시간이기도 하다.[89] 그런데도 사람들은 감정노동을 실적을 내는 업무로만 여길 뿐 노동자의 자아의 훼손에는 관심을 갖지 않는다. 산업노동자도 신체적 착취에 이어 2차적으로 정동적 소외를 경험하는 시대에, 감정노동자들은 처음부터 정동을 훼손시키면서 덧붙여진 무관심 속에서 더욱더 고립된다. 이 같은 감정노동의 중첩된 인격의 상해는 우리시대의 노동자 일반의 정동적 소외를 증폭시킨 형태를 지닌다. 그 점에서 오늘날의 감정노동이란 정동적 재난의 시대를 상징하는 전형적인 노동이라고 할 수 있다.

소희의 감정노동은 혐오의 시대에 정동적 폐기물을 처리하는 '욕받이' 역할인 점에서도 은유적 재난의 시대와 연관된다. 타자성을 상실한 신자유주의는 나르시시즘적 환상의 연출을 통해 동일성의 질서를 유지한다. 그런데 완전한 환상은 불가능하기 때문에 취약한 위치에서 환상을 깨는 사람을 혐오발화로 배제해야만 체제의 운행을 지속할 수 있다. 혐오발화의 대상은 환상을 연출할 능력이 없는 사람이며 그런 정동적 재난을 떠맡은 사람이 보이지 않아야 나르시시즘의 환상이 계속될 수 있다. 신자유주의란 사장에서 직원, 비정규직, 알바생에 이르기까지, 보이는 사람이

---

89 이진경, 나병철 역, 『서비스 이코노미』, 소명출판, 2015, 52~53쪽.

보이지 않는 사람에게 혐오발화의 연쇄를 계속하는 사회이다. 그런 연쇄 고리에서 마지막 대상은 장막의 저쪽에서 스스로를 소모시키며 정동적 폐기물을 처리하는 감정노동자일 것이다.

구조화된 정동적 재난 사회에서는 혐오발화를 처리할 누군가가 필요하며 감정노동자는 그 마지막 위치에 있다. 고객의 욕설은 물론 팀장으로부터도 혐오발화에 시달리는 소희는 구조화된 혐오 사회의 희생자였다. 문제는 정동적 상해가 신체적 훼손 이상으로 치명적임을 인정하지 않는 나르시시즘적 성과 사회에 있었다. 산재 자체가 침묵에 묻히는 세상에서 소희의 정동적 상처에 대한 호소는 아무도 귀담아듣지 않았다. 은유적 재난의 이중적 희생자인 소희는 마침내 죽음을 선택하는데, 그녀의 죽음은 답답한 침묵의 세상에 대한 항의의 성격도 지니고 있었다.

침묵의 비극은 소희 전에 재난의 전조 증상처럼 첫 번째 팀장심희섭 분의 자살이 있었던 데서도 확인된다. 심리적 압박감에 시달리던 그의 죽음은 이미 콜센터의 구조적 모순을 분명히 말해주고 있었다. 소희와 3개월 같이 근무한 해지방어팀 팀장은 소희에게 다소간 인간적인 면모를 보여준 인물이었다. 그러나 그는 끝내 심리적 공황 상태를 버티지 못하고 내부고발 내용의 유서를 쓰고 자살을 하게 된다. 그런데도 그의 죽음은 개인의 탓으로 호도되며 침묵에 묻히게 된다.

회사 쪽에서는 콜센터 직원들에게 금전을 주며 입막음용 각서를 쓰게 했고 소희만 각서에 서명하지 않았다. 이후 마지못해 사인한 소희는 그 일이 있은 뒤 미친듯이 일에 열중해 실적을 올렸다. 그러나 인센티브를 주지 않자 소희는 새 팀장에게 항의를 하며 싸움을 한 끝에 징계를 받게 된다. 소희의 자살은 징계 기간 중에 일어났지만 이미 전 팀장의 죽음 이후에 예고되고 있었다고 할 수 있다.

전 팀장과 소희의 죽음은 우리에 대한 정동적 호소인 점에서 과거의 전태일의 죽음을 연상시킨다. 전태일은 닭장 같은 열악한 환경에서 근로기준법이 지켜지지 않는 현실에 항의하며 죽음을 선택했다. 영화 속의 콜센터는 신자유주의시대의 또 다른 닭장이며 소희의 경우 역시 실습생이라는 이유로 근로기준법이 지켜지지 않았다. 다만 두 사건의 차이는 희생자의 정동적 호소에 대한 주변 사람들의 반응과 응답이었다. 전태일의 경우 많은 지식인과 중간층이 그의 정동적 초대장에 호응했지만 전 팀장과 소희의 죽음에는 즉각적인 반응이 일어나지 않았다. 후자의 경우 오히려 개인의 사정을 탓하며 아무 일도 없는 듯이 덮으려는 흐름이 일어났다.

〈다음 소희〉라는 영화는 그런 침묵 사회에서 정동적 물결을 일으키려는 시도라고 할 수 있다. 그것을 위해 이 영화의 후반부는 소희의 사건을 수사하는 유진 형사^{배두나 분}를 중심으로 전개된다. 유진은 소희의 죽음에 많은 사회적 모순이 개입되어 있다고 생각하며 회사와 학교, 교육청을 찾아간다. 오늘날 실제 현실에서는 유진과 같은 인물은 찾기 어려우며 이 영화의 후반부는 감독이 내포작가로서 은밀히 스며든 전개라고 할 수 있다. 유진의 행동은 분노하는 소희의 부모와 일부 르포 기자들의 심리를 대변한다고 볼 수 있다. 그와 함께 영화의 내포작가가 정동적 재난 사회^{침묵 사회}의 실상을 폭로하는 전반부를 더 깊게 반복하는 전략인 셈이다.

실제로 유진은 소희가 마지막 들렀던 음식점에서 똑같은 맥주를 시켜 마신다. 또한 결말 장면은 유일하게 남은 휴대폰 영상인 소희의 춤추는 모습을 보는 것으로 끝난다. 유진의 수사는 책임질 사람을 찾는 동시에 소희에게 밀접하게 다가가는 깊은 심리적 과정이라고 할 수 있다.

그러나 유진의 수사는 상관의 질책으로 수시로 저지된다. 또한 교육청의 장학사에게 항의했지만 장학사는 아무런 자각도 없는 무표정한 얼굴을 보여준다. 장학사가 냉정한 현실을 말하며 이제 교육부로 갈거냐고 묻자 유진은 입을 다물게 된다.

상관의 질책과 장학사의 냉담함은 우리 사회가 타자에게 셔터를 내리는 순간과도 같다. 전태일 사건은 영화로 만들어지거나 비판자^{유진}가 등장하기 전에 이미 지식인과 대학생의 가슴을 강타했다. 그 시대는 독재시대였지만 물밑에서 실재계적 정동 공동체가 움직이고 있었던 것이다. 그러나 우리시대에는 두 번의 죽음이 반복되었는데도 소희에게 가까이 다가서는 사람은 많지 않았다. 독재시대가 끝나고 민주화가 되었지만 정동적 공동체는 해체의 위기에 처해 있는 것이다. 정동적 공동체가 작동되지 않으면 학교와 회사, 교육청을 질책해도 사회는 변화되지 않는다. 이런 침묵의 현실에서 전 팀장의 죽음은 '처음 소희'였고 이제 소희 자신에 이어 '다음 소희'가 걱정되는 상황이 된 것이다.

'다음 소희'는 정동적 재난으로 사랑과 용기가 얼어붙은 시대에 대한 비극적인 은유이다. 그와 동시에 은유적 재난의 시대를 폭로함으로써 다시 한번 정동적 물결을 일으키려는 노력이기도 하다. 그처럼 오늘날은 물결을 일으키기 위해 가상의 은유적 반복^{영화}과 깊은 샘물을 퍼올리는 반복^{유진}이 요구되는 시대이다. 반복이란 단순한 재현과는 달리 고통 속에서 훼손된 진정성^{대상 a}을 회생시키려는 반복 충동[90]의 생명적 탄력성의 표현이다. 이 영화의 결말에서 소희의 존재를 확인하려는 듯한 유진의 반복의 움직임은 죽음정치적 침묵에 저항하는 생명적인 정동적 운동이다.

---

90 '반복 충동'과 '반복'에 대해서는 프로이트와 들뢰즈에 의해 자세히 논의되었다. 반복이란 고통을 다시 연출하는 듯 하지만 단순한 재현과는 달리 훼손된 정신과 신체를 회생시키려는 능동적인 본능의 표현이다. 들뢰즈, 김상환 역, 『차이와 반복』, 민음사, 2004, 26~27·63~65쪽.

죽음 같은 재난의 시대에 이 영화에서 생명적 반복운동[91]의 가장 강렬한 표현은 소희의 춤이다. 춤은 영화의 전후로, 그리고 연습실과 동영상에서 인상적으로 반복된다. 콜센터의 혐오발화가 재난시대의 소음의 반복이라면, 춤은 그와 정반대되는 능동적 정동을 소망하는 반복이다.[92] 전자가 팀장이 죽은 뒤 미친 듯이 콜수를 채우는 소희에게 드리운 재앙인 반면, 후자는 능동적으로 당당하게 자아를 표현하는 또 다른 소희의 모습이다.

유진이 소희의 춤추는 모습을 보는 마지막 장면은 두 사람이 가장 가까워진 순간이다. 유진은 마치 소희와 몸이 교체되는 듯이 느끼며 능동적 정동을 고양시킨다. 유진은 연습실에서 만났을 때의 소희를 잘 기억하지 못하지만 동영상의 소희는 그녀를 더없이 강렬하게 동요시키고 있었다. 이처럼 추방된 타자가 은유적 반복과 춤으로 되돌아오고, 남은 사람의 깊은 샘물이 퍼 올려지는 순간, 비로소 상실한 정동적 물결이 회생할 수 있을 것이다.

실제로 〈다음 소희〉는 현장 실습생 대상 직장 내 괴롭힘폭행, 강제 근로 금지를 담은 직업교육훈련 촉진법 개정을 이끌어냈다. 그러나 그런 제도 내의 법 개정만으로는 충분하지 않다. 사람들 사이에서 정동적 물결이 일지 않는다면 법 개정은 또 다른 편법에 무력한 임시방편일 뿐이다.

이 영화는 우리가 두 가지 갈림길에 놓여 있음을 암시하고 있다. 즉 '다음 소희'라는 은유적 재난의 연쇄냐 '소희의 춤' 같은 능동적 정동의 생명

---

91 생명적 반복이란 억압의 고통 속에서 생명적 신체가 가상적 반복을 통해 능동적 정동을 회생시키려는 탄력성을 말한다.

92 반복에는 우리의 생명력을 위축시키는 기계적 반복과 능동적 정동을 회생시키려는 생명적 반복이 있다.

적 운동이냐이다. 유진과 소희 사이에 일어난 깊은 정동적 동요는 내포작가, 소희의 부모, 르포 기자들 사이에서 일어난 물결이기도 하다. 그런 물결이 우리 모두 사이에서 파동을 일으켜야만 은유적 재난시대의 종말을 고하며 물밑의 정동적 공동체가 회생할 수 있을 것이다.

9. 우울의 시대와 정동적 공동체의 소망
이서수의 「미조의 시대」

이서수의 「미조의 시대」는 〈다음 소희〉의 비극이 오늘날 청년들의 일반적인 자화상임을 암시한다. 〈다음 소희〉가 정동적 재난을 견디지 못한 여고생의 파국을 그렸다면 「미조의 시대」는 재난시대를 간신히 버티고 있는 우울한 청년들을 제시한다. 「미조의 시대」의 주인공 미조가 소희와 달리 우울의 시대를 견디는 것은 여성적 연대를 통해 은밀한 교감을 나누고 있기 때문이다. 〈다음 소희〉에서 소희와 유진의 연대가 불행한 사건 이후에 가능했다면 「미조의 시대」에서는 냉엄한 현실에서도 여성들끼리 비밀교신을 하는 모습을 보여준다.

이 소설에서 취업난에 정동적 재난이 겹쳐진 시대적 풍경은 미조의 압박 면접 장면에서 암시된다. 미조'나'는 면접 과정에서 또다시 떨어질 것을 예감했지만 그런 탈락이 반갑기도 했다. 회사 상사들은 취준생에 대한 배려가 전혀 없었으며 미조는 그런 사람들과 함께 일하기가 싫었던 것이다.

만년 취준생인 미조는 매번 탈락의 아픔과 함께 더 고통스러운 정동적 재난을 경험한다. 그러나 미조는 거울로 '유적지의 누런 잡초 같은' 자기 얼굴을 보며 면접관들과 일하지 않게 된 것을 후련해했다. 이런 미조의

당당함은 춤을 좋아하는 소희와도 비슷한 점이었다. 미조와 소희는 정동
적 재난 시대의 문제적 인물로서, 그들의 공통점은 수동적 정동이 강요되
는 시대에 내적인 당당함을 버리지 않는다는 점이었다.

그런 상황에서 미조가 소희의 비극을 피할 수 있었던 것은 엄마와 수
영 언니친구라는 마음을 나눌 사람이 있었기 때문이다. 그 점에서 「미조의
시대」는 우울의 시대의 마지막 타자[93]인 여성들의 연대를 그린 소설이다.
다만 그들에게서 연락이 오는 순간은 대개 더 슬픈 기운이 몰려오는 때
이기도 했다. 미조는 혼자서 잘 버티지 못하는 엄마가 부담스러웠고 수영
언니는 반대로 '돈에 지배되는 현실'을 긍정하는 점이 싫었다. 그러나 이
소설은 미조가 두 여성들과 갈등을 겪으면서도 자신도 모르게 점점 내적
으로 다가서게 되는 과정을 그리고 있다.

엄마는 중증 우울증을 앓고 있었다. 미조는 그런 엄마에게 수영 언니가
쓰던 노트북을 주며 뭐든지 글을 써보라고 권했다. 엄마는 긴 글은 잘 쓰
지 못해 짧은 단상을 기록하기 시작했고, 미조는 어느 날 문득 엄마가 시
를 쓰고 있다는 것을 발견했다. 엄마는 자신의 글을 시로 보는 사람은 너
밖에 없다고 말했지만 미조의 눈에 엄마는 분명히 시를 쓰고 있었다. 미
조는 시를 잘 몰랐으나 매번 엄마의 음성으로 시를 들었고 엄마는 그런
미조에게 시를 잘 아는 사람이라고 말했다. 이 소설에서 시란 정동적 재
난의 시대를 견디게 하는 진정성대상 a의 소통을 의미한다. 시는 노트북이
나 목소리가 아니라 엄마와 미조 사이에 있었다. 이제 미조와 엄마에게는
엄마의 시를 읽는 것이 하루의 가장 중요한 일과가 되었다. 그러던 어느
날 저녁, '떡집에서 못 팔고 버린 떡 같은 하루'라는 슬픈 시를 듣는 순간,

---

93 우울의 시대의 마지막 타자인 여성에 대해서는 앞의 김남천의 소설(「경영」, 「맥」)과 7
    장 5절의 윤이형의 소설을 참고할 것.

미조는 그 시가 엄마와 자신을 가깝게 다가서게 만들고 있다는 것을 알게 된다.

> 버려진 네 짝의 장롱 중 두 짝은 돌아서 있는 것과 열차 안에 나와 갇힌 사람들 수족관 속 겹겹이 쌓여 있는 게와 같다면 집게발로 너를 쿡 찌를까. 거기까지 읽더니 엄마는 말이 없었다.
> 끝이야?
> 떡집에서 못 팔고 버린 떡 같은 하루.
> 나는 엄마를 돌아보았다. 엄마의 눈길은 여전히 모니터에 고정되어 있었다. 떡집에서 못 팔고 버린 떡 같은 하루라……나는 나의 하루와 엄마의 하루가 얇은 유리창을 사이에 두고 겹쳐지는 광경을 떠올렸다.[94]

'버린 떡 같은' 신세는 만년 취준생 미조와 반지하 방을 찾아 헤매는 엄마에게 모두 해당된다. 미조가 구직에 전전하는 동안 그녀와 엄마는 재건축으로 인해 반지하로 전락할 수밖에 없었다. 미조가 면접실에서 쫓겨나고 엄마가 반지하로 추락하는 상황은 두 사람을 고통스럽게 만들었다. 그런데 우리시대의 젠트리피케이션은 단지 경제적 추락에 국한되지 않았다. 어느 날 집을 구하다 볕이 잘 든다고 해서 호감을 가졌는데 뒷창문을 열어보니 회색 벽이 가로막고 있었다. 부동산의 거짓말과 들통난 회색 벽은 쫓겨난 사람에게 다시 한번 정동적 셔터를 내리는 것과도 같았다. 반지하의 회색 벽은 미조와 엄마가 버린 떡 같은 신세임을 확인시켜 주고 있었다.

---

94 이서수, 「미조의 시대」, 『이효석 문학상 수상 작품집』 2021, 생각정거장, 2021, 19쪽.

그런데 엄마의 우울증은 그런 '버린 떡'의 병이었지만, 그걸 아는 엄마야말로 영혼에 아직 맑은 샘물이 남아 있는 사람이었다. 역설적으로 버린 떡이라는 시는 엄마가 아직 영혼의 샘물을 갈망하고 있음을 증명하고 있었다. 미조는 그 시구를 떠올리고 엄마에게 다가서며, 남아 있는 샘물의 힘으로 회색 벽의 셔터를 내리는 세상을 견디고 있었다.

우리시대가 우울의 시대인 것은 회색 벽의 정동적 젠트리피케이션 때문일 것이다.[95] 프로이트는 슬픔이 '세계의 황폐화'인 반면 우울은 '자아의 빈곤화'라고 말했다.[96] 우울은 슬픔보다 한층 더 이상적인 대상의 상실이자 무의식과 연관된 것의 떠나감이다.[97] 이런 프로이트의 논의를 우리의 맥락에서 좀 더 정확히 말하면, 우울이란 자아의 핵심인 대상 a,[98] 즉 진정성眞情性과 그 교감의 상실을 뜻한다. 정동적 젠트리피케이션의 시대란 사랑과 용기 같은 대상 a에 대한 열망이 냉동고에 갇혀 있는 우울한 시대를 말한다.

그처럼 신자유주의는 '대상 a 망각'의 시대[99]이지만 캐슬과 명품대상 a의 대리물의 환상에 빠져 있는 사람들은 결코 우울해 하지 않는다. 그들은 자신들이 무엇을 상실했는지, 그것이 얼마나 소중한지 알지 못하기 때문이다. 반면에 「미조의 시대」의 인물들이 우울한 것은 아직 심연에 샘물이 남아 있으나 너무 깊어 퍼 올릴 수 없기 때문이다.

---

95 정동적 젠트리피케이션에 의해 진정성이 퇴색되면 회색 벽에 갇힌 타자는 물론 일상인들도 우울하게 살아간다.
96 프로이트, 윤희기 역, 「슬픔과 우울증」, 『무의식에 관하여』, 열린책들, 1997, 252쪽.
97 위의 책, 251쪽.
98 대상 a란 실재계적 대상이자 무의식에 잔존하는 특별한 순수기억이다.
99 대상 a란 타자와 화합했던 기억의 잔여물로서 대상 a가 동요할 때 우리는 화해된 평등한 세상을 소망하게 된다. 반면에 신자유주의는 캐슬, 명품, 돈통 같은 대상 a의 대리물을 빛나게 하면서 깊은 샘물(대상 a)을 망각하게 만든다.

모든 것이 상품화된 시대에 이제 깊은 샘물 대상 a는 팔리지 않아 '버린 떡'이 되었다. '버린 떡'은 퍼 올리지 못한 우물과 같으며 그것이 얼마나 소중한 것인지 아는 사람만이 우울해 하는 것이다. 이 소설에서 우울한 엄마가 시를 쓰는 것은 은유를 통해 '버린 떡'에 대한 애정을 다시 한 번 표현하기 위해서이다.[100] 그 시의 유일한 독자인 미조는 버린 떡의 숨겨진 샘물을 확인하며 우울의 시대를 버티게 하는 은밀한 여성적 연대를 느끼고 있었다.

미조나 엄마와는 달리 수영 언니는 성인 웹툰 어시스턴트로 꽤 잘 '팔리는' 인물이다. 수영 언니는 여성을 성적으로 학대하는 그림을 그리는 일을 힘들어 하면서도 '밥벌이'를 위해 어쩔 수 없다고 변명했다. 예전에 산업 공단이었던 구로디지털지역에서 일하는 그녀는, 과거에 가발을 만든 것처럼 지금 자신은 사람들이 요구하는 일을 할 뿐이라고 말했다. 미조는 자신을 합리화하는 수영이 못마땅했으며 그런 반감은 '반지하에 여자를 가둬 두는 웹툰' 이야기를 할 때 최고조에 이르렀다. '반지하'와 '성인 웹툰'은 둘 다 미조의 정신을 가장 괴롭히는 단어들이었기 때문이다.

그러나 수영 언니 역시 일을 하면서 표정이 어두웠으며 정신적 스트레스로 탈모증을 겪고 있었다. 수영의 자기합리화는 시대를 견디기 위한 방편일 뿐 원래의 본심은 아니었던 것이다. 그녀는 늘상 '어디나 다 그래', '마찬가지야'를 반복했지만, 술을 마신 후 문득 '인간을 정신적으로 학살하는 것은 이 시대'라고 외쳤다. 그런 놀라운 반전에서 미조는 수영이 간신히 참아왔던 지금까지의 고통을 감지했다. 수영이 애써 감추고 있는 그늘은 사회가 만든 것이었으며, 미조와 엄마가 겪는 어둠 역시 시대가 만

---

100 시를 통한 고통의 반복은 우리의 정동을 능동적으로 전이시켜준다.

든 우울증이었다.

　그런 맥락에서 이 소설은 시대가 만든 '제도화된 우울증'과 싸우는 여성들의 이야기라고 할 수 있다. 버틀러는 금지된 사랑을 버리지 못하는 사람안티고네의 정동적 고통을 체제에 의해 '제도화된 우울증'이라고 말했다. 그렇다면 버릴 수 없는 사랑을 냉동고에 가둬 금지하는 시대야말로 사회적 우울증의 체제인 셈이다. 그런 제도화된 우울증에 특히 취약한 것은 성인 웹툰에서처럼 신체를 가짜 사랑페티시즘의 제물로 바쳐야 하는 여성들이었다.

　여성적 우울증의 특성은 세 여성과 미조의 오빠 충조와의 대비에서 잘 나타난다. 충조는 가난 속에서도 별 직업 없이 전국을 돌며 맛집 탐방으로 나날을 보낸다. 충조에게 맛집이란 대상 a의 대리물이자 성인 웹툰처럼 시대의 고통을 마비시키는 환상적 대체물이다. 미조는 그런 충조가 올린 국제시장 분식집 사진을 보며 그를 고문하고 싶은 충동을 느꼈다.[101] 충조는 신자유주의의 새로운 인간형인 무통인간[102]이었으며, 그에게 고통을 가르쳐줄 수 있는 사람은 제도화된 우울증을 경험하고 있는 여성이었다.

　「미조의 시대」는 세 여성이 겪는 제도화된 우울증을 통해 보이지 않는 사회적 증상을 눈앞에 보여준다. 그와 함께 우울의 벽에 갇힌 시대에 어떤 대응이 가능한지 얼마간 암시하고 있다. 미조와 엄마는 일기와 시를 쓰고 있으며 수영은 도림 천변을 걷고 있다. 엄마는 주인 여자의 채근에 시달리며 시를 떠올리고, 수영은 평소의 말과 달리 시대의 고통을 느낄 때 길을 걷는다. 엄마의 시가 집 대신에 스스로를 환대하는 '집 없는 집'이라면, 10년 동안의 수영의 천변 산책은 비겁한 자기합리화에서 벗어나

101　이서수, 「미조의 시대」, 앞의 책, 38쪽.
102　모리오카 마사히로, 조성윤·이창익 역, 『무통문명』, 모멘토, 2005 참조.

는 '길 없는 길'인 셈이다.

수영은 마음에 드는 집을 구하지 못한 미조에게 '어딜가든 마찬가지'라고 말한다. 관용어처럼 '다 똑같다'고 반복하는 수영의 말은 다른 길이 없다는 뜻이기도 하다. '다 마찬가지'지만 그것이 진짜 길은 아니기에 그녀는 끝없이 천변을 걷는 것이다.

자아를 무력화하는 일상의 루틴에서 벗어나려는 소망은 미조 역시 다름없었다. 미조는 이사할 집이 너무 좁아 크게 자란 고구마 줄기가 걱정이 되었다. 그녀는 쑥쑥 자라며 마치 자신에게 제방을 달라고 외치는 듯한 고구마 줄기가 미웠다. 그러나 바로 그날 일기장에 '고구마 줄기'라는 시 같은 글을 쓰게 된다. 미조는 집도 없이 민들레 꽃씨처럼 날아다니는 엄마가 허망하다 생각하면서도 자신도 엄마를 따라 시를 쓰고 있었다.

벽 너머에서 키보드 두드리는 소리가 들려왔다. 우리는 동시에 문장을 쓰고, 언니는 아마도 걷고 있을 것이다. 내일은 멀고, 우리의 집은 더 멀고, 민들레 꽃씨가 날아와 우리 머리 위에 내려앉는 그런 꿈은 가까운 밤이었다.[103]

수영은 미조에게 자신이 그림을 너무 잘 그려서 망했다고 말했다. 그렇다면 엄마는 시를 너무 잘 써서 망한 셈이었다. 또한 미조 자신은 두 사람을 가까이해서 망했다고 할 수 있다.

그러나 '미조의 시대'에 미조가 진짜로 망한 것은 아니다. 세 여성이 우울한 것은 힘든 삶을 벗어날 수 없어서지만 더 중요한 것은 자신들에게 가까이 다가서는 사람이 없기 때문이다. 그런데 미조는 어느덧 엄마와 키

---

103 이서수, 「미조의 시대」, 앞의 책, 43쪽.

보드로 교신을 하고 수영의 천변 발걸음 소리를 듣고 있다. 우울의 시대란 아무도 깊은 샘물을 감지하지 못해 정동적 공동체가 위기에 처한 시대이다. 반면에 미조는 시를 쓰며 고구마 줄기처럼 자신의 방을 외치면서 민들레 꽃씨처럼 날아다니고 있다. 고구마 줄기와 민들레 꽃씨는 한때 우리의 보물이었지만 지금은 까맣게 잊어버린 대상 a의 이미지이다. 미조의 시는 은유를 통해 그 까마득한 심연의 샘물을 퍼 올리며 '집 없는 집'_{정동적 공동체}을 소망하고 있다. 은유적 재난의 시대에도 시는 은밀한 비밀교신을 통해 집 잃은 사람들이 연대를 부활시키며 다시 한번 다가서게 해준다. 미조의 시를 통한 정동적 연대가 우리 모두의 일상에까지 퍼져 나갈 때, 사랑을 상실한 우울의 시대에서 벗어나 정동적 공동체를 회생시킨 새로운 '미조의 시대'를 열 수 있을 것이다.

10. 감성의 분할의 역류 김이설의 「반 뗀 라 지?」

「미조의 시대」에서 엄마와 미조가 시를 쓰는 것은 감성의 분할을 역류시키는 방법의 하나이다. 신자유주의시대의 고착된 감성의 분할이란 하층민 타자에게 경제적 차별에 덧붙여 정동적 차별을 행하는 것을 뜻한다. 정동적 차별을 당하는 타자는 분할의 경계 가장자리에서 일상의 삶을 우울하게 살아간다. 그런데 시를 쓰는 엄마는 집을 얻지 못한 채 민들레 꽃씨처럼 날아다니며, 미조 역시 고구마 줄기에 대한 미움을 존재의 긍정으로 뒤바꾼다.

집이 없어 우울한 엄마는 민들레 꽃씨 같은 시의 공간에 들어서며 마음의 짐을 내려 놓는다. 미조 역시 미운 고구마 줄기를 시의 공간에 옮기는 순간 집이 없어도 모든 존재에는 제 자리가 있음을 알게 된다. 그 점에서 시와 문학은 집 없는 집에 대한 상상력을 통해 고착된 감성의 분할을 해체하는 최후의 방법이다.

「미조의 시대」는 감성의 분할에 대응하는 틈새[시]의 탐색에 대한 작은 단초를 보여준다. 신자유주의시대는 일반적으로 감성적 치안에 대항하기 위한 틈새가 사라진 세상이다. 앞에서 우리는 「흐르는 북」의 몸의 기억, 「저문 강에 삽을 씻고」의 노동자의 밤, 「내딛는 첫발은」의 연극의 공간이 감성의 분할을 역류시키는 틈새임을 살펴봤다. 하지만 오늘날은 몸의 기억[순수기억]과 타자의 틈새, 미학적 가상공간이 쇠퇴해 가는 시대이다. 그 대신 화폐와 캐슬을 물신화하는 환상적 장치가 감성의 분할을 강력하게 지배하고 있다. 스카이 캐슬이 빛을 낼수록 지하 벙커의 타자는 영원히 어둠에서 나올 수 없는 존재가 되어 가는 것이다. 이런 시대에는 고착된 감성의 분할을 해체하는 틈새의 회생이 위기에 처한 정동적 공동체[집 없는 집]를 부활시키는 방법이 된다. 「미조의 시대」는 신자유주의에 대한 최후의 진지전으로서 여성적 연대를 통한 틈새 공간의 비밀교신을 보여준다.

그처럼 「미조의 시대」는 마지막 타자[여성]의 시 쓰기를 통해 틈새를 암시하지만, 일반적으로 우리시대의 배제된 타자는 외롭게 고립되어 있다. 그런 고립된 주인공을 그리는 소설이 틈새의 회생을 소망하는 방식은, 배제된 타자의 심연에 모두가 상실한 진정성[104]이 잔존함을 보여주면서, 내포독자가 은밀히 다가서게 하는 것이다. 그런 방식의 소설에는 「반 뗀 라 지?」[김이설, 2021]와 「소유의 문법」[최윤, 2020], 「유진」[최진영, 2020] 등이 있다.

그 중 「반 뗀 라 지?」는 오늘날의 고착된 감성의 분할을 혼혈인의 위치

---

104 그런 진정성은 혼혈인의 언어(「반 뗀 라 지?」)나 자폐아의 고함(「소유의 문법」) 등 자본주의 사회에서 번역불가능한 타자성을 통해 암시된다.

에서 증폭시켜 보여주는 방식이 눈에 띈다. 신자유주의는 가난한 하층
민이 감성적·인격적 차원에서 수모를 겪게 하는 특별한 계급 사회이다.
「반 뗸 라 지?」는 그런 신자유주의의 감성적 차별이 혼혈인이 경험하는
인종주의적 고착성에 접근해 있음을 암시한다. 이 소설은 경제적 차별에
덧붙여 정동적 차별을 겪는 혼혈인 박두연을 통해 신자유주의의 특유한
정동적 차별을 환기시키고 있다.

이 소설에서 박두연은 한국인 고모의 집에 살며 고통스러운 차별에 시
달리고 있다. 베트남 이주 여성인 두연의 엄마는 스물한 살에 오십 대인
아버지와 결혼을 해 한국에 왔다. 그러나 아버지가 죽은 후 시집살이를
견디지 못해 고모의 아들 서병식의 오토바이를 끌고 집을 뛰쳐나갔다. 엄
마가 집을 나간 뒤 두연은 학교를 그만두고 서병식의 플라스틱 사출공장
에서 사상작업을 하게 된다.

두연은 부유층의 집에 살지만 혼혈이라는 이유로 학교를 다니지 못하
고 노동자들과 비슷한 지위에 있게 된다. 고모와 서병식에게 차별받는 두
연은 공장에서는 여러 사람들에게 인기가 좋았다. 그녀는 집에서 입을 다
물고 지내지만 공장에서 노래를 부를 때는 주인공이 될 수 있었다.

두연이 힘든 일을 하는 공장에서 주인공이 될 수 있다는 것은 역설적
이다. 두연의 고통은 노동보다는 정동적 차별에 있었으며 이 소설은 그녀
가 겪는 고착된 감성의 분할의 아픔을 얘기하고 있다. 그런데 두연의 집
과는 달리 공장은 감성의 분할의 방식이 매우 달랐다. 두연은 집에서는
보이지 않는 존재이지만 공장에서는 박수갈채를 받는 가수가 된다. 그녀
가 공장에서 노래를 부르는 순간은 집에서의 고착된 정동적 질서가 잠시
해체되는 시간이었다. 물론 공장은 서병식으로부터 노동자들이 차별받
는 공간이며 차별과 억압에는 정동적 차원까지 포함된다. 그러나 차별받

는 타자의 공간에서도 노동자끼리는 감성의 분할의 역전이 가능했으며 그 순간엔 인종적 차별도 없었다. 신자유주의에서 노동자에 대한 정동적 차별은 인종주의적 인격 차별과 비슷하기 때문에, 유사한 희생자인 혼혈인 두연이 노래를 부를 때 잠시 차별이 없어지는 것이다.

하지만 공장에서의 그런 휴식이 해방의 열망으로 나타나는 것은 아니었다. 이 공장에서의 틈새의 시간은 과거와 달리 일정한 한계가 있었으며 노동자들의 연대는 계급의 선을 넘을 정도로 고양되지는 않는다. 다만 두연은 다른 노동자들보다도 정동적 차별과 틈새의 감각이 예민할 수밖에 없었다.

아예 격리된 집에 사는 노동자들은 무기력하게 포기하고 지내지만, '혼혈인'으로서 '부유층 집의 노동자'인 두연은 차별을 더 고통스럽게 느끼며 살아가고 있었다. 그 때문에 그녀는 공장에서 잠시 생기는 틈새에 대한 갈망 역시 한층 클 수밖에 없었다. 두연의 집서병식의 집은 신자유주의를 집약시킨 축약도이며, 두연은 우리시대의 감성의 분할과 틈새를 암시하는 상징적 존재이다. 이 소설은 두연이 경험하는 차별과 인간적 갈망을 통해 오늘날의 정동적 차별의 기제와 틈새의 갈망을 눈에 보이게 드러낸다.

매 순간 차별의 고통에 시달리는 두연의 틈새의 시간은 공장에서 노래를 부를 때와 엄마를 기다리며 가수를 꿈꿀 때였다. 두연은 군식구 취급을 당하며 집안의 곳곳에서 수모를 겪고 살아간다. 반면에 머릿속의 엄마와 구성진 노래, 공장은 신체에 쏟아지는 정동적 차별에서 벗어나는 틈새의 공간이었다.

이 소설의 표제인 '반 뗀 라 지?'는 베트남어로 '당신의 이름은 뭐예요?'이다. 두연은 엄마를 기다리고 베트남어를 익히면서 가족들의 혐오와 정동적 폭력을 견디고 있는 것이다. 엄마는 아무런 힘도 없지만 두연을 따뜻한 가슴으로 구원해 준다. 또한 한국어와 베트남어 사이를 건너뛰는 순간은 한국의 경직된 감성의 분할에서 벗어나는 틈새의 시간을 경험하게 해준다.

노래와 공장은 또 다른 틈새의 공간이었다. 그러나 노래를 부르는 순간에 공장 안의 사람들이 환호하지만 노동자들의 정동은 일상의 감성의 분할을 해체할 정도로 고양되지는 않았다. 그 점은 두연이 위기에 처했을 때 연인이자 같은 혼혈인인 현광이 손을 잡지 않는 상황에서 암시된다.

두연은 서병식의 아들 지혁에게 열두 살 때부터 성폭행을 당해왔다. 그때 두연은 고모에게 알렸지만 고모는 그런 소리 하면 쫓아낸다고 낮고 무겁게 말했다. 두연이 다시 고모를 찾은 것은 임신을 해 아이를 지우기 위해 돈이 필요했기 때문이다. 고모는 말도 안 되는 소리를 지껄인다며 두연을 잡아먹을 듯이 덤볐다. 그러나 다음 날 밤 지혁의 여동생 지은이 통장 두 개와 카드 두 장을 주며 도망가서 다시 오지 말라고 말했다. 두연은 현광에게 같이 떠나자고 전화를 걸었지만 현광은 엄마를 두고 갈 수 없다고 대답했다. 현광의 거절은 예전과 달라진 노동자들의 사랑과 연대의 한계를 암시한다. 두연은 애인에게 거절당한 후 혼자서 집을 나간 엄마의 이름과 자신의 이름을 생각한다.

현광이 짜증 담긴 목소리로 대꾸했다.

— 말이 되는 소리 좀 해. 우리 엄만? 난 엄마 두고 어디 못 가. 아니 안 가.

두연은 엄마가 했던 말이 떠올랐다. 데리러 올게. 도대체 언제? 다른 데 가지 마. 난 어떻게 살라고! 내 이름은 쯔엉 티 미엔. 그럼 뭐 해, 내 이름이 밧 뚜엣이 아니라 박두연인데! 두연은 전화를 끊었다.

그 사이 사위가 환해졌다. 두연은 오토바이 시동을 걸었다. 갈 수 있는 한 제

일 멀리 가고 싶었다. 이제 정말 서둘러야 했다.[105]

엄마는 떠나던 날 다시 데리러 온다며 "내 이름은 쯔엉 티 미엔, 너 이름은 밧 뚜엣"이라고 말했다. 밧 뚜엣은 흰눈이라는 베트남어로 박두연이라는 한국어와 발음이 비슷했다. 실상 두연은 지금까지 박두연과 밧 뚜엣 사이에서 살아온 셈이었다. 밧 뚜엣은 박두연의 삶을 견디게 하는 심연의 잔여물이었다. 그러나 좀처럼 그 샘물을 퍼올리기 어려웠으며 이제 그녀는 샘물이 아득한 곳에 있음을, 결국 자신이 박두연으로 살 수밖에 없음을 감지하게 된다.

박두연이 심연의 밧 뚜엣을 되찾으며 엄마와 다시 만날 수 있을지는 알 수 없다. 그동안 두연은 베트남어를 연습했지만 집이 어디냐는 '야 반 더 우?'의 물음에는 대답할 수 없었다. 두연에게는 서병식의 집이 자기 집이 아닐 뿐 아니라 집 밖의 마음의 집도 없었기 때문이다. 「미조의 시대」의 미조는 엄마와 비밀교신하면서 민들레 꽃씨라는 정동적 공간집 없는 집을 상상한다. 반면에 두연은 엄마가 오지 않고 아무도 다가오지 않기 때문에 가슴 속에서 '집 없는 집'을 떠올릴 수 없었다.

다만 이제 아주 멀리 떠나고 싶은 것은 신자유주의의 축약도인 서병식의 집이 가장 고통스러운 공간이기 때문이다. 서병식의 집은 두연을 보이지 않는 타자로 배제하는 경직된 감성의 분할의 공간이었다. 지금 두연이 달려가는 '제일 먼' 곳은 그런 감성의 분할을 역류시키는 틈새에 대한 소망을 암시하고 있다. 아득히 먼 그곳에서만 두연은 현실의 박두연과 심연의 밧 뚜엣의 틈새에서 신자유주의의 정동적 재난을 피할 수 있

---

105 김이설, 「반 뗀 라 지?」, 『누구도 울지 않는 밤』, 문학과지성사, 2023, 258쪽.

을 것이다.

「반 뗸 라 지?」에서처럼 신자유주의는 집의 거주 공간이 감성의 분할과 긴밀하게 연관된 체제이다. '스카이 캐슬'과 '펜트하우스'가 가장 눈부시게 보이는 공간이라면, '외진 곳'이나 '지하 벙커'는 아무에게도 보이지 않는 곳이다. 그와 함께 「반 뗸 라 지?」의 서병식의 집이 경직된 감성의 분할을 축약하는 반면, 「미조의 시대」의 민들레 꽃씨와 「반 뗸 라 지?」의 '아득한 그곳'은 틈새 공간과 '집 없는 집'을 암시한다. 「미조의 시대」의 미조는 시를 쓰는 동안 민들레 꽃씨처럼 날아다니며 집 없는 집을 갈망한다. 또한 「반 뗸 라 지?」의 두연은 어디에도 없는 '그곳'으로 향함으로써 고착된 분할의 경계를 해체하는 틈새의 회생을 호소하고 있다. 그렇게 함으로써 자신도 모르게 미지의 수신자^{내포독자}에게 정동적 초대장을 보내며 진정성^{대상 a}의 샘물을 퍼 올리려 하는 것이다.[106]

모두의 가슴에서 진정성의 샘물이 가라앉은 시대에 혼혈인 두연만은 기억의 샘물을 포기할 수 없는 위치에 있다. 이제 그녀는 폭력의 집[107]에서 가장 먼 곳으로 탈주하며 순수기억의 샘물을 열망함으로써, 우리 자신^{내포독자}[108]이 진정성의 맑은 물이 남아 있는 그녀에 다가서게 하고 있다. 두연이 가장 먼 곳으로 달려가는 순간은 우리가 문득 그녀에게 다가가며 틈새를 경험하는 시간이기도 하다. 그녀가 신자유주의 집에서 빼앗긴 밧뚜엣을 되찾으려 탈주하는 순간, 그녀와 내포독자^{우리} 사이에선 배제된 타

---

106 진정성의 샘물을 퍼 올리는 일은 감성의 분할을 역류시키는 단초이다.
107 이 고착된 집은 남성중심적 신자유주의의 집이라고 할 수 있다. 「반 뗸 라 지?」는 그런 남성적 폭력의 집에서 탈주하며 엄마와의 기억의 잔여물인 '밧뚜엣'을 회생시키려 소망하고 있다.
108 여기서 '우리'는 지식인과 중간층을 포함한 90%의 존재자를 말한다.

자와 교감하는 미지의 틈새 공간이 회생한다. 녹지 않는 덩어리[109]로서 혼혈 여성과 함께 하는 그런 틈새가 확장될 때, 우리 역시 신자유주의의 고착된 감성의 분할을 해체하는 존재의 물결을 부활시킬 수 있을 것이다.

11. 혐오의 체제에 대한 타자의 반격 최윤의「소유의 문법」

집의 거주를 감성의 분할과 연관시킨 또 다른 소설은「소유의 문법」이다.「소유의 문법」에서 '나'는 자폐증이 있는 딸의 고함으로 일상의 주택에서 거주하는 데 어려움을 겪고 있었다. 장애인에게 굴레로 씌워진 감성의 분할이 일상의 집의 거주를 힘들게 만들고 있었던 것이다. 그때 마침 대학 은사가 계곡 마을에 와 살면서 집을 돌봐달라고 제의했다. 아름다운 계곡의 집은 딸의 정동적 불행을 피할 수 있을 뿐 아니라 자연의 경관을 만끽할 수 있는 선물과 같았다.

그러나 모든 선물이 전부 행복과 연관된 것은 아니었다. 신자유주의란 선물에마저 왜곡된 소유의 논리가 파고들어 사람들의 정동을 오염시키는 체제였다. 자연의 계곡의 선물에는 은사의 진정성을 훼손시키는 뜻밖의 어두운 사건이 기다리고 있었다.

---

109 존재 자체가 어느 한쪽에 녹지 않고 박두연과 밧뚜엣의 사이에 있기 때문에, 그녀는 밧뚜엣의 갈망을 쉽게 포기할 수 없는 위치에 있는 셈이다. 이 소설이 암시하듯이 신자유주의적 집은 남성중심적이며, 이 작품은「미조의 시대」처럼 여성 주인공의 심연에 아직 깊은 샘물(밧 뚜엣)의 갈망이 남아 있음을 나타낸다. 다만「반 뗀 라 지?」에는「미조의 시대」와는 달리 신자유주의의 감성적 폭력을 견디게 하는 여성적 연대가 없다. 그러나 두연은 엄마와 밧 뚜엣의 기억(순수기억)으로 인해 심연의 샘물을 끝까지 포기할 수 없는 틈새적 존재 혼혈인 여성이다. 그 때문에 신자유주의의 집에서 존재 자체가 짓밟혔지만 강탈당할 수 없는 샘물을 끝까지 좇을 수밖에 없는 것이다.

산밑 마을 사람들은 친절해 보였으며 이장의 주선으로 상견례에 모인 사람들은 서로 화기애애했다. 하지만 S계곡 G마을에는 그곳에서 만난 장 다니엘을 중심으로 향기나지 않는 음모가 숨겨져 있었다. 상견례 다음 모임이 열린 장 다니엘의 집에서 '나'는 자신의 직업인 의자 만드는 일에 대해 설명했다. 장 다니엘의 집은 은사의 전원주택 본채로서 그는 빈 집을 관리하며 거주하고 있었다. 그 집에서 목공일을 세세히 설명하는 동안 '나'는 사람들의 알 수 없는 무언의 조바심을 음산하게 느끼고 있었다. 그러면서도 속도를 내어 안정성, 견고함, 조화에 대해 꼼꼼히 소개를 마쳤다.

그러나 사람들은 애초부터 발표에는 관심이 없었으며 그들의 조바심은 다른 사안과 연결되어 있었다. 기이한 시간이 흐른 후 '나'는 그들이 장 다니엘의 소유권 소송을 위해 '나'의 서명이 필요함을 알게 되었다. 장 다니엘이 소유권을 인정받고자 하는 집은 사람들이 모여 있는 은사가 빌려준 바로 그 집이었다.

이어서 마을 사람들은 은사에 대한 험담을 하면서 장 다니엘을 치켜세우기 시작했다. 은사에 대한 비난과 장 다니엘의 칭송은 꼬리 잇기 놀이처럼 계속 이어졌다. '나'는 뒤통수가 깨져 나가는 듯한 두통을 느끼며 이 이상하게 열정적이고 체계적인 혐오의 근원을 생각했다.

'나'는 '의자 만들기'처럼 타자를 배려하는 사람이었으며 동아를 키우면서 그런 성격이 더 많아졌다. 은사 역시 자신의 소유에 집착하지 않고 불행한 타자에게 선물을 할 줄 아는 사람이었다. 반면에 산밑 마을 사람들은 소유의 목적을 위해 주저 없이 타인을 험담하는 사람들이었다. 아마도 마을 사람들에게는 장 다니엘의 조각품이 선물로 주어지거나 싼값에 팔렸을 것이다. 그런데 장 다니엘의 선물은 은사와는 달리 소유를 위해 타인을 배제하고 혐오하는 기제를 동반하고 있었다.

산밑 마을 사람들은 자연과 가까워지기 위해 계곡에 정착했지만 그들의 내면에는 인간적인 자연의 본성이 없었다. 인간 내면의 자연의 본성이란 '나'와 은사가 보여준 타자를 배려하는 마음일 것이다. 반면에 자연의 본성이 없는 산밑 마을 사람들에게 아름다운 자연이란 나르시시즘적인 소유를 위한 환상적인 페티시의 대상일 뿐이었다.

계곡 마을의 나르시시즘적인 소유의 문법에는 왜곡된 감성의 분할이 작동되고 있었다. 여기서는 장 다니엘을 빛나게 하고 은사를 혐오하는 방식으로 소유의 문법이 움직이고 있었다. 그 과정에서의 일방적인 욕망은 자연마저 자신들의 집의 일부로서 소유하려는 페티시즘과 비슷했다.

계곡 마을의 나르시시즘적 소유의 문법과 감성의 분할은 신자유주의의 또 다른 축약도였다. 탄원서에 서명하지 않은 후 '나'는 생활에 불편을 겪고 따돌림을 당하게 된다. 소유의 문법에 동조하지 않는 타자에게 왜곡된 감성의 분할이 작동되기 시작한 것이다. 계곡마을 사람들은 나르시시즘적 소유의 문법을 물신화하며 타자를 방해물로 내쫓는 혐오의 시대가 왔음을 보여주고 있었다. 마을 사람들의 광적이고 체계적인 혐오는 특정한 집단의 일탈이 아니라 왜곡된 감성 체제가 만든 혐오의 무의식의 분출이었다.

그러나 계곡 마을에는 태생적으로 그런 감성의 분할에 응할 수 없는 타자가 있었다. 그것은 마을 사람들이 모였을 때 분위기를 깨는 소리를 내고 뜻 모를 고함을 지르는 동아였다. 동아는 일상생활에 피해를 주는 인물이지만 자연의 주택마저 노획하는 소유의 문법에 결코 엮여들 수 없는 타자이기도 했다. 마을사람들은 '나'를 혐오하면서도 무기력한 동아는 자연 속의 투명인간으로 방치해 두고 있었다. 다만 '나'와 아내만이 동아의 고함을 '우주를 향한 소리'라고 은유적으로 말해왔다. 동아의 고함은 사람들에게 아무런 의미가 없었지만, 왜곡된 소유의 세계에선 그 소유할 수 없는 소리만이 오염되지 않은 채 남아 있었다. 계곡마을에서 소유에 사로잡힌 감성의 분할의 외부에는 아무도 모르는 '우주를 향한 외침'이 있었다.[110]

그러던 어느 날 계곡마을에서는 동아의 은유가 진실로 드러나는 사건이 발생했다. 우주를 향한 타자는 소유의 문법과 감성의 분할에서 배제된 대신 그동안 실제로 자연과 깊이 교감하고 있었다. '나'는 여름밤 폭우 속에서 계곡과 이별하던 날 비로소 그 진실을 알게 된다. 그날 밤 동아는 갑자기 고함을 지르기 시작했으며 그 절박함으로 인해 '나'는 평지 마을로 이동할 수밖에 없었다. 그런데 굵은 빗줄기가 쏟아져 계곡의 물이 순식간에 불었고 동아의 고함은 '나'를 재난으로부터 구출한 셈이었다.

그 밤의 동아의 고함은 계곡을 다 깨울 만큼 우렁차고 불안했다. 아이는 고함의 높낮이를 통해 빨리 차를 운전해 계곡을 내려가자고, 또 손짓으로도 보채고 있었다. 나는 시동을 걸었고 아이가 안정될 때까지 면사무소가 있는 평지 마을을 몇 바퀴 돌고 올 예정이었다.

그런데 그 밤이 그 계곡과 우리의 이별의 밤이 되었다. 동아의 고함으로 계곡을 내려온 후 채 삼십분도 지나지 않아 면사무소 근처를 지나고 있을 때, 처음부터 굵은 비가 쏟아지기 시작했다.[111]

---

110 오늘날 동아 같은 타자를 주목하는 것은 진정성의 소통이 불가능해진 시대에 역설적으로 일상적 소통이 불가능한 타자에게 진정성의 잠재적 소통 가능성이 남아 있기 때문이다.

111 최윤, 「소유의 문법」, 『이효석 문학상 수상작품집』, 생각정거장, 2020, 35쪽.

소유의 문법을 물신화하는 사람들이 계곡물에 잠긴 반면 그들에게는 잠음일 뿐인 동아의 고함이 '나'를 구한 것이다. 소유에 사로잡힌 사람들은 왜곡된 정동으로 자연을 무시했지만, 소유의 문법에서 배제된 타자만이 자연에 남아 뜻깊은 고함을 지른 것이다. 따돌림당한 '내'가 동아에 의해 구출되고 장 다니엘 쪽 사람들이 응징된 사건은 감성의 분할의 역류였다. 자연재해는 재앙인 동시에 소유의 문법의 왜곡성을 일깨우는 가르침이기도 했다. 그 가르침을 은밀히 수신한 자연과 교감하는 타자,[112] 그리고 타자와 교감하는 감성이 신자유주의의 왜곡된 정동 구조를 해체한 것이다.

「소유의 문법」과 「반 뗀 라 지?」는 추방된 타자의 언어와 진정성의 잔여물을 은유^{우주를 향한 외침, 흰 눈}로 회생시키며 결빙된 정동 구조를 해빙하는 틈새의 부활을 암시한다. 두 작품에는 타자성의 사랑이 결빙된 채 소유의 욕망에 홀려 있는 나르시시즘적 세계가 그려진다. 그러나 나르시시즘 세계에서 추방되면서도 자신의 언어^{고함, 밧 뚜엣}[113]를 버릴 수 없는 타자[114]는, 그 진정성의 잔여적 힘으로 감성의 분할^{그리고 소유의 문법}을 해체하는 순간을 암시한다. 고착된 감성의 분할이 상상계적 장치라면 타자의 언어가 회생하는 순간 실재계적 존재의 물결을 일으키는 틈새가 다시 열릴 수 있다.[115] 전자의 경직된 체제가 '우리가 모르는 세계'인 반면 후자의 틈새의

---

112 소유의 문법에 엮여들 수 없는 타자의 존재 자체가 그런 잠재적 교감이라고 할 수 있다.
113 두 소설에서 '타자의 언어'(주인공 자신의 언어)는 발화와 잠음의 경계에서 (잠음으로) 배제되었던 소리가 진정성의 증거로 역전되는 순간을 보여주고 있다.
114 두 소설의 주인공의 공통점은 아무리 쫓겨나고 배제되어도 자신의 언어를 버릴 수 없기 때문에 진정성의 잔여물이 남아 있다는 점이다.
115 「소유의 문법」에 암시된 정동적 역류는 계곡 마을에서만 일어난 점에서 일시적이다. 그러나 그런 역류를 가능하게 한 틈새 공간이 확장될 때 사회 전체를 회생시키는 존재의 물결이 일어날 것이다.

회생은 변혁의 열망의 단초를 암시한다.

우리가 모르는 세계에서는 감성의 분할을 역전시키는 틈새의 회생만
이 존재의 물결과 정동적 공동체를 부활시킬 수 있다. 「반 뗸 라 지?」의
서병식의 집과 「소유의 문법」의 계곡 마을은 신자유주의의 축약도이다.
신자유주의의 축약도에는 타자를 혐오하는 감성의 분할로 인해 집 밖의
실재계적 상상력이 위축되어 있다. 이런 고착된 세계에서는, 감성의 질서
를 역전시키는 틈새를 모색하며 정동적 공동체^{집 없는 집}를 회생시켜야 다
시 한번 손을 잡고 '더 좋은 세상'을 꿈꿀 수 있다. 「반 뗸 라 지?」와 「소유
의 문법」은 그런 연대의 부활을 위해 타자의 위치에서 경직된 경계의 해
체를 소망하는 우리시대의 틈새 미학을 보여주고 있다.

두 작품은 소유의 문법과 혐오의 체제가 짝을 이룰 뿐 아니라 반격의
공간의 무력화로 감성의 분할이 고착화되었음을 알려준다. 감성의 분할
의 경직성은 틈새 공간의 상실을 의미하며 우리시대에 정동적 반격의 위
치를 잃어버린 것도 그 때문이다. 그러나 그런 고착성 속에서 저항적 주
체는 소멸됐지만 과거의 존재의 물결이 남긴 정동적 유산이 모두 사라진
것은 아니다. 저항의 물결을 생성했던 정동적 기억은 이제 틈새의 회생을
소망하는 미학으로 부활하고 있다. 오늘날의 새로운 틈새 미학은 다양한
타자들의 반격을 예비하는 오래된 정동적 유산의 계승이라고 할 수 있다.
우리시대에 민중은 사라졌지만 존재론적 물결의 주도권을 쥐었던 타자
의 반격은 기억의 잔여물로 남아 있다. 우리는 그 기억의 성운을 움켜쥐
고 미학이 열어준 틈새에서 지난한 정동적 도약의 모험을 수행해야 한다.
그런 방식으로 소유의 집으로 서열화된 질서를 파열시키고 집 없는 집에
서 타자의 존재론을 회생시켜 새로운 미래로 나아가야 한다.

제7장

실재계적
물결로서의 혁명

1. 첫 번째 혁명 민주주의에 대한 질문, 〈1987〉

〈1987〉^{장준환 감독, 2017}에서 주인공 연희는 '오월의 노래' 전단지를 건네는 이한열에게 '그날은 안 와요'라고 차갑게 말한다. 연희는 '꿈꾸지 마세요. 그런다고 세상이 바껴요?'라고 되묻는다. 그녀는 세상이 잘못되었다는 것을 알지만 선뜻 나서지 못하고 있는 것이다. 반면에 이한열은 '나도 가만 있고 싶은데 그게 잘 안돼'라고 말하며 거리로 향한다. 두 사람은 잘못된 세상에 대한 인식은 같지만 신체를 움직이는 정동의 방향이 다른 것이다.

이처럼 신체를 움직이는 정동적 물결을 지배하는 기제를 감성의 분할이라고 할 수 있다. 체제의 감성의 분할은 권력에 의해 결정되지만 이한열처럼 정동의 흐름을 역류시키는 사람도 있다. 연희와 이한열은 서로 사랑하지만 감성의 분할의 방식은 같지 않다. 연희는 시위대의 소리가 가족들의 생각은 하지 않는 '잘난 사람들'의 외침으로 들린다. 반면에 이한열은 가슴이 아파서 더 이상 참지 못하고 소리를 지르는 것이다. 권력의 감성의 치안은 조용한 연희를 경계 내부에 놓아 두는 반면 소리를 외치는 이한열은 죽음에 이르도록 배제한다.

그런데 〈1987〉은 이한열 같은 가만히 있지 못하는 사람에게만 초점을 맞추고 있지 않다. 이 영화의 서사가 특별한 것은 결말부에서 노동자나 이한열보다도 연희를 전경화한다는 점이다. 6월 항쟁의 승리는 노동자와 학생, 시민들의 연대로 성취되었다. 그중에서도 중요한 것은 연희와 같은 흔들리는 인물조차도 대열에 합류함으로서 최후의 승리가 가능했다는 점이다. 불안한 연희를 움직인 것은 전단지보다는 자율적인 정동이었다. 그 점을 부각시키는 이 영화는 조직과 구호보다는 능동적인 자기구성적 연대를 강조하는 관점을 지닌다.

그런 새로운 관점은 이 영화가 역사의 현장 속에 우리 자신의 모습이 스며들게 하는 데 기여하고 있다. 오늘날 우리는 노동자와 박종철, 이한열보다는 연희와 더 가까운 위치에 있다. 결말에서 연희가 버스 위에 올라 거리의 시위대를 보는 순간 우리 자신도 어느덧 버스 꼭대기에 올라서게 된다.

연희는 이한열이 중태에 빠졌다는 기사를 보며 더 이상 참지 못하고 거리로 뛰쳐나왔다. 그리고 시위대 쪽으로 달려가며 자신도 모르게 버스 꼭대기에 오른다. 그녀가 버스 위에 올라선 것은 두 눈으로 더 많은 사람들을 보기 위해서이다. 그렇게 하면서 거리의 물결에 동화되는 순간 이제까지의 감성의 분할이 역류[1]하며 자기 자신이 존재의 물결의 일부가 된다.

영화를 보면서 우리가 연희와 함께 버스 위에 오르는 것은 우리 자신도 정동적 역류를 경험하고 싶기 때문이다. 연희는 5·18 영상을 본 후 '총 든 군인들하고 싸울 거예요? 어떻게 싸울 건데요'라고 절망적으로 외쳤다. 오늘날은 거리에 총 든 군인이 없는데도 연희처럼 회의적으로 아무도 움직이지 않는 시대이다. 우리시대는 연희와 비슷한 동시에 어떤 면에서 더 절망적인 세상이다. 그 이유는 보이지 않는 군인들이 어느덧 우리의 정동과 무의식에 주둔하고 있기 때문이다. 오늘날 감성의 분할이 고착

---

1   랑시에르는 권력의 감성의 분할이 무너지는 순간 새로운 정치적 주체에 의해 불화의 상태가 된다고 말했다. 그는 '아르케 공동체'와 '몫이 없는 자'들을 주목하기 때문에 몫이 없는 자들의 몫을 주장하는 순간 기존의 감성의 치안이 해체된 불화의 상황이 되는 것이다. 반면에 우리는 랑시에르의 관점을 변주시켜 레비나스와 두셀의 타자의 관점을 접합시키고 있다. 그처럼 근대 사회체제의 타자를 강조하면, 존재론적 측면에서 감성의 분할이 역류하는 순간 타자의 위치에서 존재의 물결을 경험하게 된다고 말할 수 있다. 이 경우에도 존재의 물결을 일으키는 사람들과 권력의 정동 체제는 불화의 관계에 있지만 우리는 존재의 물결의 능동적 운동이 변혁의 단초가 됨을 강조한다.

되었다는 것은 이제 군인들이 거리가 아니라 무의식에 진지를 배치하고 있다는 뜻이다. 그 때문에 새로운 정동적 전회[2]를 위해서는 연희가 겪은 것 이상으로 감성의 분할을 역류시키는 강렬한 과정이 필요하다.

연희는 시위대로 오인받아 전경에 붙잡혔을 때 이한열의 도움을 받으며 처음 그를 만났다. 연희와 함께 거리와 골목을 달리는 동안 이한열은 한쪽 운동화를 잃어버린다. 연희는 이한열에게 새 운동화를 사주며 '빚 갚는 거예요'라고 말한다. 이후 그녀는 외삼촌이 구금된 대공분실^{남영동}에서 엄마와 항의하다 끌려나 한적한 시골에 버려진다. 그때 전화를 받고 달려온 이한열은 한쪽 신발을 잃은 연희에게 자신과 똑같은 운동화를 건네준다. 결말부에서 신문을 보며 이한열의 얼굴과 신발을 확인한 연희는 그와 똑같은 운동화를 신고 거리로 달려 나간다.

연희의 운동화는 감성의 분할에서 간신히 살아남은 대상 a의 잔여물[3]이다. 연희는 이한열의 설득을 외면했지만 운동화를 보는 순간만은 그와 함께 거리에 있었다. 자신이 운동화를 사주고 이한열이 다시 비슷한 운동화를 건네주었기 때문이다. 거기서 더 나아가 마지막에 하얀 운동화를 신고 달리는 연희는 깊이 가라앉았던 가슴 속의 샘물을 퍼 올리는 중이었다. 그처럼 심연의 샘물을 길어 올리며 정동적 전회 속에서 사람들의 물결 속에 합류한 것이다.

정동적 전회를 위해 대상 a의 작동이 필요한 것은 오늘날도 마찬가지이다. 다만 오늘날은 '대상 a 망각'의 시대이기 때문에 사랑과 용기를 해

---

2   정동적 전회는 문제를 해결하기 위해 정동적 차원에서 활동해야 한다는 말이지만, 여기서는 감성의 분할을 해체하고 역류시키는 과정, 즉 상상계에서 실재계로 전회하는 정동적 도약을 강조하고 있다.
3   연희의 운동화는 감성적 치안 때문에 그녀가 능동적으로 응시하지 못하는 에로스적 대상 a의 잔여물이다.

빙시키기 위해 더 많은 은유적 정치와 정동정치가 필요하다. 1987년에는 정동적 전회가 사상과 물결을 결합하는 정점의 원동력이었지만, 사상이 쇠퇴한 지금은 정동정치가 변혁운동의 출발점이 되었다.

6월 항쟁 이후 연희의 '역사의 회의'와는 달리 꿈꾸던 '그날'은 마침내 왔다. 그러나 민주주의를 성취했지만 우리가 소망하던 새로운 세상은 오지 않았다. 신자유주의라는 순수 자본주의가 출현해 순수욕망^{대상 a의 열망}을 위축시키는 세상을 만들었기 때문이다. 신자유주의에 종속된 형식적 민주주의는 결빙된 순수욕망^{사랑과 용기}과 고착된 감성의 분할을 해동할 수 없었다.

고착된 감성의 분할이란 존재감이 약화된 99%들이 1%의 눈부신 캐슬을 선망하며 살아가는 상황을 말한다. 이제 이한열 같이 분할에 저항하는 사람이 드물 뿐 아니라 연희 같은 인물이 반전에 직면하는 상황도 잘 일어나지 않는다. 이처럼 분할이 고착된 세상은 지식인이 타자와 만나 물결을 일으켰던 틈새 공간이 사라진 사회이다. 앞서 살폈듯이 프롤레타리아의 밤「저문 강에 삽을 씻고」, 미학적 가상 공간「내딛는 첫발은」, 몸의 기억「흐르는 북」 등은 권력의 감성의 분할을 해체하는 틈새 공간이었다. 1970~1980년대에는 아무리 독재정치 체제라도 그런 틈새 공간이 사적·공적 영역에 남아 있었다. 반면에 신자유주의시대에는 절차적 민주화에도 불구하고 순수 자본주의에 의해 틈새 공간이 선제적으로 차단당하고 있다. 이처럼 틈새를 미리 점령해 정동적 전회를 방해하고 미래를 식민화하는 기제를 마수미는 존재권력[4]이라고 불렀다. 존재권력이 작동되는 세계에서는 고착된 감성의 분할에서 벗어나려는 틈새의 운동이 좀처럼 생성되지 않는다.

---

4   마수미, 최성희·김지영 역, 『존재권력』, 갈무리, 2021.

힘들게 쟁취한 민주주의를 왜곡시키고 자본주의를 확산시킨 것은 존재권력과 정동권력이었다. 정동권력과 결탁한 존재권력은 대부분의 사람들의 정동을 역사를 회의하던 연희처럼 만들어 버렸다. 존재권력은 체제에 동화되지 않은 잔여물을 끝없이 회유하고 제거하며[5] 연쇄적으로 작동된다. 신자유주의에서도 남겨진 잔여물은 잠재적 위협이지만 존재권력은 한 번에 제거되지 않는 잔여물을 없애기 위해 무한한 '힘-너머-힘'을 실행한다.[6]

정동권력과 존재권력은 유사 대상 a의 운동을 이용하기 때문에 우리는 스스로 잔여물을 망각시키는 운동에 가담하게 된다. 자본의 신상품이라는 잉여향락의 유포, 그리고 권력이 사건을 가리려 던져주는 안줏거리가 대표적인 예이다. 그처럼 물리적 폭력 대신 유사 대상 a의 운동을 이용함으로써 우리가 스스로 간절히 원하며 움직이는 것처럼 느껴지게 하는 것이다.[7]

그런 존재권력과 정동권력에 대응하려면 이성적 자각을 위해 사회모순을 폭로하는 것으로는 충분하지 않다.[8] 권력이 이성을 흐리는 유사 대상 a의 논리를 이용하기 때문에 그에 대응하려면 대상 a의 운동을 회생시켜야 한다.[9] 선제적으로 시간을 장악해 수동적 정동을 유포하는 권력에

---

5 존재권력에는 연성권력(회유)과 경성권력(제거)이 있다.
6 여기서의 힘은 저항을 극복하는 힘이 아니라 새로운 시간을 여는 틈새를 장악하는 권력이다.
7 그러나 아무리 자발적으로 행동하는 것 같아도 그것은 고도로 설계된 게임판의 말을 만드는 운동에 불과하다. 여기서는 타자의 정동적 초대장이 휴지가 되기 때문에 무인도에 갇힌 것처럼 바깥으로 나가는 출구가 없다.
8 또한 바깥에 접속하는 사상을 선언하는 것으로도 부족하다.
9 유사 대상 a의 운동이 대상 a의 운동과 다른 점은 바깥이 차단된 생존 게임에서처럼 단지 살아남기 위해 (수동적이면서도) 스스로 움직인다는 점이다. 생존을 위해 게임을 중단시킬 수 없다는 공포감과 함께 게임판 위에서 원하는 잉여향락(돈통)을 얻기 위해 자

맞서 대상 a를 회생시켜 능동적 정동을 부활시켜야 하는 것이다.

스피노자가 말했듯이 열악한 정동을 극복하려면 더 강렬한 정동을 생성해야 한다.[10] 그런 능동적 정동이 회생하는 위치는 존재권력이 작용하는 바로 그곳이다. 존재권력의 유사 대상 a의 운동은 항상 대상 a의 운동이 생성될 가능성이 있었던 틈새를 장악한다. 예컨대 한때 타자에게 볼모로 잡혔던 90%들의 심연, 정동적 틈새 공간으로서 미학적 가상공간, 몸의 기억으로서 순수기억 등이다. 바로 그런 빼앗긴 순수욕망의 틈새의 위치가 정동적 전회의 회생 지점이라고 할 수 있다. 그 같은 틈새의 위치가 회생되어야만 〈1987〉 결말에서의 연희처럼 역사에 대한 회의에서 벗어나 다시 한번 존재의 물결을 열망할 수 있다.

〈1987〉의 마지막 장면은 우리의 새로운 출발점이 되었다. 이제 우리의 정동과 무의식에 주둔한 존재권력의 군인들에 맞서 정동적 전회를 회생시키는 일이 변혁운동의 시작이 된 셈이다. 그런 정동적 전회의 구체적 방법은, 시뮬라크르와 문학, 미학적 가상 등을 통한 새로운 틈새의 부활이다.

예컨대 JTBC 화면에 등장한 서지현 검사는 정동권력이 미처 점령하지 못한 시뮬라크르에서 현실의 폐쇄된 틈새를 열었다. 사건의 현장은 폐쇄된 현실이었지만 JTBC 화면의 시뮬라크르는 무한 복제되며 틈새를 열어젖혔다. 그 순간에 간신히 열린 틈새가 닫히지 않게 하는 연쇄적인 자기지시적 운동,[11] 즉 스스로 대상 a를 회생시키며 끝없이 발을 걸치는 운동

발적으로 운동하는 것이다.

10 스피노자, 추영현 역, 「에티카」, 『에티카/정치론』, 동서문화사, 2008, 191~193·196·233~234쪽.

11 남성중심적 체제(상징계·상상계)가 강요하는 감성의 분할에서 탈출하는 (실재계적) 자기지시적 운동은 대상 a를 회생시키는 틈새를 열 수 있다.

이 바로 미투 운동이다.

정동적 틈새는 시와 문학을 통해서도 열린다. 송경동은 '우리 모두가 세월호였다'라고 외치면서 서로가 선장과 조타수로 나서야 한다고 노래했다. 송경동의 시는 현실의 세월호와 은유적 세월호의 틈새에서 정동적 전회를 이루려는 시도였다.[12] 그처럼 세월호 이후 많은 시들이 쓰여지면서 은유의 틈새를 증폭시킨 광장에서 촛불집회가 열릴 수 있었다. 미투 운동과 문학, 미학적 은유는 존재권력에 의해 차단당한 틈새를 회생시켜 감성의 분할을 역류시키는 새로운 정동정치이다.

감성의 분할의 고착화가 사회적 균열을 감추는 상상적 장치로 작동한다면 새로운 정동정치는 실재계적 정동 공동체를 회생시킨다. 회생된 정동적 공동체는 랑시에르가 암시한 정동적 혁명을 통한 민주주의[13]와도 같기 때문에,[14] 분할을 해체하는 틈새를 여는 정동정치는 진정한 민주주의에 대한 물음을 태동시킨다. 오늘날 대의 민주주의는 상대편을 루저로 만들며 반사적으로 승리하려는 정치게임이 되어가고 있다. 우리의 민주주의의 쟁취는 1987년 진보적 사상의 신념을 신뢰하는 운동을 통해 이뤄졌지만, 사상의 쇠퇴와 함께 탈진실의 시대가 되면서 형식적 민주주의는 양극화된 정치게임으로 변질되고 있다.

정치게임이 된 대의 민주의의는 감성의 분할을 해체할 수 없기 때문에 고착된 사회를 바꾸는 시간과 공간을 열 수 없다. 우리가 쟁취한 형식적 민주주의는 어느덧 감성적 비민주주의를 낳고 있으며, 여기서는 승패와

---

12 세월호 사건이 침묵 속에 묻히지 않은 것은 송경동의 시 같은 많은 은유적 시들이 쓰여지면서 틈새공간이 회생했기 때문이다.

13 고착된 감성의 분할을 해체하는 민주주의를 말한다. 랑시에르, 오윤성 역, 『감성의 분할』, 도서출판b, 2008, 15~17쪽.

14 여기에 대해서는 다음 절에서 자세히 설명할 것임.

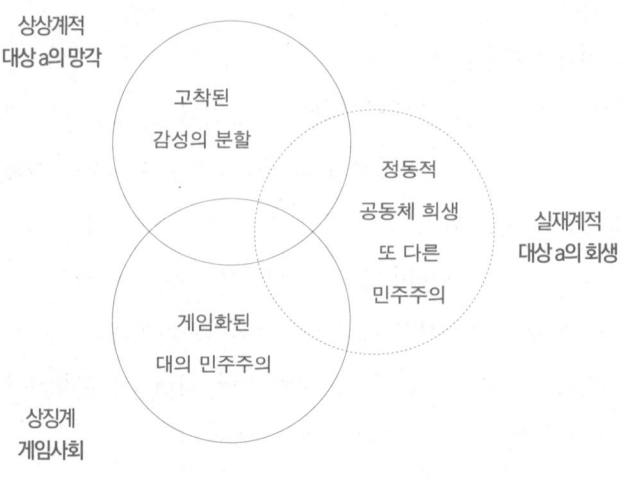

상상계적
대상 a의 망각

고착된
감성의 분할

정동적
공동체 희생
또 다른
민주주의

실재계적
대상 a의 회생

게임화된
대의 민주주의

상징계
게임사회

신자유주의시대의 정동적 공동체의 회생

상관없이 승자에 대한 광신과 루저에 대한 혐오가 잘 없어지지 않는다. 반면에 존재권력에 차단당한 틈새를 회생시키며 정동적 공동체가 작동되면 새로운 민주주의를 향한 길이 시작된다.

정동적 공동체의 회생은 양극화된 대리 민주주의를 넘어서서 두 번째 민주주의의 물결을 만들 수 있다. 두 번째 민주주의란 재현과 대리에만 의존하지 않는 자기구성적이고 자기지시적 연대의 운동이다. 새로운 자기구성적 운동의 출발은 보이지 않던 사람들의 잠재적 물결이 생성되는 것에서 시작된다.

1987년의 민주화 운동은 산업화 이후의 첫 번째 혁명이었으며, 여기서는 역사를 회의하던 연희의 전회의 순간이 운동의 정점이었다. 반면에 두 번째 민주화 운동에서는 연희 같은 정동적 전회와 자기지시적 운동아 출발점이 될 수밖에 없다. 존재권력과 정동권력 아래서는 누구도 '그날'을 회의하던 〈1987〉의 연희의 불안한 위치를 벗어날 수 없다. 그 때문에 제2의 민주화가 시도되려면 보이지 않는 잠재된 물결을 보기 위해 다시 한번 버스 꼭대기에 올라야 한다.

〈1987〉의 1987년에는 버스 꼭대기가 마지막의 절정이었지만 지금은 첫 번째 교두보가 될 수밖에 없다. 그래야만 보이지 않던 사람들이 보이고 틈새가 확장되며 게임판의 말에서 벗어난 사람들의 능동적인 자기구성적 운동이 시작될 수 있다. 그런 정동적 공동체와 자기구성적 운동의 회생만이 '민주화 이후의 민주화'와 '사상 이후의 사상'을 생성할 수 있을 것이다.

2. 감성적 혁명 미학적 민주주의의 모세혈관

우리시대는 감성의 분할에 대한 대응이 매우 중요해진 시대이다. 과거의 사상가와 학생들은 함세웅과 이한열처럼 권력의 감성의 분할에 흔들리지 않았다. 그러나 오늘날은 노동운동가조차도 정리해고를 정당화하는 법의 방망이 앞에서 속수무책으로 망연자실한다.[15] 노동자가 새 세상의 주인이라는 인식엔 변함이 없지만 문제가 생긴 것은 아무런 대책 없이 망연자실하는 정동이다. 그처럼 정동이 약화된 것은 타자를 추방하고 모두가 캐슬을 바라보게 만든 고착된 감성의 분할 때문이다. 체제의 감성의 분할에 예속된 사람들은 일상의 안락에 중독되어 열정이 식은 채, 경쟁이라는 치사제와 소비라는 환각제를 흡입하며 살아간다.[16] 이처럼 정동권력에 회유되어 미래에 대한 신념이 불확실해진 것이 우리가 모르는 세계의 풍경이다. 사상으로는 알지만 감성으로는 모르는 이런 세계에서는 고착된 감성의 분할의 해체가 당면 과제이다.

---

15   송경동, 「나는 한국인이 아니다」, 『나는 한국인이 아니다』, 창비, 2016, 100쪽.
16   송경동, 「아직은 말을 할 수 있는 나에게」, 위의 책, 149쪽.

랑시에르는 감성의 분할을 뒤흔드는 중요한 방법으로 플라톤의 공화국에서 추방된 미학적 가상을 들었다. 앞서 말했듯이 감성의 분할이란 정치권력이 만든 보이는 것과 보이지 않는 것, 발화와 잡음 사이의 경계설정이다.[17] 미학은 현실을 재현하며 현실에는 없는 가상적인 것을 그림으로써 권력의 경계설정을 혼란에 빠뜨린다. 가상공간은 권력이 정한 발화의 위치를 불확정적으로 만들고 시간과 공간의 분할을 뒤흔듦으로써 지배체제의 동일성을 무규정적인 것으로 만든다. 그런 경계의 해체와 무규정성은 미학적 정치체제가 민주주의 체제임을 말해준다.[18] 이 미학적 민주주의 체제는 대리 민주주의를 넘어서서 권력의 경계 설정을 동요시키며 직접 사람들이 움직이는 운동을 만들 수 있다.

미학적 가상공간이 민주주의 체제라는 랑시에르의 말은 오늘날 특별한 실감을 얻는다. 과거에는 문익환과 박종철 같은 감성의 분할에 흔들리지 않는 사상가와 청년들이 운동을 이끌었다. 〈1987〉의 주인공은 연희이지만 영화의 대부분은 함세웅과 문익환, 이한열의 서사이다. 그것은 1980년대가 사상의 신념을 잃지 않았던 시대였기 때문이며 그런 변혁의 사상이 민주화 운동의 주축이었던 것이다.

그러나 오늘날에는 사상이 서재로 숨어들어 거리와 문학의 공간에서 잘 활동하지 않는다. 사회가 민주화되었지만 신자유주의의 정동권력이 곳곳의 모세혈관을 장악해 비판 사상이 운동하지 못하게 만든 것이다. 권력은 캐슬을 선망하고 타자를 배제하는 감성의 분할을 통해 상상계 영역으로 피가 흐르게 모세혈관을 장악하고 있다. 이런 사회에서는 사상가와 노동자조차도 체제의 감성의 분할에 속수무책이 되는 상황에 놓이게 된다. 그

---

17 랑시에르, 오윤성 역, 『감성의 분할』, 도서출판b, 2008, 14쪽.
18 위의 책, 15~16쪽.

와 함께 사상에 영향받은 미학도 쇠약해져서 예전 같은 실천력을 발휘할 수 없게 된다. 다만 가상공간을 이용하는 미학은 사상처럼 무력화되지는 않고 아직 잠재적 회생 가능성이 남아 있다. 그 때문에 오늘날에는 새로운 미학적 가상공간을 통해 감성의 분할을 해체하고 정동적 모세혈관을 재생성하는 일이 절실해진 것이다. 그래야만 대리 민주주의의 변질을 치유하고 능동적 정동에 근거한 새로운 민주주의의 운동을 시작할 수 있다.

1987년의 대통령 선거에서 패배했을 때 『한겨레』 창간 준비위원회는 '민주화는 한 판의 승리가 아니'라는 광고를 실었다. 그런데 미완의 민주화에 대한 인식보다 더 중요한 것은 새로운 변혁의 방법에 있었다. 사상이 신념을 상실한 이면에는 정동의 식민화가 놓여 있으며 이제 정동권력에 대한 대응이 긴요해졌기 때문이다.

문제가 '고착된 감성 체제'에 있기 때문에 또 한 번의 민주화에서는 랑시에르의 미학적 정치체제의 역할이 중요해진 셈이었다. 존재권력이 정동 질서를 고착화해 사상을 움직이지 못하게 만들었으므로 고착된 질서를 뒤흔들기 위한 가상적 상상력이 필요해진 것이다. 경직된 정동 질서가 사람들을 상상계로 이동시킨다면 가상적 상상력은 그런 질서를 동요시키며 실재계로 전화시키는 운동을 만든다. 신자유주의가 상상계에 모세혈관을 만들어 정동적 환각제를 흡입하게 하는 반면, 미학적 가상의 상상력은 실재계에 모세혈관을 생성해 정동의 흐름을 뒤바꿀 수 있다.

과거에도 문학은 사상과 함께 변혁운동에서 중요한 역할을 해 왔다. 그러나 고착된 정동 질서로 사상이 운동하지 못하는 시대에는 문학과 미학의 또 한 번의 도약이 필요해졌다. 사상이 운동하던 시대의 문학에서는 재현이 중요했지만 지금은 재현을 넘어서는 도전적인 상상력이 핵심적이다. 새로운 미학적 가상공간을 이용하는 정동정치는 정동을 식민화하는 감성의 치안을 뒤흔드는 틈새를 생성해야 한다. 그런 방식으로 정동적 비민주주의를 낳은 형식적 민주주의를 넘어서서 또 다른 민주화를 지향해야 한다. 즉 정동권력에 의해 비민주적으로 배제된 타자를 회생시키며 고착된 분할을 해체하고 실재계적 존재의 물결을 일으켜야 하는 것이다.

미학적 가상의 상상력이 새로운 민주주의를 만든다는 것은 막연하게 여겨질 수 있다. 그러나 여기에는 아주 절박하고 현실적인 문제가 놓여 있다. 고착된 감성의 분할에 의해 타자가 추방된 사회에서는 민주주의의 상상력이 절차적 공정성과 능력주의에 머물게 된다. 그런 절차적 공정성을 넘기 위해서는 상징계적 체제의 제한에 대한 출구로서 바깥의 실재계로의 접근이 반드시 필요하다. 실재계로의 접근은 배제된 타자를 회생시키며 차별과 불평등성을 해소하는 존재의 물결을 일으킬 수 있게 해준다.

실재계란 상징계에 저항하는 표상할 수 없는 영역이므로 고착된 체제에 갇힌 우리에게 필요한 것은 가상의 상상력이다. 세계가 상상계와 상징계에 고착될수록 실재계적 가상의 상상력은 아주 현실적으로 절박해진다. 실제로 체제에 갇힌 절차적 공정성과 능력주의를 넘기 위해 가상의 상상력이 필수적임은 이미 여러 차례 말해진 바 있다. 그런 대표적인 예가 바로 롤스의 '가언합의'와 '차등원칙'일 것이다.

롤스는 미학과 아무 상관이 없으며 그는 변혁운동보다는 제도적 개혁을 중시했다. 그러나 오늘날의 문제를 돌파하려면 그의 현실적 정치철학과 미학의 민주적 이상을 접합시키는 상상력이 필요하다. 미학적 정치체제와 롤스의 정치철학의 공통분모는 체제의 분할 방식을 뒤흔드는 가상의 상상력이다. 차별을 만드는 분할을 동요시키는 가상의 상상력은 약자와 타자를 배려하는 평등한 사회를 만들 수 있다. 그 때문에 사상의 신념이 약화된 현실에서는 미결정적인 실재계에 접근하는 가상의 상상력이 매우 중요하다.

롤스는 기회균등과 절차적 공정성이 결코 결과의 공정성과 평등 사회를 만들 수 없다고 생각했다. 오늘날 같은 세습자본주의의 기울어진 운동장에서 아무리 기회균등을 외쳐도 평등한 결과가 생길 수 없음은 물론이다. 롤스는 한발 더 나아가 개인의 재능^{능력}의 차이조차 공정한 결과를 어렵게 한다고 여겼다. 이런 롤스의 생각은 오늘날 논쟁이 되는 능력주의의 한계를 잘 간파한 것이라고 할 수 있다.[19]

그렇다고 사회적 불평등을 없애기 위해 부를 똑같이 분배하는 것은 대안이 될 수 없다. 그럴 경우 능력이 있는 사람이 최선을 다하지 않아 전체 부가 줄어들고 빈곤층에게도 혜택이 돌아가지 않게 된다. 롤스는 사회의 모든 사람이 능력을 발휘하게 하면서도 불평등성을 줄이기 위한 방법으로 흥미로운 가언합의를 주장한다.

가언합의는 고착된 체제의 상징계 차원을 넘어선 실재계 차원의 상상력이다. 만일 사람들이 현재의 자신의 위치^{상징계}에서 사회계약을 맺는다면 이해관계와 권력관계 때문에 공정한 합의가 이뤄질 수 없다. 그 때문에 롤스는 무지의 장막[20] 뒤에서 자신의 위치를 유보한 상태에서 가상적 계약을 맺을 것을 제안한다.[21]

---

19 롤스의 『정의론』은 1971년에 쓰여졌지만 이미 능력주의의 한계를 잘 파악하고 있었다.

20 롤스의 무지의 장막은 칸트의 실천이성의 차원에 의해 작동되는 현상계(상징계)를 넘어선 실재계적 영역이다. 롤스가 말한 평등한 원초적인 입장이란 쾌락원칙과 현실원칙을 넘어선 보다 강력한 정신(실천이성)에 의해 도달이 가능한 위치이다. 그러나 그런 실재계적 영역을 사상이나 이론이 아니라 자발적으로 신체를 움직이는 존재의 물결로 경험하게 하려면 능동적 정동의 원인(내재원인과 대상 a)을 작동시켜야 한다.

21 무지의 장막에 들어선다는 것은 체제의 상징계의 위치를 무화시키는 실재계적 차원에 진입하는 것이다. 그런 무지의 장막으로 들어설 때 자본주의적 부의 특권이 사라지고 똑같은 인간으로서 가난한 사람들을 배려하는 계약이 만들어지는 것이다. 롤스는 무지의 장막에서 체제를 변혁하는 것이 아니라 잠시 상징계의 위치를 유보할 것을 말했다.

롤스의 탁월한 점은 체제의 분할방식을 뛰어넘는 가상의 상상력에 있다. 다만 롤스의 가언합의는 오늘날 같은 게임 사회에서는 좀처럼 실현되기 어렵다. 가언합의가 가능하려면 부유층이나 중간층이 자발적으로 무지의 장막 안으로 들어서야 한다. 무지의 장막은 현실에는 어디에도 없는 가상공간이며 롤스는 평등을 위해 실재계적 가상공간의 상상력이 필요함을 말한 셈이다. 그런데 문제는 오늘날의 게임 사회란 자본주의의 규칙 바깥의 공간을 상상할 수 없는 세계라는 점이다.[22]

그러나 게임 사회에서도 아주 작은 희망은 남아 있다. 흥미롭게도 무지의 장막이라는 롤스의 가상공간은 미학적 가상의 상상력과 비슷한 점이 있다. 롤스의 가언합의와 문학적 상상력의 공통점은 자신의 위치에 대한 집착을 버리고 약자와 만난다는 점이다. 현재의 자신의 위치를 고집하는 한 무지의 장막에 들어가는 것은 불가능하다. 무지의 장막은 충만한 자아를 유보하고 타자의 위치가 가정되는 점에서 윤리적 순간을 그리는 문학과도 비슷하다. 그 때문에 새로운 문학과 미학적인 민주적 체제는 롤스가 꿈꾸던 무지의 장막의 진입을 가능하게 해줄 수 있다.

문학적 상상력과 롤스의 무지의 장막의 차이는 문학의 실재계적 무의식이 더 급진적이라는 점이다.[23] 문학은 합의된 계약을 목표로 삼지 않기

그는 능력주의처럼 개인의 능력을 발휘하게 하면서도 그와 달리 경쟁에서 뒤처진 사람들에게도 혜택이 돌아가게 하는 차등원칙을 주장했다.

22　롤스의 가상공간은 타자에 대한 공감이 가능한 사람만이 들어갈 수 있는 장소이다. 게임 사회는 가상적 공간이 많아진 사회이기도 하지만 오늘날의 가상공간은 게임의 상상력이 점령하고 있다. 오늘날 테크놀로지의 발전에 의한 신매체의 가상공간은 롤스의 무지의 장막과는 전혀 다른 방식으로 작동되고 있다.

23　문학은 타자와의 교감(레비나스)이라는 윤리를 텍스트의 안팎에서 존재의 물결로 일렁이게 한다. 그에 비해 롤스의 정의론은 무지의 장막에서의 약자와의 만남이라는 윤리를 자본주의를 개혁하는 계약에 한정시킨다. 롤스는 잠정적으로 문학적 상상력 같은 무지의 장막을 요구하는 동시에 그 가언합의 결과를 현실(상징계)의 합리적 계약에 연

때문에 타자와의 만남에서 시작된 존재의 물결이 끝없이 계속되게 만든다. 롤스가 제도의 개혁을 말했다면 문학은 그것을 가능하게 하는 보다 급진적인 존재의 물결을 암시한다.

그런 차이가 있지만 양자를 횡단하는 실재계적 상상력은 여전히 매우 중요하다. 롤스와 문학이 함께 꿈꾸는 획기적 착안의 핵심은 가상공간과 타자와의 만남에 있다. 양자가 비슷하게 알려주는 것은 제도 바깥^{실재계}에 접속한 가상공간이 현실 자체를 변화시키는 요인이 된다는 점이다. 새로운 문학은 롤스가 꿈꾸던 평등성과 공정성은 물론 그 이상의 새로운 민주주의의 운동을 출발시킬 수 있다. 롤스는 혁명보다 온건한 방식으로 체제 내에서 변혁에 버금가는 평등성을 이루려 했다. 그에 비해 미학적 민주주의는 혁명적 원동력을 통해 롤스의 불가능한 꿈을 현실화하는 동시에 그 이상의 변화를 추동할 수 있다.[24]

더욱이 비판 사상이 운동하지 못하는 오늘날에는 문학과 미학의 가상의 상상력이 어느 때보다도 절박하다. 물론 사회의 고착성으로 인한 어려움도 만만치 않다. 윤리적 대화를 위해 무지의 장막에 쉽게 들어설 수 있는 사람은 부유층보다는 하층민일 것이다. 그런데 게임 사회에서는 하층민조차 돈통의 유혹과 게임의 규칙에 예속되어 무지의 베일을 쓰지 못한다. 그와 함께 중간층들은 무지의 베일 속에서 '원초적 평등'을 기억하며 타자와 손잡는 대신 1%의 캐슬만을 바라보게 되었다.

이런 사회에서는 문학과 미학도 과거와 같은 역동성을 상실하게 된다.

결시킨다. 미묘하게도 롤스는 합리적 계약을 포기하지 않으면서도 윤리와 문학의 상상력을 관철시키려 하고 있다. 그는 법과 윤리의 만남, 자유주의와 평등주의의 결합을 주장하고 있는 것이다. 그에 비해 문학의 실재계적 무의식은 한층 더 급진적이다.

24 새로운 민주주의는 변혁적 열망의 실현으로 추동되면서 그 에너지가 제도(대의 민주주의) 내의 개혁과 그것을 넘어서는 끝없는 소망의 연속으로 이어지게 하는 것이다.

다만 분명한 것은 정동권력에 예속된 시대에는 우울한 절망을 떨쳐내기 위해 다시 한번 미학적 정치체제를 작동시켜야 한다는 점이다. 오늘날의 문학은 단번에 무지의 장막에 들어서는 대신 그에 접근하는 틈새를 회생시키는 역할을 할 수 있다. 예컨대 송경동의 시는 상실한 틈새의 회생을 위해 깊은 잔여물을 응시하는 위치들을 보여준다. 과거의 박노해의 시는 우리 모두가 노동자의 손을 잡고 무지의 장막에 함께 들어서게 만들었다. 반면에 송경동의 시는 게임 사회^{재난 사회}와 무지의 장막의 틈새에서 잠재적 물결을 보기 위해 다시 한번 버스 꼭대기에 오르게 하고 있다. 전자가 우리의 신체에 피가 솟구치게 했다면 후자는 그런 피가 흐를 모세혈관을 재생성하게 하고 있다.

문학과 대중문화가 감성적 모세혈관을 형성한다는 주장은 그람시에 의해 처음 제기되었다.[25] 권력이 형성한 모세혈관을 재생성하는 일은 존재의 물결을 일으켜 퇴색된 솔잎을 다시 푸르게 만드는 일에 비유할 수 있다. 다만 그람시의 한계는 대항 헤게모니의 형성 과정을 여전히 노동자 계급의 관점에 연결시킨 점이다.

오늘날 하층민을 회생시키는 일은 그람시의 헤게모니론만으로는 해결될 수 없다. 사회의 복잡화로 인해 노동계급 헤게모니가 모든 사람을 결집시켜 문제를 해결해 주진 않기 때문이다. 그에 반해 롤스의 무지의 장막은 원초적 평등상태를 말하며 사회구성원 전체가 참여할 것을 말한 점에서 의미가 있다. 하지만 롤스는 무지의 장막에 들어설 수 있는 구체적 방법을 말하지 않았으며, 더욱이 게임 사회를 변화시키려면 롤스의 사회

---

25 강옥초, 「왜 한국에서 아직도 그람시인가」, 『역사비평』 45호, 1998.11, 289쪽. 그람시는 권력이 모세혈관으로 작용함을 말하며 그에 대항하는 문학과 대중문화의 필요성을 강조했다. 대항 헤게모니의 작동 역시 또 다른 미시적 모세혈관을 생성하는 일일 것이다.

적 계약을 넘어서서 강력한 존재의 물결이 일어나야 한다.[26]

그람시는 존재의 물결을 일으키는 방법으로 문화 헤게모니를 말하지만 노동자 계급의 관점에 국한시키는 것이 한계이다. 반면에 롤스는 사람들이 무지의 장막에 들어서려면 정동적 담론과 문화, 대중매체의 역할이 중요함을 말하지 않는다. 그 둘을 넘어서서, 21세기에는 고착된 체제에 예속된 대다수의 사람들이 정동적 전회를 이루도록 다양한 문화적 방법들이 모색되어야 한다.

오늘날은 감성적 모세혈관을 회생시켜 정동적 전회를 이루기 위해 헤게모니론에서처럼 문학과 대중매체를 활성화하는 일이 중요하다. 그와 동시에 헤게모니론과는 달리 특정 계급이 앞장서는 것이 아니라 90%가 움직이게 만들어야 한다. 정동적 전회는 타자를 회생시키면서 90%들이 희생자들과 교감하며 일어서게 만드는 존재론적 물결이다. 정동정치의 존재론적 물결은 헤게모니론을 넘어서서 사회 전체에 변화의 물결을 일으킬 수 있다. 즉 그람시와 롤스를 넘어서서 대다수의 사회 구성원들이 자발적으로 무지의 장막에 들어서게 추동하는 것이다. 그 순간 원초적 평등상태[27]를 전제로 다양한 사상들이 빈사상태에서 벗어나 살아 움직이기 시작할 것이다.

'우리가 모르는 세계'에서는 사상적 투쟁에 앞서 90%들이 무지의 장막에 들어서게 감성 체제를 변혁하는 것이 중요하다. 무지의 장막에 들어서는 것은 집 없는 집 **정동적 공동체** 다가서는 것과도 유사하다. 정동적

26　더욱이 오늘날에는 롤스의 사회적 계약에서와는 달리 부르주아가 자발적으로 무지의 베일을 쓰는 일은 거의 기대하기 어렵다.

27　원초적 평등상태란 다양한 차별들을 낳는 권력관계를 괄호 안에 넣은 상태에서 인간 대 인간으로 만나는 관계를 말한다.

공동체는 감성의 분할을 역류시키는 틈새를 만드는 90%들의 실재계적 모세혈관[28]이다. 정동적 공동체가 회생하면 제도적 개혁과 체제의 변혁을 통해 고착된 사회적 분할이 유동적으로 변화될 수 있다. 실제로 우리 시대에는 미학적 가상공간이 사람들의 정동을 전회사켜[29] 사회적 변화를 이끌어낸 예들을 볼 수 있다.

예컨대 〈다음 소희〉는 '다음 소희법'이라는 직업교육훈련촉진법 개정안을 이끌어냈다. 영화의 가상공간이 롤스가 말한 무지의 장막에 들어서게 해 법 제도를 개혁하게 만든 것이다. 〈다음 소희〉는 영화관에서 사람들이 눈물을 흘리게 하면서 정동적 공동체를 재작동시켜 제도적 변화를 끌어낸 것이다.

이 영화에서 유진 형사는 내포작가(영화감독), 소희의 부모, 르포 기자의 가슴의 물결을 합류시킨 가상 인물이다. 랑시에르의 주장대로 가상 인물이 미학적 민주정치의 힘으로 신자유주의의 냉혹한 감성의 분할을 뒤흔든 것이다. 그러나 그런 일시적인 정동적 공동체의 작동만으로는 충분하지 않다. 아직 많은 사람들은 소희에게 다가서지 않고 있으며 그로 인한 침묵은 영화의 제목처럼 '다음 소희'의 출현을 경고하고 있다. '다음 소희'의 비극을 막으려면 대상 a의 망각에서 벗어나 자발적으로 무지의 장막에 들어설 수 있도록 실재계적 모세혈관 정동적 공동체를 회생시켜야 한다.

---

28 미시권력이 마치 암세포처럼 상상계 쪽으로 피가 흐르게 모세혈만을 만든다면, 정동적 공동체는 그런 흐름을 역류시키기 위해 실재계 쪽에 모세혈관을 만든다.

29 사람들의 정동이 실재계 쪽으로 전회되는 순간은 잠정적으로 정동적 공동체가 작동되는 시간이다.

3. 자기지시적 변혁운동 법과 윤리 사이에서의 해체

변혁운동을 감성의 분할의 역류로 보는 것[30]은 실천적 주체를 이데올로기의 하수인으로 보는 관점을 넘어선다. 예컨대 「내딛는 첫발은」에서 노동자들의 행동은 이데올로기적 호명보다는 감성의 분할이 역류하는 순간 결정적으로 확산된다. 노동자의 비명 대신 기계소리를 듣도록 강요받은 현장 사람들은 무방비 상태로 구타당하는 타자를 보면서 정동적 전회[31]의 순간을 감지한다. 이 소설은 그런 정동적 전회의 순간이 연극의 가상의 틈새에서 감성의 분할을 뒤흔드는 경험을 한 후 시작되었음을 보여준다.

정동적 전회는 과거에도 필요했지만 오늘날에는 (정동권력에 의한) 감성의 분할의 고착화로 더욱 중요해졌다. 권력의 감성의 분할이란 잠재적인 공백과 균열이 있는 상징계를 안정화시키는 미시적인 상상적 장치이다. 반면에 미학적 가상공간은 권력의 체제^{상상계·상징계}와 그 바깥의 실재계 사이의 틈새에 위치한다. 그런 틈새의 위치는 정동적 전회를 통해 정치적 주체를 생성시키면서 변혁운동이 태동되게 만든다.

상징계와 실재계 사이의 **틈새**는 미학과 변혁운동에서 매우 중요한 위치이다. 미학이 제도 내에서 활동이 가능한 은유의 틈새라면, 변혁운동은 틈새 공간을 확장시켜 제도 자체를 해체하는 과정을 만든다. 변혁운동은 실재계적 진리의 실천이지만 상징계와 실재계의 틈새에서 발생하기 때문에 늘상 양쪽 사이에서 동요를 일으킨다. 즉 변혁운동의 과정과 결과는

---

30 우리는 감성의 분할을 중시하면서도 랑시에르의 '불화'의 관점을 넘어서서 정동적 역류가 변혁적 존재의 물결을 생성함을 강조하고 있다.

31 여기서 정동적 전회는 정동적 요인의 역할과 실행력을 유념하는 동시에 사람들의 정동과 무의식이 상상계에서 실재계로 전회하는 운동을 뜻한다.

상징계와 실재계, 보다 구체적으로 법과 윤리[32] 사이의 틈새에서 나타난다. 그런 진행에서 그 둘 사이에서 발생하는 중요한 사건이 바로 감성의 분할의 역류_{상상계의 해체}이다.

예컨대 6월 항쟁의 거리의 투쟁은 실재계적 진실의 요구와 독재권력의 치안 사이에서의 싸움이었다고 할 수 있다. 물론 6월 항쟁에 이르기까지에는 치열한 사상적 투쟁과 조직적 운동의 오랜 준비의 시간이 있었다. 그러나 수행적 과정에서는 거리에서 수많은 사람들이 존재의 물결로 흘러넘치는 진행이 중요했다. 그런 물결을 촉발한 실재계적 진실의 요구는 타자에 호소에 응답한 사람들의 감성적 역류에 의해 시작되었다. 〈1987〉에서 이한열은 박종철의 죽음을 생각하며 가슴이 아파서 가만히 있을 수 없다고 말한다. 그 같은 감성의 분할의 역류는 불안한 연희마저 합류하는 순간 정점에 이르며 순식간에 독재체제의 상징계를 해체하는 연대로 확산되었다. 이것이 상상계·상징계와 실재계 사이의 틈새를 증폭시켜 체제를 변혁하는 사회운동의 수행적 과정이다.

그런 수행적 과정과 함께 6월 항쟁의 승리는 '민주주의의 쟁취'와 '헌법 개정'이라는 결과로 이어졌다. 이처럼 틈새에서 시작된 변혁운동은 상징계와 실재계, 법과 윤리_{정의} 사이에 중요한 결과를 남긴다. 우리시대의 변혁운동 촛불시위에서도 2016년의 탄핵집회에서 ' 정의의 실천'의 윤리와 '대통령 탄핵'이라는 법적 결과를 남겼다.

상징계와 실재계 사이에는 법과 윤리의 관계에서처럼 심연이 놓여 있다.[33] 양자 간에는 유한과 무한의 차이가 있기 때문에, 법의 확장은 늘 윤

---

32 법이 특권화된 기표(자본, 합리성)에 지배되는 상징계를 질서화한다면, 윤리는 상징계를 넘어선 진리를 추동하는 실재계적 위치라고 할 수 있다.
33 데리다, 진태원 역, 『법의 힘』, 문학과지성사, 2004, 41쪽. 데리다는 법과 정의 사이의

리에 못 미치고 윤리는 법으로 못 박을 수 없다. 변혁운동은 늘상 그런 유한과 무한의 사이에서 운동_{물결}과 결과를 생성한다. 데리다는 그처럼 법과 윤리, 유한과 무한 사이에서 운동하는 끝없는 과정이 바로 '해체'라고 주장한다.[34] 데리다의 논의는 변혁운동의 수행적 과정을 미시적으로 시사한 점에서 매우 중요하다. 그는 법과 윤리_{정의} 사이의 '해체'라는 말로 실상은 변혁운동의 수행적 과정을 암시한 셈이다.

그런데 데리다가 말한 틈새에서의 해체는 현실에서뿐 아니라 문학에서도 발견된다. 실재계와 만나는 타자의 문학은 윤리적 무의식과 법 체제 사이에서 권력의 분할을 해체하는 물결을 일으킨다. 그 점에서 앞서 살핀 고착된 감성의 분할의 해체는, 데리다가 암시한 '상상적 감성 질서가 지키는 법'과 '타자의 호소로서 실재계적 윤리' 사이의 해체와 중첩된다. 그런 겹쳐진 해체의 수행적 과정은 고착된 감성적 질서로 경직된 상징계를 비호하는 신자유주의에서 더욱 중요해진다. 오늘날 우리는 감성의 분할의 해체와 고착된 법 체제의 해체라는 두 개의 중첩된 임무 앞에 놓여 있다.

그처럼 두 개의 해체를 변혁운동에 연관시키는 논의는 낯선 것일 수 있다. 변혁운동은 흔히 역사적 주체가 경직된 체제를 무너뜨리는 사상적 운동으로 기획된다. 그러나 **수행적** 과정에서는 상상계·상징계와 실재계의 틈새에서 주체를 생성하며 체제_{상징계}를 전복시키는 진행으로 나타난다. 그런 수행성에서 '체제의 전복'은 데리다의 '해체'라는 말로 보다 미시적인 정교함을 얻을 수 있다. '수행적 해체'라는 말은 틈새에서 주체를 생성_{그리고 연대}하는 과정이 경직된 상상계·상징계의 표상체계를 와해시키는 방식으로 일어남을 나타낸다. 여기서는 고착된 정동 구조_{상상계}의 해체와

심연을 말하지만 그가 말하는 정의는 우리의 맥락에서 윤리의 위치라고 할 수 있다.

34 위의 책, 48쪽.

경직된 법 체제^{상징계}의 해체라는 두 개의 해체가 동시적으로 작동된다.

상상계·상징계와 실재계의 틈새에서의 해체는 구체적으로 어떻게 전개되는가. 상징계의 표상체계는 지배적 기표^{자본, 합리성, 아버지}에 예속된 상태에서만 주체와 의미를 생성할 수 있다. 그런 예속성은 상상계적 감성 질서와 치안이 고착화될수록 더욱 심화된다. 반면에 틈새에서의 주체의 생성과 연대는 아무런 지배기표가 없는 상태에서 자기지시적이고 자기구성적인 방식으로 가능해진다. 자기지시적이고 자기구성적인 주체의 생성과 연대는 지배기표에 예속된 상징계의 표상체계의 해체 과정과 표리를 이루고 있다. 그런 자기지시적 주체의 생성을 통한 존재의 물결을 보여주는 대표적인 해체의 장소가 바로 변혁운동과 문학이다.

자기지시성이란 상징계의 문법에 따른 동일성^{지시대상} 대신 끝없이 자신에게 돌아오는 연쇄 속에서 존재가 생성되는 과정이다. 이는 하이데거의 존재의 진리의 과정과 비슷하면서 한발 더 나아가 기존의 체제^{상징계}를 해체하는 주체라는 의미를 지닌다. 예컨대 노동자는 자본주의 체제의 공장에 갇힌 지시대상이 되는 대신, 그런 동일성을 끝없이 연기하며 (자기지시성 속에서) 다른 존재자들과 무한한 연쇄 관계를 맺는 존재로 생성된다. 이같은 자기지시적 과정에서 노동자는 자본주의적 공장의 문법을 해체하는 주체로 탄생한다.

또한 자기구성적 연대[35]란 상징계적 근거 대신 실재계적 대상 a의 작동에 의해 타자와 손잡는 것을 말한다. 대상 a란 타자와 화합했던 기억의 잔

---

35 주디스 버틀러, 「우리 인민—집회의 자유에 대한 생각들」, 알랭 바디우 외, 서용순·임옥희·주형일 역, 『인민이란 무엇인가』, 현실문화, 2014, 88쪽, 손유경의 「현장과 육체」, 『삼투하는 문장들』(소명출판, 2021)에서도 자기구성적이고 자기지시적인 힘이 강조되고 있다. 손유경, 『삼투하는 문장들』, 소명출판, 2021, 235~236쪽.

여물이며, 대상 a가 작동될 때 우리는 타자의 위치에서 자발적인 연대의 물결을 경험한다. 예컨대 〈1987〉에서 연희는 이한열의 설득을 외면했지만, 하얀 운동화^{대상 a의 은유}의 기억으로 깊은 샘물을 퍼 올리면서, 타자성의 물결을 일으키는 시위대에 합류할 수 있었다.

자기지시적 주체와 자기구성적 연대는 상징계적 문법과 상상계적 감성 체제를 해체하는 전회의 과정을 암시한다. 데리다는 자신의 특허품인 '차연'과 '해체'를 법과 윤리 사이에 놓음으로써 획기적인 정치적 의미를 쟁취한다. 우리는 데리다의 '해체'란 인식론적·존재론적 전회를 감행하는 자기지시적이고 자기구성적인 변혁의 생성이라고 말할 수 있다. 거기에는 고착된 정치적 법체제의 해체^{데리다}와 그런 체제를 유지시키는 정동구조의 해체^{랑시에르}라는 중첩된 전회의 과정이 포함되어 있다.

데리다는 해체라는 존재론적 전회의 과정에서 타자의 위치가 중요한 역할을 한다고 논의한다.[36] 타자는 체제에 동화될 수 없는 존재로서 유한한 체제의 포섭에서 벗어나 무한한 실재계와 교섭하게 해준다. 하이데거에게는 그런 무한으로의 유혹이 없기 때문에 존재론적 진리의 전회의 힘 역시 반감된다. 반면에 레비나스와 데리다의 타자는 무한의 유혹을 통해 존재자들을 전회의 물결에 휩쓸리게 만든다. 오늘날 타자는 비참한 위치로 전락했지만 한 때 타자의 존재는 우리를 살아 있는 인간으로 이끄는 정동적 초대장이었다. 타자는 교환과 유통, 계산, 조절적 제어가 없는 선물을 준비해 놓고 있다.[37] 타자의 초대에 응하는 윤리적 순간에는 존재론적 전회의 물결이 일어나며 경직된 법적 체제의 해체가 시작된다.

타자의 위치에서의 자기지시적 주체와 자기구성적 연대의 생성은 한

---

36 데리다, 진태원 역, 앞의 책, 54쪽.
37 위의 책, 54쪽.

마디로 존재의 물결이라고 부를 수 있다. 존재의 물결이란 고착된 상상계·상징계의 해체인 동시에 실재계적 (대상 a의) 작동에 근거한 유동적 물결이다. 데리다의 '법과 윤리 사이에서의 해체'는 하이데거의 존재의 진리를 존재의 물결로 고양시킨다. 우리시대는 '해체'이면서 '자기구성'인 그런 존재의 물결이 정치적으로 매우 중요해진 시대이다.

실재계적 존재의 물결의 강조는 우리시대에 두 가지 **정치적 의미**를 지닌다. 먼저 타자의 위치에서 시작된 존재의 물결은 실재계적 대상 a의 작동을 근거로 진폭이 넓은 여러 영역들을 접합시킨다. 예컨대 계급 영역의 타자가 노동자라면 젠더 영역의 타자는 여성이다. 또한 인종주의의 타자가 유색인종인 반면 환경문제의 타자는 자연이다. 타자와 교감하는 존재의 물결은 대상 a를 작동시키면서 계급, 젠더, 인종, 환경의 영역을 가로지른다. 이런 실재계적 물결의 운동은 대상 a의 위상학으로서 라클라우의 민중 헤게모니론과 유사하다. 그러나 라클라우와 다른 점은 대상 a를 민중의 환유로 특권화하지 않고 90%들^{존재자들}이 깊은 샘물을 퍼 올려 다양한 타자에게 다가서게 하는 동인으로 보는 점이다.

존재의 물결의 또 다른 중요성은 자아의 빈곤화의 시대에 쓰러진 사람들을 일으켜 세우는 운동이라는 점이다. 앞서 살폈듯이 오늘날은 타자가 추방된 시대이며 그 원인은 대상 a의 망각에 있다. 대상 a가 작동되지 못하면 심연의 샘물^{대상 a}을 퍼 올릴 수 없어 타자에게 다가서지 못한다. 이런 현실에서는 왜곡된 정동 질서로 인해 변질된 도덕도 경직된 법도 소수자와 타자들을 보호해 주지 못한다. 형식적 민주주의가 도래했지만 민중이 해체되며 정동적 재난 속에서 아무 보호장치도 없는 은유적 난민이 생긴 것은 그 때문이다. 이런 상황에서는 민중의 이름을 앞세우는 대신 대상 a를 재작동시켜 타자를 회생시키는 일이 매우 긴급하다. 타자의 회생은 고착된 정동 구조와 법 체제에 대응하는 두 개의 해체의 임무와 짝을 이루고 있다.

이제까지 우리가 살핀 미학적 가상공간, 대중문화, 담론적 매체, 정동적 전회^{감성의 분할의 역류} 등은 모두 타자 회생의 방법들이다. 이 신무기들은 대상 a의 재작동으로 결빙된 정동 체제와 고착된 제도를 해체하며 존재의 물결을 일으키는 최신병기들이다. 그처럼 존재의 물결이 생성되어야만 책갈피에서 잠자고 있는 사상들이 다시 한번 거리로 쏟아져 나올 수 있다.

예컨대 대통령 탄핵을 가져온 촛불집회²⁰¹⁶의 과정을 생각해보자. 탄핵 촛불집회는 국정농단 사건에 의해 민주 공화국의 근원이 흔들렸기 때문에 전 국민의 열망을 집결시킬 수 있었다. 그러나 사람들을 연대하게 만든 것은 단순히 민주주의 사상이 아니었다. 이 새로운 변혁운동에서는 그 과정에서 특정 사상^{그리고 주체}이 아니라 다양한 문제영역들이 총체적으로 결합해 저항을 불러일으켰다. 표면에 내세워진 것은 국정농단 사건이지만 세월호 사건, 계급적 양극화, 백남기 농민의 죽음이 모두 변혁의 열망을 자극했다. 그 과정은 타자의 위치로부터 존재의 물결이 일어나면서 윤리와 법^{경직된 법}의 간극에서 체제를 해체하는 운동이 일어난 것으로 볼 수 있다. JTBC의 폭로가 있었지만 정의와 윤리를 추방하는 정동권력 역시 계속 작동되고 있었다. 그런 상황에서 시와 은유와 정동정치가 틈새를 만들며 그 '사이-공간'이 광장으로 확장되면서 모든 것이 중첩된 '민주 공화국'의 외침이 메아리친 것이다. '민주 공화국'은 타자가 회생하도록 감성의 분할을 역류시키는 미학적 민주정치의 외침이기도 했다. 그것은 또한 왜곡되고 경직된 체제를 타자의 위치에서 윤리적으로 해체하는 민주주의의 고함이기도 했다.

그뿐 아니라 탄핵이 끝난 후에도 항공사 집회나 미투 운동 등으로 촛불

시즌 2가 발화되었다.[38] 촛불과 촛불 시즌 2는 어떤 단일한 심급으로 환원할 수 없는 계급·젠더·인종의 영역이 연쇄적으로 접촉하며 폭발한 것이었다. 여기서는 존재의 물결이 여러 영역들을 횡단하는 역동적 과정을 통해 노동운동과 페미니즘, 탈식민주의를 촉발시키는 진행이 감지되고 있다.

사상이 미래를 알려주던 거대한 변혁의 시대는 행복한 시대였다. 그때에는 사상이 운동을 증폭시킨다고 생각했기 때문에 핵심 사상이 무엇이냐에 대한 논쟁이 있었다. 하지만 지금은 존재의 물결이 생성되어야 다양한 사상들이 접합[39]되며 증폭도 가능해진다. 오늘날의 정치적 회생의 관건은 어떻게 타자를 회생시켜 두 개의 해체의 물결을 일으키느냐에 달려 있다.

신자유주의는 감성의 분할을 고착화하고 자본을 비호하는 법을 유지하며 타자 망각의 비윤리의 시대를 만들고 있다. 이런 시대에는 변혁적 사상이 운동하기 어렵기 때문에 타자의 위치에서 윤리와 법 사이의 벼랑을 해체하는 물결을 만들어야 한다. 윤리와 법 사이의 해체는 제도권 안에서도 시도될 수 있지만 경직된 감성의 분할로 인한 타자 망각이 발목을 잡고 있다. 그 때문에 우리는 정동정치를 통해 감성의 분할을 해체하고 타자를 회생시켜 고착된 체제에 대응하는 존재의 물결을 일으켜야 한다. 오늘날은 존재의 물결의 회생을 위해 랑시에르의 감성 혁명과 데리다의 해체 혁명의 합류가 절실한 시대이다. 우리는 타자 망각의 감성의 분할을 역류시키는 미학적 민주화를 통해 실재의 윤리와 경직된 법 사이에서 해체를 시도하며 새로운 실재계적 혁명을 물결치게 만들어야 한다.

---

38 평화 프로젝트로서 남북화해는 또 하나의 촛불 시즌 2일 것이다.
39 이는 끝없는 논쟁 속에서의 접합이라고 할 수 있다. 식민지시대에 여러 사상들이 서로 논쟁을 하면서 유동적인 물결을 생성했다면, 지금은 물결이 다시 회생하며 복수적인 논쟁적 영역들(그리고 사상들)을 횡단하는 흐름을 만들 수 있다.

4. 두 번째 혁명과 말할 수 없는 공백
황정은의 「아무것도 말할 필요가 없다」

변혁운동을 미시적인 수행적 차원에서 조망한 대표적인 소설은 황정은의 「아무것도 말할 필요가 없다」[2017]이다. 이 소설은 '당당한 사상가' 대신 '비를 맞는 타자'를 변혁의 서사의 주인공으로 등장시킨다. '비를 맞는 타자'란 민중이 사라진 시대에 은유적 난민의 위치에서 정동적 재난을 겪고 있는 존재이다. 이 소설은 새로운 변혁운동이 우울하게 비를 맞는 타자에게 손을 내미는 정동적 전회에서 시작되어야 함을 주장한다.

신자유주의는 재난의 비가 내리는 시대인 동시에 비를 맞는 타자를 외면하는 시대이다. 「아무것도 말할 필요가 없다」는 새로운 혁명이란 비에 젖은 타자에게 다가가 우산을 씌워주는 일임을 암시한다. 그처럼 외면받는 타자에게 우산을 씌워줌으로써 나 자신도 가슴 속의 비를 피하게 되는 것이다. 자아와 타자가 정동적 재난의 비를 피하는 것은 '은유적 재난의 시대'를 변화시키는 새로운 혁명의 출발점이다.

우산은 우리시대의 정동적 혁명의 무기이다. 타자에게 다가가는 사람들이 사라진 시대에 우산이라는 혁명적 무기는 매우 의미심장하다. 이제까지 혁명은 변혁적 사상이 구체제를 무너뜨리고 정치적 목표를 이루는 과정으로 이해되어 왔다. 반면에 「아무것도 말할 필요가 없다」는 정동적 재난의 시대에 재난을 당한 타자를 품어 안는 정동적 과정을 출발점으로 삼는다. 우산은 비에 젖은 타자를 회생시키며 우리 자신의 정동을 고양시키는 에로스의 귀환의 상징이다. 새로운 변혁운동은 목표의 완성보다는 틈새에서 우산을 씌워주며 쓰러진 사람들을 일으켜 세우는 과정에 명운을 건다.

비를 맞는 타자의 회생을 혁명의 출발로 삼는 관점은 우리의 주제뿐 아니라 데리다의 윤리적 주제와도 연관된다. 데리다는 혁명을 윤리와 법^{체제} 사이의 해체의 물결로 보았다. 그런 물결은 정동적 주도권을 쥔 타자와 만나는 순간 시작되지만, 타자가 추방된 시대에는 비를 맞는 타자에게 다가가야 혁명이 시작된다. 이제 윤리와 법 사이의 해체 혁명은 타자에게 우산을 씌워주고 우리 자신이 비를 피하는 정동적 회생의 혁명을 요청하고 있다.[40]

그런 타자의 회생을 통한 해체 혁명은 무한을 통한 유한의 변혁이기에 목표^{유한}의 성취를 넘어 끝없이 계속된다. 모든 영역에 다 있는 타자는 유한한 목표 안에 전부 들어올 수 없으므로 무한한 변혁을 요구하는 것이다. 예컨대 탄핵 촛불집회^{두 번째 혁명}[41]에서는 한차례 파도가 지나갔지만 여전히 일상의 흐름에 녹아들 수 없는 사람들을 남겨 놓았다. 촛불집회는 박근혜 탄핵이라는 목표를 이뤘으나 아직도 비를 맞는 타자가 있어서 우산의 혁명은 미완인 것이다. 정동 혁명을 동반한 해체 혁명이란 그 끝없는 운동 과정을 중시하는 것이며, 여기서는 탄핵 촛불처럼 한 번의 혁명은 흔히 미완으로 남게 된다.

그처럼 미완에 초점을 둠으로써 혁명의 환희 대신 불안이 깃든 것이 「아무것도 말할 필요가 없다」의 특징이다. 이 소설이 그런 불안한 공백을 발견하는 것은 혁명 후에도 주인공과 동성 연인이 여전히 비를 맞고 있기 때문이다. 그들처럼 비에 젖은 불안한 타자를 주목하는 끝없는 혁명에서는 **정동적 전회와 윤리적 틈새**가 중요하다. 틈새란 법과 윤리, 상징계와 실재계의 사이에 낀 공간이며, 우산의 혁명이란 우산으로 틈새를 만

---

40   오늘날 고착된 감성의 분할의 해체가 중요해진 것은 이 때문이다.
41   탄핵 촛불집회는 20세기 후반 이후의 두 번째 혁명이다.

들어 정동권력의 비를 막는 끝없는 과정이다. 곳곳에서 비를 맞는 시대에 틈새 혁명은 과거처럼 주요 모순이 해결되면 부차적 문제는 자연히 풀린다고 말하지 않는다. 틈새 혁명은 비에 젖은 다양한 타자에게 우산을 씌워주는 일이기 때문에, 촛불의 우산이 펴졌어도 미처 비를 피하지 못한 타자가 남아 있는 것이다.

이 소설의 특이함은 그런 미완의 혁명을 미완의 소설 형식 속에 담고 있다는 점이다. '나'는 12개의 미완의 소설을 쓴 후에 13번째 소설을 쓰려하고 있다. 이런 '소설쓰기 자의식'의 외피는 미완의 혁명과 또 다른 혁명을 횡단하는 '본 내용'을 위한 형식적 고안이다. 13번째 소설의 제목이 「아무것도 말할 필요가 없다」이므로 이 소설은 메타픽션이며, 완성된 종결을 연기하는 메타서사는 끝나지 않는 혁명을 담는 장치임을 알 수 있다.[42]

메타픽션은 자기지시성을 통해 고착된 동일성을 해체하는 효과를 지니는데, 여기서는 어떤 위치에서 자기지시성이 나타나는지가 중요하다. 단순히 자기반사적인 메타픽션은 공허한 회귀적인 연쇄에 그칠 수 있다. 반면에 현실을 해체하는 타자나 혁명의 위치에서의 자기지시성은 현실의 고착된 동일성의 해체 과정이 끝없이 계속됨을 암시한다.

타자의 혁명에 대한 메타픽션은 매우 독특한 중첩적인 효과를 낳는다. 혁명 자체가 해체적인 것이지만 혁명에 대한 메타적인 자기지시성은 한 번의 혁명으로 해체가 완성되지 않음을 강조한다. 혁명을 완결된 재현에 담지 않고 끝없는 자기지시적 과정으로 보여줌으로써, 현실의 혁명이 끝난 듯 보여도 타자^{메타픽션 작가}의 위치에서 재현의 동일성에 담기지 않음을 말하며, 혁명 자체는 끝없는 해체의 과정으로 남겨졌음을 암시하는 것이

---

42 강경석, 『리얼리티 재장전』, 창비, 2022, 37쪽. 여기서도 13번째 소설이 「아무것도 말할 필요가 없다」라고 보고 있다.

다.[43] 끝나지 않는 혁명을 원하는 타자[주인공]는 끝나지 않는 소설[메타픽션]을 통해 종결된 혁명[ㄱ서사]에서 미끄러지며 다시 물결을 갈망한다.[44] 그런 이중성 속에서 메타적 소설쓰기는 혁명의 메타적 해체의 관점을 더욱 자기의식적으로 만든다. 여기서 해체적 자기의식은 혁명과 소설, 현실과 가상[45]에서 상징계와 실재계의 틈새가 무한히 열리길 바라는 열망을 확인시켜준다.

메타픽션 속에서 문학과 혁명이 중첩될 수 있는 것은 둘 다 감성의 분할을 역류시키는 틈새 공간이기 때문이다. 고착된 감성의 분할이 타자를 배제한다면 틈새 공간은 타자를 회생시키며 정동적 전회를 시도한다. 그런 배제와 회생의 관계에서 메타픽션의 틈새는 혁명의 틈새에서 해방되지 못한 타자들을 위한 기다림의 피난처를 만드는 셈이다. 즉 이 소설이 혁명에 대한 메타픽션으로 쓰여진 것은 혁명의 틈새에서 회생하지 못한 타자를 소설의 틈새에 재등장시켜 남은 잔여적 열망을 확인하기 위해서이다. 그런 방식으로 혁명의 우산을 쓰지 못한 타자들이 또 한 번의 혁명을 기다릴 수 있도록 메타픽션[46]의 불안한 우산을 씌워주고 있는 것이다.[47]

메타픽션의 장치와 함께 또 하나 핵심적인 것은 이 소설의 특이한 서사적 전개 과정이다. 이 소설은 타자에게 다가서는 정동적 혁명의 관점을 취함으로써 서사의 과정을 일반적인 선적 플롯과는 다른 방식으로 진행

---

43 앞서 살핀 김남천의 메타픽션이 절대적 동일성의 현실을 해체한다면 이 소설은 현실을 변혁하는 혁명 자체를 미시적 해체의 논리로 재조명하고 있다.

44 상징계로서의 현실에서는 혁명이 끝났지만 메타픽션 속에서는 아직 혁명이 끝나지 않은 것이다.

45 소설의 가상은 실재계에 접근한 표현이기 때문에 현실보다도 더 현실적일 수 있다.

46 메타픽션은 결말이 연기되는 끝나지 않는 소설이다.

47 메타픽션의 외피에 담긴 이 소설의 해체적인 혁명관은 여성 타자 및 동성애자, 장애인의 관점과 연관이 있다. 타자란 실재계로의 초청장이기 때문에 무한을 유한에서 실현하려는 물결은 끝없이 계속된다. 더욱이 여성 타자와 동성애자는 재난의 비에 한층 취약하기 때문에 촛불의 우산 후에도 사랑을 담은 또 하나의 우산이 간절한 것이다.

한다. 그 점은 이 소설의 새로운 혁명을 1987년의 혁명과 비교하면 대비적으로 잘 드러난다.

1987년의 혁명은 운동권과 노동자의 길고 치열한 사상적 투쟁 속에서 준비되어 왔다.[48] 영화 〈1987〉은 그런 사상 투쟁의 수행적 서사이면서도 인식론적 비판이 중요하기 때문에 선적 인과성이 전체 뼈대를 이룬다. 단지 수행적 과정의 심층인 연희의 서사만이 선적 시간을 넘어선 정동적 증폭 과정으로 제시되고 있다.

반면에 「아무것도 말할 필요가 없다」는 1987년의 혁명과는 달리 사상적 기획이 불분명한 또 다른 혁명을 그리고 있다. 촛불혁명에서는 연희의 서사처럼 정동적 증폭이 중요하기 때문에 이 소설은 선적 서사를 넘어선 정동적 시간성에 의존한다. 정동적 시간성이란 '비를 맞는 고통'과 '우산을 씌워주는 순간들'을 확인하는 과정들이다. 그것은 상처[비]와 사랑[우산]의 순수기억을 통해 정동적 전회가 일어나는 틈새[광장]로 다가가는 진행이다. 상처와 사랑의 기억은 심연에 각인된 실재계적 흔적들이며, 그런 순수기억들이 팽창해 체제[상징계]의 선적 시간을 폭파시키는 것이 혁명의 순간이다.

그 때문에 이 소설에서 화자의 혁명에 대한 서사는 일련의 기억의 과정이기도 하다. 예컨대 한총련의 연세대 점거 시위[1996]와 2008년 광화문 촛불집회, 용산참사[2009], 세월호 사건[2014], 탄핵 촛불집회[2016] 등이다. 그 외의 삽화들은 동성 동거인 서수경과의 관계나 동성애와 시력 장애[49]로 인한 고통과 공포의 기억들이다. 서사의 흐름을 이루는 이 순수기억들은 선

---

48 천정환, 『촛불 이후, K-민주주의와 문화정치』, 역사비평사, 2020, 328쪽.
49 '나'는 시신경이 40% 이상 죽었다는 시력 장애 진단을 받고 장애인의 고통에 대해 생각한다.

적인 인과율을 넘어선 정동적 시간성으로 제시된다. 구체적으로는 주요 사건들에서 얻은 '나'^{주인공 화자}의 상처들, 그리고 서수경과의 은밀한 사랑의 기억들이다. 기억의 서사는 서수경과의 대화를 통해 제시되기도 하는데 이 역시 그녀와의 사랑과 교감의 표현이다. 사건과 사랑에 대한 이 소설의 기억의 서사는 선적인 시간을 횡단하는 정동적 과정을 통해 틈새[50]의 혁명 촛불집회를 향해 나아간다.

첫 번째 사건인 한총련의 점거 시위[1966]는 '나'의 삶의 중요한 전환점으로 순수기억에 각인되어 있다. '나'는 그때 연세대 종합관에서 평생의 동거인 서수경과 다시 만나게 된다. 서수경과 함께 한 그곳의 기억은 최루액 냄새, 굶주림, 목마름, 체포의 공포 등으로, 마치 '덜 삼킨 덩어리'처럼 목구멍 어딘가에 남아 있다.[51]

하지만 한총련 사건은 사람들의 관심이 운동권으로부터 멀어진 계기가 된 마지막 집회이기도 했다. 한총련 사건과 이어진 IMF 사태는 일상의 사람들의 정동적 질서를 완전히 바꾸어 놓았다. '내'가 그것을 깨달은 것은 2008년 광화문에 명박산성이 등장하고 2009년 용산참사가 침묵에 묻혔을 때였다.[52]

2008년 명박산성과 차벽 봉쇄는 새로운 치안권력의 등장을 의미했다. 차벽은 물리적으로 고립시킨 후 시위자에게 폭력의 틀을 씌워 혐오를 유발하는 방식이었다. 그것은 한총련 집회 때 참여자들에게 폭력적이라는

---

50 틈새란 정동적 전회를 일으키는 공간이다.

51 황정은, 「아무것도 말할 필요가 없다」, 『디디의 우산』, 창비, 2019, 172쪽. 서수경은 노수석(연세대학생)이 전경에 쫓기다 을지로에서 사망했다는 소식을 듣고 집회에 왔다고 했다. 노수석은 단지 동갑내기였고 을지로는 그녀가 잘 다니는 곳일 뿐이었다. 그런데도 그때까지 서수경에게는 예전(1970~1980년대)처럼 희생된 타자에게 다가서려는 정동적 갈망이 남아 있었던 것이다.

52 명박산성과 용산의 침묵은 1996년의 뼈아픈 고립의 경험을 다시 한번 환기시켰다.

혐의를 씌워 대중의 혐오를 촉발한 데서 힌트를 얻은 것이었다.

새로운 권력은 대중의 지각체계를 혼란시켜 시위대로부터 멀어지게 하는 '존재권력'^{마수미}의 방식을 사용했다. 콘테이너와 차벽은 고착된 감성의 분할을 수호하기 위해 새로 발명된 물리적 장치였다. 차벽은 시위대를 차단하는 동시에 차벽을 넘는 시위대로부터 대중의 공감을 차단했다.

그러나 차벽 같은 존재권력의 시대는 감성의 치안에 저항하는 존재론적 투쟁의 시대이기도 하다. 차벽의 등장은 고착된 감성 체계에 대응하기 위해 가두의 투쟁 대신 광장정치가 출현한 것에 상응한다. 차벽이 고착된 감성의 치안을 지키는 **경계**의 무기라면 광장정치는 감성의 경계를 역류시키는 정동적 전회의 **틈새** 공간이다.

광장정치와 차벽의 출현은 이제 혁명이 연대의 회생을 위해 **틈새**를 확장하는 투쟁임을 암시한다. 과거의 가두의 투쟁에서는 사상적 신념을 지닌 사람들이 앞장서며 현장의 대열을 이끌었다. 반면에 사상적 신념이 약화되고 대중이 타자로부터 멀어진 시대에는 감성의 분할을 역류시키는 광장정치⁵³가 필요하게 되었다. 광장은 정동적 전회를 통해 멀어진 타자에게 다시 한번 다가가게 만드는 틈새 공간이다. 그 점에서 광장은 과거의 거리의 투쟁보다 정동적 치안을 해체하는 미학적 틈새 공간에 보다더 접근한 특성을 지닌다. 미학적 틈새 공간이 감성의 분할을 해체하는 민주적 정치체제^{랑시에르}라면, 광장은 그런 순수 민주정치를 현실 자체에서 실현하려는 확장된 틈새이다.

---

53 예컨대 광장에서는 혐오의 대상인 타자가 인격적 존재로 다시 회생한다. 그와 함께 말할 수 있는 것과 말할 수 없는 것, 발화와 잠음의 경계가 해체되며 잠음으로 배제된 담론이 의미를 회복한다. 양경언의 『안녕을 묻는 방식』, 창비, 2019, 165쪽에서도 그처럼 경계가 해체되며 새로운 사회가 수행적으로 만들어지는 자리가 논의되고 있다.

새로운 혁명의 틈새 공간은 무관심한 대중에게 정동적 전회를 일으키는 장소이다. 1996년의 고립이 용산참사와 세월호 사건에서 환기된 것은 타자의 고통에 대한 대중의 무관심 때문이었다. 용산참사와 세월호 사건 당시에는 사람들이 자신은 철거민이 아니며 저 일이 우리에겐 일어나지 않는다고 생각했다.[54] 촛불집회는 그런 일상인과 타자 사이의 분리된 장막[55]을 해체하는 정동적 변혁운동이었다. '나'는 세월호 사건 1주기 촛불집회에서 사람들의 정동의 흐름이 달라진 것을 목격한다.

> 무대는 밝게 빛나고 있었지만 너무 멀어 무대에 오른 사람들 얼굴이 보이지 않았다. 우리는 그냥 그쪽으로 얼굴을 돌린 채 서 있었다. 2015년 4월 16일에 세월호는 맹골수도에 가라앉아 있었고 아홉 명의 실종자가 남아 있었다. 위쪽이 희고 아래쪽이 파란 모형 배가 무대 아래쪽에서 위쪽으로 상승하기 시작했다. 이제 사람들은 입을 다물었다. 광장이 고요해졌다. 청해진 해운의 연락선 세월호가 진도 앞바다에 가라앉은 지 366일째 되는 날. 해가 저물어 이제 밤이었다.[56]

위에서 사람들의 숙연함은 세월호 사건 당시의 무관심한 침묵과는 다르다. 이제 어둠 속의 타자가 보이기 시작하며 사람들은 깊은 곳의 샘물을 힘들게 퍼 올리는 중이었다. 365일 이후에 열린 촛불집회는 감성의 분할을 역류시키는 정동적 전회의 틈새 공간이었다. 무대 위의 희고 파란 배의 상승은 보이지 않던 세월호를 보이게 만들고 있었다. 그 순간 사

---

54 황정은, 「아무것도 말할 필요가 없다」, 앞의 책, 294~295쪽.
55 이 분리된 장막은 고착된 감성의 분할이기도 하다.
56 황정은, 「아무것도 말할 필요가 없다」, 앞의 책, 286쪽.

람들의 내면에서 침묵의 장막이 해체되며 냉담함이 따뜻한 공감으로 역전되고 있었다. 광장은 그런 정동적 동요를 일으키는 미학적 틈새를 품고 있는 또 하나의 '사이-공간'[57]이었다. 그곳에서는 정동적 전회를 고양시키며 실재계적 틈새를 확장시키려는 수행적 물결의 운동이 일어나고 있었다.

그러나 '나'는 국화꽃을 들고 광화문 쪽으로 이동하려다 차벽에 부딪힌다. 차벽은 광장을 무력화시키며 틈새 공간의 확장을 막는 치안의 장치였다. 차벽과 광장은 이제 권력과 저항의 대치가 실재계적 틈새 공간을 둘러싸고 일어나고 있음을 말하고 있었다.[58]

'나'에게 그런 4.16 집회가 특별한 것은 그날이 서수경의 생일이기 때문이기도 했다. 서수경의 생일과 세월호의 날짜가 같다는 것은 사라진 학생들과 그녀가 비슷하게 보이지 않는 타자임을 암시한다. 서수경은 이 세상에 태어나서 보이지 않는 존재가 되었고 세월호 학생들은 같은 날 팽목항에서 보이지 않는 타자가 되었다.

'나'는 그처럼 불행한 타자를 보지 못하는 것을 묵자墨字의 세계관이라고 부른다. 묵자란 시각 장애인의 점자에 대비시켜 일상인이 보는 글자를 일컫는 말이다. 묵자를 보면서 묵자라고 말하지 않는 사람들은 시각 장애인이라는 타자를 보지 못하는 사람들이다. 타자를 보지 못하기 때문에 묵자의 세계관이 만든 감성의 분할에 갇힌 채 살아가는 것이다.

'나'와 서수경은 묵자의 감성이 배제한 타자를 위해 촛불집회에 참여했다. 그것은 이후 국정농단 사건 때의 탄핵 촛불집회의 경우에도 마찬가

---

57 상징계와 실재계 사이의 공간을 말함.
58 그런데 차벽은 틈새 공간을 완전히 봉쇄하는 것이 불가능했다. '나'는 청계천 쪽으로 우회하면서 일상의 소리가 들리지 않고 사람들의 웅성거림이 들리는 낯선 느낌을 받았다.

지였다. 탄핵 촛불집회는 박근혜를 퇴장시키려는 목적을 지녔지만 이면에서는 세월호 학생 같은 타자가 일으킨 물결이 사람들의 집결의 근거가 되었다.

그런데 집회가 점점 박근혜 탄핵이라는 목표를 부각시키면서 '나'는 촛불의 물결이 해체하지 못한 공백을 보게 되었다. 촛불집회는 신자유주의의 감성의 분할을 해체하는 타자성의 존재의 물결이었다. 그런데 탄핵이라는 큰 목표를 품은 물결조차도 미처 용융시키지 못한 녹지 않은 덩어리가 있었다. 그것은 '나'와 서수경이 가장 뼈아파하는 여성과 동성애자, 장애인이라는 타자였다.

앞서 살폈듯이 혁명은 수행적 차원에서 '윤리와 법 사이의 해체'의 물결데리다로 정의될 수 있다. 윤리는 배제된 타자를 보는 순간 존재의 물결이 되며, 촛불광장에서도 그런 타자의 존재론이 파도를 일으켰다. 그런데 탄핵의 목표에 접근할수록 광장의 물결은 '나'와 서수경에게까지는 와 닿지 않고 있었다. '나'는 탄핵 선고 날 마지막 파도를 일으킬 광장에 나가는 대신 식탁에 앉아 있었다. 그리고 광장의 파도가 여전히 공백으로 남은 식탁까지 전해질 것인지 생각에 잠긴다.

어쩌면 그 밤들에 그랬던 것처럼 파도를 탔는지도 모르겠다. 축배를 전하듯 파도가 앞에서 뒤로 이 끝에서 저 끝으로 거리에서 거리로 그리고…… 파도가 가고 남은 자리에 이 식탁이 남는 광경을 나는 생각해 본다. 지금 이 집에서 낮잠에 든 우리가, 저 조그만 그물망 아래 이 식탁에 남는 광경을.[59]

---

59 황정은, 「아무것도 말할 필요가 없다」, 앞의 책, 315쪽.

'내'가 '식탁'에 앉은 것은 윤리와 법 사이의 해체의 물결이 탄핵의 법 선고에서 멈췄기 때문이다. 탄핵은 목표를 성취한 동시에 물결의 운동을 불분명하게 만들었다. 탄핵의 선고는 식탁에서도 들리지만 물결이 식탁에까지 도달했는지는 알 수 없었다. 더욱이 여성과 동성애자가 앉아 있는 식탁에까지 이르려면 또 한 번의 더 큰 파도가 필요할지 모른다.

'나'는 13번째 '완결된 소설'을 구상하는 동안 '완성된 혁명'을 기다렸지만, 「아무 것도 말할 필요가 없다」라는 메타픽션을 쓰며 완결이 연기되는 순간 혁명의 미완에 대한 뼈아픈 자기인식에 이른다. 13번째 소설은 우리시대의 두 번째 혁명 탄핵 촛불집회를 다루고 있다. 첫 번째 혁명¹⁹⁸⁷^{년의 혁명}이 사상적 운동이 일으킨 물결이었다면 두 번째 혁명은 쓰러진 사람들이 다시 일어서는 정동적 혁명이다. 그러나 촛불이 탄핵의 기록을 남기는 순간 정동적 혁명에 잠재된 해체의 물결의 동요는 멈추고 만다.

그 때문에 혁명이 남긴 법적 결과보다 더 중요한 것은 메타혁명과 메타픽션에 남겨진 물결의 동요일 것이다. 이 소설은 시작과 끝에서 오늘 일어난 혁명이 '어떻게 기억될까'라는 말을 반복한다.[60] '나'는 이 소설의 결말을 탄핵 선언의 기록[61]으로 끝내지만 그것이 13번째 소설의 결말은 아니다. '나'는 기억에 대해 묻고 있으며 기록과 달리 기억은 창조적 변주 속에서 도약의 물결을 예비하기 때문이다.[62] 자기지시적인 메타픽션은 자기 자신을 해체하는 방식으로 한정된 기록[63]을 끝없는 해체의 물결로

---

60 위의 책, 162·310쪽.
61 이 소설의 결말은 탄핵선고의 기록인 동시에 그것을 이룬 물결이 아직 동성애자와 장애인에게는 이르지 않았음을 알리는 것이다. 후자의 알림은 전자의 기록에 대한 해체적 태도를 암시한다.
62 베르그송의 순수기억은 심연에서 지속되면서 새로운 상황과의 관계에서 창조적으로 변주되며 솟아오른다.
63 이 기록은 상징계에서의 기록이다.

만든다. 그렇게 하면서 물결의 운동이 식탁에까지 도달하고 미처 녹지 않은 덩어리들마저 용융시키도록 또 한 번의 파도를 요구하고 있는 것이다.

5. 여성적 변혁운동과 두 개의 틈새 공간
윤이형의 「작은 마음 동호회」

「작은 마음 동호회」는 「아무것도 말할 필요가 없다」처럼 여성 타자의 입장에서 촛불집회를 새롭게 조명하는 소설이다. 두 소설은 비슷하게 변혁의 서사에서 과거의 노동자나 사상가만큼이나 여성의 위치가 중요해 졌음을 알리고 있다. 촛불집회가 여성운동은 아니지만[64] 여성의 관점은 변혁의 서사를 미시적으로 재조망하게 해준다.

두 소설은 여성 타자의 위치에서 정동적 전회를 요구함으로써 촛불이 탄핵을 넘어서는 더 큰 파도가 돼야 함을 암시한다. 「작은 마음 동호회」에는 「아무것도…」와 달리 평범한 여성이 등장하지만 촛불을 제도의 혁명보다 타자의 물결로 조망하는 점은 다르지 않다. 「작은 마음 동호회」가 마음이 작은 '아줌마'를 주인공으로 하면서도 촛불을 새롭게 말할 수 있는 것은 일상 속의 여성 타자의 위치 때문이다.

일상의 여성은 존재의 핵심을 잃은 타자이면서도 남성중심성의 오랜 관습 속에서 평범함 속에 묻혀왔다. 그러나 긴 세월 인격이 강등된 존재로 살아온 여성은 일상에서도 보이지 않는 타자의 고통에 민감하다. 그들

---

64 촛불집회는 그 자체로는 여성운동이 아니지만 여성적인 정동적 시간성의 잠재력을 지닌 운동이라고 할 수 있다. 촛불집회에 포함된 여성적인 잠재력은 야광봉을 사용한 **2024년 탄핵 집회**에서 현실로 표현되었다.

은 일상이 골라준 단어들로 허공에서 저글링을 하다 관객이 없을 때 무대에서 갑자기 뛰어내리는 피에로와도 같다.[65]

그런 은밀한 위험성은 신자유주의적 상황에서 더욱 심화된다. 신자유주의 사회는 고통받는 타자를 보이지 않는 투명인간으로 만드는 체제이다. 그런데 여성 타자는 인격성이 보이지 않는 동시에 존재감이 강등된 아줌마로 보이게 된다. 아줌마가 노동자나 소수자와 다른 점은 비정규직 못지않게 힘든 노동을 하면서도 아무 문제가 없는 듯이 일상을 살아간다는 점이다.

아줌마는 내심 촛불집회에 나가려는 강렬한 충동이 있지만 관례에 따라 사람들이 집회에 갈 때 집에서 아이를 봐야 한다. 잘 보이지 않는 노동자는 촛불집회에서 모습이 보이지만 아줌마는 집회에서도 잘 보이지 않는다. 아줌마는 비정규직처럼 노동에 대한 부당한 취급[66]을 당하면서도 아줌마라는 이름 때문에 고통과 소외가 더 보이지 않는 투명인간인 셈이다. 그처럼 두 겹의 투명인간인 여성[67]이 촛불집회에서 모습을 드러내는 과정은 그 자체로 촛불의 물결을 한 차원 더 증폭시키는 사건이 된다.

이 소설은 여성의 이중의 소외가 일으키는 그런 반전에 초점을 맞추고 있다. 이중의 투명인간이란 중첩된 소외인 동시에 신자유주의가 여성의 타자성을 간과하고 있다는 뜻이기도 하다. '타자의 추방' 시대에도 아줌마는 추방할 필요가 없는 존재로 보기 때문에 '불현듯 뛰어내리고 싶은' 여성의 충동은 간과된다. 여성은 모든 타자성을 잠재운 신자유주의가 가

---

65 윤이형, 「작은 마음 동호회」, 『작은 마음 동호회』, 문학동네, 2019, 11쪽.
66 실제로는 중요한 노동을 하지만 소모품적인 취급을 당한다.
67 여성문제가 남성에게 잘 인지되지 않는 것은 이처럼 두 겹의 투명인간이기 때문이다. 그런 여성이 촛불집회에 참여하게 되는 과정은 촛불이 품고 있는 타자성의 의미를 배가시키게 된다.

장 잘 모르는 은밀한 위험성이다. 아무도 보지 않는 위험한 타자성으로 인해 여성은 타자 망각의 시대인 신자유주의에서도 아직 잠재적인 문제적 타자로 남게 된다.

그 같은 잠재적 타자가 조용히 물결을 증폭시키는 과정은 여성 내면의 작은 동요에서 시작된다. 중첩된 투명인간인 여성 타자가 문제적인 것은 모두의 무관심 속에서 자기만이 볼 수 있는 진정성에 대한 감각이 민감하기 때문이다. 매번 무시당하면서도 자아의 진정성에 민감한 여성은 수시로 정체성의 난제의 동요를 경험한다.

이 소설은 1인칭 주인공 '나'^{경희}의 '우리는 누구일까' 라는 질문에서 출발한다. 신자유주의에서는 고착된 감성의 분할 때문에 누구나 정체성의 난제를 안고 살아간다. 그러면서도 지각체계를 교란시키는 존재권력과 정동권력에 포위되어 쉽게 문제의식을 갖지 못한다. 그런 상황에서 정체성의 난제에 대한 자의식을 버릴 수 없는 것은 오래전부터 무력감에 시달려온 여성 타자이다. 여성은 이미 긴 시간 동안 (당연시되는 남성중심주의에 의해) 자아의 포기의 고통을 겪어왔기 때문에 모두가 회유의 권력^{신자유주의}에 예속되었어도 남겨진 잔여물에 대한 감각을 지워버릴 수 없다. 여성은 오래전부터 포기해 온 동시에 포기할 수 없는 잔여물을 본성으로 간직해 온 복합적 존재이다. '나'는 자신이 이중언어로 살아가는 바이링궐[68] 같은 존재라고 생각한다.

우리는 바이링궐이다. 우리의 말들은 반쯤은 자신의 것이지만 반쯤은 우리를 괴롭히는 사람들의 것이다. 우리는 종종 싸우려다 싸울 대상을 변호하며 주

___

68 바이링궐은 원래 이중언어를 구사하는 사람을 뜻하지만 여기서는 자신의 언어로 말하지 못하고 예속된 언어로 말을 하는 아줌마를 나타낸다.

저않는다. 그리고 나서는 성나고 괴로운 마음이 되어, 자신을 때려 기어이 피를 내곤 한다. 아무리 싫어도 우리 입에선 자꾸만 '아줌마'라는 말이 흘러나온다. 우리가 우리 자신을 비하하는 그 말이.[69]

'나'는 감성의 분할의 강요에 의해 아줌마라는 단어를 껴안고 살아간다. 그러나 싫은 단어를 자신의 정체성에 부착시키는 일상은 '스스로 피를 내는 삶'에 대한 자의식을 갖게 한다. 바이링궐은 자신의 말을 하지 못하고 권력이 부여한 감성에 얽매여 살아가는 존재이다. 하지만 그런 바이링궐의 자의식의 이면에는 '진짜 자아'가 숨어 있기에 '나'는 복잡한 이중적 존재인 것이다.

신자유주의에서는 고착된 감성의 분할[70]에 저항하는 사람이 별로 없지만 여성 타자는 물밑에서 맞서고 있다. 남성중심성의 관습적 시선에서는 여성이 복잡한 바이링궐이며 물밑에서 저항한다는 사실이 잘 인식되지 않는다. 그러나 수면 밑에서 불현듯 신호가 올라올 때, 고요한 감성의 치안을 뒤흔드는 여성의 반발은 환상을 깨는 인화물질이 될 수 있다.[71] 그런 은밀한 위험 때문에 페미니즘에 대한 무의식적 거부감이 생기고 평범한 여성의 작은 저항은 혐오발화의 대상이 되곤 한다. 하지만 그런 공격성은 무책임한 무지일 뿐이며 여성은 우울함 속에서도 자신의 이중성을 전복적으로 증폭시켜 틈새를 만들려는 열망을 품게 된다.

'작은 마음 동호회'에서 소설을 쓰자는 제의가 나온 것은 그 때문이었

---

69 윤이형, 「작은 마음 동호회」, 앞의 책, 12쪽.
70 고착된 감성의 분할은 타자를 추방하는 체제이다.
71 여성은 근원적인 남성중심적 상황의 희생자이기 때문에 정동을 예속화하는 신자유주의의 회유의 권력에서도 숨겨진 자아에 대한 애정이 남아 있는 것이다.

다. 소설은 감성의 분할을 역류시켜 바이링궐의 예속성을 전복시키는 틈새 공간을 만든다. 소설이란 고착된 감성의 분할의 허들을 뛰어넘을 수 있게 만드는 디딤돌과도 같았다.[72] 그런 디딤돌은 우울한 자아를 정치적 존재로 고양시키며 촛불집회에 참여하게 해준다.

이처럼 「작은 마음 동호회」의 '내'가 「아무것도 말할 필요가 없다」처럼 소설을 쓰면서 촛불집회에 나가게 되는 과정은 흥미롭다. 우리시대의 소설은 틈새를 만들며 감성적 도약의 발판을 만드는 정동적 무기가 되었다. 물론 두 작품에서 소설을 통해 정동적 전회를 생성하는 방법은 서로 다르다. 작가가 주인공인 「아무것도 말할 필요가 없다」에서는 일상의 식탁에서 메타픽션을 쓰며 더 큰 촛불의 파도를 기다린다. 반면에 아줌마의 연대인 「작은 마음 동호회」에서는 소설을 디딤돌로 촛불집회에 참여하며 촛불 자체에서 여성적 연대를 통한 증폭된 물결의 잠재력을 감지한다.

그런 여성적 시각에서의 증폭된 '타자의 물결'의 잠재력은 책을 내는 과정에서 옛 친구 서빈과 재회하며 암시된다. 유명한 일러스트레이터가 된 서빈은 남자 없이도 당당하게 잘 사는 「아무것도…」의 주인공 같은 인물이다. 반면에 '나'는 서빈을 보면서 자기 자신이 작게 움츠러드는 평범한 여자였다. 서빈은 '내'게 소설 쓰기를 권했지만 '작은 마음'을 가진 '나'는 일상에 파묻혀 자신을 표현하지 못하는 존재가 되었다. 그러다 책을 만들며 서빈과 재회했고 소설을 통해 진정성 있는 교감을 예감하게 된다. 다만 일상에는 여전히 허들이 있었으며 '나'는 서빈에게 거리를 느끼며 자신이 작아져 있음을 깨닫고 있었다.

---

72 윤이형, 「작은 마음 동호회」, 앞의 책, 15쪽.

지하철을 타고 돌아오는 내내 눈을 치켜뜨고 있었다. 눈가로 작고 좁은 마음이 밀려 올라와 당혹스러웠다. 서빈을 다시 봐서 정말 좋았고, 서빈이 정말 미웠다.[73]

서빈은 감성의 분할에 흔들리지 않는 여성주의 시대의 새로운 사상가[74]이다. 페미니즘은 사상이 무력화된 시대에 여전히 활력이 남아 있는 특이한 사상이다. 작은 마음 동호회의 은형이 서빈의 강의에 열광한 것은 그 때문이다. 그러나 일상의 현실은 '여성 자신을 위해 행동하라'는 서빈의 말과는 거리가 있었다. 더욱이 '나'의 처지는 가부장적 감성의 분할에 노획된 '잡혀온 포로'[75]와도 같았다. 그 때문에 '나'는 서빈이 좋으면서도 작아진 '나'를 이해하지 못하는 데에 대한 숨겨진 미움을 지울 수 없었다.

이 소설은 그런 소심한 아줌마와 여성 사상가의 만남을 통해 뜻밖에 증폭된 물결이 생성되는 과정을 그리고 있다. 일상의 투명인간과 눈에 보이는 여성주의자의 만남은 그 자체로 특별한 사건이었다. 지식인이 타자에게서 멀어진 시대에 특이하게도 여성 사상가만은 '나'의 호소에 호응하며 함께 물결을 생성할 수 있었다. 서빈과의 두번의 재회는 서빈이 '나'의 고통에 응답하고 심연에서 서로 교감하며 틈새 공간을 발견하는 과정이었다. 두 번의 재회란 '나'의 '붉은 발'이라는 소설[76]을 통한 틈새적 교감과 촛불집회라는 또 다른 틈새에서의 만남이다. '나' 자신도 잘 모르는

---

73 윤이형, 「작은 마음 동호회」, 앞의 책, 21쪽.
74 일러스트레이터로 유명 인사가 된 서빈은 여성의 독립성을 주장하는 여성주의 사상가라고 볼 수 있다.
75 '잡혀온 포로'라는 말은 전경린의 「염소를 모는 여자」(1996)에 나오는 표현이다. 전경린, 「염소를 모는 여자」, 『염소를 모는 여자』, 문학동네, 2014, 27쪽.
76 '나'는 '작은 마음 동호회'에서 예전부터 쓰고 싶었던 '붉은 발' 얘기가 담긴 소설을 쓰게 된다.

'더 큰 물결의 잠재력'은 '내'가 쓴 '소설'과 서빈과 함께 한 '촛불집회'에서 시사된다.

> ― 네 소설 잘 읽었어. 재미있었고…… 아니, 좋았어. '붉은 발' 얘기가 나와서 너라는 거, 바로 알았어. 그거, 네가 예전에 쓰겠다고 했던 소설이잖아? 아주 오래전에
>
> ― 그랬나. 그때는 주인공이 소녀였지. 지금은 아이를 버리고 여행을 떠났는데 아무데도 다친 곳이 없는데도 걸어가는 자리마다 핏자국이 남는 여자로 바뀌었지만. 아직 잘 모를 거야. 없으면 잘 살 수 없는 뭐가 생겨버린다는 거.[77]

'내' 소설의 주제 '붉은 발'은 여성 타자의 상처의 자의식이다. 뜻밖의 일은 자신을 위해 행동하라고 했던 서빈이 타자의 '붉은 발'에 공감하고 있다는 점이다. '나'는 서빈이 당당한 주체적 의식을 갖고 있기 때문에 자신의 붉은 발을 이해할 수 없을 것으로 생각해 왔다. 아이를 낳고 더 상처에 민감해진 '나'는 서빈으로부터 더욱 멀어졌다고 느끼고 있었다.

그러나 서빈은 붉은 발을 통해 '나'에게 다가서고 있었다. 서빈의 여성주의는 주체성을 주장하는 것만큼이나 타자의 상처를 이해하는 사상이었다. 타자의 상처는 물결을 일으킬 수 있으며 서빈에게는 그 물결이 사상이었다. 이 소설은 서빈의 여성주의가 사상을 타자의 물결로 이해함으로써, 타자의 배제의 시대에 다시 한번 타자에게 다가설 수 있음을 암시한다. 사상이 무력화된 시대에 여성주의가 마지막 사상으로서 타자의 고통에 응답할 수 있는 것은 그 때문이다.

77　윤이형, 「작은 마음 동호회」, 앞의 책, 20~21쪽.

서빈이 타자성의 사상가였다면 '붉은 발'을 쓴 '나'는 타자의 상처에 민감한 존재였다. '나'의 붉은 발은 아이를 낳은 후 생긴 것이 아니라 소녀 때부터 내 무의식의 표현이었다. 그것이 아이를 낳은 후 더욱 간절해진 것은 상처의 자의식이 사랑의 소망이기도 함을 암시한다. 아이에 대한 사랑으로 인해 여성 타자의 상처의 자의식이 더욱 절실해진 것이다. 여성은 상처에 민감한 타자이지만 아이라는 또 다른 타자를 품어 안음으로써 더욱 타자성을 증폭시키는 존재인 것이다.

이리가레이는 이런 여성의 특성을 '타자를 품어 안는 타자'라고 말했다. 여성의 임신은 동일자가 타자를 배제하는 관계와는 전혀 다른 타자에 대한 포용성의 표현이다. 여성이 태아를 품는 것은 비자아^{타자}의 생명과 연결하는 태반을 통해 배제가 아닌 교섭의 기제를 암시한다.[78]

서빈 역시 강의에서 '이기적이 되라'고 말했지만 그것의 본뜻은 여성의 타자성을 포기하지 말라는 말이었다. 그녀의 주장은 동일성이 아니라 '타자를 품는 타자'로서 주체성을 생성하는 것을 의미했다. 주체적 사상과 붉은 발의 만남이 가능했던 것은 그 때문이었고, 그런 교감은 촛불집회에서 더욱 분명해진다.

서빈은 결혼을 한 후 임신을 했지만 그녀의 당당한 여성주의가 달라지진 않았을 것이다. 다만 서빈은 계류유산을 한 후 '나'의 붉은 발에 더욱 가까이 다가서게 된다. 반대로 '나' 역시 서빈의 소식을 들은 후 '타자를 품는 타자'의 여성성이 고양되고 있었다. 그런 과정에서 사상가와 여성 타자가 다시 만나게 하는 틈새 공간이 바로 촛불집회였다.

---

78 이리가레이, 박정오 역, 『나, 너, 우리』, 동문선, 1996, 42~43쪽; 박정오, 「새로운 상징질서를 찾아서」, 이리가레이, 박정오 역, 『근원적 열정』, 동문선, 2001, 148쪽. 이리가레이는 『나, 너, 우리』에서 로쉬와 대담하며 자신의 생각을 암시하고 있다.

'나'는 촛불집회에 참여하면서 아줌마가 정치적 존재가 되는 허들을 넘는 경험을 한다. 그런데 '나'에게는 자신도 모르게 두 개의 허들이 있었다. 하나는 사적 영역에 묻혔던 자신이 공적 영역에서 존재감을 얻는 일로서 그 끝에는 박근혜 탄핵이 있었다. 그런데 왠지 '나'는 탄핵의 목표보다는 이제 만나지 못할 것 같은 서빈과 마주치고 싶은 충동에 사로잡혔다. 서빈에게 미움을 가졌던 만큼 그 생각은 또 하나의 허들처럼 점점 간절해졌다. '나'에게 촛불집회에는 공적인 허들 이외에 공과 사가 불분명한 또 다른 허들이 있었다.

세 번째로 깃발을 발견하고 다가갔을 때, 거기 그 사람이 있었다. 칼바람에 붉어진 볼을 하고, 발을 동동 구르며, 다른 사람들과 함께.
저녁 내내 입 속에서 맴돌던 그 말을 하려는데 입술이 붙은 듯 말이 나오지 않았다.
서빈이 웃으며 핫팩을 내밀었다.
나는 그것을 받아 두 손으로 감쌌다. 내가 추웠다는 걸, 많이 추웠다는 걸, 그제야 깨달을 수 있었다.[79]

서빈과의 재회는 타자를 이해하는 사상가와 '붉은 밤'의 만남이었다. '나'는 붉은 밤의 입장에서 유산한 서빈을 끌어안았고, 서빈은 소설을 읽을 때보다 더 다가와 나의 붉은 밤을 품었다. 그 순간은 '붉은 밤'이라는 소설의 틈새 공간이 순식간에 확장되어 광장에 물결을 일으키는 시간이었다.

79 윤이형, 「작은 마음 동호회」, 앞의 책, 23쪽.

두 사람은 '타자를 품어 안는 타자'로서 누구보다도 더 상처받은 존재에게 다가서고 있었다. 촛불광장이 배제된 타자에게 다시 다가서는 공간이라면, 두 사람의 재회는 한 발 더 다가가 밀접하게 교감하는 물결인 셈이었다. 촛불집회는 타자성의 혁명으로 시작했지만 물결의 한계를 드러내며 대통령 탄핵이라는 현실의 목표에서 멈추고 있었다. 반면에 두 사람의 심연에서 감지된 여성적 연대는 그런 목표에서 중단될 수 없는 끝없는 물결의 틈새를 암시했다. 여성적 연대에서는 탄핵의 성취로 다시 닫힌 틈새^{광장}보다 더 깊은 틈새가 열리고 있었다. 그 점에서 두 사람의 연대는 촛불의 작은 일부이면서 탄핵이라는 전체 목표를 넘어선 더 큰 물결이기도 했다. 여성적 연대는 결코 동일성으로 회귀할 수 없는 타자의 존재론을 통해 촛불 자체보다 더 유연하게 증폭된 파도의 잠재성을 암시했다.

서빈은 사상이 무력화된 시대에 '타자를 품는 타자'를 통해 주체성을 생성하는 사상을 보여주었다. 그리고 촛불의 물결 속에서 '붉은 발'과 조우하며 촛불보다 더 큰 틈새를 열고 있었다. 이런 물결과 사상의 결합이야말로 사상의 종언의 시대를 넘어서는 유일한 희망일 것이다. 붉은 발을 품은 서빈의 사상은 광장의 작은 촛불이면서 전체 촛불의 파도를 넘어서는 횃불의 잠재력을 시사하고 있었다.

6. 존재의 물결로서의 혁명 이인휘의『건너간다』

『건너간다』는 1992년 이후 중단된 변혁의 열망이 촛불집회로 기적같이 회생하는 과정을 그린 작품이다. 이 소설은 이인휘의 자전적인 소설로 주인공 '나'^{박해운}의 노동운동의 지난한 역정을 보여준다. 그러나 혁명의 회생에 초점을 두면서 문학^{미학}과 운동의 결합을 그린 점에서는 앞의 두 작품과 다르지 않다.

이 소설에서는 '나'의 창작의 재개 및 하태산^{정태춘}의 귀환이 혁명의 회생과 평행적으로 겹쳐져 있다.[80] 이런 미학과 혁명의 중첩적 과정은 「아무것도 말할 필요가 없다」처럼 촛불집회의 본질이 정동적 혁명임을 암시한다. 「아무것도…」가 비에 젖은 타자에게 우산을 씌워줄 것을 말한다면, 『건너간다』는 정태춘의 '1992년의 장마'에 대한 노래를 중심으로 진행된다. 두 소설에서 우산과 장마는 시대를 젖게 한 정동적 시련과 연관되며, 촛불집회는 그로부터 벗어나는 감성적 역류의 순간을 나타낸다.

그처럼 두 소설은 쓰러졌던 사람들이 다시 일어서는 정동적 전회의 순간으로 촛불집회를 그리고 있다. 「아무것도…」에서 1996년 한총련 집회 때부터 비가 내리기 시작했다면, 『건너간다』에서는 1992년의 진보 진영의 좌절감에서 장마가 시작된다. 두 소설은 그런 우울한 시대적 좌절이 2016년 촛불집회에서 극복되는 과정을 그리고 있다. 미묘한 것은 양자 모두 그 같은 정동적 혁명의 과정을 미학적 회생의 진행으로 그린 점이다. 「아무것도…」에서 고립의 극복 과정이 주인공의 13번째 소설인 것처럼, 『건너간다』는 '나'의 소설의 재개와 정태춘의 노래의 귀환을 전경화한다.

『건너간다』는 '나'의 기억 속의 하태산의 노래로 시작해서 광장에서 노래가 다시 울려 퍼지는 장면으로 끝난다. 두 시간을 연결하는 것은 좌절 속에서 희망을 노래하는 「92년 장마, 종로에서」이다. 장맛비에 젖은 종로는 정동적으로 침체된 시대적 우울의 은유이다. 1992년 12월 『한겨레』의

---

80   『건너간다』도 창작의 자의식이 나타난 점에서 일종의 메타픽션의 요소가 있으나 여기서는 '나'의 영혼을 울리는 하태산의 노래가 더 중요하다.

박재동 만평[81]은 가슴에 구멍이 뚫린 사람들의 그림을 싣고 있다. 1991년 연쇄 분신 사건 이후 한국 사회는 가두 투쟁이 무력화되었으며, 3당 합당에 의한 92년의 대통령 선거의 실패로 허탈감에 사로잡히게 된다. 다만 「92년 장마, 종로에서」는 비에 젖은 종로 거리를 노래하면서도 '절망으로 무너진 가슴들이 다시 일어설 것'임을 암시하고 있다.

이 소설은 노래의 전반부에서 후반부로 건너가며 비에 젖은 종로에서 촛불광장으로 횡단하고 있다. 그리고 그 사이에 작가의 기억을 통해 지나간 시간들을 제시한다. 흥미로운 것은 그런 전기적 서사가 「아무것도…」에서처럼 정동적 시간성에 의거해 그려진다는 점이다. 그것은 촛불의 혁명적 과정에서는 사상적 신념이나 목적론적 서사보다는 순수기억에 의한 정동적 도약이 중요하기 때문이다.

앞서 살폈듯이 정동적 시간성은 사랑과 상처의 순수기억들로 제시된다. 이 소설에서 상처의 기억은 광주항쟁, 박영진의 분신, 1990년대 이후 아내의 병과 폐허의 삶[82]으로 제시된다. 또한 사랑의 기억은 청미와의 첫사랑, 아내 경희의 만남, 식품공장 왕언니와의 만남 등으로 그려진다.

정동적 순간들은 순수기억들이 위축되거나 팽창하며 폭발의 지점으로 다가가는 과정이다. 위축되는 순간이 1992년 이후 장맛비를 맞는 시간이라면 팽창의 순간은 아내와 왕언니의 만남, 그리고 정태춘의 노래를 듣는 순간이다.

'나'는 정진영의 『침묵주의보』[83]의 주인공대혁이 신해철의 노래에 빠져 있듯이 하태산의 노래에 사로잡혀 있었다. 그래서 상처의 순간이나 절박

---

81 『한겨레』, 1992.12.19.
82 폐허의 삶에 대해서는 「폐허를 보다」에서 자세히 그려진다.
83 정진영, 『침묵주의보』, 문학수첩, 2018.

한 순간마다 그의 노래를 듣는 것이다. '나'는 어둠을 극복하려 하태산을 소설화하려다 그의 노래가 '내' 영혼의 핵심임을 알고 '나' 자신을 소설화한다. 하태산의 노래는 '나' 자신의 심연에 각인되어 생의 고비마다 환기되고 있었다. 그 때문에 이 소설에서는 생의 고비가 되는 절박한 정동적 순간마다 하태산의 노래가 표현되고 있다.

예컨대 '나'는 1987년에 노동자들과 시위하다 귀갓길에 권력기관에 납치되어 고문을 당한다. 발가벗겨진 채 죽음의 문전을 넘나들던 '나'는 치욕과 공포로 몸을 떨었다. 겨우 풀려난 '나'는 좋은 세상을 의심하며 자유와 평등의 길이 아득하다고 느끼고 있었다.[84] 그때 마음속 깊이 스며들어 '나'를 위로해준 것이 하태산의 「우리는」이라는 노래였다.

> 지나가버린 과거의 기억 속에서 우리는 무얼 얻나
> 노래 부르는 시인의 입을 통해서 우리는 무얼 얻나
> 모두 알고 있는 과오가 되풀이되고
> 항상 방황하는 마음 가눌 길 없는데
> 사람은 거리에서 떠돌고 운명은 약속하지 않는데
> 소리 없이 스치는 바람 속에서 우리는 무얼 듣나
> 저녁 하늘에 번지는 노을 속에서 우리는 무얼 느끼나[85]

위에서 하태산이 묻고 있는 '무얼'이란 모두의 심연의 깊은 샘물 대상 a이다. 어느 시대이든지 대상 a가 작동되어야 사람들 간의 연대가 살아나며 역사가 움직인다. 1987년에는 노동자는 물론 일상의 사람들의 가슴

---

84   이인휘, 『건너간다』, 창비, 2017, 183쪽.
85   위의 책, 184쪽.

속에 에로스의 샘물^{대상 a}이 가라앉지 않고 있었다. 그 때문에 6월 항쟁에서는 사상적 투쟁 못지않게 자발적인 자기구성적 연대가 중요한 역할을 할 수 있었다. '나' 역시 노동자들과 어울리며 생의 활력을 되찾았고, 바로 그즈음 노동문학가들을 만나며 소설을 쓸 것을 결심했다.

그러나 1992년 이후 거리의 투쟁은 모두에게 외면받기 시작했다. 쓸쓸한 집회장에는 기자들도 취재하러 오지 않았고 무관심이 장대비처럼 쏟아져 내렸다. 하태산의 「92년 장마, 종로에서」는 그런 현실을 노래한 것이었다.

낮고 음울하게 울려 퍼지는 기타 소리를 따라 심장이 빠르게 뛰었다. 그의 목소리가 장맛비 쏟아지는 종로 한복판으로 나를 끌어들였다.

　　모두 우산을 쓰고 횡단보도를 지나는 사람들

　　탑골공원 담장 기와도 흠씬 젖고

　　고가 차도에 매달린 신호등 위에 비둘기 한 마리

　　건너 빌딩의 웬디스 햄버거 간판을 읽고 있지

　　비는 내리고 장맛비 구름이

　　서울 하늘 위에 높은 빌딩 유리창에

　　신호등에 멈춰 서는 시민들 우산 위에

　　맑은 날 손수건을 팔던 노점상 좌판 위에

　　그렇게 서울은 장마권에 들고

종로 4가 집회장 바닥에는 소식지들이 비에 젖어 쓰레기처럼 나뒹굴고 있었다. 거리엔 우산들이 하늘을 가리며 지나가고 있었다. 집회장에서 나부끼던 깃발들은 쓰러져 있었다. 하태산이 몇십 명 앞에서 비를 맞으며 노래를 부르고 있었다. 거리를 지나가는 사람들은 그에게 눈길조차 주지 않았다.

　　다시는, 다시는 종로에서 깃발 군중을 기다리지 마라
　　기자들을 기다리지 마라
　　비에 젖은 이 거리 위로 사람들이 그저 흘러간다

　　우리 사회의 불의를 걷어내자는, 세상은 변해야 한다는 노랫소리는 지친 몸을 가누지 못하는 그의 몸부림처럼 바람결에 휩쓸려 사라졌다. 사람들은 땅에 코를 박은 채 무심히 흘러갔다. 기자들이 취재하러 오지도 않는 쓸쓸한 집회장에는 무관심이 장대비처럼 쏟아져 내렸다.[86]

　　1992년 이후의 시대적 좌절감은 노동자와 사상가들의 패배 의식만을 말하는 것이 아니었다. 더욱 중요한 것은 변혁운동에 대한 중간층들의 무관심이 종로 거리의 비를 장대비로 만든 점이다. 신호등 위의 비둘기들처럼 대상 a는 비에 젖어 망각 속으로 사라지고 있었다. 높은 빌딩의 웬디스 햄버거 간판은 대상 a의 망각을 대신하는 잉여향락의 유사물이었다.
　　하태산이 노래한 시대의 장마란 정동권력그리고 존재권력에 지배된 사회의 우울한 감성적 풍경이다. 시대의 장마는 잉여향락에 관심이 쏠려 타자를 외면하게 하는 감성의 분할을 작동시켰다. 그런 감성의 분할을 만드는 정동권력에 의해 비에 젖은 비둘기처럼 대상 a가 망각되며 사람들의 연대가 해체된 것이다.
　　하태산의 노래는 그 같은 정동권력에 대한 미학적 대응이라고 할 수

86　위의 책, 10~11쪽.

있다. 노래는 재현보다는 반복운동들뢰즈[87]에 가까우며, 노래의 반복은 고통 속의 수동적 존재를 능동적 정동으로 끌어 올려준다. 반복운동이란 권력에 의해 쓰러진 신체들이 다시 일어서려는 능동적인 탄력성의 본능이다. 춤과 시, 노래 같은 반복은 얼마간 재현적 내용을 담고 있으면서도 보다 근원적인 운동반복을 통해 신체의 능동성을 고양시켜준다. '나'는 하태산의 노래를 들으며 종로의 황량한 풍경이 어른거리는 동시에 다시 일어서려는 한 가닥 열망을 느낀다.

이처럼 이 소설이 정동적 기억 중에서도 특히 하태산의 노래를 중심으로 서사를 이끌어가는 것은 달라진 시대적 상황 때문이다. 1990년대 이후의 우울한 상황은 머리의 잘못된 인식보다는 가슴이 식어버린 데 원인이 있었다. 그로 인해 과거의 노동소설과는 달리 사상적 신념 대신 하태산의 노래를 중심으로 정동적 서사가 전개되고 있는 것이다. 그와 함께 이 소설을 포함한 '나'의 소설쓰기 역시 퇴색한 대상 a를 회생시키는 틈새 공간을 만드는 과정으로 제시된다.

이년 전 다시 들었을 때 그 노래는 체념으로 모든 것을 내려놓고 돈 몇 푼 때문에 공장을 다니던 나를 뒤흔들었다. 무관심 속으로 돌아가는 사람들을 바라보는 그의 안타까운 눈길이 세상사를 뒤로 하고 숨막히는 세월을 건너가던 내 심장을 터뜨렸던 것이다.

빚을 갚기 위해 공장을 다니던 그때, 나는 다시는 소설을 쓰지 못할 거라고 여기고 있었다. 그러다 다시 글을 쓰고 사회현실 문제에 관심을 기울이면서 그의 노래를 조금씩 읊조렸다. 그럴 때마다 하태산의 고통이 이 시대의 어두운

---

87   들뢰즈, 김상환 역, 『차이와 반복』, 민음사, 2004, 17~18·26~27·41~42쪽.

그림자와 맞물려 외롭게 흘러왔다는 것을 느낄 수 있었다.[88]

시대적 어둠 속에서 '나'는 개인적으로도 힘든 일을 겪게 된다. 아내의 병으로 인한 빚과 '나'의 소설쓰기의 중단이 그것이다. '나'는 시련을 극복하기 위해 노동자의 신념을 다짐하는 대신 서화연[89]과 정태춘을 찾아 정동적 연대감을 확인한다. 그런 인간적 연대를 통해 노동운동의 회생과 함께 대상 a를 재작동시키려는 소설쓰기가 재개되고 있었다.

이 소설에는 하태산의 노래와 '나'의 소설쓰기 외에도 다양한 정동적 서사들이 있다. 그러나 여러 영역에서 정동적 전회가 이루어지는 구체적 과정을 자세히 제시하지는 않는다. 그 대신 '나'의 개인사^{그리고 노동운동}와 촛불집회를 연결하는 것은 소설의 앞뒤를 장식하는 식품공장의 삽화이다. 식품공장에서 아주머니들이 경제적·감성적 차별에 맞서 정동적 연대를 통해 저항하는 과정은 촛불집회의 전야와도 같았다.

'나'는 빚을 갚기 위해 식품공장에 취직하지만 그곳에는 노동자의 약점을 이용해 그들을 착취하는 악덕 사장이 기다리고 있었다. 사장은 불법체류 외국인 노동자와 나이 든 아주머니를 고용해 인격적으로 무시하며 폭리를 취하고 있었다. 또한 '나'에게 소설가가 왜 공장에 취직했냐고 힐책하며 그만둘 것을 요구했다. '나'는 자신을 간첩으로 몰아세우는 사장에 맞서 싸울 것을 생각했지만 아주머니들이 피해를 볼 것을 염려해 공장을 그만두게 된다. 그러나 아주머니들과의 인간적인 관계를 잊을 수 없었고 그녀들도 퇴사 후에 '나'에게 연락을 해왔다.

---

88 이인휘, 앞의 책, 25~26쪽.
89 서화연은 자비를 품고 있는 보살 같은 여자로 '내'가 방황할 때 마음의 안정을 찾아준 인물이다. 위의 책, 224~227쪽.

아주머니들은 월급을 차별하는 사장에게 대들어 사과를 받아낸 일을 들려주었다. 이 사건의 발단은 금전적 차별이었지만 아주머니들이 참을 수 없는 것은 인격적 수모와 CCTV의 감시였다. 그와 함께 주목되는 것은 시위를 주도해 사과를 받아낸 것이 노동자 중 가장 약한 왕언니였다는 점이다.

일반 노동자들보다 더 약한 외국인 노동자와 아주머니들은 신자유주의시대의 타자이다. 그들은 고통을 호소해도 아무도 들어주지 않기 때문에 묵묵히 굴욕을 감수하며 공장에 다닌다. 그러나 월급의 차별에 항의하는 아주머니들에게 사장이 막말을 했을 때 왕언니는 더 이상 참을 수 없었다. 이 점은 아주머니들이 경제적 착취 이상으로 감성적 차별을 고통스러워하고 있음을 나타낸다.

어떤 저항력도 없어 보이는 왕언니는 '나'의 소설을 읽고 힘을 냈다고 말했다. 아주머니들의 정동적 호소에 응하는 사람은 아무도 없었지만 소설이 대신 응답을 들려준 것이다. 소설의 응답은 「데미안」에서처럼 껍질을 깨고 나오는 존재론적 전회를 가능하게 만들었다.[90] 껍질을 뚫는 것은 감성의 분할의 역류를 뜻하며 소설을 통해 그것이 가능해진 점은 「작은 마음 동호회」와 다름없다. 「작은 마음 동호회」의 여성들은 평범한 일상인이고 공장 아주머니들은 하층민이지만 정동적 전회 속에서 서로에게 다가서는 점에서는 일치한다. 이처럼 존재론적 전회를 일으키며 더 확장된 틈새로 증폭되는 것이 우리시대의 사회운동의 특징일 것이다.

『건너간다』는 '나'와 연대한 아주머니들이 촛불집회에 참여하는 과정을 보여주진 않는다. 그러나 왕언니의 시위는 마치 촛불집회의 전초전과

90   이인휘, 앞의 책, 271쪽.

도 같다. 촛불집회는 왕언니 같은 무력한 사람들이 껍질[91]을 깨면서 일어서는 정동적인 '자기구성적 연대'이다. 자기구성적 연대는 타자의 희생과 더불어 수많은 사람들이 타자에게 다가설 때 정점에 이른다. 왕언니와 교감한 '나' 역시 소설을 통해 틈새 공간을 확장하며 이미 촛불집회의 자율적 연대의 일부가 되고 있었다. 그 때문에 촛불집회를 통한 혁명의 회생은 '내'가 소설쓰기를 재개하는 과정과 중첩된다.

그런 정동적 서사들과 함께 무엇보다 정동적 전회의 핵심은 광장에 울려 퍼진 하태산의 노래의 귀환이다. 기억 속의 하태산의 노래가 광장에서 울리는 진행은 '나'의 순수기억의 증폭 및 정동적 고양의 순간과 겹쳐진다. 정동적 고양 속에서 '내가' 광장으로 향하는 시간은 하태산의 노래가 귀환하는 정점의 순간과 중첩되고 있었다. 하태산은 1992년과 똑같은 「92년 장마, 종로에서」를 불렀지만 이번에는 비둘기들이 다시 나는 후반부가 가슴의 물결을 일으켰다. 비둘기들은 백만 촛불의 물결이었고 촛불은 비둘기가 되어 광장을 날고 있었다.

> 다시는, 다시는 종로에서 깃발 군중을 기다리지 마라
>
> 기자들을 기다리지 마라
>
> 비에 젖은 이 거리 위로 사람들이 그저 흘러간다
>
> 흐르는 것이 어디 사람뿐이냐
>
> 우리들의 한 시대도 거기 묻혀 흘러간다
>
> (…중략…)
>
> 다시는, 다시는 시청 광장에서 눈물을 흘리지 말자

---

91 여기서 껍질은 감성의 분할의 경계이다. 세계의 경계를 뚫고 나와야 존재론적 전회를 통해 새처럼 날 수 있다.

물 대포에 쓰러지지도 말자

절망으로 무너진 가슴들 이제 다시 일어서고 있구나

보라 저 비둘기들 문득 큰 박수 소리로

후여 깃을 치며 다시 날아오른다 하늘 높이

촛불이 백만 마리의 비둘기로 변해 불꽃으로 허공을 날아다녔다. 광장에 던져 놓은 그의 말들이 불꽃을 타고 내 가슴으로 흘러와 속삭였다.

(…중략…)

물살을 거슬러 올라가 생명을 잉태시키는 연어처럼 불의의 장벽을 넘어 세상을 밝히는 불씨 하나 심고 싶어했던 그. 끝내 그 벽을 넘어서지 못하고 노래까지 버렸던 그가 광장에서 다시 사람들을 만나며 새롭게 마음의 불을 지피고 있었다.

(…중략…)

사람이 사는 세상은 사람이 만들어간다. 흐르지 않는 물은 썩고 사람이 변하지 않으면 그 사회는 새로워지지 않는다. 사회 역시 변하지 않으면 공동체의 미래를 열어갈 사람들을 만들어낼 수 없다. 사람들이 만들어가는 사회, 그 모습은 인간에게 달려 있지 않겠는가.

하태산의 노래가 강으로, 장엄한 촛불바다로 나아가고 있었다.[92]

촛불집회는 비에 젖은 비둘기들이 광장을 다시 나는 시간이다. 그것은 비둘기[대상 a] 위에 쏟아진 장맛비[정동권력]를 멎게 하는 정동적 전회의 순간이다. 하태산의 노래는 감성의 장벽을 넘어 연어처럼 회귀하며 촛불의 정동

---

92 이인휘, 앞의 책, 314~316쪽.

적 물결을 증폭시키고 있었다. 그 순간 노래에서 광장으로 확장되며 체제를 해체하는 촛불의 강물은 존재의 물결의 고양에 다름이 아니었다.

하태산의 노래가 촛불의 강으로 증폭되며 향하는 장엄한 바다란 모두의 연대로서 정동적 공동체일 것이다. 정동적 공동체는 공동체의 미래인 동시에 사회^{상징계}를 변화시키는 물결을 일으키는 실재계적 연대이다. 비에 젖은 비둘기가 정동적 공동체의 위기였다면 촛불이 비둘기로 날아오르는 순간은 실재계적 공동체의 회생이다.

『건너간다』는 탄핵의 구호가 아니라 하태산의 노래로 결말을 장식한다. 이 소설은 「작은 마음 동호회」처럼 촛불에서 대통령 탄핵을 넘어선 더 큰 물결을 주목하고 있다. 「작은 마음 동호회」와 다른 점은 증폭된 물결을 내재된 잠재성에서 찾는 대신 촛불 자체의 파도에서 감지한다는 점이다. 「작은 마음 동호회」가 촛불의 일부에서 확장된 잠재성을 보는 반면 『건너간다』는 촛불의 강이 정동 공동체의 바다로 나아가는 과정을 주목한다.

그 점에서 『건너간다』는 앞의 두 작품에 비해 촛불집회를 가장 희망적인 물결로 그리고 있다. 목전의 목표보다 정동적 연대와 존재의 물결을 전경화함으로써 끝없는 자기구성적 운동의 가능성을 감지하는 것이다. 다만 결말부의 희망의 물결 역시 광장이라는 틈새 공간에서 지속적인 파도의 고양을 소망하는 과정일 것이다.⁹³ '나'는 벅찬 희망과 함께 앞으로 어떤 바람이 불지 모르기 때문에 지금 경험한 촛불의 강을 기억하는 일이 중요하다고 생각한다.⁹⁴ 오늘의 감격과는 별도로 모두가 일상으로 돌아가는 순간 광장이 닫히며 정동적 공동체의 회생 역시 위태로운 잠재성

---

93 '나'의 희망과는 달리 탄핵 자체는 일상 전체를 바꾸어 놓지는 않기 때문이다.
94 이인휘, 앞의 책, 315~316쪽.

의 차원으로 돌아갈 수 있다. 그 때문에 촛불의 강을 잊지 않고 그 순수기억을 다시 증폭시킬 끝없는 물결의 고양을 소망하고 있는 것이다.

따라서 세 작품은 모두 촛불의 파도보다 더 큰 물결을 소망하고 있는 셈이다. 「아무것도 말할 필요가 없다」는 촛불 파도가 껴안지 못한 녹지 않은 덩어리^{타자}를 위해 더 확장된 혁명을 주장한다. 또한 「작은 마음 동호회」는 촛불의 일부인 여성적 연대를 통해 집회 자체보다 더 큰 물결을 암시한다. 마찬가지로 『건너간다』는 촛불의 강이 모두의 바다로 나아감을 느끼며 끝없이 물결을 일으킬 정동적 공동체를 소망하고 있다. 세 소설이 말하고 있는 것은 촛불이 지금의 가장 진화된 혁명의 무기인 동시에 스스로 물결의 끝없는 연쇄를 위한 더 큰 잠재성을 품어야 한다는 점일 것이다.

7. 세 번째 혁명 '사상 이후의 사상'과 '민주화 이후의 민주화'

「아무것도 말할 필요가 없다」와 「작은 마음 동호회」, 『건너간다』는 21세기의 혁명이 무너진 가슴을 일으켜 세우는 정동적 전회의 과정임을 암시한다. 이제 사상적 신념과 진리의 인식보다는 존재의 물결을 일으키는 정동적 혁명이 중요해진 것이다. 촛불처럼 정동적 혁명이 선차적으로 요구되는 특징은 우리가 아는 모든 시대의 혁명과는 다른 방식의 변혁운동을 나타낸다.[95]

그 같은 초유의 정동적 전회의 혁명이 등장한 것은 오늘날의 사회적 세계의 낯선 변화 때문이다. 월러스틴이 말한 '우리가 모르는 세계'

---

95 1970~1980년대에도 정동적 혁명은 수행적 과정에서 중요했지만 지금은 변혁운동의 출발점으로 핵심적 요인이 되었다.

란 실상은 정동권력과 존재권력에 지배된 세계일 것이다.[96] 우리의 인격성 영역에 작용하는 이 새로운 권력은 정동을 식민화하며 사람들이 물결을 일으키지 못하게 만든다. 존재의 물결의 상실은 사상의 무력화와 표리를 이루며 이제 사람들은 장맛비의 습기 속에서 우울한 존재로 살아가게 되었다.[97] 이처럼 정동적으로 피폐해진 세계에서는 희망버스나 촛불집회 같은 혁신적인 정동적 혁명이 요구될 수밖에 없는 것이다. 문제는 그런 정동적 혁명이 단지 이성적 판단이나 개인의 의지에 의해 불붙을 수 없다는 점이다. 존재론적 지형도가 변화되어 정동의 질서가 경직되고 감성의 분할이 고착화되었기 때문이다. 이제 우리는 비를 맞는 비둘기를 보는 대신 높은 빌딩의 환상에 회유되어 타자를 외면한다. '빌딩만 보이고 비에 젖은 사람은 보이지 않는' 이런 시대[98]에는, 빌딩과 돈통의 환상으로 대상 a가 망각되어 사람들 사이에서 (타자성의) 연대가 상실된다. 대상 a의 망각과 타자의 배제, 연대의 해체는 고착된 세상에서 물결을 일으킬 틈새의 상실을 의미한다. 비판적 사상이 무력화된 '우리가 모르는 시대'는, 경계를 해체하고 물결을 일으킬 틈새가 사라진 시대, 즉 감성의 분할이 고착된 세상과 짝을 이루고 있다.

사상의 신념은 존재론적 지형도의 역동성을 전제로 유효성을 얻으며, 존재론적 지형도를 역동적으로 만드는 것은 감성의 분할을 해체하는 틈

---

96 정동권력과 존재권력은 신자유주의의 신발명품이기 때문에 우리는 그 작동 기제가 낯설 수밖에 없다. 더욱이 새로운 권력은 모두가 소홀히 여겼던 존재론적 권력이기에 지금 세상이 '우리가 잘 모르는 세계'가 된 것이다. 존재론적 권력이란 사람들의 인격성과 존재 자체에 작용하는 권력이다. 그런 존재론적 권력은 우리의 정동을 식민화하기 때문에 희망버스나 촛불집회 같은 혁신적인 정동적 혁명이 필요할 수밖에 없다.
97 정동권력과 존재권력의 핵심적 목표는 아무리 차별이 심화되어도 세상을 변화시키는 운동이 일어나지 않게 하는 것이다.
98 이는 감성의 분할이 고착된 시대이다.

새의 존재이다. 예를 들면, 노동자의 '저문 강'프롤레타리아의 밤, 문학작품, 대중문화, 순수기억의 틈새 등이다. 인식론적 사상의 시대는 존재론적 정동을 활성화하는 틈새 공간[99]이 곳곳에서 작동되던 세계였다. 그 시대의 틈새 공간이란 대상 a를 작동시켜 타자의 위치에서 감성의 분할을 역류시키는 상징계 내의 실재계적 공간들이었다.

반면에 오늘날의 정동권력과 존재권력은 그런 틈새 공간들을 사라지게 해 감성의 분할을 고착화시킨다. 그 때문에 정동적 혁명이 요구되는 시대에는 틈새 공간의 회생 자체가 사람들을 움직이는 출발점이 될 수밖에 없다. 「아무것도 말할 필요가 없다」, 「작은 마음 동호회」, 『건너간다』가 모두 소설과 혁명을 중첩시킨 서사를 선택한 것은 우연이 아니다. 「아무것도 말할 필요가 없다」는 혁명에 대한 메타픽션으로, 「작은 마음 동호회」는 변혁을 위한 디딤돌을 통해, 『건너간다』는 소설과 노래의 회생으로써, 미학 자체 곧 틈새의 방식[100]이 혁명의 일부임을 나타낸다.

그와 함께 촛불혁명 역시 그 자체로 틈새 공간을 확장시키는 방식을 취하고 있다. 사상의 시대의 거리의 물결이 틈새 공간의 폭발이었다면, 물결 혁명 시대의 촛불집회는 가상미학과 현실이 중첩된 틈새에서 물결을 증폭시키는 투쟁이다. 가두의 투쟁이 상징계의 치안에 대한 실재계적 침범인 반면, 촛불의 물결은 침범인 동시에 여전히 틈새 공간의 전투이다.[101]

『건너간다』가 정태춘의 노래로 결말을 맺은 것은 광장의 혁명이 미학

---

99   이 틈새 공간은 지식인과 타자의 만남이 활발한 영역이기도 하다.
100 미학과 문학은 권력의 감성의 분할을 해체하고 재분할하는 대표적인 틈새의 방식이다.
101 광장은 상징계에 대한 침범인 동시에 미학처럼 체제 내에서 허용되는 특성을 지닌다. 그와 함께 그런 틈새의 방식을 사용하면서도 문학적 틈새 공간보다 더 정치적이다.

적 틈새의 확장임을 암시한다. 그런 틈새 공간의 물결 혁명은 사상가가 앞장서지 않아도 평화로운 변혁운동이 가능함을 입증했다. 또한 틈새를 확장하는 혁명은 노동자와 학생 이외에 다양한 영역의 타자와 소수자들이 모일 수 있음을 보여 주었다.

그렇다면 틈새의 물결 혁명의 창안은 당당했던 사상의 시대를 대체할 수 있을까. 지난 몇 년의 시간은 광장이라는 틈새 혁명이 유연한 장점인 동시에 숨겨진 한계이기도 함을 암시하고 있다. 혁명이란 실재계적 정동 공동체의 존재를 현실 자체에서 확인하는 순간이다. 정동적 공동체의 확인은 혁명이 끝난 후에도 사회적 변화를 요구하는 원동력이 된다. 그런데 촛불은 상징계의 전복인 동시에 여전히 틈새 집회이기 때문에 혁명이 끝난 후 일상에서 쉽게 정동적 공동체의 망각이 시작된다. 이는 체제를 바꾸지 않는 한 일상에서 또다시 정동권력과 존재권력이 작용하기 때문이기도 하다. 기상이변으로 장마가 여름 내내의 우기로 변했듯이, 촛불이 장마를 끝낸 뒤에도 정동권력과 존재권력은 여전히 폭우를 내리고 있다. 그 때문에 촛불혁명은 목표를 이룬 후에도 촛불 시즌2, 시즌3라는 지난한 진지전을 요구한다.

그런 진지전을 통한 변혁은 모세혈관의 확장이면서 더 나아가 파괴력 있는 사상적 대동맥의 회생을 갈망하게 만든다. '사상 이후의 사상'이 회생하지 않는다면 진지전은 오래 지속되기 어렵기 때문이다. 틈새 혁명이 요구되는 시대는 유연한 물결의 선차성에 파괴력을 가세시키기 위해 진화된 사상을 창안해야 하는 시대이기도 하다. 미학적 혁명으로서 촛불의 한계는 아마도 정치적 파괴력의 문제일 것이다. 촛불 공간에서는 수많은 의제와 목소리가 들리지만 제한된 목표가 성취되면 더 이상 폭발력을 증대시키지 않는다. 송경동은 촛불이 우리시대의 변혁운동임을 인정하면서도 '순한 촛불'의 파괴력에 대해 아쉬움을 토로한다. 그리고 '촛불이 진화하면 화살촉과 들불이 될 수 있을지' 질문하고 있다.[102]

송경동이 질문한 새로운 화살촉과 들불은 당연히 과거의 사상과 달리 유연성을 동반해야 한다. 그 때문에 송경동의 불만과 함께 촛불이 품지 못한 소수자의 공백에 대한 황정은의 불안도 중요하다. 촛불 광장은 여성, 성소수자, 장애인, 이주 노동자를 모두 포용할 수 있는 잠재력을 지니고 있다. 그러나 특정한 목표를 실행하는 과정에서 소수자들의 관심 사항은 공백으로 남겨지게 된다. 그래서 황정은은 촛불의 파도가 여성과 성소수자의 식탁에까지 이르도록 확장된 물결이 될 것을 요구하고 있다.

송경동의 불만과 황정은의 불안의 해결책은 '변혁의 비빔밥'과 '들불 같은 사상'일 것이다. 송경동은 엔엘과 피디를 함께 넣고 비비는 운동을 말하지만,[103] 변혁의 비빔밥이 황정은의 불안까지 해결하려면 다양한 타자들을 품도록 확대되어야 한다. 또한 들불 같은 사상이란 촛불의 물결을 진리의 신념을 지닌 정치적 사상으로 진화시킬 때 나타날 수 있다.

변혁의 비빔밥은 존재론적 물결을 전제로 해야만 비로소 가능해질 것이다. 진보적 사상을 지녔음에도 여러 영역들이 잘 손잡지 못하는 것은 송곳의 방향이 조금씩 다르기 때문이다. 그 때문에 다양한 영역의 접합은 각기 다른 위치의 타자들이 존재의 물결 속에서 합류할 때 이루어질 수 있다. 변혁적 주체의 운동 방향^{송곳}은 조금씩 다르지만, 타자의 물결에서 시작됨은 같기 때문에, 지난한 논쟁 속에서 물결과 송곳이 결합할 수

---

102 송경동, 「촛불 연대기」, 『사소한 물음들에 답함』, 창비, 2009, 109쪽.

103 송경동, 「변혁을 위한 비빔밥」, 『나는 한국인이 아니다』, 창비, 2016. 과거에는 사상적 기획이 수행적 과정에서 물결과 결합했지만 지금은 변혁의 사상 자체에서 물결과 결합한 유연성이 요구되고 있다.

있는 것이다. 들불의 사상 역시 타자의 존재의 물결이 고착된 체제를 꿰뚫는 화살촉이 되게 파괴력을 증폭시킬 때 나타난다. 촛불이 들불이 되고 물결이 송곳이 되는 일은 존재의 물결에 사상가들이 합류할 때 발생한다.

들불의 사상은 우리시대의 새로운 사상이다. 그러나 새로운 사상을 물결치게 만드는 일은 결코 쉽지 않다. 사상의 퇴조의 시대에 어떻게 사상이 우리를 다시 동요시킬 것인가. 다양한 사상들이 책갈피에서 나와 광장의 물결에 합류할 수 있는 방법은 무엇인가. 우리시대가 물결의 시대라면 존재의 물결은 어떻게 사상의 화살촉으로 진화하는가.

사상 이후의 사상은 그 자체로 물결과 결합한 사상이다.[104] 스스로 물결과 결합한 사상은 낯선 것 같지만 다행히 우리는 페미니즘에서 생생한 실체를 발견한다. 페미니즘은 젠더 영역의 자유와 평등을 주장하며 사회를 변화시키는 사상이다. 그와 함께 페미니즘은 이미 고착된 남성중심적 동일성을 해체하려는 타자의 존재의 물결이기도 하다. 그처럼 사상이자 물결이기 때문에 사회주의 페미니즘, 흑인 페미니즘, 에코 페미니즘처럼 계급과 젠더, 환경 영역을 횡단할 수 있는 것이다.

물결인 동시에 사상인 점에서 페미니즘은 존재론적 변혁인 동시에 화살촉이기도 하다. 화살촉과 송곳을 앞세운 사상들은 리오타르가 비판한 목적론적 사상이 되기 쉽다.[105] 그러나 앞서 살폈듯이 페미니즘은 운동의 성격 자체가 동일성의 해체이기 때문에 처음부터 리오타르의 대서사 비판에서 해방되어 있다. 흥미롭게도 페미니즘은 근대사상 중에서 유일하

---

104 '사상 이후의 사상'은 사상을 무력화시킨 정동권력의 방해를 이겨내기 위해 (존재론적) 물결과 결합한 사상으로 거듭날 수밖에 없다.

105 대서사가 목적론으로 귀결되는 위험을 지닌 것은 동일성 주체성에 근거한 직선적인 서사를 말하는 경향이 있기 때문이다. 노동해방 주체나 이성적 주체를 앞세운 대서사에 대한 리오타르의 비판은 사실은 동일성 주체에 대한 비판이다.

게 목적론의 위험을 지니지 않은 채 체제를 꿰뚫는 예리한 힘을 증폭시킬 수 있다.

그 같은 페미니즘의 반전에는 이론적으로 근본적인 요인이 숨어 있다. 리오타르가 비판한 대서사의 총체성은 실상 유한에 갇힌 남성중심 서사의 특징이며, 근대사상은 실제로 모든 제도와 담론의 남성중심성과 연관이 있다. 반면에 페미니즘은 처음부터 무한성에 근거한 존재의 물결을 통해 유한한 남성중심적 상징계와 직선적 서사를 해체하기 위해 출발했다. 그 점은 존재의 물결을 일으키는 대상 a의 논리가 어머니와의 화합의 기억에서 잉태된 데서 확인할 수 있다.

우리는 제임슨처럼 역사의 주체 대신 실재계적 대상 a를 말하며 특히 존재의 물결을 강조했다. 그런데 라캉의 대상 a는 원래 부권적 상징계에서 살아남은 잔여물인 점에서 어머니와의 화해의 기억에 근거를 두고 있다.[106] 남성적 상징계에 예속되지 않은 기억의 잔여물 대상 a는 윤리적 순수욕망^{主判치치}의 근원이 되며, 당연히 여성적 순수욕망과 윤리를 위한 새로운 가능성을 열어준다.

중요한 것은 그런 순수욕망의 근거 대상 a가 은유적으로 다른 영역으로 확장될 수 있다는 점이다. 대상 a는 계급적 타자와 화해했던 이상적 공동체의 기억의 잔여물일 수 있으며, 식민화되기 이전의 민족 공동체의 순수기억일 수도 있다. 자본주의와 제국주의가 남성중심적이기 때문에, 여성적 기원의 대상 a 운동은 여러 영역을 횡단하는 물결로써 체제를 뚫는 무기가 될 수 있다.

페미니즘은 다양한 운동을 접합시키는 미시운동의 교두보와도 같다.

---

106 어린이는 '어머니와의 동일시'에서 '아버지의 상징계'로 옮겨가는 과정에서 '포르트 다' 놀이를 통해 화해의 기억의 잔여물을 무의식 속에 대상 a로 간직하게 된다.

대상 a가 작동되면 남성중심적 상징계가 해체되기 때문에, 다양한 영역에서 존재의 물결을 일으키며 고착된 상징계를 해체하는 사상을 발생시킬 수 있게 된다. 여기서 물결은 실재계^{대상 a}에서 출발했지만 변화는 상징계의 해체이므로 체제에 구멍을 내는 화살촉의 위력을 지향한다.[107] 그처럼 물결의 회생에서 혁명을 시작하는 시대에는, 페미니즘의 작동원리가 다른 운동들에서도 물결과 사상을 새롭게 접합시키는 은유로서 기능할 수 있다.

새로운 화살촉은 배타적 폭력이 아니라 물결에 적대적인 화석화된 권력에 구멍을 내는 무기이다. 화살촉이란 사랑의 물결이 증폭된 사람들의 정치적 들불의 행렬이 되어야 한다. 그런데 페미니즘은 처음부터 화살로 시작하는 것이 아니라 물결을 일으키며 상징계의 벽을 깨는 병기^{송곳}로 작동될 수 있다.[108] 물결과 사상의 결합을 입증한 페미니즘이 새로운 변혁운동의 이정표인 것은 그 때문이다.

페미니즘이 입증한 물결과 사상의 결합은 오늘날 다른 모든 영역으로 확장되어야 한다. 예컨대 사회주의의 화살촉은 대상 a의 존재론과 결합해 여러 영역을 횡단하는 평등사상으로 거듭나야 한다. 반인종주의의 송곳 역시 존재의 물결과 합류하며 다양한 영역들과 유연하게 손을 잡아야

---

107 그 때문에 부권적 상징계에서 살아남은 잔여물 대상 a의 운동은 다양한 비판 사상들과 결합하며 유연한 새로운 화살촉으로 진화할 수 있다.

108 페미니즘은 물결과 화살촉의 딜레마를 해결한 유일한 근대사상이다. 무한한 물결은 실재계적이지만 체제(고착된 상징계)에 구멍을 내어야 물결이 계속될 수 있기 때문에 화살촉과 결합하는 것이다. 앞서 예시한 사회주의 페미니즘, 마르크스주의 페미니즘, 탈구조주의 페미니즘, 에코 페미니즘이 구체적인 경우일 것이다. 사회주의 페미니즘과 마르크스주의 페미니즘은 사회주의와 마르크스주의를 보다 유연하게 만들 수 있다. 그와 함께 이 여러 페미니즘들은 조금씩 차이가 있지만 단순히 배타적이지 않으며 서로를 극복하면서 접합될 수 있다.

한다.

페미니즘은 물결과 사상이 결합된 들불 운동의 구체적 방법을 위해서도 생생한 모델을 제시한다. 오늘날은 정동권력에 포위되었기 때문에 처음부터 들불의 사상으로 불붙기 매우 어려운 시대이다. 그 때문에 들불혁명은 물결을 일으키는 **틈새**의 회생이 출발점인데, 그것을 암시하는 실례가 바로 21세기의 미래형 혁명 미투 운동이다. 미투 운동은 종전의 혁명과 달리 틈새를 벌리며 연대를 확장하는 특이한 방식으로 전개된다. 또 다른 틈새 혁명 촛불은 미투보다 폭이 넓지만 계속 발을 걸치는 지속성을 지니지 못해 정치적 파괴력에 제한이 있다. 그 같은 한계를 넘는 일은 다양한 틈새 운동을 간단없이 모색하는 연쇄 혁명을 발명하는 일이 될 수밖에 없다. 들불이 된 촛불, 즉 끝없이 열릴 수 있는 파괴력 있는 촛불이 되려면, 곳곳에서 틈새를 넓히려는 연쇄 운동이 미투처럼 지속적으로 계속돼야 한다.[109] 우리는 틈새인 동시에 잠재적 파괴력을 지닌 미투의 형식에서 초유의 미래형 혁명을 본다. 일상의 틈새 자체를 증강시키는 지속적인 연쇄 혁명은 유연한 페미니즘처럼 사상 이후의 사상의 교두보일 것이다.

틈새 자체의 증강은 옛 사상들이 고양시켰던 새 세상의 신념을 회생시켜준다. 그렇다면 정동적 치안에 저항하며 새로운 사상적 모험에 다가서는 다양한 틈새들은 어디서 찾을 수 있을까. 「아무것도 말할 필요가 없다」의 메타픽션, 「작은 마음 동호회」의 소설의 디딤돌, 『건너간다』의 노래의

109　그런 맥락에서 우리시대의 변혁운동 미투운동은 매우 시사적이다. 미투운동은 촛불의 일부인 젠더 영역의 운동이지만 지속의 방식은 촛불보다 진화되어 있다. 촛불은 한 번 닫히면 언제 다시 열릴지 기약이 없지만 미투에서는 열린 틈새가 닫히지 않도록 끝없이 발을 걸치는 연쇄 운동이 계속된다. 다만 미투는 우리시대의 다양한 문제들을 함께 해결하기 위한 최종병기로서는 제한점이 있다. 그 때문에 미투는 일상의 곳곳에서 틈새 공간이 같이 열리도록 보다 적극적으로 다른 영역들과 결합해야 하는 과제를 안고 있다.

틈새는 어떻게 퍼져나갈 수 있을까. 모두가 빌딩과 돈통만 바라보는 시대에 비에 젖은 사람에게 우산을 씌워주며 다시 손잡는 세상은 올 수 있을까.

틈새 공간을 통해 정동적 공동체의 모세혈관을 만드는 일은 지난한 진지전이지만 기적 같은 희망의 암시도 있다. 2023년 5월 인천에서는 제11회 디아스포라 영화제가 열렸다. 전쟁이 낳은 난민에 관심이 없는 듯한 현실에서 영화제에는 많은 사람이 찾아왔다. 모두가 돈이 되는 일에 몰두한 시대에 이 영화제의 생기는 기적처럼 느껴졌다.[110] 디아스포라 영화제는 비에 젖은 사람들에게 은밀히 다가서는 기적 같은 일상의 틈새 공간을 입증한 셈이었다.

디아스포라 영화제에서 주목을 끈 것은 〈해바라기〉와 〈미안마 다이어리〉였다. 〈해바라기〉는 주인공 지오반나소피아 로렌 분가 무솔리니 치하에서 소련우크라이나[111]의 전쟁터에 끌려간 남편과 이별을 하는 이야기이다. 지오반나는 종전 후 남편을 찾아 우크라이나로 갔지만 남편은 기억상실증으로 자신을 알아보지 못한다. 다시 시간이 흐른 후 기억을 회복한 남편이 지오반나를 찾아 왔으나 서로 다른 사람과 결혼한 뒤라 둘은 이별을 하고 만다.

또 다른 영화 〈미안마 다이어리〉는 군부와 싸우고 있는 미안마 사람들의 영화이다. 이 영화는 '우리는 유혈사태나 내전이 아니라 혁명을 하고 있다'라는 미안마인의 목소리로 시작한다. 영화 속의 시민들은 군인들에게 총을 맞고 경찰에 끌려 가면서 가족의 해체를 겪고 있다. 그러면서도 누군가에게 전해질 비극의 현장을 촬영하기 위해 손에 핸드폰을 꼭 쥐고 있다. 그런 틈새의 무기로 촬영된 이 영화는 '당신은 내 목소리를 듣고 있습니까'라는 호소로 끝난다.

---

110 서경식, 「끝나지 않는 전쟁」, 『한겨레』, 2023.5.26.
111 영화에 나오는 전쟁터와 해바라기밭은 지금의 우크라이나 땅을 배경으로 하고 있다.

두 영화는 절망의 벽에 갇힌 사람들의 실낱같은 희망의 여운을 전하고 있다. 양자는 현실<미얀마 다이어리>과 마음<해바라기>에서 '끝나지 않는 전쟁'[112]을 겪으며 사랑하는 사람을 잃어버린 상황을 전해준다. 그러나 그와 함께 전쟁의 폭력에 굴복하지 않은 사람들에게 끝나지 않는 사랑이 계속됨을 알리고 있다.

디아스포라 영화제의 활기는 절망 속에서 피어난 '끝나지 않는 사랑'에 대한 공감 때문이다. 사람들은 아직 빼앗긴 사랑을 갈망하며 고통받는 타자에게 달려갈 준비가 되어 있는 것이다. 다만 불행한 것은 영화관 밖 현실은 그렇지 않다는 점이다. 오늘날 우리에겐 디아스포라도 미얀마 전쟁도 없지만 정동적 재난으로 가슴이 황량해진 시대를 겪고 있다. 〈해바라기〉와 〈미얀마 다이어리〉와는 달리 현실의 난민은 없으나 그보다도 정동적으로 피폐해진 또 다른 난민의 시대를 살고 있다.

그런 상황에서 디아스포라 영화제의 활력은 틈새의 기적이었다. 정동적 기억상실증으로 사랑하는 사람을 잃어버린 우리는 영화의 틈새에서 기적을 소망하고 있는 것이다. 그런 기적의 위치는 영화관 아니라 우리의 심연의 샘물이다. 우리는 엄청난 고통 속에서도 자신의 목소리를 전하려는 미얀마인의 용기가 그리운 것이다. 우리의 심연에는 지금은 상실한 미얀마 사람들의 열정을 되찾고 싶은 무의식적 소망이 남아 있는 것이다.

우리는 정동과 무의식의 영역에서 끝나지 않는 전쟁을 치르고 있다. 틈새 공간은 '끝나지 않는 전쟁'에 대항해 '끝나지 않는 사랑'을 간신히 퍼올리게 해준다. 전쟁과 사랑의 위치는 영화 안에서는 절망적인 현실이지만 영화 밖에서는 우리의 정동과 무의식 속이다.

---

112 서경식, 앞의 글.

미얀마인들이 혁명을 말하는 것은 군인들에 저항하며 사랑의 샘물을 퍼 올림을 뜻한다. 우리는 그들의 '내 목소리를 듣고 있습니까'라는 호소에 응답하며, 실상은 자신의 무의식을 점령한 권력또 다른 군인에 대항해 심연의 잔여물을 길어 올린다. 미얀마인들은 거리에서, 우리는 정동적 틈새에서, 두 개의 절망에 대항해 싸우고 있다.

디아스포라 영화제는 우리가 심연의 아득한 곳에서는 불행한 타자에게 달려갈 마음이 간절함을 보여주었다. 이것이 바로 지금까지 남아 있는 절망의 틈새의 기적일 것이다. 타자의 비극의 시대에도 다행히 그런 노력은 곳곳에 남아 있는 것이다. 예컨대 촛불집회에 대해 질문하는 소설들, 끝나지 않는 사랑을 암시하는 영화들, 타자의 입장에서 사건을 탐사하는 다큐들, 그리고 가끔씩의 지식인들의 선언서 같은 것이다. 이제 이 실낱같은 대열에 사상가들도 합류해 물결의 잠재력을 증폭시켜 촛불을 들불로 진화시켜야 한다. 우리는 옛 사상에 연연하거나 사상 없는 물결에 머무는 대신 틈새를 더 확장시켜 '사상 이후의 사상'의 시대를 열어야 한다.[113]

미얀마에는 절망의 틈새에 대한 설화가 있다고 한다. 감옥에 갇힌 한 여인이 균열이 생긴 벽의 틈새에 대고 끝없이 진실의 이야기를 읊조렸다. 그런데 그 목소리가 온 나라에 퍼져 백성들이 힘을 모아 해방된 세상을 가져오게 되었다. 미얀마 사람들은 자식들에게 그 이야기를 들려주며 희망이 어떻게 찾아오는지 심연에 각인시킨다고 한다.[114]

---

113 '사상 이후의 사상'의 시대는 틈새를 증강시키는 진지전이 선차적으로 실행되어야 비로소 열릴 수 있다.
114 김소연, 『시옷의 세계』, 마음산책, 2012, 134쪽. 선이정, 「익명의 목격자되기—27회 부산국제영화제 〈미얀마 다이어리〉 리뷰」, https://brunch.co.kr/@sunnyluvin/263.

절망은 결코 벽 속에서 혼자 극복할 수 있는 것이 아니다. 외로움이 '들키지 말아야 할 병'[115]이 된 나르시시즘 사회에서는 더욱더 그렇다고 할 수 있다. 틈새의 공간을 연다는 것은 절망의 시간에 문화와 순수기억으로 차린 밥상에 앉아 같이 밥을 먹는 것과도 같다.[116] 「작은 마음 동호회」에서 '내'가 서빈에게 '붉은 발'을 보여줬을 때 실상 둘은 틈새 공간에서 밥상 앞에 앉기 시작한 것이다. 「아무것도 말할 필요가 없다」의 주인공들 역시 아무 말도 하지 않지만 실제로는 밥을 먹으며 틈새 공간의 말을 하고 있다. 절벽 같은 사회란 존재론적 지형도가 엷어진 시대이다. 그에 대응하는 틈새 공간의 활성화는 문학과 정동적 공론장, 은유적 공공성, 독서토론, 대중매체, 심지어 저코비의 보헤미안 공동체[117]나 로버트 퍼트넘의 사회적 자본[118]까지 되찾는 일을 포함한다. 그런 방식으로 밥상에 앉아 같이 밥을 먹는 공간을 넓혀가야 하는 것이다.

기획된 조직과 사상운동은 권력에 의해 제지될 수 있지만 밥을 먹는 일을 금지시키기는 어렵다. 우리는 〈시그널〉김은희 극본, 김원석 연출과 〈무빙〉강풀 극본, 박인제·박윤서 연출, 〈파묘〉장재현 감독를 보며 문화의 밥을 먹는 동시에 은밀히 물밑에서 손을 잡는다. 영화와 문학과 대중매체의 밥상은 연대의 회생을 시작할 수 있는 구체적인 정동적 틈새 공간이다. 틈새 공간의 사람들은 이기적인 쾌락과 혐오의 감성을 전복시키며 정동적 양식을 먹기 위해

---

115 송경동, 「결핵보다 더 무서운 병」, 『나는 한국인이 아니다』, 창비, 2016, 49쪽.

116 김소연, 앞의 책, 115쪽 참조.

117 저코비, 유나영 역, 『마지막 지식인』, 교유서가, 2022, 93~167쪽.

118 로버트 퍼트넘은 개인들 사이의 연계와 사회적 네트워크, 호혜성, 신뢰의 관계를 사회적 자본이라고 지칭한다. 그런 사회적 자본이 민주주의에 기여할 수 있다는 사실은, 자본주의가 자신을 지양하려 노력하는 한 민주주의와의 불편한 동거가 개선될 수 있음을 암시한다. 로버트 퍼트넘, 정승현 역, 『나 홀로 볼링』, 페이퍼로드, 2016, 16~33·473~602쪽.

마주 앉는다. 영화를 보는 사람들은 앞을 보고 있지만 심연에서는 서로의 얼굴을 보고 있는 것이다. 그 순간 순수기억을 부풀리며 자아의 배고픔을 극복하는 밥상에 마주 앉아 우리는 각자도생의 나르시시즘 사회를 넘어선다. 그런 방식으로 틈새 공간이 활성화될 때 실재계적 모세혈관에 윤리적 혈액이 다시 흐르며 정동적 공동체가 회생할 수 있을 것이다.

'결핵보다 무서운 외로움과 우울증'[119]을 넘어선 틈새의 밥상은 곳곳에 널려 있다. 무의식이 식민화된 사회에서는 틈새 공간이 아무 데도 없는 동시에 모든 곳에 잠재하기 때문이다. 도처에서 미시권력이 작동되는 것처럼 틈새 공간 역시 은유적 양식을 통해 곳곳에서 생성될 수 있다. 가슴으로 정동적 양식을 먹는 것은 문화와 문학처럼 제도와 탈제도,[120] 법과 윤리의 틈새에서 변혁의 준비운동을 하는 것이다. 폭발적인 사상의 프로젝트의 시대가 가고 틈새에 발을 걸치며 정동적 폭탄을 준비하는 시대가 온 것이다. 이제 우리시대의 미학과 대중매체의 정동정치는 도처에 잠재된 틈새를 회생시키며 다시 한번 사람들을 불러 모아야 한다. 그 순간에야 우리는 물결의 쇠퇴 속에서 서가에 갇힌 다양한 사상들과 재차 조우할 수 있다.

물결을 증폭시키는 틈새는 상징계보다 작지만 더 큰 정동적 공동체를 만들 수 있다. 오늘날은 어느 때보다 정동적 공동체가 위기에 처해 있는 시대이다. 그러나 정동적 공동체는 식민지와 독재정치를 겪은 우리의 순수

---

119 송경동, 「결핵보다 더 무서운 병」, 앞의 책, 48~49쪽.
120 조형근은 「작은 것들의 신」(아룬다티로이)을 인용하며 약하고 사소한 존재들이 각자의 모양대로 세상에 "구멍"을 남긴다고 논의한다. 구멍은 존재들의 죽음 후에도 뚫린 채 남아 세상에 균열을 내고 무언가를 남긴다. 여기서 구멍과 균열은 제도와 탈제도 사이의 틈새라고 할 수 있다. 조형근, 「아모르 파티, 작은 것에 깃들다」, 『한겨레』, 2023.5.30.

기억 속에 여전히 잔존한다. 〈미얀마 다이어리〉의 틈새의 기적은 희미한 순수기억의 잔여물이 전해주는 존재론적 기적이다. 한때 정동적 공동체가 작동되었던 기억이 우리를 '마얀마 혁명'의 목소리에 다가가게 만들고 있는 것이다. 사람들은 지금 상실한 사랑의 연대의 공허함을 틈새에서 기억을 다시 팽창시키며 이겨내고 있는 것이다. 〈미얀마 다이어리〉는 순수기억의 확인이자 상실한 정동적 공동체의 회생에 대한 갈망이다. 한때 번성했지만 잃어버린 진정성의 기억이 틈새 공간을 통해 되돌아오는 것이다.

순수기억의 흔적 정동적 공동체란 '민중적 민족사상이'이 남긴 **정동적 유산**에 다름이 아니다. 과거의 민중적 민족사상은 결코 국민국가^{상징계} 내의 상상력이 아니며 실재계적 정동 공동체를 생성한 거시 차원의 밑그림^{기획}이었다.[121] 그때에는 민중적 민족사상의 대동맥과 정동적 공동체의 모세혈관이 한 몸을 이루고 있었다. 반면에 오늘날 사상이 퇴조한 시대에 민중적 민족문학의 대동맥을 다시 회생시키기는 어렵다. 그러나 민족문학의 실재계적 표현인 정동적 공동체는 틈새 공간을 통해 창조적으로 다시 부활시키려 시도할 수 있다. 그것은 한때 융성했던 문화가 현실에서 사라진 후에도 **정동적 순수기억의** 형식으로 재창조되며 되돌아오는 것과도 같다.[122] 정동권력과 존재권력이 무의식을 식민화하는 시대에도 존재론적 순수기억이 잔존하기 때문에 틈새 공간을 통해 되돌아올 수 있는 것이다.

사상의 시대의 민중적 민족사상은 물결의 시대에 **정동적 공동체**로 다시 회생할 수 있다. 정동적 공동체는 물결과 사상을 용융시키는 실재계적 소우주이다. 사상의 시대에는 거리의 사상이 정동적 공동체를 생성했지만 물결의 시대에는 틈새 공간의 물결이 정동적 공동체를 회생시킨다. 정

---

121 이에 대해서는 앞의 1장 6절 참조.
122 박선영, 나병철 역, 『프롤레타리아의 물결』, 소명출판, 2022, 35·39·395~398쪽.

동적 공동체가 부활하면 타자에게 다가서는 물결의 추동력으로 빈사상태에 빠진 사상에 활력을 부여할 수 있다.

우리는 살아 있는 활기를 지닌 사상을 재발명해 내야 하는 '사상 이후의 사상'의 시대에 살고 있다. '사상 이후의 사상'의 시대는 '민주화 이후의 민주화' 시대이기도 하다. 사상의 시대에는 거리에서 민주주의를 외쳤으나 '사상 이후의 사상' 시대에는 틈새 공간에서 순수 민주주의를 스스로 구성한다. 민주화의 시대에는 독재를 민주주의 체제로 만들려 했지만 '민주화 이후의 민주화'의 시대에는 스스로 자기구성적 민주주의의 물결을 일으킨다. 「아무것도 말할 필요가 없다」, 「작은 마음 동호회」, 『건너간다』는 우리시대의 민주주의[123]의 치료제인 동시에 새로운 순수 민주주의의 요구이다.

우리는 20세기 후반 이후 민주주의를 위한 두 번의 혁명을 경험했다. 하나는 1987년의 혁명이며 다른 하나는 21세기의 촛불혁명이다. 두 번의 혁명은 민주주의의 쟁취와 회복, 그리고 그 좌절을 보여주었다. 첫 번째 혁명은 민주화를 꿈꿨으나 해방된 세상은 오지 않았으며, 두 번째 혁명은 민주주의의 회생을 소망했지만 다시 촛불이 희미해져 버렸다. 촛불은 우리가 창안한 최선의 혁명이지만 언제 다시 꺼질지 모르는 취약점을 갖고 있다. 2017년의 혁명이 정권 퇴진에서 멈추었듯이 촛불의 파도는 목표의 성취에서 중단되는 경향이 있다. 이제 세 번째 혁명은 촛불을 중시하되 그마저 넘어서서 아직 오지 않은 두 번째 민주주의를 향해 나아가야 한다.

방금 경험한 2024년의 대통령 탄핵 촛불은 잠재적으로 그런 과제를 내비쳤다고 할 수 있다. 새로운 응원봉 집회는 여성이 주도적인 물결을 이루면서 소수자들의 문제마저 포용하려는 흐름을 보여주었다. 또한 남

---

123 우리 시대의 민주주의가 대의 민주주의라면 새로운 민주주의는 자기구성적 운동을 통해 낡은 민주주의를 치료하며 더 좋은 세상으로 나아간다.

태령 시위에서 보듯이 농민과 노동자 운동에 여성과 시민이 합류하는 물결을 일으켰다. 여기서 우리는 촛불이 끝나도 계속되어야 할 두 번째 민주주의를 향한 모험의 도정을 엿볼 수 있었다. 우리가 '다시 만날 세계'는 세 번째 혁명을 통한 두 번째 민주주의의 세계이다. 그것은 '알 수 없는 길역사의 미로 속에서 희미한 빛을 쫓아가 다시 만난 우리정동적 공동체의 회생가 언제까지라도 함께 할 세계'이다.[124]

첫 번째 민주화가 사상에 의지한 절대적 체제의 해체였다면 (세 번째 혁명에 의한) 두 번째 민주화는 경제적 평등과 인간적 평등을 위한 감성적·정동적 민주화를 지향한다. 감성적 민주화[125]가 이루어지지 않으면 차별과 불평등이 해소된 세상은 오지 않는다. 감성적 민주화란 타자의 위치에서 감성의 재분할을 일으키는 정동적 공동체의 세상에 다름이 아니다.

새로운 민주주의 운동은 물결의 민주주의이자 정동적 공동체의 자기구성적 운동이다. 민주화 이후의 민주화는 감성적 비민주주의를 해체하고 정동적 공동체를 회생시켜 자기구성적 사상운동을 창안한다. 그 순간 정동적인 자기구성적 운동은 다양한 사상들이 책갈피에서 나와 스스로 광장에 합류하게 해줄 수 있다.

우리의 세 번째 혁명은 틈새에서 회생한 물결이 사상을 귀환시키며 정동적 공동체에서 어우러질 때 불꽃을 확장시킨다. 촛불을 들불로 만드는 이 물결은 마르크스주의의 계승인 노동운동이 생태주의 및 페미니즘과 합류해 민족문학의 유산 정동적 공동체를 회생시킬 때 가능해진다. 그때에야 역사의 미로에서 벗어나 사상 이후의 사상을 잉태하며 두 번째 민주화를 수행할 수 있다.[126]

---

124 소녀시대의 「다시 만난 세계」 가사의 일부임.
125 랑시에르는 '감성적 민주화'를 '존재론적 민주주의'로 논의하고 있다.

새로 부활한 사상 이후의 사상은 민주화 이후의 민주화가 끝없이 지속되게 만들어준다. 정동적 민주화에 의해 회생한 자기구성적 사상은 대의민주주의를 치료하는 동시에 정동적 공동체에 근거해 반복해서 물결을 일으키게 해준다. 그 순간 두 번째 민주주의는 사상 이후의 사상과 조우하며 끝없이 되돌아오는 순수정치 물결의 민주주의를 지속시킨다. 그런 사상과 민주주의의 두 번째 만남은 사람들이 수행성의 공간에 발을 딛고 있을 때 가능해진다. 수행성의 시대에 새로운 민주화는 과거의 '사상과 물결의 결합'을 다시 '물결과 사상'의 접합으로 회생시키며 진행된다. 이제 사회주의는 자기구성적 순수 민주주의의 물결로 부활한다. 민족문학은 정동적 공동체의 집 없는 집으로 되돌아온다. 페미니즘은 양자를 횡단하며 자신의 본성인 물결과 사상의 결합을 고양시킨다. 생태주의는 역사의 미세먼지를 제거하며 모든 사상들의 근거로서 스스로 확장된다. 그리하여 사회주의적 물결, 탈식민적 물결, 페미니즘의 물결, 생태주의의 물결이 어우러지는 순간이야말로, 정동적 공동체의 고양 속에서 사상 이후의 사상과 민주화 이후의 민주화를 여는 시간일 것이다.

---

126 세 번째 혁명을 통한 두 번째 민주화는 끝없이 계속되는 지속성을 지녀야 한다.

찾아보기